百年中国通俗文学价值评估

市场运作与阅读调查卷

汤哲声 总主编
石娟 本卷主编

「十三五」国家重点出版物出版规划项目

国家社科基金重大项目「百年中国通俗文学价值评估、阅读调查及资料库建设」（项目号：13&ZD120）最终成果

2019年教育部人文社科规划基金一般项目「阅读史视野下中国近现代通俗文学读者分析与阅读研究（1892—1949）」（19YJA751033）阶段性成果

江苏凤凰教育出版社
Phoenix Education Publishing, Ltd

图书在版编目(CIP)数据

百年中国通俗文学价值评估.市场运作与阅读调查卷/汤哲声总主编.—南京:江苏凤凰教育出版社,2020.12
ISBN 978-7-5499-9091-7

Ⅰ.①百… Ⅱ.①汤… Ⅲ.①中国文学-通俗文学-现代文学-文学研究②中国文学-通俗文学-当代文学-文学研究 Ⅳ.①I206.6

中国版本图书馆 CIP 数据核字(2020)第 259614 号

书　　名	百年中国通俗文学价值评估·市场运作与阅读调查卷
总 主 编	汤哲声
本卷主编	石　娟
策划编辑	章俊弟
责任编辑	王　岚
装帧设计	夏晓烨
监　　制	杨赤民
出版发行	江苏凤凰教育出版社(南京市湖南路1号A楼　邮编210009)
苏教网址	http://www.1088.com.cn
照　　排	南京理工出版信息技术有限公司
印　　刷	南京爱德印刷有限公司
厂　　址	南京市江宁区东善桥秣周中路99号
开　　本	787毫米×1092毫米　1/16
印　　张	29.25
版　　次	2020年12月第1版
印　　次	2020年12月第1次印刷
书　　号	ISBN 978-7-5499-9091-7
定　　价	168.00元
网店地址	http://jsfhjycbs.tmall.com
公 众 号	江苏凤凰教育出版社(微信号:jsfhjyfw)
邮购电话	025-85406265,025-85400774,短信 02585420909
盗版举报	025-83658579

苏教版图书若有印装错误可向承印厂调换
提供盗版线索者给予重奖

目　录

何以流行，如何经典？（代序）
　　——百年中国通俗文学的生产与消费机制及其价值评估 ………… 1

上编　百年中国通俗文学的市场运作

第一章　《晶报》：生存境遇·经营对策·读者定位·话语
　　　　空间 …………………………………………………………… 3
第二章　《江湖奇侠传》：民国武侠小说的副文本建构与阅读
　　　　市场的生成 …………………………………………………… 29
第三章　《啼笑因缘》：缘何轰动 ………………………………………… 49
第四章　平鑫涛与《皇冠》：文化商人与"缪斯神殿"一甲子的
　　　　建构 …………………………………………………………… 66
第五章　《啼笑因缘弹词》与《秋海棠弹词》：通俗文学的弹词
　　　　改编及市场运作 ……………………………………………… 87
第六章　金庸小说："自力轮回"与"他力转生"的经典化建构 ……… 111
第七章　《故事会》：有智又趁势 ………………………………………… 134
第八章　"倪匡现象"：香港流行文学的多元、多类、多途 …………… 157
第九章　《今古传奇·武侠版》：21世纪大陆武侠文化工业的
　　　　兴起 …………………………………………………………… 175
第十章　"郭敬明现象"：寄身畅销书模式的经典个案 ……………… 196

下编　百年中国通俗文学阅读调查(2014—2018年)

调查情况说明 …………………………………………………………… 217

第一章　趣味休闲·雅俗共赏·集体记忆:读者视域下百年
中国通俗文学的三个价值维度
——以2014—2018年读者阅读调查为中心 ………… 229

第二章　金庸·网络武侠·泛武侠:当下武侠小说阅读关键词
——以2014—2018年武侠小说阅读调查为中心 …… 251

第三章　科VS幻·阅读动力·奇点:2014—2018年科幻小说
阅读关键词 ……………………………………………… 281

第四章　草稿·媒介话语·出版改编:网络文学的文本特征及经典化
路径
——以2014—2016年网络小说阅读调查为中心 …… 308

第五章　2016年香港大学生网络小说阅读调查及理论
分析 ……………………………………………………… 328

结语 ……………………………………………………………………… 338

附录一　"当代通俗小说阅读调查"问卷 …………………………… 342

附录二　"关于科幻小说和影视剧改编作品的阅读调查"问卷 …… 350

附录三　"关于与武侠文学相关问题的阅读调查"问卷 …………… 353

附录四　"对香港大专/大学生阅读香港网络小说情况的调查"问卷 … 357

附录五　徐斯年先生与七位顾问关于《三体》的通信 ……………… 360

后记 ……………………………………………………………………… 439

何以流行,如何经典?(代序)①
——百年中国通俗文学的生产与消费机制及其价值评估

石 娟

中国近现代通俗文学的发生、发展到繁荣,都与印刷资本的介入和以技术为引领的大众传媒的出现及繁荣密不可分。可以说,百年中国通俗文学现代性特质的根由之一便在于文学与大众传媒的"合谋"。自诞生之日起,中国近现代通俗文学便具有鲜明的市民大众文化特征,而这些特征受不同时期"大众"的文化素养及文学接受要求、认知水平的限制,不断发生着流变。百年中国通俗文学各个时期的主要特征,便是在大众传媒的渲染下,以"流行"的方式,在中国近代以来的市民社会中,呈现出"默默的强势"②。这一切,归根结底在于那只"看不见的手"——与大众传媒相伴相生的通俗文学的生产与消费机制,以及由该机制带来的近现代通俗文学备受指责的"金钱主义""趣味主义""享乐主义"之种种。然而,当年备受指责的充斥着"金钱主义""趣味主义"作品中的部分优秀之作,得到了一代又一代读者的认同,时隔半个多世纪后,也终于得到学术界的认可,进入文学史。貌似悖谬的种种事实背后,是这只"看不见的手"在文学与媒介之间施展魔力,彼此调适,使它竟可以备受上至学者名流下至贩夫走卒的一致推重,促成百年以来中国通俗文学一次又一次之"热",深刻影响了各时期作家的创作行为,文学的文体形式、文本内容,以及读者的阅读接受行为和观念,乃至社会的文化风尚……问题在于,在通俗文学文本从流行到成为经典的过程中,印刷资本与各类媒介发挥了怎样的功能?在文本生产过程中,它们与文学活动各方

---

① 该文中的部分内容发表于《文艺理论研究》2019年第1期。
② 范伯群:《在"建构中国现代文学史多元共生新体系暨〈中国现代通俗文学史(插图本)〉学术研讨会"上的主题发言》,见范伯群:《多元共生的中国文学的现代化历程》,复旦大学出版社2009年版,第60页。

究竟如何协调、牵制、冲突、让步,使得有些文本在问世之时便一鸣惊人,进而不断制造流行,使一个问世时貌似粗糙的文本,能够穿越时空,成为经典?在厘清这一系列问题之前,我们首先必须回答一个问题:何为"文学经典"?

时至今日,"文学经典"的界定,仁者见仁,智者见智,在已有理论成果中,主流意见大致分为两类,朱国华先生进行了系统规约,他认为:一类为"本质主义经典化理论",一类为"建构主义经典化理论"。①"本质主义经典化理论"与卡尔维诺的"文学经典"观相似,认为经典的构成条件根源于文本内部的美学、思想等质素。而由于所有被定义为经典的文本自身具有的丰富性和复杂性,使得"本质主义经典化理论"存在种种漏洞和缺陷,难以自圆其说。在此基础上,基于外部质素的"建构主义经典化理论"应运而生。从泰纳、佛克马、考尔巴斯、法兰克福学派到布尔迪厄、德赛都,文学经典产生的条件与文学生产和文学消费捆绑到一起,而中国的文学经典发展实践也同样证实:文学生产和消费机制与经典的形成之间的确有着十分密切的关系——明代禁止私刻传布小说戏曲的出版政策恰恰成为明初经典作品出现较少的一个关键因素。②但是,如果对文学经典的判断抛弃了内部质素,仅从外部条件来规约,显然同样会陷入另外一种逻辑暴力。朱国华先生条分缕析,得出结论:"我们今天的文学经典,是通过各种不同的经典化机制在不同的历史语境下获得其特权位置的。"③可见,文学经典的结构化原则根本无法通约,评价标准必须在其产生的特定历史语境下予以辨析。但是,无论文学经典产生的历史语境如何变化,无论评价标准基于文本内部还是文本外部,如下几方面都可以视为一部文学经典得以确立的必备条件:1.经得起历史和时间的检验。2.在特定的历史时期具有独创性(包括类型的、叙事的、审美的,等等)。3.具有阐释的多义性(如学术的、媒介的、思想的,等等)。由于历史语境以及接受对象的不同,通俗文学经典与纯文学经典之间存在一个根本性的差异:通俗文学经典是"雅俗共赏"的,纯文学经典则有许多是"俗不能赏"的,如《百年孤独》《尤利西斯》,等等。而从文学生产和消费的角度来看,在通俗文学范畴内,"雅俗共赏"便可以实现最大的"流行"。

那么,百年来,在"流行"与"经典"之间,中国通俗文学生产与消费机制

---

① 朱国华:《乌合的思想》,上海文艺出版社2012年版,第117页。
② 陈大康:《明代小说史》,上海文艺出版社2000年版,第135—182页。
③ 同①,第126页。

通过何种方式在雅俗之间寻求平衡，又是如何协调彼此间的张力，使其中的优秀作品得以穿越时空限制，在政治、经济、思想、文化、艺术的多重选择中，做到多元兼备的？以此为前提的百年中国通俗文学价值评估标准将如何认定，又会形成怎样的景象？

一、市场运作：一种方法和视角

已有研究均证明，中国近现代文学最为突出的形式变革表现为报刊的出现。报刊突出的时效性特征，使得一种极为活跃的生产行为始终显著地贯穿于近现代以来几乎所有报刊媒介文学文本的酝酿、策划、创作、发表、传播到消费和接受之中——文学的市场运作。事实上，文学的市场运作行为并非始于近现代，它随着商品经济及文化事业的繁荣和印刷技术的发展而出现，早期几乎完全集中于图书的生产与流通领域，且多以"广告"形式为主。现有研究表明，唐代便有为招徕客人前往购买而打出的书业广告的雏形。① 至宋代，随着印刷术的普及和商品经济的发展，书业广告从形式到内容都获得了重大突破，形式和位置都非常灵活，或印在扉页，或印在序后卷末，字体也多粗大醒目，周围饰以种种花边栏框，以吸引读者。在内容方面，广告文字大量增加，用语也更加讲究，已具有吸引读者并使其产生购书欲望的功能。② 到了明代，除了在封面设计、字体、装订等方面大幅改进外，已经有书商为了吸引顾客而找人在书前写作大量序跋了。

现代意义上的文学/文化市场运作行为主要有如下三方面标志性变革：1.在西方印刷术传入之后，随着载体从图书转变为近代报刊，印刷单位从私人书坊转变为近现代出版企业，文学/文化市场形成，市场运作行为才得以发生。2.文学作品，尤其是小说的出版变为从报刊/网络上连载开始，经读者阅读选择之后，再修订出版单行本。无论创作模式、文本内容还是生产方式，都与古代单行本出版的单一形态存在根本差异。3.现代意义上的文学/

---

① 唐至德二年(757)后，成都卞家印本《陀罗尼经咒》首行印有"唐成都府成都县龙池坊卞家印卖咒本"字样。唐咸通二年(861)前，长安李家刻本《新集备急灸经》一书前有"京中李家于东市印"字样。虽然属于"版权页"，却也未尝不是印刷者的自我广告。见肖东发：《中国编辑出版史》，辽宁教育出版社1996年版，第270页。

② 宋刻《诚斋先生四六发遣膏馥》目录后牌记云："江西四六，前有诚斋，后有梅亭，二公语奇对之，妙天下，脍众口，孰不争先睹之。今采二先生遗稿刊于急用者绣木一新，便于同志披览，以续膏馥，出售幸鉴。"见肖东发：《中国编辑出版史》，辽宁教育出版社1996年版，第272页。

文化市场运作行为是全方位、立体且多角度的，涵盖了网络、报纸、期刊、图书乃至电影、广播、电视、网络等各种媒介，形式更为丰富，推广的介质更为多样。总的说来，百年中国通俗文学的市场运作，专指由编辑/出版商发起，以赢利为目的的各种文学/文化生产活动，既包括编辑/出版商的策划、组织、编辑、推介行为，也包括读者与作者、编辑，读者与读者，作者与编辑之间的对话、互动以及在市场运作过程中出现的一系列现象和发生的一系列事件。应该说明的是，"市场运作"这一文学/文化生产领域的概念，不限于某一种媒介，无论是纸媒、视觉图像媒介，还是声音媒介、数字媒介，只要是以赢利为目的的，由出版商、媒体人发起的文学/文化组织、生产、出版、推介等种种活动，都属于市场运作范畴。

应该说，文学进入现代之后，市场运作必不可少，任何一部作品，都需要依靠此环节才能走向读者，完全没有广告、宣传以及编辑介入的作品要想走向最广大的读者，难度很大，当然不是没有可能，但即便有可能，也是小概率事件。通俗文学以市场为生存命脉，相对于新文学而言，市场运作行为展现得更为直接、充分、丰富，也更为活跃，几乎所有的通俗文学活动都贯穿于市场运作的全过程：文学载体——大报副刊、期刊、小报、网络、单行本、电影、电视、广播，参与文学活动的各方——出版商/编辑、作家、读者乃至诸多流行过并最终经典化的文学文本、文学活动、文学事件、文学形象……无不与市场息息相关。按照热奈特的说法，从文学广告到序跋再到编辑点评……一切都有效地"包围并延长文本"，有力地"保证文本……在场、'接受'和消费……"①因此，以梳理文学的市场运作行为为视角及方法进入文学文本生产与消费研究，是在还原文学活动的历史现场，并将文本置于其中，从中探索通俗文学的活动规律，确立其价值体系和评价标准，以此作为对被资本和媒介裹挟的作家创作活动及其创作价值进行评价的依据，厘清每一部通俗文学文本市场运作各方之间的关系、他们在文本生成过程中的功能和对文本的贡献，梳理它们对"传统"的继承与发展，对"现代"的拒绝与吸纳，以及作家创作在"现代化"过程中的幸与不幸、坚守与退让、得意与失意……这是百年中国通俗文学的独特性、复杂性所在，也是通俗文学研究中极富魅力之处。

---

① Gerard Genette. *Paratexts*：*Thresholds of Interpretation*. Jane E. Lewin, trans. New York：Cambridge University Press, 1997. p.1.转引自朱桃香：《副文本对阐释复杂文本的叙事诗学价值》，载《江西社会科学》2009年第4期，第40页。

二、报刊/网络连载—单行本—改编/翻译/续写：从"流行"到"经典"之生成

以大报副刊、期刊、小报、单行本为主体的纸媒以及以电影为主体的视觉传媒在中国近现代文学中的作用与功能，迄今为止，无论在史学著作中还是在文学著作中，对其均多有论述，它们共同建构了自晚清到民国中国市民社会令人炫目的文化场域。媒介的逐利目的使文学以生产和消费的名义，摆脱旧有的"雅爱搜神，闲则命笔"，迅速担负起描摹"三千年未有之大变局"的历史重任，在"消闲""趣味""娱乐"等种种表象下，在此消彼长的生存竞争中，通俗文学独有的现代性特质，在市民大众从"阅读"到"观看"的漫长岁月里得以确立。百年间，报馆、书局、电影公司、网络公司这些文化资本企业，共同参与了通俗文学从"流行"到"经典"确立的全过程，特别是小说文本的生成。

（一）报刊与网络：连载小说"流行文本"之生成

作为一部流行文本，所有的阅读"热"，多发生于小说连载之期。"流行"本身，即是读者对文本阅读选择和价值评判的同一。而我们关注的核心在于读者选中的文本究竟如何生成。

印刷资本的介入、报刊文学的出现，改变的不仅是文学叙事模式（如何写）、创作观念（为谁写）和传播方式（如何发布），更为重要的是，它使一个完整的文学活动由传统的"作者—读者"的二维创作—接受模式变为"作者—编辑—读者"的三方参与模式，因为有了编辑的介入，读者的意愿、编辑乃至出版商的意愿，不同程度地在文学文本中得到呈现，晚清到民国时期新与旧、雅与俗、传统与现代等种种令人炫目的时代景观，在以市场为生存条件的生产与消费机制中，得到了丰富的书写。同时，报刊的出版发行方式，使得长篇小说创作的"十年辛苦不寻常"变为"朝甫脱稿，夕即排印"，创作者既没有时间也没有精力"优游删润，以求尽美尽善"，却也成就了"十日之内，遍天下矣"①的迅速传播。随着近代市民阶层的崛起，迥异于新文学，通俗小说以"与世俗沟通"这样浅近平易的创作态度、"单日畅销书"的叙事变革以及令人眼花缭乱的宣传运作手段，沉潜到市民读者的价值、文化选择和生活观念中，以记录"今社会"的方式，推动了近现代长篇通俗小说的兴起和繁荣。

作为清末民初周期最短的出版物，当时所有的连载小说，一般都是在大

---

① 解弢：《小说话》，中华书局民国八年（1919）版，第116页。

报副刊、小报和期刊上首先连载。它们在连载过程中的受欢迎程度,不仅决定了小说的长短及能否完成,还决定了小说完成之后的走向。黎烈文接手《申报·自由谈》后,张资平的《时代与爱的歧路》被果断腰斩,周天籁在《东方日报》上连载《亭子间嫂嫂》,却由计划中的四五万字一口气写到七十万字,几乎令他"筋疲力尽而昏倒"①,连载结束后,作品继续受到出版商的关注,并在极短的时间内出版了单行本。这一切,都与读者的阅读反应密切相关。一部小说是否流行,发行量是一个直接的指标,更为直接的指标则反映在广告上。《啼笑因缘》连载仅一个多月时,要求在《新闻报·快活林》副刊上刊登广告的商家络绎不绝,最多的一天,三分之二的版面上竟然刊登了七个大类十八个广告。②

  由于资本基础、载体形式、周期以及媒体背景存在差异,大报副刊、小报、期刊乃至网络对连载小说"流行"的生产行为差异很大。大报副刊单日连载小说的数量较少,拥有雄厚的资金基础,主编具有一呼百应的号召力,所以作品在连载前、连载中甚至连载后,编辑、读者的参与相对充分。在《啼笑因缘》连载前,主编严独鹤要求"超等名角"张恨水在写作中加入"肉感的""武侠而神怪"元素,在连载过程中严谔声对读者发起多次调查,严独鹤精心设计的每日连载的内容片段、张恨水作出的答复以及在《世界日报》上的改写,到后面三友书社单行本的出版,都有编辑的全面介入,更不用提严独鹤凭借个人影响力在《快活林》上的直接点评和间接推荐。但是,小报的情况有所不同。由于小报不具有大报那样雄厚的资本基础,加之版面开本较小,所刊广告十分有限,通常只能靠作品内容赢利,它不能也不敢只寄希望于一部未完成的小说,而是选择几部小说同时连载,以期吸引更多的读者。与大报相比,小报的稿源相对不足,所以小报编辑的运作程度没有大报副刊编辑那样全面且深入,这就使得小报连载小说的流行常常带有很多偶然性。期刊连载的情况又有一些差异。与报纸相比,期刊出版周期较长,编辑的时间相对从容,参与的方式也更为多样。《江湖奇侠传》在《红杂志》连载期间,主编施济群除了在"编辑胜话"中有意识地推介该作品外,还在连载过程中不断点评,"施评"成为与小说同时呈现的一大亮点。《红杂志》的老板沈知方

---

① 周天籁:《亭子间嫂嫂外传(二) 关于写这篇外传的话(下)》,载《东方日报》1941年4月2日第二版。
② 见1930年5月1日《新闻报·快活林》第十七版。

更是深谙生意之道,他亲自登门拜访向恺然,利用文化市场的生意眼,帮向氏谋划转向武侠神怪题材写作,在《江湖奇侠传》连载之初,充分预见到市场之热,将杂志版式设计成书版,每一期《红杂志》上的《江湖奇侠传》部分单独记页码,字体字号也采用当时单行本小说的通行标准。这样,不必重新排版,只要把杂志相应部分加印若干套,分别加以装订,贴上印好的封面,单行本便成形了。①采用期刊与图书捆绑销售的策略——为了单行本出版方便,每个故事常常没有结束便戛然而止,甚至有时连一句话没有说完就告结束。②从连载到单行本出版,"一波未平,一波又起",通过各种方式不断在读者中生产"流行",保持热度。不过,这样印行的单行本并非"经典版本"——《江湖奇侠传》的经典版本是后来由世界书局出版、经不肖生修订的版本,回目、内文与连载本都有差异。③时至当下,网络的无限扩展性直接影响到网络小说的叙事策略,如超链接、网络语言等,这些在以往的纸媒时代不可想象,它们的新载体、新技术特质,决定了网络小说与报刊连载小说运作方式的差异,但在貌似相异的表象下,网络连载小说在创作时,编辑、资本同样介入其中,很多作者同样是在编辑和读者的引领下写作,与纸媒时代的报刊相比较,读者在创作中的权力及影响更为突出。

  时效性是报刊和网络区别于单行本和视听传媒的显著特点,报刊和网络媒介必须在市场中求生存的属性,使它们必须在"公共空间"内日复一日、年复一年地承担起服务、沟通、引领的责任。以报刊传媒为例,传统章回小说与现代报刊的通力合作促成了报刊连载小说这一现代文体的诞生,时效性与"当下言说"的市民文化心理需求的契合,成就了书局和报馆对利益的最大化诉求。伴之而来的,就是由此而外化的"一种普遍的形式",以及由这种"普遍的形式感"衍生出来的具有"一般性"和"渗透性"而非个性化的文学及文化现象,也即所谓"流行"。④报刊连载小说的目的和形式,皆是为了服

---

① 按:那时印刷,先要检字、排字、打校样校对、定版,然后打出"纸型",用以浇成铅板,然后再上机付印。"同步策略"不必重复前述流程,可以节约成本,并大大缩短周期。

② 这主要出于"粗放",为了赶时间、节约成本而不遑加工,是为了"同步"出版单行本。详见石娟:《民国武侠小说的副文本建构与阅读市场生成——以平江不肖生〈江湖奇侠传〉为核心》,载《西南大学学报(社会科学版)》2016年第5期,第127—138页。

③ 叶洪生:《答顾臻弟问有关〈江湖奇侠传〉回目内文真伪及版本等事》,载《苏州教育学院学报》2010年第27卷第3期,第10—12页。

④ 高宣扬:《流行文化社会学》(第2版),中国人民大学出版社2015年版,第1页。

务于流行文本的生成,在此过程中读者在报刊编辑、出版商策划的诸活动的推动及影响下,对文学的关注、参与及臧否的现场感和当下性,成为现代都市的"传奇"记忆,深刻地改变了文学创作的进程,并进而形成了一种新的创作关系——作家、编辑与读者三方参与的共同创作,以及新的叙事模式——以作家为主体的显叙事和以编辑、读者为主体的潜叙事之共生。这一切,都彰显了报刊连载小说以及近现代中国通俗文学最有意味的现代性特质。

(二)单行本:经典版本之流传

经典化是一个过程。文本能够穿越时空,进行多重的意义阐释,是经典化的两个必要条件。为了逐利,对于经读者阅读选择后流行的通俗小说,出版机构(书局、出版社)会迅速对其进行二次生产——出版单行本。无论是《留东外史》《江湖奇侠传》《荒江女侠》《秋海棠》,还是当下的《梦回大清》《花千骨》,几乎所有深受读者欢迎的连载小说,都会很快出版单行本,民国时期,甚至有出版商为了一部热销小说而迅速成立出版机构,最突出的非《啼笑因缘》莫属。从表面上看,似乎这只是单纯的逐利行为,这种行为背后却隐藏了通俗文学生产与消费中非常重要的事实:单行本是通俗文学经典得以确立的必要条件。

从连载本到单行本,阅读方式发生了改变,为了满足读者连续阅读的需要,出版商在小说从连载到单行本的形式变革过程中,会要求作家进行修订,由于报刊连载的时效性特征,作家当时没有时间精心打磨自己的作品,因此,他们也愿意对连载结束后大受欢迎的文本予以修订。在单行本的出版过程中,出版商与作家都有对原作进行修订和改写的愿望,会利用这一契机作出修订,使叙事、人物、情节、脉络更符合单行本的阅读需要,更重要的是,这一修订可以使一部长篇小说不再因"单日畅销书"的连缀而显得杂乱不堪,使之成为一个系统的、完整的故事。区别仅在于,对于不同的作品,作家和出版商修订的尺度有差异。三友书社出版《啼笑因缘》,距离连载结束不过一个月左右的时间,现所存该书各版本的底本几乎均出自三友书社版——《新闻报·快活林》连载本的集成版,尽管在修订的一个月内,《新闻报》也曾多次征集读者意见,但它并非作者本人认可的最终修订本。张恨水后来在《世界日报·明珠》上连载的《啼笑因缘》,对《新闻报·快活林》版进行了改写,这才是作家最终想要呈现给读书界的定稿,或者,也仅是作者"自我经典化"的一个过程性文本,不幸却因版权之争而胎死腹中。①因此,对作家个人而言,一部作品能否流行,主动权掌握在读者手中,他无法控制,也不能预判,但是,优秀的作家对于要流传后世的作品是有所追求的,就如金庸对十五部小说的十年修订、盛颜的"过于任性"②、金子的"不能动"③。也因此,出版商将报刊流行的连载版本变为单行本出版,将文本进行二次生产谋利的行为,从文学活动的角度而言,对文学现场中优秀作品的留存以及后世接受史家和读者的评价有着十分重要的意义。这些流行作品,也恰恰因为有了这样一个契机,获得了进一步修订和完善的可能(当然也包括修订得并不成功的作品)。不难看出,读者的阅读选择、编辑/出版商的二次运作、作者个人的进一步加工,是因连载而成为谋利手段的小说走向经典的必要条件,单行本是优秀报刊连载小说得以穿越历史时空的最有效载体,它使小说能够摆脱报刊载体难以传世的局限,接受一代又一代读者的阅读和意义的多重阐释,一步步走向经典。

罗伯特·达恩顿在《启蒙运动的生意——〈百科全书〉出版史(1775—1800)》(*The Business of Enlightenment: A Publishing History of the Encyclopédie 1775—1800*)中称:"启蒙运动存在于别处。它首先存在于哲学家的沉思中,其次则存在于出版商的投机中——他们为超越了法国法律边界的思想市场投资。"④市场对于启蒙运动如此,对于文学作品也是如此。台湾大学梅家玲女士在评述包天笑教育小说之社会功用时曾指出:"文学或社会的现代化原就不只是单一的、进化论式的线性发展;革故鼎新的理想追求,有时反而在保守传统的作为、在追求商业利润的过程中,得到意外的实践。"⑤中国近现代通俗文学的单行本出版,被称为"第二号书业"的世界书

---

① 见石娟:《〈啼笑因缘〉的两个版本——〈新闻报〉与〈世界日报〉之间的一段公案》,载《新文学史料》2010年第3期,第168页。

② 相比于其他网络小说作家每天的"不停更",盛颜在六七年间只写了22万字,因为她"不愿意读者看到一个敷衍塞责、没有光彩的故事",在评价这一态度时,盛颜说自己"这种写作状态绝对不好,不够专业,过于任性"。见盛颜:《一直写下去》,http://blog.sina.com.cn/s/blog_6322967c0100h231.html,2010年2月22日。

③ 金子:《梦回大清(上部)》,晋江文学城,http://www.jjwxc.net/onebook.php?novlelid=117117&chapterid=18。

④ [美]罗伯特·达恩顿著,叶桐、顾杭译:《启蒙运动的生意——〈百科全书〉出版史(1775—1800)》,生活·读书·新知三联书店2005年版,第3页。

⑤ 梅家玲:《教育,还是小说?——包天笑与清末民初的教育小说》,见梅家玲主编:《文化启蒙与知识生产:跨领域的视野》,(台北)麦田出版城邦文化事业股份有限公司2006年版,第116—117页。

局和大东书局贡献颇巨,在某种程度上甚至超越商务印书馆和中华书局。世界书局的沈知方和大东书局的沈骏声,对于通俗小说特别是单行本的出版,居功至伟。《江湖奇侠传》的一纸风行、《浮生六记》的流传、类型小说及其代表作家的出现、文学商业"竞卖"模式的提出……这些日后留在文学史中的种种事件,都与这两个书局渊源颇深。书局对通俗文学作品的无数运作行为,虽然以谋利为指归,但从根本上深刻地影响了文学的走向,以其具体的文学商业实践,参与了中国近现代文学史的书写。对于连载小说,报刊、网络为它们提供了某一时间段内"流行"的"公共空间",单行本的二次生产却使这些畅销文本得以穿越时空,实现"流传",并为它们成为经典提供了某种可能。同时也不难看出,现代媒介所以成为"文学经典"生成之动力即在于,它必须"广种",也必须"精耕"。

(三)改编、翻译与续写:经典之确立、再阐释与"流行"之再生成

中国近现代通俗小说多经由报刊连载、读者的阅读选择,再到书局组织单行本出版,与此同时,或在其之后,电影、弹词、评书、戏剧、戏曲等大众艺术形式会以受欢迎作品的原作为蓝本,对其进行改编,或者由出版机构请作者或他人译介和续写。这些活动或发生在作品大热的历史现场,或发生在作品流行的数十乃至数百年后,均有商业资本介入,直指赢利目的,结果却与启蒙运动殊途同归,在穿越时空的文本阐释过程中,实践着经典的再造。问题由此产生:所有指向接受的文本改编、翻译与续写的理论价值和意义何在?

作为对文本内容的二度阐释,改编、翻译和续写具有鲜明的"文本兼性":改编首先是对原作的接受,却比一般意义上的读者接受更深入。一般意义上的读者接受是阅读的终点,改编、翻译和续写却是使原作面向更多受众的起点。在开展这些活动时,原作的复杂性得到不同程度的关注,并以新的话语方式进行阐释,这些话语方式,有些是媒介的,有些是时代的,有些是意识形态的,有些是文化的……长篇小说作品中的多义在此环节中得以继续生产和再度阐释,这些阐释和二度创作,由于受目的、定位、再创作者的艺术水准、资本、时代风潮等因素的介入,取得的成就虽各有不同,但有一点是相同的——成功的二度创作,无论是改编、翻译还是续写,都可以为作品"赋值",面向不同时代的受众,使其文本意义得以再阐释和再生成,价值获得再呈现,作品的生命由此获得延续。由于报刊连载小说多数篇幅较长,且以情节取胜,如曾朴所言,恰似由一个个故事形成的"珠串"。以改编为例,每一

个小高潮即"小串珠"均可成为改编的优秀蓝本,近代以来的优秀改编作品如《空谷兰》《啼笑因缘》《火烧红莲寺》《金粉世家》《荒江女侠》《秋海棠》等莫不如此,而根据当代作家金庸、古龙、琼瑶等人小说改编的各类作品,更是充分实践了这一理念。颇具代表性的例子当属《火烧红莲寺》。1928年,明星公司老板张石川将《江湖奇侠传》中的一节改编为电影《火烧红莲寺》,结果一把火连续烧了四年,尽管从第二集起据说就抛开原作天马行空,[①]但仍是连续拍摄了十八集方告结束。[②]然而,对于《江湖奇侠传》这部作品而言,故事的多义阐释并未到此结束,事实上,紧随其后,连环画《火烧红莲寺》、各大报纸广告版上的"火烧"系列电影海报,频繁现身于20世纪30年代民国武侠文学生产场域内,彼此映衬观照,以文化生产的名义,建构了一个时代的武侠奇景。成功改编之后的视听作品又促成了新一轮阅读热。穿越时空的改编,使得当年那些与历史现场相观照的尘封在故纸堆中的报刊连载作品于百年之后获得新生。如果说历史现场中连载小说的读者读的是"今社会"和"眼前事",百年后的读者欣赏的,恐怕是经过时间淘滤之后沉淀下来的历史、文化、传统,以及穿越百年的叙事魔法和语言艺术,凡此种种,不一而足。

特别需要指出的是,这里所言"报刊—单行本—视听传媒"的"流行—经典"路径并非单向的线性行进,有时单行本与影视改编、翻译和续写常常是同时进行,甚至是多头并进的,也就是说,报刊/网络连载,单行本出版,视听媒介的改编、翻译以及续写几乎同步,比如民国时期《江湖奇侠传》分集的单行本出版几乎就与《红杂志》连载同步,再如金庸小说的"旧版书本版"[③]。到了数字媒体时代,多头并进已成常态,即现下所谓"IP运营",在此基础上建构的另一类文化商业景观令人目不暇接,如《盘龙》在大陆和美国"武侠世界"(http://www.wuxiaworld.com)的同时连载、网友对网络连载小说作品评价中的"接龙"……作为文本意义的再阐释与再生成方式,改编只是作品经典化的路径之

---

① 关于《火烧红莲寺》的电影改编,现有研究均认同张石川的太太何秀君女士的回忆,认为自第二集起就"抛开原作",事实上据徐斯年先生考证,据可见到的电影说明书,至少从第三集起,电影《火烧红莲寺》又以《江湖奇侠传》为蓝本以"倒叙"方式进行了改编,第十七、十八集才如何秀君所说"留下前集里的几个主角,随心所欲地搞下去"。

② 事实上,十八集是在大陆拍摄的。后来《火烧红莲寺》还拍摄了第十九集,为香港版,创作团队基本仍为明星公司原班人马,导演、编剧仍是张石川,主演是郑小秋、胡蝶和夏佩珍。见豆瓣贴吧:http://tieba.baidu.com/p/5410242404,2017年11月4日。

③ 邱健恩:《自力在轮回:寻找金庸小说经典化的原始光谱——兼论"金庸小说版本学"的理论架构》,载《苏州教育学院学报》2011年第1期,第3页。

一，与学理阐释、读者阅读的个体阐释等共同实现了对长篇连载小说的多义表述。而改编、翻译与续写最直接的影响表现为流行文本的再生成以及对作品经典地位的确认，从这个角度讲，此时它们具有多重功能：一是使作品走向流行，二是作品经典化的多义阐释，三是弥合作品与读者之间的陌生感。

事实上，除去媒介和其他技术因素，百年中国通俗小说从流行生成到经典的主客观因素还有很多，如时代风潮、文艺政策、观念变革，等等，但由于新媒介特别是报刊、网络的出现，①以媒介为主体的文学生产方式，在文本流传的诸因素中显然居于主导地位，成为左右文本生产、消费乃至决定文本能否流行和成为经典的关键力量，正如麦克卢汉的预言："任何媒介（即人的任何延伸）对个人和社会的任何影响，都是由于新的尺度产生的；我们的任何一种延伸（或曰任何一种新的技术），都要在我们的事务中引进一种新的尺度。"②也即后来的传世之语："媒介即讯息。"今日看来，对于优秀的连载小说，连载的时效性是一把双刃剑，利弊各半——它第一时间获取了小说的读者评价，推动了小说文本"流行"的生成，却也使得小说在面世时的种种先天不足成为必然。单行本出版，在某种程度上对小说文本内部的不足进行了调整和补充，并使作品以完整的面目得到留存，为未来的再阐释和发现提供了可能。具有"文本兼性"的二次改编、翻译和续写的深度接受和再阐释，延展了文本的内涵和外延，并在不同时期为作品赋予新的阅读价值和阐释意义，相对丰富地呈现了作品的多义性，在这个层面上，经历时空的淘洗，作品的经典价值和经典地位终得确立。连载小说的形式与内容之间具有不可分割的互文性，载体形式改变了中国传统小说的结构和叙事策略，也增加了小说文本的叙事容量和叙事张力。而文化资本的全面介入对于长篇小说更为深刻的变革在于，它改变了传统的作家成长方式、创作与接受的关系、文本的结构和接受方式。

三、作者—编辑/出版商—读者：断裂与重构

法国家庭补助金保管局全国联合会机关刊物《社会信息》1957年1月

---

① 报刊的"新"仅对晚清民国时期的媒介形式予以讨论，进入当代，"新媒介"则主要表现为以网络为主要载体的电子媒介。

② ［加］马歇尔·麦克卢汉著，何道宽译：《理解媒介：论人的延伸》（增订评注本），译林出版社2011年版，第18页。

曾刊出书商吉尔贝·穆里撰写的《有可能建立一门书籍社会学吗？》，看过此文后，埃斯卡皮认为，"吉尔贝·穆里先生非常及时地提醒我们商人在缪斯神庙中的位置"①，以此作为他建立文学社会学的灵感来源和重要佐证。印刷资本介入传统的长篇小说创作，一个非常鲜明的特征，就是编辑/出版商对一部小说从策划到创作再到若干文学活动和文学事件的全面干预。自此，小说的创作与接受不再限于作家和读者，一只"看不见的手"开始在幕后左右着它的发展。一部作品的成与败，一个作家的成长，读者对于一部小说的接受，与作品相关的流行风尚的形成，都与之密不可分，或多或少受其影响，这只"看不见的手"就是文学生产与消费机制。在近现代乃至当下的文学活动中，它不仅左右着文本，也深刻地影响着文学生产中的各方关系、写作及文学史进程。

（一）建构与遮蔽："名"作家的"诞生"

资本的介入对于文学的影响是多维的，不仅仅限于文本，它对作家个人的创作成长及其成就的影响，或许远远超出我们的认知。作家的文学成就与才华、兴趣、学识等个人因素固然密不可分，但资本介入后，作家的文学成就及其在文学史上的地位和价值，或许已经偏离了作家本人的意愿，并非其文学理想的客观呈现，更可能并非其文学才华的全部展示。从这个意义上说，我们在文学史中看到的作家的文学成就，可能只是作家被彰显的冰山一角，而被隐匿的部分，或许才更接近作家本人。这一问题的理论意义之所以重要，恰恰是因为它牵涉作家在文学史上取得的成就、文学作品的价值，以及我们该以怎样的标准评价的问题。那么，印刷资本是如何建构作家的文学成就，又是如何遮蔽其文学成就的？从文学史角度来看，它们到底建构了什么，又遮蔽了什么？

平江不肖生以开一代风气之先的武侠大师面目出现在中国近现代文学史上，然而，对他本人的武侠小说创作成就，平江不肖生并不以为然，自谓"非与著书立说，教人益世可比"，他"真正费心力处，厥为《留东外史》"。在作家看来，这当然与其创作动机密切相关："获得大量稿费，以供挥霍，而偿付一身负债。"②——为钱写作，倒与张恨水对《啼笑因缘》的看法十分相

---

① ［法］罗贝尔·埃斯卡皮著，于沛选编：《文学社会学——罗·埃斯卡皮文论选》，浙江人民出版社1987年版，第3页。

② 余叔文：《江湖奇侠传》，见顾国华编：《文坛杂忆初编》，上海书店出版社1999年版，第107页。

似——"写得并不太好"①,应该去看《春明外史》和《金粉世家》。不难发现:无论是《江湖奇侠传》还是《啼笑因缘》,都是按照编辑/出版商的授意创作的,《江湖奇侠传》是沈知方的"生意眼",而《啼笑因缘》则是严独鹤北上对张恨水的邀约,且特别指点张恨水注意南方读者这一时期的口味是"神怪"而"肉感"的。在作家眼中,无论这两部作品在文学史上的地位如何,它们都是"应景之作"。然而,这两部作品却引领了20世纪二三十年代通俗文学的阅读风潮:《江湖奇侠传》确立了平江不肖生武侠小说一代宗师的地位,也在某种程度上遮蔽了他欲借小说针砭社会时弊的文学理想,使他失去了成为社会黑幕小说大家的可能;《啼笑因缘》建构了张恨水贯通南北的声名,却也为他一贯素淡干净的男女情爱书写平添了许多旖旎的风光。这一切,都出乎意料,非作家本人的主观创作意愿以及文学理想,但这恰恰是由于近代以来印刷资本介入文学之后,为作家创作带来的不可避免的复杂性。在评价作家的文学成就时,应当将这些复杂的因素考量在内,不能一概论之。

以上关注的是"遮蔽"。还有一些作家,则尽享印刷资本建构之幸,最为突出的莫过于上海的"一鹃一鹤"——周瘦鹃和严独鹤。在其编辑生涯中,周瘦鹃最为重要的活动莫过于担任《申报》副刊《自由谈》以及《半月》《紫兰花片》《紫罗兰》等报刊的主编。而《半月》从周瘦鹃的"个人杂志"到被大东书局收购,再到大东书局出资帮助周瘦鹃办"个人小杂志"《紫兰花片》,直至周瘦鹃迫于时间压力无奈放弃,全力以赴为大东书局经营《紫罗兰》,他在个人的文学理想与文化资本之间寻到了适度的平衡,当然,大东书局经理沈骏声对周瘦鹃个人唯美理想极端追求的成全也是其中十分重要的原因。②印刷资本对严独鹤的重要意义,莫过于其作家身份的"生成"。《红杂志》创刊前,严独鹤一直以"谐评"和"谈话"执《新闻报》副刊《快活林》之牛耳,以杂文称著于读者中。当时,严独鹤创作的小说数量很少,然而,《红杂志》从创刊直至停刊共100期中,严独鹤几乎每期都为其撰文,或小说,或杂文,小说多以短篇为主。自从第20期李浩然的《评独鹤的小说》发表后,"杰作""杰构""名家手笔""圣品"之类对严独鹤小说的过度揄扬之词,在杂志相关广告中

---

① 张伍:《我的父亲张恨水》,春风文艺出版社2002年版,第90页。
② 详见石娟:《"个人杂志"的"投降"——周瘦鹃与〈半月〉、〈紫兰花片〉、〈紫罗兰〉》,载《新文学史料》2014年第2期,第116页。

频频出现。每期广告的极力褒扬,使严独鹤创作声名日隆,种种溢美,从严独鹤最初自谦的"独鹤的戏,大家都欢喜看的"①到第23期《如此牺牲》大肆包装之后广告语中的"杰构""圣品",严氏俨然成为"小说圣手"。并非严氏自夸——因他后来不再过问《红杂志》的编务,这些与世界书局的谋利意图直接相关,但客观结果是,严独鹤从来没有如此密集地为某一份刊物集中撰写这么多小说,更没有因小说而享有这样的盛誉。如果说《新闻报》成就了海上"一鹤"的"名编"身份,《红杂志》则建构了严独鹤"名作家"的头衔——世界书局发表了严独鹤的绝大部分小说,包括后来他唯一的长篇小说《人海梦》,而严独鹤也为世界书局提供了一份独一无二的刊物——《红杂志》。如果没有《红杂志》,严独鹤小说家的一面或许有机会展现,却不可能如此高产且密集。尽管与周瘦鹃、包天笑、张恨水等人比起来,他的创作水准显然不在一个层次,但《红杂志》这份以小说取胜的杂志需要"一鹤"这块"金字招牌",同时,也需要不断给这块"金字招牌""镀金"。可以说,严独鹤的小说创作与《红杂志》息息相关,没有《红杂志》,或许也就没有作为"小说家"的严独鹤。②

其实,在文化资本大行其道的现代社会,作家身份的遮蔽与建构并不只出现在通俗文学中,也不独出现在中国,拜伦作品中的"拜伦主义"就是出版商约翰·默里要求拜伦在写作《恰尔德·哈罗德游记》时迎合富于幻想的读者需要的产物,结果,这种"拜伦主义"成为拜伦后来写作的一道魔障——与读者习惯的"拜伦主义"相拂逆的作品会遭到默里的百般阻挠而无法出版,于是在读者视野中的拜伦便成了默里希望的那个样子,也便成了"拜伦主义"的样子。

(二)策划与运作:出版商的"助产"

出版商这一角色随着印刷资本的出现而诞生,他们之于作品的意义,正如埃斯卡皮所说:"……同助产医生的作用相似:并不是他赋予作品以生命,也不是他把自己的一部分血肉给作品并养育它。但是,如果没有他,被构想出来并且已经临近创造的临界点的作品就不会脱颖而出。"③也就是说,出版商有权决定作品胎死腹中还是走向流行或经典,尤其在现代文学生产与

---

① 《红杂志》第六期广告,见《新闻报》1922年9月15日第五张第一版。
② 第23期后,严独鹤已不再全面承担《红杂志》的具体编辑工作,故之后广告语的"高调"与之前低调的自谦大为不同。
③ [法]罗贝尔·埃斯卡皮著,于沛选编:《文学社会学——罗·埃斯卡皮文论选》,浙江人民出版社1987年版,第37页。

消费机制中,这一角色显得至关重要,它操控了文学生产和消费的全过程,是联结作者和读者的纽带以及文本生产及意义实现的桥梁。近代以来,印刷技术的分工日益细化,出版商也从原来只负责发行的书商,逐渐成为代表生产的作者与代表市场或消费的读者之间的协调者。在作者的自由创作和读者的非理性阅读之间,逐利目的决定了出版商/编辑必将以理性态度协调二者,从而推动文本意义的实现——成为作品。尽管"出版商"这一身份更多脱胎于近代以来的书商,但他们在近现代文学生产与消费中的身份却是新生事物,这一"新生",使得文学具有了鲜明的现代意味。

作为仅次于商务印书馆和中华书局的第二号书业巨头——世界书局和大东书局在中国近现代通俗文学史上的地位及贡献甚巨——几乎每一部优秀通俗文学作品的出现,两位主政者沈知方和沈骏声都或多或少参与其中,其地位不可小觑。沈知方与沈骏声为叔侄,两个书局的经营理念虽有差异,但二人对通俗文学作家均执礼甚恭,他们的一些策划或选题,在通俗文学作家那里多会得到很好的贯彻和执行。鉴于世界书局和大东书局不同的文学出版定位,二人在通俗文学出版中的"助产"方式,也各有千秋。沈知方谙熟市场需求,尊重资本规律,会根据市场需要提出选题,再寻找一位"俯首帖耳"的作家落实,如《江湖奇侠传》、伪作《石达开日记》,更为有名的或许是重金买断张恨水的著作权,"每三月交出一部。字数约是十万以上,二十万以下。稿费是每千字八元。出书不再付版税"①。为了留住一位作家而办一份刊物,沈知方和沈骏声均有实践。程小青因《霍桑探案》成名,自《红杂志》到《红玫瑰》,世界书局都给予程小青非常优厚的稿酬。其间,沈知方曾要求程小青将创作和翻译的侦探小说全部交给世界书局,不得在其他书局出版或在刊物上发表。但程小青"觉得这有些像引鸟入笼",不愿为金钱"卖身",没有同意。②不久,沈知方创办了以侦探小说为主要内容的《侦探世界》(半月刊),邀请程小青任主编,并亲自为《侦探世界》撰写发刊词,以示重视,尽管他明知此刊必不会像《红杂志》那样大卖。由于是半月刊,加之侦探小说创作要求较高,稿源常常不足,每半个月,程小青至少要写一部侦探小说以支撑刊物,令其自顾不暇,完全没有余力为其他刊物写稿。事后回忆起来,

---

① 张恨水:《写作生涯回忆》,见张占国、魏守忠编:《张恨水研究资料》,天津人民出版社1986年版,第47页。

② 程小青:《我和世界书局的关系》,载《出版史料》1987年第2期,第69页。

程小青称自己"终于做了一年的'包身工'"①。沈骏声的方式有所不同——以情感留人。最为突出的例子就是他对周瘦鹃文人理想的成全：从《半月》到《紫兰花片》，再到《紫罗兰》的资本支持自不必说，周氏生病期间，沈骏声"几乎天天驾临一次"②，关爱有加。从大东书局出版《紫兰花片》到《紫罗兰》的商业决策来看，沈骏声不像沈知方那样寻找作者"为我所用"，而是根据作者的特点，努力寻找书局与作者合作的可能。对于看准的选题，即便作家不同意，沈骏声也会想办法说服，《星期》就是在这样的背景下出现的。《小说大观》《小说世界》之后，沈骏声看中了包天笑，请他为大东书局编写周刊《星期》。包感觉周期紧迫，有些犹豫，沈骏声"极力怂恿"，并承诺印刷方面由他负全责，不用包天笑操心。③在办刊过程中，出于诸多原因，包天笑屡次推脱，甚至意欲停刊，沈骏声却一直鼓励他坚持，《星期》终以50期完告结束。停刊之后，出于朋友之情难却，包天笑继而在《半月》上又发表了相当数量的作品。

没有沈知方，武侠小说的定型估计还要等待更久的时间，严独鹤是否能成为"名"作家，也是未知；没有沈骏声，"紫罗兰"或许只能成为周瘦鹃心中一个永远的情结，却不一定会成为上海的城市风尚和流言。无论是小说文本的产生、小说类型的定型，还是通俗文学场域、作家风格乃至创作特色的形成，沈知方和沈骏声都功莫大焉。作家赋予作品生命，但若没有出版商，近现代通俗文学史的景象必会大不相同。从这个角度而言，在近现代文学生产与消费中，出版商是文学进入现代之后的一个标志性角色，他们隐于作品生成的幕后，以他们的文化理想、文化追求，甚或仅仅出于逐利目的，在作者与读者之间培育、引领、推动、协调、彰显、遮蔽……他们以其特有的身份及功能，参与了20世纪风起云涌大变动时代的中国文化及文学建构与书写，这一点不该被忽略。

（三）接受与参与：读者的"潜叙事"

印刷资本进入文学生产与消费之后，由于媒介转型、出版商/编辑的介入，以稿酬为生的作者的创作自由更加受限于资本，那么，读者的地位、角色和功能是否也发生了变化？如果有变化，是怎样的变化？这些变化使得他

---

① 程小青：《我和世界书局的关系》，载《出版史料》1987年第2期，第69页。
② 周瘦鹃：《紫罗兰庵困病记》，载《半月》1925年第4卷第23期，第8页。
③ 当时的普遍情况是，主编除了处理稿件外，还要关心印刷诸事。周瘦鹃就曾为了《自由谈》"中秋特刊"的排版印刷问题整夜未眠，与印刷工人一道干到天明。

们与作家、出版商、编辑之间建立了怎样微妙的关系？他们在现代文学中充当了怎样的角色？西方接受美学对此有大量研究，而且取得了丰硕的成果，但在我们的文学史研究视野中，此类研究却十分不足。中国近现代文学在生产与消费的现代语境中，读者的话语方式、与作家的互动，以及这些"话语"所呈现出的"新质"，都是十分有趣而且非常重要的课题。这里我们暂以报刊的发展变化为例，尝试讨论这一问题。

在报刊出现之前，文学活动中的读者是单维的，他们扮演着被动的角色。文学与印刷资本结合，以消费的名义进入了贩夫走卒、引车卖浆之徒等市井生活的大舞台，记录并见证了时代的变迁。以报纸为例，印刷资本拥有者出于对利润的追求，决定了媒体人即主笔、主编对文学作品择选的标准（既包括商业标准，也包括报纸定位、国家权力、地域背景、时代观念等），主编凭借他们对读者阅读水平及趣味的把握，参与文学作品的创作，读者的反应及对作品的评价决定了文本的走向及能否完成。在这几重关系中，读者是整个文学活动的指归，而自20世纪初开始，"正是上海渐渐盛行小说的当儿，读者颇能知所选择，小说与报纸的销路大有关系，往往一种情节曲折，文笔优美的小说，可以抓住了报纸的读者"①。因此，《申报》于1911年8月24日创办副刊《自由谈》，《新闻报》也于1914年8月15日用严独鹤精警活泼的《快活林》取代了张丹斧充满夫子气的《庄谐丛录》。由于通俗小说与报刊的密切关系，报纸的销路直接反映了受众对于报载小说的关注度，这就使得印刷资本持有者异常关注受众的趣味，也决定了通俗小说的创作者不能完全由着自己的喜好，必须从受众的文化背景及阅读趣味出发，在受众可能接受和乐于接受的层面结合报纸的特征予以形式及内容方面的考虑。可以看出，在报纸这一媒介中，读者参与阅读活动的效果及对作品的阐释几乎与作者的创作平行，而作者也乐于通过报纸了解读者的反馈，走近读者，满足读者的阅读需求，使自己的创作受欢迎，特别突出地表现为作者、编辑与读者关于小说的对话频频见报。一个非常显著的现象是：在20世纪30年代上海的商业报刊中，读者文字所占版面呈现逐渐扩大的倾向，这一方面与市民阶层受教育程度的普遍提升有关，另一方面也是由报刊"公共空间"的开放得到更全面且多元的接纳所决定的。这些都使读者愿意将其生活现状、认

---

① 包天笑：《钏影楼回忆录》，（香港）大华出版社1971年版，第318页。

知水平、阅读感受和期待直接或间接地反馈给作者,以与作者创作的"共时"之态出现在作品中,干预文本的写作,张恨水《啼笑因缘》和《太平花》的连载均是代表。《太平花》从"非战主义"到"抗战"的转型,叙事出现明显冲突,就是由于连载期间环境巨变,读者阅读需求突然改变,直接干预创作导致的。①

20世纪30年代的通俗文学,无论语言、文字还是内容都呈现出转型的倾向,其直接动力也多来自读者。与20世纪初的读者相比,20世纪30年代读者的教育背景、知识结构和思想观念都发生了很大变化。茅盾在1932年曾说:"现在专读'新文言'的白话小学教科书的小学二三年生……勉强可以'听得懂'《儿童世界》以及《小朋友》杂志里的'新文言'作品,或甚至于叶绍钧的《稻草人》,然而十分听不懂旧小说里的说白。"在这个基础上茅盾分析,"如果现在一个小学三年生中途辍学而做工人,只要他常有接近文字的机会,那么,他的听得懂小说的'分野'一定和他的未尝读过'新文言'小学教科书的父亲完全相反;在他,一定是'新文言'的小说比较的接近。——自然,这所谓'新文言'小说,当然是指文字最'通俗'的"②。严谔声主编的《新闻报·本埠附刊》在1932年前后对读者所作的阅读调查,也显著呈现出在新式教育背景下成长起来的读者阅读趣味的转变。这一事实,决定了与20世纪初相比,20世纪30年代不同年龄的具有不同教育背景、知识结构和思想观念的读者面对类型各异的文学现场,会做出差异化选择,产生不同的分流。对于商业报纸而言,如果对文学类型加以明确限制,便意味着放弃了部分市场,限制报纸的话语空间,缩减受众,最终直接影响报馆的利润。在这一前提下,读者不同的文学选择就会影响报刊的编辑理念,进而影响到作家的创作和文本的生成。

在近现代文学史上,以消费为根本指向的通俗文学生产使读者呈现出

---

① 《太平花》自1931年9月1日开始在《新闻报·快活林》(1932年"一·二八"之后更名为《新园林》)连载,直到1933年3月26日止。起初张恨水打算做一部"非战"小说,想借小说来呼吁停止内战,发扬人道主义。不久,"九一八"事变爆发,小说依旧按照"非战"主题连载了七回,一直连载到11月27日。张恨水连续两个月在小说中传达"非战"意识,与时代吁求并不合拍,受到读者批评。11月15日,张恨水在《新闻报·快活林》中特别向读者解释了自己在这一特殊时期创作时坚持"非战主义"的理由。自第八回开始,《太平花》连载抗日内容,但整体看来,故事显得突兀且生硬,过渡衔接不自然,因此,在1933年出版单行本时,小说作了大幅度的修订,但文本仍不够自洽。

② 止敬:《问题中的大众文艺》,载《文学月报》1932年7月第1卷第2期,第52页。

日益强大的话语优势,他们不再"隐形"或藏身于幕后,而是以亲历者的姿态,主动且积极地参与着文本的写作和文学史的建构,描绘出姚斯所谓"文学史就是文学作品的消费史,即消费主体的历史"①的壮阔图景。

"文变染乎世情,兴废系乎时序"②,文学与商业、媒介的结合,是时代、经济、思想、文化和科技发展的必然,如时人所言,这种事实的确使文学与商业、媒介之间形成了一种赤裸裸的"竞卖"关系。当中国文学呈现出媒介性,现代文学的现代性特征赖以成型,也因此,百年文学被时代的洪流裹挟进印刷资本有目的扩张的商业行为中成为必然,使得市场运作成为文学活动的一种方式,其意义不仅仅止于谋利。然而,十分有趣的是,现代文学一方面与文化资本的赢利目的及广告等商业行为紧紧捆绑在一起,一方面又因文学自由抒发性灵的天性与市场、资本之间发生了诸多抵牾,由此而生成了特有的矛盾与张力,并进而形成了复杂多元的文学景观和文化生态。近代以来,文学与市场、资本关系的变革改变了中国文学内部本然形成的相对稳定的活动模式,使文学在极短的时间内迅速变得躁动不安却又充满活力,成为"三千年未有之大变局"中极富生机的组成部分,当然,它也因此饱受争议。自此,文人创作从古时那种追求尽美尽善的从容转变成为了五斗米而急于"广声誉"③。近代以来文学生产与消费机制的根本改变使得转型期的有识之士忧心忡忡,他们进行了文学变革,从创作到接受、从理论到实践、从内容到形式,百年中国文学内部形成了一道殊于以往的景观:一方面,文学生产方式的变革带来了文学活动主体关系的变化——书局老板(出版商)、编辑、作者、读者以生产和消费的名义共同参与文本与意义的生成;另一方面,观念变革的步履却缓慢、沉重而细碎,理性的认知很难与文学实践同步,由此引发了一系列关于文学本质、作家责任、创作方式、作家立场、价值评估以及服务对象之类文学内外部种种热烈的讨论乃至事件,以其行为的丰富性、内涵的独特性以及价值的多元性,构成了百年中国文学诸多魅力十足的现代性命题,令人目眩,也格外迷人。

---

① [德]H.R.姚斯、[美]R.C.霍拉勃著,周宁、金元浦译:《接受美学与接受理论》,辽宁人民出版社1987年版,第6页。
② (南朝梁)刘勰:《文心雕龙·时序第四十五》,上海古籍出版社2010年版,第218页。
③ 解弢:《小说话》,中华书局民国八年(1919)版,第116页。

上编　百年中国通俗文学的市场运作

第一章 《晶报》：生存境遇·经营对策·读者定位·话语空间

李国平

对大众文化及通俗小说而言，小报具有十分重要的意义——它既是现代都市中最受市民喜欢的大众文化快餐，又与期刊和大报副刊并列成为现代通俗小说的三大载体。①而1919年创刊的上海《晶报》被称为"小报之王"，位居最具代表性的上海现代小报"四大金刚"之首，其重要性不言自明。

但是，与此形成巨大反差的是，包括《晶报》在内的现代上海小报迄今一直遭受着学术界的冷落，无论是新闻史、社会史还是文学史研究大都视之为可有可无的"鸡肋"。这与《晶报》等在现代上海市民生活中的重要地位是极不相称的。

《晶报》从1919年3月创刊一直持续到1940年5月停刊，出版时间较长，跨越了现代文学史上的"五四"时期、1930年代直至抗战前期。其办刊宗旨及刊载的大量小说、散文小品、社会新闻等，在当时既赢得了大量读者，也颇能代表当年上海一批传统文人的共同趣味。②更值得关注的是，《晶报》

---

① 本文所谓"小报"，专指晚清至新中国成立之初上海、北京等现代化都市中那些篇幅较小，不以军政大事为重心而以消闲、娱乐性内容（包括社会新闻、趣闻轶事、随笔小品、连载小说等）为主（不完全拒绝传统意义上的新闻）并拥有众多市民读者的报纸。沈史明在《我国小型报发展简述》中把所有开本小、篇幅小的报纸统称为"小型报"，其中既包括《晶报》等消闲娱乐性小报，也包括三四十年代陈铭德创办的《新民报》等所谓"现代小型报"，还包括1931年在瑞金出版的《红色中华》等"无产阶级小型报"。（见《新闻学论集》第7辑）笔者认为，《新民报》《红色中华》等仍属传统意义上以新闻和宣传为主的报纸，或可勉强称之为"小型报"，但绝非小报。

② 社会新闻指"反映当前社会生活、社会问题、社会风气的报道。有广泛的社会兴趣，并以社会道德伦理为基础。写作上富于人情味，讲究趣味性"。"社会新闻产生于19世纪30年代'大众化报纸'盛行时期，最初色情、凶杀的材料比较多……西方新闻学称之为'软新闻。'"见余家宏等编写：《新闻学简明词典》，浙江人民出版社1984年版，第123—124页。按：由于该词典编于1980年代，该词条带有较强的意识形态成分，但大致还是反映了社会新闻的性质与特点。近来同样有研究者对此类新闻持否定性看法，认为1930年前后的社会新闻类小报"以各类大报无法顾及的社会新闻为主，新闻版面上充斥着各种家长里短、世人八卦等消息"。见侯娟：《〈社会日报〉（1929—1934）与上海小报转型》，暨南大学硕士学位论文2015年，第2页。

还为我们提供了借以了解这类文人之间声气相投的相对集中的个案。有鉴于此,本文选取《晶报》为个案,通过对其二十余年间发展衍变的历时性考察,对其中各类作品如小说、散文小品、笔记、诗词以及论争性文字进行细致深入的分析,进而探讨现代小报迥异于大报的市场策略及其生存状态,以期廓清长期以来强加于小报身上的种种不实之词,从而探讨小报产生的市场机制与原因。

一、《晶报》的生存境遇

现代小报巨擘《晶报》于1919年3月3日在上海创刊。此时,上海小报的发展正处于低谷期——清末风行一时的文艺性小报"渐趋凋零,几近绝迹"①,而民国初年兴起的"戏报"(即游戏场小报)也未能打开市场,即使最负盛名的《大世界》每日的销量也不过两千份,《新世界》每日销量则只有五六百份,有些小报甚至每天仅售出几十份。②而《晶报》的创刊,则开创了小报界一个全新的发展阶段——"三日刊"时代,《晶报》由此"坐稳了十年小报的江山"③。

《晶报》自创刊至停刊,连续出刊超过二十年。这二十余年正是上海报业最为繁盛的时期,小报与大报及其副刊之间、小报与小报之间的竞争异常激烈。而《晶报》最终能够脱颖而出,成为发行量仅次于《新闻报》和《申报》的"上海小报之王"④,除了内容方面别具特色外,同样也得益于其高超的市场策略和准确的读者定位。

《晶报》创刊之际面临着来自小报界内部及外部的种种困难。约略言之,有以下四个方面。

(一)同行的激烈竞争

上海的报业向来发达,大报林立,竞争异常激烈。《晶报》创刊时,上海仅中文大报就有《申报》《新闻报》《时报》《时事新报》《中华新报》《民国日报》《神州日报》《新申报》《亚洲日报》《新指南报》《救国日报》11种,而小报也有《大世界》《新世界》《劝业场》《花世界》《先施乐园日报》《友声日报》《电光

---

① 祝均宙:《上海小报的历史沿革》(1),载《新闻研究资料》第42辑,中国社会科学出版社1988年版,第167页。
② 陈伯熙编:《上海轶事大观》,上海书店出版社2000年版,第280—285页。
③ 曹聚仁:《上海春秋》,上海人民出版社1996年版,第134页。
④ 张静庐:《中国的新闻记者与新闻纸》,现代书店1932年版(上海书店1991年影印),第43页。

日报》《新游戏》《上海新报》《小新闻》《振胜日报》《小日报》《正报》等十四种以上。在随后兴起的"五四"爱国运动中，又出现了《上海晨报》等大报，而各社会团体出版的小型报纸更是达到十种以上。①因而，《晶报》必须另辟蹊径，一方面要向大报争夺读者，另一方面还要与同业竞争，否则它就很难在竞争激烈的上海报界开辟出一条生路。

一般而言，"各大报上所载的，是那些政治上陈陈相因的话，《晶报》上却都是有趣味而确实的纪载"②。由于各自的定位不同，《晶报》要吸引的就是那些不满于大报千篇一律报道的读者，所以《晶报》与大报之间的竞争反而并不十分突出，更为激烈的倒是与那些定位大致相似的小报之间的竞争。各小报都使出浑身解数来扩大销路，如《大世界》《新世界》《新舞台》等多依靠赠送交换券来维持。

1920年代是上海小报发展的繁荣期，前期是"三日刊的出版高潮，模仿《晶报》的内容、版式的综合性小报，多达60多种"。而到后期，"小报以更大的浪潮向前发展，各类小报总数达几百种……小报成了上海报界一支不可小视的力量"③。由于竞争异常激烈，各小报常常以诋毁、攻击别家小报作为手段，因而彼此之间相互毁谤甚至进行人身攻击的事件司空见惯，比较典型的就是《金钢钻报》创刊后与《晶报》之间的对骂。1923年10月，因对余大雄常常挑拨文人相骂不满，施济群等十位作者联合创办了《金钢钻报》。据说，其报名就是针对《晶报》而取的，"其意为：金钢（注：原文用此字，现通用"刚"）钻的硬度在水晶之上，'以钻克晶'，迎刃而解"④。在《发刊词》中，《金钢钻报》痛斥人间的所谓"金壬"，"专以阴贼狠毒之手段，戕伐同类，是皆秉天地乖戾之气而成，虽能横行当世，称霸一时，然多行不义，祸必及之"⑤，其矛头直指《晶报》主持人余大雄。《晶报》随即还以《说金钢钻》，通过对伶人金钢钻龌龊历史的揭露，以指桑骂槐的方式对《金钢钻报》反唇相讥，认为

---

① 此时各社会团体创办的小型报纸计有日刊《中和日刊》《中法储蓄会日报》《中华国货日报》《全国学生联合会日刊》《上海学生联合会日刊》《杭州学生联合会报》《新国民》等，晚刊《逐日报》，周刊《星期评论》，三日刊《雪耻晶刊》。此外还有北方议和代表的机关报《平和日刊》出版，性质略如大报，而篇幅则如小报（见《上海报纸近状》，载《晶报》1919年6月30日）。
② 天马（包天笑）：《晶报一年的回顾》，载《晶报》1925年3月3日。
③ 秦绍德：《上海近代报刊史论》增订版，复旦大学出版社2014年版，第141页。
④ 郑逸梅：《小型报中的"四金刚"》，见《郑逸梅选集》（第1卷），黑龙江人民出版社1991年版，第943页。
⑤ 《发刊词》，载《金钢钻报》1923年10月18日。

"钻之命名,固不雅。若此钻,则又属化学伪质。虽然,村妇御之,亦且骄人。以此为譬,又何怪钻之以名伶自居耶?"①在最初数十期中,《金钢钻报》几乎以攻击《晶报》为唯一目的,既讥笑《晶报》所标"社会定期日刊"的不通、文字的错谬,同时又在《老前辈的堕落》《斥清波》《再斥清波》《三斥清波》《瘪三受创》等文中对余大雄和《晶报》主要撰稿人包天笑、毕倚虹等进行包括人身攻击在内的种种指斥,双方甚至为此对簿公堂,成为当时颇受关注的文坛事件。②对原本常为《晶报》撰稿的步林屋另起炉灶自创《大报》,《金钢钻报》也视之为《晶报》的内讧,不失时机地予以讥讽,幸灾乐祸之意俨然。

此类相骂事件往往徒害无益,不仅毫无意义可言,反而容易助长读者对小报的厌恶之情。但在1920年代的小报界,类似事件仍时有发生,而位居小报界"四大金刚"之首的《晶报》更是常常成为众矢之的。有些小报甚至为了打开销路而有意向《晶报》挑衅,希望引起《晶报》的回击,借笔战来提高自己在读者中的知名度。这样的无序竞争对《晶报》其实是有百害而无一益的。

(二)战乱频仍

《晶报》存世二十余年,跨越了北洋政府、南京国民政府和上海"孤岛"三个历史时期。其间多处于国内政局混乱之时,极大地限制了《晶报》的销售。《晶报》创刊不久,适逢"五四"爱国运动爆发,以"谈花谈剧"为特色的《晶报》在群情激昂的形势下显然很不合时宜。而在随后的近十年间,国内先后爆发了直皖战争、两次直奉战争、江浙战争、北伐战争,连续不断的战乱常常造成南北交通阻断,使得《晶报》很难在外埠推销。对此,《晶报》同人也深有感触。在回顾《晶报》1924年间的进步时,《晶报》同人既为《晶报》读者的继续增加而沾沾自喜,同时也不无遗憾地指出:由于"各处兵燹",《晶报》"频受打击","倘没有去岁的兵乱,《晶报》的增长,怕还不止此数"。③即使在1928年南北统一之后,国内和平稳定的局面也没能维持多久。先有1930年各路军阀在中原的混战,后有1932年初"一·二八"淞沪抗战,"海上小型报纸,一律停刊",只有《晶报》惨淡经营,在炮火声中,改出临时特刊,报道淞沪战事

---

① 神狮(余大雄):《说金钢钻》,载《晶报》1923年11月21日。
② 分别见1924年1月24日、2月24日、2月27日、3月2日、3月30日《金钢钻报》。"老前辈"指包天笑,清波即毕倚虹,"瘪三"则是对毕倚虹的("毕三")的贬称。
③ 天马(包天笑):《晶报一年的回顾》,载《晶报》1925年3月3日。

轶闻,处境十分艰难。①经历了稍显平静的几年之后,又遭逢1937年的"八一三事变",《晶报》奉命停刊达一月有余。②

连年的战乱与动荡给《晶报》的扩大发行造成了极大的困难。由于交通阻隔,《晶报》的销售只能局限于上海一隅,而即使是本埠读者,也很难有闲情逸致去浏览《晶报》等以休闲趣味为特色的小报。战乱还导致了《晶报》广告的锐减。由于商家认为小报读者以市民阶级的中下层人士为主,购买力不强,对在小报上做广告的兴趣不大,小报要拉到广告也比大报难得多。这种状况在战乱期间更甚,有限的商家广告很难光顾到小报。

(三)司法诉讼掣肘

由于以"谈花谈剧"为特色,《晶报》对花界消息颇为关注,又时常以耸人听闻的文字来吸引读者,所以仅在"三日刊"时期,它就曾多次因文字不慎而受到工部局的惩处(通常是罚洋)。不过,《晶报》同人对吃官司并不感到意外,因为在他们看来,"《晶报》上往往登人家不肯载、不敢载、不能载的纪事,吃官司自在意中"。他们甚至不无得意地宣称:"《晶报》存心无他,吃官司也对得住社会,对得住读者。试问欧美各国,以及中国各大都邑,报界中人,吃官司的有多少?新闻界中人的吃官司,不算失面子,何况我们一个小《晶报》?《晶报》不能似上海各大报的谨慎小心,常常遇到有吃官司的事。"③当然,他们也承认《晶报》的受罚有时确实不光彩。比如1919年八九月间,《晶报》接连两次被控受罚。第一次系因7月24日刊登的《花国总理笑意行香》一文"语涉秽亵,为捕房所控",最后被判罚洋二十元。第二次则由于9月12日所刊李涵秋小说《爱克司光录》第三回被认为"登载秽亵文词违章",罚洋三十元。④尽管余大雄对《爱克司光录》中被认为"秽亵"的描写还可以用"不失为讽刺"聊以自解,对前者却不能不有悔意,认为"所形容者,为娼寮不堪之事,乃至构成讼狱,对簿公堂,人纵不言,吾独无愧于心乎?""既无言以对法官,亦且无以自解于社会"⑤。

---

① 宝凤(余大雄):《根水前程谈锦片》,载《晶报》1935年12月2日。
② "八一三事变"后,《晶报》的正常出版被打乱,8月17日起仅出版"号外"半张,直至当年12月26日停刊。其中9月1日至10月9日报纸不计入期数,可视为停刊。
③ 天马(包天笑):《晶报一年来之奋斗》,载《晶报》1926年3月3日。
④ 记者:《罚洋三十元》,载《晶报》1919年9月21日。
⑤ 大雄:《编辑纪略》,载《晶报》1922年5月9日。

但是,此后的《晶报》并未因此而拒登此类文字。1921年1月,由于所连载的《宝盖图宫秘史》"刻画过甚",《晶报》再次"为巡捕房所控"。这次《晶报》所受的损失更大,除被判罚洋四十元以外,还被巡捕房将未能售完的三期报纸全部搜去销毁。①一年后,在忆及《晶报》三次被罚事件时,余大雄曾希望"将来更记编辑事略,当不复有违章罚锾之叙述,重渎诸公之观听"②。此后几年间,《晶报》果然再未因此被控。但到1925年,《晶报》重蹈覆辙,因为刊登了《续鞭记》一文,被控"文词猥亵,有违犯现行刑律二百九十二条之嫌疑",余大雄又一次被工部局巡捕房传讯。后经毕振达律师(毕倚虹)辩护,最终以"虽不无有猥亵之嫌,但尚无显著之猥亵文词,从宽开释"③。1930年7月,因刊登违禁药品广告,《晶报》与《申报》及数家小报同时遭控。经过长达半月的审讯,《晶报》被判罚洋十五元。④

除了因刊登淫秽文词被罚外,《晶报》还多次因毁人名誉而涉讼。1925年4月起,《晶报》先后刊登了瘤公的《哭鹧鸪》、郑正秋的《割肾纪念》和署名"日休"的《圣殿记》等诗文,对当时在沪行医的德国希米德博士所谓"返老还童之术"进行揭露和讽刺。⑤当年10月,希米德以《晶报》"散布流言,损害其个人及营业上之信用"将余大雄、张丹斧告上法庭。自11月7日至21日,前后开庭四次,辩论二次,最终余大雄被判罚洋二十五元,并向希米德道歉。⑥据包天笑回忆,当时《晶报》同人对此判决"很为高兴",认为"这官司是打成功了"。⑦其实,类似的官司即使确实如包天笑所说能够扩大销路,对《晶报》主持者来说也仍然是劳力伤神的事件,可谓得不偿失。

尽管《晶报》在前述诉讼中也偶有胜诉,其名声在这类官司中却常常受到损害。因为自清末以来,小报在社会上的口碑本来就不佳,一旦受到惩

---

①② 大雄:《编辑纪略》,载《晶报》1922年5月9日。
③ 记者:《本报控案纪实》,载《晶报》1925年5月18日。
④ 记者:《本报被控案纪实》,载《晶报》1930年8月9日。
⑤ 希米德以此三文向租界当局控告《晶报》。瘤公怀疑郑鹧鸪之死与希米德为"试行返老还童之术,剪断其青春腺"有关;郑正秋以亲历者的身份揭露所谓割肾可以"返老还童"毫无效果,纯属欺骗;《圣殿记》则以"药水医生"影射希米德,讽刺其为康圣人(康有为)治病,令康"受返老还童之害"。此外,当时《晶报》讽刺希米德的诗文颇多,如瘤公《还童诀》讽刺那些想要返老还童者必须"抛却人间现在身""暂作黄泉路上人",同样针对希米德。
⑥ 记者:《本报控案纪实》,载《晶报》1925年11月24日。
⑦ 包天笑:《钏影楼回忆录》,(香港)大华出版社1971年版,第450—451页。包天笑误记为余大雄被判赔偿希米德名誉损失费一元。

处,它们便很难获得舆论的同情。但是,为了招徕读者,《晶报》又很难拒绝那些或隐或显的迹近猥亵的文字,尽管他们明知这些文字容易招致祸端。于是,在巡捕房的严厉惩处与投资者所好之间,《晶报》往往进退维谷,难以取舍。如何把握其间的尺度以规避被处罚的风险,是《晶报》同时也是近现代上海所有小报共同面临的难题。

(四) 当局各种规章与法律的限制

首先是来自工部局的压制。上海租界虽然在很大程度上为近现代上海报业的生存与发展提供了相对宽松的环境,但其对包括《晶报》在内的上海报业也不可能放任自流,不闻不问。1919年6月22日,在"五四"爱国运动如火如荼之时,法国驻沪总领事签署并颁布了《上海法租界发行印刷出版品定章》(以下简称"定章"),规定:"凡欲在法租界开设华文报馆或华文杂志印刷品等,应由法总领事许可。""倘得准许,应将出版品先送至法捕房及法总领事署各一份,而后始可发行。""如捕房查出发行出版品有碍及治安及风化者,即将负责人及编辑人送堂训究;或有必要,印刷人受同一处分。""捕房随时可将该房屋封闭,并将违章送究。"①随后,公共租界工部局纳税西人会议也于7月10日通过了《工部局印刷附律》提案。《工部局印刷附律》的规定较之"定章"更为苛刻,"无论何人,凡印刷(包括一切机械的复制而言)刊布或使人印刷刊布新闻纸、小册子、通告、传单、小书、招贴或其他纸类,载有公共新闻、消息、事情或关于此类之批评、言论,而不于未印、未布以前,先行注册(外人向本国领事注册,否则向工部局注册),将其姓名、日常居处、营业地点报明,或故意妄报遗漏致注册之各端,令人迷惑者""无论何人,印刷何种纸类,意欲刊布、传散,而不于此项纸类之封面(指单印一面之纸而言),或于首页末页登载社论之一页(指不止一页者而言),用清晰可睹之字,载明其姓名与住居、营业处所者""无论何人,刊布、传散或助人刊布、传散此项纸类,而上面未载印刷人之姓名、住居、营业地点,如以上所言者"都将处以罚金、监禁或其他科罚,"照该人所受治之法律而定之"。②"定章"和《工部局印刷附律》的核心都是发行报刊必须预先领取执照,一旦违犯可以不经法律程序

---

① 《上海法租界发行印刷出版品定章》,原载《上海市书业同业公会档案》,见刘哲民编:《近现代出版新闻法规汇编》,学林出版社1992年版,第649页。
② 《工部局印刷附律》,见刘哲民编:《近现代出版新闻法规汇编》,学林出版社1992年版,第648页。

直接吊销执照。上述法令赋予了租界当局极大的权力,而对新闻业则是极大的限制与摧残。尽管二者主要针对"五四"新思潮激荡下出现的那些宣传新思想的报刊,但它们对小报出版和发行的限制同样是颇为严厉的。①

现代上海小报还要接受政府方面的监督与整治。当时还曾出现过败坏小报界声誉的"横报"潮。"横报"品格低下,肉欲横流,引起了小报界有识之士和社会的警觉。在此背景下,1927年7月刚刚成立的上海特别市教育局组织了小报审查委员会。1927年10月31日,上海特别市政府核准了《上海特别市教育局小报审查条例》,规定:"凡在本市发行或销行之小报,均由本局随时审查。""凡出版小报,须详开报馆地址及发行人、编辑人姓名,来本局备案。地址及发行人、编辑人有更改时,亦须呈报本局。"②"条例"还对小报的奖惩办法作出了具体规定。这次对小报进行登记审查,目的本来是为了抑制"横报"泛滥成灾,但这次审查使《晶报》等各小报都遭受了池鱼之灾。1928年间,上海特别市政府还先后采取了"重新举行小报登记""发表立案之小报""二次审查小报""司令部取缔小报"等一系列措施,对小报施行严格的审查、取缔制度。这些审查对小报产生了更为不利的影响,因为审查"定十日一次",过于频繁,但是不送审又会被取缔,委员会议定,若有小报"迁延不遵送",将"再行专函催促。如仍不备送,将商同公安局及公共租界工部局切实取缔"。③在此高压下,各小报都疲于应对。而且,这些审查常常颇为严厉。比如在1928年6月"发表立案之小报"时,委员会就对送审的三十余种小报"逐一审查,加具评语"。④在7月12日第二次审查会议召开时,同样对送局受审查的三十八种小报逐一评审。尽管委员会审查后认为"各小报记载,除一二报尚多可议,应去函警告外,大致均视为满意",其中《晶报》等若干小报还"各有优点可取",但是审查委员会也对各小报"大抵登有春药广告"提出了批评,要求各报馆自动停登。同时,委员会还要求各小报承担起政治宣传的任务,"于登载社会新闻外,从事三民主义及常识之宣传,以补社会教育之不足"⑤。

---

① 由于《工部局印刷附律》的条文不明确,对华人和外人报刊一同加以限制,后来《工部局印刷附律》未能获得北京公使团批准,但此后其基本精神一直产生影响。1925年4月,工部局再次提出《工部局印刷附律》,同样因遭到各界反对而未能开议。
② 《上海特别市教育局小报审查条例》,原载《上海特别市市政法规汇编》,见刘哲民编:《近现代出版新闻法规汇编》,学林出版社1992年版,第574页。
③④ 《市教局发表立案之小报》,载《申报》1928年6月22日。
⑤ 《市教育局二次审查小报》,载《申报》1928年7月13日。

此后,渐趋稳固的国民政府也开始出台相关的小报审查制度,通过制定比较详细的奖惩规则来加强对小报业的指导与控制。1933年10月12日,国民党中央执委会常务会议通过了"取缔不良小报暂行办法"。除规定"全国党政机关在出版法未经修正以前,所有小报呈请登记之案件一律缓办"外,还要求各地新闻检查所,对小报应特别注意检查,"对于不良之小报应随时严予查扣,并报告主管机关"①。1934年1月15日,国民党中央宣传委员会又函复行政院,对此"暂行办法"作出了具体解释。②

经过这一系列的小报重新登记、审查行动,"横报"甚嚣尘上的状况得到了有效的抑制,小报界逐步走上了稳步发展的新阶段。但是,这一系列举措也导致1930年代小报种类的急剧减少,1931—1937年间上海小报的数量仅及20年代的七分之一。③而《晶报》在一连串的登记审查中也疲于奔命,元气大伤。加之《晶报》秉持独立的话语立场,不可能得到当局的揄扬,这些都对《晶报》的发展产生了或隐或显的不利影响。④

二、《晶报》的经营对策

针对上述重重困难,《晶报》采取了多种措施予以应对,努力维持并扩大其影响。除了在内容方面努力办出特色以外,《晶报》在广告宣传、笼络名家以及发行等方面也都有自己的特点。

由于近现代上海小报常常旋生旋灭,在社会上不受重视,很难拉到广告,所以,只能靠扩大发行量来维持其正常运转,而报纸发行量的大小也就成为决定它们寿命的关键所在。所以,争取生存空间,增加发行量以扩大自

---

① 《取缔不良小报暂行办法》,原载《国民政府司法例规补编》第二次,见刘哲民编:《近现代出版新闻法规汇编》,学林出版社1992年版,第540页。
② 《中宣会解释取缔小报标准》,载《申报》1934年1月16日。
③ 祝均宙:《上海小报的历史沿革》(中),见《新闻研究资料》总第43辑,中国社会科学出版社1988年版,第153页。
④ 如今已无法判定此举对于《晶报》的具体影响,但是由下述事件判断,《晶报》同人对当局此举是颇为不满的:在1928年6月22日上海特别市教育局公布了"立案之小报"后,《晶报》主笔张丹斧大发牢骚,认为"报纸的优点,当然从多数阅报的人眼睛里分别,心理上评判",不应由政府来评判。他还坚持报纸的优劣要以销量为标准,"到了销数来得愈多,优点的点,想上去,自愈来得个优了。大报如此,小报也是如此"。虽然《晶报》并不在被批评之列,张丹斧仍认为市教育局不应把《晶报》与《金钗》《小情海》《情绪》《情丝》《真开心》《情话》等专一谈情的同业并列。参见丹翁(张丹斧):《小报的优点》,载《晶报》1928年6月24日。

己的社会影响,成为小报经营策略的重点。

(一) 广告先行

《晶报》的异军突起首先依靠大张旗鼓的广告宣传。

从出版之前的1919年2月中旬起,《晶报》就开始在《民国日报》《神州日报》等大报上刊登《出版预告》。以当时影响颇大的《民国日报》为例,该报自2月18日起连续11天在显要位置刊登了《〈晶报〉出版预告》。3月3日,该报第一版又刊出大幅广告《琳琅满目之〈晶报〉今日出版》。3月5日,最具影响力的《申报》也刊出了《晶报》"已于三月三日出版"的广告。在这些广告中,《晶报》首先申明其办刊宗旨是"以改良社会为职志",借以引起读者注意(自然,这是晚清以来几乎所有消闲娱乐性报刊常常祭出的一面旗帜)。广告中还列出了《晶报》特约撰稿人的强大阵容,称《晶报》将"敦请小凤、小百姓、钝根、微雨、漱六山房、欧阳予倩、臞蝯、生可、井上、红梅、丹翁、瘦鹃、能毅、寄尘、贞一诸文豪担任短评、小说、笔记、俏皮话诸作,马二先生、张谬子诸戏剧家担任剧谈、脚本,泊尘、丁悚诸画家担任插画"。① 这是《晶报》的创意,因为创刊之初的《晶报》在很大程度上是靠其特约撰稿人的"名人效应"来吸引读者的。广告中还宣称"仅印六千份,售罄决不再版",这同样也是一种促销策略,因为《申报》1920年的销量不过三万份,六千份对初出茅庐的《晶报》可谓颇为自豪的成绩。

当然,仅靠宣传是远远不够的。宣传虽然可能会产生一时的轰动,但要获得长久的成功,则必须接受读者的汰选,以精彩的内容来赢得读者的认可,因此最有效的宣传手段还是报纸内在的质量,要看报纸的内容能否为读者提供有用或有趣的信息,能否给读者带来阅读的快感。

(二) 约请名家撰稿

这是《晶报》的又一手段。无论哪个时代,名家的作品总是更容易获得读者的青睐。"有鉴于当时一般读者偶像观念很深,欢迎名家作品"②,《晶报》在其出版预告中,已经突出了其特约撰稿人队伍的强大阵容。其中包括《民国日报》主笔小凤(叶楚伧)、首创《申报》副刊《自由谈》并先后主编《游戏杂志》和《礼拜六》周刊的王钝根、颇负盛名的狭邪小说《九尾龟》作者漱六山

---

① 《〈晶报〉出版》(广告),载《申报》1919年3月5日。
② 郑逸梅:《"脚编辑"、"大文豪"及其他》,见《郑逸梅选集》(第6卷),黑龙江人民出版社2001年版,第577页。

房(张春帆)、与梅兰芳并称为"南欧北梅"的戏剧家欧阳予倩、因主持"黑幕征答"栏目一举成名的《时事新报》编辑钱生可、曾任《新闻报》副刊《快活林》编辑的丹翁(张丹斧)以及长期担任《申报》副刊《自由谈》编辑的周瘦鹃、剧评家马二先生(冯叔鸾)与张豂子、漫画家沈泊尘和丁悚。与余大雄非常熟悉的郑逸梅在回忆时也说余"拉稿的本领很大,他拉稿必亲自登门拜访,一次拉不到,二次、三次继续拜访,非达目的不罢休。人们因此给他一个绰号'脚编辑',所以《晶报》写作阵容,比任何报刊都强"①。名人的作品也确实能为《晶报》扩大销路。比如在1920年底袁寒云的《辛丙秘苑》刊出后,《晶报》的销量有明显增长。

为了长期吸引读者,《晶报》先后特约李涵秋、包天笑、袁寒云等撰写长篇小说或笔记。而一旦有新的通俗作家在文坛崭露头角,《晶报》上很快就会出现其作品。在这方面,张恨水可以说是一个典型的例子。张恨水与《晶报》结缘很早,在《晶报》创刊之初他就有不少笔记、杂论发表在《晶报》上。但由于此时他尚未以小说闻名,所以在最初十余年的《晶报》上没有刊登过张恨水的一篇小说。1930年底《啼笑因缘》连载结束,张恨水名满天下,《晶报》立即约请他撰写长篇小说,一年后其长篇小说《锦片前程》在《晶报》刊出。从张恨水在《晶报》的际遇可见,余大雄、张丹斧更多注意的是那些已经成名的作家,不善于(或许也不打算)发现新人,他们希望利用这些名人来扩大《晶报》的发行量。同样,《晶报》刊登袁寒云的笔记《辛丙秘苑》,约请李涵秋撰写长篇小说《爱克司光录》,看重的也是他们显赫的身份及其在市民读者中巨大的影响力(袁寒云是袁世凯的次子,而李当时被称为"第一流大小说家")。

不过,在吸引名家方面,《晶报》本来并无优势可言,因为小报在当时并不受重视,《晶报》甚至不向这些作者支付稿酬。那么,《晶报》如何来巩固其作者队伍呢?余大雄有自己的招数:

其一,在内容方面,《晶报》对这些作者的稿件无所限制,做到最大限度的宽容。凡是在其他报刊上不便登载的文字,都可以拿到《晶报》来刊登。即使是丑诋他人甚至有违禁之嫌的文字,《晶报》发表时也不改只字。比如

---

① 郑逸梅:《报界耆宿钱芥尘》,见《郑逸梅选集》(第6卷),黑龙江人民出版社2001年版,第315页。

在1920年底的"评剧"之争中,《晶报》刊登了署名"看报人子褒"的《斥戏子》。尽管《晶报》同人并不赞同该文对"戏子"的辱骂,但仍将该文照登,只在文后附按语称"文章而近于诟詈,报纸自以不登为是。然诟詈之中,未尝无特别趣味,又焉忍弃置?但句里行间,恕编者决不更改一字,以不负责任故也"①。即使是那些不便刊登的批评《晶报》的文字,《晶报》也尽量容纳,并不弃如敝屣。②

更重要的是,一旦这些文字肇祸,《晶报》和余大雄一力承担,决不殃及作者。比如在前述"评剧"之争中,汪优游化名"戏子"投稿《晶报》,痛诋评剧家的无知、无聊与无耻,招致了评剧界的强烈不满。包括《晶报》剧评中坚张豂子在内的评剧家纷纷要求《晶报》公布"戏子"的真名,但《晶报》坚称稿件系他人投稿,信封外仅署"王缄",报社同人并不知晓其真名实姓。《晶报》主笔张丹斧甚至认为对"戏子之姓氏里居,不佞皆作科白戏场观,故不暇讨论其虚实也"③。同样,在1925年11月的《圣殿记》一案中,原告律师侦得《圣殿记》一文的作者是在上海行医的两位医生庞京周和黄胜白,要求将他们"加入被告地位,传其到案"。但是"余大雄当庭否认之,谓稿由外埠寄来,并非庞京周交报馆"④。最终,余大雄被罚洋二十五元,而庞等得免。

《晶报》类似的"义气"之举为这些作者们解除了后顾之忧,对他们来说显然是具有较大诱惑力的,自然也能吸引他们为《晶报》撰稿。

其二,以感情维系名家。《晶报》既然带有同人性质,在稿件编排方面自然有比较大的自主性,可以把更多的篇幅留给同人。因此,记述同人行踪的文字在《晶报》上时常可见。以并非名人的小说家姚鹓雏为例,他在前期《晶报》创作甚勤,1922年以后脱离《晶报》作者队伍,但《晶报》并未遗忘他,仍不时刊登《姚鹓雏独游清凉山》(1927年11月15日)、《何民魂捉张作霖》(1928年2月3日)、《姚鹓雏走马丁家巷》(1928年6月24日)等文,向读者披露他在南京任职时的诸种逸闻。对那些名家的行踪,《晶报》的记述往往会更多。比如1934年5月,张恨水作西北之游,《晶报》就有大量关于其行

---

① 看报人子褒:《斥戏子》,载《晶报》1920年11月9日。按语为丹翁(张丹斧)所加。
② 对于那些明显讥刺《晶报》的文字,《晶报》常常转交《神州日报》刊载。如1920年底的《晶报》上就刊登了张丹斧致某作者的信,称来稿"语意似讽刺本报,登载恐贻笑识者,而又不忍割爱,因谨移赠《神州》'神皋杂俎'发表"(《丹翁致曾憾世》,载《晶报》1920年11月30日)。
③ 丹翁:《书姚民哀札后》,载《晶报》1920年11月18日。
④ 记者:《本报控案纪实》,载《晶报》1925年11月24日。

程的报告刊出。在张恨水启程前,《晶报》刊出了《恨水前程》(1934年5月4日)一文,向读者报告张恨水"拟于五月五、六日左右,由平出发,作西北之游"的消息。该文还详细记述了张恨水的游历计划。张恨水启程后,《晶报》又刊登了他致余大雄的信件(1934年6月12日),报告旅途困苦情形。此后,《晶报》连续数天刊载削颖的《张恨水闲话关中道》(1934年7月18日),而西阶(钱芥尘)的《梅花三弄》(1934年8月1日)也附记了张恨水的行踪。显然,这类文字唯有在《晶报》上才有可能大量刊登。

对那些不幸去世的作者们,《晶报》常常中断正常的发稿计划,以大量的篇幅来发表悼念文字,这也是大报所不具备的特色。无论是李涵秋、毕倚虹、袁寒云、刘襄亭、张丹斧等长期撰稿人,还是汪破园等偶一撰稿者,《晶报》都曾以连篇累牍的文字予以哀悼与纪念。1923年5月,李涵秋病逝,《晶报》连续五期大量刊登有关李涵秋的文章,包括其病逝的情形以及同人的回忆、哀辞、挽联等等。同样,1926年4月底毕倚虹病重,《晶报》也及时刊出了《毕倚虹之病》向读者报告。5月15日毕倚虹病逝,《晶报》在此后的一个月内刊载友朋的悼念文章多达二十余篇,举凡悼念活动、治丧消息乃至遗属善后,在《晶报》上都有详细的记述。由于毕倚虹的子女大多年幼,《晶报》同人还成立了毕倚虹遗孤教育会,为毕倚虹夫人分忧。1929年,《晶报》发表了炯炯的《毕倚虹遗孤教育费之善后》,向关心毕倚虹遗孤教育前途的热心读者报告教育会抚恤毕倚虹子女的情况。① 到1934年,《晶报》又发表了《家庆斯国庆——毕倚虹先生有后》,欣喜地告诉读者,毕倚虹之女毕庆琏已长大成人,并由北平大学毕业,即将服务社会(同时附有照片)。② 反观《申报》副刊《自由谈》,尽管此前一直在连载毕倚虹的代表作长篇小说《人间地狱》,但在毕氏病逝后仅刊出一则不过二百字的消息《呜呼倚虹死矣》和两篇不长的纪念文章《银灯毕命记》《呜呼倚虹》,自此毕氏即从《自由谈》消失。两相对比,《晶报》显然人情味更浓,而这种人情味正是众多大报(包括其副刊)都难以做到的,是《晶报》的特色。

(三)自理发行,附送增刊

自创发行渠道是《晶报》应对困境的第三种策略。在近现代上海报界,

---

① 炯炯(钱芥尘):《毕倚虹遗孤教育费之善后》,载《晶报》1929年3月9日。
② 西阶(钱芥尘):《家庆斯国庆——毕倚虹先生有后》,载《晶报》1934年10月10日。

报贩对各家报纸的销路影响极大。"当时报纸不是由邮电局发行,而是归报贩推销的。报贩中的头儿脑儿,是很有力量的。报纸要有销路,一方面取决于报纸的内容,另一方面却要好好地请报贩设法推销。"①而且,上海报贩的组织"捷音公所"规定,"凡望平街无该报招牌之报纸,均不得自理发行,必须委托某一大报贩经纪"②。对这些报贩的势力,老报人徐铸成在晚年深有感触地说:"在旧中国,有两类中间商,不费任何本钱,剥削最多,而且还受到被剥削者的趋奉,被目为衣食父母,一是广告商、广告社,二是望平街的报贩头子。"③上海报界的这种陋规对售价相对低廉、利润微薄的小报显然是极为不利的。为了争取发行权,余大雄和"捷音公所"一再交涉,终于获准自己发行,为小报界首开独立发行的先例。在摆脱报贩控制、获得更大经营自主权后,《晶报》的赢利空间自然也得到了拓展。

此外,《晶报》还常常通过附送增刊来扩大发行。在创刊后不久,《晶报》就刊登了《本报附送增刊预告》,宣布:"本报定自本月起每一星期或十日附出增刊一张,内容丰富,体裁美丽,皆名家改良社会之特别著作。凡购本报一月以上者赠送,不取分文。"④尽管由于存在约稿、排印等方面的困难,这一计划未能实现,但是《晶报》还是努力实践前诺,于 10 月 10 日出版了版面增加一倍的"国庆增刊",1920 年 1 月 1 日又出版了共计 8 版的新年增刊。以后每逢创刊周年纪念、双十节和其他特殊节庆(如 1926 年 2 月 12 日的南北统一纪念日等),《晶报》也会出版增加版面的纪念增刊,约请各界名流撰文,以增加读者兴味。

正是依靠这些手段,《晶报》才得以克服重重困难,逐步成长为上海小报界的巨擘。

---

① 郑逸梅:《小型报中的"四金刚"》,见《郑逸梅选集》(第 6 卷),黑龙江人民出版社 2001 年版,第 942 页。郑逸梅在该文中称《晶报》吸引订户的手段是当时不论《申报》和《新闻报》,每月报资都是九角,而《晶报》定为每月报资一角,由报贩向订户宣传"订一份大报,每月九角,付了一块钱,省得多一找头,附送一份《晶报》,就是两得其便"。按:此说不确,因为《晶报》创刊时明确标明每份售大洋二分,订报价格则是"全年大洋二元,半年大洋一元一角,每月大洋二角,邮费在内,邮票加一"(见《晶报》1919 年 3 月 3 日第一版报头"定报价格")。此订报价格一直维持到 1924 年。

② 玖君(王定九):《报人外史》,载《奋报》1939 年 8 月 27 日。

③ 徐铸成:《报海旧闻》,上海人民出版社 1981 年版,第 232 页。

④ 《本报附送增刊预告》,载《晶报》1919 年 5 月 3 日第二、三版中缝。附送增刊是由《申报》《新闻报》等大报开始的。当时各大报都出版《本埠增刊》(不送外埠订户),《新闻报》最多时出版增刊达十余版之多。

三、《晶报》的读者定位

在近代上海,报纸这一新生事物本来就是随着上海的开埠应运而生的。1843年开埠之后,上海"迅速地发展为对外贸易和国内商业的中心、交通运输的枢纽、国内轻纺工业基地,对全国的城乡有强烈的辐射作用,在全国的经济中占有举足轻重的地位"①。伴随着上海这一近代化都市的迅速崛起,周边地区大量的乡民进入城市并转变为市民(商人、职员、店员、产业工人、苦力,等等)。由于几乎所有的生活资料已经不再自给自足,也不像以往依靠简单的交换就能够获得,他们(尤其是商人、职员和店员)逐渐产生了关注和了解外部世界的愿望。而以信息传播为主要目的的近代上海报纸就由此产生了。基于这样的背景,是否关注最广大市民阶层的需求就成为一份报纸能否成功的标尺。而这也恰是当时上海众多教会报纸不受普通市民阶层欢迎,而以外商个人名义创办的《申报》《新闻报》却能够经久不衰的根本原因。

与此相似,小报的产生则是为了满足市民阶层娱乐消遣的需求。对那些来自传统的邻里、亲族交往系统的市民们来说,上海这个陌生的都市既为他们提供了必要的生活条件,同时也使他们感受到精神上的孤独。在他们由乡民转化为市民的同时,"原来基于家族纽带、地方情感的社会组织,以及基于文化、种姓团体、社会阶层的社会组织和经济组织日益瓦解,代之而起的是基于职业利益和行业利益的新型组织"②。而这种转化是需要时间适应的,所以他们更需要情感的宣泄,也更需要释放工作与生活中的压力,而适时产生的上海小报则成了帮助他们放松身心的文化消费品。尽管有研究者把19世纪末上海小报的产生归因于那些中下层知识分子"感觉到呐喊无门,报国无望""由激愤转而失望,由失望转而颓唐,他们希冀用辛辣玩世的文字,起到劝惩醒世的作用"③,但是,一个无法抹煞的事实是,以《游戏报》④为代表的晚清小报,以诗词酬唱、竹枝歌咏、谐著笔记和花界、伶界消息为主要内容,"基本性质就是提供一种休闲读物,轻松轻松"⑤。当然,此时的小报是以知识分子和具有相当文化程度的有钱有闲市民阶层为主要读者对象

---

① 张仲礼主编:《近代上海城市研究》,上海人民出版社1990年版,第37页。
② [美]R.E.帕克等著,宋俊岭等译:《城市社会学》,华夏出版社1987年版,第13页。
③ 秦绍德:《上海近代报刊史论》增订版,复旦大学出版社2014年版,第132页。
④ 李伯元主办,1897年6月24日创刊。
⑤ 马光仁主编:《上海新闻史(1850—1949)》,复旦大学出版社1996年版,第156页。

的,像阿英在《晚清小报录》中所称引的《品箫》《狂生掷笔》《钱树子说》等都是普通职员、店员很难理解的。试看阿英认为"文字精炼,考证周密"的《品箫》一文:

> 黄帝命伶伦为律,伶伦制十二箫,听凤鸟之鸣,以别十二律。舜作箫,其形参差,以象凤翼,十管,长尺二寸。此皆古时之排箫,编竹而成者,庄子所谓"人籁则比竹"是也。箫之制不一,有营箫、燕乐箫、教坊箫、唱箫、和箫、鼓吹箫、凤箫、龟兹,或十管、十二管、十三管、十六管、十八管、二十一管、二十二管、二十三管、二十四管。今所谓箫,止一管,六孔,名尺八箫。尺八,其长数也。一名竖笛,一名箫管。又考明制箫式,长一尺九寸五分,管围三寸,管上开窍,名曰山口。吹窍前五孔,后一孔,今谓之凤凰箫,又谓之洞箫。凡箫,宜以竹为之。而好奇者,或制钢箫,或制铁箫,或制玉石箫,然余谓皆不如箫之自然生籁。箫本出江宁县南四十里之慈母山,王褒《洞箫赋》所称即是也。其竹圆致,异于众处。自伶伦竹采嶰谷,此后惟此竹见珍。制箫之法,莫善于贵州平溪郑氏,名曰平箫,系仙传之法。其取竹也,必俟竹醉前三日,稍有微雨,然后取之。其家有一暗房,上有铁椽一根,开成六孔。每逢午时,则五孔之影下映,以箫比其孔之大小长短而凿之。至子时,又有一孔下映,再凿箫之后孔。音律极准,故又名为子午箫。昔时购箫一对,须朱提二两,近则其价稍贱,而其箫亦不如前之精,然尚非他箫所能及也。凡箫宜瘦不宜粗,其吹法,气粗则声大而滞,气缓则声哑而散,吹嘘匀则声雅而淡。余少好音律,近年因哀乐所感,不事久矣。而每携襆被出门,必带平箫一管,于清风明月之夕,静坐吹一曲,觉心平而气和。因作《品箫》一篇,以质世之知音者。

这样雅致的乐器常识显然是更为文人士子所激赏而远离普通市民阅读趣味的。此外,在形式上,《游戏报》《消闲报》等的新闻标题常常"用回目式,每两题一对偶",同样表现出文人习气。①可以说,这一时期的小报更多不是

---

① 阿英:《晚清小报录》,见杨光辉等编:《中国近代报刊发展概况》,新华出版社1986年版,第121页。在这一点上,小报与报纸副刊有相似之处,最初的报纸副刊同样以文人士子为主要阅读对象。

面向市民大众,而是面向知识阶层的,体现的也是那些高雅士绅的"俗趣"。也正因此,19 世纪末 20 世纪初以《游戏报》为代表的小报常常被称为"文艺小报"。①

在《晶报》创刊之前,上海小报界显得很沉寂也很落寞。尽管自 1916 年起出现了不少游戏场报、剧场报,但是这些小报带有浓重的急功近利的色彩,常常刊登游乐项目一览表、剧目以及《游新世界口占一律》之类的诗词,实际上成为"游戏场和剧场的广告报",因而"价值不高"。②这一时期小报的销路也远逊于《游戏报》,即使最负盛名的《大世界》,每日销量也不过二千余份,有些小报甚至每天仅能售出几十份。③

在这样的情形之下,《晶报》要迅速崛起于竞争激烈的上海报界,就必须找准自己的位置。"杂志为了生存,没有以所有受众为接受对象,而是根据受众的趣味、兴趣和价值观念将自己的受众概念化。"④《晶报》也不例外,它在创刊之初就自我定位为世俗化的综合性小报,以普通市民(包括商人、店员、公司职员等)作为主要读者对象,一方面树起"改良社会"的大旗,以政府和社会的监督者自居,对上自国是下至民生的诸多话题进行迥异于大报的评论,另一方面标榜趣味性,以短小精悍的小品文和趣味盎然的连载小说来引发读者的兴趣。这样,《晶报》逐步形成了兼容文艺作品和社会批判的综合性小报的特色,成了为上海市民提供精神消费品的"综合性游乐场",其在市民读者中的地位也逐渐稳固。

由于《晶报》从一开始就没有任何强制的、组织的和规定的发行和销售手段,它只能直接接受市民读者的评判和选择。尽管《晶报》脱胎于《神州日

---

① 祝均宙:《上海小报的历史沿革》,见《新闻研究资料》(总第 42 辑),中国社会科学出版社 1988 年版,第 163—179 页。当然也有不同的说法,比如著名报人曹聚仁就把此时的小报称为"花报",因为李伯元在《游戏报》上进行的花榜选举影响巨大。参见曹聚仁:《上海春秋》,上海人民出版社 1996 年版,第 134 页。

② 秦绍德:《上海近代报刊史论》增订版,复旦大学出版社 2014 年版,第 139 页。此时创办的小报多以所属的游戏场或剧场命名,如《新世界》(1916 年 12 月 14 日)、《大世界》(1917 年 7 月 1 日)、《劝业场日报》(1917 年 10 月 21 日)、《大舞台报》(1917 年 11 月 15 日)、《新舞台日报》(1917 年 12 月 24 日)、《先施乐园》(1918 年 8 月 9 日)、《新丹桂笔舞台日报》(1918 年 9 月 5 日),稍晚些时候还有永安百货公司的《天韵报》、新新百货公司的《新新日报》等。

③ 陈伯熙编:《上海轶事大观》,上海书店出版社 2000 年版,第 281—283 页。

④ [美]戴安娜·克兰著,赵国新译:《文化生产:媒体与都市艺术》,译林出版社 2001 年版,第 45—46 页。

报》的"神皋杂俎",但是其创刊本来就是为了挽救当时已经奄奄一息的《神州日报》,因此《神州日报》是根本不可能成为《晶报》依托的。《晶报》这种独立于政治与社团之外的经营模式,决定了它必须适应文化市场的规律。尤其是在商业化气息浓郁的上海,大众文化繁荣,报业竞争激烈,市民趣味不断转换,这些都促使《晶报》必须面向市民大众的精神需求。为了与那些地位稳固的大报争夺读者,《晶报》报道社会新闻,揭露官场黑暗,关注时局变化,反映普通市民的生活诉求,迎合市民大众的文化趣味,自然而然地向市民大众的衣食住行、饮食男女、婚丧嫁娶等日常生活方向延伸。①从1919—1920年间《晶报》的栏目设置及其后的变化我们不难发现,相比于晚清时期的《游戏报》,《晶报》的文化品位有着明显下移。

  创刊之初的《晶报》,第一、四版为广告,二、三版为综合性版面,其中又分"小月旦""俏皮话""歌舞场""新鱼雁""莺花屑""小说""笔剩""衣食住""新智囊""燃犀录"等栏目。这些栏目的名称相对工整,又采纳了"月旦""鱼雁""燃犀"等蕴藉有致的典故,表明初期的《晶报》还没能完全摆脱晚清小报文人雅趣的风习,其品位也更多是晚清小报的延续。②

  按照余大雄最初的想法,"小月旦"为时事与社会评论,往往用以配合二、三版所刊讽刺画,对时局及社会热点进行短小而精到的批评。这一栏目非常引人注目,往往置于第二版首篇的位置,带有社论的性质。但是在最初的几个月,"小月旦"主要撰写者张丹斧、孙朣暖常常以"俳体"诗词来臧否时事,这些诗词常常语带双关,颇受知识阶层欢迎,却是《晶报》预设的读者群体——那些略识之无的店员、职员们——难以欣赏的。在意识到"小月旦"的这一缺陷之后,余大雄很快对此栏目进行了改革。1919年6月3日,《晶报》刊登了《小月旦之过去与未来》,宣布实行改革。因为《晶报》"既以改良社会为主旨,固必求得大多数人之了解,然后为能尽本报之天职"。如何改呢?就是要"以清醒明快为主,文言俗话,更迭为之,务求适合乎人人之心理,而不徒以雕章琢句为能事"。至于那些文人游戏的滑稽诗词之作,将另

---

① 本节所谓普通市民指那些有一定文化的小商人和普遍意义上的职员。"职员通常指在经济、文化、政治等机构中从事非体力劳动的服务人员。一般具有某种以理论知识为基础的专业技能,从事于有组织为公共利益服务的工作。"(见张仲礼主编:《近代上海城市研究》,上海人民出版社1990年版,第722页)

② 或许就是由于"鱼雁"一词稍嫌费解,不够通俗明了,"新鱼雁"才会被当代不少研究者误认为"新鱼鹰"。

辟栏目容纳,"以供诸世之知者"。①在此后的"小月旦"栏目中,"俳体西江月""俳体浣溪沙""调寄苏幕遮"之类的旧体诗词绝迹,大量出现的则是《随便说说》《漫话》《三行短评》《开市所见》等白话小品,偶尔也会刊登一些浅近的文言杂论,如《教育不普及之为害》《敬告罢市后之商民》等。这一变化的关键就是要"以明白晓畅之文字出之",而目的则是要"适合社会之心理"。②显然,《晶报》是在努力适应普通市民读者,即职员、店员们的阅读口味。有研究者认为:"从小报发展的基本线索来看,它在保守地维持文人与一部分市民文言兴趣的同时,总的倾向也是逐渐下移。"③其实,就文化品位来说,《晶报》在创刊后也有着明显的"下移"倾向。

"小月旦"之外的其他栏目同样也是根据读者口味而不断调整的。"俏皮话"专刊滑稽小品;"歌舞场"报告剧界动态,又多剧评文字;"新鱼雁"为通信(多为与外埠尤其是北京的通信);"莺花屑"关注的是花界消息;"衣食住"介绍生活常识,如"男女衣饰之流行变迁、各处著名饮食之制造秘法及屋内之装饰法,俾社会知所适从";"新智囊"则偏重于社会百科,"搜罗社会须知之各种事宜,以能应用为度,如工部局在马路上新设铁柱,上置方扁式红灯,书华洋文火警字样,其用法当如何,即其例也";"燃犀录"栏目专载社会黑幕,本来也是余大雄寄予厚望的,因为"当时流行黑幕等书,其中亦颇有佳稿,足为社会龟鉴者"。④事实上,"衣食住""新智囊""燃犀录"等栏目存在的时间很短,稿件也时断时续。据余大雄说,这几个栏目很快废止是因为约稿困难,但是读者方面反应不佳是更为内在的原因。"衣食住""新智囊"等栏目的内容与《申报》副刊《自由谈》的"常识"相仿,而"燃犀录"则显然有意模仿《时事新报》的"黑幕征答"专栏,这几个栏目都无特色可言,很难引起读者的兴趣。

另一个变化比较大的栏目是小说。余大雄本来希望专刊短篇小说,"于一期中登出,使读者一览无遗"⑤。但在第一期上,小凤的《一室之间》、予倩的《枯树》两篇小说,都只收到半篇,注明"未完",只能各载半篇。此后刊登的老谈的《大出丧》、瘦鹃的《钱欤情欤》等小说,更是要连载多期才能结束。

---

① 记者:《小月旦之过去与未来》,载《晶报》1919年6月3日。
② 大雄:《编辑纪略》,载《晶报》1922年3月6日。
③ 李楠:《晚清、民国时期上海小报研究》,人民文学出版社2005年版,第138页。
④⑤ 大雄:《编辑纪略》,载《晶报》1922年3月3日。

与他最初设想符合的短篇小说,只有丹翁(张丹斧)的《双双台》《女扦脚所》、寄尘的《二百岁之少年》《阎王之秘史》等篇。更重要的是,余大雄发现,读者们更喜欢的是长篇小说,于是他约请号称当时"第一流大小说家"的李涵秋撰写了长篇社会小说《爱克司光录》,又约姚鹓雏撰写言情小说《槐淘絮语》,以吸引读者。这里又一次显示出余大雄作为杰出报人的生意眼。因为就通俗小说而言,短篇小说往往更注重社会性(以某一琐细的事件来表现社会问题或引人思考),而长篇小说则往往以大量的趣闻逸事来满足读者的窥私欲,同时又以不断的悬念来吸引读者的兴趣,因而使读者更容易产生愉悦的心情。显然,《晶报》小说文体由短变长仍然是以读者(市场)为本位的。

初出版的《晶报》还有意识地借鉴日本《万朝报》的"一日一人"栏目,设立"三日一人"栏目,选载报界同人笔迹,实则是借此吸引公众目光,为《晶报》做宣传。①一年之后,因征稿不易,此栏逐渐废除。到1922年,《晶报》为增加读者兴趣,又设立"各有千秋"栏目,刊载社会名人的书画、雕刻作品,只要是"卓然可传者"均予刊出。由于这一栏目并不限定每期必载,相对灵活,因此一直持续到1930年代。

"插画"一栏,也是余大雄非常重视的,因为讽刺画正好契合了《晶报》以"改良社会"自诩的本意。最初,余大雄约请漫画家沈泊尘、丁悚担任图画作者,"每日刺取社会一二之怪现状,绘一图或二图。而于'小月旦'栏中,缀以小词,藉申讽刺之微意"②。不料数月后,沈泊尘病逝,丁悚独力支持,常常因缺乏足够的社会材料而苦恼。尽管后来又得到了谢之光、江小鹣、张光宇、杨清磬等画家的鼎力相助,但是他们毕竟不如沈、丁二人那样"循编辑部之规定,源源而来",结果图画逐渐减少,这也成为余大雄的一大遗憾。③

除以上栏目外,《晶报》后来还曾开辟"游戏文""求疵录""文苑"等栏目,又以"笔剩"刊载笔记(包括文艺短论),设立"毛瑟架"专载笔战文字,其中既有与新文学的论争,更多则是关于梅兰芳及新剧等的争论,尤其是《晶报》各

---

① 该栏目最初数期囊括了南北各大报首脑如《北京日报》社长朱季针、《申报》总主笔陈景韩、《新闻报》总编辑李浩然、《时报》社社长狄楚青、《新申报》总主笔钱芥尘等人的题字,显然有为《晶报》做广告之意。《万朝报》1892年由黑岩泪香创办,以大胆揭露社会阴暗面而著称。

② 大雄:《编辑纪略》,载《晶报》1922年3月6日。1924年以后,黄文农成为《晶报》漫画的主要作者。

③ 大雄:《编辑纪略》,载《晶报》1922年3月6日。

撰稿人之间的争辩,成为吸引读者的一大卖点。

1920年1月30日,《晶报》各栏目名称全部废除。按余大雄的说法,当时之所以取消各栏目名称是因为"改良排列法,略为长短行之区画,甚感分别部居之不便"①。其实,这次变动绝不仅仅是栏目名称的废除,更多还是内容方面的改变。"衣食住""新智囊""燃犀录"等栏目早已废止,原来"小月旦"栏目的短评、"俏皮话"栏目的幽默滑稽小品从此绝迹,剧评类文章渐次减少(1921年后基本消失),而对大报(包括其副刊)、文学期刊(主要是小说杂志)乃至当红作家及其小说的批评则逐步增多。②与此同时,第三版上小说的分量也在增加,除了连载李涵秋的长篇小说《爱克司光录》外,几乎每期都同时刊登短篇小说,1921年3月起又增加了颇负盛名的小说家包天笑的长篇小说《一年有半》。这些都显示出《晶报》在读者群稳定之后有意向文艺方面倾斜以期提升其品位的努力。

通过考察《晶报》文体与各栏目风格的转变,不难发现,《晶报》的栏目设置与内容安排都是根据读者反应(市场需求)而不断调整的。即使在这些栏目废除后,余大雄以大众读者为本位的编辑方针仍然延续了下去。而通过《晶报》的栏目设置及其调整也可以看到,《晶报》对读者的定位与晚清小报有着明显的区别。如果说晚清小报更多展现文人雅士的"俗趣"的话,《晶报》则更多展现普通市民的"雅趣",其预想中的读者也是在市民中具有更大覆盖面的。正是通过不断调整,《晶报》才得以在稳定其基本受众群体的同时,不断吸引新的读者人群。稳中求变,正是《晶报》在"三日刊"时代能够始终保持"小报之王"地位的根本原因。

四、市民大众的批评空间

报纸的大众传播性质,使它们产生了越来越大的社会影响。正如近代上海"竹枝词"中所描述的:"是非曲直报中分,一纸风行四海闻。振聋发聩权力大,万般提剑总由君。""几家报纸日飞来,后创何如首创才。善恶劝惩功效大,欲通风气尽多开。""报登各行各业情,每日纷纷利自盈。中外电通

---

① 大雄:《编辑纪略》,载《晶报》1922年3月3日。
② "小月旦"最初是要与漫画配合,用以解释漫画的。这一设想本来就不切实际,因为漫画的意图应该一目了然,根本不需再作解释。所以在1919年6月"小月旦"栏目实行改革后,这一栏目承担起时评的任务。

消息广,纵谈时务愈精明。"①"纵谈时务""善恶劝惩",拥有"振聋发聩"的莫大力量,对近现代上海报纸而言,这是并不夸张的评价。而报纸在影响社会的同时,社会也对报纸提出了要求。对一般报纸而言,其重要职责,或者说现实社会对它的主要期待,就是它能奉行对施政权力的日常监督、质疑、批评和建言,从而使政府提高执政效率,推动社会体制的变革与转型。

至于《晶报》,既然以"报"为名,又独立于政治与体制之外,它就必须在消闲的同时承担起作为"新闻纸"的义务,即站在市民大众的立场上对社会和政府施行批评与监督。②在面对事关民生民意的社会事件上,它必须表现得非常大胆、敏锐,没有任何可以回避的话题。而与此同时,相当一部分具有话语影响的精英,包括新文化运动的不少领袖人物,在倾心关注社会政治的同时,反而对上海市民社会的某些民生议题及其历史内涵关注不够。他们没有意识到,上海市民社会的世俗价值及其命题,同样构成了公共舆论的重要方面。

在1920年各栏目名称废除之后,《晶报》更加重视对时政的批评。除第二版首篇的时事评论外,还刊登大量的杂文和打油诗,对政府的政策、军阀政客的丑行、各界名流的言论直至各类轰动一时的社会新闻与人物进行品评(以讽刺与批判为主)。借助对军阀、政客丑闻的无情揭露与辛辣嘲讽,《晶报》既向广大读者传达了鲜为人知的讯息,同时也使读者的愤怒情绪得以释放。

以1920年为例,《晶报》对前任代理大总统冯国璋的国葬、皖系首领段祺瑞的引咎辞职都曾给予辛辣的嘲讽。比如针对冯国璋的一生,《晶报》认定"冯国璋在民国,功过自有定评",并不会因为是否为其举行国葬而改变,同时又揭露冯国璋"火烧汉口同火烧下关两件事",并进而讽刺说:"冯既会用火,冯死当然用火葬,安得用国葬?"《晶报》还以悖论性的推理对为所有的已故大总统举行国葬提出异议:"死一大总统,用一国葬,大总统一个个的死

---

① 颐安主人:《沪江商业市景词·报馆》,见顾炳权编著:《上海洋场竹枝词》,上海书店出版社1996年版,第128—129页。

② 当然,作为小报,《晶报》与大报的区别也是非常明显的,那就是谈花谈剧即风花雪月的文字占了相当大的篇幅(初创时期尤其如此,1921年以后此类文字渐趋减少)。对此,阿英先生作了这样的解释:"必须理解,若果不谈这些'风月'、'勾栏',这些小报在当时就不会存在了,就失却物质基础了。"阿英:《晚清小报录》,见杨光辉等编:《中国近代报刊发展概况》,新华出版社1986年版,第114页。

下去,国葬一个个葬下去,直把中华民国葬送完了,才算了事。或者中华民国不亡,大总统一个一个传下去,过了几千年几万年,不是中华民国的国土,统统要变了国葬的葬地了么?""如果国土都变了国葬的葬地,那么我们这些平民的民葬,葬到那里去呢? 所以我们如果要大家留些葬身的地位,对于这个冯国璋的国葬,应得研究一下。"①尽管《晶报》只是习惯性地以戏谑的笔法与当局唱反调,但是这样的谐谈更容易引起读者的共鸣。同样,对直皖战争结束后段祺瑞在辞职时大肆吹嘘自己的功劳,《晶报》也揭穿了其电文中文过饰非的实质:"自言手创民国,三造共和,刚愎而若有断,昏聩而若有度,兴师似非无名,乞退似非已过。"貌似振振有词的电文一经分析顿时显得滑稽可笑。②

对官场的规则,《晶报》也有辛辣的嘲讽。江苏省省长齐耀琳召集全署职员训话时以唱戏为比喻,《晶报》随即嘲弄他"原是北方的大政治家……但看《时事新报》四月廿一日所载他的训词,也就知道他于戏学是很深的了""倘若各省的省长,全像我们省长会唱好戏,真是全国国民的幸福了"。由此,作者得出了"官场如戏场,这真是中国一句有趣味的旧话"的结论。③对那些恋栈不去的军阀、政客,《晶报》又讽刺他们一旦"做过了督军省长,再做,若不是督军省长,竟不能位置他了,或者升总长、总理、大总统,凡在督军省长以下的,断无降格迁就的道理"④。

前述时政评论大多有图逞口舌之快的成分,这些文字却能为那些对此类人事感到不满又无奈的无助者提供一种宣泄,因而往往也易于获得他们的认同。而且,类似的时评也有助于《晶报》树立起独立批评的立场,进而以迥异于大报的姿态赢得读者。当然,此类评论也往往伴随着风险。因为《晶报》生存与发展的环境,不可能完全取决于余大雄等人的主观意志和努力。它所秉持的公众立场及其公共舆论空间性质,不可避免地会导致其与政府权力之间构成紧张关系。而就权力体制的根本愿望而言,报纸最应当成为它们思想灌输和具有强制性的舆论工具。正如英国思想家哈耶克所指出

---

① 谭声:《国葬》,载《晶报》1920年1月9日。
② 丹翁:《欲加之美何患无词》,载《晶报》1920年7月27日。
③ 丹翁:《省长整顿吏治的训词书后》,载《晶报》1920年4月24日。
④ 丹翁:《张齐合论》,载《晶报》1920年7月3日。张、齐分别指湖南督军张敬尧和浙江省省长齐耀珊。

的,无论是在专制国家还是民主国家,"对信息不加以系统管制,不强制推行统一意见的领域是不会有的"。事实上,"传播知识的整个机构——学校和报纸,广播和电影——都被专门用来传播那些不管是真是假都会强化人民对当局所决定正确性的信心的意见;而且,那些易带来疑窦或犹豫的信息将一概不予传播。人民对这个制度的忠诚会不会受到影响,成为决定某条信息应否被发表或禁止的唯一标准"①。尽管《晶报》开设于上海租界,在很大程度上可以受到租界当局的庇护,不至于动辄被勒令停刊,其在外埠的发行却是常常受到影响的。比如在1924年,《晶报》就曾因为讽刺贿选总统曹锟而被禁止在北京发行。

  1924年8月,北京发生了总统府一名卫兵偷盗女裤的丑闻。18日,《晶报》刊出了淞鹰的《预备曹三战宛城》,戏称这位卫兵是在为曹锟战败逃命做准备,"他恐怕曹三一旦和姓张的决裂,演出《战宛城》的活剧来,那末卫队身边预备的那条女裤,可以大得其用。请曹三学他老祖宗曹操的办法,勉强的套一套,可以脱险。"②由于此文对曹锟挖苦太过,23日,京师警察厅奉命"传《神州报》发行人告诫,不准《晶报》在京发行"。③直到两个月之后曹锟被囚禁,《晶报》才得以继续在北京发行。

  表面上看,《晶报》与政治权力之间的这种紧张关系确实对其发行带来了不利影响,但这同时也成为《晶报》同人津津乐道的不畏强暴的光荣史。因此,在刊登了《晶报》在北京被禁的电讯以后,丹翁的《〈晶〉填房》一文再次提及此事,并且不无得意地宣称,虽然损失了北京的发行量,但是"北京所损失的,顷刻上海倒又补偿起来"④。曹锟被囚后,淞鹰又撰写了《不见曹三战宛城》一文,继续对曹锟予以嘲讽:"第六百五十六号的本报上,登载我一篇文字,题目叫做《预备曹三战宛城》,读者诸君,谅还记得。那时候东北东南,全没有开火,这一张报到了北京以后,曹锟的嬖幸李彦青,便给曹锟看。曹锟大怒,立即传令警厅,禁止本报在北京发行,并且还拘捕北京售卖本报者。因这一篇东西,致令北京数千读者,与本报暌隔,本报非常抱歉。然而这种

---

① [英]哈耶克:《通往奴役之路》,中国社会科学出版社1997年版,第153页。
② 淞鹰:《预备曹三战宛城》,载《晶报》1924年8月18日。曹三,即曹锟;姓张的,指张作霖。当时距第二次直奉战争爆发仅一个月,曹、张之间的矛盾已经非常突出。
③ 《北京电讯》,载《晶报》1924年8月24日。
④ 丹翁:《〈晶〉填房》,载《晶报》1924年9月3日。

行动,一面可见曹三的暴力,一面可见本报不屈不挠的精神。本报有所牺牲,也是很荣幸的……我因此回想本报《预备曹三战宛城》那一节话,虽晓得曹之必倒,但曹倒之时,曹之卫队,少不了,还要替曹锟战一战,不想竟服服帖帖的不战而自解。换一句话说,曹锟还不配一战咧!我从前那篇文字,还未免看重了曹锟啊!因此我特为再写这一篇《不见曹三战宛城》,总算更正我上一次的话,说得不对。"①直到当年12月6日,寒云在谴责曹锟宠幸的李彦青时仍念念不忘此事:"李六,名彦青,曹三之嬖幸也。本报屡载六之隐事,六衔恨久矣。因所载咸秽秘不堪,故忍而未发。会本报刊有《预备曹三战宛城》等文,及北极各宗大帝等图,六遂上之三,且以言激之。三大怒,立饬王怀庆查禁。王即电令警监薛之珩执行,薛立遣人将发行《晶报》之王某捕去,于且通饬各报贩禁止售卖。及至上月,三退位,六被逮,本报始得在京畅销无阻。"②通过对此事的不断渲染,《晶报》俨然将自己塑造成对抗权力的象征,自然也在读者中赢得了"敢言"的名声。

同样重要的是,《晶报》还努力形成与读者之间的互动,鼓励读者参与论争,使得市民读者在论争中产生某些思想认识的凝聚,而《晶报》也由此获得了"为民代言"的报格。比如在1920年底的"评剧之争"中,《晶报》主笔张丹斧就宣称:"本报守宣圣不党之说,使立言之君子,皆得于本报有发言之权,孰曲孰直,观者自有定论,本报无所左右袒焉。"③于是,无论是《晶报》的长期撰稿人还是普通读者,其意见都得以在《晶报》上发表,这就在一定程度上形成了市民大众的批评空间。

正如西方研究者所说:"报纸不仅是印刷品,它是发行出来供人阅读的,否则,便不成其为报纸。生存竞争就报纸来说,乃是为报纸的发行而斗争。不被人们阅读的报纸就停止了它在社会上的影响。报纸的力量的大小,大体上可以用读报人的数量多少来衡量。"④而包括《晶报》在内的现代营业性报纸,大多采用的是市场化的发行与传播方式。⑤这种体制外的公共传播及其市场机制,决定了它的读者主权及其公众内涵。在《晶报》与读者双向交

---

① 淞鹰:《不见曹三战宛城》,载《晶报》1924年10月30日。
② 寒云:《李六》,载《晶报》1924年12月6日。
③ 丹翁:《书姚民哀札后》,载《晶报》1920年11月18日。
④ [美]R.E.帕克等著,宋俊岭等译:《城市社会学》,华夏出版社1987年版,第78—79页。
⑤ 这里所谓"营业性报纸"指那些纯粹依靠扩大发行量来维持其生存与发展的报纸,与党派、社团、商业机构等以宣传为目的、资金来源有保证的报纸相对。

流、相互选择、相辅相成的过程中,实际上又在二者之间形成了一种契约关系:《晶报》以其公众的、为民代言的立场,向读者提供各种讯息与消遣,而读者则通过购买报纸来获得自己所需的世事舆情、价值共识和愉悦休闲,在此情形下,无论是从商业伦理还是社会责任上,能否坚持公共立场,保持资讯的客观、公正、真实、及时、有趣,也就是能否履行和兑现这种契约关系,就从根本上决定了报纸的生存和发展。因而,当《晶报》能够为广大市民所阅读,能够走进千家万户的时候,这就表明它在内容方面已经获得成功,同时也意味着它将在经营上获得成功。在1930年代中期之前蒸蒸日上的时期,《晶报》的销量不断扩大,从初创时期的每期六千份逐步增加到一年后的一万份,1926年达到三万份,到1934年终于达到小报史上最辉煌的五万份,显然证明了《晶报》在经营方面的成功。

第二章 《江湖奇侠传》：民国武侠小说的副文本建构与阅读市场的生成

石 娟

一、平江不肖生《江湖奇侠传》之轰动

在世界书局与大东书局推出的通俗文学出版物中，有两类非常引人注目：一是通俗文学期刊，一是通俗小说单行本。以当时的生产力水平，通俗文学期刊和通俗小说单行本的出版发行是书局通过文学出版谋利的一种生产方式，它具有内在的运作机制：定期出版的期刊可以通过市场反馈敏锐地捕捉到读者的需求，书局老板或期刊编辑据此选择合适的作者，授意作者根据市场需求进行创作。若作品不赚钱，得不到读者的认同，即中途"腰斩"（这在报纸的长篇连载中屡见不鲜），这种做法既可以让书局避免更大的损失，也可尽快生产下一部有可能获得读者认同的作品。若作品受欢迎，书局便迅速组织二次生产，实现利益最大化。因此，在书局的文学"生意"中，长篇连载举足轻重，这就使得文学期刊与书局长篇小说单行本之间的关系异常密切，[①]特别是当这部长篇连载恰恰来自书局的文学期刊时。可以说，通俗文学期刊中的长篇连载，就是书局长期、灵活且保险的出版计划，甚至可以视为一种"出版广告"，书局可以此来试探作品的市场反应。因此，刊于报纸或期刊上的长篇连载，几乎就是作品的"草稿"。在这部"草稿"中，我们可以窥见文学生产过程中诸多生产要素如何互相发生作用，而单行本则可以看成是书局的"定稿"，它是出版商（包括书局出资人和编辑）、作者、读者共同参与的文学创作结果。从期刊连载到发行单行本，反映了作家、出版商出于市场考虑的某些权衡及意愿，包括与读者之间的冲突与妥

[①] 当然，报纸连载小说也具有这一特征，但由于书局与报馆常常不属于同一出版机构，小说在报纸上连载结束后，还涉及书局与报馆之间关于作品的版权问题。因此，对书局而言，在长篇小说出版单行本时，若论效率，期刊往往更有优势。

协。由此回顾成为经典的文学作品的生产与消费机制,不难发现,从连载到形成单行本过程中的一个个文学事件并不是孤立的片段。《江湖奇侠传》之所以能够成为文学社会学研究中很少发现的甚至无法预料的"千分之一"的"成功",①是因为它背后有一个强有力的推手——世界书局。

作为一部饱受诟病而又长盛不衰的经典通俗文学作品,《江湖奇侠传》对于世界书局,不仅仅意味着丰厚的利润,更成就了世界书局的一个时代。从期刊连载到单行本出版再到电影《火烧红莲寺》及由此衍生的"火烧热",每一步都曾掀起巨大的波澜,令同行艳羡的同时,也令新文学作家一再"吃味"②。究竟是什么力量催生了这股延续了几十年之久的"狂潮"呢?这个问题的理论意义之所以重要,不仅仅在于其读者影响之广,还在于它恰恰是这部作品饱受争议的关键所在——在新文学一面,茅盾称其为"封建的小市民文艺"③,曹聚仁批评小说中"人物脆弱得可笑""以浅薄思想为中心"④;而在通俗文学作家群中,郑逸梅称其吸引力"多么可惊"⑤,徐文滢称其"广大的势力和影响可以叫努力了二十余年的新文艺气沮"⑥,"这影响说明了作者文章的力量,在真正的民间并不小于《三国演义》的写曹操和关公"⑦;而在读者那里,《江湖奇侠传》则是一部"宝典":"阅的人多,不久便书页破烂,字迹模糊,不能再阅了,由馆中再备一部,但是不久又破烂模糊了。所以直

---

① 这里的"千分之一"是借指。埃斯卡皮在讨论出版的职能时,选取了法国图书的销售数字作为研究对象,发现从 1945 年至 1955 年期间出版的十多万种书籍中,只有"千分之一"的销售量越过了"十万大关"——"十万大关"是彼时畅销书的一个临界限度。他认为这种"成功是很少的,也无法预料的"。参见[法]罗贝尔·埃斯卡皮著,于沛选编:《文学社会学——罗·埃斯卡皮文论选》,浙江人民出版社 1987 年版,第 50 页。

② 之所以称"吃味",是因为新文学界诸人的态度虽普遍否定,但情况比较复杂,沈从文晚年就曾回忆说:"所谓平江不肖生的《江湖奇侠传》呢,这些势力非常大……不仅占有普通市场了……"见沈从文口述、王亚蓉编:《沈从文晚年口述》,陕西师范大学出版社 2003 年版,第 90 页。1932 年 5 月 16 日丁玲在暨南大学做关于文艺大众化问题的演讲时也劝说新文学界:"我们要借用《啼笑姻缘》(此处遵循原文,为'姻缘')《江湖奇侠传》之类作品底乃至俚俗的歌谣的形式,放入我们所要描写的东西。"见未卜:《丁玲女士演讲之文艺大众化问题》,载《新闻报》1932 年 5 月 21 日 17 版"本埠附刊"。

③ 茅盾:《封建的小市民文艺》,载《东方杂志》1933 年第 30 卷第 3 期,第 17 页。

④ 曹聚仁:《江湖奇侠传》,载《通俗文化半月刊》,1935 年第 2 卷第 3 号,第 18 页。

⑤ 郑逸梅:《武侠小说的通病》,见芮和师、范伯群、郑学弢、徐斯年、袁沧洲编:《鸳鸯蝴蝶派文学资料(上)》,福建人民出版社 1984 年版,第 135 页。

⑥ 徐文滢:《民国以来的章回小说》,载《万象》1941 年第 6 期,第 123 页。

⑦ 同上,第 124 页。

到一二八之役,这部书已购到十有四次。"①很多知名作家、文史学者、社会闻人,孩提时都曾沉迷其中,如舒芜②、徐中玉③、杨沫④、高阳⑤等,时隔多年之后,他们中的许多人对当年《江湖奇侠传》的阅读感受记忆犹新:"我十几岁时,也曾迷在《江湖奇侠传》、《荒江女侠》之类上面……我们各以书中某一剑侠自拟,各人弄来一种小镜片、小铜片或者别的反光物体,在太阳下照出一道白光、黄光或者别的什么光,说这就是我的神剑,可以取人首级于百步之外。"⑥"那里面的人,一个个能飞檐走壁,来无踪去无影,劫富济贫;手执拂尘的道士,只须口一张,便有一道白光吐将出来,在对方脖子上一绕,对方的脑袋就搬了家……"⑦近年来的通俗文学研究虽已跳出历史局限,但当我们剖析其中原因时,多数研究者仍专注于作品中的人物谱系、故事结构、叙事策略等。但是,这些内部阐释常常让人怅然若失——在解读《江湖奇侠传》时,我们不得不面对这样一个事实:上百万字冗长而拖沓的叙述、散漫的结构、千头万绪的人物以及作家的商业化写作目的及行为,加之读者无意义、无目的乃至娱乐化的非理性阅读——它们都是文本内部刺眼的"阿喀琉斯之踵",这使得对"《江湖奇侠传》现象"的理解变得异常复杂。那么,回到历史现场,是否有更具说服力的证据让我们能够客观认识并理解这一现象?我们更想追问,是什么力量在一次又一次酝酿、制造着市民读者澎湃的阅读热情?

"礼失而求诸野",作为20世纪二三十年代"现代武侠"风潮中开风气之先的代表性文本,对于如上现象的合理阐释,必须关注《江湖奇侠传》文本之外的林林总总,特别是其与文学市场的关系及文化场域的生成。按热奈特的说法,"出版商的内文本、作者名、标题、插页、献辞和题词、题记、序言交流情境、原序、其他序言、内部标题、提示、公众外文本和私人内文本"⑧都属于

---

① 郑逸梅:《武侠小说的通病》,见芮和师、范伯群、郑学弢、徐斯年、袁沧洲编:《鸳鸯蝴蝶派文学资料(上)》,福建人民出版社1984年版,第135页。
② 舒芜:《武侠小说与"读书真空"》,见《毋忘草》,湖南人民出版社1986年版,第101页。
③ 徐中玉:《六十五年前的中学生活》,见季羡林等:《我的中学时代》,福建教育出版社1999年版,第14页。
④ 杨沫:《我和书籍》,见钟敬文等:《书香余韵》,中国广播电视出版社1997年版,第239页。
⑤ 高阳:《我的老家"横桥吟馆"》,见《高阳杂文》,海南出版社1997年版,第35页。
⑥ 舒芜:《武侠小说与"读书真空"》,见《舒芜集》(第2卷),河北人民出版社2001年版,第456页。
⑦ 张微:《天堂小五义》,浙江少年儿童出版社1983年版,第4页。
⑧ Gerard Genette. *Paratexts*:*Thresholds of Interpretation*. Jane E. Lewin, trans. New York:Cambridge University Press, 1997, p.1.转引自朱桃香:《副文本对阐释复杂文本的叙事诗学价值》,载《江西社会科学》2009年第4期,第39页。

副文本范畴,而连载于《红杂志》的《江湖奇侠传》自诞生之时起,其副文本建构就显得独具匠心,与阅读风潮的形成环环相扣。从文学广告到序跋再到编辑点评……一切都有效地"包围并延长文本",有力地"保证文本……在场、'接受'和消费……"①梳理历史细节的意义不只在于还原历史现场,钩沉文本生产与消费的过程,更为重要的是借此厘清现代通俗文学文本中的现代性因子,为近现代通俗文学的价值评估提供依据。

1948年,徐国桢在《宇宙》发表《还珠楼主及其作品的研究》一文,为揭示"《蜀山剑侠传》的魔力",从社会学角度对《江湖奇侠传》与《蜀山剑侠传》的风行进行了比较,他指出:"当年《江湖奇侠传》风行一时,销行甚广。可是,书局方面对于此书的宣传,也很着力。《蜀山剑侠传》的风行有所不同,书局方面未曾有过盛大的宣传,它是在读者互相传说之间,而日益广其流传。"②世界书局的运作力度由此可见。《江湖奇侠传》的轰动不过是一个结果,这个结果是由世界书局出版商(沈知方)、编辑(施济群和赵苕狂)、作者(不肖生)乃至读者等诸多角色共同建构的"场"。事实上,《江湖奇侠传》就是世界书局精心运作的文学"商品"。问题就此产生:在文学场的诸力量中,各种元素究竟发挥了怎样的作用?同样是"产品",其轰动的原因与几年后张恨水的《啼笑因缘》相同吗?如果不同,差异何在?对这一问题的思考又直接将我们导入对另一个问题的质询:《江湖奇侠传》既不是第一部也不是唯一一部通过期刊连载之后出版单行本并得到积极推广的长篇小说,为何它能够成为"事件"?对这一问题的讨论不仅仅可以为当下的文学/文化生产提供历史经验,从文学史角度而言,它更是一次关于现代文学"现代性"问题的系统查考。

二、沈知方的"生意眼":"寻找"向恺然和"现代"江湖的发生

依托于现代传媒而发生的现代文学,出版商之于作家的意义不言而喻。纯粹以写作为生的作者,因依赖稿酬或版税,不得不受制于出版商。而与作家比起来,出版商更了解市场,对某一时期读者的阅读趣味和阅读期待谙熟

---

① Gerard Genette. *Paratexts*: *Thresholds of Interpretation*. Jane E. Lewin, trans. New York: Cambridge University Press, 1997, p.1.转引自朱桃香:《副文本对阐释复杂文本的叙事诗学价值》,载《江西社会科学》2009年第4期,第40页。

② 徐国桢:《还珠楼主及其作品的研究》,载《宇宙》1948年第3期,第59页。

于心,甚至可以创造"趣味"和"期待"。当他们出于赢利目的将自己所掌握的读者阅读信息加之于作者并与其达成某种共识时,这类作品即便不赚钱,也不一定会赔钱。当然,以市场需求为创作"懿旨"的文学策划是一把双刃剑,它在帮助作家更接地气的同时,在某种程度上也会遮蔽作家个人的特色和创作意愿,中国现代作家尤其是通俗文学作家在创作中心理上的抵牾多出于此:张恨水一面痛苦于自己"文字劳工"的身份,一面又骄傲于自己"不用人间造孽钱";白羽一面自我菲薄其"无聊文字"是"华北文坛的耻辱",①一面又满怀"淋漓大笔写荆蒿"②的豪气。作家只能在这种抵牾中尽力寻找一种平衡,此时出版商的"选择"便发挥了相当重要的作用。"一位出版家的理想在于找一位'俯首帖耳'的作者"③,而优秀的出版商却可以摆脱预设的诸多风险,找到一位合适的作家,请他帮助自己"代孕",继而通过自己谙熟的"市场法则"放大作品的"功效",激发作家潜在的天资,挖掘出作家储备的资源。从这个意义上讲,出版商其实在作家的创作中埋下了一颗种子,在文本生产过程中发挥了"伯乐"和"助产士"的双重功能。《江湖奇侠传》诞生之初,沈知方便发挥了这两方面的双重功用。

据包天笑回忆,当沈知方听说不肖生彼时恰在上海时,难掩心中狂喜,称他为"宝藏者",继而"极力去挖取向恺然给世界书局写小说,稿资特别丰厚。但是他不要像《留东外史》那种材料,而要他写剑仙侠士之类的一流传奇小说",多年后包天笑评价沈氏此举"不能不说是一种生意眼"。④沈知方的"生意眼"从何而来?据包天笑的判断,这一想法是沈氏的"独出心裁",包认为"那个时候,上海的所谓言情小说、恋爱小说,人家已经看得腻了,势必要换换口味,好比江南菜太甜,换换湖南的辣味也佳"。⑤事实上并非仅止于此。沈知方的这个"生意眼"来自他对市场和读者需求的关注和了解。1922年前后的文学江湖上早已遍刮"武侠风",仅在 1922 年 6 月前后,《新闻报》

---

① 白羽在自传《话柄·自序》中说:"一个人所已经做或正在做的事,未必就是他愿意做的事,这就是环境。环境与饭碗联合起来,逼迫我写了些无聊文字。而这些无聊文字竟能出版,竟有了销场,这是今日华北文坛的耻辱。"见白羽《话柄》,正华学校 1939 年版。

② 白羽:《话柄》,正华学校 1939 年版,封面。

③ [法]罗贝尔·埃斯卡皮著,于沛选编:《文学社会学——罗·埃斯卡皮文论选》,浙江人民出版社 1987 年版,第 43 页。

④ 包天笑:《钏影楼回忆录》,(香港)大华出版社 1971 年版,第 383—384 页。

⑤ 同上,第 384 页。

即有《绿林剑侠大观》(中华图书馆)、《江湖秘诀》(东亚书局)、《义侠小说大观》(大陆图书公司)等众多武侠书目广告轮番上阵,令人目不暇接,而《血滴子》《七剑八侠》之类作品也被改编成戏剧在舞台上同期反复上演。因为时局原因,彼时众多书局在宣传推广这些作品时喜将侠义小说塑造为振奋民气、增长阅历以及鼓舞斗志的爱国小说,为武侠小说建构合法性,使"武侠"成为非常时期的一种精神慰藉。交通图书馆1922年3月9日刊出的一则"要看小说最好看侦探小说与侠义小说"的广告就充分说明了这一点:"吾国民气,萎靡不振,看侦探小说与侠义小说,有震起精神、潽瀹心胸之功用;吾国社会,奸诈谲伪,看侦探小说与侠义小说,有增进阅历、辨别邪正之功用;吾国外侮,纷至沓来,看侦探小说与侠义小说,有巩固民心、洗雪国耻之功用;吾国外债,日加无已,看侦探小说与侠义小说,有激发慷慨、将输救国之功用。"①在该广告语之下,开列了二十种侠义小说书目。这些侠义小说书目按赠品不同被分成甲、乙两类,甲种侠义小说为"《改订宏碧录》《(清代轶闻)龙虎春秋》《(中国侠盗)黄金满小传》《侠客奇闻》《江南三大侠》《侠女恩仇记》",乙种侠义小说为"《风尘奇侠传》《剑侠骇闻》《武侠大观》《侠义小史》《侠士魂》《关东红胡子》《双侠破奸记》《青剑碧血录》《辽东侠隐记》《满清十三朝》武侠汇刊》《九十六女侠奇闻》《(清雍正朝)八大剑侠》《(续八大剑侠)血滴子》《七剑八侠》"。②由此不难看出彼时武侠小说之风尚:题材及故事本身给读者以新鲜的阅读体验固然是重要原因,更根本的原因恐怕还在于从清末民初到二次革命再到军阀混战,时局的动荡使读者自然生发出这种心理诉求——由此也不难理解为何彼时无论通俗文学还是新文学,都赋予武侠题材作品以合法身份③——在这一背景下,武侠风迅速刮遍"文坛"和"文摊"。

时代诉求与商机虽然"殊途",却常常"同归"。武侠小说的兴起既是时代诉求,更是商机,敏感的世界书局和大东书局自然不会袖手旁观。1922

---

① ② 《要看小说最好看侦探小说与侠义小说》,载《新闻报》1922年3月9日第五张第一版。
③ 华盛顿大学亚洲语文系的韩倚松教授在研究霍元甲形象建构过程时发现:1916年第1卷第5册的《青年杂志》刊出了《大力士霍元甲传》和《述精武体育会事》两篇文章,其中《大力士霍元甲传》与向恺然的《拳术见闻录》中的《霍元甲传》"大同小异,甚至是同样文章的不同版本""作为国术历史上大事之实录,又作为武侠小说开山作品之渊源""同一篇文章不仅于《青年杂志》上登载,又作为《侦探世界》小说之基本素材",其原因和意义有待进一步探究。见韩倚松:《为〈近代侠义英雄传〉中霍元甲之事追根》,载《苏州教育学院学报》2012年第1期,第12—17页。

年7月2日,大东书局在《新闻报·快活林》下方刊出了题为"侠义小说十二种大比赛"的广告,并将十二种侠义小说具体分类,见表上-1:

表上-1 大东书局"侠义小说十二种大比赛"广告书目

书　　名	类　　别	广　告　语		价　　格
《飞娘喋血记》	南阳山女剑仙	小说回目(略)	以上四种女剑侠小说为别开生面之名著小说,系出名人手笔,与俗本不同,读之精神百倍,巾帼英雄跃然纸上。四种定价一元二角,全购只取大洋六角,奉赠锦盒。	一厚册竞卖一角半
《雪儿复仇记》	九龙山女剑仙	小说回目(略)		一厚册竞卖一角半
《蓉奴刺奸记》	峨嵋山女剑仙	小说回目(略)		一厚册竞卖一角半
《壮姑杀贼记》	武当山女剑仙	小说回目(略)		一厚册竞卖一角半
《甘凤池侠史》	江南大侠客	甘凤池为乾隆时保驾下江南之大侠客,拳打南北两京,脚踢五湖四海,天下无敌。		一厚册竞卖一角半
《白太官侠史》	江南大侠客	白太官,常州人,有九牛之力,生平所向无敌,与甘凤池同时称"江南四侠",赫赫有名。		一厚册竞卖一角半
《燕子飞侠史》	江南大侠客	燕子飞,亦四侠之一,身轻如鸿毛,身重如泰山,力大无比,生平侠史,大有可观者。		一厚册竞卖一角半
《吕晚娘侠史》	江南女侠客	吕晚娘,一弱女子出生入死不以为奇,为吕晚村之孙女,为祖复仇,手刃至尊。		一厚册竞卖一角半
《七剑十八侠》	绿林豪杰			一册竞卖只收大洋二角
《关东马贼奇观》	红胡大盗			一册竞卖只收大洋二角
《雍正剑侠奇观》	刀光血影			一册竞卖只收大洋二角
《四十八女剑侠》	巾帼英雄			一册竞卖只收大洋二角

7月11日再次刊出此广告时,题目变成了"新出版武侠剑仙小说十二种大比赛",从侠义小说到武侠剑仙小说,书局努力生产新卖点,特别值得注意的是,小说的主角都是"女"剑仙。而所有侠义小说的出版,最卖力的要数世界书局,仅1922年6月到9月,世界书局就出版了"多情好义四大女侠"

《红线秘纪》《红绡秘纪》《红拂秘纪》《红玉秘纪》）以及《百花娘》《红闺大侠》《中华武术秘传》《八剑十六侠》等众多侠义小说。遍览这些小说，无论描写侠客、剑仙，还是描写马贼，虽然内容十分丰富，但基本都是依据既有野史或民间故事衍生，仍然停留在"旧"侠义小说范畴，还没有出现原创的并且属于"当代"的武侠故事——这便成为沈知方的"生意眼"。时至1922年沈氏找到向氏，向恺然已经或正在《中华小说界》上发表《拳术》《拳术见闻录》，在《星期》上发表了《猎人偶记》《蓝法师记·蓝法师捉鬼》《蓝法师记·蓝法师打虎》等文，充分展示了他叙述奇事、谙熟武学等方面的才华。还有谁比向恺然更适合担此"大任"呢？而彼时向氏在上海处境尴尬，开销甚巨，相较于民权出版部的吝啬小气，沈知方的"稿资特别丰厚"让他有足够的理由"俯首帖耳"。

三、"施济群评"与广告的"奇境"制造：世界书局的副文本建构与阅读场域营造

沈知方与向恺然一拍即合，双方随即各行其是：向恺然埋首构思与创作，世界书局"对于此书的宣传，也很着力"①。其实，宣传只是一个侧面，对于《江湖奇侠传》的运营，世界书局有着全方位的考量与规划。

（一）"施济群评"：作者与读者间温暖的"边缘地带"

与广告相得益彰，《红杂志》连载《江湖奇侠传》时便颇为用心。在第22期之前，《红杂志》只有一部长篇连载，即海上说梦人朱瘦菊的《新歇浦潮》，一般居于杂志最后，单独编页，每期一回。《红杂志》推出《江湖奇侠传》时，不仅长篇连载置于刊首，更添"施济群评"，这对《江湖奇侠传》的广为流传同样意义非常。

作为中国传统的文学批评样式，古代小说评点的丰富内涵早已受到学界的普遍关注。有学者指出，在明末清初的小说创作中，评点"所起到的作用远远超出了'批评'的范围，形成了'批评鉴赏'、'文本改订'和'理论阐释'等多种格局"②，具有"文本价值、传播价值和理论价值"③。随着近现代新印刷媒介特别是报刊业的兴起，小说的创作由原来的"若干年布想，若干年储

---

① 徐国桢：《还珠楼主及其作品的研究》，载《宇宙》1948年第3期，第59页。
② 谭帆：《古代小说评点简论》，山西人民出版社2005年版，第1页。
③ 谭帆：《中国古代小说评点的价值系统》，载《文学评论》1998年第1期，第93页。

才,又复若干年经营点窜,而后得脱于稿"①一变而为"朝甫脱稿,夕即排印"②,评点的方式与功能也随之与古代小说产生了很大差异。即便是引导性、广告性、商业性依然存在,但已经与余象斗、李卓吾、陈眉公、钟惺、金圣叹诸人的评点有了根本不同——评点与创作几乎同步,直接干预创作,同步向读者开放,并同时接受读者的点评。而且,谋利目的也使评点者在发挥评点的引导功能时,不再抗拒作品的娱乐性,更有甚者,会帮助读者感受其中的娱乐性,这是与古代小说评点的根本差异所在。古代小说评点让读者关注作者之"用心",要"略其形迹,伸其神理",把握作者创作的情感主旨,而不要耽于情节的娱乐性。张竹坡评点《金瓶梅》时特别强调,读者不能"只看其淫处",要看其中的"史公文字",在这方面,《江湖奇侠传》的评点表现出明显的不同。

　　从《江湖奇侠传》的开篇不难看出,不肖生的确将沈氏"剑仙侠士之类的一流传奇小说"的想法贯彻到了极致——"直耸云表"的高山,山巅最高处足以遮住山顶的"十二个人牵手包围,还差二尺来宽,不能相接"的白果树,传说中隐居其中的明朝遗老,"两眉浓厚如扫帚,眉心相接""像个一字"的、"两眼深陷,睫毛上下相交""口大唇薄"如鳜鱼却过目成诵、性情古怪的柳迟等等。③读者一经阅读,便进入了一个神话世界,意识全为书中之"奇"所左右。"冰庐主人"施济群的评恰在此处施力,称"作者欲写许多奇侠,竟如一部廿四史"。对于柳迟的描写,又完全是一部"奇人小传",评点颇多赞誉之词,诸如"不知费却几许心思,善为布置""传神阿堵,佩服佩服"等等④。施济群评恰在"强化"娱乐性,这种强化与他的职业身份——商业期刊《红杂志》主编——无疑有着直接关系。然而,传统文人出身的施济群并没有完全臣服于市场,评点的引导功能仍发挥着重要作用,只是这种引导朝向两面——一面为作者,一面为读者。他的评点除了提到"草蛇灰线""倒叙"等小说技法外,与同时期很多评点者一样,常借小说中某处细节、某个事件甚或某人之口进行道德说教。如在第二回回末他称赞柳迟对于学问的至诚是"懒惰求

---

① 金圣叹:《第五才子书施耐庵水浒传回评》,见黄霖编:《中国历代小说批评史料汇编校释》,百花洲文艺出版社2009年版,第330页。
② 解弢:《小说话》,中华书局1919年版,第116页。
③ 不肖生著,施济群评:《江湖奇侠传(第一回)》,载《红杂志》1923年第22期,第1—3页。
④ 同上,第18页。

学者之当头棒喝"①,他在第五回回末批评"三家村学究,头脑冬烘,句读未明,便俨然好为人师,贻误青年"②,他在第六回回末说"吾人之所以异于禽兽者,以其能识孝悌,别长幼耳。奈何倡言非孝者之自甘侪于禽兽之列耶?"③这是施济群评点的复杂所在,更是"三千年未有之大变局"时代走向市场的传统文人抵牾心态的具体呈现。而对于《江湖奇侠传》这部长篇连载小说而言,"施评"更为重要且根本的作用在于,它弥合了读者阅读与作者写作之间的冲突与陌生,具有三重身份和效能:首先,他的评点成为作者创作的动力和灵感、对话之源,如他在第五回回末指出"他日争赵家坪之起点,实在此塾师也"④,事实果不其然;其次,他以编辑身份通过评点向作者传递了读者的意见和建议,为不肖生面向市场的创作提供了更为具体明确的指引,如从第三十六回开始,《江湖奇侠传》每回就不再分两次连载,这就是读者要求的结果,当然也在无形中给不肖生增加了创作的压力;再次,充分发挥了"预告"及"连接"功能,对于作者在文末无法展开的下回看点,可以借此向读者道出,吊足读者的胃口,如在第二回回末他称"此回为全书一大关键,后文许多事实,即借杨天池宋满儿口中略略点明"⑤,同时,建立连载片段之间的关联,似"分"实"合"。从这个意义上讲,施济群的评点不仅仅参与了不肖生的创作对话,还协助读者在《江湖奇侠传》中参与创作,更成为作品受人关注和欢迎的助推器。不难看出,与金圣叹、张竹坡等人的小说评点相比,施济群的评点已经具备了真正意义上的现代意味,这种现代意味不仅表现为对娱乐性的肯定,更表现为评点者的身份——编辑——之于读者和作者之间的双重功能:在文本的创作和阅读中,施济群具有了"主体间性",称其为桥梁也好,纽带也罢,总之,作者与读者在文本中的冲突与陌生在编辑的评点中得到弥合,对话得以实现,使得连载中的文本在市场需求与文人创作之间可以不断调整,共同完成这部由作者、编辑、读者一起写就的"传奇",而编辑则成为读者与作者之间温暖的"边缘地带"⑥。

---

①⑤ 不肖生著,施济群评:《江湖奇侠传(第二回)》,载《红杂志》1923年第25期,第40页。
②④ 不肖生著,施济群评:《江湖奇侠传(第五回)》,载《红杂志》1923年第30期,第100页。
③ 不肖生著,施济群评:《江湖奇侠传(第六回)》,载《红杂志》1923年第32期,第122页。
⑥ 此处借用滕守尧先生在《文化的边缘》中提出的概念,他通过对道家阴阳鱼中间的"S"曲线的解读,认为道家哲学追求"对立两极对话和融合后形成的与生命和自我融为一体的'边缘地带'"。这个"边缘地带"是太极图中的黑白两部分的"遭遇中自然形成的分界线",是"对话意识"的绝妙体现。见滕守尧:《文化的边缘》,南京出版社2006年版,第48页。

(二)"风行"的生成:书局广告的副文本场域建构

1. 预设"好看"

20世纪20年代,上海的商业社会形态已然形成,广告之于商品的效力得到社会的普遍认可。1914年,时人曾如此描述彼时的广告:"触接于吾人眼帘者,皆各商店之广告也。不宁唯是,新闻杂志之中、剧馆电车之内,推及于茶楼酒肆车站等,无处不有广告。"①该文在细数广告类型时,指出书业广告首当其冲,数不胜数,甚至可以用"泛滥成灾"来形容。1917年才告成立的世界书局,非常重视书业广告形式及发布的效果,这要归功于沈知方。据说当时广告界有一位自称"广告师"的周鸣风,他的广告设计新颖,版面好看,风行一时,沈知方非常欣赏他,不惜用重金将其聘请过来。②因此,在众多面孔相似的书业广告中,世界书局的广告总是别出心裁,翻开报纸,异常醒目。《江湖奇侠传》在《红杂志》连载之前,世界书局便在报纸上刊出广告。与其他期刊广告对所有内容一视同仁不同,每期《红杂志》广告都有明确的主次之分,有非常清晰的"捧角"目的。1923年1月5日的《新闻报》上,"请阅不肖生杰作《江湖奇侠传》"③几个字醒目地呈现在第22期《红杂志》广告中,同时辅以大量说明性文字。乍一看,几乎可以视为《江湖奇侠传》的广告。事实上,这种设计已经在实践现代传播学中的"议题设置"④理论。在当时影响力和发行量最大的《新闻报》上,在最受大众欢迎的副刊《快活林》下方,世界书局选择以最引人注意的方式把即将连载的《江湖奇侠传》预先植入广大读者的脑海中,告诉读者不肖生这部小说"何等热闹,何等好看,比《水浒》《三国》还要高上几倍……他的武术小说更是超人一等"⑤,激发了读者的阅读期待,预设了"《江湖奇侠传》非常好看"这样一个情境。不管结果如何,至少这样的广告已足以吸引读者眼球,完成了一次出色的"撩拨"。

---

① 致远:《上海各商店广告之种类》,载《中华实业界》1914年第11期,第1页。
② 刘达枚:《我所知道的沈知方和世界书局》,见全国政协文史资料委员会:《文史资料存稿选编·文化》,中国文史出版社2002年版,第316页。
③⑤ 《〈红杂志〉二十二期出版》,载《新闻报》1923年1月5日第四张第三版。
④ "议题设置"理论最早由麦库姆斯、唐纳德·肖等人于1972年提出。1968年,他们在研究总统竞选中的传播问题时发现:大众传播对某些议题的强调和这些议题在公众中受重视的程度成正比,大众传播具有选择并突出报道某种问题从而引起大众关注的功能。虽然大众传媒不能决定人们怎样思考,却可以为人们确定哪些问题是最重要的,从而突出地报道某一事件,公众就会以舆论的方式积极议论这一事件。

2."奇境"制造:从"虚幻之奇"到"真实之奇"

世界书局对《江湖奇侠传》的宣传,并不止于"议题设置",文本的包装和运作竟然是一项历时六年的系统工程。据不完全统计,单在《新闻报》上,自1923年《红杂志》第22期开始连载到最后一次世界书局版广告止,从连载到推出单行本,《江湖奇侠传》相关的广告即出现过约十五次,这还不包括与之相关的戏剧《江湖奇侠传》、电影《火烧红莲寺》以及世界书局大廉价、大促销中的相关广告,更不包括世界书局在自己出版的通俗文学杂志如《红杂志》《红玫瑰》《侦探世界》等处的相关广告。通过整理这些广告文本,约略可以得出世界书局对"《江湖奇侠传》神话"的建构轨迹。

1959年,《明报》连载金庸的《神雕侠侣》时,由于连载时间较长,为防盗版,邝拾记报局曾使用了"普及版之薄本及厚本"的办法。所谓"薄本",即将报纸每七天连载作为一回装订成一册,"厚本"为四回普及本合订成一册的"合订本"。①其实,这种出版方式并非金庸独创,《江湖奇侠传》在出版时即已采取此法。唯一不同的是金庸小说首先连载于报纸,《江湖奇侠传》则连载于期刊。由于期刊与报纸的差异,金庸小说的薄本是每回一本,而《江湖奇侠传》前七集是每十回为一集,到第八、九、十集是每八回一集,第十一集又是十回,均以单行本方式出版。前三集是每集单独出版,出至第四集时则一、二、三、四集合订出版单行本,之后五、六、七集……也依此惯例出版。1929年之后出版至十一集,世界书局的广告中再无《江湖奇侠传》的消息。至此,世界书局版十一集本共计一百零四回。②我们所关注的广告运作方式及宣传策略,全部是基于这十一集本而言的。就《红杂志》连载与单行本的关系来看,《江湖奇侠传》的单行本在《新闻报》上的第一次广告为一集十回本,刊于1923年7月5日。彼时《红杂志》正出版到第47期,其上的《江湖奇侠传》连载到第十四回。以当时的印刷能力,出版速度能够如此之快,必有玄机。经核实比对,一集十回回目与《红杂志》连载版完全一致,甚至连单行本纸型都与《红杂志》完全相同,不难推测,在连载《江湖奇侠传》时,世界

---

① 邱健恩:《自力在轮回:寻找金庸小说经典化的原始光谱——兼论"金庸小说版本学"的理论架构》,载《苏州教育学院学报》2011年第1期,第2—11页。

② 《江湖奇侠传》版本众多,民国时期即有世界书局、环球书局、普益书局、中央书局四个版本,回目均有差异。从彼时到当下,关于《江湖奇侠传》内文真伪问题一直说法不一。这里暂且搁置真伪不论,本文所说一百零四回,专指世界书局版十一集本。

书局就已经做好出版单行本的充分准备——《江湖奇侠传》单独排即为书版。由此便可解释《红杂志》上连载为何单独编页,单独排版,且字体字号均与内文版式完全不同——这些都是世界书局"整体出版"①策略的一部分。对于这样一部异常受人欢迎的小说,连载与单行本彼此关照的出版方式有一个非常直接的好处——在版权制度并不完备的时期,让盗版永远赶不上正版的出版速度,从时间和策略上有效地保护了世界书局的版权。

世界书局为《江湖奇侠传》第一集做广告时并非只推出这一本小说,而是以绘图本方式推出一系列名家的小说,做的是整体策划。因此,《江湖奇侠传》单行本的第一集广告连续刊登了两天,重点推出三大家的作品:不肖生、海上说梦人(朱瘦菊)和李涵秋的,其中,不肖生的《江湖奇侠传》居首。该广告对《江湖奇侠传》的宣传和推广采用了彼时使用最普遍的格式文本:

绘图　　　江湖奇侠传
● 不肖生　最近杰作

本书系不肖生最近杰作,描写义侠之气概,英雄之性情,可谓出色当行,无独有偶。其内容之曲折,情节之怪诞,宛如生龙活虎,有鬼神不测之妙。另加施子济群之评语,描写入神之插图,不啻画龙点睛,犹觉别有精采(彩)。前登《红杂志》中,大受读者欢迎,引得人人着魔,个个击赏。本局为告慰各界之渴望起见,特赶印第一集单行本三千部,廉价发售,以公同好。

▲绘图　特请当代美术家精绘美术风趣画四十幅

▲价目　全书洋装一册,原价洋六角,特价只收大洋四角。外埠函购,寄费加一②

广告从内容、技法、评点、插图及读者反应各方面全面推介作品,极尽溢美之词,与当时多数书局广告并无二致,非常模式化③。如果之后的广告依此套路走下去,读者定会生厌。待8月4日再次刊出此广告时,除上述广告

---

① 这里指世界书局在出版长篇小说时,将期刊连载与单行本出版结合在一起考量的出版策略。
② 《不肖生、海上说梦人、李涵秋三家名著出版》,载《新闻报》1923年7月5日第五张第一版。
③ 《红杂志》1923年第27期曾刊出陆吕亭的《滑稽广告》一文,讽刺书局广告常常自我吹捧,其中就提及为进行促销而常常使用加注、标点以及增加绘图等手段。

语外,书局将第一集回目也罗列出来。不同的是,这一次广告是与世界书局的另外一部书——《中华武术秘传》——一同刊出的。

　　此广告除了开头强调的"奇"之外,特别的是《中华武术秘传》的广告中有"飞剑法""指点定身法""口中飞针法""全身抵棍法""掌拍墙倒法""利刀割臂不伤法""人体吸壁法""跳跃高墙法""人身飞行法""口弹中人法""血脉调和法"等内容,但这些内容并非自成一体,世界书局给此书做广告的目的也并不是卖一本"武林秘籍"——当把二者捆绑在一起时,就创设了一种情境:《江湖奇侠传》中所有的法术、武功都是真实的。这恰恰是世界书局建构《江湖奇侠传》"不奇之奇"的开始。日后的广告,致力于将其一步步推向极致。1924年7月14日,世界书局隆重推出《江湖奇侠传》一至四集广告,这也是世界书局第一次为《江湖奇侠传》单独做广告,除了继续诸种溢美外,世界书局格外强调"虚幻之奇","立谈之间飞剑取首不算希(稀)奇,死人可以重生复活这才诧异:数千年前的死尸忽然现身石窟,一条辫线能抵挡数万利刃,顷刻之间身轻似燕走万里之远,将病人九蒸九焙其病竟愈,人之肉身能隔数十年竟不腐烂,鱼有什么知觉竟能解得人言,这岂非亘古未见的奇事吗?"[1]至十一集,则直接强调这些奇事之"真实",给读者造成一种幻觉——这是不肖生本人的亲身经历:

> 　　不肖生究是何等人物,看客当他文弱书生,哪知他是身怀绝技的侠客!书中百余奇侠剑仙,都是他的亲族师友,剑仙"向乐山",就是不肖生的祖父!所以书中都是实事。
>
> 　　凭空捏造的小说,一看就讨厌!因为情节真假,一看就看得出。
> 　　《江湖奇侠传》无半句虚造,所以人人看得津津有味。
> 　　其中人人所知的几件……如……
> 　　火烧红莲寺　张汶祥刺马
> 　　蓝辛石捉怪　杨继新遇妖
> 　　以上数种事实,至于出事处仍有证迹。
> 　　蓝辛石钉的一只鸡,至今在宝庆桥下,
> 　　相隔数十年,仍然活着,用铁钉钉住,

---

[1]《江湖奇侠传出版》(一至四集),载《新闻报》1924年7月14日第六张第一版。

> 一看此书,方知天下之大,无奇不有,
>
> 包括近代剑侠奇迹,五十余件,件件都是惊奇神怪的实事,且首尾相应,越看越有滋味。①

通过这些文本不难看出,此时世界书局已经意识到,如果一直在虚幻之"奇"上做文章,读者极容易厌倦,尤其是那些有一定阅读经验的读者。书局在1929年6月30日的广告中就明言:"老看客说,武侠小说不免有渲染穿插,过甚其词之处!"②于是,将这些奇事变成不肖生本人所见、所闻和所历,成为小说的新卖点。在接下来的广告中,世界书局在此基础上继续不遗余力地制造幻觉:

> 本书著者不肖生,他就是身怀绝技的剑侠;这书中的剑仙侠客,都是他的师友;这书中神怪的实事,都是他亲身经历的;所以这部书实情实事,与那向壁虚造的小说,根本不同!

这还不够,书局还特别在各集中找出例子予以说明:

> 第二集中说:
>
> 剑客向乐山,把自己头上的辫子一甩,倒伤了几十个山东拳师,辫子上有工(功)夫。阅者不免怀疑,岂知向乐山是不肖生的祖父,这件事湖南人个个皆知。
>
> 第三集中说:
>
> 剑仙周敦秉,剪纸为刑具,把落水鬼锁住,水鬼现形,人人看见,才救活表兄一命。这件事至今长沙和湘潭两县,人人皆知。如果不信可向湖南人一问。
>
> 第五、六集中说:
>
> 杨继新在河南遂平县娶了妖人的义女,新娘通法术隐身,岳父以飞剑斩女婿,杨继新逃跳五十里,竹竿上的雄鸡,代他送死,至今遂平县人

---

① 《江湖奇侠传十一集出版了》,载《新闻报》1929年6月27日第二十一版。
② 《江湖奇侠传全部十一集一百零四回》出版广告,载《新闻报》1929年6月30日第二十二版。

人皆知。

剑仙蓝辛石,捉住一个妖怪,妖怪变成一只鸡,蓝辛石就把它钉在宝庆县大石桥下,至今相隔三十年,那一只鸡依然活活钉着,仍旧不死。不信者可问问宝庆人。

第七集中说:

长沙来了一条青蟒,幻化和尚,扬言搭天桥渡人登仙。那蟒从城外麓岳山顶,把一个舌头伸到长沙西门城墙,人民当它天桥走上去,都卷入肚里吃了。被剑仙吕宣良使两只神鹰,一把飞剑斩了,至今长沙人人皆知。

以上不过述长沙湖南一方的剑仙奇迹,找一位湖南朋友问问,都能证明。其他关于别处的神奇异迹更多,一看此书,方知剑仙侠客,到处皆有。①

长长的一段文字中,"人人皆知"出现的频率极高,《江湖奇侠传》中诸多奇事都是"人人皆知"的,"人人"成为真实性最有力的见证者。至此,从最初的"虚幻之奇"到后来的"真实之奇",通过系列广告,世界书局为《江湖奇侠传》的读者建构了一个"真实之奇"的阅读幻境。在这样的幻境中,一个又一个武侠迷"进山求道"也便不难理解了。

还有一点不得不提,那就是"物故"谣言。向氏自1923年开始在《红杂志》上连载《江湖奇侠传》,至1927年离沪"做官"之后即停笔,但《红玫瑰》上的小说连载却至1929年方告结束。其间虽经历了赵苕狂伪作案、"物故"谣言、著作权纠纷及赔偿等众多纷扰,但这些是是非非并未对世界书局不遗余力的市场运作产生任何影响,在某种程度上甚至构成世界书局系列运作行为的一部分。有研究证实,1928年世界书局将此书版权让与"环球",②但直至1929年5月,《江湖奇侠传》十一集全本才由世界书局出完并隆重推出,经笔者检索彼时尚未见到"环球版"广告,到底是让与"环球"后"世界"再追回版权,还是"环球"事先侵权,抑或"世界"全部出版完毕后才让渡版权,有待进一步考证。据徐斯年教授、向晓光先生共同修订的《平江不肖生向恺然

---

① 《江湖奇侠传全部十一集一百零四回》,载《新闻报》1929年6月30日第二十二版。
② 叶洪生:《答顾臻弟问有关〈江湖奇侠传〉回目内文真伪及版本等事》,载《苏州教育学院学报》2010年第3期,第10—12页。

年表》考,"不肖生已死"的消息于1929年4月3日由《晶报》放出,①6月27日十一集本的广告由世界书局在《新闻报》上隆重推出,为有史以来版面尺寸最大的单行本广告,因此,不肖生"物故"谣言由世界书局放出的推测②有一定合理之处。因为如果"物故",《江湖奇侠传》就成了不肖生的"遗作",身价陡增,意义非比寻常。尽管这一做法有失君子之风,但作为一种"生意经",世界书局对《江湖奇侠传》的用心之切,不能不令人叹服!

此外,自1928年明星公司的电影《火烧红莲寺》掀起观影狂潮之后,世界书局又借《火烧红莲寺》结局未定之机,在广告中让读者在《江湖奇侠传》中寻找结局,这是世界书局的又一着力处。虽然彼时各家书局均非常重视市场运作,然而,像世界书局这样从选题到连载再到推广都如此用心恳挚、细致周到者,恐怕并不多见。这样系统的策划与运作及其超乎寻常的接受效果,足以使《江湖奇侠传》的文学生产与消费成为一种现象级事件以及文学市场运作的经典文本,运作行为本身即成为"复杂文本"。

四、作为"现象"的《江湖奇侠传》:市场运作视域下中国通俗文学的生产与消费机制思辨

走笔至此,我们不得不回答这样一个问题:《江湖奇侠传》之所以能够在读者中取得那样的轰动效应,出版商、作家、读者三方,究竟是哪一方还是哪几方在其中起着决定性的作用?对于这个问题的讨论又将我们引向另一部同样通过市场运作取得成功的经典文本《啼笑因缘》,③二者的运作行为之间的差异何在?如果存在差异,这些差异又意味着什么?

在平江不肖生眼中,尽管《留东外史》在读者中远未取得《江湖奇侠传》那样的轰动效应,但他自己还是颇为看重的——"真正费心力处,厥为《留东外史》,是时新从日本留学东归,为了好名,这是处女作,必须一鸣惊人,始能出人头地"④。而《江湖奇侠传》的创作背景则完全不同——"时已久寓上

---

① 徐斯年、向晓光编:《平江不肖生向恺然年表》,载《西南大学学报(社会科学版)》2012年第6期,第103页。
② 叶洪生先生在《答顾臻问有关〈江湖奇侠传〉回目内文真伪及版本等事》一文中,经仔细比勘后认为,"故民国十八年四月放出'不肖生已死'的虚假消息者或与'世界'方面不无关系"。见《苏州教育学院学报》2010年第3期,第11页。
③ 详见本书"上编 第三章《啼笑因缘》:缘何轰动"。
④ 余叔文:《江湖奇侠传》,见顾国华:《文坛杂忆》初编,上海书店出版社1999年版,第107页。

海,生活糜烂,终日沉浸于歌楼舞榭酒吧烟馆之中,必须作出长篇小说,才可获得大量稿费,以供挥霍,而偿付一身负债"①。在这样一种写作目的和创作心态的驱使下,他创作此书不过是为了满足"不断获得稿酬之欲望",结局自然"非与著书立说,教人益世可比"。最后他认为是"实由于旧上海十里洋场,金钱世界,使文人走向末路……"②尽管不免自谦,却也道出了部分实情。搁置彼时新文学界对《江湖奇侠传》的指责暂且不论,部分读者对《江湖奇侠传》也是批评得紧:"作者只顾情节惊奇,不问情理如何,思想的退化,是无可讳言的。"③从中不难看出经历了阅读狂潮之后的《江湖奇侠传》在面对知识结构、审美趣味已经更新的读者时所遭遇的尴尬处境。因此,在引致《江湖奇侠传》轰动的诸多因素中,书局无孔不入的运作行为以及出版商沈知方的"生意眼"十分关键,这一行为甚至大大抑制了作者向恺然在创作中应有的自由、热情和冷静。需要特别说明的是,我们并不否认向氏在文学生产过程中的价值和分量,尤其是使武侠小说从"'江山'转向'江湖'"④这一具有现代意味的转型之贡献,然而,我们更在意"现象"如何生成以及文本如何建构。从不肖生的自述中不难看出,他在《江湖奇侠传》的创作中利用了自己的已有资源(包括题材、技法、创作水准等),执行了出版商沈知方的"生意眼",相对于《留东外史》,不肖生创作的主体意愿不够强烈。至于创作的结果,则完全交给世界书局善后,因此难免有"金钱世界,使文人走向末路,势不得不如此耳"的感慨。从创作态度而言,《留东外史》与《江湖奇侠传》最大的不同在于,《留东外史》的创作很大程度上表达了向恺然本人的主观意愿,未免有"游戏"成分,《江湖奇侠传》却从题材到文本都是在执行沈知方的"授意"。向氏此时的身份是世界书局的雇佣写手,并非真正意义上的自由写作,在创作过程中所受干预颇多。张恨水创作《啼笑因缘》虽然也是受严独鹤之托,出于市场的考量,张氏接受了严独鹤诸如"武侠"和"肉感"的意见,但无论从选材到谋篇布局还是成文,作家在创作中并没有完全让步于海派的风尚和趣味,在创作中个人的主体性相对突出。无论是"重于情节的变

---

① ② 余叔文:《江湖奇侠传》,见顾国华:《文坛杂忆》初编,上海书店出版社1999年版,第107页。
③ 说话人:《说话(九)》,载《珊瑚》1933年第2卷第9期,第2页。
④ 汤哲声:《大陆新武侠关键在于创新》,载《西南师范大学学报(人文社会科学版)》2005年第1期,第145页。

化""少用角儿登场"①,还是"先行布局""无论如何跑野马,不出原定的范围"②等,这些努力为海上文坛带来一股清新的文学空气,继而以其流行和轰动为北派通俗文学在十里洋场赢得了声誉和口碑。反观《江湖奇侠传》,则不可同日而语。尽管张氏曾多次声称自己的"得意作"为《春明外史》《金粉世家》,并明确说"《啼笑因缘》写得并不太好""《啼笑因缘》并没有什么好看的"③,恐怕其中更多是缘于个人情感和趣味使然。与《江湖奇侠传》相比,作者在创作中注入的心力以及主体性一目了然。

市场是一把双刃剑,对于依赖于市场生存的近现代文学而言,市场带来的阵痛可想而知,但阵痛的结果,却是新生。对于向氏的文学实践,也要一分为二地看。尽管向恺然以社会小说步入文坛,却以武侠小说开一代风气之先;沈知方虽然遮蔽了向氏创作社会小说的意愿,却又为他打开了武侠小说创作之窗——尽管出于时代的文学评价标准使然,对于这样的身份,向恺然本人并不愿意接受。现代的文学生产方式、出版体制、创作机制以及文学消费机制成就了向恺然,也为他留下了诸多遗憾和自责。这样一种复杂的心境,不独属于向恺然,还属于文学商品化之后靠稿酬生存的所有文人,这一点在通俗文学作家的身上表现得尤为突出,他们在其中痛并快乐着,终生乃至身后的荣辱均系于此。时代与命运的偶然与必然使他们终生都无法也无力摆脱这种心境。而研究者需要考虑的是,我们该如何理解并确认这把双刃剑在文学创作、传播及文本价值确立过程中的功能?如何认识在这种生产与消费机制中出现的文学现象及评价其文本价值?其实,早在1933年有识者就已指出:

> 作者,读者,出版者,是成三角式"循环律"的。在文艺以金钱为代价的现代,不能完全责备作者的不长进,因为出版者总是默察读者的心理,为了适应读者的需求,便向作者征求某种性质的作品。作者为了"生意经",不能不迁就。所以要使小说进步,全在读者的鉴别,有"不盲从""不标榜"严正的批评,使出版者有所取舍,作者亦不至随波逐流。

---

① 张恨水:《我的小说过程》,载《上海画报》1931年第674期。
② 张恨水:《我的小说过程》,载《上海画报》1931年第673期。
③ 张伍:《我的父亲张恨水》,春风文艺出版社2002年版,第90页。

但,我很太息,现在的所谓批评者,不盲从不标榜的,能有几人?①

的确,创作者为了"生意经"不能不迁就,难道批评者就不受"生意经"的干扰吗?在市场中生存的文学,若想有所发展,有所成就,仍要以作者的个人创作意愿为主体,在兼顾出版商和读者意愿的同时,有所取舍。如果能够遇到与作者投契的出版商,是作者之幸,这样的机缘却可遇而不可求。在现代文学生产与消费方式和市场机制中,成为商品的文学作品,其外在的包装,诸如广告、多版本、对作家及作品的放大和遮蔽等行为,在所难免。至于水准高低、成功与否,则体现为出版商对目标读者认知的程度与水平,对作者创作意愿、经济及文化价值的判断与决策,其中包含了阅读心理、教育水平、价值观念、兴趣品位以及时代风潮等诸多因素。因此,作者、读者、出版者之间的冲突、调整与妥协,不可避免,而通过对副文本建构策略和阅读市场形成原因的系统梳理和分析,恰可以从一个侧面系统呈现文本生成及接受过程中的种种细节和种种曲折,进一步揭开现代文学更多复杂的面相。

---

① 说话人:《说话(九)》,见《珊瑚》1933年第2卷第9期,第3页。

第三章 《啼笑因缘》：缘何轰动

石 娟

　　1930年3月16日，严独鹤在《新闻报》副刊《快活林》的"谈话"栏目中发表了一篇《对阅者诸君的报告》，隆重推出张恨水和他的《啼笑因缘》，①称张恨水对"长篇小说，尤擅胜场"，"久为爱读小说者所欢迎"，他即将发表于《快活林》的《啼笑因缘》，"兼有'言情''社会''武侠'三者之长，材料很丰富，情节很曲折，而文字上描写的艺术，又极其神妙"，因而"预料必能得到读者的赞许"。②张恨水的小说能够得到上海读者的喜爱，严独鹤是有预期的，但是，《啼笑因缘》在《快活林》连载之期在上海引起巨大轰动，却大大超出了严独鹤乃至当时文坛的想象。王德威先生称"1931年不妨称为张恨水年"，因为《啼笑因缘》中几位主人公之间的恩怨情仇，"牵动无数男女的心思"。③《啼笑因缘》引起轰动的秘诀何在？是不是文本中容纳了"言情""社会""武侠"元素以及丰富的材料和曲折的情节，甚至"文字上描写的艺术"④，以及写作手法的改良，就会取得这样的成功？除却这些反复被言说的理由之外，是否还隐藏着其他原因，驱使无数读者为之着迷，无数商家趋之若鹜，以至于进而引发一系列版权之争和笔墨官司？

　　《啼笑因缘》能够取得如此成绩，与作者、编辑、读者对报纸这一媒介的全方位利用密不可分。接受美学的代表人物姚斯、伊瑟尔以及瑙曼在阐释接受美学时都认为，完整的文学活动包括了作家、作品、读者三个层面，一部文学作品在没有人阅读的时候还不是完全的文学作品，作品尚未得到实现。⑤由于报

---

① 《对阅者诸君的报告》中题名原为"啼笑姻缘"，概由当时普遍流行的"姻缘"概念而来，可见此时严独鹤对张恨水的创作意图并不十分清楚，对小说主旨知之甚少，更显出"造势"之意。

②④ 严独鹤：《对阅者诸君的报告》，载《新闻报》1930年3月16日第二十一版。

③ 王德威：《文学的上海——一九三一》，见陈子善编：《夜上海》，经济日报出版社2003年版，第261页。

⑤ ［德］H.R.姚斯、［美］R.C.霍拉勃著，周宁、金元浦译：《接受美学与接受理论》，辽宁出版社1987年版。

载小说是报纸销路的重要保证,印刷资本持有者十分关注读者对小说的接受程度,这就决定了报载小说的创作者在创作时必须关注读者,从读者的文化背景及阅读趣味出发,可以看出,读者的阅读不再被动,他们的阅读体验及对作品的阐释完全可以与作者的创作几乎同时展开,因此,作者的创作呈现出开放性:可以随时在作品中采纳读者的意见,其创作被读者意见干扰、支持或引领,不断调整自己的写作和文本的形态、结构。如果作家事先没有一个从容、完整的架构,待作品完成时,极有可能会"跑野马",《太平花》就是一例。当作者、编辑以及读者在连载长篇小说过程中各自的作用都得到充分发挥后,文学作品才算圆满完成。《啼笑因缘》之所以能成为"现象级"的文学事件,从创作到接受,恰恰满足了这几方面条件。

一、严独鹤与严谔声:"助产"

在报刊连载小说时,编辑的位置非常敏感——他是连接读者与作者的桥梁。可以说,如果没有严独鹤和严谔声,《啼笑因缘》或许会红,却不一定会如此轰动。严独鹤和严谔声之于《啼笑因缘》最重要的贡献在于,他们充分调动了另外两个角色——作者、读者——从作品创作到完成过程中的动能,变静态创作为动态协作,使《啼笑因缘》在连载时即呈现出升温之态。

(一)建构"单日畅销书"

众所周知,严独鹤首先看中了张恨水的报人身份,向他约稿。张恨水的作品连载后不久,严独鹤"再三地"请张恨水写两位侠客。除此之外,在连载形式上,严独鹤还做了很多重要的工作,其中一项便是为每天连载的《啼笑因缘》分节。经过严独鹤的整理,《啼笑因缘》每天连载的内容都成为一个相对独立的、完整的故事,给予了读者每天相对完整的阅读体验,这与《世界日报·明珠》的连载形式完全不同。以《新闻报·快活林》上《啼笑因缘》最初连载十七天的内容为例:

(3月17日)樊家树出场→(3月18日)听说天桥并来到天桥→
(3月19日)天桥风物→(3月20日)进入茶馆→
(3月21日)关寿峰出场→(3月22日)二人相识→
(3月23日)关秀姑出场→(3月24日)二人相识→
(3月25日)关寿峰与樊家树把酒话身世→(3月26日)沈凤喜出场→

(3月27日)唱大鼓→(3月28日)赠酬→
(3月29日)致谢,情愫暗生→(3月30日)樊被说服去北京饭店→
(3月31日)舞场规矩及舞者心理→(4月1日)跳舞着装→
(4月2日)何丽娜出场

不难看出,经过严独鹤的悉心整理,每天连载于《快活林》上的《啼笑因缘》片段,故事显得相对完整。《啼笑因缘》中的几个主要人物,如樊家树、沈凤喜、关秀姑、何丽娜,读者等了十七天才陆续见到。但这十七天的连载并非无意义的冗长的拖沓,而是从对背景及人物身份的铺陈中,将人物一一牵出。回目的功能此时与传统章回小说有了本质差异。传统章回小说观认为,"章"是长篇故事的自然情节单元,回目对本回内容具有提纲挈领的作用。长篇章回小说就是由这些情节组成的一个完整的艺术构思。① 然而在报纸上,回目对每天登载内容的连缀功能要远大于对本回内容的提纲挈领功能,它是作者预设的一条轨迹,保证了每天连载的内容都有相对独立的情节,以引起读者的兴趣,却最终能够沿着预设的轨迹行进。当然,这种效果能够实现的一个重要前提就是作家张恨水在《啼笑因缘》中对叙事技巧进行了变革——"先行布局",这样,"全书无论如何跑野马,不出原定的范围"。读者在阅读时,只在第一次见到回目的时候会借助它猜测故事的发展,在接下来的阅读中,关注的重点则停留在每一天那些相对独立的情节上了,而这些情节恰似一篇篇"短篇小说",讲述着一个个相对完整的故事,至此时,报载章回体小说的每一条回目似乎就是为了连缀一篇篇"短篇小说"而设置的。这与小报连载小说非常相似,却与传统章回小说存在很大差异,它大大扩展了传统章回小说回目的功能——作者不仅仅是为了连缀小说整体而写回目,还为了连缀每天一个个小小的情节和故事、吸引读者而写回目,同时保证每天的故事不会离主题太远。回目不仅仅连缀了小说的主题,还与每天的情节发生关系,以回目为中心,上辐射到《啼笑因缘》的主题,下辐射到每天的情节,在结构上,形成"珠花"。每天登载的内容,不是交代风物、习俗,就是交代人物、事件。这一个个相对完整的段落,成为一颗颗"串珠",沿着樊家树的经历一一呈现,却都没有脱离作者最初设定的"一男三女"的故

---

① 陈美林、冯保善、李忠明:《章回小说史》,浙江古籍出版社1998年版。

事情节,从而真正实现了曾朴期待的"珠花式"结构效果——"时收时放,东西交错"①。每颗"串珠"既可独立成篇——故事,也可连缀成文——回目;既解决了每日讲述的当下性、独立性问题,又解决了每回情节的连贯性问题。这恰恰是编辑严独鹤和同为报人作家的张恨水充分利用了报纸"单日的畅销书"②的特质——编辑和作者共同努力使每一天的即时性内容都能够畅销,当这种"畅销"形成"场"时,报纸的商业意义即显示出来——蜂拥而至的读者即广大的市场。此时,《啼笑因缘》已不仅仅是一部单纯的文学作品,它更成为现代商业模式下,文学与媒体、市场相结合的文化生产的成功典范。

此外,严独鹤的小说分节还有一个特点——每天故事的结尾,都会留一个悬念,同今天的电视连续剧一样。其实这一办法,并非始自《啼笑因缘》,在连载《荒江女侠》时,严独鹤早已有意识地采用过。如《荒江女侠》第一天连载的结尾为:

> 少女立定脚步,略一踌躇轻轻蹑足走到近窗处,做个丁字挂帘式,从屋脊上倒挂下来,一些也没有声息,便把小指向窗上戳个小孔,一眼偷偷窥进去,见里面乃是一个陈设精美的闺房,靠里一张紫檀香床,芙蓉帐前,正有一个十八九岁的女郎,背转娇躯,方在罗襦襟解之际,忽的走向后房去了。③

随着女侠的视线,读者看着那位十八九岁的女郎走进后房,在后房又将发生什么故事呢?一个悬念就此而设,下一个传奇故事就此开始。张爱玲曾经说过:"中国观众最难应付的一点并不是低级趣味或是理解力差,而是他们太习惯于传奇。"④连载后设置悬念恰是传奇故事非常重要的叙事技巧。在完整故事的叙述中设置悬念并不难,难的是在报纸上每天连载的几百字中,既要保证当天故事的相对完整,又要在结尾处将悬念恰到好处地交

---

① 曾朴:《曾朴谈〈孽海花〉》,见魏绍昌编:《孽海花资料》,中华书局1962年版,第130页。
② [美]本尼迪克特·安德森著,吴叡人译:《想象的共同体——民族主义的起源与散布》(增订版),上海人民出版社2016年版,第31页。
③ 顾明道:《荒江女侠(一) 第一章 黑夜剑光》,载《新闻报》1929年4月17日第十九版。
④ 张爱玲:《〈太太万岁〉题记》,见金宏达、于青编:《张爱玲文集》第4卷,安徽文艺出版社1992年版,第262页。

代出来。一部小说凭借高超的描写艺术、新的创作理念、生动的情节打动读者,是作家的功劳,然而,将一个完整、生动的故事分割开来,让读者能够每天追随人物经历起伏,却是编辑的本领。严独鹤1914年便进入新闻报馆任副刊《快活林》主笔,首开"集锦小说"先河,又在《快活林》上陆续推出李涵秋的《侠凤奇缘》《镜中人影》《战地莺花录》、平江不肖生的《玉玦金环录》等众多作品,均受到读者的欢迎。至连载《荒江女侠》时,严独鹤已经在《新闻报》担任了十五年的副刊编辑。在编辑副刊的同时,严独鹤还从事创作,除了长篇小说《人海梦》之外,在《红杂志》一百期内就发表了四十五篇短篇小说。1924年,世界书局出版的《独鹤小说集》收录了其中六个短篇。小说创作的经验体会加上十几年的副刊编辑经历使严独鹤十分了解读者,并深谙报载小说的连载之道,他将这些经验直接实践于《快活林》和《新园林》,于是,也就不难理解为何《新闻报》上的连载小说一直保持着较高的创作水准,深受读者喜爱。

(二)组织"热闹"的点评

连载结束之后的第二天,严独鹤就借张恨水之名,呼吁读者为《啼笑因缘》撰写批评文字,内容没有约束,"或单提一事,或列举各条,或讨论全书,凡有意味、有价值者,均所欢迎"。这实际上是严独鹤第一次为单行本出版策划的有目的的运作行为。尽管称张恨水愿以文会友,但更重要的目的恐怕是三友书社希望借此"获攻错之益",因为读者批评稿件都要"寄快活林编辑部,注明'啼笑因缘批评'"字样。对于读者,此举的好处是"酌量刊载",而同时身为副刊主编和三友书社老板的严独鹤却可以用这些批评文字在出版单行本的过程中予以"商榷"。①每一位参与的读者,又成为一个媒介,是极好的宣传。此外,严独鹤还约请通俗文学界的同人为《啼笑因缘》作评,为单行本的出版造势。仅从1930年12月到1931年12月一年间,《快活林》上即发表了《啼笑因缘》评论文章十三篇,值得注意的是,从第一篇评论文章出现的1930年12月7日到三友书社《啼笑因缘》单行本出版的1931年1月11日,一个多月间,就发表了将军的《啼笑因缘趣屑》、戈恩溥的《啼笑因缘概评》、谭若冰的《评啼笑因缘》、严独鹤的《啼笑因缘序》、虞山燕谷老人的《题啼笑因缘(和浩然韵)》五篇文章,频率极高,造势之意不言自明。

---

① 独鹤:《关于〈啼笑因缘〉的报告(二)》,载《新闻报》1930年12月2日第十一版。

在一年间刊出的十三篇评论中，严独鹤的《啼笑因缘序》最为有名。如前所述，严独鹤长篇、短篇皆曾涉笔，加之十几年名报副刊编辑、主笔身份，小说批评经验非常丰富。该序连载于 1930 年 12 月 24 日、25 日、26 日《快活林》，恰逢《啼笑因缘》在《新闻报》连载结束之后、单行本出版之前，时间节点的选择颇为用心。这篇序言现在已广为人知，然而，鲜为人知的是，在该序发表之后，严氏的序同样得到了评论界的高度肯定，甚至被当作小说批评的范文予以推介：

> 得一好小说难，得一好小说之批评家尤难。《石头记》固佳矣，而《石头记》之批评家，类皆自郐以下，不足为本书生色。《啼笑因缘》因恨水之妙笔而著，因独鹤之妙评而尤著。独鹤虽仅有一序，但其序文甚长，且于《啼笑因缘》之作法及书中之妙谛，摘发无遗，可当总评，相得益彰，洵说苑中之佳话也。余每逢诸生采问小说作法，辄曰盍购《啼笑因缘》作小说范本，有恨水之妙笔，又有独鹤之妙评。鸳鸯绣出从君看，恨水之作品也；更把金针度与人，独鹤之评语也。诸生闻余语，各购《啼笑因缘》一部，悉心研究，于是思路与笔法，日臻进益，谢余指导之功。余曰："不须谢我，当谢恨水，尤当谢批评恨水作品之独鹤。"①

程瞻庐也是《快活林》重要供稿人之一，对严独鹤的评价难免偏爱，且也含有帮忙推介之谊，但他认为好作品配上好的批评才能相得益彰的看法，还是客观的。之后瞻庐之子程明祥②在《快活林》发表《读了啼笑因缘以后》一文时，也直接引严独鹤的序作为参照。③

可见，从形式到内容，严独鹤对《啼笑因缘》给予了前所未有的关注，投入了大量心力，贡献甚巨。《啼笑因缘》之所以能够取得成功，严独鹤功不可没：他充分发挥副刊编辑的职业优势，策划系列活动，同时将副刊作为宣传平台，与单行本的出版运作不露痕迹地糅合在一起。很少有人有严独鹤这

---

① 程瞻庐：《啼笑因缘与小说范本》，载《申报》1931 年 5 月 7 日第十三版。
② 按：程明祥专业为理科，受其父影响，喜读小说，对于文学，亦有深造。
③ 原文为："诚如独鹤先生序中所说的：'《啼笑因缘》是于描写的艺术方面，和著作方法的操练纯熟，而博得了一般读者的共鸣。'我却还有几句要说话……"程明祥：《读了啼笑因缘以后》，载《新闻报》1931 年 7 月 20 日第九版。

样的天时、地利与人和,但更少有人能像严独鹤这样将这些优势发挥得如此淋漓尽致。

时至1931年9月,荣记广东大戏院、明星影片公司以及大华电影社之间关于《啼笑因缘》电影、戏剧改编权与公映权的是是非非几乎每天都在《新闻报》上发布,使《啼笑因缘》再次以话题的方式进入大众视野,这本身又成为非常有效的广告。所以,从1930年开始连载,到1932年同名电影放映,近三年时间里,翻开《新闻报》,从连载到单行本再到其他艺术形式的改编,读者目光所及之处,尽是《啼笑因缘》,想拒绝都难。

(三)进行阅读调查,制造"巧合"

在《啼笑因缘》从连载到出版单行本,再到被改编成戏剧、弹词、电影的过程中,除发表读者的疑问之外,《新闻报》另一副刊《本埠附刊》的主编严谔声还有意识地调动读者的参与热情。在《啼笑因缘》未结束时,严谔声发起了一次"啼笑因缘的结局如何　大家猜猜看"的调查活动,[1]四天就收到了117封读者来信,纷纷猜测四位主人公的不同结局。有趣的是,一个多月之后作品大结局,四位主人公的归宿恰与读者猜测结果最多者一致。[2]张恨水在三友书社出版的《啼笑因缘》单行本末尾《作完〈啼笑因缘〉后的说话》一文中,在"几个重要的问题的解答"部分,分别交代了几位主人公的结局,与严谔声发起的这次活动互为呼应,仅用"巧合"来解释未免难以服人。

在单行本发行之后,1931年9月19日,三友书社及三益书店又发起了"啼笑因缘悬赏征文活动",奖金高达两百元,直接将征文名称确定为《啼笑因缘补》,要求仍采用"小说体裁,不论新体旧体……但仍以语体文为限",并请"天虚我生、王钝根、程瞻庐、李浩然、周瘦鹃、严独鹤、程小青、顾明道、陈达哉诸先生为评判员","更请张恨水先生复阅作为最后决定",同时得奖者"姓氏地址均在本报发表"。[3]显然,这是三友书社一次有意识的运作,然而这次运作,却指向另一个目的——《啼笑因缘》的"续书"蓄势待发。在《啼笑因缘》单行本书后,张恨水在《作完〈啼笑因缘〉后的说话》中援引《西厢》和

---

[1] 《啼笑因缘的结局如何　大家猜猜看》,载《新闻报》1930年10月13日第十八版。
[2] 按:1930年10月13日的统计结果显示,共有117位读者参与了该活动,其中猜测樊家树与何丽娜结婚的人数最多,共43人;而三人结局,猜测最多的分别为沈凤喜最终因疯而死、关秀姑远走江湖、何丽娜另嫁他人(这条排除了何丽娜与樊家树结合的情况,但终归是"嫁")。
[3] 《啼笑因缘悬赏征文》,载《新闻报》1931年9月19日第十七版。

《鲁滨逊漂流记》的例子,证明乱续的后果只能"相形见绌",不愿"自我成之,自我毁之",因此,"不能续,不必续,也不敢续"。①然而,同为三友书社老板的严独鹤和严谔声,面对纷至沓来的读者来信,不可能视若无睹。矛盾如何解决?征文是一个有效的办法。其实,这次征文与严谔声一年前在《本埠附刊》上发起的调查活动性质相似,好处显而易见:首先,了解读者的阅读意愿。倘若张恨水改变初衷决定续写,就可以据此给作者提供具体的调查结果,作者由此明确书中人物的走向。其次,如果张恨水不再续写,三友书社也可以将评奖征集的稿件汇成《啼笑因缘补》,借《啼笑因缘》余温再赚一笔,既不违背作者初衷,又可满足读者需求。因此,严独鹤和严谔声不仅是非常优秀的副刊主编、作家,更是灵活机敏的文化商人。这三种身份使得他们能够有意识地积极开展《啼笑因缘》的商业运作,同时又能够利用大报副刊的平台,有效吸引读者参与,在以赢利为目的的前提下,刺激了文学活动中的其他两方——作者与读者——之间的互动,使得《啼笑因缘》从创作到接受始终以积极的姿态呈现在我们面前。

可见,自印刷资本诞生之日起,编辑这一职业在文学活动中就应该而且始终应该是不可或缺的一维,它是近现代文学活动中一个非常有力的声部,与作家、读者共同参与了中国近现代文学的建构,也是近现代文学现代性特质重要的书写者。

二、张恨水:媒介写作

张恨水是作为小说家而被载入中国现代文学史册的,但他同时又是一位职业报人,这一职业身份对他的写作产生了十分重要的影响。他的小说绝大多数连载于报纸,他的作品产生的社会轰动效应与影响,也多由报纸连载而来。从这个意义上说,连载形式本身,便是张恨水小说的贡献和意义所在。张恨水的成功,恰恰在于他对媒介(尤其是报纸)特征的准确把握,以及据此对文学创作进行的恰到好处的利用和调整。在现代文学史上,张恨水的贡献在于,他创作的长篇小说完成了真正意义上的媒介写作的结构性变革。②以

---

① 张恨水:《作完〈啼笑因缘〉后的说话》,见张占国、魏守忠编:《张恨水研究资料》,天津人民出版社1986年版,第245页。
② 汤哲声:《被遮蔽的路径:中国传统章回小说的现代化之途——张恨水〈春明外史〉、〈金粉世家〉、〈啼笑因缘〉赏析》,载《名作欣赏》2010年第6期,第11—17页。

往对《啼笑因缘》的研究多以单行本为参照,关注文学作品的美学表现和叙事分析,却忽视了作者在创作《啼笑因缘》过程中对报纸这一现代媒介的利用,21世纪以后,这一情况有所改变,①而报刊媒介在认识张恨水的价值和贡献时,恰恰至关重要。

20世纪二三十年代连载于报纸上的通俗小说,取得轰动效应后,多会以单行本形式再次出版及发行。这种做法对长篇连载小说而言,至少有两方面显著的好处:一是降低出版商的资本风险,使他们可以通过小说连载过程中受众的反应来决定是否出版图书;二是作者可以及时了解读者的反应,及时调整写作思路,以互动的方式成就连载小说的成功。正是安德森所说的这种"极端的形式"②,给创作者带来了十分巨大的言说空间和十分及时的读者反馈,作者在写作过程中可以与读者互动。在以市场为创作导向和写作动力的通俗文学作家身上,这一特征尤为显著。严独鹤之所以一经钱芥尘推介便约请张恨水为《快活林》创作小说,看中的就是张氏多年在大报副刊连载小说所获得的媒介创作经验以及在大报副刊任编辑的经历。与其他作家相比,张恨水非常懂得如何协调读者阅读需求与媒介创作自由之间的矛盾与冲突,他曾说过:"我既是以卖文为业,对于自己的职业,固然不能不努力;然而我也万万不能忘了作小说是我一种职业。在职业上作文,我怎敢有一丝一毫自许的意思呢。"③其中透出张恨水的两点认识:一、作小说是他的谋生手段,他的创作必须直接针对文化市场;二、他是职业作家,对于小说创作的不能"自许",既包括对读者意见的尊重,也包括在小说创作上力求突破的追求。

(一)为读者写作

张恨水一直非常尊重读者。这一点,在小说创作的全过程中处处可见,如在《啼笑因缘》中众所周知的多角恋爱以及关氏父女的出现,即与严独鹤

---

① 刘少文先生较早关注到报人身份对张恨水小说创作的影响,他的《大众媒体打造的神话——论张恨水的报人生活与报纸化文本》(中国社会科学出版社2006年版)从新闻素材、批判意识、叙事视角、语言、次文类、副文本以及连载造成的"粗糙"等角度分析张恨水的小说,其中便包含对《啼笑因缘》的分析。

② [美]本尼迪克特·安德森著,吴叡人译:《想象的共同体——民族主义的起源与散布》(增订本),上海人民出版社2016年版,第31页。

③ 张恨水:《〈啼笑因缘〉作者自序》,见张占国、魏守忠编:《张恨水研究资料》,天津人民出版社1986年版,第240页。

在与张恨水的通信中提醒的上海洋场章回小说具有"武侠神怪"和"肉感"两大特点,南方读者要看"噱头"有着直接联系。读者的阅读趣味直接决定了《啼笑因缘》创作题材的选择和主要人物的设置。

在20世纪二三十年代,作为中国第一批开埠的通商口岸,上海物质生活之丰裕,几为中国之最:电灯、电报、电话、电车、自来水、汽车、香水、雪茄、高跟鞋、化妆品,饭店、俱乐部、咖啡馆、跑马场、回力球场、电影院……彼时在物质、现代观念等多个层面,"上海已和世界最先进的都市同步了"①。或许就是由于在现代事物中浸淫日久,1930年代的上海人对于上海之外的世界,有着异乎寻常的好奇。翻开《快活林》,苏州、杭州、嘉兴、芜湖、天津、北平,西北、东北、华北以及世界各国的时事政治、文坛通讯、人情风物、消闲娱乐……充斥了每天的版面。对上海人的这一阅读喜好,张恨水在小说的开篇就予以满足。《啼笑因缘》在《快活林》第一次亮相,张恨水即花大量笔墨来描写南北反差中的北平:

> 这里不像塞外那样苦寒,也不像江南那样苦热。三百六十日,除了少数日子刮风刮土而外,都是晴朗的天气。论到下雨,街道泥泞,房屋霉湿,日久不能出门一步,是南方人最苦恼的一件事。北平人遇到下雨,倒是一喜,这就因为一二十天,遇不到一场雨。一雨之后,马上就晴。云净天空,尘土不扬,满城的空气,格外新鲜。北平人家,和南方人是反比例,屋子尽管小,院子必定大。天井二字,是不通用的。因为家家院子大,就到处有树木。你在雨霁之后,到西山去向下一看旧京,楼台宫阙,都半藏半隐,夹在绿树丛里,就觉得北方下雨,是可欢迎的了。南方怕雨,又最怕的是黄梅天气。由旧历四月初以至五月中几乎天天是雨。可是北平呢?依然是晴天,而且这边的温度低。那个时候,刚刚是海棠开后,杨柳浓时,正是黄金时代……因为如此,别处的人,都等到四月里,北平各处的树木绿遍了,然后前来游览。就在这个时候,有个很会游历的青年,他由上海到北京游历来了。②

---

① [美]李欧梵:《上海摩登——一种新都市文化在中国 1930—1945》,北京大学出版社 2001年版,第 7 页。

② 恨水:《啼笑因缘(一)》第一回,载《新闻报》1930 年 3 月 17 日第十七版。

张恨水用"失去了首善之区"来描述北平在当时的地位,在承认上海的急速现代化使北平略显逊色的同时,笔锋转而描述北平的"好":好天气、好民居、好景致,还有北平悠久的文化底蕴——"伟大的建筑"和"很久的文化成绩"。"雨""庭院""树木"三个意象,是张恨水用来彰显反差的道具:"雨"对于南方人意味着"道路泥泞""房屋霉湿""日久不能出门一步",令他们"最苦恼",而对于北平人,"倒是一喜"——"尘土不扬",空气新鲜;北平人家恰恰"和南方人是反比例","屋子"小,"院子"却大。在南方的民居建筑中,"天井"是特有的称谓,用来形容院子只有井口望天般大小,而在北平"是不通用的",因为院子大。院子大,于是树木多,春天里由树木与建筑清新的色彩错落而成的雨后美景,与烟雨江南迥然不同。寥寥五百余字,吊足了上海读者的胃口。就在北平最美的季节,一个江南青年樊家树,带着上海人的眼睛来看北平了——一个江南青年在北平的情感故事就此开场。

(二)叙事模式的继承与变革:"重于情节的变化"与"少用角儿登场"

张恨水在《我的小说过程》一文中曾说,"鉴于《春明外史》、《金粉世家》之千头万绪,时时记挂着顾此失彼,因之我作《啼笑因缘》,就少用角儿登场,仍重于情节的变化"[1],以白描笔法形象地勾勒出《啼笑因缘》继承与变革的轨迹。

情节是传统章回小说非常重要的叙事策略。情节贵曲不贵直,讲求变化,是章回小说的魅力所在,它符合中国读者的阅读习惯和审美心理。邹弢评《青楼梦》第一回时说:"作书宜曲,不曲则直率无味矣。观此回之历证诸名妓,以陪章幼卿出来,何等郑重,何等笔法!"[2]直称章回小说必须"曲"才能有味儿。《三国演义读法》也称:"假令今人作稗官,欲平空拟一《三国》之事,势必劈头便叙三人,三人便各据一国,有能如是之统乎其前、出乎其后,多方以盘旋乎其左右者哉? 古事所传,天然有此等波澜,天然有此等层折,以成绝世妙文。"[3]讲的就是"曲"之设计和"曲"之妙处。但张恨水的"重于情节的变化"并不仅限于小说的艺术技巧一种原因,它还有媒介原因,情节变化恰恰可以实现报纸"单日畅销"的目的。因此,"重于情节的变化"这一

---

[1] 张恨水:《我的小说过程》,《上海画报》1931年第674期。
[2] 俞达:《青楼梦》,百花洲文艺出版社1991年版,第1—2页。
[3] (明)罗贯中著,(清)毛宗岗评:《三国演义注释本3》,上海古籍出版社2014年版,第1158页。

传统章回小说的叙事策略之所以得到保留,是张恨水对报纸的市场、媒介特征和读者的传统审美习惯两方面综合考量的结果。

如果说"重于情节的变化"是对传统的继承,那么,"少用角儿登场"就带有了鲜明的变革意味。"五四"前后,有人曾劝张恨水改写新体,张恨水没有动摇,但这并不表示他也拒绝新的叙事策略。"少用角儿登场"可以集中笔墨写人,而对于"人"的浓墨重彩,恰与新文学对"人"的发现不谋而合。是新文学影响了张恨水还是张恨水主动迎合新文学,他的"赶上时代"到底含有哪些深意,这些都是很难说清的历史遗留问题。但可以确认的是,"少用角儿登场"使《啼笑因缘》为重点塑造几个"角儿"留出了叙事空间,如风景描写、心理描写以及动作描写等。有趣的是,张恨水从未承认他的这些手法学自新文学,直到50岁时,仍说"得自西洋小说"①,而且明确说林译小说给了他很大的影响——"在这些译品上,我知道了许多的描写法,尤其心理方面"②。张恨水承认自己的创作是中西结合,至于新、旧的问题,他显示出一种刻意的回避。其实,20世纪30年代,上海的文化市场已经发育得非常成熟,无论是通俗文学还是新文学,都各有自己的生存空间。通俗文学与新文学之间尽管多有抵牾,但有了资本保障,仍然能够各得其所,市场机制为彼时的文学创作培育了相对健康的文学生态。在这样的文学生态中,所谓的新与旧、雅与俗不仅可以互相攻击,同样可以互相渗透,于是,新、旧文学间的对立与同一,表现得异常丰富:无论是曾虚白《真美善》中的翻译、范烟桥主编的《珊瑚》,还是严谔声主编的《新闻报》副刊《茶话》,都呈现出这一特征。张恨水此时的叙事变革,直接受彼时文学生态的影响,《啼笑因缘》对中国传统叙事的继承与革新,恰与当时的文学生态特质同步。这样看来,就不必对他的小说变革资源到底来自新文学还是西洋文学如此咬文嚼字。重要的是《啼笑因缘》中的"新质"。

三、读者:与作者对话

读者在文学作品中发声,是现代报刊媒介对读者与作者关系的一次重

---

① 恨水:《总答谢——并自我检讨》,见张占国、魏守忠编:《张恨水研究资料》,天津人民出版社1986年版,第280—281页。

② 张恨水:《写作生涯回忆》,见张占国、魏守忠编:《张恨水研究资料》,天津人民出版社1986年版,第16—17页。

大调整,这也是中国文学现代性的重要特点之一。这种发声的内容十分丰富,或者呈现出读者的价值观念,或者迎合读者的审美趣味,或者是读者直接参与创作,等等。前两者都是隐性参与,直接参与创作则是显性的。连载恰恰为读者直接参与创作提供了某种可能。自1929年起,《本埠附刊》开始刊登读者来信,由副刊主编署名"小记者"的严谔声专门解答。从连载到出版单行本再到被改编成电影的过程中,《啼笑因缘》一直收到很多读者的来信。严谔声有意识地选出一部分刊登在《本埠附刊》上,让读者与读者、读者与作者、读者与编者之间公开对话、讨论。《啼笑因缘》连载到凤喜被刘德柱强占的情节时,小说写刘德柱跪地乞求,凤喜竟然嫣然一笑。这一笑,到底呈现了凤喜的什么性格? 是虚荣,还是无可奈何而为之? 之后又连载了很多天,沈凤喜仍未出场。有一对夫妻为凤喜到底是否虚荣而争论不休。为了找到答案,他们给严谔声写信询问,结果严谔声卖了一个关子:"一个问题,越等待到长久,越觉得有趣味。凤喜姑娘问题,自未便贸然奉告。欲知究竟如何,且看下文分解。"①然而,就在这个问题提出两天后,即9月1日《啼笑因缘(一六六)》的十五回中,很久没见的凤喜与家树就这样"偶遇"了:

> 及至那人走下车来,大家都吃一惊,原来不是赳赳武夫,也不是衣冠整肃的老爷,却是一个穿着浑身绮罗的青年女子。再仔细看时,那女子不是别人,正是凤喜。家树身子向上一站,两手按了桌子,啊了一声,瞪了眼睛,呆住了作声不得。凤喜下车之时,未曾向着这边看来。及至家树啊了一声,他(她)抬头一看,也不知道和那四个护兵说了一句什么,立刻身子向后一缩,扶着车门,钻到车子里头去了。接着那四个护兵,也跟上车去,分两边站定,马上汽车呜的一声,就开走了。家树在凤喜未曾抬头之时,还未曾看得真切,不敢断定。及至看清楚了,凤喜身子猛然一转,他(她)脚踏着车门下的踏板,穿的印花亮纱旗衫,衣褶掀动,一阵风过,飘荡起来。因衣襟飘荡,家树连带的看到他(她)腿上的跳舞袜子。家树想起从前凤喜曾要求过买跳舞袜子,因为平常的也要八块钱一双,就不曾买,还劝了他(她)一顿,以为不应该那样奢侈,而今

---

① 《凤喜姑娘怎样?》,载《新闻报》1930年8月30日第二十二版。

她是如愿以偿了。在这样一凝想之间，喇叭呜呜声中，汽车已失所在了。①

尽管作者没有明言凤喜是否虚荣，但读者可以从凤喜的装扮和家树的心思中，看到些许痕迹。而张恨水却有意与读者多兜两个圈子，到了9月2日《啼笑因缘（一六七）》中，家树偏偏给她找了借口开脱：

世上的事，本来难说定。他（她）一个弱女子，上上下下，用四个护兵看守着他（她），叫他（她）有什么法子？设若他（她）真和我们打招呼，不但他（她）自己要发生危险，恐怕还不免连累着我们呢！②

张恨水的故设玄机，引发了读者的另一轮争论。9月6日的《本埠附刊》上，又有两位读者来信讨论凤喜的问题。署名"希文"的读者认为，凤喜这样一个贫家姑娘，慕了虚荣也不会因此"水性杨花"，情有可原，因为她心底还是爱家树的，她那样做，是迫于刘德柱的淫威，是"权宜之计"，不会嫁给刘将军，还举出了作品中的具体细节予以论证。而署名"荣挹泉"的读者认为，凤喜与家树一定不能成眷属，并且告知张恨水在前面已经通过家树回南前，凤喜末次弹琴时的情形暗示过。③然而，就在第二天，即9月7日连载的《啼笑因缘（一七二）》中，关秀姑留下了"风雨欺人，望君珍重"的字条，至此，凤喜是否虚荣、是否忠于爱情全部明了。

如果说作家没有正面回答，通过文本与读者对话还只是一种猜测，那么，张恨水对读者疑问的直接答复，则足以明确作家在创作过程中对读者所持的开放的对话态度。1930年9月19日的《本埠附刊》刊登了读者"宋冲"给张恨水的来信：

书中之主人翁樊家树，负笈北京，明明是一学生，但是樊家树自到北京之后，由春至秋，并未投考任何学校，不知其在何校读书？

---

① 恨水：《啼笑因缘（一六六）》第十五回，载《新闻报》1930年9月1日第十七版。
② 恨水：《啼笑因缘（一六七）》第十五回，载《新闻报》1930年9月2日第十七版。
③ 希文、荣挹泉：《凤喜姑娘问题》，载《新闻报》1930年9月6日第二十二版。

关寿峰深夜挈领徒弟,往刘将军府救凤喜,越墙碎窗而入,痕迹显然。刘将军府发觉之后,仅加警戒。(秀姑二次往探路径所见)八面威风之刘将军府,竟有飞贼破窗而入,似有行刺将军之嫌,如此重大案件。刘将军竟不追究何也?

住在大落院之关秀姑大姑娘,所见皆是乡村风味,自非何丽娜可比。此次往说凤喜,在刘将军府居然以电话与家树传音。大姑娘何时用过电话?或者在医院中见过,但惜未曾用过耳。①

这些问题,张恨水完全可以一笑而过,但他还是作了十分谨慎而诚恳的答复:

(一)樊家树游北京,为夏历四月间,去考期已远。夏间既有爱人,又回里探母,故亦未入何校补习。秋时二度北上,始考大学本科。十九回已补叙之矣,②因无关大体,故暗写之也。

(二)北京闹贼必飞,为至寻常事。寒如敝庐,亦飞贼光顾二次。盖北京房瓦,皆用泥嵌,结实可行,间有灰房之顶,则如平地,跑马亦可也。惟其为刘将军之家,故闹贼即加警戒,在平民则警戒亦不必矣。

(三)大杂院(原问"大落院"一误),非乡村之谓、贫民窟之谓。秀姑在北京多年,昔曾与伯和同胡同,继迁后门,亦邻闹市,岂有不见电话之理?且北京电话,多至数万号,几于触目皆是,小油盐店中亦有之,非贵重之物也(北京附郊数百里亦有电话)。

宋先生所问,恨水虽可答复,然书至二十万言,决不能无漏笔败笔。未发现之疑问,恐为数尚多,读者如能加以指正,俾于出单行本前能加以修理,实其幸也。

恨水附识。③

其实,由于小说连载本身即未完成,作家几乎是写完即发,写作与发表间隔的时间非常短。像张恨水这样的知名作家,忙的时候一天要为几家报

---

① 宋冲:《啼笑因缘几个疑问》,载《新闻报》1930年9月19日第十八版。
② 在宋冲提问之后。
③ 张恨水:《啼笑因缘几个疑问》,载《新闻报》1930年10月12日第二十六版。

社同时赶小说,根本没有时间也没有可能在发表前反复推敲,也无法对已经发表的内容进行修改,出错在所难免。后来张恨水在《新闻报》连载《太平花》时,即出现了明显的失误,而且到出版单行本时也未能纠正。①像这样的纰漏,在通俗文学作家的创作中极为常见,严独鹤也曾因自己的小说在连载时出现了前后矛盾而专门写了一篇文章向读者致歉并反思。②尽管在此次回答中,张恨水并没有出现严独鹤那样的尴尬,但是,对于因创作及发表的仓促而产生的种种问题,他是担心的,同时,也希望作品可以精益求精,因此,在《世界日报·明珠》再次连载《啼笑因缘》时,他便对其进行了改写。③

报纸的即时性在给予张恨水的创作以时效性压力的同时,也给了他难得的机遇——第一时间了解读者的欲求,在与读者对话(无论直接对话还是间接对话)时,激发读者的好奇心,为读者设疑,使其质疑,最终满足他们的阅读期待。从这个意义上说,在《啼笑因缘》的创作过程中,读者同样参与了文本的写作。

四、报刊连载小说:作为文学现场

以报纸为载体和平台,编辑、作者与读者共同完成一部小说,作为编辑和出版商的严独鹤、严谔声谙熟创作及运作之道,身为作家的张恨水也担任过多年的副刊主编,相似的身份和经历,加上《新闻报·快活林》的发表平台,使得他们有条件、有机会各自发挥所长,同时能够以开放的姿态适度容纳读者的声音。在当时的历史条件下,这种写作与发表方式比传统意义上的单行本写作要开放得多,却与当下的网络写作非常相似:以作家的一支笔,容纳了众多的声音——编辑、读者的和作家自己的④——最终呈现在报纸副刊这一文学载体上。至此,《啼笑因缘》不再是我们看到的那个单行本中的故事,它的连载成为一个动态的、鲜活的创作现场,使我们可以清楚地

---

① 关于《太平花》的纰漏,刘少文先生在他的《大众媒体打造的神话——论张恨水的报人生活与报纸化文本》(中国社会科学出版社 2006 年版)一书的第九章对此已详加论述,不再赘述。

② 严独鹤:《我之自讼》,载《红杂志》1924 年第 2 卷第 32 期,第 1—2 页。

③ 石娟:《啼笑因缘》的两个版本——〈新闻报〉与〈世界日报〉之间的一段公案》,载《新文学史料》2010 年第 3 期,第 168 页。

④ 应该看到,这种对话具有两面性:一方面提升了读者和编者在文本创作中的地位,另一方面,也部分地消解了作者在传统创作模式中的主体性。然而,这种消解恰恰是报纸这一媒介为中国文学现代化转型带来的最有意味的变革。

看到现代报纸诞生后通俗文学从发生到创作再到完成的动态的多维互动的全过程。叶维廉先生说过："要充分了解我们创作历史的泉源……首要的，便是以全然开放的胸怀，掌握它们在其间全面衍化生成持续的历史意识，明白每一个文化事件、每一个创作行为根生在历史、根生在美学传统的多样化，我们绝不能把这些事件和作品（过去的和现在的）一概投入一种、只一种单面的历史透视里……来作偏差的肯定和否定。"[①]媒介变革给文学带来的是一种专属于现代化进程的新质。因此，对以上这些现象的分析，不光属于《啼笑因缘》和张恨水，同时也属于中国现代化进程中曾在报刊上连载过小说的那些作家们，既包括通俗文学作家，也包括新文学作家。《啼笑因缘》不是一部单纯的作品，它更是一种媒体与文学之间互动的、立体的、全方位呈现的文学事件和文化现象。当我们立足于这个角度来反观近现代通俗文学乃至现代文学时，就有可能超越文本本身，拓展研究视角，对现代文学现代化进程中的种种景观给予更多的观照，以及理解与同情。

---

① 叶维廉：《中国诗学》，生活·读书·新知三联书店1992年版，第210页。

第四章　平鑫涛与《皇冠》：文化商人与"缪斯神殿"一甲子的建构

叶雅玲

一、平鑫涛的读者意识与文艺观

（一）平鑫涛生平及其在文坛的地位

出版家暨《皇冠》杂志创办人平鑫涛1927年出生于上海，原籍江苏常熟。在上海接受完大学教育，1949年从大同大学商学院毕业后，他只身来到台湾，开创其经营超过一甲子的事业——创办《皇冠》杂志及成立皇冠文化集团。受其成长时期上海百花齐放多元文化的影响，他喜爱音乐、绘画、电影与文学，在中学时他曾办过校园刊物《潮声》，该刊物强调知识性、生活性、文学性、艺术性，而随着台湾政治、经济与文化的发展，《皇冠》不同时期展现出不同的内容特色，各时期的封面也呈现出不同的风格。

平鑫涛既是编辑，又是翻译家和出版家，他的笔名是"费礼"。1949年从上海到台湾后，他先在台湾肥料公司任职十四年，其间还担任广播电台"热门音乐"节目的DJ五年，后于1963年6月至1976年2月任《联合报》副刊主编。1954年2月他创办"皇冠"杂志社，出版《皇冠》杂志，该杂志除了有台湾版外，还曾发行过东南亚版及美国版，迄今逾六十六年仍在出版，从未间断发行，是台湾历史最悠久的民营文艺杂志。

1965年成立的"皇冠"出版社，迄今出版了近五千种丛书。平鑫涛任"皇冠"出版社社长，2002年曾获"台湾文艺协会"荣誉文艺奖章。

平鑫涛在20世纪50年代曾以"费礼"为笔名翻译《丽秋表姐》《原野奇侠》《爱娜》《撞尸记》等西洋小说，70年代将主编的《联合报》中由各行各业执笔的专栏"各说各话"出版为《各说各话》一书（共6集），他还写作旅游世界笔记、游记式杂文《穹苍下》《美国，这个国家》等，80年代他翻译了《英雄的故事》《水都奇遇》《断肠花》等，2004年出版了自传《逆流而上》。

犹如平鑫涛翻译的《原野奇侠》的名称①一样,他只身由上海来到台湾这片陌生的土地,开创出一片出版天地,干练精明,充满毅力恒心,在琼瑶背后默默地支持她,而他个人对文艺的品位,在不同时空中打造出的事业,深刻影响了华文/台湾文学与大众文化。由于少年时长期在上海亭子间狭小的空间生活,他有幽室恐惧症,也因此,事业成功后的他拥有一个整层楼不隔间的大办公室。他还喜欢旅行与摄影,其事业版图也不断扩大。

可由三个视角来检视他的一生:作者、编者、出版者。作为一个作者,平鑫涛出版游记,撰写杂文,翻译西方流行小说,自传《逆流而上》即写其一生由年少到老年在台湾从事出版业的经历。编辑是其主要工作。因对文学、音乐、艺术的喜好,其主编的刊物早期以凸显作品的知识性、艺术性为主,后增加文学性、生活性、趣味性,他敏锐的触角让这份刊物及"皇冠"出版社出版的书籍一直能够掌握时代脉动,表现出各时代的人情趣味。作为出版者的平鑫涛甚少被讨论或研究,实际上他对台湾文学的发展有着巨大的影响。被邱贵芬称为"出版业巨子"的他,直接关系着《皇冠》的商业性,此其一;他的人格特质关系着出版物的内容取向,此其二;台湾文学研究的包容性、涵盖性应再拓展,与林海音一样,他及其出版事业的性质或许与林有所不同,却同样需被重视和深入了解,不当偏废,此其三。

而该如何评价他呢?他究竟是一位出版商,还是出版家?

平鑫涛是杂志编辑、丛书出版家、副刊主编、电台流行音乐节目主持人,还是琼瑶电影电视制作人,无疑的,如果没有平鑫涛,没有《皇冠》与他执编时期的"联副"作为摇篮,台湾的通俗文学,尤其是言情一脉文学的历史,可能就要大大改写。

吉贝·穆里认为:

> 要正视商人们在文学守护神缪思殿堂里所占的一席之地。②

商业与文学之间,始终有着割不断又难以说明的关系,平鑫涛本人并不讳言经营出版事业多少有些赢利考虑,不在意被称为"出版商"。他虽与崛

---

① "皇冠丛书"第一种。
② Robert Escarpit 著,叶淑燕译:《文学社会学》,(台北)远流出版社 1990 年版,第 14 页。

起于20世纪70年代、活跃于80年代的文学出版社"五小"负责人林海音、姚宜瑛、隐地、叶步荣、蔡文甫等的文人出身有所不同,但是,他采用"皇冠基本作家制",将作家整合到刊物中,这种"作家经纪人"的观念在20世纪60年代却是创举,他还有着企业家的干练,并且对台湾图书出版与杂志经营长期地贯注心血,这一点尤其值得尊敬。①

由另一位出版家隐地先生的一段回忆,也可以进一步认识这位认真却又带着些许自信,甚或可以说是带有些许霸气的编辑:

> 那时我也向《皇冠杂志》不停地投稿,有一篇写我自己五段恋情的《五线谱》,《皇冠》的平鑫涛亲自回信,告诉我要留用,然而就是迟迟不刊,一期又一期,连连压了六个月,每个月我都会收到平先生一封道歉信,说"本期稿挤,要再延一期刊出",当月初新的一期《皇冠》出版,仍找不到自己的稿子,少年气盛的我几乎崩溃,愤怒地写了一封类似绝交的信给平先生,请他把稿子退还给我,第七个月终于刊出来了,平先生寄《皇冠》给我时,一方面告知"大作已刊",另一方面信中亦暗示,以后不必寄稿了。至此我和《皇冠》的关系完全中断,一断五十年,中间唯一的一次两人重新握手,还彼此说了几句客气话,是在二〇〇五年曹又方在一〇一大楼举办《灵欲刺青》的新书发表会上,他和我,以及还有几位作家,担任引言人,都同时坐在台上,那时他已需要看护守在身边,比起五十年前他最活跃于文坛的年代,已属慈祥老人,而我自己也到了没有力气再去记恨什么人的年纪了。②

此外,作家吴敏显回忆60年代投稿《皇冠》,收到稿费单,上有平鑫涛亲笔书写的问候"敏显先生:奉上大作薄酬,乞笑纳。祝文安。弟平鑫涛敬上12/16"③,可以知道在事业起步时,平鑫涛对编辑工作事必躬亲,工作态度敬谨认真。吴敏显说:

---

① 在《皇冠》六十周年创刊庆祝活动上,平鑫涛将出版集团的管理权交给女儿平珩,《皇冠》六十年来虽有陈蝶华、刘淑华(张安霓)、庄琼花等历任主编,但主导杂志内容走向的仍是创办人平鑫涛,因此以主编执行时间来为杂志分期并不适切。
② 隐地:《谢谢你的眼睛扫射到这篇小文》,载《中时报》2008年2月11日,人间副刊C7版。
③ 吴敏显:《一张稿费单》,载《文讯》2006年第247期,第32页。

虽然同一时期，我也曾在《文坛》、《幼狮文艺》、《野风》等刊物陆续发表习作，但平鑫涛先生在这张小小稿费通知单上所留下的那几个字，对我这个刚踏进写作门槛的大孩子而言，无疑给了不小的鼓励和动力。

现在回想起来，也许平鑫涛先生在当年只是基于刊物经营者的用心，或一个主编的礼貌，顺手在稿费单上写下几个字。相信他一定没料到，就这么几个字，却影响了一个刚从高中毕业的年轻孩子持续了四十几年的笔耕生涯。

直到现在，我仍然没机会认识平鑫涛先生，当然还欠着平先生一声谢谢！①

或许，他可以同时具有出版家对文艺的热情和出版商的经营头脑，如同他自己于受访时所说，具有非常复杂的性格，造就了他非常复杂的事业版图。而所谓的他具有"中华文化"意识，意指他心中所抱持的国家民族观念，2005年受访时平鑫涛曾表示，台湾文学仅能附属于华文文学的范畴之下。作为出版过叶石涛、钟肇政、汪笨湖等无数台湾文学作家作品的出版人，这种说法终归仅属于平鑫涛个人。到台定居、经营出版事业逾一甲子，在杂志转型不再崇尚西化后，60年代起他即不断拓宽视野，网罗华人作家，他的"中国结"并不影响出版物内容的多元化，略有霸气的他，主要以商业的眼光紧紧跟随时代脚步，经营各种事业。

平鑫涛任"联副"主编时对文坛的影响，可试用场域理论加以考察。关于"场域"，布尔迪厄（注：有些作品译作布赫迪厄或布迪厄，在不同的书名中保留原有的译法）将其定义为：场域是一个受到结构的社会空间，一个力场——其中有宰制者与被宰制者，存有持续的、恒常的不平等关系在场域内部运作——这也是一个斗争场，斗争的目标是改变或保存这个力场。在这个小世界里，每个人运用他所拥有的（相对）力量和其他人竞争，这个力量也决定了他在场域中的位置，以及由此而来的策略。②法国学者朋尼维兹则解释为：场域由诸多位置构成空间，而位置的性质取决于这些

---

① 吴敏显：《一张稿费单》，载《文讯》2006年第247期，第32页。
② ［法］布赫迪厄著，林志明译：《布赫迪厄论电视》，（台北）麦田出版社2002年版，第60页。

位置在空间中的所在之处,而非取决于这个位置上的占有者之特性如何(这些位置的占有者是由其所在之位置局部地制约)。①

1."惯习"的影响

布尔迪厄在"场域"理论中提出了"惯习"(habitus,或译为习性、生存心态)与"占位"(position-taking)两个概念,②平鑫涛个人的"惯习"直接长远地影响了杂志编辑的内容取向,决定了该杂志汇集哪些栏目与作者群,因而产生了一些作品,间接影响了社会大众文学艺术审美趋向,甚至电影与电视节目,在20世纪六七十年代甚至今天一直影响着台湾的通俗文化;进而以其在传媒中的双重"占位",将编辑理念由杂志延伸到报纸副刊,两者交互作用,对该时期甚至日后更长远的文学发展产生影响。

从"惯习"的视角看平鑫涛的编辑出版、电影、电视事业时,也可见其作用。布尔迪厄社会理论最基本且重要的概念"惯习"意指"人的社会行为、生存方式、生活风尚、行为规则、策略等实际表现及其精神方面的总根源"③。生存心态是社会行动主体实际行动的衍生原则,布尔迪厄认为"惯习"所指的不是个体性的、技能性的熟练习惯,而是一种集体性的、持久的规则行为的生成机制。他强调"惯习"一词的关键是"禀性"。禀性特别能表述"惯习"这一概念所包含的意义。它首先是指"起组构作用的行为结果"④,近似于"结构"这一概念。它还指一种"存在的方式,一种习惯状态(尤指身体),特别是指一种趋向、倾向、素质、偏好"⑤。

因此"惯习"有两层意思:一是结构,二是倾向。"惯习"是外部条件结构转变为自我期待的结果,这一由外转内的过程也就是社会化的过程。在等级化的社会中,不同的社会群体将实际生存可能性内化而形成的种种不同的行为倾向(自我期待、应对方略、行事标准等等),这些不同的行为倾向也就是不同的"惯习"。

---

① [法]朋尼维兹著,孙智绮译:《布赫迪厄社会学的第一课》,(台北)麦田出版社2002年版,第53页。
② 布尔迪厄将"场域"比喻为一种游戏,是斗争和策略运用的地方,其王牌是"惯习"与"资本"(capital),这些王牌决定了游戏的形态和成败。易言之,"场域"是部分自主的力场,但也是地位竞斗的地方。地位是由场域中行动者特殊的资本来决定的。地位一旦达成,就能与"惯习"交互作用,而产生不同的形势。见邱天助:《布尔迪厄文化再制理论》,桂冠出版社2002年版,第126页。
③ 高宣扬:《布尔迪厄》,(台北)生智出版社2002年版,第194页。
④⑤ 徐贲:《布迪厄论知识场域和知识分子》,载《二十世纪双月刊》2002年4月号总第七十期,第76页。

"惯习"一方面在制约行为,另一方面又在产生行为。"惯习"是行为的结构性限制,但又是行为(包括观察、自我期许)的生成模式。①

从平鑫涛的自传《逆流而上》可知他成长于上海,热爱绘画、电影、文学,却因本身家境贫穷而从父命习商,在大学主修会计。②当时流行于上海的《万象》杂志发行人、出版过四百余种通俗小说的中央书店创办人平襟亚(1895—1980)是他的伯父,《万象》是以广泛性、趣味性为主要特色的综合性文艺刊物,③平鑫涛在回忆录中曾自述想办一本类似《万象》的杂志,甚至在高中时期就编过一期手抄本杂志《潮声》。这样的家庭教育成长背景有利于其形成"惯习",可以说他伯父在其身上种下了"办一本杂志"的因子,而之后《皇冠》综合性的特色正是袭自《万象》,甚至出版张爱玲的作品亦与张当年为《万象》作者有关;学商的经历更令他以"商业"的视角经营办杂志的理想。

依布尔迪厄的观点,"惯习"并非恒常不变,它会随生命历程的变化而进行自发性的调整。六十六年来的《皇冠》正体现出平鑫涛及其企业随台湾政治、经济变化不断变化,改变杂志内容,却永远不脱"综合性"的特色。

此外,平鑫涛于1968年成立了火鸟公司,与琼瑶携手拍摄"琼瑶电影"——《月满西楼》与《幸运草》(《陌生人》)。平鑫涛热爱电影,20世纪50年代《皇冠》封面大多刊登西洋女星,他介绍好莱坞电影或翻译电影原著,并以"影迷"之名在杂志中谈西方电影,60年代台湾广播界先驱崔小萍长期在《皇冠》中谈当时台湾拍摄的电影,拍电影可以说是平鑫涛"惯习"的延伸,而这到了20世纪八九十年代,又转变为拍摄琼瑶电视剧。

身为杂志编辑、丛书出版家、副刊主编、电台流行音乐节目主持人以及琼瑶电影电视制作人,无疑的,他对台湾通俗文化及通俗文学的发展深具影响力。

另一位《皇冠》镇社之宝——张爱玲,从她的例子也可看出平鑫涛的"惯

---

① 徐贲:《布迪厄论知识场域和知识分子》,载《二十一世纪双月刊》2002年4月号,总第七十期,第36页。

② 平鑫涛:《逆流而上》,(台北)皇冠出版社2004年版。其中多章述及平鑫涛身世及喜好。

③ 《万象》的最初编辑是陈蝶衣,主要刊登范烟桥、张恨水等人以都市社会生活为题材的通俗小说。刊物以趣味招徕读者,商业气很重,曾遭到不少进步文人的指责。从1943年7月第3卷第1期起柯灵接任主编,内容有所变化,刊载的大都为新文学作家的作品。有小说、戏剧、散文、随笔、通讯等,该刊是在上海沦陷时期比较有特色的刊物,特别是后期有鲜明的爱国主义色彩。主要撰稿人还有傅雷、张爱玲等。参见汤哲声著:《通俗期刊编》,范伯群主编:《中国近现代通俗文学史(新版)》(下),江苏凤凰教育出版社2010年版,第507页。

习"对其出版事业的长期影响。

1965年平鑫涛在香港遇见宋淇,宋淇向他推荐了好几位香港作家,尤其是张爱玲。如前所述,平鑫涛个人对杂志的编辑方针深受其伯父平襟亚《万象》的影响,而他高中时期在上海也"从《万象》和《西风》等杂志上读到了许多张爱玲的作品",当他到了台湾自己办杂志社与出版社时,对与宋淇一会日后回忆说道:"听到张爱玲的名字,我觉得又亲切,又高兴,出版她的作品,绝对是一个很大的荣幸。"他还说:

> 年轻时期的张爱玲和平襟亚的《万象》杂志结下深厚的文学之缘,而后又和"皇冠"愉快地长期合作,前后五十年,与两个平氏家族的出版事业紧密携手,这样横跨两代的渊源,也许正如她第一本书的书名一样,可说是另一则"传奇"吧。①

夏志清为张接洽了此次出版事宜,曾回忆原因,"60年代我每在纽约中国城逛书店,总看到皇冠丛书在书架上占的面积最大,也无怪有多少作家要把他们的小说交皇冠去出版"②。平鑫涛出版事业的异军突起,在20世纪60年代无疑是重要的文学传播现象。

2."占位"的确立

当他在传媒"占位"之时,他便与20世纪六七十年代的通俗文化/文学产生了重大关联。五六十年代文艺杂志与报纸副刊两大传媒是文化场中最大的生产机构,杂志与报社编辑对文学的观念会左右其编辑方针,自然也就多少左右着文坛。而文化场会受政治场力量的影响,明显的,林海音因政治原因于1963年4月底离开联副编辑社,报社擢用继任人选时必定考虑其政治色彩,以平当时办杂志近十年的经验,而原先又是走大众通俗综艺路线,又正在蜕变当中,由100期之作家阵容可知其与党政军艺文界关系良好,因此雀屏中选。而任报社主编,可为他拓展更广的人脉,更于无形中提升了《皇冠》的声誉与形象,这也有助于提升杂志的质量,以求更畅销的经营方针,许多作家因此汇聚到《皇冠》来。

---

① 平鑫涛:《瑰美的传奇 永恒的停格——结缘张爱玲》,见《逆流而上》,(台北)皇冠出版社2004年版,第106页。
② 夏志清:《张爱玲给我的信件(二)》,载《联合文学》1997年5月,第13卷第17期,第59页。

1963年6月12日,平鑫涛继林海音之后接下了"联副"编务,他日后自述:"《皇冠》创刊六年多的时候,我有个机缘进入《联合报》,本来主编一份周刊,十个月后接编联合副刊。那年代,报纸限张,副刊的篇幅很小,也并不太受重视。"①平鑫涛继林海音之后接下"联副"主编工作,在文学场域中占据更有力的位置,更可推动他个人的文学见解,"占位"使其掌握了影响文学发展的权力,林海音如此,平鑫涛何尝不是如此:

> 《联副》的前任主编是林海音女士,她以"纯文学"作为编辑的主轴。我接编前,发行人王惕吾先生,问我编辑的方针。《联合报》是第一大报,深入家庭,我觉得副刊应该老少咸宜。取材应该广泛,文学性的文章当然不可偏废,但应文字流畅,清新可读。其他的知识性、趣味性,甚至新闻性的文章,也应广为采用。大抵上和《皇冠》的编辑方针类似。王惕吾先生非常支持我的想法,事实也证明深受读者欢迎,我也因此而在这个岗位上,工作了十四年半。所以我一直很努力地把文学从狭隘的成见中释放出来。②

以上这段话透露出几个讯息:首先,平鑫涛在主编"联副"这十余年间,采用了与编辑《皇冠》相近的编辑方针;其次,他的文学观不仅与林海音的"纯"文学观大相径庭,甚至还直指将文学分为"纯"或"不纯"是"狭隘的成见"。一再强调"只有好或坏,没有纯不纯",就是他对文艺的看法。③

而他选用文章的标准究竟是什么?

> 在我主编联副的十四年多,另有一个"不变"的守则:任何文稿,不能言之无物,要读来有益,更重要的是——"要有可读性"。因此,联副连载的小说有二十多部改拍为电影。有些专栏如"各说各话"、"三百六十行外"等,以及连载的小说、散文结集出版单行本时,都十分畅销,足证读者的热爱。④

---

①② 《对谈录——侯文咏平鑫涛对谈文化——大众文学新定位》,载《皇冠》2004年第601期,第113—114页。

③ 叶雅玲:《缪思殿堂里的文学活动——访平鑫涛社长谈"皇冠文化集团"的出版事业》,载《文讯》2006年第243期,第98页。

④ 平鑫涛:《变,是不变的原则》,见《逆流而上》,(台北)皇冠出版社2004年版,第53页。

综上所述,"文字流畅,清新可读"与"要有可读性"即为其标准,前者可说与范伯群所说"浅显易懂"接近,而后者则与"与世俗沟通"接近,所以"读者热爱"要由"畅销"来证明。

由此可见,平鑫涛的文学见解比较接近于一种通俗文学的主张,但是,也因为"只问好不好",他对因言之有物读来有益又兼具可读性而被划归所谓"纯文学"的作品,亦能兼容并包。因此,他将雅俗作家同时凝聚在"联副"这块园地。

正如布尔迪厄所说,场域里每个人运用他所拥有的(相对)力量和其他人竞争,而这个力量也正决定了他在场域中的位置。因此,通俗文学得到平鑫涛的支持而得以与其他持有不同文学见解的作者、编者竞争。

《皇冠》杂志月刊,除台湾版,分别于1968年、1976年发行过东南亚版及美国版。1965年成立皇冠出版社,迄今出版近五千种丛书,敏锐的触角使刊物与出版的书籍一直能掌握时代脉动,表现各时代之人情趣味。六十余年来平鑫涛以跨媒体经营的方式,建立了他一生的事业。

他对文艺的品位源于青年时期的上海生活对他无形却又长远的影响,[①]因对文学、音乐、艺术的喜好,创刊时他以"知识性的,艺术性的,文学性的,趣味性的。是一本生活的综合杂志"为目标。而所谓"综合性"指除文学创作、翻译外,其他专栏呈现多样性,就20世纪60年代言,有电影、漫画、摄影、画作……这些专栏使杂志趋向社会大众,即以争取读者为编辑理念,[②]与学院派相对,既无特定美学主张,也不那么具有精英取向。

虽对文艺怀抱热情,然相较于其他出身外文系、新闻系的杂志创办人或编辑,平鑫涛较倾向于作为一位责任经营者,主张以商业手法开发文学资产的方式经营出版事业。由于他敬谨做事、用心经营,《皇冠》在60年代与台湾文坛关系紧密,对培育文坛作家实有其功。[③]该杂志正可作为观察20世纪60年代于政、党、军、学、本土等性质的杂志之外,运用"商业"经济力作用

---

① 叶雅玲:《缪思殿堂里的文学活动——访平鑫涛社长谈"皇冠文化集团"的出版事业》,载《文讯》2006年第243期,第93页。

② 自创刊始,"编者言"实时强调读者的喜爱是该杂志的目标,后发展为标举"以读者为尊,以作家为荣"的办刊理念。

③ 由于"纯文学"性不够,《皇冠》并未被列入人文人出版社行列,参见吴丽娟:《台湾文人出版社的经营模式》,南华大学出版学研究所2003年版,第3页。但皇冠出版社出版了很多重要作家的著作,与文坛关系密切,如《文讯》所进行的"资深人文出版社系列"介绍,即已将其包括在内。

于文学场域的代表。①

（二）读者意识与文艺观

1. 读者意识

所有文学活动都是以作家、书籍及读者三方面的参与为前提的。这虽是老生常谈，却值得再深入分析。

文学刊物由作者、编辑、读者三方互动所构成。作者意识与编辑思想构成"读者意识"。何谓作者意识？刊物编辑要有作者意识，也就是编辑要清楚哪些作者是刊物主流读者所能认同接受的，编辑时努力朝此方向争取作者，充实内容。何谓编辑思想？作者要有编辑思想，也就是作者必须体认刊物的属性、主流读者为何，自己选择认同或背离。以上两者构成"读者意识"。

媒介与作家两者是对等的，编辑与作者在期刊出版事业中应保持互动关系，"期刊编辑、作者应加强沟通，作者要有编辑思想，编辑要有作者意识，当编辑的作者意识与作者的编辑意识归结为一点，那就是读者意识、精品意识与创新精神"②。读者意识不仅仅是一种精神活动的过程，也是一种精神活动的结果，正确的读者意识乃是期刊占领市场、发展品牌的重要前提。编辑与作者有共识、有交会，一起重视读者，不断创新，精益求精，将成为刊物成功的条件。

进一步说，读者意识意指"期刊编辑在出版过程中，自觉地把读者的需求、购买力水平、接受心理和审美情趣纳入编辑活动之中的编辑思维形式"。再者，"市场需求决定了编辑读者意识的三重内涵，那就是准确定位读者、创造读者、服务读者意识。在编辑工作中体现读者意识，就要关注主流读者，满足读者需求，策划活动吸引读者"③。

身为文学期刊编辑，"心中有读者，眼中有市场"二句恰是平鑫涛立场的最佳写照。他的读者意识非常明确、强烈。

---

① 时至20世纪90年代，"皇冠"相较于"洪范"，已被作为文学出版社"部分文学商品化"的代表。参见庄丽莉：《文学出版事业产销结构变迁之研究》，政治大学新闻研究所1995年版，第124页。

② 常廷文、韩云涛：《作者的编辑意识与编辑的作者意识》，载《中国科技期刊研究》2003年第3期，第313—315页。

③ 伏春兰：《心中有读者 眼中有市场——期刊编辑的读者意识》，载《山东省青年管理干部学院学报》2006年第5期，第131—133页。

在定位读者方面,他曾表明读者群好比金字塔形,尖端代表精英品位,而他选取中间区块为《皇冠》主流读者,但亦不愿以刊登出版肤浅罗曼史满足底层读者,而他设定的主流读者年龄在15岁至35岁,所受教育为高中到大学水平,读过"皇冠"出版品,随教育与成长攀升至尖端的读者群,他认为自然会发展出其他的阅读天地。①

平鑫涛此说法实受高信疆大编辑理念的启发,②而德福勒的"美国大众媒介体系模式",也呈现正金字塔形:最上层为有高度文化素养的人,中层为有中等文化素养的人,底层为缺乏文化素养的人。③其实"读者金字塔"理论浅明易知,但看编者、出版者是否想要将所定位的读者带往更高更广处,或是如平鑫涛所言,他的刊物,"除了给读者娱乐外,还注重教育"④,出于不同的目的,自然会有不同的编辑动能。

当《皇冠》于1954年在台湾创刊时,平鑫涛将其伯父于上海经营万象书店与出版《万象》杂志的商业概念自然发挥出来,可以说"皇冠"从一开始即在阅读消费行为中最具商业概念与敏锐性,所以能够持续维持活力,六十余年来逐步成为文学场域中"通俗文学"的重镇。

可以说,办文艺事业能够发展到《皇冠》这个规模,在台湾是绝无仅有的。在《皇冠》创刊第三十一年时,平鑫涛提出了"皇冠精神":

> CROWN(CHALLENGE 接受挑战,也勇于提出挑战;ROMANTIC 向往浪漫,徜徉喜悦与奔放;OPEN 胸怀开放,迎接阳光与霜雪;WITTY 富有机智,撷取幽默与智慧;NOBLE 格调高贵,摒弃庸俗与浮浅)。⑤

由其中亦可看出他求变的态度,以浪漫幽默与知识性为内容,以中产阶级而非精英阶层为主流读者的设定目标。在服务读者方面,他擅用灵活多变的商业经营手法与读者打成一片。首先,多元化经营,其经营范围包括杂

---

①④ 详见叶雅玲2005年11月对平鑫涛先生的访谈。

② "大编辑理念"表明高信疆对编辑工作有着最清楚也最坚定的信念。他主张编辑应当站在作者与读者之间,甚至是站在社会与读者之间。

③ [英]丹尼斯·麦奎尔、[瑞典]斯文·温德尔著:《大众传播模式论》,上海译文出版社1997年版,第120页。

⑤ 《编者语》,载《皇冠》1984年361期,第23页。

志、图书、画廊、剧场、影视等；其次，开启浩大的翻译工程，再自营类似租书业，成立"皇冠读书俱乐部"；并且随书附赠以中篇小说为主的"每月一书"，发行以年轻读者为对象的连锁杂志《俏》等。以上数点，足见他具有明确的读者意识。而擅长策划种种活动以吸引读者，也是"皇冠"的商业性特色。

在作者意识方面，他始终爱起用开发新人新作，曾将自己喻为园丁，栽培新人，但实则"皇冠"不仅是文学花园，它更像苗圃，新人新作经选籽、育苗、发芽后，便被移植到其他土壤中，更好地成长。它可以说是许多作家创作初/出发的据点，却不是最后的句点。

2. 文艺观

依据布尔迪厄场域理论中的"品位"与"区分"来解释，早年成长于上海的生活经验，伯父平襟亚创办《万象》都对平鑫涛影响深远，特别是对其文艺"品位"的养成至关重要。《皇冠》除重视文字之外，也重视多元混杂的视觉文化，例如与画家、画廊、作家结合的杂志封面设计，以及漫画、插画、摄影与影视广告等，这些都显示出他的审美水平与趣味。

青年时期由于受到上海多元外来文化的影响，原先想要成为画家的平鑫涛，对阅读的定义、触角扩展到了影、音：

> 广义而言，"阅读"不仅限于文字的书本。"阅读"一张画，比看一张"画"的层面高；不仅是用耳朵"听"，而是"用心聆听"一首音乐，也是一种"阅读"。你可以"阅读"一片树叶，"阅读"一只蝴蝶，更可以"阅读"人生，"阅读"思想……透过各种感官的接触，或用心去体会，都是"阅读"，正如盲人用手指"阅读"点字，聋者用眼睛"阅读"唇语。所以，我们随时随地都可以"阅读"，任何人和事，都可以"阅读"。①

平鑫涛也曾说明他选书的标准在于：

> 一是好不好看，看的时候会不会在脑中一直出现影像、声音？也就是让读者有画面感？二是能不能感动自己，有没有看到欲罢不能？如

---

① 《严选五十，作者说阅读》，见《预约下一轮出版盛世——皇冠五十周年特刊》，（台北）皇冠出版社2004年版，第154页。

果连自己都不被感动,也很难去说服读者!三是如果把这书给子女看,会不会脸红?①

由其对"阅读"的定义以及选书标准,可以看出他将美术、音乐与文字置于同一天平,认为它们皆是体会人生的途径,如此不难理解《皇冠》重视听觉与视觉效果,而相关企业会涉足影视制作、画廊,形成立体化经营模式的原因。

曾为全球最畅销作家的帕特森说过,将故事的内容"影像化"十分重要,要让读者有想继续翻页看下去的兴趣,缺乏了想象力,就很难成功。他自己平日会将写作的好点子记下来做成清单,等时机适合时就把清单拿出来看,再写成一个故事。任何事物都可能成为他的写作创意,有可能是来自报纸的一则新闻、路过的行人,或他看到的一本书名,不论来源为何,"我必须自己先受到感动,在情绪上起了波动,把它们记下来,未来再依此写成一本书"②。由此可见,作家及出版商对影像都很重视,平鑫涛对影像的敏锐度正是其所出版的书籍杂志能畅销的原因。夏志清对张爱玲小说进行评价时,也曾提出"张爱玲从小就用文字、图画来记录她自己看到的世界,因为她对于这个世界给予她的感官享受,非常爱好"③。色彩、嗅觉、音乐、视觉都是她所敏于体察并表达的。

冯冯身为20世纪60年代皇冠出版集团的畅销作家,日后曾经回忆平鑫涛在读过他毛遂自荐的百万字小说《晨光微曦时》之后,大胆起用新人的原因,平鑫涛对他说:

> 你的文笔呢,不客气地讲,是火候差一点!骤看是引不起什么兴趣的,耐心看下去呢,就放不下了!你不是用文字写出来的!你是用内心的情感血泪写成的!范范!你这本长篇,我决定要用了!④

---

① 《皇冠五十年,带动无数阅读风潮》,见《预约下一轮出版盛世——皇冠五十周年特刊》,(台北)皇冠出版社2004年版,第198—199页。
② 黄贞贞:《最畅销作家帕特森处女书曾被书商拒绝31次》引自 http://tw.news.yahoo.com/article/url/d/a/090516/5/1jlpr.html。
③ 夏志清:《中国现代小说史》,出版社时间不详,第十五章《张爱玲》,第401页。
④ 冯冯:《烟》,(台北)皇冠出版社1980年版,第379页。

真情感与作者自身的人物传奇性,是平鑫涛从冯冯不甚出色的文字里由衷读出的况味,这也是平鑫涛能屡屡结缘诸如三毛等传奇色彩浓厚的作家,为文坛缔造话题、炫风的主要原因。可以说封面、漫画或音乐专栏、插画,以至于广告,虽出自不同人手笔,但皆统摄在经营者个人爱好的"习性"之中。

　　平鑫涛的作者意识让他不断挖掘新作家,开发新议题,新作家与新议题即可创造开发新读者,在各年代文坛创造出若干文学现象。拥有代代年轻读者群使得《皇冠》历久弥新,它出版发行的时间超过多数文艺杂志。

　　上海于1950年代亦有刊物《萌芽》发行,锁定年轻作者、读者,延续至今,二者可说是两岸最长寿的文学杂志,然而后者曾经停刊,亦属官方经营性质,①在经营上,民营的《皇冠》殊属异类,确实卓然不同。

　　若将六十六年的办刊历程视作一个整体,可以将其比喻为一个名叫"皇冠交响乐团"的组织。六十六年间它未曾间断过演出,创办人是长袖善舞的团长,掌握着这个乐团的聘人任用、演出场地安排等运作大方向,时代(包括政治、经济、社会因素)才是无形却有力的指挥,指挥着乐团中的各种乐器——作家,演奏出各自的曲调。强而有力的管理能力支撑着乐团的运营,但是无数大名鼎鼎乃至名不见经传的演出者才是这场演奏会的主角,流泻而出的乐音才是它存在的价值。

　　这些曲子有的音调可能翕然和谐,有的可能在整场演奏会中突兀无比。历经无数作家(演奏家)上场、退场,他们才器不同——"才"指对文学的创作能力,"器"指对文学功能的认知范围——却也因此丰富了这场马拉松式的演奏会。而画家与插画家、摄影等是灯光师,为演奏舞台随时变换背景,打上灯光。他们虽与作家(演奏家)各行其是,但是都受到"时代"这指挥家的影响,以影/图像、线条与色彩、印刷装帧,演绎出各个不同时期美学与社会脉络之间的关系。读者是台下的听/观众,他们来来去去,有人自始至终未曾离席为之侧耳/目聆听观赏,有的则来去匆匆急于赶赴其他演奏会场。如今团长已步下舞台,期待新的一幕拉起,再奏时代新章!

---

① 百度百科 http://baike.baidu.com/view/307418.htm"萌芽"词条。

二、《皇冠》杂志的分期及其市场运作

1954年2月,在华人文学文化历史长河的地平线上升起了一座冠冕,《皇冠》杂志就是这顶冠冕的结构根基,随着时间之流往前奔腾,无数作者就像是在冠冕上陆续镶嵌的大小不同、色泽各异的珍贵宝石,让它逐渐显现出熠耀光芒,而在各个不同时代的帷幕背景烘托下,不同时代读者阅读的目光就如同对着这顶冠冕打出一道道强烈的聚光灯,在此长河舞台上搬演一出出一幕幕让人惊艳叫好的 Crown Show……

《皇冠》迄今已近六十六岁,编者、作者与读者共同打造熠耀冠冕,编者、作者与读者三方面一起创造了这段辉煌历史,让这座冠冕在时间的地平线上屹立六十六载,不断发光发亮!作为台湾历史最长、迄今仍在发行的民营文艺杂志,在主编平鑫涛带有上海现代性色彩的编辑意识引领下,发展出"商业""入世"及"多变"的经营特色,六十余年来,在透过文字及视觉传达表现各个时期各种流行文化的主轴基调下,与文学传播发展呈现多元交织,不只成为20世纪中期以来华人通俗文学/文化发展的重镇,也是华人/台湾文学发展的一条重要脉络。

在文学传播方面,除各期都有文学现象发展变化的情形外,还可进一步观察它在文学场域的不断变化中所占据的位置。《皇冠》中的流行文化,包含流行文学、广播,以及通过视觉传达的作品,如好莱坞电影、琼瑶影视、封面设计、摄影、绘画、插画、漫画等。而它一贯重视视觉文化带来的阅读新体验,正符合詹明信所指的后现代社会文化模式特点,从现代主义的语言中心文化转向后现代主义的视觉中心文化,当代社会正在成为一个视觉文化或者说影像文化社会。

纵观六十六年间最具代表性的作家,其所呈现的华人流离/流动/流浪之生命轨迹,与刊物一贯注重流行文学/文化的宗旨,共同结合为《皇冠》的"四流"文学/文化特色。

将《皇冠》自创刊迄今依据风格走向、作家特色、经营策略种种因素一并考察,将如此长的刊期加以区分,可分为七个时期,各阶段别具特色,皆能贴近时代,不只文学作品如此,各时期、各样式的流行大众文化亦各具特色。

(一)播种扎根期——西化时期

第1至第100期,时间为1954年2月至1962年6月。

创刊之初,刊物形式内容走向类似20世纪30年代上海的《万象》《春

秋》，走市民路线，强调"本着自由不羁的风格，深入浅出的笔调，想在科学、文学、艺术领域里贡奉一份力量"①。自此奠定了该刊未来包罗万象、风格多变、重视阅读乐趣的基调。

起步期薄薄一百余页的《皇冠》，有少数方思、琦君、王敬羲等人的创作，主要特色在翻译，着重介绍西方文学，如《十日谈》《罗丽泰》等，设有《好莱坞电影》《卡通》《热门音乐》《时装》《集邮》等流行文化与趣味专栏，并在读者中开展有奖征答、摄影比赛、音乐会等交互式活动。由这一阶段可感受当时台湾社会对西方文化的企慕向往，更可感知创办人平鑫涛先生深具灵活的商业头脑。这段时期杂志还结合广播，因主编曾任广播节目主持人，介绍过西洋流行音乐，杂志中也就呈现出当时西方的流行品位，皇冠杂志社出版过不少热门音乐歌本，如《皇冠歌选》。

（二）枝繁叶茂期——明显汇聚通俗文学大家时期

第101至第263期，时间为1962年7月至1976年1月。

该时期主要特色在于创办人同时办《皇冠》、掌《联合报》副刊编务，两者并行，此阶段《皇冠》事业逐渐起飞，开始一边出版杂志，一边出版图书，运用"以刊养书"的策略扩充事业版图，它曾经是20世纪60年代台湾发行量最大、最畅销的杂志。这个阶段又可分为如下几个时期：

1. 转型时期：1962年7月至1964年9月，摆脱创刊初期的翻译色彩，改以创作为主，有不少知名作家陆续在此登场；

2. 确立"皇冠基本作家制"时期：1964年10月至1966年12月，仿效欧美作家经纪人制度，《皇冠》网罗二十六位作家为杂志基本作家，包括聂华苓、琼瑶、冯冯、司马中原、林佛儿、林怀民、季季等，在皇冠出版社同时出版这些作家的作品，此时《皇冠》达到一个新高峰；

3. 独钟琼瑶时期：1967年1月至1976年1月，杂志明显以这位红透半边天的女作家为中心，呈现对琼瑶的大力支持，此后至2017年止，长期发表刊登、出版与发行琼瑶的小说及影视作品。

除琼瑶小说外，1960年代《皇冠》缔造的热潮还包括冯冯描述流离经历的"微曦四部曲"、於梨华展现华人迁徙流动历程的"留学生文学"、司马中原的"乡野传奇"……而张爱玲在此时期的登场亮相，更是华文圈的大事，接续

---

① 《皇冠》创刊号献辞，载《皇冠》1954年第1期，封面。

而来的70年代有三毛流浪传奇、赵宁另一波留学生活绘写……他们也都自此成为《皇冠》重要而长期合作的作家,他们的作品反映了台湾的社会现象或人们内心的向往,深具时代意义。

这段时期除了跨足副刊之外,《皇冠》还投资成立了火鸟影业公司,拍摄琼瑶电影。

(三)花果纷呈期——延续通俗特色,培育文学作家新人,善尽社会责任时期

第264至第480期,时间为1976年2月至1994年2月。

该时期除延续第二阶段的作家创作外,主要特色在于培育文坛新人,如三三集团的朱天文、朱天衣等人。此时期台湾经济已起飞,社会中产阶级大量兴起后,《皇冠》除摆脱初期以介绍西方文学/文化为主的倾向外,在拥有第二期建立起的口碑与作家群的支持下,经过企业起飞后获得稳定的发展,除出版心岱、马以工等的报道文学外,开始注重文化议题,关怀社会,重视多元艺术创作。在文艺媒体的社会责任方面,此时期作家们普遍关怀弱势群体,许多撰稿人开设专栏,带来新观念,举办研讨会、文艺营讨论美术学术与文学议题等,这些都是《皇冠》长期为社会提供的服务。皇冠大楼共七层,拥有附设的画廊、舞蹈空间、戏剧小剧场,人们经常在此举办演讲活动、文艺营等等,对艺文表演活动有更大的市场性及实质性推动。杂志此时期厚度多达三四百页,内容丰富、印刷精良,荣获多种奖项。杂志关注此时期工商社会中产生的人际纠葛、男女婚恋等问题,20世纪80年代廖辉英的作品充分展现了社会变迁下女性意识成长的风貌。将杂志专栏的内容出版为观念书、有声书、励志书,如黄明坚、凌晨、刘墉等人的作品亦风行一时。侯文咏、张曼娟等更以各自的专业来经营写作,开创了大众文学新局面。

同时期《皇冠》还涉足电影业,成立巨星影业公司,拍摄琼瑶电影,"二秦二林"等明星形象迷倒无数观众,《皇冠》还拍摄电视剧,其他《皇冠》作家的作品也有许多被改编拍摄成影视作品。文学与影视结合,通过影像传播影响更广更远。琼瑶20世纪90年代写作剧本,并进入大陆拍摄电视剧,跨越21世纪,深具影响力,借由"星"势力又掀起一波风潮,"琼瑶旋风"几十年以来一波波席卷华人世界,未曾止息!

(四)老干新枝期——大众文学/文化特色明显时期

第481至第648期,时间为1994年3月至2008年2月。

这段时间是《皇冠》大力提倡大众文学时期，其间举办了一等奖奖金高达百万台币的"皇冠大众小说奖"，共七届（年），每届皆有全球各地的华人参赛，共计有三十余部优秀文学作品得奖。

同时期《皇冠》还结合网络、电视，利用网络推出电子报等。

（五）移花接木期——以推理小说向外推展时期

第649至第680期，时间为2008年3月至2010年10月。

在结束大众小说奖后，《皇冠》设置了"岛田庄司推理文学奖"，改颁"推理小说奖"，不发奖金，但积极在东南亚、日本和我国大陆出版得奖作品。该活动由皇冠出版集团举办三届后，开始与金车文教基金会合作，目前仍在持续举办中，对华人推理文学的发展大有裨益。

同时期《皇冠》还结合手机，刊载日本流行的手机小说。

（六）大陆扎根期——进军大陆、积极扩大出版阅读市场时期

第681期至第720期，亦即自2010年11月于大陆开办青马博客至2014年3月平鑫涛女儿平珩接任皇冠杂志发行人止。

《皇冠》与青马（天津）文化有限公司合作，推出"张爱玲五年研究计划"。以张爱玲这位出身于上海，蜚声国际华人圈的女作家开始进军大陆市场，重点研究如何吸引读者与学院研究者，锁定阅读层，并与青马文化有限公司合作出版三毛、侯文咏等作家的作品，这是在全球出版面临 e 化问题，大陆崛起带来庞大商机的前提下，《皇冠》展开的进军大陆的策略。同时，大陆作家的作品亦刊登于《皇冠》，并有逐渐增加的趋势。同时期《皇冠》还发挥博客、手机等的传播功能。

（七）薪火相传——第二代接棒后

第721期至今，自2014年3月平珩接掌《皇冠》迄今，其间琼瑶彻底与皇冠分裂，2019年5月23日平鑫涛过世，正式进入后平鑫涛时期。

平鑫涛的原配林婉珍女士，创刊初期经常以林珍之名在杂志上发表文章，在签约琼瑶后，平鑫涛的出版事业因琼瑶而步上康庄大道，壮大了作家队伍，磁吸效应使得更多通俗文学作家汇聚到这个传播媒介，然而在平鑫涛病倒后，由于平鑫涛完全退位，杂志社于2014年六十周年社庆时由平鑫涛的女儿平珩任发行人，平鑫涛的儿子平云也担起第二代出版掌门人的大任。平鑫涛卧床后，琼瑶于2017年第一次于脸书贴文，点燃与平家子女的战火，2018年平云更为其母亲出版《往事浮光》一书，鼓励母亲站出来为自己发

声——"在我的出版生涯里,出版了几千本书,但能够为自己的母亲出这本书,是我做过最有意义的一件事!"①该作品还在《皇冠》上选载。

《皇冠》由1950年代的西方色彩逐渐演变出另类的流行文化风格。以此为基调进入第二阶段,因基本作家制的设立与平鑫涛先生担任"联副"主编,它在60年代曾拥有辉煌的成就,汇聚了名家与新人。第三阶段它以通俗为特色,但仍不断为文坛培育新人,发挥文学的传媒功能。第四阶段《皇冠》呼吁"重视大众文学",以高额奖金鼓励提倡大众文学。第五阶段则不让进口日、韩大众文学专美,改以出版而不颁发奖金的方式,以推理小说类型征文,推出日文、泰文、简体版,希望打开东南亚、日本及大陆市场,之后更希望能在大陆市场扎根并茁壮成长。现阶段则交棒第二代,希望在稳定中求发展。

翻阅六十余载《皇冠》,检视这七个分期,仿佛进入历史长河中的时光隧道,许多畅销作家的作品是特定时代的产物,它反映了这一时间长链中华人读者的心态和价值观的变化,保存了真实的情感、读者趣味与品位。《皇冠》虽以刊登小说、散文为主,但杂文与专栏也丰富多变,伴有漫画、插图、摄影等视觉图像,共同造就了灿烂的台湾文学与文化!而杂志始终坚持刊登各国翻译文学的节录,使刊物具有世界性的宽广视域,也大大丰富了杂志的内容,拓宽了读者的视野。

三、《皇冠》市场运作的成功之道

经过了一甲子,《皇冠》扮演着文艺传媒的角色,是作家的启航站,为作家群的凝聚产生、文学史料的保留作出了巨大贡献,是大众文化与社会的反映和缩影。《皇冠》在华文圈之所以能够成功,能够长青与长红,绝非偶然!

杂志之所以能够创办六十余年,首先,得益于创办人平鑫涛先生复杂而宽广的传播视野及触角,他有过人的意志力与毅力,长期与作家密切的互动对杂志经营成功有很大影响。其次,在台湾当代文学媒介中,《皇冠》以商业、入世、多变三种经营方式为特性,积极挖掘培养明星作家,不断找寻读者,立足文坛逾一甲子。自创刊始,《皇冠》即带有鲜明的商业性格,"以读者为尊,以作家为荣"是它标举的企业形象,此外,它同时具有"入世性"及"变

---

① 林婉珍:《往事浮光》,(台北)皇冠文化出版有限公司2018年版,第38页。

化性",但在台湾20世纪50年代至21世纪,商业、入世与多变三种经营特性,正给予了它长寿永续的条件,而流通性也让它在华人地区拥有了一定的阅读量及影响力。

《皇冠》之所以能够长青,在于其风格永远年轻,这除了与创刊时创办人本身年轻具有朝气有关外,在他隐身幕后时,所起用的历任主编,都能发挥各自的文学/文化素养之长,编辑方向皆能贴合时代潮流脉动。

在企业经营本身,《皇冠》集发行杂志和出版图书于一体,发行人兼任副刊主编,采用与广播、电影、电视及画廊、剧场、舞团等相结合的多元化经营模式,从而成为强势的文学传播媒体。"以刊养书"策略源于主编自身的广泛兴趣及其上海现代性观念,平鑫涛以海派风格经营《皇冠》,不断结合时代潮流,该刊经历西化、大陆化,最终形成具有台湾本土特色的风格,强调华人化及全球化等变迁轨迹,这也是该刊能历久弥新的原因。

《皇冠》自20世纪50年代即开始参与台湾文学的发展,在华人圈,其传播视野及触角之广,无人能出其右,由杂志社发展而成的皇冠文化集团,除了运用杂志、图书、副刊与网络等多种媒体扩大文学的传播外,还涉足广播与影视传媒等领域。六十余年来,《皇冠》通过文字及视觉传达表现各个时期的各种流行文化,与文学传播发展呈现出多元交织的景象,它不仅是20世纪中期以来华人通俗文学/文化发展的重镇,也是华人/台湾文学发展的一条重要脉络。

《皇冠》能长红,在于它网罗了无数优秀作家,作家是《皇冠》的名牌。由薄薄的创刊号到六十周年特刊,《皇冠》能历久不衰,主要原因在于创办人的个人素养及跨媒介经营方式的成功,部分专栏能广纳华人圈各时期百变更迭的社会现象,无数作家投入创作,深受读者欢迎。除了张爱玲与琼瑶两位重量级作家外,《皇冠》代表性作家具有如下几个特点:他们的经历大都具有传奇色彩,常通过不同媒体被偶像化,如冯冯、三毛;书写的内容具有时代象征性,有流离失所、流动异乡(城)、渴欲流浪等华人生命写照,代表作家有云菁、朱小燕;并且他们中多数人由文学媒介跨入其他大众传播媒介,成为社会传播媒体红人,具有社会教育功能,电视界有赵宁、廖辉英,广播界有凌晨。创作量大、写作时期长也是《皇冠》作家的一大特色。

《皇冠》是琼瑶作品产生的摇篮、张爱玲在台湾的发声处,更是无数小说家初登文坛的踏板或成熟园圃,是无数散文家、杂文家演奏心弦的美乐地,画家、漫画家、插画家的竞技场,他们在这里写/画下了一页页学术性、文学性、工具性、美术性与娱乐性交织混杂的台湾阅读史与视觉文化发展史。杂志中隐含着华人生命史的四个脉络——冯冯等人的流离、朱小燕等人的流动、三毛的流浪与琼瑶等人的流行,恰恰展现了华人半个多世纪的生命史与记忆,非其他文艺杂志可及。光是在流行一脉下,就包含爱情、历史、政治、科幻、武侠小说……无比丰富多元。《皇冠》及其作家群在20世纪50年代后的发展是一个很特殊的现象,在1949年之后的台湾,它无疑是自由经济条件下出版商业发展的一个代表,本章借由对《皇冠》杂志创办人与杂志发展史及市场运作情形的观察,阐述了通俗文学、大众文学与影视等流行文化之间的密不可分,期冀对日后的研究有所助力。

第五章 《啼笑因缘弹词》与《秋海棠弹词》：通俗文学的弹词改编及市场运作

童李君

弹词往往吸收通俗小说的故事题材，而脍炙人口的通俗小说，也有不少以弹词说唱的形式传承于民间。到了民国时期，这一现象更为突出，不少当时引起轰动的小说作品，如《啼笑因缘》《秋海棠》都被改编成弹词，在电台与书场弹唱。而很多弹词名篇，如《玉蜻蜓》《三笑》，也被改编成通俗小说，得到更为广泛的传播。甚至许多当时的小说名家也涉足了弹词创作。如，徐卓呆著有《荒江女侠弹词》，海上漱石生即孙家振著有《醋鸳鸯弹词》，李东野著有《侠女花弹词》《孤鸿影弹词》，张丹斧著有《女拆白党弹词》，程瞻庐著有《孝女蔡蕙弹词》《同心栀弹词》等作品，陈蝶仙、许瘦蝶、姚民哀、胡怀琛、范烟桥、郁霆武、徐枕亚、戚饭牛、包醒独等都曾创作过弹词。

随着时代的进一步发展，新的观众层形成，弹词艺人在革新传统书目的同时，也在不断用新闻或流行的故事来充实书目，以此吸引听众。在20世纪"二三十年代编演的新书至少有100多部。有不少直到现在还在演出的长篇如《杨乃武》《十美图》《顾鼎臣》《啼笑因缘》等，都是那个时候编演的"①。电台的兴盛使弹词的需求量不断增加，也促使新书目被不断编演。陆澹安②化名陆郎在1933年发表的《无线电中之弹词》一文中称，自从朱耀祥、赵稼秋唱红《啼笑因缘弹词》之后，"一般说书先生，无不以打新书为目前

---

① 彭本乐：《21世纪评弹前景展望》，见《评弹艺术》第26集，苏州大学印刷厂2000年版，第81页。

② 关于陆澹安名字的写法，郑逸梅在《艺坛百影》中这样介绍："他原名衍文，字剑寒，世居苏州洞庭山莫厘峰下。家有明志堂，便取义诸葛武侯语：'澹泊以明志'，乃号澹盦，后以盦字笔画太多，省改为庵，又省改为安，用澹安的笔名已数十年了。"见郑逸梅：《艺坛百影》，中州书画社1982年版，第171页。本书除引文及参考文献外，其余均采用"陆澹安"这种写法。

惟一要务"①。他还举例说,沈俭安、薛筱卿有《啼笑因缘》《自由花》,赵鹤荪有奚燕子所编的《双蝶缘》,姚荫梅有《一捧雪》,周凤文有《欢喜冤家》,朱耀祥、赵稼秋有《儿女英雄传》《续啼笑因缘》《玉堂春》等,还列举了一些在当时还没有发表的新书,如蒋如庭、朱介生有吴简卿所编的《落霞孤鹜》,赵鹤荪有《碎琴楼》《血手印》《明妃出塞》,唐凤春、冯子美有《琵琶记》,等等。

在电台说新书,艺人即使对书情不熟也可以带着脚本上场,而且因为无须与观众面对面,所以对技艺的要求也不再那么严格。因此,"不少名家在书场说老书,上电台试说新书,那时期在空中书场,可以听到沈俭安、薛筱卿说新书《花木兰》,蒋如庭、朱介生说改编张恨水小说的新书《落霞孤鹜》,陈瑞麟说新书《太真传》,朱耀祥、赵稼秋说新书《玉堂春》,朱兰庵说新书《空谷兰》……范雪君在书台唱红《啼笑因缘》后,她的新书《秋海棠》《雷雨》《董小宛》《赛金花》等,大都先在电台试唱,后在书场演出"②。

一、《啼笑因缘弹词》及其续集的改编及运作

将现代小说改编成弹词,并取得巨大成功的,首推陆澹安。陆澹安从小就浸染在苏州弹词的氛围之中,对弹词有很深的感情和造诣。他还著有《弹词韵》,为编写弹词定下准则,被弹词演员奉为圭臬。正因为陆澹安对弹词各方面都非常熟悉,所以他在将现代小说改编成弹词唱本时游刃有余,能契合书场弹词改编的规则。他曾将《啼笑因缘》《秋海棠》《满江红》等多部小说改编成弹词。而其中,受到最广泛关注的便是根据张恨水小说改编的《啼笑因缘弹词》及其续集。

张恨水的长篇言情小说《啼笑因缘》,自1930年3月17日在《新闻报》副刊《快活林》上连载以来,读者反响热烈。而此时的弹词正处于变革时期,女性听众成为书场的常客,广播书场的盛行、时局的动乱,都使得听众的品位发生改变,亟待新书目的出现,《啼笑因缘弹词》此时应运而生。

陆澹安在为《啼笑因缘弹词》所写的自序中称:"恨水著《啼笑因缘》,余读而喜,谓足乐我,因制为弹词,播之弦索,兼欲以是乐天下人。"③他将改

---

① 陆郎:《无线电中之弹词》,载《金钢钻》1933年7月14日,第一版。
② 顾锡乐:《听书话旧录》(下),见《评弹艺术》第31集,古吴轩出版社2002年版,第189—190页。
③ 陆澹盦:《啼笑因缘弹词》上册,三一公司1935年版,卷首自序。

编的意图写得很简洁明了,因为喜欢《啼笑因缘》,所以将它改编成弹词,以此来乐天下人,而在别人的回忆中,内容则更为丰富。

据弹词名家姚荫梅回忆:"小说《啼笑因缘》这辰光在报纸上连载,一时轰动上海。文明戏、电影都把它编成戏,拍成电影。沈俭安、薛筱卿要在蓓开唱片公司灌唱片,就叫戚饭牛根据报纸上连载的《啼笑因缘》小说编写成唱篇,由沈、薛去蓓开灌唱片,并去电台播唱。当时上海的萝春阁书场刚开张,请了李伯康的《杨乃武》去'开青龙',后来李伯康被东方饭店书场用高价挖了去。萝春阁没人去'开青龙',经人介绍请耀祥先生弹唱。这时《啼笑因缘》的唱片在电台播放影响很大,书场要朱耀祥唱《啼笑因缘》。耀祥先生经戚饭牛介绍,准备请陆澹安帮助编写,陆澹安不肯写,朱兰庵(即姚民哀)愿意帮助先生编写。朱兰庵先生帮助耀祥先生编了两三回《啼笑因缘》就不编了,耀祥先生就自己编。耀祥先生唱过'苏滩',方言很好,一说这部书影响很大。萝春阁这时第一次在上海用霓虹灯挂招牌,非常显眼。日夜场可坐七百多人。后来陆澹安与平襟亚来萝春阁听书,觉得唱篇写得不好。平襟亚叫陆澹安帮助耀祥先生编唱词,报酬是《啼笑因缘》出版时稿费全部给陆。"①这一版本是说弹词艺人请陆澹安改编,他一开始不愿意,后来去听弹词时觉得别人的唱篇写得不好,于是又动手改编。

因为众说纷纭,陆澹安曾专门写了《撰著〈啼笑因缘弹词〉的经过》②一文作解释:1931年10月初,陆澹安在陶社吃晚饭时遇到萝春阁茶楼的老板李耀亮,此时茶楼书场中的台柱李伯康被东方书场挖走。李耀亮不免恐慌,在吃饭时和陆澹安商议。陆澹安说与其去苏州挖角不一定敌得过李伯康的《杨乃武》,还不如也编一部新书出来,建议编《啼笑因缘》。第二天下午,李耀亮就带赵稼秋去陶社拜访了陆澹安,请他编好脚本后,给赵稼秋弹唱。陆澹安事忙,一直没有动笔。1932年正月,陆澹安因为老同学田天放的交情与面子,答应写四段《啼笑因缘》的唱篇给沈俭安、薛筱卿在蓓开唱片公司灌唱片。陆澹安将唱篇写好后交给沈、薛熟读,准备录音。谁知一月二十七日晚上,上海突然发生了战事。随后,沈、薛回苏州去了,每当堂会时经常将这几段当开篇唱。此时赵稼秋也在苏州,打听过后以为陆澹安将脚本给了沈、

---

① 闻炎记录整理:《回顾三四十年代苏州评弹历史——座谈会发言摘要》,见《评弹艺术》第6集,中国曲艺出版社1986年版,第248页。
② 陆澹盦:《啼笑因缘弹词》下册,上海三一公司1935年版,第1—6页。

薛,由此产生了误会。七八月时,赵稼秋回到上海,与朱耀祥谈起此事。于是朱耀祥写信给颇有交情的姚民哀,请他编写《啼笑因缘弹词》。姚民哀收到信后立刻编了一小段寄给朱耀祥。朱、赵随即在萝春阁开书,不到十天便把姚民哀编的篇子唱完了,此时姚民哀旧病复发,不能握笔。朱、赵只能自己编写,勉强支撑了六七天。正在没有办法的时候,见到去书场听书的陆澹安,双方一见面误会便解除了。陆澹安欣然同意替姚民哀给朱、赵继续编写《啼笑因缘弹词》。在编到一半的时候,沈、薛也来到了上海,蓓开公司想重新灌唱片,但此时陆澹安已经将脚本给了朱、赵,因此请他们和朱、赵商议接洽。谁知朱、赵不答应,蓓开公司只能请别人编了四段拿给沈、薛录音。沈、薛一怒之下,请戚饭牛另外编写了一部《啼笑因缘弹词》,双方打起了擂台。

其实,当时两个版本的《啼笑因缘弹词》还在同一家电台播出过,据《申报》记载:"《啼笑因缘》……自戚饭牛先生编成弹词由沈俭安、薛筱卿二君收上唱片后,各界听众之来函或电话询问开书日期者,几无日无之,足见此书之编者、唱者并佳皆妙,故为听众所欢迎。今该书已由戚饭牛先生全部编竣,本局为增进各界耳福起见,特聘沈俭安、薛筱卿二弹词大家,假座东方电台,准于本月廿一日开始独家播送,时间每日下午十一时至十二时,东方周波1020愿各界注意。附告:本局特请朱耀祥、赵稼秋二弹词大家播唱之《啼笑因缘前续集》仍假东方七点至八点,十点至十一点照常播送。"①

姚民哀在为《啼笑因缘弹词续集》所作序言中,对此事也有回应,他说:"是年秋仲,外症获痊,痰火内壅,加以蒿受东省沦陷之刺激,竟成疯疾,归后自杀者屡。幸母弟维护备至,得获不死。当得病在沪时,说书同业,咸来慰问,朱君耀祥,尤极力推解。舍弟民愚,深感念之。会耀祥有志于创作新书,民愚乃为编《啼笑因缘弹词》一回,赠其尝试。居然得邀多数欢迎。然是尚为吾弟处女作。章成急就。诸多草率。余又因病未能为之删润。但责其胆大而已。民愚编仅一二节。即知难搁笔。宁贻'谋而不忠'之诮。幸赵稼秋与澹盦有前约,澹盦乃玉成其事。并将吾弟原唱点铁成金。遂得风行一时,家弦户诵,具见澹盦之心思才力也。"②从中可知,朱耀祥、赵稼秋一开始所弹唱的《啼笑因缘弹词》实为姚民哀之弟姚民愚所编。

---

① 《请各界注意沈俭安、薛筱卿弹词大家〈啼笑因缘〉开书日期》,载《申报》1933年8月13日。
② 陆澹盦:《啼笑因缘弹词续集》,莲花出版社1936年版,序第2—3页。

从《啼笑因缘弹词》的编演过程可知，随着时代的发展，弹词艺人对将现代小说改编而成的书目所表现出来的需求与倚重已显而易见。《啼笑因缘》改编成弹词之后，在书场和无线电台大受欢迎。朱耀祥、赵稼秋"二人国语娴熟，无懈可击，听之不觉讨厌，以苏州人而打官话，确为一极难事，赵之唱句，尤觉悠扬悦耳……两人说唱，亦如初写黄庭，恰到好处，前次上海市教育局举行说书竞赛，将朱赵之《啼笑因缘》列入超等，洵非私见"①。许多听众希望能看到脚本，倪高风从中看到了无限商机，因此他与汪仲年、戴桐秋合组三一公司，向陆澹安购得此书的著作权，在陆澹安进一步加工之后，印成单行本发售。《啼笑因缘弹词》正集于1935年8月出版，上下册四十六折，二言目，校订者为倪高风。除自序外，还有严独鹤、周瘦鹃等十四人为其作序，姚民哀等三人题词，阵容非常强大。此书一出，"行销甚广，无线电听众，殆靡不人手一编，叹为佳构"②。

《啼笑因缘弹词》先弹唱开篇，后说唱长篇，并在电台播放，出版单行本。当时的弹词名家，沈俭安、薛筱卿、朱耀祥、赵稼秋，以及编写弹词的能手陆澹安、戚饭牛、姚民哀等都参与其中，使听众与读者耳目一新，红遍了上海及苏浙一带。后来朱耀祥传子少祥、学生徐似祥等，也非常有名。除朱、赵这一脉外，还有一些人说唱《啼笑因缘弹词》，主要有：1.1936年起，姚荫梅根据陆澹安的弹词改编本和张恨水原著改编演出，自成一家，为大响档。2.范雪君于30年代末、40年代初说唱《啼笑因缘弹词》，曾红极一时。3.蒋云仙为朱耀祥之子少祥的学生，后又拜姚荫梅为师，得姚的指导，演出较有影响。4.其他根据同名小说编演的，有秦纪文、许韵芳、张月泉、王似兰等。③

那么，《啼笑因缘弹词》是怎样从弹词文本转变成弹词演出的呢？据姚荫梅回忆：1935年，有位书场老板知道他是朱耀祥的学生，就擅自将他弹唱的书目改成了《啼笑因缘弹词》，他没有办法，"就根据报纸上登的弹词，编唱起《啼笑因缘》来了。第一天上台说这部书出尽了'洋相'。因当时《啼笑因缘弹词》已出版，来听书的听众百分之八十的人手中都捧着一本书，我唱一句，他们对一句。我说这部书是赶出来的，唱词不全，听众见我唱错了就摇头"④。

---

① 潘心伊：《谈谈〈啼笑因缘〉》，载《金钢钻》1933年3月21日，第二版。
② 陆澹盦：《啼笑因缘弹词续集》，莲花出版社1936年版，序页9页。
③ 吴宗锡主编：《评弹文化词典》，汉语大词典出版社1996年版，第394页。
④ 闻炎记录整理：《回顾三四十年代苏州评弹历史——座谈会发言摘要》，见《评弹艺术》第6集，中国曲艺出版社1986年版，第249页。

从姚荫梅的经历可知,虽然《啼笑因缘弹词》符合书场弹唱的规则,但艺人如果仅仅按文本弹唱,是无法很好地满足听众需求的。由于听众带着陆澹安改编的《啼笑因缘弹词》来听书,给姚荫梅的说唱出了一道难题,于是他研读原著,改变唱词,与听客交谈获取有益的建议,并且亲自跑到北京天桥去体验生活,在说唱过程中不断修改,功夫不负有心人,1945年"他进上海弹唱《啼笑因缘》,赢得了更大的声誉,从而闻名江南"①。他凭借深厚的艺术素养以及多方面的生活积累,使其弹唱的《啼笑因缘弹词》与原著相比,在情节安排、人物塑造、心理刻画等方面都有独特的创造,不仅篇幅大为增加,而且还充分体现了弹词的艺术特色。

《啼笑因缘弹词续集》根据张恨水的《啼笑因缘续集》改编,于1936年6月由莲花出版社出版,二言目,上下册共四十六折。除自序外,还有姚民哀、施济群、倪高风所作的序言。陆澹安在改编时"对于关外义勇军浴血抗日事,增益情节,大事渲染,仍嘱朱、赵二艺人歌之茗肆,播之电台,激昂悲壮,颇足鼓励国人同仇敌忾之心"。然而等到正式出版时,由于环境所迫,"书中'倭'字悉改'矮'字,'沈阳'悉改'辽都'"②。虽然经过删减,但我们从书中依然能感受到改编者抗日的决心,如第三十九折"歼敌"中关寿峰唱到"今宵小叙饮醇醪,大家是,对月举杯兴倍豪。可惜那,大好山河归异族。却教人,伤心惨目泪痕交。我想那,人生百岁终须死。但等到,大数来时未可逃。倒不如,为国捐躯能尽节,落一个,流芳百世姓名标。想我是,年交花甲仍康健。纵教我,立刻身亡不算夭。我愿意,马革裹尸真爽快,不情愿,呻吟床褥一朝朝。过几天,义军大举攻强敌。我定要,夺转辽都把气消,纵然身死亦逍遥"③。陆澹安将爱国与抗日明确写入用于书场弹唱的弹词,激励着当时的民众。

根据张恨水另一部小说《满江红》改编而成的《满江红弹词》于1934年由利利电台播出,仍由朱耀祥、赵稼秋说唱。1935年1月《满江红弹词》由上海新声社出版。这部作品保留了弹词脚本的原貌,陆澹安曾在本书的序言中这样说:"这一本书不能算是弹词小说,只是唱书先生用的一种脚本罢了。正正式式的弹词小说,与传奇曲本一样,要出脚色,有说白,有表白,有

---

① 姚荫梅:《啼笑因缘》(上册),上海文艺出版社1988年版,序第2页。
② 澹盦:《啼笑因缘弹词与抗日》,载《海风》1946年第27期,第11页。
③ 陆澹盦:《啼笑因缘弹词续集》,莲花出版社1936年版,第2—3页。

上场,有下场,一折一折的要分做若干折,但是这本书都没有。这本书中,除了唱篇之外,只有很简单的几条节略,在编著的时候,完全是为弹唱者便利起见。因为正正式式的弹词小说,说书先生拿了,反而不便弹唱。所以他们所收藏的脚本,都和市上通行的弹词小说不同。这一层,凡是老听客,大概都知道的。在朱、赵二君要把这脚本付印的时候,我本想把它改编做正正式式的弹词小说,但是因为事情太忙,实在抽不出功夫来,只索罢了。但是在这里却不能不说明一下。"①这部书的情节也与张恨水的小说稍有不同,为女主角增色不少。

戚饭牛还改编过张恨水的小说《欢喜冤家》等,《申报》曾刊文《新弹词播音〈欢喜冤家〉》称:"多听了旧弹词,应当换换口味,听听新小说的弹词化,听过了《啼笑因缘弹词》,又应当听听张恨水先生更进一步的名著,再加有艺术价值的戚饭牛之笔,周凤文之嘴,真是三绝了。"②

弹词艺人获得文人改编的新书目后,往往会发表声明,宣示主权,以防他人弹唱,如陆聪祖律师代表张梦飞与徐云志在《申报》发表声明称:"兹据弹词家张梦飞、徐云志声称《合同记弹词》为梦飞所编,现已订立契约,由云志弹唱,该《合同记弹词》有著作权,非得梦飞、云志二人同意,第三者不准偷袭弹唱,否则依法应负责任。"③范雪君也在《申报》发表启事称:"前请张梦飞先生编《赛金花》《雷雨》《钗头凤》《后秋海棠》四弹词,该项稿费业已付清,其弹唱权永归雪君所有,尚有新弹词在编辑中,一俟脱稿续行露布。"④可见,弹词艺人对新书目的倚重。

新书目确实捧红过不少名家,如姚荫梅弹唱传统书目《玉连环》《描金凤》时声名不显,而改唱《啼笑因缘》后便走红上海。秦纪文也曾唱过传统书目《文武香球》,而新书《华丽缘》《啼笑因缘》使其享誉书坛。严雪亭不满足于唱《三笑》,专攻《杨乃武》后名声大增,黄异庵放弃《三笑》,专攻《西厢记》,后大受欢迎。⑤这些由文人、艺人改编润色的新书目,风靡书坛,成为弹词中的经典书目,流传至今。

---

① 绿芳红蕤楼主编辑:《满江红弹词》,上海新声社1935年版,序第1页。
② 《新弹词播音〈欢喜冤家〉》,载《申报》1933年4月3日,第十二版。
③ 《陆聪祖律师代表弹词家张梦飞、徐云志紧要声明》,载《申报》1933年12月23日,第五版。
④ 《声明:范雪君紧要启事》,载《申报》1947年11月28日,第九版。
⑤ 顾锡乐:《听书话旧录》(下),见《评弹艺术》第31集,古吴轩出版社2002年版,第195页。

从弹词名家争相聘请文化名人改写弹词可知,当时的文人与弹词演出的关系相当密切,如陆澹安、戚饭牛、姚民哀等人不仅对弹词演出有浓厚的兴趣,而且对弹词韵律也有很深的造诣,同时还深入了解弹词的受众,因此,他们根据小说改编而成的弹词文本深受弹词响档和听众的喜爱。更值得一提的是,他们不仅仅将小说改编成弹词,更身体力行地创作弹词,在理论上探索弹词写作的艺术规律。

二、范雪君版《秋海棠弹词》的编演及其运作

20世纪三四十年代的弹词正处于变革时期,女性听众越来越多,广播书场的盛行、时局的动乱,使得听众的欣赏品位发生改变。随着时代的进一步发展、新的观众群的形成,弹词艺人在革新传统书目的同时,也在不断用新闻或流行的小说来充实书目,以此吸引听众。新书目还捧红过不少名家,如姚荫梅与《啼笑因缘弹词》,严雪亭与《杨乃武与小白菜》等。这些由文人、艺人改编润色的新书目,红遍了苏浙沪一带,成为弹词中的经典书目,流传至今。《秋海棠弹词》便是产生于这一时期的名篇。

小说《秋海棠》于1941年2月至12月在《申报·春秋》上连载时,它所引起的轰动与《啼笑因缘》小说惊人的相似。1942年7月,便由金城图书公司发行单行本,还被改编为其他剧种,并被搬上银幕,根据原著改编的话剧更是出现了连演二百多场的盛况。弹词艺人范雪君也因为弹唱《秋海棠弹词》成为炙手可热的名家响档,荣获"弹词皇后"之称,在中国评弹史上占有一席之地。

范雪君所弹唱的《秋海棠弹词》由陆澹安改编,由大华书场负责人张作舟促成。此中缘由可以从张作舟与范雪君所订立的合同中一窥究竟:

  立合同人大华书场隆记公司代表张作舟、范雪君(以下简称甲、乙方)
  缘乙方有意弹唱《秋海棠》新书,苦无剧本,曾挽人商请陆澹盦先生编制,终未实现。兹经甲方再三代为情恳,已蒙允诺。由甲方自组书场乙方弹唱,特将双方议定条件开列于后:
  一、乙方在甲方场内弹唱,以陆君所编之《秋海棠》新书为原则,必要时甲方亦得要求乙方弹唱乙方所能之各书。
  二、本合同有效期间,暂定自卅四年农历(乙酉)元旦起至端节止,如届期《秋海棠》尚未说完者,得酌量延长之。

三、乙方连同乙方所谓档子①一档共计两档计每月包银国币念万元,由甲方按月支付之。

四、说书时间为日场,其钟点临时排定。

五、陆君所编之《秋海棠》剧本,除甲方所组之书场外,其他场子,未得甲方征求陆君允诺,不得开说,但说满四遍后该项剧本即归乙方永远弹唱。

六、乙方在任何场子开说该项剧本,均应提成交由甲方转致陆君,作为编导税。提成方式因有包银拆账之不同,数目大小之各异,由甲方随时商得陆君同意后,与乙方决定之。

七、本合同一式两份双方各执一份为凭。

中华民国三十四年一月

立合同人:大华书场隆记公司代表张作舟、范雪君,见议陆祖康②

从合同可知,范雪君早就有意弹唱《秋海棠》,曾托人商请陆澹安编制弹词脚本,据沪上名医陈存仁回忆,范雪君因为看病与他相熟,有天便问他与编写《啼笑因缘弹词》的陆澹安熟不熟,正好陆澹安是陈存仁学生时代的国文老师,于是范雪君就托他转请陆澹安为她编写《秋海棠弹词》,并由陈存仁约请陆澹安与范雪君吃饭,当面商量此事。在陈存仁的回忆里,此时的范雪君在谢葆生办的仙乐书场弹唱,此事也谈判成功了。陆澹安的编写条件是:"你要全部弹词,须等许多时日,不如我写一段你说一段,稿费不收,不过,有一个条件,你白天在仙乐唱,晚上要到我兄弟办的一个大华书场来弹唱一场。"③但据此合同可知,此事应该没有完全成功,最终在张作舟的再三恳请下得以实现。当时大华舞厅的张作舟在大亚银行任职,与陆澹安的二公子

---

① 吴宗锡主编的《评弹文化词典》中称"档"主要有三种意思:"1.演员进行演出活动的最小组成单元。一人谓单档,两人谓双档,三人谓三个档,四个档或五个档仅在演出中短篇或会书时有。2.演出阶段。演员在码头演出,短则十天,长则数月,称一档生意。3.演出节目次序。第一回称头档,依次为二档、三档、四档等,最后一回称末档。"如"年档"是指"农历新年开始的第一个演出期。过去,从农历正月初一演至农历三月底或端午节。现在演期缩短,一般仅演半月。约从农历初一至元宵节"。见吴宗锡主编:《评弹文化词典》,汉语大词典出版社 1996 年版,第 40—41、20 页。

② 《上海地方法院关于大华书场隆记公司诉范雪君禁止弹唱案》,上海档案馆,档案号:Q185-3-3860,1946 年 11 月 9 日。

③ 陈存仁:《抗战时代生活史》,上海人民出版社 2001 年版,第 250 页。

共事，张作舟因为大华舞厅的日场不能营业，所以想改设书场，思量着请范雪君登台唱陆澹安改编的《秋海棠弹词》必定能轰动，因此托陆澹安的二公子来促成此事，陆澹安舐犊情深最终同意。

陆澹安从小便在评弹的环境中熏染，乐于与艺人交游，在弹词改编创作方面享有盛名。他相继应邀为弹词艺人赵稼秋、朱耀祥改编了《满江红弹词》《啼笑因缘弹词》《安邦定国志弹词》等等，他在日记中也详细记录了听书，与艺人交游，撰写弹词的日常生活，如："民国二十二年（1933）岁癸酉时余年四十岁，元旦……晚膳后往石路汇泉楼听书，书凡五档：一钟笑侬之《珍珠塔》，二汤康伯之《水浒》，三蒋如庭、朱介孙之《落金扇》，四徐云志之《三笑》，五许继祥之《英烈》。听毕已十一时半，回家后仍撰小说一节，一时许睡……四日阴雨，晨九时起，赴校上课，正午回家，三时往钻报馆撰稿，即在馆中进晚餐，九时半归，撰《啼笑因缘弹词》一节……十九日（晚）……往三瑞堂与耀祥、稼秋谈久之，二人请余代撰《儿女英雄传弹词》，余以事集未遽允也。十二时回家……二十二日……耀祥、稼秋设席东方饭店，谢余代撰弹词之劳……座中有东方饭店主人……萝春阁经理胡铁根及三瑞堂经理孙光第等……十时许始散，余往三瑞堂听播音至十二时，与耀祥、稼秋复往东方饭店入书场中……始归。"①新书《啼笑因缘弹词》在听众中引起了巨大的轰动，刚刚代撰完毕，赵稼秋、朱耀祥便请求陆澹安代撰《儿女英雄传弹词》，而范雪君选定新书后也极力邀请陆澹安编写。双方约定《秋海棠弹词》在张作舟所组书场中说满四遍之后，范雪君便可以永远弹唱，但今后在任何场子开说，都需要提成给陆澹安作为编导税。

陆澹安答应之后，在1945年春便顺利完成了编写工作。范雪君此前弹唱《杨乃武与小白菜》以及陆澹安改编的《啼笑因缘弹词》已经积累了一定的人气。特别是弹唱《啼笑因缘弹词》时"满口流利国语，起脚色如演话剧，间有插曲，唱大鼓书和时调小曲，清脆甜润，耐人寻味，更博听客激赏"②。陆澹安为了充分突显范雪君能唱平剧昆曲的技艺，在《秋海棠弹词》的最先几回就竭力描摹捧角趣事，渲染梨园行前后台的故事。秋海棠出场时演女起解，与罗湘绮定情之前唱罗成叫关、梅宝习戏等，都使范雪君能穿插平剧、昆

---

① 陆澹安：《澹安日记》（上册），上海锦绣文章出版社2010年版，第223—235页。
② 横云阁主：《范雪君唱红秋海棠》，载《秋海棠》1946年第4期，第9页。

曲。范雪君登台弹唱时还配有专门的琴师隐坐场隅,拉京胡衬托,她还自弹琵琶,唱"琴挑""思凡"等曲来代替开篇。这一切都使听众觉得新奇有趣,有些听客,甚至在"大华"听毕后,追踪至"仙乐"再听,可见此书之魔力。陆澹安也经常去大华,细听范雪君弹唱与"所编原稿是否相符,有无遗留,如有错误,俟其说毕下台,恒向指点正,此犹作家发表其作品,既于报端刊出,辄喜细加校阅,弥觉兴趣"①。

陆澹安还将《秋海棠弹词》中的精彩唱词"哭诉""定情"二节交于报刊发表,也被读者传诵一时。报纸杂志上对范雪君开唱《秋海棠弹词》也广为宣传,称她"曾到过南京,和秦淮歌女中的北地胭脂,厮混得很熟,学会了极清脆流利的国语。而在说书发源地的苏州,奏艺最久,学会了红牙按拍,雅韵欲流的昆曲……她说书如演话剧,国语非常流利,又能弹得一手好琵琶,更能在琵琶声里,唱昆曲和流行新歌,真是个出类拔萃的女艺人。不但吸引全沪书迷,就连平日从不听书的仕女们,也要一赏她的雅奏了。今春起,加说《啼笑因缘弹词》原编者陆澹盦先生手编的《秋海棠弹词》,书中还插唱平剧,也很动听"②。

范雪君还托请陆澹安设法促成其灌制唱片,且愿不计酬劳,陆澹安便转托丁慕琴介绍百代唱片公司。范雪君也因此成为那个时代女说书人中灌音的第一个。评弹评论家张健帆笔名横云阁主,不仅是陆澹安的学生,也是范雪君的忠实听众,他为范雪君出谋划策,认为可以灌《秋海棠弹词》中最精彩的"哭诉"与"定情"二段。"前者描摹罗湘绮向秋海棠哭诉身世,感叹遇人不淑,连唱'自古红颜多薄命'篇子,缠绵悱恻,极尽哀感顽艳之能事,因与共饮,并可插入罗湘绮唱昆曲'琴挑'片段。后者则为书中男女二主角定情之夕,秋海棠坐对佳人,秋海棠情不自禁,唱叠句此调'恨不相逢未嫁时'篇子,其后接唱平剧'罗成叫关'。"③这样的唱片可以体现范雪君多方面的才艺,冶弹词平昆剧于一炉。陆澹安也深以为然,并为范雪君修改唱词念白,使唱片能恰到好处。丁慕琴也给范雪君带去数张当时沈、薛档最精彩的唱片,让她每天倾听揣摩,调弦试奏。范雪君不负众望,此唱片不仅有售,还经常在电台播放。也正是因为这张唱片使我们今天依然能听到弹词皇后对《秋海棠弹词》在那个

---

① 横云阁主:《秋海棠弹词走红原因》,载《凌霄(上海1947)》1947年革新第1期,第5页。
② 横云阁主:《从弹词的演变说到范雪君》,载《语林》1945年第5期,第17页。
③ 横云阁主:《女说书灌音第一人范雪君》,载《风光》1946年第3期,第3页。

时代的演绎,如唱片中的《自古红颜多薄命》及昆曲"琴挑"片段:

> 罗湘绮:(白)常言道,自古红颜多薄命,大概我就是个薄命女子,所以逢到这许多不幸。(唱)未曾开口泪先淋,待我把往事从头细诉君。正所谓自古红颜多薄命,所以有重重磨折到侬身。家君是频年蠖屈无聊赖,只能够迁地为良离北京,正所谓自古红颜多薄命,所以是鸾飘凤泊到天津。家母是忧伤憔悴身多病,几年来瘫痪床头药不灵,正所谓自古红颜多薄命,害得那萱堂一气命归阴。那一日学堂毕业邀佳客,想不到磨难当头厄运临,正所谓自古红颜多薄命,所以那横行军阀竟垂青。他不该遣人作伐来欺骗,说道是欲续鸥弦愿结亲,正所谓自古红颜多薄命,我被那爹娘做主订婚姻。可怜我侯门一入深如海,从此是欲脱牢笼万不能,正所谓自古红颜多薄命,所以我含垢忍辱到如今,何日方能把气伸!
>
> 长清短清,哪管人离恨。云心水心,有甚闲愁闷。一度春来一番花褪,怎生上我眉痕。云掩柴门,钟儿磬儿在枕上听,柏子坐中焚。梅花帐绝尘,果然是冰清玉润。长长短短,有谁评论,怕谁评论。①

范雪君在弹唱《秋海棠弹词》时使用国语进行表白,将话剧的表演艺术以及昆曲、京剧的唱段融入演出,描摹人物细致入微。本段唱词融入昆曲"琴挑"片段后更显典雅。名家手笔与范雪君的独特演唱方式相结合,将罗湘绮对身世的感慨表现得淋漓尽致。

1945年范雪君弹唱《秋海棠弹词》,芳誉益著,不料仙乐书场因舞场被当局收回自用,只得剪书。《秋海棠弹词》原定每遍须说足四个月,仙乐仅说满三个月。而在大华方面,由于正值抗战胜利前夕,警报频传,上海常遭轰炸,范雪君又突然患慢性盲肠炎,因此她在大华书场仅弹唱三个半月就宣告结束。范雪君病愈灌好唱片后不久,便转赴苏、锡码头弹唱。从当时的报纸记载,可以一窥范雪君的行踪:据《苏报》记载,范雪君于1945年10月20日在苏州新亚书场弹唱《秋海棠弹词》。从《铁报》所刊登的弹词书场广告可知,1946年2月的年档范雪君在苏州与范雪萍拼档演出。1946年5月12日在无锡与范雪萍拼档演出,1946年6月27日在无锡蓬莱书场、和平春书

---

① 本段唱词根据1946年百代唱片《秋海棠》摘录。

场演出《啼笑因缘弹词》与《秋海棠弹词》,1946年中秋则在昆山演出。范雪君虽然人在外地说书,但上海报刊上依然不断有她的消息,如横云阁主的《梁溪新闻:范雪君惊走浴客趣剧(附照片)》《书坛周讯:范雪君避暑牛角浜》分别发表于1946年《海光》的第26期与第35期,可见她在当时的书坛占有一席之地,与报人的关系也很密切。

1946年10月范雪君重回上海,于11日在新仙林、同孚书场演出《啼笑因缘弹词》与《秋海棠弹词》。此时她已在苏州、无锡说过多遍《秋海棠弹词》,对如何"起脚色""放噱头"都潜心琢磨过,可以说与这部新书经过一段时期的熟悉磨合后已然上手。与此同时,范雪君还在电台播音,据《铁报》刊登的电台广告可知,范雪君从1946年10月1日起在上海国民电台弹唱《秋海棠弹词》。书场与电台的同时发力,使得范雪君迅速大红大紫。

而此时,《秋海棠弹词》的一场弹唱税诉讼案,更使得范雪君成为社会舆论关注的焦点。范雪君在苏州、无锡时期擅自弹唱《秋海棠弹词》,陆澹安曾委托友人询问,范雪君方托询问人转交了酬劳费二万五千元。陆澹安因不明计算方法所以去函询问,范雪君的养父范玉山回信约其至上海再算:"等到上海来做场子每日查账分拆。"①回到上海之后,范雪君名气大增,而大华书场已经关门歇业,张作舟与之就履行合同一事协商,陆澹安也为双方从中调解,言定范再付四百万元给张方作为余下两遍的弹唱税,从此便取消合同,范方获得弹唱权。②谁知范方付款时张作舟在收据上写有"暂"字,颇有下次继续收弹唱税的意思,双方不欢而散,弄成僵局,几经调解,无法挽回。③张作舟于1946年11月8日向上海地方法院控诉,要求范雪君不得弹唱陆澹安所编之《秋海棠弹词》。范雪君于1946年11月18日在《新闻报》刊登启事,表示所有弹唱税已经于去年冬天全部交给了陆澹安,并买断了版权。陆澹安随后于11月20日在《新闻报》刊登启事进行驳斥。范雪君于11月22日在《新闻报》再度声明,语多不逊,并有斯文扫地之语,舆论倒向范雪君。陆澹安大怒,将范雪君所登二则启事、范玉山所写信件以及合同等委托律师,于12月17日以刑事控诉范雪君故意诽谤,损害名誉,以正视听。《秋

---

① 《上海地方法院陆澹盦诉范雪君妨害名誉案的文件》,上海档案馆档案,档案号:Q185-2-12945,1946年12月17日。
② 横云阁主:《秋海棠讼案感言》,载《苏州明报》1946年12月26日,第三版。
③ 渔人:《秋海棠将成绝唱,范雪君忍无可忍》,载《海潮周报》1946年第32期,第四版。

海棠弹词》的诉讼案愈演愈烈,引起了媒体的密切关注,1946年11月23日《申报》刊登《弹唱秋海棠范雪君被控》。《铁报》《戏报》《苏州明报》等均连续发文关注此事,《秋海棠》杂志更是在1946年第20期设有《秋海棠弹词讼案专页》来详述此次讼案。范雪君方辩称:"原告与陆澹盦均未取得《秋海棠》之著作权而被告弹唱此书能吸引听众者,实缘自己之技术关系并以被告之经验重新加以整理,根本与陆澹盦编导者不同。"①毕竟陆澹安对范雪君及《秋海棠弹词》倾注了大量心血,时人对范雪君的这种做法颇有微词:"敬师尊老定全忘?更念调人奔走忙,偏尔细娘成大胆,孤行一意忒猖狂。"②"有人说,范雪君的所以不肯和解,纯粹是有关宣传,因为打官司是极好的宣传机会,怎可以轻轻的放过呢?"③

张作舟之诉由于弹词为陆澹安所编,发事人不适格,编剧人陆澹安未依法登记不能禁止他人弹唱,被上诉人事实上已经唱满四遍,不能再行禁止等原因被驳回。张作舟随即提起上诉,最后也被驳回。④而陆澹安诉范雪君妨害名誉案,范雪君也被免诉,因为"查其犯罪在中华民国三十五年十二月三十一日以前……其最重本案为有期徒刑以下之刑。遵照国民政府中华民国三十六年一月一日颁行大赦令甲项之规定已在赦免之列,核依首开说明,应谕知被告免诉之判决"⑤。此后,张作舟再上诉以及要求的金钱赔偿也都不了了之。经此讼案,范雪君及其《秋海棠弹词》更是名声大噪,家喻户晓。

在电台弹唱对范雪君的走红功不可没。电台中的评弹极受听众喜爱,商家借助评弹的影响力来为自己的商品做广告,而评弹艺人也由此进一步提升了知名度。通过电台免费收听范雪君弹唱的粉丝有很多,不少人转而买票去书场捧场,所有这一切使得范雪君的人气急升,很快被戴上了"弹词皇后"的桂冠。1947年的《大声无线电半月刊》称"雄居了'弹词皇后'宝座的范雪君,凭借了富于天才的歌喉,以及特殊的书艺,她确是红遍了整个的

---

①④ 《上海地方法院关于大华书场隆记公司诉范雪君禁止弹唱案》,上海档案馆档案,档案号:Q185-3-3860,1946年11月9日。
② 斐然:《秋海棠讼案》,载《快活林》1946年第41期,第十版。
③ 《范雪君大打宣传官司(附照片)》,载《泰山》1947年革新第12期,第5页。
⑤ 《上海地方法院陆澹盦诉范雪君妨害名誉案的文件》,上海档案馆档案,档案号:Q185-2-12945,1946年12月17日。

苏浙春申各地"①。当时的演出盛况也有人写诗作了记录："弹词皇后范雪君,斗斗先生于莲卿,一样弹唱秋海棠,各有千秋皆动听,油郎权充鲁仲连,特别节目来播音,郎才女貌拼双档,可以轧塌跑马厅。"②范雪君的《秋海棠弹词》拥有广泛的听众,为了应对宵禁,甚至采用了用电话线来播音的形式,当时的电台利用电话线,从范雪君的家里发音至电台上,然后再经过话筒转播出去。听众在晚上十一点到十二点还能在枕畔聆听范雪君的《秋海棠弹词》。③

不仅得益于电台,报纸杂志也为范雪君的持续走红助力不小。当时上海、苏州等地的报纸杂志均用不少的篇幅来报道弹词艺人的各类资讯,从书艺到容貌,甚至择偶标准等不一而足。由于评弹的兴盛,报刊需要这些内容来推广销量,而这同时也促成了评弹艺人的高曝光率,互利互惠。范雪君也深知报人与记者的重要,经常在小型报同人联欢会、记者同乐会中大显身手。范雪君的文人书迷朋友们也为其撰文捧场,陈存仁曾为范雪君的义演主编过特辑,当向主持人问明特辑留有几页后,便计算出需要多少字的文稿,随后便在朋友聚会时抓差邀稿,限日缴卷,宋心冷、陈蝶衣、圆慧上人、卢溢芳、胡憨等均在列,陈存仁也亲自撰写了一篇介绍范雪君书艺的文章。④范雪君还登上了杂志封面,并出版了多种《开篇集》。

为了增加销量,《书坛周刊》于 1949 年初开展了票选"弹词皇后"的活动,选举异常激烈,最终范雪君被读者与弹词迷们选为"皇后"。《大公报》1949 年 3 月 20 日刊文《"弹词皇后"范雪君昨举行授冕典礼》,文中称范雪君穿了金丝长旗袍,奇娘丨宝英赠了一顶十四开金的后冠,严独鹤及弹词家张鉴国、周月泉等都出席了典礼。

范雪君迎合时代需求弹唱新书,力邀名家改编,自身技艺过硬,在电台与报刊的渲染下拥有大批书迷,而《秋海棠弹词》诉讼案更使其成为社会热点新闻,终成那一时代的"弹词皇后"。此后,范雪君还不断尝试编演新书目,如《雷雨》《日出》《赛金花》等,被人称为"她是今日弹词界的革命者,将为

---

① 词郎:《范雪君有进共舞台之说》,载《大声无线电半月刊》1947 年第 8 期,第 8 页。
② 油郎:《秋海棠》,载《大声无线电半月刊》1947 年第 8 期,第 8 页。
③ 司马俊:《范雪君怎样在寝宫播音》,载《七日谈》1949 年第 1 期,第 10—11 页。
④ 胡憨:《细说范雪君》,见陈定山:《春申续闻》,海豚出版社 2015 年版,第 232—238 页。

弹词别开一条新生的路径"①。但范雪君最为人称道的依然是《秋海棠弹词》,并在书场与电台播音中长盛不衰。此外,20世纪40年代初弹唱《三笑》《玉蜻蜓》的艺人王宏荪也根据秦瘦鸥的小说改编,与弟弟王如荪拼档演出《秋海棠弹词》,在当时也享有盛名,并有不少传人,如孙惠荪、秦肖荪、马伯琴、陆梅华、顾丽华等,这一脉的表演到现在还活跃在书台上。

三、弹词名篇的小说改编

近现代通俗小说的繁荣与兴盛,与科举制度的废除、报刊和印刷业的发展、稿酬制度的确立以及大都市的形成和市民阶层的迅猛发展等因素密切相关。范伯群指出:"工业化不仅为通俗文学升温准备了物质条件,而且也为通俗文学'制造'读者群。沉滞的小农自然经济既为都市的工商业经济所取代,市民的生活节奏的频率空前增速,人们觉得脑力和筋肉的弦绷得太紧,工余或夜晚需要松弛一下被机械的运转皮带绞得太紧的神经,这就需要娱乐和休息。"②报刊、印刷业的发展为通俗小说的大量涌现提供了物质基础,而稿酬制的确立,使文学走向市场化,大大促进了通俗小说的繁荣。

书局当然不会错过这一赚钱机会,"继亚东图书馆出版标点本旧小说后,1934年广益书局以大达图书供应社名义,大量排印出版加标点的通俗小说,与新文化书社竞争。虽然书籍装帧简陋,以牛皮纸为封面,字体密密麻麻,无插图,错字又多,但因书价低廉,从三折到二折、一折半,销路极好"③。

在这一大潮中,许多弹词名篇被改编成通俗小说。弹词名篇本来就情节离奇,深受大众喜爱,但囿于吴方言,不能使更多的人所熟知,因此,书局便请通俗文学家加以改编,一是改掉苏州话,二是改正不合理的地方,让更多的人能读。

江蝶庐曾将弹词《双珠凤》改写成小说《重编绣像完整本双珠凤全集》,由广益书局出版,1947年1月新二版中还保留了江蝶庐于1935年10月所作的"叙":"历来唱篇小说不下数百种,有完全唱句的,叫做盲词。有唱句间

---

① 《范雪君编雷雨》,载《秋海棠》1946年第20期,第2页。
② 范伯群:《中国近现代通俗作家评传丛书·总序》,见徐斯年:《民国武侠小说奠基人——平江不肖生》,南京出版社1994年版,序第3页。
③ 夏慧夷:《近代浙江出版家群体研究》,浙江大学出版社2014年版,第58页。

夹说白的,叫做弹词,又称做南词。比较盲词更多趣味。所以苏、申两地书场之林立,颇能引人入胜。但是弹词中的表白,喜用吴语,不能普及各省,那不是一桩憾事吗?本社因为这个意思,特地延请吴中名手,把社会通行最有名的唱篇小说,如《三笑》《描金凤》《文武香球》《玉蜻蜓》等,次第编出,颇受社会欢迎。现今又出一部《双珠凤》,在我们南边人,没有不知道这部书的名的。书中的情节十分离奇,前段如送花楼会等,更是风流蕴藉,且以后演出两桩命案,变幻百出,愈令人拍案叫绝。惟来富唱山歌一节,主仆通情,略近秽亵,现经名手改削,把山歌一一修正,较有趣味,仍不失书中的本来面目,正就是古人所说的'关雎乐而不淫'呢!最后天道昭彰,判分善恶,虽不脱老小说的窠臼,却又不得不照旧译出,好叫人心为之一快!料想看书人也一定赞成的!"①

从中可知,广益书局改编了大量弹词名篇,如《三笑》《描金凤》《文武香球》《玉蜻蜓》等。江蝶庐还改编过《玉夔龙全传》,也由广益书局出版,正文前有作者1937年的自序。1988年中国书店还根据广益书局本影印出版了由梦花馆主编的《白蛇传前后传》小说。

有些弹词名篇因为深受大众喜爱,被不同的书局请人改编成多部小说。如程瞻庐将弹词《三笑》和《换空箱》的故事融为一体,改编成小说《唐祝文周四杰传》,初版于20世纪30年代,现有重印本。程瞻庐在小说的楔子中通过张老先生之口,表达了他改编的目的:"苏州式弹词的势力范围只不过于江苏的苏常镇、浙江的杭嘉湖,大江以北的人,便不喜欢苏州式的弹词,听了也不易了解。其他各省,益发没有苏州式弹词的立足点了。我以为唐祝文周四大才子确是小说中的好脚色,所可惜的,《三笑姻缘》《八美图》《换空箱》等书,都是弹词体例,其中对白,完全是吴侬软语,他方人见了,宛比天书难读。倘把唐祝文周四大才子的许多佳话,不用弹词体描写,而用平话体描写,顺便把许多不合情理的地方一一加以校正,我想这部书的销行一定很广的。"②

何可人也将《八美图》《三笑》《换空箱》这三部弹词改写成了小说《唐祝文周全传》,江苏广陵古籍刻印社1984年根据良友合作社印本重印时,在正文前保留了作者写于1935年的自序。何可人在《唐祝文周全传》中说:"《八

---

① 周良、朱禧:《弹词目录汇抄、弹词经眼录》,古吴轩出版社2006年版,第87页。
② 程瞻庐:《唐祝文周四杰传》上册,吉林文史出版社1986年版,楔子第7页。

美图》《三笑》《换空箱》这三部书,都是苏州式的弹词,又是吴侬软语。它的势力,只限于江浙两省。大江以北的人,读了不易了解,现在改为平话撰述。顺便再把不合情理的地方,加以纠正,我想这部书比较它这三部书,容易一读吧。"①此外他还著有《唐祝文周全传续集》,其实是《唐祝文周全传》的下集,自序写于1936年3月12日,海天出版社1988年重印。

广益书局的竞争对手新文化书社也改编出版过不少弹词,如薛恨生改编的《海公小红袍》,共四十二回,1934年由新文化书社出版。

四、弹词与电台、电影的联姻

随着电台与电影的出现,弹词的"说唱传播"出现了崭新的面貌。电台为弹词艺人提供了前所未有的说唱环境,对弹词艺人的技艺、演唱书目都产生了深远的影响,甚至对书场弹词造成了不小的冲击。而电影与弹词的结合,使弹词这一古老的曲艺以新的形式在更为广泛的受众层面得到了传播。

1922年上海创设无线电公司,开始通过电台播音。起初有些电台,因为音质不佳,营业不振而停顿。至1924年夏,开洛公司成立,一开始它"播送之节目大多为西乐及外国唱片,并播送极少数中国唱片,然迎合华人之节目太少,是以该公司经理发售之收音机未能畅销。嗣经曹仲渊先生聘徐大经先生为该台副主任,报告商情、时事,以灵通内地华人之商情,并多插中国唱片,添播弹词节目一小时以增兴趣(计播一年六个月即行取消)"②。公司希望通过弹词节目来增进国人购买收音机的热情。从此,弹词与这一新的传播媒体相结合,从书场走进百姓的卧室厅堂。

为了提高收听率,弹词名家成为各大无线电台争夺的对象,徐云志、周玉泉、薛筱卿、蒋月泉、严雪亭、杨振雄、朱雪琴、范雪君等一批响档名家都相继在电台弹唱。他们不仅唱弹词,甚至还充当新闻和广告词的报告员。

广播也为弹词说唱提供了便利,传统时代的弹词名家往往以说唱一部长篇书目来作为自己主要的营生手段,他们将其不断发展改进,形成自己的风格,赢得听众。这一方面是由于长篇新书目对创作及演唱才能的要求很高,另一方面则是由于艺人需要遵守严格的师承派系,"凡同业各系宗支,勿

---

① 何可人:《唐祝文周全传》,江苏广陵古籍刻印社1984年版,序第1页。
② 金康侯:《中国播音协会之兴替》,见上海市档案馆、北京广播学院、上海市广播电视局合编:《旧中国的上海广播事业》,档案出版社、中国广播电视出版社1985年版,第81页。

得越做他书"①。

　　电台及出版业的发展,为弹词艺人提供了前所未有的说唱环境。首先,市面上出版的弹词文本随时可拿来改编使用。其次,由于在电台中弹唱,弹词艺人和听众不是面对面的,他们无须揣摩各种表情与手势,甚至不需要熟记脚本,照本宣科即可。时人对这一现象有详细的描述,潘心伊在《新的弹词》中记载,弹词艺人蒋宾初在各大电台弹唱,从开洛到亚美再到大中华,以及各种小电台,由于说唱的书目总是《三笑》《双金锭》,听众难免厌烦,所以他急需新书目来维持生计,当时潘心伊正在将《天雨花》改编成《玉人来》,蒋宾初很想弹唱此书,并设想将全书的提要付印,发给听众,作为广告宣传,后来由于种种原因,没能付诸实施。蒋宾初另外开唱他完全不熟悉的《玉蜻蜓》,他将《玉蜻蜓》的脚本带到电台,边看边念,说得非常顺利,一直说到《开缸滴血》《徐元宰归宗》为止。此外,据说朱介生也是这样看着脚本在电台说唱《落金扇》的,因此许多弹词家,都认电台是个好地方。②这一改变,为弹词新书目的大量涌现提供了一个契机。

　　然而,电台给说书带来便利的同时,也使弹词艺人的技艺退化:"在无线电里说书,长久了,就得变成了一种习惯。因为播音时,不比在书台上,既不必面部表情,更不必用甚手势。而且要说得慢,说得稳。成了这种习惯,再上书台,便不易改变。台上说书,完全要口到眼到手到,立起坐下,一刻不停,倘然也像电台上一般的动也不动,听起来就乏味了。有一次,蒋宾初在蓬莱市场说书,也像唱无线电模样。有不少的听客说'这个唱小书的,竟是一个僵尸'。"③

　　电台播音的兴起,使弹词艺人对开篇作品的需求量骤增,据弹词艺人陈端麟的回忆,"开篇当时也都唱新作,如《杜十娘》、《夜探》、《莺莺操琴》、《江北夫妻相骂》、《活捉张三郎》、《哭沉香》、《离恨天》、《补情天》、《紫鹃夜叹》、《潇湘夜雨》、《说书大交兵》、《连续开篇》、《螂螳做亲》等等。电台节目,必做半回书,还有一半时间尽唱开篇"④。周瘦鹃对此深有同感:"自无线电流行以来,风靡中土,凡电波流通之处,几乎家家都有一座收音机了。多数听众

---

① 吴宗锡主编:《评弹文化词典》,汉语大词典出版社 1996 年版,第 396 页。
② 潘心伊:《新的弹词》,《书坛与电台》,载《珊瑚》1933 年第 5 期,第 1—3 页。
③ 潘心伊:《一个僵尸》,《书坛与电台》,载《珊瑚》1933 年第 5 期,第 6—7 页。
④ 陈端麟:《书坛杂忆》,见《评弹艺术》(第 10 集),中国曲艺出版社 1989 年版,第 156—157 页。

而所爱好的,仍以说书先生的弹词为最,甚么《珍珠塔》啊,《双珠凤》啊,《三笑》啊,《玉蜻蜓》啊,都是百听不厌的,而说书以前的一只开篇,尤其是众望所归,一个个电话,一封封书信,纷纷点唱。任是商店中推销货物的开篇,说书人哭父哭子的开篇,也以为怪有趣怪好听的,老是点个不了,唱个不休。文人们见开篇这般的受人欢迎,就雕肝镂心的大做其开篇,大出其开篇集,其间,声调铿锵词句典雅的,当然很多,而东拼西凑,牵强附会,甚至字句欠通的,也在所难免。"①于是开篇领域成了"书迷"文人大显身手的用武之地。

弹词在电台中如此兴盛,引起了商家的注意,他们请来弹词艺人为其广作宣传。时人对此多有记载:"晚近数年,盛行无线电播音,弹词家生意亦鼎盛。各商家广告,往往延聘弹词家播送。新开篇亦一时风起云涌。"②

据潘心伊总结,在电台中播送的广告,大概有以下几种类型:"(一)电气公司自设电台,请说书者专一为自己营业鼓吹。(二)说书者自己去兜揽商店广告,在说书时插入。(三)商店委托电台,将广告插入说书。(四)商店请说书者借电台说书,除给说书者以薪水外,还须给电台的电费。就现在情形而言,以第三第四项居多。所有广告,又以绸缎洋布业为多。"③

对在播送弹词的过程中插入广告,听众的态度又是如何呢?书艺高超的艺人能将广告嵌在书里,浑然天成,使听者不觉厌烦。而那些中断书情,直接播报广告的行为,当然会使听众觉得刺耳和不快,因为一个小时的播音节目,除去开篇及广告时间,能听到故事内容的其实不过半小时,而且往往听到紧要关头,便插播广告,如"沈俭安薛小卿,在'美灵登'唱《珍珠塔》,天天在半腰里,人家听得津津有味的当儿,停止说书,专说广告,虽可以使人不能不听,仿佛'拖住了辫子割耳朵',可是听众恨极了"④。但听众也无可奈何,只能迁就,因为在广播中听说书,可以省去往返书场的跋涉之苦,还能自由支配时间。

商家、电台与弹词艺人之间形成了一种互利的关系。商家请来弹词艺人在电台演唱,为其推销产品、广作宣传。此外,他们还非常注重听众的反映,听众可以通过写信或电话等多种渠道与电台联系,来表达他们收听节目

---

① 倪高风:《倪高风开篇集》,新国民印书馆1935年版,序第3页。
② 同上,序第9页。
③ 潘心伊:《说书与广告》,《书坛与电台》,载《珊瑚》1933年第7期,第1—3页。
④ 潘心伊:《不得不迁就》,《书坛与电台》,载《珊瑚》1933年第7期,第3—5页。

后的感想,点播他们喜爱的作品,弹词也因为这商业化的关系,作为一种大众文化,在上海更加盛行。这三者的联姻为各自都带来了巨大的商业效益。因为在电台说书远比在书场来得省力,而报酬又远远高于书场,因此,吸引了大批艺人。

"五四"运动以后,民间文学受到极大的关注,学术界还兴起过"整理国故"的运动。当时的电影拍摄,也在一定程度上响应了这一时代需求,其中不少影片取材于民间传说、历史演义、弹词。《天一公司十年经历史》中曾写道:"那时中国新文坛上正在提倡民间文学,邵先生也以为民间文学是中国真正的平民文艺,那些记载在史册上的大文章,都是御用学者对当时朝廷的一些歌功颂德之词,真正能代表平民说话,能呐喊出平民心底里的血与泪来的,惟一只有这些生长在民间流传在民间的通俗故事。天一同人根据这一特点,便采取了不少民间故事改编电影。"①如《梁祝痛史》《义妖白蛇传》《孟姜女》《珍珠塔》《唐伯虎点秋香》等等,其中不少都取材于弹词名篇。

这些民间故事情节曲折离奇,在流传的过程中已经深深扎根于普通民众的心田,成为他们茶余饭后的谈资,因此拍成电影后深受观众的喜爱,甚至远销南洋,受到当地华侨的追捧。正如当时人所说:"此种剧本,都为社会上久已流行之旧小说,南中播为弹词,家喻户晓,妇孺皆知。所写者均系儿女私情。如胡适之所谓落难公子中状元,私订终身后花园者是也。此种弹词,既改编为电影剧,最为中下社会及妇女所爱观。且毋庸多事宣传。广告费即可减省不少。南洋方面,亦颇欢迎此类影片。故易于获利。"②由于当时国内战争连年不断,民生凋敝,因此电影公司向来重视电影事业发达的南洋市场以补拍摄成本之不足。南洋的电影市场以往所演以欧美片为多,自中国影片公司兴盛以后,"华侨趋之若鹜,盖华侨旅居国外,爱国思想极形膨胀,故每逢开演国产影片时,生意辄倍平日"③。自从"《白蛇传》在南洋卖钱后,弹词小说遂入银幕,《珍珠塔》《三笑》等片续出不已"④。这也从另一方面进一步促进了此类电影的大量出现。

---

① 天一公司:《天一公司十年经历史》(1934),见丁亚平主编:《百年中国电影理论文选艺术类》上册,文化艺术出版社 2005 年版,第 173 页。
② 秋柳:《评〈珍珠塔〉》,载《国闻周报》1926 年第 3 卷第 44 期,第 1 页。
③ 渊:《南洋群岛国产电影情形》,载《申报》1925 年 4 月 24 日,第七版。
④ 周剑云:《中国影片之前途》(1928),见中国电影资料馆:《中国无声电影》,中国电影出版社 1996 年版,第 730 页。

白蛇与许仙的故事,是我国著名的民间传说之一。《白蛇传》是弹词的传统书目,各地均有演唱。在经过了三四代艺人的精心修改之后,白蛇已由贪色、好财,动辄就要以吃人来威胁丈夫的蛇妖变成了我们现在看到的勤俭持家、温柔淑德的贤妻良母,越来越有人情味。《珍珠塔》也是一部流传甚久的弹词,一名《九松亭》,产生的年代大约是清初。讲述方卿在先贫后富的过程中历经世态炎凉的故事。几百年来数代艺人对其不断加工打磨,《珍珠塔》的故事情节日益合理,质量上乘,弹词界有"唱不坍的《珍珠塔》""学会珍珠塔,肚皮饿勿煞"的说法。"方卿见姑娘""小姐赠塔"的故事在江南一带家喻户晓,拥有极广的群众基础。正如范烟桥所说:"那《三笑》《玉蜻蜓》等书的普及,真是可惊,那一个不知道方卿落难中状元、申桂笙庵堂识志贞一类的故事,有了这种根深蒂固的印象,所以对于其他娱乐,也要合于这种条件,方合胃口,虽是现在许多姐儿们思想上已受了新洗礼,决不再有那些传统观念了,但是最大多数还不能解放彻底,因此对于电影,先要好看,如何是好看,说来很简单,也不过情节曲折、表演深刻。"①伴随着票房的一路高涨,争论也此起彼伏,这类影片受到不少舆论的批评。

　　在这一大潮中,除了将弹词作品改编成电影外,还有将弹词演唱运用于电影中的尝试。范烟桥曾在1942年为金星影片公司的电影《无花果》担任编剧,他将女主角陆玉英的身份设定为一位女说书艺人,并将弹词演唱搬上电影屏幕。多年后他对这一举动仍记忆犹新,曾多次提及创作过程:

　　　　中国自从有了有声电影以后,各种歌唱都上过银幕了,只有弹词,到了前年,才由金星影业公司,摄制了一部"无花果",是把女说书作为主角的,并且把弹词也收入了声片,这是一个新纪录。不过当时曾经考虑过,恐怕弹词不能普及,后来决定由国音唱,这一个尝试,并没有失败。不过中间"埋玉"的一段开篇,作曲者系用了近代歌曲的作法,和弹词的旋律有些不同,那主题歌"记得词",却是道地的开篇了。②

---

① 范烟桥:《电影在苏州》,见中国电影资料馆:《中国无声电影》,中国电影出版社1996年版,第202页。
② 范烟桥:《弹词论》,见中国人民政治协商会议临河县委员会文史资料室编:《文史资料选辑》,中国人民政治协商会议临河县委员会文史资料室1983年版,第125页。

他在《鸥夷室文钞》中对此也有详细的描述：

> 最费我心思的，倒是金星影业公司的《无花果》了，第一是弹词运用到电影里，要不要失败？第二主角白虹女士是新型的歌者，不惯于弹词，能不能唱得入调？第三乐器的伴奏，觉得太单调，能不能动听？这三个问题经过几次的试验，总算都解决了。白虹女士也是有歌唱天才的，她从未听到过弹词，这回她从无线电收音机里听了几回，再开了几张唱片，竟给她得到弹词的唱法。①

白虹本身擅长的是唱流行歌曲，现在在《无花果》中因为主演女说书，因此在收音机旁边花了两个月时间认真揣摩"沈薛"唱片的调门，还请光裕社的冯筱卿等弹词名家指点了两天。她在影片中抱起琵琶唱开篇，运腔使调，不但唱得婉转，而且能中绳墨，在冯筱卿、钟月樵、周云瑞几个弹词名家的弦琶合奏下，演唱技艺被衬托得出神入化。白虹在影片中唱了三支开篇，《木兰词开篇》是她在片中饰演陆玉英时第一次弹唱的：

> 愿借明驼千里足，送侬早早返家乡，开东阁，坐西床，战时袍更换旧衣裳，同行一十有余载，谁识将军是女郎，那木兰孝勇世无双。②

因为是在银幕上演唱，所以开篇没有唱全，第二次弹唱的是《埋玉开篇》，而第三次弹唱的《记得词开篇》则由范烟桥所写，文人珠玉，女儿歌喉，相得益彰。

陆玉英幼年的扮演者徐雪芳是一位地道的说唱弹词的艺人。她是普余社响档徐雪行的女弟子，年纪只有十三岁，内气充沛，在片中本色出演，弹唱了一支《斩经堂开篇》，深受好评：

> （白）呀！驸马！蝼蚁尚且偷生，妾岂愿一死，可否请驸马免奴一死，妾身削发诵经终身拜佛了。（唱）青灯古佛守长斋，一心拜佛与诵

---

① 范烟桥：《鸥夷室文钞》，海豚出版社2013年版，第128—129页。
② 沙雁：《银幕上的女弹词〈无花果〉观感录》，载《弹词画报》1941年第34期第一版。

经,永远不问夫君事,但愿得苟延残喘了此生。①

《无花果》成功地将弹词演唱引入电影,无疑在弹词的发展史上具有极为重要的意义。弹词无论是其曲折离奇的书目内容,还是使听众如痴如醉的艺人弹唱,都在电影这一新事物中得到了体现。两者的结合,使弹词这一古老的曲艺以新的形式在更为广泛的受众层面得到传播。

---

① 沙雁:《银幕上的女弹词〈无花果〉观感录》,载《弹词画报》1941 年第 34 期第一版。

第六章　金庸小说:"自力轮回"与"他力转生"的经典化建构

邱健恩

金庸小说自20世纪50年代中叶面世起即掀起武侠小说热潮。六十多年来,以武侠为题材的娱乐文化源源不断涌现出来。然而,在以文字为先,其他载体为后的武侠娱乐事业中,不难发现,相对于其他作者的武侠小说,金庸的小说更受世人"欢迎"。换一个角度说,由金庸小说延展形成的娱乐文化市场,比其他武侠小说更为庞大。以往有关金庸小说的研究,多集中在小说本身,诸如故事情节、人物个性、主题思想等,论者有五花八门的看法与精辟独到的见解。然而,作品好看不代表就会有大市场,金庸小说之所以成功,除了小说本身精彩外,还与金庸如何销售及推广其作品有莫大的关系。因此,本章将另辟蹊径,探讨金庸小说的市场运作模式,从而了解这六十多年来,金庸是如何"卖"小说的,以及金庸小说成功的原因。

笔者以前的研究指出,金庸小说的发展,可以归纳为两个方式:自力轮回和他力转生。[①]自力轮回指金庸不断修订小说,让小说经受千锤百炼,以新面貌与新姿态接触不同年代的读者;而他力转生,则指小说文字通过不断转化为其他载体,从而接触文字以外的"读者"。本章将从这两个方面着手,探讨两种发展方式下的金庸小说市场。由于金庸小说有不同的版本,各个阶段的市场模式与参与建构市场的人也稍有不同,因此,我们的探讨将先从旧版小说谈起。

一、旧版金庸小说的市场与市场运作模式

(一)"比快更快"的小说出版方式

旧版金庸小说,指1955年至1972年这段时间,金庸在报纸与杂志上发表以及之后出版的武侠小说。金庸小说的连载与出版,原本只是遵从传统

[①] 邱健恩:《自力在轮回:寻找金庸小说经典化的原始光谱——兼论"金庸小说版本学"的理论架构》,载《苏州教育学院学报》2011年第1期,第2—11页。

的简单模式:先在报上连载,累积到若干篇幅时,再出版单行本。不过,由于通俗小说受欢迎,导致正版与盗版混杂,又由于金庸在1959年后创办了《明报》,在市场混乱与身份改变(由小说作家、报纸编辑变为办报人)的情况下,金庸小说的市场运作(销售)方式有了新的模式。

1.《明报》创刊以前

(1)三育版(正版)小说

1955年2月8日,金庸在《新晚报》上开始连载《书剑恩仇录》,从此以后,武侠小说有了新的发展。十个月后,《书剑恩仇录》还没有结束,金庸又在《香港商报》上发表《碧血剑》,从1956年1月1日到12月31日,共连载了366日,《书剑恩仇录》在1956年9月5日结束,也就是说,在长达九个月的时间里,金庸同时创作两本小说。不仅如此,金庸还同时修订《书剑恩仇录》,并给修订的文字配上插图,交由三育图书文具公司出版。修订工作包括重订章节与回目,并且稍稍修改文字。①

(2)盗版小说

市场上的金庸小说除了有正版外,还有"盗版"。所谓"盗版",一般有两种情况:一种是在正版出来后,用正版内容照相复制,再制版而印刷成册,"正版"与"盗版"的内容完全一样,《书剑恩仇录》盗版书多是这种模式;另一种是经盗版商重排文字再印刷成书,重排依据的版本,可以是报纸上的连载内容,也可以是正版单行本的内容。像永明出版社出版的十册本《碧血剑》,前半部分根据报纸连载的内容重排,后半部分则依据三育图书文具公司出版的正版单行本的内容重排。

不过,由于三育图书文具公司出版的单行本须经金庸修订,而修订需要时间,单行本往往在连载发表多个月后才出版,这让当时的盗版商有机可乘:当连载的文字累积到若干数量时(通常约十天到两个星期),盗版商便依据报上的连载文字直接检字模重排,再配上插图,出版薄册的盗印本。由于只是薄薄的一册,出版速度远比正版快。盗版的薄册有一个专用名称——"爬头本",有抢在正版前头出版的意思。"光明版"的《射雕英雄传》可以视作"爬头本"的代表(见图上-1)。②

---

① 本文有关"三育版""盗版""普及本""合订本"旧版小说的详细描述,可参见邱健恩:《自力在轮回:寻找金庸小说经典化的原始光谱——兼论"金庸小说版本学"的理论架构》,载《苏州教育学院学报》2011年第1期,第2—11页。

② 旧版的金庸小说多以出版社来命名。如"光明版"《碧血剑》,意指由光明出版社出版的《碧血剑》。本文提及的各种旧版金庸小说的命名均依据这种方式。

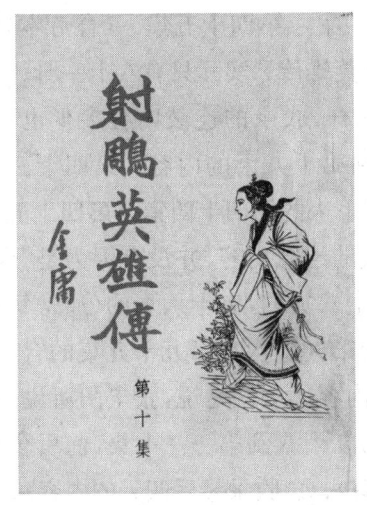

图上-1　盗版金庸小说("爬头本")封面与内页

关于"爬头本"的出版"周期",还有另外一种说法。张圭阳在《金庸与明报传奇》中说:

> 1958年,盗版翻印武侠小说的情况非常普遍。当年金庸每天写一千字,由于当时没有版权的意识与法律的保护,因此金庸的小说,每七天就被人结集盗印成单行本出版。①

张圭阳所说的"每七天就被人结集盗印成单行本出版",是"爬头本"最猖獗的时候。现存的"爬头本"《射雕英雄传》共有四种,分别是"光明版""娱乐版""侨发版"和"宇光版"。这四种"爬头本"都是四十页以下的薄本,但不都是"每七天出一本"。像"光明版"的《射雕英雄传》第一册共四十页,收录了第一天到第二十六天的连载。"娱乐版"的《射雕英雄传》第五集共四十页,收录了第九十天到第一百零三天的连载(两个星期)。

张圭阳说的其实是指"宇光版"的《射雕英雄传》。这套书的出版情况与出版周期非常"特别",经常改变:

第一,这套书共一百一十九集,但不是一百一十九册。从第一集到第四十三集,都是一集一册。但从第四十四集开始,则每两集一册,如第四十四

---

① 张圭阳:《金庸与明报传奇》,(台北)允晨文化实业股份有限公司2005年版,第54页。

集和第四十五集的封面印有"第四十四集　第四十五集　（合订本）"字样。因此，"宇光版"的一百一十九集《射雕英雄传》，实际只有八十一册。

第二，这套书每册的页数并不一样，收录的连载内容多少也不固定。如，第一集三十六页，收录了第一天到第十九天的内容。第四十三集二十页，收录了十天的内容。有趣的是：接下来的第四十四集与第四十五集的合订本，一共二十页，也同样收录了十天的连载内容，并没有因为是"合集"而增加页数与内容。之后各册合集，有十八页的，有十六页的（通常每两页相当于报纸上一天连载的内容），一直到第九十八与第九十九集的合集开始，才是每本十四页，每本收录了七天的内容。也就是说，张圭阳所说的"每七天出一本"的情况，只有"宇光版"的第九十八到第一一七集，前后合共十册而已（第一一八与第一一九的合集只有八页，收录最后四天的内容）。

"爬头本"的出现导致读者最先买到的竟然是盗版书。盗版猖獗轻则影响金庸正版小说的销路，更重要的是，"爬头本"只求快而不求准确，由于缺乏严谨校对的工序而错漏百出，以致影响小说与作者的声名。金庸意识到传统的"正版书"出版模式已经不能遏制日趋严重的盗版风气，他认为小说的出版与市场运作必须求变。

于是，金庸创办了《明报》，这为金庸小说的出版模式迎来了转变契机。

2.《明报》创刊以后

20世纪五六十年代，版权法还不够完备，知识产权尚未得到充分保障，以致盗版书充斥市场。这个时候打击盗版，不能靠"律法"，只能靠"方法"。金庸用了一个看似简单却非常有效的方法，就是跟盗版商比"快"。《射雕英雄传》之所以盗版横行，最大的原因是三育图书文具公司出版的正版《射雕英雄传》，由于须经金庸稍作修订，排版与校对需要时间，以致让不讲品质的盗版商有机可乘。盗版商抓住了读者想赶快看到金庸小说的心理（并非每个读者都能够每天买报纸来看），每两到三个星期便抢先出版小说单行本。所以，要解决"爬头本"的祸患，最好的方法是抢在"爬头本"之前出版更"爬头"的单行本。

（1）正版小说：普及本

从《神雕侠侣》开始，金庸请出版社"配合"，推出普及本（见图上-2）的正版金庸小说：每七天出版一本。为了杜绝盗版，金庸更重要的安排是：在报纸连载到第七天的当天同时出版单行本。也就是说，金庸除了把稿子交给报社，还把稿子交给出版社。出版社不是等到连载出来后再根据报上的连载文字来排版,而是在这之前已经拿到稿子,早已经排好版并把书印刷好,等到七天的最后一天时便将书随报纸一起推向市场。如此一来,那些没有预先拿到稿子的盗版商,只能根据报上的连载来排版,便永远比不上正版的快了。

金庸在《明报》上连载的《神雕侠侣》,每天约一千四百字,七天的分量就是约一万字。以当时的版式计算,每页十五行,每行三十八字,一万字的内容,约可排十八页。然而,十八页一本书略嫌单薄,因此,必须想办法把本子变厚:

> 为了让读者买书时不会觉得小说过于"单薄",普及本还收录了原刊载于报纸上的云君插图,在插图下以横排的模式再节录原文,一个星期七张图,每图一页,如此一来,普及本又多了七页。内页第一页有书名、作者名、集数、出版社(或发行公司)名称,以及一张图,其实就是封面页重排。背面第二页是广告,早期是《明报》的广告,后来是《武侠与历史》(明报集团刊物)的广告。然而,连正文、插图、封面内页在内,也只有二十七页而已,于是又加入五页空白页,合共三十二页拼成一册。《神雕侠侣》之后,金庸小说愈来愈受欢迎,这五页空白页,就变成了广告,主要是推广金庸及其他作家的武侠小说。①

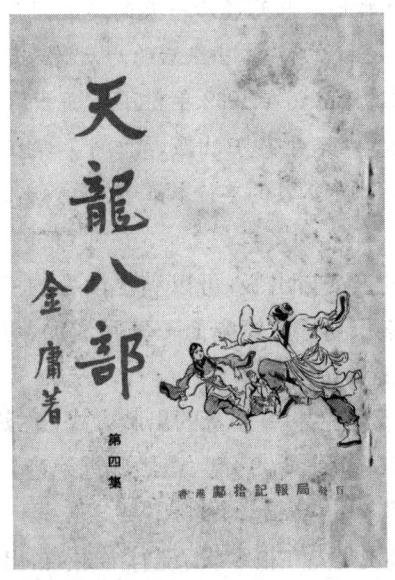

图上-2 《天龙八部》普及本封面

---

① 邱健恩:《自力在轮回:寻找金庸小说经典化的原始光谱——兼论"金庸小说版本学"的理论架构》,载《苏州教育学院学报》2011年第1期,第8页。

(2) 正版小说：合订本

除了普及本，还有合订本：

> 普及本每个星期出，每本港币三毛，以当时港人的消费能力来说，并非人人买得起。也因此，金庸在构思推出普及本的同时，又构思推出"普及版的厚本"，也就是合订本。这种版本结集普及本而成，每四本普及本结合为一册合订本，定价八角。邝拾记又称这种版本为"单行本"；在《倚天屠龙记》普及本的广告里，介绍《鸳鸯刀》、《白马啸西风》时说"单行本业经出版发行……每册定价八角"……

一般来说，每本单行本包含四集普及本的内容，但也有例外，如《笑傲江湖》没有出过普及本，所以不是结集普及本而来的。又如《白马啸西风》，普及本有九册，单行本两册，第一集四回，第二集五回。

> 单行本与普及本一样，是为了对抗"爬头本"而出现的。前述普及本每七天一本，出版的那天与七天最后一天的连载同步。单行本也出版得很"快"，在每四本普及本最后一本出来后的两天到三天就出版了。如《倚天屠龙记》的普及本第四十五集在1962年5月15日出版，第四十六集在5月22日出版，第四十七集在5月29日出版，第四十八集在6月5日出版，而结合了第四十五集到第四十八集的单行本第十二集，则在6月8日出版。①

至此，金庸小说的连载与出版，可以满足读者的三种需要，报纸可以供读者每天追看，想要累积到一定篇幅而一气呵成的，可以选普及本，而合订本属厚本，更便于收藏。

金庸小说这种一天、一周、一个月的出版方式，确实收到了功效，至少在此后的十年间（从1959年到1969年），盗版几近绝迹。

（二）"异国多边"与"连环绵密"的小说连载方式

众所周知，金庸小说是先在报纸或杂志上连载，再出版成书（单行本、普及本、合订本）。不过，到底如何连载？在哪连载？又可以从两个角度来分析。

---

① 邱健恩：《自力在轮回：寻找金庸小说经典化的原始光谱——兼论"金庸小说版本学"的理论架构》，载《苏州教育学院学报》2011年第1期，第8—9页。

第一，除了在香港的报纸上连载外，金庸小说还同时在东南亚一些国家的华文报纸上连载。1995年，明河社在星马等地推出东南亚版《金庸作品集》(修订版)，在东南亚版的序文中，金庸忆述了旧版小说当年在东南亚连载的情况：

> 《射雕英雄传》在《香港商报》上连载不久，就引起泰国华人读者的注意，首先是在曼谷，有人在咖啡馆、茶棚和街头讲述《射雕》的故事，得到听众欢迎，有人剪了香港报上发表的连载小说，印成小册子发售，销路居然很不错……跟着出现了一种有趣的现象，曼谷方面委托在香港的朋友每天早晨将报上连载的《射雕》内容用电报拍到曼谷去，作种种使用……
>
> 后来曼谷的《星暹日报》《世界日报》正式连续转载。《世界日报》总编辑饶迪华兄是我在重庆读书时的大学前辈同学，他安排付给转载稿酬，但要求提早几天寄稿，以便抢在其他华文报纸之前发表……
>
> 在与南洋文化界、新闻界的交往中，结识了《南洋商报》总编辑兼总经理施祖贤先生，他要求转载《神雕侠侣》，同样要求提早交稿，结果，新马两地的读者比香港《明报》的读者还更早一天读到《神雕》。因此《神雕》的首载地是新加坡而不是香港。
>
> 《神雕》写完后，在马来西亚柔佛新山出版《新生日报》的梁润之先生和潘洁夫先生殷殷邀请，要求转载续写的《倚天屠龙记》。一来他们态度诚挚，二来中间有好友极力推介，于是《倚天》在《新生日报》连载。刊完后，此后的几部长篇小说《侠客行》《天龙八部》等又回到《南洋商报》刊载……
>
> 这时候西贡(越南胡志明市旧称)、金边的报纸开始转载《笑傲江湖》，金边的版权是魏智勇先生接洽的，也包括了寮国(今称老挝)报纸的转载……《笑傲江湖》在西贡有一些轰动的效果，一时共有十三家华文报纸、两家法文报纸、几家越文报纸共同连载……
>
> 在古晋方面，通过我大学的同班同学黄子平学兄的中介，我几部小说在当地《诗华日报》连载。①

中国国家图书馆藏有大量东南亚报纸，当中至少有五种华文报纸当时

---

① 金庸：《东南亚版序》，见《金庸作品集》(东南亚版)，明河社1995年版，第1—4页。

连载过旧版金庸小说(共九种小说),见表上-2。①

表上-2　中国国家图书馆藏东南亚报纸上连载的金庸小说

旧　版	东南亚报纸
《射雕英雄传》	《世界日报》(泰国)、《星暹日报》(泰国)
《神雕侠侣》	《世界日报》(泰国)、《星暹日报》(新加坡)、《民报》(新加坡)
《倚天屠龙记》	《民报》(新加坡)
《白马啸西风》	《民报》(新加坡)
《侠客行》	《南洋商报》(马来西亚、新加坡)、《世界日报》(泰国)、《星暹日报》(泰国)
《天龙八部》	《南洋商报》(马来西亚、新加坡)
《笑傲江湖》	《世界日报》(泰国)、《星暹日报》(泰国)
《鹿鼎记》	《世界日报》(泰国)、《建国日报》(越南)、《远东日报》(越南)
《越女剑》	《远东日报》(越南)

这种"多边"同时连载的方式(见图上-3),正好解释了金庸小说为什么能够在那么短的时间内,由香港这个弹丸之地迅速传遍华人社会,因为发展到后来,根本不是从香港传出去,而是多个地方同时刊载。

图上-3　在中国香港与新加坡两地的《东南亚周刊》上连载的《素心剑》

---

① 邱健恩:《一人有一个金庸》,载《香港作家》2014年第3期,第4—11页。

金庸看到自己的小说不独吸引香港读者,还广受海内外华人的欢迎,于是,除了在现有的华文报纸上连载小说外,他也在海外办报,同时在报上连载小说。新加坡的《新明日报》也就是他参与发起的:

> 一九六七年三月十八日,《明报》与新加坡的梁介福药业创办人梁润之合股创办《新明日报》,意即"新加坡的《明报》"。《新明日报》先在新加坡正式面世,四月八日又在吉隆坡出版;最初两地使用同一版本,一九六八年十二月十六日起各自排版印刷及发行,分为新加坡《新明日报》和马来西亚《新明日报》。①

在东南亚版的序文中,金庸也这样说:

> 我们决定合办一份报纸,本来想叫《新加坡明报》和《马来西亚明报》,几番商议之后,我们接受李炯才先生(当时他任新加坡文化部部长)的建议,将这份报纸命名为《新明日报》,最初是在新加坡出版,后来星马分别独立,《新明日报》也分为星、马两版,梁润之先生担任董事长,我任副董事长兼社长,请香港《明报》的总编辑潘粤生先生去新加坡任总编辑。②

《新明日报》除了连载旧版的金庸小说外,1972 年以后,也连载了部分修订版小说。

第二,金庸小说还采用了"连环"的连载方式,这就要从《武侠与历史》这本杂志谈起了。吴贵龙说:

> 金庸为了增加报纸收入,又创办了《明报》附属刊物、小说杂志《武侠与历史》旬刊。③

---

① 吴贵龙:《亦狂亦侠亦温文——金庸的光影片段》,(香港)中华书局(香港)有限公司 2017 年版,第 107 页。
② 金庸:《东南亚版序》,见《金庸作品集》(东南亚版)明河社 1995 年版,第 1 页。
③ 同①,第 81 页。

现在可以查阅到的《武侠与历史》第二期,是在1961年1月21日出版的。《武侠与历史》是十日刊,则第一期当在1961年1月11日前后出版。

十五部金庸小说中,有三部不是在报纸上而是在杂志上连载的,《飞狐外传》与《鸳鸯刀》,在金庸创办的武侠小说杂志《武侠与历史》上连载,《素心剑》(也就是《连城诀》)则在《东南亚周刊》上连载,而《东南亚周刊》则是随《明报》与《南洋商报》附送的。

不过,"有三部不是在报纸上而是在杂志上连载"这个说法其实不太严谨,因为,金庸的部分小说,如《倚天屠龙记》《天龙八部》,除了在《明报》上连载外,还会在《武侠与历史》上连载,而且几乎是同时间连载的,①只是《明报》每天连载,字数较少,《武侠与历史》每十天连载一次,字数较多。

这种"连环"连载与出版的方式,为读者提供了更多选择。读者错过了每天出版的报纸,如果要看金庸小说,可以选择每七天出版一册的普及本,也可以选择每十天出版一期的《武侠与历史》,更可以选择每二十八天出版一册的合订本。

总体而言,在旧版时代,金庸或主动或被动地建立了一套市场连载与出版方式:在东南亚,金庸小说在南洋多国的华文报纸上同时连载,而在香港,则采取"比快更快"的出版方式与"连环绵密"的连载方式,让小说能够有效地传播到读者跟前。加上盗版书的"助攻",从而掀起了第一波波澜壮阔的阅读效应。

二、自力轮回,他力转生:跨媒介视域下的金庸小说市场

金庸小说面世六十年来,除了通过"自力轮回"的方式,多次修订小说,提升小说的文学价值,让不同的人对小说有更多的接触外,还使用"他力转生"的方式,把小说故事从文字转变为不同的符号,让更多的人可以用不同的方式"阅读"金庸。这六十年来,金庸小说为各种文化与流行文化活动提供了取之不尽的素材,无论是正式授权的,还是民间侵权(或只盗取意念)的,都各自努力地在所擅长与感兴趣的场域内,或以图画,或以音乐,或以影

---

① 有关《武侠与历史》连载金庸小说的情况,可以参看杨晓斌的《纸醉金迷——金庸武侠大系》。见杨晓斌:《纸醉金迷——金庸武侠大系》,(台北)远流出版事业股份有限公司2019年版,第73—76页。

像以及其他符号与渠道,解读与诠释金庸小说,从而共同构建了金庸小说的大娱乐世界。

(一)"生生不息"的小说"创作"与出版

金庸创作武侠小说可以分为三个时期:1955—1972年是旧版时期;从1970开始全面修订小说,并出版《金庸作品集》,属修订版时期;1999年以后,又用了八年时间增订改写,而成为新修版时期。

修订版(见图上-4)出来后,随着时代往前推移,旧版小说不再出版而逐渐成为历史。本来,新修版出来后,金庸也是有意以此取代修订版,但由于修订版在市场上"活动"的时间最长,影响也最大,因此,在读者的反对下,金庸作了一个大胆的决定,就是仍然出版修订版;如此一来,市场上便同时有两种金庸小说:修订版与新修版。同一批小说人物在不同的版本中搬演稍稍不同的故事与情节,像平行时空,随读者选择。读者可以只选择一个版本,也可以在满足一版之余,再去探索另一个版本的金庸世界。金庸多次修改小说,并且容许不同版本并行于世,于是,形成了奇特的市场现象,这也让金庸小说的出版与研究成为话题。

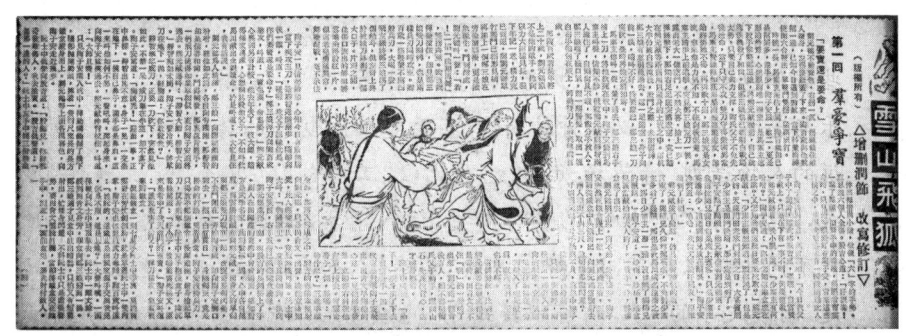

图上-4 《明报晚报》连载修订后的金庸小说

金庸小说除了有内容不同的版本外,还有印刷不同的版本。同一个版本的金庸小说,也有不同的印刷与装订样式。台湾远流出版社的金庸作品集,有典藏版、平装版与文库版。2000年,为配合电玩《神雕侠侣》,更有e世代版(只有《神雕侠侣》)。即或是平装版,台湾早期有"白皮版"(远景出版社),后来又有"黄皮版"。由于盗版猖獗,远流出版社后来又改版,以台湾"故宫"典藏的元朝黄公望《富春山居图》为新版封面,而推出

"花皮版"。文库版方面,早期有"蓝皮版",之后有"绿皮版"以及"花皮版"。①

新修版除了软精版②与文库版外,也有大字版。典藏版供金迷收藏,平装版供一般读者阅读,文库版方便读者随身携带,大字版专为银发族而设,e世代版则用作吸引《神雕侠侣》电玩玩家,让他们成为小说的读者。

在大陆方面,先是三联书店出版了平装版与袖珍版。广州出版社后来取得版权,又出版了平装版与口袋本。朗声出版社出版的版本最多,诸如平装版(新修版)、彩图珍藏版(新修版)、怀旧版(修订版)、文库版(新修版)、怀旧平装版(修订版)、新修平装版,以及宣纸线装版(新修版)等。除了修订版与新修版两大系统内容不同外,同一系列内各版的差异只是封面与装帧方式的不同。各版金庸小说的出现,代表着小说的市场功能有所转变,不只是单纯地满足读者的文字阅读需求,还满足了不同金迷的收藏需求。

(二)"源源不绝"的金庸小说多元媒介

笔者在《从金庸小说到金庸小说现象》中指出:

> "他力转生",指小说不单以文字传播,还透过不同载体来展示。这些载体包括电影、电视、广播剧、漫画、音乐、舞蹈、桌游、电玩、公仔等娱乐与艺术的形式,以至种种周边,甚至是独立创作的特色商品。金庸小说的人物造型、情节场景,也就因此以"二次创作"甚至"N次创作"方式,结合不同"改编人"的创作心灵,注入活水,重新塑造成适合不同时代不同年龄以至不同喜好偏爱的"读者"。而所谓"读者",也已经不只是"阅读文字的人",而可以是电影、电视观众,电台广播听众,漫画读者,艺术观赏者,电玩、桌游玩家,甚至是收藏家,而阅读行为也可以是聆听、参与、购买、收藏等等。金庸小说,已经不再只是小说,而是一个

---

① 本文谈到台湾金庸小说各种版本时所提到的"××版",都是用台湾坊间通用的名称。这些名称通常以封面的特色命名,如"白皮版"书脊处为白色,"黄皮版"书脊处为黄色,"蓝皮版"与"绿皮版"则以封面的主要色调命名。有关台湾与大陆出版的修订版、新修版金庸小说各种版本,可参看杨晓斌的《纸醉金迷——金庸武侠大系》。见杨晓斌:《纸醉金迷——金庸武侠大系》,(台北)远流出版事业股份有限公司2019年版。

② 软精版,印刷上新用词。"精装版"一般以"硬皮封面"书,而"软精版"所用的封面比一般普通版的封面厚,不容易拗折,但又不如精装版的硬皮书厚。

能够涵容百川的流行文化主题、现象。①

回顾过去金庸的大娱乐世界,不难发现,跨媒介视域下的金庸小说,可以分为四大范畴:表演、图像、游戏、实物。而在每个范畴中,又各自包含三个小类:

1. 表演:影视(电影、电视)、音乐与舞台艺术(影视歌曲、交响乐、舞台剧)、肢体(舞蹈、杂技)
2. 图像:插图(连载与单行本小说插图)、漫画(漫画、动画)、画作(独立艺术画作)
3. 游戏:电玩(单机版游戏、在线游戏、手游)、扑克、桌游
4. 实物:模型(人偶、兵器)、用具(钱包、衣服、文具)、精品(景品摆设)②

金庸小说文化累积了多年的成果,具备五花八门的成品,因此,汇聚各项成果,让成果纷列并陈的展览应运而生。1998年,台湾汉学研究中心、《中国时报·人间副刊》与远流出版公司联合主办了"金庸小说国际学术研讨会",并举办了"侠者风貌——金庸小说版本展",展出了部分台湾版的金庸小说,以及从香港影印的连载版小说资料。2009年,香港中文大学专业进修学院举办了全港首个"金庸小说版本展",展示了连载旧版金庸小说的《明报》《东南亚周刊》《武侠与历史》以及各种正版、盗版旧版小说与金庸小说漫画。在2015年和2016年的香港书展上也举办了与金庸相关的小展。2017年,香港文化博物馆设置了"金庸馆"。2018年末与2019年,台湾也先后举办了多个以金庸为主题的展览(见图上-5、图上-6)。

金庸小说源源不绝地转生成为跨越文字的载体,从发展轨迹来看,又可以归纳为四大方向:从文字到形象、从无声到有声、从平面到实体、从单向到互动。③

---

① 邱健恩:《从金庸小说到金庸小说现象》。本文为网络文章,发表于2018年11月12日,收录在《思考香港》网站内。https://www.thinkhk.com/article/2018-11/12/30946.html。
② 以上分类并不严谨,但基本上已经可以涵盖金庸小说的转生轨迹。
③ 本部分提到的四大发展方向,依据邱健恩《一人有一个金庸》扩充而来。

图上-5　2019年台北国际书展金庸特展会场折页

图上-6　2019年台湾远流出版社为参加"华山论剑"展出版的《导览手册》

1. 从文字到形象

所谓"形象",就是指把原来只能寄存在脑袋中的想象世界,或化为图像,或化为影像展示于人前。除了连载时的插图,金庸小说最晚到1958年(《书剑恩仇录》面世后的第三年),便有"转生"作品出现。一方面,制片商把金庸小说拍成电影;另一方面,漫画家也把小说画成连环画。

峨嵋影片公司于1958年成立,为香港首家以拍摄武侠片为主的电影制作公司。从1958年到1965年共拍了八部金庸小说,合共十九部电影。[①]1976年,香港首播电视史上第一套金庸剧《射雕英雄传》,接着的《神雕侠侣》电视剧也大受好评,吸引了许多观众,因此,无线电视继而开拍及播放电视剧《书剑恩仇录》(1976)与《倚天屠龙记》(1977)。80年代,台湾也开始拍摄根据金庸小说改编的电视剧。2000年以后,大陆"接手"开拍金庸剧,历久不衰。截至2019年6月,以金庸小说为题材的相关影视作品已超过一百五十种。[②]

[①] 吴贵龙:《亦狂亦侠亦温文——金庸的光影片段》,(香港)中华书局(香港)有限公司2017年版,第118—119页。

[②] 许德成:《金庸作品改编影视年表》,收录在吴贵龙:《亦狂亦侠亦温文——金庸的光影片段》,(香港)中华书局(香港)有限公司2017年版,第278—315页。

此外，与电影同时投入金庸小说改编市场的还有漫画家。早在20世纪50年代末，香港漫画家伍寄萍、钱塘江，都曾把《书剑恩仇录》改编为漫画。进入60年代，根据金庸小说转生的漫画事业更是蓬勃发展，光是60年代，港、台和内地/大陆就有二十种以金庸小说为题材的漫画，而截至2019年6月，以金庸小说为题材的漫画，已经超过一百一十种。①

除了影视作品与漫画，还有发挥更多想象的舞蹈，香港舞蹈团先后三次搬演根据金庸小说改编的舞剧《笑傲江湖》(2007)、《雪山飞狐》(2008)与《神雕侠侣》(2009)；在大陆方面，则有芭蕾舞《神雕侠侣》(2008)、舞剧《射雕英雄传》(2014)等。此外，还有根据金庸作品改编的舞台剧：2011年，台湾上演武侠歌剧《倚天屠龙记之六大门派围攻光明顶》。在此之前，香港也有根据金庸小说改编的话剧表演：

> 香港的舞台剧亦曾演出金庸小说。香港话剧团于上世纪八十年代初便曾公演话剧《乔峰》和《雪山飞狐》，前者就是改编自小说《天龙八部》。此外，二十年前湾仔剧团曾演出《鹿鼎记》。②

其他表演还包括昆曲与杂技，如香港京昆剧场的京剧《神雕侠侣》(2001)，以及广州市杂技艺术剧院的武侠杂技剧《笑傲江湖》(2016年首演)。

不同的改编者努力不懈地诠释金庸小说，一方面扩大了金庸小说的市场，让金庸小说接触文字世界以外的"读者"；另一方面，也为不同时代不同载体的金庸迷构建了属于他们年代的金庸小说世界。

2. 从无声到有声

"有声"指音乐与伴随音乐而来的歌词，以及其他说唱表演。台湾音乐家黄辅棠用二十八年时间创作了《神雕侠侣交响乐》，实现了金庸小说"他力转生"的突破。离开了视觉符号，《神雕侠侣交响乐》纯以音乐谱奏出另一个境界的金庸世界。

---

① 邱健恩：《他力复转生：50到80年代金庸小说漫画发展述略》，第二届中国现当代通俗文学暨武侠文学研究学术研讨会会议论文，2017年9月。相关内容可参见邱健恩：《金庸小说漫画大系》(暂名)，(台北)远流出版有限公司2019年版。
② 轻羽：《金庸再现》，载《大公网》2017年3月11日。http://www.takungpao.com.hk/culture/text/2017/0311/65889.html。

除了交响乐,历年来根据金庸小说改编的电影、电视剧都会配上主题曲、插曲。作曲、作词人通过二度创作,以有限篇幅的曲词捕捉小说(电视、电影)的主题与情感,像精华版一样建构出心目中的金庸小说世界,也让金庸小说的市场变得更庞大:金庸小说从"阅读文字"延伸到"演唱文字",以电视歌曲为主题的商品(唱片、CD)应市场需要而出现,从早期收录了金庸电视剧主题曲与插曲的佳艺电视主题曲合集(其中,金庸电视剧歌曲只有几首)到后来收录单一金庸剧主题与所有插曲的唱片(如郑少秋、汪明荃主唱的《书剑恩仇录》歌曲的唱片),后来又有以金庸剧歌曲为主要卖点的唱片(如关正杰演唱的《天龙八部》插曲,罗文、甄妮演唱的《射雕英雄传》插曲),到最后又有专门收录不同金庸电视剧歌曲的合集(如朗声图书公司的《侠风甲子——金庸作品集官方原创主题曲专辑》)。这些年来,金庸电视剧在内地/大陆、港、台三地轮流播映,即使是同一部电视剧,在不同地区播放时,也会配上不同的主题曲与插曲,这些主题曲与插曲累计已达百首之多。一曲一金庸,这些歌曲共同建构出另一个金庸小说市场——文字以外的金庸音乐天地。

四十多年来,不同的作词人在填写金庸电视剧的歌词时,以自己对小说的理解与体会,在特定时空环境中,通过歌词重新诠释小说的主题。如2003年,刘德华为《神雕侠侣》动画主题曲填词的《真爱是苦味》,以第一人称的角度写杨过对小龙女的另一种感觉,歌词开头便是"有时我亦痛恨你,竟将爱情置死地"。与其他填词人不同的是,刘德华扮演过《神雕侠侣》中的杨过,以杨过的身份去看待那苦等十六年的岁月。世人眼中的杨过怀有至死不渝的深情,但刘德华眼中的杨过在漫长等待的岁月中,除了缅怀与思念,也有抱怨与不快。因为刘德华的诠释,金庸小说的读者能够更立体地去体会杨过的心情。

金庸小说还与传统说唱文学结合:

> 2007年苏州评弹艺术家邢晏之、邢晏春将《雪山飞狐》、《天龙八部》先后改编为评弹,在电台播出。①

---

① 《金庸图录》特别编辑室(姜舜源编写):《紫荆特刊:金庸图录》,载(香港)《紫荆》杂志2009年,第95—96页。

3. 从平面到实体

"实体"指实物。几乎每一个喜欢金庸小说的人,都曾经幻想小说中的人和事可以在现实世界出现。电视、电影固然可以是虚构世界的某种现世呈现,但拿在手上的实物更是可以捉得到摸得到的最真实体验。曾经有过一段时期,香港漫画在武侠漫画之外推出衍生商品,锋利的倚天剑、屠龙刀,诡异的金蛇剑,来自波斯的圣火令,一代盖世剑客的玄铁剑,甚至是号令天下群丐的打狗棒,均经过实体化而制作成五厘米到一百二十厘米(实物原大)的实物。平面上的文字与图画,一旦变为实体,以最真实的方式呈现在读者的眼前,即可以满足读者的想象。

除了兵器,漫画商、电玩商还有"个体户"分别"制造"了各式各样的实用物品:像印上"飞雪连天射白鹿,笑书神侠倚碧鸳"对联的书包、胡椒粉罐和盐罐、银器吊饰、信用卡,印上各种金庸小说名称或小说人物的年历、钱包、手表、扑克牌、电话卡、鼠标垫、笔插、笔记本、书签、厕纸、抱枕、雨衣、T 恤、手机壳、茶杯和咖啡杯,还有将金庸漫画人物实体化的公仔。

2015 年,民间发起众筹,推出"金庸 92 岁寿辰公益众筹珍藏景品"(见图上-7)(一组五款),从金庸小说中的众兵器中挑选了打狗棒、金蛇剑、玄铁剑、倚天剑、屠龙刀,以电视剧中的兵器造型为样本,制作成长约 20 厘米的小兵器,并配上场景,成为供读者欣赏的摆设景品。

图上-7　2015 年为金庸 92 岁寿辰而推出的众筹景品

这些印有与金庸小说相关"讯息"的物品，或把小说"实体化"的商品，其价值不在于物体本身的使用功能（有些甚至不能使用），而在于它们显示了金迷对金庸小说、金庸文化的喜爱，也从而建构出小说以外的商品市场，为金迷这个族群提供了身份认同的凭借。

4. 从单向到互动

互动指参与。在众多金庸小说的副产品中，桌游（见图上-8）与电玩最能凸显互动的功能。桌游指纸牌游戏，参与游戏的人近乎角色扮演，拥有金庸小说中人物的个性与能力，既有门派，又可以使用小说中的武功、器物，通过纸牌对战，重新诠释小说中的人物，更新情节。玩纸牌的人就是小说的建构者，可以任意改动小说里的人物，营造出新的金庸江湖。

图上-8　2014年香港栢龙玩具公司推出《武侠传说 TCG》桌游部分照片

电玩则是另外一种参与。早在2000年，龚鹏程在《E世代的金庸——金庸小说在网络和电子游戏上的表现》中就已经提出，新一代年轻人有着"世俗化的价值与感性"，而这种"流俗"的价值观，会在电玩中显示出来，最明显的莫过于人物形象的设计。金庸小说中的插画与"现在电玩版所呈现的甜美感，迥然异趣"。电玩的对象是年轻人，游戏开发商为让年轻人乐意接受，在人物造型与角色功能的设计上，建构出另外一个属于年轻人的虚构的金庸小说世界。电玩中这些金庸小说中的人物样子甜美，"是符合少男少女梦幻时期的审美口味的，与少女漫画、人物图卡有相似的风格"①。也就是这个缘故，以电玩为主题的金庸小说市场，不只是小说的延伸，还渗透了更多现代文化元素，以青少年为主要消费目标人群。

---

① 龚鹏程：《E世代的金庸——金庸小说在网络和电子游戏上的表现》，载吴晓东、计璧瑞主编：《2000年北京金庸小说国际研讨会论文集》，北京大学出版社2002年版，第200页。

三、"层层相扣"的金庸小说多元媒介市场模式

金庸小说是流行文学,以流行文化的市场模式生存。当代流行文化商业行为讲求打造多元的周边商品。金庸小说衍生为各种流行文化载体时,生产商为了刺激潜在顾客购买,往往同时制作各种周边商品,这些周边商品"层层相扣",从而形成大大小小的周边"结界",一方面吸引了不同喜好的顾客,另一方面,结界愈大顾客愈容易受吸引,他们不但会购买原先喜好的产品,甚至会购买同一结界下其他类型的周边商品。现以 2003 年的《神雕侠侣》动漫画为例,来说明金庸小说是如何在流行文化市场中建构结界的。①最原始的"市场背景":

衍生/改编:《神雕侠侣》(小说)→《神雕侠侣》(动画)

制作公司采取多管齐下的方式制作《神雕侠侣》动画的周边商品:

1. 公仔:又分"可动人形"(一组四个,每个高约二十厘米)与"盒玩公仔"(一组六个,每个高约八厘米)两类。
2. 桌游:集换式对战卡。
3. VCD:共三盒,每盒附送一张特别版的对战卡。
4. 汽水:与便利商店合作,在推广期内,便利店的顾客如要购买汽水,会附送特别版的汽水杯(印上《神雕侠侣》动画彩图)。另有赠品:每杯汽水赠送《神雕侠侣》(动画)小贴纸一张(有约八款贴纸)。此外,更送出限量的贴纸册。

动画以小朋友与年轻人为主要对象,因此不需在报纸上作广告,可通过游戏、玩具、饮食与收藏四种方式来推广,而且,彼此层层相扣。VCD 中有特别版的对战卡,让观众在观看动画之余,尝试另外一种"参与"方式:玩桌游。而喝汽水又与收藏(贴纸)联系起来,汽水杯在喝过后会被扔掉,贴纸却可以保留下来,甚至可以与同学互动交换,从而扩大市场,增进彼此的联系。

"层层相扣"的市场模式在金庸小说漫画中更是常见的市场模式。黄玉

---

① 本文所述的《神雕侠侣》动画结界,专门针对当年的香港市场而言。

郎 1999 年开始出版的《漫画神雕侠侣》周刊便是最佳见证。漫画制作了一系列的周边商品：

  1.《漫画神雕侠侣》主题曲（林心如主唱）。
  2.《漫画神雕侠侣》年历卡。
  3. 小型兵器。
  4.《漫画神雕侠侣》七绝图（用来介绍《射雕英雄传》故事的小册子）。

  黄玉郎的《漫画神雕侠侣》，就像是在向世人示范金庸小说市场可以有多"商业"。①

  在人物设定方面，黄玉郎选用当年最红的林心如为漫画造型的原型人物，再为《神雕侠侣》制作主题曲《生死相许》，黄玉郎参与填词工作，林心如主唱。当时正值港漫兵器热潮，因此，在注重人设之余还要注重"兵设"，除了从《神雕侠侣》中找出可以商品化的兵器外，策划者还"补充"了从不见于小说中的兵器：东邪的玉箫、西毒的蛇杖、北丐的打狗棒都是原著中所有的，再加上南帝的莲心剑与中神通的重阳宝剑，五绝于是有了专属的武器。独孤求败的"玄铁剑"（见图上-9）更成为全书主打的周边商品。从不曾在书中出现的独孤求败被活化并进行二次创作，《笑傲江湖》中的独孤九剑在《神雕侠侣》中变成了"求败九绝"：剑通灵、剑伤神、剑摧魂、剑错骨、剑破脑、剑穿心、剑截脉、剑分筋、剑断肠；而每一式是一把剑，所谓独孤九"剑"再不是九式剑法，而是九把不同颜色的玄铁剑（后来还推出可供存放九剑的剑架）。除了玄铁剑，还有法王五轮。小说中，金轮法王（新修版中叫金轮国师）其实共有金银铜铁铅五轮，过去从来无人问津的"银铜铁铅"四轮，在黄玉郎《漫画神雕侠侣》中终于有了出头的机会，各有独特的造型，还配上专属的名称：金轮极乐、银轮解空、铜轮雷音、铁轮普度、铅轮禅定。它们被制作成实物，再加上"藏轮宝匣"，一个木盒中装了五轮，供读者收藏。另外还有君子剑、淑女剑，连二线人物使用的兵器也推出了周边商品：公孙谷主的金刀黑剑、《射雕英雄传》中丘处机赠予杨铁心与郭啸天的结义匕首、铁木真送给郭靖

---

  ① 以下有关黄玉郎《漫画神雕侠侣》的市场描述，取材自邱健恩即将出版的新书《金庸小说漫画大系》（暂名），（台北）远流出版社 2019 年版。

的虎头金刀、尼摩星用的九节灵蛇钢鞭,还有达尔巴的降魔金刚杵等。

图上-9　黄玉郎《漫画神雕侠侣》随书附送小型兵器玄铁剑的广告页

　　黄玉郎不惜改动原著的故事情节,以配合销售周边商品。如在英雄大会上,霍都与达尔巴不是以折扇与降魔金刚杵和朱子柳、泗水渔隐对决,而是使用法王五轮的铜铁铅三轮。这是为销售即将推出的法王五轮兵器而改动剧情,让法王五轮上战场,这样法王五轮兵器就有了正式的舞台,读者认识了这些兵器,商品才能为市场所接受。但如此一来,霍都没有了扇子,朱子柳便写不出"尔乃蛮夷"四字。

结语:金庸小说市场模式的意义

　　文学作品与流行作品通常有着两个截然不同的生存模式。
　　文学作品的生存模式在于"诠释"。伟大的文学作品都能够跨越时间,与一代又一代的读者接触,而读者又依据个人素养与时代精神诠释作品。从两汉到清代,士人都把《诗三百》视为经,当中蕴含着儒家不变的常道。当代则把《诗经》中的《国风》视作民间文学,从一首首民歌中获得的不再是微言大义,而是前人质朴真挚的情感。金庸小说是当代名著,尽管发源于流行文化,却又有着文学的特质。也因此,读者从中领受的,可以人人各异。《神雕侠侣》可以是反映各种人间情爱的情书,[1]也可以是写杨过如何登上武学巅峰的武林神话。[2]《倚天屠龙记》的主题可以是"反异族侵略、本族暴政"的民族大义,[3]也可以是"焚我残躯,怜我众生"的大爱精神,[4]更可以是"男人间情义死生不渝"的个人关系。[5]

  流行作品的生存模式在于"继承"。由于大部分流行作品都是类型"文学",各自吸引对作品情有独钟的同好。"读者"(爱好者)是"迷",从类型作品中得到的满足是他们对这种类型或这个作品的共同向往。在这个前提下,即使原作者已死,接手生产的作者或团队都不能大改原作品的类型与特色,而只能继承原作品的基本精神。像日本儿童漫画《哆啦A梦》,原作者藤子·F.不二雄离世后由他的弟子麦原伸太郎接手绘画大长篇,故事与角色都与原来相若,而不曾偏离。

  金庸小说既是流行作品,也是文学作品,也因此,同时有着两类作品的市场模式与生存之道。从1958年开始,金庸开始授权不同载体的制作单位改编其作品。六十多年来,改编的作品源源不断。金庸只写了十五部小说,却可以透过改编者而让小说不断衍生出新作品。这体现出流行文化的市场模式。这些衍生至新载体下的流行作品,无论是否获得金庸正式授权,都通常依循了流行作品"继承"的生存模式,发扬了原小说的基本精神:射雕重侠,神雕重情,倚天重义,笑傲洒脱,天龙执着,鹿鼎讽侠(当然,也有少数例外,有一些改动非常大的改编作品)。

  然而,在衍生的过程中,改编者在继承之余又同时发挥文学作品"诠释"的生存模式。《神雕侠侣》中形容小龙女"秀美绝俗""清丽秀雅",面对这八个字,不同年代的改编者有不同的理解,从而发挥了各自的创造力与想象力。如拍成电视剧、电影时,监制、导演的审美与理解不同,选角自不相同。

---

[1] 倪匡:《我看金庸小说》,(香港)明窗出版社1998年版,第41页。
[2] 邱健恩:《武林神话——金庸小说叙事功能》,(香港)七略出版社2005年版,第72—73页。
[3] 陈墨:《浪漫之旅——金庸小说神游》,上海三联书店2000年版,第175—176页。
[4] 同①,第56页。
[5] 罗龙治:《晚晴》,见余子等:《诸子百家看金庸》,(香港)明窗出版社1997年版,第94页。

而每一个改编者都是一个新的金庸,在继承原著的基础上,又衍生出既同且异的新金庸作品。而"金庸"就成了集合名词:

> 金庸小说现象的作者已经超越"金庸"本人,而扩大至任何一个改编的人,以及参与改编的人。①

这六十多年来,金庸先后以"比快更快"与"异国多边、连环绵密"的出版与连载方式,不断扩充读者,而金庸与转生载体的参与者,则采用"生生不息""源源不绝""层层相扣"的运作与生产方式("生生不息"指不断修订,产生各版小说;"源源不绝"指不断转生不同载体,形成大娱乐市场;"层层相扣"则指衍生作品又运用跨媒介的衍生模式,把作品扩大,从而形成复杂而多元的市场模式)。改编者在参与建构金庸小说市场的过程中,既运用了流行文化的"继承"模式,又运用了文学阅读的"诠释"模式,从而建构出金庸小说的大娱乐文化世界,缔造出早已超越金庸的"大金庸多元媒介市场"。

---

① 邱健恩:《从金庸小说到金庸小说现象》。本文为网络文章,发表于2018年11月12日,收录在《思考香港》网站内。https://www.thinkhk.com/article/2018-11/12/30946.html。

第七章 《故事会》:有智又趁势

马园园

龙源期刊网2013年有关我国数字阅读影响力期刊前100名的统计数据显示,《故事会》在国内(网络)付费阅读影响力期刊排名中位列第四。一本于20世纪60年代创刊的杂志居然能在半个世纪后的数字信息时代仍保持如此旺盛的生命力,这让我们在惊叹之余不禁对其历久弥新的秘笈充满了好奇。《孟子》有言:虽有智慧,不如趁势。在经济、科技高度发达的今天,期刊欲依靠品牌占据一席之地就更要"两手抓":既要有智,还要趁势。

《故事会》是完全市场化的刊物,因而可称之为文化商品;同时,巨大的发行量使之无愧于"畅销"之誉。它的成功与其说归因于市场的优胜劣汰,不如说是大众对文化商品的辨识与选择。刊物如何能做到合大众胃口?首先取决于该刊物是否为大众提供了可与之社会生活体验产生共鸣的切入点。换言之,取决于它是否具有实际功用。

一、图文并茂的封面设计

图文并茂是《故事会》得以畅销的主要原因之一。在人类文明发展的历史进程中,"文学本身更直接地与文化素养有关,识字多少是鉴定教育水平的唯一标准"[①],如果仅依靠文字将知识、思想传播给大众,存在诸多的现实障碍,例如不识字的文盲即使通过短期培训也无法即刻获知文字所要传达的意思——知识传播方式成为中外历史上的大问题。而以图像代替文字却成为识别社会语言、传递社会信息更为高效的方式。因此,刊物要实现畅销

---

① 引自李欧梵为范伯群《中国现代通俗文学史》所写的序,北京大学出版社2007年版,第6页。

的目的,"通俗"要达到普及,须首先注重图像的运用。

我国期刊出现于19世纪末,到20世纪进入辉煌期。现代印刷、造纸、摄影技术,甚至数码技术等方面的进步对期刊辉煌期的到来起到了重要的催化作用,使期刊具有了生动具体、丰富多彩的视觉功能。期刊的出现,甚至催生了一个时代:它"标志着人类媒体开始由主要依赖文字(如历史上的图书)向文字与图像相结合转变,这一转变成果今天被称作'读图时代'"①。期刊最早为媒体提供了一个饶有兴味的演练场,并成为早期媒体"读图"实践的探索者和经验积累者,从而使得后来的传播媒体几乎"无刊不图"。这种从抽象到具象、由间接符号到直接认知的转变,无疑成为人类阅读史上的一次飞跃。

在大众传播中,同样作为传播符号的图像较文字对受众具有更大的吸引力,生动具象的图片与抽象的文字相结合,满足了20世纪社会经济、文化、物质全面发展下,大众对知识、信息、精神娱乐等诸方面更高、更新的视觉要求。文字是图形的说明和延伸,图形则是文字形象化、具体化的表现。这在现代期刊的发展中体现得尤为明显:图片与标题、留白、色彩一同成为现代期刊吸引读者注意的最重要手段。刊物的封面、插图、题图等作为具象性的、有较强吸引力的内容,同样直接影响着人们的阅读选择。换句话说:如果将封面比作人的脸,那么插图、题图甚至栏目图则相当于人身上的各种配饰。在服装搭配技巧中,常常用一条丝巾、一副眼镜、一块手表等小配饰在细节处提升整体的视觉感受,其效果往往使人眼前一亮。大标题、大图片、醒目的色彩等,则能够在众多报刊中得到读者更多的关注,进而为实现最终的刊物消费赢得更大的几率。在此过程中起作用的或许是醒目的标题,或许是让人充满好奇的图片,当然,要达到理想的效果必须多方参与合作,过分强调刺激的强度反而会适得其反。总而言之,人们的种种行为并非有意为之,而是刊物的某一项内容引起了他们的注意,而受众对传媒的视听在大多数情况下都是由无意注意所引发的,这具体涉及传播学中的无意注意理论,创造并利用受众无意注意的生成条件是传媒赢得受众、引导受众的重要方法。

封面对于《故事会》刊物有着至关重要的作用,它是引起受众无意注意

---

① 陈培一:《中国期刊广告实务研究》,中央文献出版社2006年版,第1页。

最重要的手段。《故事会》作为32开的小刊，封面容量有限，如何在充分体现主题的情况下兼顾通俗性、故事性和色彩感呢？这就要求在设计封面时不仅要画面饱满，少留或不留空白，还要充分体现故事性，即让读者在看到封面图片的同时能够联想到可能会发生的故事。《故事会》从创刊到1994年的三十年间，一直采用套色木刻封面，用色经济、单纯、朴素，例如创刊号封面（见图上-10）采用三色套印，以红色作底渲染，呼应彼时人们投身建设的热情。同时，上下分两个区域：上半区域以虚线、反白表示过去，交代背景；下半区域以实线、剪影说明现状，反映主题。整体色彩对比强烈，手法虚实相生，将现实与历史勾连，又以对角构图兼顾视觉美感。其后的12期封面均较好地延续了这一风格，即主画面位置、比例保持一致，并结合时事更新次画面的主题和底色。这一"传统"一直沿用到1981年（见图上-13），例如1979年全年6期《故事会》均保持图上-11的图案不变，每期依次换用橘红色、绿色、天蓝色、墨蓝色、黄色、红色六色；并且图案所用元素较为单一，带有鲜明的艺术色彩，如民间刺绣兰花图案（见图上-11）、民间剪纸窗花图案（见图上-12）等；封面刊名字体样式尚未完全固定，1980年恢复到创刊初期的宋体字，直至1981年才将封面"故事会"三个字固定为著名书法家周慧珺题名的样式。周慧珺的字大气有力，瞬间提升了刊物的整体品位。在当时故事类刊物只有《故事会》一家的情况下，封面这"半亩地"尚未得到更多的"关照"。相比之前，这一时期的封面色彩搭配平淡无奇、内容单一纯粹，缺乏创刊时的生动形象。

  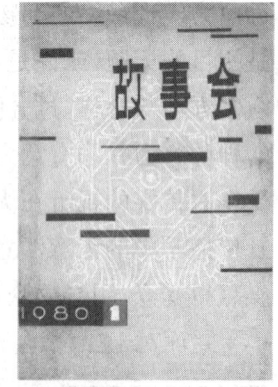

图上-10　　　　　　图上-11　　　　　　图上-12

图上-13　　　　　　　　图上-14　　　　　　　　图上-15

　　在 1979 年至 1981 年三年间尽管每年只更换一次封面风格,但已整体较前期有了较大改善:从各自孤立的静物堆砌到给人以想象空间的简笔漫画,这也从侧面说明了封面的重要性已或多或少地引起了办刊者的注意。尽管内容仍以家喻户晓的人物为主,如包拯、阿凡提和巴依老爷等,但封面设计者已经开始有意识地选取具有鲜明民族特色的元素,画面内容也更贴近读者,更丰富生动;同时,在色彩的使用方面,改单色为多种高饱和色块搭配,更加鲜明突出。1982 年前后,《故事会》编辑人员意识到其封面不够美观,从随后的第 1 期封面(见图上-14)可以看出刊物个性初露端倪:首先,排版使用不规则色块,几种看似没有明显关联的色彩相互交错,用色大胆艳丽,增强了视觉冲击;其次,人物线条感增强,画面虽不再是人们所熟悉的题材,但其简洁明了的线条容易使读者看到图画联想到其中发生的故事;再次,在有限的空间里包含了丰富的文化元素,且层次分明,除传统民间人物、现代人物外,刊物有史以来第一次出现了外国人物,洋溢着海派文化气息,使画面一下子变得亮丽起来,这在当时的同类刊物中尚属首例。对照之后国内各行业的改革轨迹,这一变化无疑印证了刊物对政策的敏感和对发展趋势的准确把握,也预示了其将毫无悬念地在未来几十年中独占行业鳌头。

　　这些特点均体现了《故事会》的独特个性,在四套色的基本色调上,逐渐传递出清新、淡雅的美学基调;与刊物内容相吻合的封面又使之与其他刊物区别开来,生动鲜明的人物形象也体现出故事中人物冲突、情节起伏等叙事特色。然而,如果仅靠简单的几何组合和色彩间的强烈对比,那么整体仍缺少主次对比,封面空间更无法达到最优配置,实现脱颖而出。从 1987 年(见图上-15)起,以人物为主的封面图画大多固定在两幅左右,相较之前,留白有所增加,给读者留下更大的想象空间。从 1990 年起,封面不再使用棱角分明的色块风格,整个背景以纯浅色为主,画面更加清新自然,故事主题更加突出,并因此一度被评为上海市"十佳期刊封面"之一(见图上-16、图上-17)。

图上-16

图上-17

图上-18

图上-19

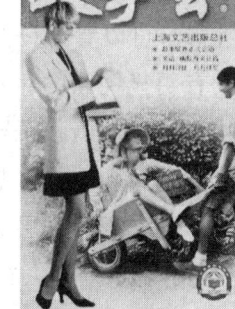

图上-20

图上-21

随着印刷技术的不断进步,人们对画面质感的要求越来越高。《故事会》应时而为,1993 年积极运用科技成果改套色木刻为胶印彩色封面(见图上-18),以人物全身图为主,老人、儿童、妇女等普通人的面孔多了起来。1995 年,封面改革尘埃落定:结束了近三十年的套色印刷封面,采用彩色胶印封面(见图上-19),画面中中外人物混杂——大量采用真实人物图片增强了刊物的亲和力。同年,为了打造刊物品牌,编辑部策划将东汉陶塑说书俑申请为刊徽,次年作为商标注册登记,2002年正式在刊物封面(见图上-20)与读者见面,以示区分。改版后的封面无论是文字还是图像,经青铜仿古工艺处理呈现出较强的视觉立体感,生活气息更为浓郁。清晰别致的封面制作使刊物在平面媒体中更具吸引力,同时也为之后的广告发展打下了坚实的品牌基础。

我国自古就将绘画与文字紧密结合,文不离画,画不离文,许多传世之作更是二者的完美结合。甚至在一个世纪前,中国期刊刚起步时,富有智慧与洞察力的报人就将二者有机结合在了一起,如《良友画报》《北洋画报》等,以达到图文并茂、相辅相成的效果。以文字为主的《故事会》,其版面"寸土寸金",因此有人形象地将题图、插图、栏目图的经营称为在"半亩地"上的耕耘,所请作画之人大多在绘画界饶有名气,如施大畏、谌孝安、罗希贤、裴向春、陆元林、蒋宝鸿等,足见刊物对这一模块的重视程度。将图画寓于文字中,是对文字的一种补充,更是对整篇故事的"速写";同时,图画不是文字的附庸,它先于文字与受众接触,并成为文字的延伸与发展,是创作者基于文字的理解而进行的再创作,具有独特的美学价值,使读者能够通过画面去感受、触摸到故事内容的体肤,更能让读者在读罢文字后感受到艺术家的审美,从而得到一种在文字中无法感悟到的精神与思想。例如,1979年第1期的插图《人民广场上的一面战旗》(见图上-21),题图设计一开始就给人以庄严肃穆的感觉,它像一座丰碑,文章题目嵌入其中,右下角站着一名身材伟岸的男子,浓眉大眼,四四方方的国字脸上流露出坚定和刚毅,这种长相乍一看似乎就是一起长大的邻家哥哥,再看又像是学校里传授知识的国文老师,或者更像某天在街口遇到的陌生人……是的,他就是普普通通的人,是人民的大海中代表着最广大呼声的一滴水,瞬间就可能化成身边的你我。这篇故事讲述了群众自发到天安门广场悼念周恩来总理,却遭到"四人帮"无理阻挠与逮捕的故事。当故事讲到高潮,群众与"四人帮"起了正面冲突,悼念周总理的人们变成了"反革命",于是,"过路群众个个怒火冲天,一拥而上"(见图上-22)时,整个构图以旗杆为中心,人群向上延伸,体现了人们从四面八方涌来并自动形成了一股团结的力量,"四人帮"的车子豪横地停在广场中央,于众目睽睽之下将群众代表抓走,反衬出他们的是非不分与横行霸道。文章所歌颂的正是不畏强权与恶势力、"四人帮"作斗争的光明正大悼念周总理的人民大众,而题图上的丰碑就是为他们树立起来的!仅凭题图和插图,我们就能自发描绘出一个完整的故事。1981年第1期的插图《土瓦罐案件》(见图上-23),撇开故事只看图画,一位身着中山装、戴着眼镜、腰杆笔直的老人神情凝重地在饭桌前托着手中的罐子,而椅子上的妇女似被揭穿而面露慌乱,左手在半空中因惊慌而停滞,身体瘫软在椅子的一角,笔挺的西装也显得凌乱无比。故事讲述了博物馆新上任的不学无术的女馆长,将买来的臭豆腐阴差阳错地装入有着四五千年历史的出土印纹陶,上演了一出"骑驴找驴"的闹剧。《故事会》中的文章除了有反映当代社会生活的题材外,还有传统民间传说、戏曲等,插图采用的绘画形式相应表现出多样化的特点,广泛吸收了国画、油画、水彩、版画、水粉、民俗剪纸等数十种艺术造型特长,根据不同的题材、不同的故事内容进行灵活的切换。据此我们可以看出,画家要为刊物创作出真正好的作品,绝不是单纯地对故事文字进行图解与描摹,而必须在深刻理解故事内涵的基础上,获得启示后再进行全新的创作,一定程度上它是美学意义上的再解读。经过"精耕细作"的插图可以有力地提高刊物的知名度。

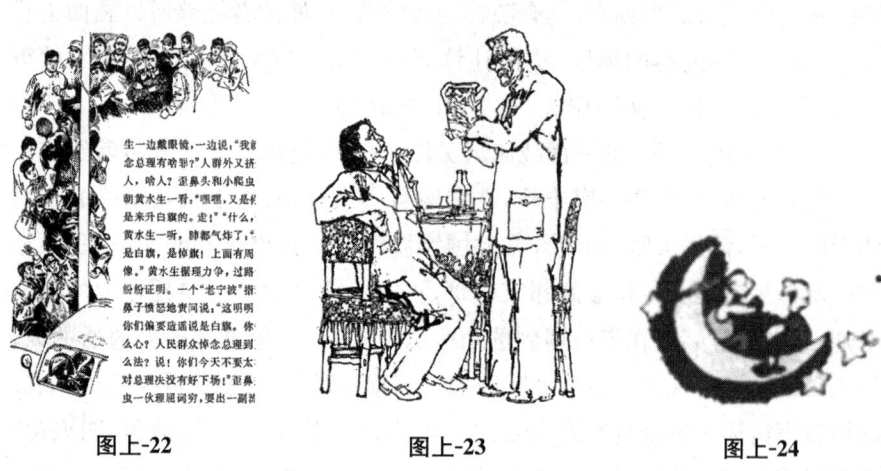

图上-22　　　　　图上-23　　　　　图上-24

栏目是刊物的有机组成部分,与刊物联系密切。作为同类故事的集合,栏目图创作有别于题图和插图,题图和插图是基于具体故事的作品,而栏目图往往仅凭栏目创办的最初构思,不仅要体现这类故事的普遍性,还要体现刊物的个性,因此栏目图的设计在一定程度上更能体现美术编辑的水准。例如"东方夜谈"栏目(见图上-24),在一轮弯弯的月亮上,坐着两个开怀大笑的人，他们讲着各自不同的故事，同时又相互逗引。这轮弯弯的月亮如同一艘弯弯的小船，在它的旁边有几颗闪亮的星星，月亮的后面是浓浓的夜色，让人容易回想起小时候夏夜里奶奶在家乡的小院里给我们讲故事的情景。该栏目图图案形象逼真，个性鲜明，通过画面的可视性反映社会生活的形态，使人产生联想，唤起共鸣。这样的栏目图一旦为人们所广泛接受，便可以一劳永逸。与"东方夜谈"类似，"妈妈讲故事"（见图上-25）、"笑话"（见图上-26）等栏目图均是如此，与题图、插图相比，栏目图更具有概括性，它囊括故事内容中最典型的"瞬间"动作。"妈妈讲故事"的图案，都描绘出温柔的母亲怀抱幼儿娓娓道来的情景，画面干净、温馨、和谐，让人回想起小时候妈妈讲故事、唱摇篮曲的快乐时光。"笑话"栏目的画面，常常是开怀大笑的一个人或几个人，男女老幼欢聚一堂，分享笑话，所有人都笑得前仰后合、手舞足蹈，甚至有的还在地上打滚，滑稽的样子让人忍俊不禁。1984年前后，"笑话"一栏的排版被提到了仅次于封面的位置，就像是笑脸相迎的门童，给人以愉悦，令读者倍感放松。

图上-25

图上-26

将图画与文字相结合,《故事会》并非首创,但能够真正做到与自己刊物的主题、故事内容相吻合并为人们所喜爱,在期刊界很少有刊物能与《故事会》相媲美。这不仅需要刊物不断大胆实践,还要积极主动地与读者进行交流,要善于借助各种让读者积极参与其中的活动,例如《故事会》开展过最美封面、题图等评选活动。这些活动不仅是对艺术创作者创造性成果的尊重,更使刊物形成了属于自己的画风。首先,文字与绘画相结合,均强调故事性、情节性,二者兼具叙事特征,在共同塑造人物形象的过程中,起到推动情节发展的积极作用;其次,绘画要求写实、不空泛,尤其是题图所要求的提示性,对于表达故事主题思想,反映社会生活有着促进作用;再次,《故事会》中插图与文字的关系区别于传统的连环画,对后者来说文字与绘画相互依存、不可分割,否则具有连贯性的画面很容易引发读者的阅读困惑。而在《故事会》中文字与图画相对独立,也就是说文字离开绘画后仍能单独描述情节,绘画脱离文字后仍能实现视觉再现,二者结合可以增强刊物的通俗性和可读性,绘画的功能与角色摆脱了传统的桎梏,成为一门综合性的叙事艺术,在互联网已成为时代发展风向标的今天,图画在更广阔的平台上与日益发达的市场商业模式接轨,与文字取得相得益彰的效果。

二、多媒体营销模式

《故事会》创刊的初衷是在社会主义运动中为故事员提供故事脚本。它在创刊号"编者的话"中写道:"它专门刊载基本上可以直接供给故事员口头讲述的故事脚本,以促进群众故事活动的发展,扩大社会主义宣传阵地,丰富群众文化生活……这些故事文字浅显,通俗易懂,比较适合群众的欣赏习惯,因而也是可以供群众阅读的通俗读物……"[①]既可供口头讲述,又适于群众阅读的创作目的,使得它可以在两种媒介中自由转换。前者以声音为媒介,通过面对面的交流,说者与听者"完全平等,而且角色之间可以互换",是一种"民主的传播方式"。[②]在这种类似闲聊的传播中,听者或大众读者是参与式的,听故事的人之后可能成为讲故事的人,他们一方面接受着故事文本,之后也可能成为故事的传播者,另一方面,他们又在此过程中以自身的

---

① 沈国凡:《解读〈故事会〉:一本中国期刊的神话》,上海社会科学院出版社 2003 年版,第 20 页。

② 潘知常、林玮:《大众传媒与大众文化》,上海人民出版社 2002 年版,第 141—142 页。

社会体验为基点不断填充、书写文本,令人耳目一新的洞见往往产生于此,新文本因而不断从这种裂隙中产生。这也成为《故事会》文本创作独特且屡试不爽的途径。后者无须面对面的交流,它直接面向读者,与前者口头传播相比,扩展、延伸了文本传播的时空,范围更广,时间更久远。两者的有机结合无疑为刊物的起步和之后的发展注入了无限活力。《故事会》创刊初期的两年间,刊物共发行612万册,这在当时成为出版界的一个奇迹!借着势头,《故事会》又推出了两套64开的子产品:《故事会小丛书》(1964)和《一九六四年〈故事会〉分类合编本》(1965),共发行销售634万册。这在一定程度上丰富了大生产时期人们的精神文化生活。更重要的是,这种书刊互动的模式是《故事会》成功运营的有益尝试。

20世纪改革开放以后,港台通俗小说的涌入打破了中国内地/大陆通俗文学的沉寂局面,唤起了中国内地/大陆读者的文化价值的回归。[①]这期间,《故事会》改双月刊为月刊,办刊宗旨和风格基本稳定:"以发表反映我国当代生活的故事为主,同时刊登各类传统的中外故事,在坚持故事文学品种的特点上,塑造好人物形象,提高艺术美感,易讲、易记、好读、能传。"[②]刊登传统故事是对传统文化价值的积极回应。传统故事通过对社会关系的再现,与读者之间建立相关点,读者通过阅读重温内心的价值观念和社会体验,人们在此过程中可以体会到在现实中或许还未曾得到的平等与满足。《故事会》逐渐成为"一本面向大众,具有浓郁民间文学色彩,又充盈着时代气息的通俗性文学刊物"[③]。

20世纪80年代,人们的情感与传统价值观念出现巨大断层,极度缺乏心灵安全感,单薄的期刊似乎不足以承载这一沉重的使命,而厚重、更具稳定性的书籍却可以!同时,随着个人创作的凸显,故事创作函授班不断涌现:一方面为刊物发展培养了一批骨干;另一方面,数以万计来自全国各地的活动参与者又成为刊物进行辐射性传播最可靠、最具有说服力的群体。经过初期书、刊并行的大胆尝试,编辑部随即推出吴伦、吴文昶、黄宣林、崔

---

① 汤哲声:《论九十年代中国通俗小说》,载《文学评论》2002年第1期,第109页。
② 沈国凡:《解读〈故事会〉:一本中国期刊的神话》,上海社会科学院出版社2003年版,第53—54页。
③ 冯杰:《历久弥新的四大秘笈——〈故事会〉品牌建设之回顾》,载《编辑学刊》2010年第5期,第50页。

陡、夏元寿、何初树、肖士太、范大宇等八位作者的故事集——"中国故事家创作系列丛书"。这套丛书的发行开拓了原本单一的营销模式,并为90年代形成"以品牌杂志为依托,书、刊互动"的发展模式打下了坚实的基础。期刊的发行带动了图书的出版,图书的畅销反过来又滋养着期刊的运作。以下统计数据可以让我们更直观地看到这一飞跃①(见表上-3):

表上-3　1979—1985年《故事会》年发行量及年总码洋

年份	发行量/册	年总码洋/元
1979	267 933	289 400
1980	412 644	445 700
1981	949 000	1 024 900
1982	1 957 297	2 024 900
1983	2 827 389	3 053 600
1984	5 240 000	5 659 200
1985	6 280 000	18 950 400

在《故事会》庞大的读者群中,青少年对大众文化较其他读者群体更具辨识力。他们拥有较高的文化素养,在一定程度上引领着大众潮流,他们的介入更能体现刊物的生命力与时代感。20世纪90年代《故事会》创办"16岁故事"栏目,它的文本结构与社会体制之间存在某种关联,即文本内容重演读者体验到的社会关系,此时文本意义与社会意义之间相互抵牾:被社会所非议的情窦初开在文本中得以正视(尽管他们明白社会意义是最终的胜者),这在一定程度上是对社会体验的反转,青少年读者在生活中的迷失与自信也得到引导与承认。因此当《故事会》推出一系列面向中学生的图书时,受到了热烈的欢迎。2001年《故事会》推出"故事精品系列":《青春读物——感动中学生的100个故事》和《滴水藏海——300个3分钟典藏故事》等。在图书面世之前,《故事会》借用刊物"读书信息"一栏开展了针对中学语文教师的大型免费送书活动,刊物的针对性也随之提高。2003年前后,杂志社集中推出与故事相关的三大系列图书:《话说中国》十五种(其繁体字

---

① 《故事会》1985年第1期,刊物发行量达到724万册,同年第2期,发行量再次攀升,达到760万册,创造了世界期刊单语种发行的最高纪录。

海外版权被美国《读者文摘》购买)、《故事会图书馆·成长小说》六种和《东东故事漫画系列》十三种。这些举措使《故事会》由三餐外的"零食"变身为正餐后有营养的"加餐"。中学生在自我选择与教师、家长引导下成为《故事会》占比很高的读者群。

《故事会》为不同读者群体提供了适合其阅读需求的相关内容,读者在大众文化与社会体验相关性的基础上生产意义与快感。这种大众参与式的阅读是一种不受规范约束的行为,是对与自身相关因素的自由选择,而选择的行为与过程恰恰使大众文化得以再生产。期刊不同栏目的设置最大程度地迎合了阅读需求的差异:十岁以下的学龄儿童,能读懂图像媒介文化,因此习惯从以图画为主的漫画栏目入手,然后依次是笑话、网络新词、"三分钟典藏故事"等。思想初步成型的中学生则找寻以青春、社会为主题的栏目。经历过人生风雨坎坷的老年人规避有明显娱乐痕迹的栏目,而直奔怀旧故事。阅读方式的不同体现了不同年龄之间、学习与休闲之间、社会身份之间阅读模式的差异。人们在社会中的位置决定了其融入大众日常生活的方式,编者有意将每一期刊物栏目的先后顺序打乱,更是对读者有选择、断续性反抗式或带有逃避色彩阅读方式的主动调和。采用这一方式打破了读者仅对有限兴趣点进行文本生产的局限,有效转移并分散了他们的阅读注意力,促使阅读死角被发现,从而尽可能促进文本再生产。

作为大众文本,《故事会》以最大限度满足读者不受任何束缚、自由阅读的方式,使得文本不再是具有仰视感的艺术品,而成为与读者处于平等地位,可任意使用甚至盗取的文化资源。与此同时,只有文本预先将读者想要表达的东西言说出来,使之在文本理解与社会情境之间灵活地建立起关联,才能进行文本再生产。例如,2000 年陕西高考满分作文《豆角月亮》与 2003 年海南高考满分作文《最美丽的鸟》分别是对《故事会》文本《弯弯的月亮》《爱的误区》内容的运用。①再如,含有"故事会"字眼的诸多电视节目以及杂志对《故事会》的名称多有效仿:"财富故事会""天下故事会""老梁·故事汇"等。

相对而言,通过文本与读者建立关联是一种较为封闭的行为,要使这些

---

① 沈国凡:《解读〈故事会〉——一本中国期刊的神话》,上海社会科学院出版社 2003 年版,第 221—222,224 页。

联结点形成一条纽带,就需要读者更实际的参与,成立读者俱乐部、举办系列互动活动会获得立竿见影的效果。1996年,编辑部成立"《故事会》读者俱乐部",拥有会员八千多人;"我和《故事会》的故事"征文(1998年)、"《故事会》优秀作品大家评"(1998年)、"我为《故事会》添风采"(1999年)等活动的开展,更加强了读者与文本之间的联系。"我为《故事会》添风采"活动持续十个月,共收到读者来信五万多封;"《故事会》优秀作品大家评"先后收到读者选票五十四万多张……除此之外,《故事会》还开设"本刊信息传真"栏目,开通读者信箱,通过信件、笔会、研讨会等形式向读者传递信息;开设"名人名言"栏目,读者推荐或自荐的内容使该栏目得以延续……

在文本阅读与互动过程中,故事爱好者和"故事迷"应运而生。他们主动、积极、热烈地投入文本生产,并参照自身的社会体验对文本进行筛选。沈国凡在其著作中记录了这样的故事:一个患有癌症的十二岁男孩在治疗期间拒绝阅读《故事会》之外的任何少年读物。并且,他对《故事会》的阅读十分"节省"——每天仅阅读两页——生怕在新的一期出版之前读完。①《故事会》与其他少年读物之间的鸿沟在他看来如此清晰且难以逾越。同时,着迷行为必然推动杂志对文本的再生产,这表现在日常生活的方方面面,例如对私人空间的装饰、个人发型着装以及言谈举止的趋同等。那个酷爱《故事会》的孩子甚至将其作为身体的一部分而搂着它入眠!当1997年杂志社推出五种《故事会爱好者丛书》②时,发行量最高者竟达六十万册!③ 需要说明的是,"迷"的文化能力一定程度上决定了他们识别原初文本和语境的能力:文化能力越高,所生产意义和产生快感的资源就越丰富。因此,对不同层次的"迷"予以关注并进行积极引导有益于刊物青春常驻。衍生图书与丛书的出版是《故事会》为此作出的实际努力:针对不会讲故事的家长,先后推出"妈妈讲故事"栏目和"会说话的故事书"《动物故事》;针对拥有广泛爱好的青年学生,推出"中国当代故事文学读本"十二册,其中包括悬疑推理、惊悚恐怖、古今传奇、言情伦理、社会写真、幽默讽刺六大类;为热爱旅行的读者

---

① 沈国凡:《解读〈故事会〉——一本中国期刊的神话》,上海社会科学院出版社2003年版,第2—3页。

② 即《芝麻官故事》《聪明人故事》《生意经故事》《家庭故事》和《历险故事》。见沈国凡:《解读〈故事会〉——一本中国期刊的神话》,上海社会科学院出版社2003年版,第347页。

③ 同①,第348页。

量身定制《外交家带你看世界》四十六种……

单纯依靠大众文本与读者之间的关联并不能使刊物在市场中站稳脚跟，选择什么样的传播媒体以及"最适合'消费者的'社会文化位置与需求的消费模式"①同样重要。因此，媒体的传播是大众与文本建立关联并生产意义与快感的先决条件。一部大众化的文本，不仅可以提供多元意义，更有助于形成多元阅读方式以及消费模式。不同的媒体往往产生不同的意义，进而带来层次更丰富的快感。需要注意的是，任何一种媒体的使用都不是单一的——很少有人会利用整段时间全身心投入地看电视、听广播或阅读杂志——人们往往一边看电视一边聊天，或一边运动一边听广播。其中，孩子和年轻人是媒体的积极转换者，他们能够同时操控几样媒体，注意力在伙伴、电视、手机、书本之间来去自如地转换。因此媒介内容的精彩程度将直接反映在这部分受众的注意力上。当前，信息量空前庞杂，传播媒介更是日新月异，人们正处于向新阅读方式转型的时期，碎片化阅读以其强适应性成为这一时期阅读方式的主流。适应碎片化阅读的传播媒介要同时具备体积小、内存大、内容丰富、层次感强的特点，还必须能够最大限度地适应不同读者群体的阅读需求。这对绝大多数期刊都构成了威胁，回想20世纪80年代末为与国际"接轨"，国内杂志纷纷改为洋气的16开本。相比之下，《故事会》在当时看来有些"偏执"的坚守却使它今天赢得挑战成为可能：它自创刊之日起一直保持32开本。与16开的杂志放在一起，这本"小"刊显得"土气"而微不足道。当一时兴起的热潮散去后，人们才发现在大销量背后小开本的智慧：它便于携带，每页500—800字，平均200字一个高潮，每篇故事不过2 000字，平均阅读时间8分钟。一家权威调查机构的统计数据显示，2003年前后一本《故事会》的传阅率为八，而每月发行量为几百万册，这就意味着《故事会》每年的阅读人次过亿。2004年《故事会》改月刊为半月刊，内容更加丰富，它以简约和精练满足了读者碎片化阅读的需求，并于不知不觉中将读者带到世界的各个角落。

随着电子信息技术的发展，媒体种类日益丰富，选择的多样化也意味着消费模式更加灵活。报刊、广播、电视、互联网曾被认为是大众传播的四大

---

① ［美］约翰·费斯克著，王晓珏、宋伟杰译：《理解大众文化》，中央编译出版社2001年版，第186页。

媒体。之后,手机以超强的融合性将电话、电视、广播、报纸等功能汇集一身,迎合了新时期人们对即时信息的渴求,成为电子信息时代最具典型性的传播手段。数据显示,2001年我国手机用户达1.206亿,居世界第一。①十年后,我国手机用户近10亿。手机的普及带来了潜力巨大的商机,《2010年中国数字出版年度报告》显示2009年我国数字出版产业的收入达799.4亿元,较上年增长50.6%,并继续保持高速增长态势。其中手机出版收入达到314亿元,占数字出版全部收入的39.3%,位居首位!②因此,有人认为,手机应被列为大众传播的第五大媒体。③卓有市场远见的《故事会》编辑部在21世纪之初就看到了电子媒体的广阔前景,早在2005年就开始筹办《故事会》网站——故事中国网,并逐步将其发展成故事会爱好者的网站,推出"妈妈讲故事"等系列音像产品;2006年5月,它在同类期刊中率先推出手机版,同年成立期刊、图书和新媒体三位一体的大众出版公司,④并在各大网站建立自己的主页与博客;2012年推出"一拍即至 '码'上开始"的视听新体验,即读者只要利用移动终端扫描页面上的二维码,就能获得全新的视听体验:由新浪视频独家提供的幽默视频集锦和台湾汉声出版社授权的中国传统童话故事,该栏目还包含了比以往更丰富的内容,有"囧段子""微故事大赛""我懂了"App等,并升级了《故事会》原有栏目"游戏空间",答案也可以通过扫二维码直接获得,增强了刊物的互动性和趣味性。

　　人类对大众传媒的要求由间接的"用事实说话"到直接的"有图有真相",即由借助文字转向借助画面——这是大众传媒的发展规律。随着现代印刷技术的改进和电子媒介的多元发展,大众借画面而知世界的愿望愈发强烈并得以实现。2013年,在智能手机与网络的完美对接下,《故事会》在20世纪90年代推出手机版故事会的基础上应势推出全新的手机故事会,以"加入手机故事会,随时随地看故事"为标语,推出包月业务,为订户提供

---

① 李佳璐:《我国手机拥有量居世界第一》,见人民网2001年8月14日。
② 《第三届中国数字出版年会在北京召开 〈2010年中国数字出版年度报告〉发布》,载《出版参考》2010年第22期,第14页。
③ 安仲森:《大学生媒介素养培育的新思维——基于手机媒体环境的分析》,载《山东青年政治学院学报》2011年第2期,第49页。
④ 冯杰:《大众期刊如何应对个性化阅读需求的变化——以〈故事会〉为例》,载《期刊透视》2011年第2期,第54页。

故事会 WAP 网站内无限量免费阅读服务。2014 年,借助技术进步的丰硕成果,它又积极促进纸质媒体与数字媒体的立体化发展,将线上传播与线下阅读融为一体。线上除了推出手机故事会外,还推出每天一期的数字期刊;在每一篇纸质故事的末尾放上故事写作者的二维码链接(只要用手机扫一扫就能免费浏览该作者的其他作品),开通《故事会》《漫画会》微信公众号,每条推送信息阅读人次平均为两万五千次,应不同读者之需与各大购物、游戏网站合作开通"游艺会"微信公众号,筹划推出青春读本《漫画会》《故事会·文摘版》,与影视院校、政府联合举办第五届"九分钟电影锦标赛"等。线下每月两期的《故事会》篇幅由 96 页增至 112 页,另外,针对不同读者群推出系列图书:面向有一定阅读能力的人群推出"中国当代故事文学读本"系列一、系列二共十二种①和民间故事经典《绝对笑话》,为不擅长讲故事的家长量身定制"会说话的故事书"《动物故事》②,为热爱旅行的读者奉献《外交家带你看世界》四十六种……

三、引领风尚的广告运营

随着 1980 年代改革开放市场经济的起步与发展,广告在中国大陆重新起航。作为一种现代市场营销手段,它借助形式日益丰富的传播媒介及渐趋成熟发达的传播手段,传播商品、劳务信息,以扩大销售与服务范围,达到赢利的最终目的。在此过程中,传播媒介为广告提供了最主要的宣传平台,同时,广告也为传播媒介提供了有力的经济支撑。有人说期刊区别于其他传播媒介的特性决定了它对现代广告起到了重要的催生和哺育作用。以《故事会》为例,它具有以下特点:第一,期刊具有强弥散性,《故事会》从创刊起一直保持 32 开本,体积小,便于携带,零售点密集,能够轻易传播到世界各个角落;第二,它能够被反复阅读,期刊介于报纸和图书之间,无论是内容还是形式都较报纸更为厚重,因而反复阅读率也远在报纸之上,甚至出现了一批《故事会》收藏家;第三,价格低廉,质优诚信,保存时间长,相对于报纸

---

① "中国当代故事文学读本系列一"6 种:悬疑推理故事《蔷薇花案件》、惊悚恐怖故事《恐怖的脚步声》、古今传奇故事《翡翠王》、言情伦理故事《麦子长出来了》、社会写真故事《中国式问候》、幽默讽刺故事《顶级密码》。"中国当代故事文学读本系列二"6 种:悬疑推理故事《百慕大航班》、惊悚恐怖故事《神秘的维纳斯》、古今传奇故事《一盘玉棋 300 年》、言情伦理故事《性格演员》、社会写真故事《作弊的三好学生》、幽默讽刺故事《棋高一着》。

② 扫描《动物故事》中每篇故事末尾的二维码即可听到专业播音员生动地讲故事。

和图书,期刊的连续性、刊物风格及市场地位更为稳定;第四,期刊印刷质量高,与不刊登广告的图书相比,更追求印刷的完美与精致;第五,期刊上刊载的信息内容丰富,更新周期短,能够极速传播,并且拥有相对稳定的读者群。二者的完美结合,逐渐使得广告成为潜力巨大的黄金产业;同时,广告也为期刊带来强有力的经济支撑,使其成为传媒业中的骄子,二者相得益彰、互利共赢的局面由此被打开,这已成为一些国家期刊事业成熟发达的标志。现代广告一改以往零散且覆盖范围有限的缺点,转向利用工业革命的技术成果借文图画面达意;宣传由直白变得有创意、有情节、有韵味,并自觉向产业化迈进;印刷、造纸以及摄影等领域取得的技术成果为广告创意的可视化提供了更直接生动的支持,现代广告在平面媒体中所具备的视觉功能愈来愈丰富多彩、生动具体。1980年代中后期,我国的期刊业发展迅猛,单从故事类刊物来说,从1979年仅《故事会》一家,到1980年代末的七十多家,可以说呈爆炸式增长。在众多刊物中,《故事会》率先在1979年刊登广告(见图上-27),直至21世纪初,这在中国期刊业仍具有先进性,且现代广告在当代中国的发展在《故事会》中能找到相对完整的轨迹,因此《故事会》中的广告也具有无可比拟的典型性。20世纪80年代是《故事会》发展的关键期,同时也是其广告起步及发展的重要阶段,因此笔者将选取1980—1990年约十年的原始刊物作为主要研究对象,以窥全豹。

在刊登商业广告之前,《故事会》一直致力于刊物延伸书刊的推广,当然这是社办刊物的先天优势,我们暂且不提,但五花八门的新书信息在一定程度上丰富并滋养了早期《故事会》的刊物内容,并提高了刊物的经济收益,在这一点上,它与之后的商业广告入刊殊途同归。1979年第1期《故事会》对单行本《儿子、孙子和种子》以及两本民间故事选《少数民族机智人物故事选》《历代农民起义传说故事选》进行了宣传,之后由不定期到每期固定登几条广告向读者介绍由上海文艺出版社出版的各类相关出版物,作为《故事会》的延伸阅读,收到了良好效果。在自家地盘上投放广告,一方面最大限度地节约了社会成本,另一方面也为刊物在第一时间获得广告投放成效提供了莫大便利。这一广告试水的举措在复刊之初只是那些忙于"还故事于民"的编辑们的无心插柳之举,但当刊物步入正轨之时,广告的自觉意识已然深植于发行者心中,之后其商业广告的投放与获益更显水到渠成。

· 新书介绍 ·

推荐两本民间故事选

去年以来,上海文艺出版社组织出版了一套《中国民间文学作品选编》丛书。最近,这套丛书中的《少数民族机智人物故事选》、《历代农民起义传说故事选》即将与广大读者见面。这两本书,均由中国社会科学院文学研究所各民族民间文学室编集。《少数民族机智人物故事选》幽默风趣,别具一格,搜集有大家所熟悉的蒙古族的"巴拉根仓的故事"、维吾尔族的"阿凡提的故事"等等,总共有三、四百则。《历代农民起义传说故事选》,是我国劳动人民自我记录下来的一部表现自身英勇战斗历程的最珍贵、最真实的文献,既具有高度的文学欣赏、教育作用,同时也具有对以往历史的深刻的认识作用。

图上-27

图上-28

　　《故事会》是一本通俗期刊,其读者不仅包括城市居民,还包括乡村百姓,在校学生也是其读者群的一大组成部分。广告要想获得良好的传播效果,就要想读者所想,知读者所需,具有针对性。1979年至1983年第2期,《故事会》的广告信息清一色来自所属出版社。1983年第3期,《故事会》首次刊登商业广告(见图上-28)。尽管在今天看来,这条广告的制作与宣传显得十分简单朴素,但这在当时的期刊界,实属引领风尚之举。现代广告与期刊间的关系在我国一直表现出"营养不良"的病态,直至进入21世纪仍未得到明显改善。据调查,我国2000年初期刊的广告投放所占百分比与世界平均水平相比差距甚大:2000年,全球媒体广告投放中杂志所占的比例平均达12.6%;至2004年,我国期刊广告仅为媒体广告投放的3%左右;而根据期刊协会的统计,我国实际借助广告赢利的期刊仅占期刊总数的2%。[1]相比之下,《故事会》在20世纪80年代初开始投放广告,并通过广告赢利取得成功,在国内期刊界可以说已经率先走出了一条期刊运营的成功之路。

　　当时的《故事会》尚不是全国性的大刊,故事内容即使有涉及具体地域

---

[1] 李雪枫:《从〈故事会〉〈读者〉谈期刊广告的经营策略》,载《编辑之友》2006年第3期,第53页。

的,也仅限于以上海为中心的沿海地区,发行范围以沿海地区为主,同时也包含有限的部分其他省市,因此广告需具有地域针对性。1983年首次刊发的这一条商业广告似乎隐约带着些许窥探新生儿的谨慎:要宣传的商品是上海日用化学品二厂生产的凤凰牌发乳、发宝,它是上海生产的生活必需品,在当时的生产、交通条件下,很难想象遥远而欠发达的内陆地区也在其宣传范围之中。但出人意料的是,广告中赫然写着"本品及凤凰整套美发用品全国各大百货商店均有出售",即一地生产,全国销售。这在无形中拉近了内陆地区读者与商品甚至与上海的心理距离。现代市场运营的争夺战也是心理战,这为之后《故事会》广告成熟的经营模式奠定了良好的基础,也为期刊经营打开了一个良性循环的缺口。

《故事会》广告投放内容及主体呈现从苏浙沪向全国扩散的态势,这与读者群体的地域分布变化呈正相关。我们可以从广告投放来源略知一二:1980—1989年《故事会》刊登的322条社外广告中,有242条来自苏浙沪地区,占总数的75.16%。从广告内容来看,这一时期的广告具有以下特点:第一,地域特征明显,根据当时的运输条件,这些产品无论是凤凰化妆品还是手表、枕巾,甚至牙膏、洗衣机,均是上海及其周边地区组织生产销售的,在某种程度上是为了满足特定经济地区(苏浙沪)的生产生活需求,它们带有浓郁的地方特色,体现了地方性消费习惯。第二,广告内容既多且杂,呈现出较强的地域性特征,同一时间同一版面刊载多种广告信息,例如1989年第10期(见图上-29)的广告,不足32开的版面中有四个广告:食品面条多用机、自熟食品加工多用机、远红外电烤箱和三线拷边机。第三,广告内容大多为生产生活用品,与普通人的生产生活息息相关,因目标市场固定,供应、销售、消费范围也更具体,有利于商家有针对性地对市场进行实际调研,结合当地实际需求及时调整营销策略,从而对变幻莫测的市场有极强的适应性。

至1985年,《故事会》发行量空前绝后,发行范围不断扩大,刊物影响力辐射至全国甚至海外华语地区,《故事会》逐步由地方性刊物向全国性刊物转变。在广告投放方面主要表现为来自苏浙沪以外地区的广告商逐渐增多:1987年第6期开始刊登来自非苏浙沪地区的社外广告(见图上-30),截至1989年,共刊登80条。与地域针对性强的广告相比,此类广告的地域性明显减弱,通常为通用的生产资料、产品或服务,例如针对备战高考、学习英语、增强记忆力的各类函授班陆续开始面向全国招收学员,学员只需向相应机构汇款,即可获得其系列函授产品等,这类广告均带有明显的普遍性。此时的《故事会》广告呈现出特殊性(地域性)与普遍性(全国性)并存的特点,之后随着刊物逐渐壮大,刊物的知名度不断提升,面向大多数人的广告越来越多。1988年第1期,《故事会》刊登重要启事,启事中提及,刊物在广告投放的第五年发行量大增,"广告效果显著,为产品打开销路创造了极好条件",并且"前来洽谈广告业务的单位日益增多"①,这不仅为广告提供了更大的平台,也为刊物赢得了更有力的经济支撑,有利于实现广告与期刊的共赢。

图上-29　　　　　　　　图上-30

广告的成功投放是多种因素共同作用的结果,除发行量外,还包括广告形式、广告内容、广告招标及对读者权益的维护等。《故事会》之所以能够成功地投放广告,缘于它做了以下五方面工作。第一,《故事会》善于利用科技成果,创新广告形式,提升读者体验:20世纪90年代末,运用半导体衍生产品磁带推出《妈妈讲故事》有声读物;21世纪初推出《故事会》手机阅读版,电子平台内存的扩大为广告的植入搭建了充满无限可能的展示平台;在网

---

① 编者:《本刊重要启事》,载《故事会》1988年第1期,第64页。

络悄然普及的大背景下，又创办了故事中国网，线上线下相结合，广告投放空间日益多样化。其中，以网络、手机等为代表的新媒体的出现带来了广告的变革，杂志社通过创意将各种广告信息投放在媒体上，一改纸质媒介中广告的静态形式，弥补了纸质媒介单一视觉体验的缺陷，使受众参与其中并与之及时互动，从而达到营销的目的。《故事会》广告投放形成以纸质媒介为基本平台，新媒体多方感官体验同步运营的局面。第二，《故事会》一直坚持以"内容为王"，基于对刊物读者群体的准确把握，《故事会》的广告通常与刊物内容有较高的匹配度，针对城市居民、乡村百姓等主要读者群体集中刊登流行服饰、家用电器、化妆用品、家用生产器械等生产生活类广告，而针对在校学生，则刊登文娱类广告，如学习用品、书籍、进修、流行歌曲歌谱等，这在无形中强化了期刊的个性。第三，采取多种措施保障读者利益。广告依附于期刊而存在，它作为期刊内容的有机组成部分，丰富充实了刊物内容；广告所创造的收益也有助于刊物提高自身抵御风险的能力。如果说刊物自身的毁誉影响着广告投放的效果，那么广告内容的优劣也同样与刊物的信誉荣辱与共。《故事会》规定，广告投放单位须手续齐全，保证产品的质量及广告信息的准确性，同时要求广告投放单位安排专人负责收款、发货以及处理相关售后问题。对损害消费者利益的单位，则予以永久"封杀"。此外，刊物在保证正文内容不减少的情况下，额外增加广告页，并对广告进行美化处理，同时价格仅在小范围内浮动，确保读者在自身利益不受损的情况下获得更多的信息。第四，将商业品牌与故事活动有机结合，形式不拘一格，各异其趣，围绕故事本身举办的广告活动将刊物的编辑思想贯穿其中，更是对赞助商与自身刊物及其子产品的有力宣传，例如"动感地带"有奖竞猜、新浪微故事大赛、"少林杯"腊八节有奖征文活动、"最美封面"评选活动等。这些听起来饶有兴味的活动不仅可以让读者准确获取活动信息，还可以吸引其参与其中，从而形成良好的互动氛围，广告效果也可以得到提升。第五，灵活运用广告招标方式，《故事会》的广告投放先后经历了自主经营、公开招标和广告代理制三个阶段。1979年至1997年《故事会》的广告以自主管理为主，委托经营为辅，取得了一定成绩。1998年，随着广告业务不断增加，杂志社在上海文艺广告传播中心举办了1999年《故事会》广告经营公开招标活动，来自七个省市的十八家广告公司前来投标，使当年度《故事会》广告经营额从1998年的535万增长到1 000万，增幅达86.9%。这一举措成了我国平面媒体广告招标经营的先例。随着中国国际化程度的不断提高,广告代理制作为时下国际通行的广告经营和运作机制被引进。广告代理制,顾名思义,即由广告商为期刊代理广告事务。《故事会》继自主经营、委托经营和招标经营之后,采用广告代理制,在我国率先采用了现代广告投标的形式。

　　随着人们审美水平的提高与视觉诉求的多元化发展,《故事会》所选广告的外在形象及品牌也在不断发生着变化:全面改革广告版面,积极引进大品牌广告,淘汰或清除黑白信息类广告,通过应用印刷、摄影等技术成果,广告形式逐渐脱离原先的黑白色,朝着精致、美观、彩色的方向发展。事实证明,精美的图片经过彩色印刷对产品的展示与宣传会起到更大的促进作用(见图上-31),与之前的黑白广告相比较,彩色广告更具有吸引力,更容易引起读者的关注,同时真实的图片也可以使消费者对商品甚至商家产生信任,广告效果也会大大增强,消费者的购买欲望会更强烈。就整本刊物而言,广告页使用彩色,正文页保持黑白色,从视觉科学角度来说,黑白色与彩色交替出现引起读者注意的几率是纯黑白或纯彩色的数倍。

　　《故事会》堪称是广告与期刊之间形成良性运营机制的典范。

图上-31

综上所述,通过分析《故事会》的传播、营销模式,我们可以揭开其能成为中国当代通俗文学重要期刊,并始终屹立不倒的奥秘。尽管现代期刊及灵活丰富的多元媒介对通俗文学的发展起到了有力的推介作用,但《故事会》勇于开行业之先河,积极转变经营模式,以市场化的长远眼光拓宽传播渠道,重视现代广告等举措,才使其真正实现了与时俱进、历久弥新。

第八章 "倪匡现象":香港流行文学的多元、多类、多途

陈乐汶

中国近现代乃至当代通俗文学是"走市场的文学"①。与精英文学不同,通俗文学全力拥抱市场,它的文学生产直接指向接受和消费,并由消费而形成大众文化现象,因此,就有了"张恨水旋风""金庸现象"等。由于从文本生产到最后的阅读消费全部在市场环境中实现,因此,通俗文学的市场运作、市场营销等生产行为不仅具有经济和社会属性,更具有文本阐释功能。这就意味着对通俗文学作家及其作品的研究,仅仅停留在文本内部是不够的,只有在大众文化视野下,在市场运作的过程中整体关注作家及其作品乃至文学事件、文化现象,才能作出更为科学的判断。

香港20世纪大部分时间都由港英政府管治,基于政治、经济、文化等因素,除极少数非赢利性团体或有政府、政治团体支持的出版机构外,香港大部分出版机构都是私人投资,以赚钱为目的,主要是依靠消费者购买或广告商支持。为了赢利,其所载内容必须尽力迎合消费者的口味,因此,一种以商业为主导的香港纸媒业态得以形成。②为了赢利,香港出版业多视报刊连载小说为大众文化商品,通过各种出版渠道及销售策略,把通俗文学作家及其作品推向消费市场。在众多流行文学作家当中,倪匡令人瞩目。他是香港著名的流行小说作家,其作品数量之多、种类之广,在香港文坛无出其右者。而在众多作家中,倪匡的市场触觉极为敏锐,他能快捷准确地掌握消费者的喜好,创作大量迎合市场需求的作品,深得媒体青睐。香港书展曾多次把倪匡列为重点推介的作家,更于2013年举办

---

① 陈思和:《五四文学的先锋性》,见陈子善、罗岗:《丽娃河畔论文学》,华东师范大学出版社2006年版,第147页。

② 周毅之:《香港回归丛书·香港的文化》,新华出版社1996年版,第10页。

"卫斯理五十周年展"。沈西城以"气氛逼人、情节诡秘、构想奇巧"①归纳《卫斯理》小说的特点,足见倪匡小说已经成为香港流行文学的代表性作品。倪匡亦直言小说只分好看与不好看两种。小说写得不好看,即使蕴含再多学问、道理或艺术价值都没用。②不难看出,无论是坊间还是倪匡本人,都只从文本内部分析探讨倪匡小说的流行文学特征。但如前所述,在"好看"之余,由倪匡小说及其跨界改编所形成的文学及文化消费热潮,全部形成于香港的文化生产及消费环境中,除去文本内部的题材、创作才华、技巧等原因外,一定还有一些未获关注的外部因素,才形成了今天我们所看到的蔚为大观的"倪匡现象"。本章尝试从市场运作及营销的角度出发,关注这股纵跨五十年的流行文学阅读热潮,分析倪匡作品的创作目的、出版途径等,以期拓阔倪匡小说的研究空间和视角。

一、创作多元:抛弃自我,读者为先

倪匡曾谈到过他的写作动机:一是为了谋生,二是为兴趣,三是没别的本事了。③为了生计,倪匡必须按照读者的品位创作广受市场欢迎的作品,因此形成"抛弃自我、读者为先"的创作态度。所谓"读者为先",是指形成以市场为主导的创作风格。倪匡曾言作家的责任,就是写出让读者废寝忘餐、爱不释手的作品,④他以"魏力"为笔名创作的"女黑侠木兰花故事"系列,最能证明这一点。

20世纪五六十年代英国电影《占士邦》("007"系列)在香港上映,轰动全港。电影中机智果敢的间谍角色、正邪两派斗智斗勇的惊险场面、各种有高科技含量的道具,均给观众带来耳目一新的视觉享受。感受到电影的热度,倪匡立即按照消费者的喜好,构思了"女占士邦式的人物"——木兰花,⑤创作"女黑侠木兰花故事"系列,在环球出版社旗下的色情杂志《蓝皮

---

① 沈西城:《我看卫斯理》,(香港)丰林文化传播有限公司2013年版,第14页。
② 倪匡口述,江迅撰文:《风雨任平生:倪匡传》,(台北)印刻文学生活杂志出版有限公司2014年版,第126页。
③ 陈婉君:《倪匡有问必答》,(香港)天地图书有限公司2009年版,第84页。
④ 同上,第83页。
⑤ 施仁毅主编:《倪学·卫斯理五十周年纪念集》,(香港)丰林文化传播有限公司2013年版,第30页。

书》上连载,受到读者的热捧。①环球出版社社长罗斌见小说如此热销,随即将其安排在另一份小说杂志《武侠世界》上刊登,更以"系列"形式推出单行本(见图上-32、图上-33),并迅速投放市场。小说内容包含紧张刺激的侦探及冒险情节,再配以大量尖端科技,因此,广受读者欢迎。见读者反应极为理想,出版社认为有利可图,社长罗斌就将10元1 000字的稿费提升至100元1 000字,邀请倪匡不断创作同系列的故事。

图上-32　环球出版社推出的首部"女黑侠木兰花故事"系列单行本小说《巧夺死光表》封面(图片来源:倪学网)

图上-33　环球出版社推出的首部"女黑侠木兰花故事"系列单行本小说《电网火花》封面,图绘木兰花驾驶最新型号战机(图片来源:倪学网)

环球出版社社长罗斌具有敏锐的市场嗅觉和极强的市场运作才能。香港知名作家陶杰曾撰文论述有关罗斌出版《女黑侠木兰花》的情况:

《新报》老板罗斌,不是"文人办报",而是上海老派商人。这种人有一个特点:营商方式传统稳健,绝不敢冒险。罗斌先生经营《新报》,算盘打得精,严控成本,可以与邱德根的荔园媲美。例如他聘请高手在副刊写小说,其中之一是倪匡。当年倪匡以魏力为笔名撰写《女黑侠木兰花》,由于情节紧张,风格像占士邦,大受欢迎,四天就完成一本书,转载

---

① 施仁毅主编:《倪学·卫斯理五十周年纪念集》,(香港)丰林文化传播有限公司2013年版,第30页。

完毕，罗斌命令每天印刷厂的字房工友，在排完倪匡的一段小段后，铅字版原样保留，搬到另一个房，拼凑起来，另行出书。这样就少了一重再"执字粒"，排一次的手续，节省了时间的成本。这一招，相信在印刷史上从没有人想到过，但罗老板想到了。①

可以这么说，倪匡及其作品是罗斌市场运作实践的一大杰作。罗斌是倪匡的"伯乐"，又是倪匡流行小说创作的引路人。1957年，名不见经传的倪匡把小说《活埋》投稿至《工商日报》并获刊登，由于想多赚些稿费，他继而向多家报社投稿，后来《真报》社长陆海安聘任他为助理编辑兼杂役。当时《真报》副刊有小说连载栏目，由于出现作家连载脱期的情况，倪匡便自荐续写，结果广受读者欢迎，倪匡遂接受陆海安建议以"岳川"之名开始连载武侠小说。②倪匡在《真报》发表《七宝双英传》一个月后，即有四家报馆向他邀稿。③尽管倪匡的小说受到欢迎，但他仍只是香港文学市场上的无名小卒。此时，罗斌一眼看中倪匡，认为他是一个有待发掘的"富矿"，或许，罗斌看中的就是倪匡这种"读者为先"的创作态度，便以《真报》的三倍稿费力邀倪匡与《新报》合作，④这一举动一下子就提高了倪匡的知名度。

罗斌营运《新报》的方式有别于传统文人的办报方式，他以商人的方式经营报社，追求连锁效应。环球出版社旗下拥有大量报纸杂志，包括《新报》《武侠世界》《迷你》《蓝皮书》等等，又出版大量售价三至四毫子的单行本小说，⑤亦推出多个类型的丛书系列。环球出版集团在当时出版界有着举足轻重的地位，也为倪匡的作品提供了极大极阔的连载及出版平台。倪匡的"女黑侠木兰花故事"在环球出版社旗下的报纸杂志上连载时，由于广受读者欢迎，罗斌要求倪匡不断创作同系列的故事，倪匡最高纪录在一个月内撰

---

① 陶杰：《桃花源——〈新报〉那些年》，载（香港）《头条日报》2015年7月23日。
② 沈西城：《妙人倪匡》，（香港）艺苑文化工作室1998年版，第25页。
③ 施仁毅主编：《倪学：卫斯理五十周年纪念集》，（香港）丰林文化传播有限公司2013年版，第29页。
④ 同②，第27页。
⑤ 以下是龙俊荣对三四毫子小说的解释："三毫子小说"是成行于一九五〇、一九六〇年代的平价小册子式小说，因售价三角而得名，十六开本，每本连封面及封底约二十页；后发展成"四毫子小说"，改为三十二开，每本约五十页，同样能刊近四万字内容。它们属于"读完即弃"的读物，收录的绝大部分是一期完的故事，每期稿酬数百元，对于作家来说是个很不错的收入来源。见施仁毅主编：《倪学：卫斯理五十周年纪念集》，（香港）丰林文化传播有限公司2013年版，第25页。

写八部《女黑侠木兰花》小说,先后通过环球出版社推出六十个故事。①为了能在短时间内大量连载及出版系列小说,罗斌加大宣传并开创了独特的印刷方法。为了促成《女黑侠木兰花》的热销,罗斌特意邀请香港著名漫画家董培新设计封面。董培新把木兰花的外形塑造得玲珑浮凸,甚能吸引年轻消费者的注意(见图上-34),②通过封面设计来吸引读者购买。为了引起读者关注及提升销量,出版社常常在新小说连载时撰文介绍,又在发售单行本时以彩色广告向读者推介,加强宣传效果(见图上-35 至图上-37)。既然是为赚钱而写作,倪匡不断要求增加稿费,罗斌认为报社利润不足,后来结束了合作关系。③虽然都是为了钱,却也说明了倪匡的价值:能赚到钱。他善于按照读者的喜好,创作大量具有市场价值的小说,而且速度极快,数量极多。"女黑侠木兰花故事"系列先后被改编成电影、电视剧、广播剧等大众文化商品,轰动一时。香港 20 世纪 50 至 90 年代的多家报社,如《新报》《明报》《东方日报》《天天日报》《清新周刊》《翡翠周刊》等都曾连载过倪匡的作品,让更多读者从不同渠道阅读倪匡的多部作品。倪匡小说的单行本由多家出版社负责发行,每家出版社都会使用不同的宣传策略,整体提升读者的购买意愿。倪匡"读者为先"的创作态度、种类多样的小说作品,确实能得到读者的垂青,但也需多家报社的出版策略与之配合,才能成就这股横跨五十年的阅读热潮。

图上-34 董培新设计的木兰花形象(图片来源:倪学网)

图上-35 倪匡的单行本小说广告(图片来源:《武侠世界》第 771 期)

---

① 沈西城:《妙人倪匡》,(香港)艺苑文化工作室 1998 年版,第 35 页。
② 陶杰:《桃花源——〈新报〉那些年》,载(香港)《头条日报》2015 年 7 月 23 日。
③ 同①,第 30—33 页。

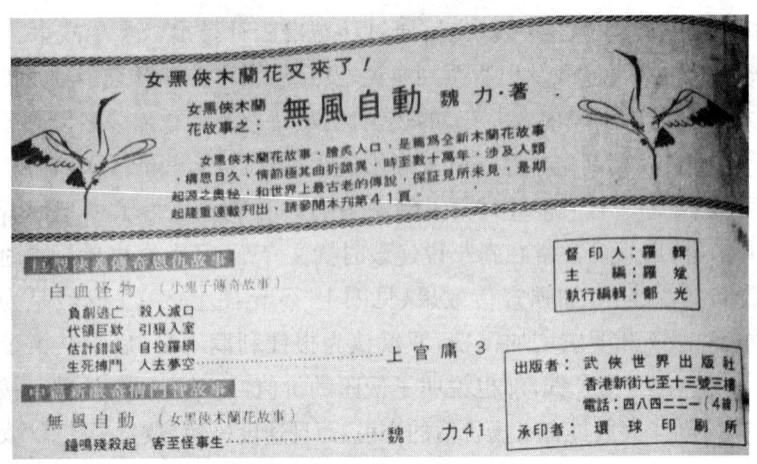

图上-36 《武侠世界》目录页撰文介绍《"女黑侠木兰花故事"之〈无风自动〉》(图片来源:《武侠世界》第771期)

图上-37 《女黑侠木兰花·无风自动》,环球出版社于1974年再版(图片来源:倪学网)

除了《女黑侠木兰花》外,倪匡的其他系列作品如《卫斯理》《浪子高达》《原振侠》《亚洲之鹰罗开》等,基本上都是迎合市场热点而生产的"快捷产品"。倪匡曾言:"小说是为大众服务的,不是为少数文学家服务⋯⋯"①他这种"读者为先、抛弃自我"的创作态度,既是自愿,亦是为势所逼。他曾创作文艺小说《呼伦池的微波》,又用心撰写《倪匡短篇》,但都未获读者垂青。倪匡也曾构思过一部伤痕文学,更向报社表达了出版的意愿,但遭对方拒绝,反请他继续创作读者欢迎的小说类型。②可见倪匡不是没有创作严肃文学的意愿,但市场主导的出版事业没有给他作出改变的机会。虽然倪匡对此感到可惜,而这却使他下定决心努力创作更多的流行文学作品,而出版机构亦使消费者能通过不同渠道接触及购买倪匡的作品,再附以合适的宣传策略,在市

---

① 倪匡口述,江迅撰文:《风雨任平生:倪匡传》,(台北)印刻文学生活杂志出版有限公司2014年版,第115页。

② 同上,第116—117页。

场上造就了倪匡小说的消费热潮,既为倪匡打响了名声,也为集团带来了丰厚的收益。

二、作品多类:种类繁多,精心布局

金庸专注武侠,亦舒专写言情,但倪匡刚好相反,他是香港文坛难得一见的小说多面手。罗孚在《香港文化漫游》中曾言:"最多的时候,(倪匡)一天同时写十二部连载小说,武侠、爱情、侦探、科幻都有(他还替离港外游的金庸代写过金庸的名作,他说他是中国最早写科幻小说的人)。一年出书的数字最高超过三百本。"①金庸、亦舒以强烈的个人风格吸引读者,而倪匡小说的独特之处则在于全力拥抱市场,他能同时创作多种类型的小说,满足不同读者的需要。

如果说环球出版集团对倪匡是发现和培育,明报集团对倪匡来说则是扶持和推进。《明报》于1959年10月20日创刊,创办人为查良镛(金庸)及沈宝新。为了使《明报》副刊内容更为丰富,吸引读者购买报纸,金庸以10元1 000字的稿费邀请倪匡为《明报》连载武侠小说。②于是,后来倪匡创作了《南明潜龙传》(又名《罗浮潜龙传》)、《横刀笑天录》、《铁衣大侠》、《无情剑》等。此时的金庸已是香港著名的新派武侠小说作家,并为《明报》副刊撰写了大量武侠小说。他邀请倪匡为《明报》撰写武侠小说,虽然是为了提升《明报》的销量,却也让更多读者认识了倪匡的作品,形成了一种报社与作家互惠互利的合作关系。《明报》曾于60年代逢周日向读者附送《东南亚周刊》,为提升刊物的知名度,金庸以《素心剑》吸引读者,并邀请倪匡供稿,但倪匡担心名气不足,金庸因而提出与其合著武侠小说,以金庸挂名,内容则由倪匡负责,于是这部由金庸与倪匡(笔名岳川)合著的《天涯折剑录》,便开始在《东南亚周刊》上连载(见图上-38)。这显然是以合作之名,借助金庸的名气向消费者推销倪匡的作品。20世纪60至70年代,《明报》除了为倪匡长期提供连载的平台,亦乐于运用各种宣传方法推介倪匡的小说,提升读者的消费欲望,打造"倪匡现象"。

---

① 罗孚:《香港文化漫游》,(香港)中华书局(香港)有限公司1993年版,第141页。
② 施仁毅主编:《倪学:卫斯理五十周年纪念集》,(香港)丰林文化传播有限公司2013年版,第30页。

图上-38 金庸与倪匡(笔名岳川)合著的《天涯折剑录》封面(图片来源:《明报》网站)

更重要的是,在金庸的鼓励下,倪匡尝试创作其他类型的作品,这便有了"卫斯理"系列的诞生。20世纪60年代,倪匡分别以"岳川"及"倪匡"或"倪聪"作笔名,于《明报》连载两部武侠小说,当金庸要求他再写一部时,他担心过多登载武侠小说读者或会有所厌倦,他提醒金庸《占士邦》非常受市场欢迎,于是金庸立即邀请他撰写"时装武侠小说","卫斯理"的第一个故事《钻石花》由此诞生。①为隆重其事,《明报》在《卫斯理》连载的第一天,特意在头版刊登一则简介②(见图上-39、图上-40)。

《明报》刊登这则介绍短文,显然出于营销及宣传目的,为《卫斯理》制造声势,以期引起读者的注意,亦证明了明报集团有意将倪匡打造成知名作家。前两个"卫斯理"故事仍停留在传统武侠的格局之上,倪匡明白必须另

---

① 施仁毅主编:《倪学:卫斯理五十周年纪念集》,(香港)丰林文化传播有限公司2013年版,第30页。

② 同上,第31页。简介内容如下:"卫斯理先生是一个足迹遍全球的旅行家,又是一个深谙武术的名家。本报请卫先生所撰的小说,熔武侠、言情、探险小说之优点于一炉,情节曲折紧张,高潮迭起,描写爱情之细腻,故事之新奇,保证为香港报章上所从来未见,第一篇题为《钻石花》,写一个身怀绝技的中国青年和异国女郎之间的恩怨纠缠,兼及'沙漠之狐'隆美尔的宝藏,中国西康的一个世外桃源中的秘闻,由今日起在第二版刊出,敬希读者垂注。"

辟蹊径才能获得读者的支持。他在征得金庸的同意后,于第三个故事《妖火》中添加了幻想元素,①结果这些似是而非的科幻成分大受读者欢迎。倪匡迅即在后面的故事中大量添加科幻、民间传说、都市传闻等元素,为读者带来新奇刺激的阅读体验,由于"卫斯理"系列是香港文坛少见的科幻小说,因此赢得了更广泛的读者群体。20 世纪 60 年代,倪匡在《明报》连载了超过十部武侠小说及二十五部"卫斯理"系列小说,数量远远超过该报上的其他连载作家。他与金庸的亲密合作,亦令《明报》副刊的地位在香港报界引人注目。②

图上-39　《钻石花》推介语(图片来源:《明报》1963 年 11 月 3 日)　　图上-40　《钻石花》第一天连载(图片来源:《明报》1963 年 11 月 3 日)

20 世纪 70 年代,由于倪匡已在《明报》连载了多个"卫斯理"故事,因此有人提议推出单行本发售,明报集团旗下的明窗出版社便印制了第一部"卫斯理"系列小说的单行本《老猫》(见图上-41),③还邀请了香港著名漫画家王司马设计封面。在 1978 年 2 月推出初版时,明窗出版社已在小说封面上标明"科学幻想小说 1",可见出版社希望成体系地把"卫斯理"连载小说以"系列单行本"的形式推向消费者。由于《老猫》连载时已广受读者欢迎,因此单行本推出后旋即大卖。见此情形,明窗出版社立即顺势于半年内印制其他"卫斯理"

---

① 施仁毅主编:《倪学:卫斯理五十周年纪念集》,(香港)丰林文化传播有限公司 2013 年版,第 31 页。
② 沈西城:《妙人倪匡》,(香港)艺苑文化工作室 1998 年版,第 71 页。
③ 同①,第 27 页。

故事,包括《蓝血人》《透明光》《蜂云》《蛊惑》等。在短时间内大量推出"卫斯理"系列的单行本,除了能吸引原有的读者购买收藏外,亦能使未曾接触过连载版的消费者购买阅读。后期,为了保持"卫斯理"系列单行本的营销热度,出版社还特意加强包装,例如在扉页印上倪匡的彩色照片,更附有金庸的提句①,金庸再一次运用自身的号召力为倪匡的小说"贴金",持续激起市场强烈的消费欲望,是倪匡"卫斯理"系列小说始终保持热销的重要原因之一。

图上-41　明窗出版社出版的《老猫》单行本封面(图片来源:倪学网)

香港著名通俗文学作家,如金庸、梁羽生、亦舒等,大都只专注于创作某一类型的小说,如金庸、梁羽生专于武侠,亦舒多写言情,倪匡却能不断打破原有框架,创作出跨类型的小说。除了武侠及科幻小说外,他还在多份报纸杂志上共时连载多个类型小说,如官能冒险小说《浪子高达》及《神仙手高飞》、冒险奇情小说《亚洲之鹰罗开》和《非人协会》、爱情冒险小说《年轻人与公主》、爱情科幻小说《原振侠》等。倪匡曾同时为十二家报刊撰写连载小说,一年内推出超过三十部小说。②由此可见,倪匡能同时创作多种类型的小说,实有别于其他通俗小说作家。跨类型创作小说有利于他与香港多家纸媒机构合作。不同的纸媒有不同的读者群,倪匡按不同纸媒特性及读者喜好创作作品,不同纸媒机

---

①　金庸的提句如下:"无穷的宇宙,无尽的时空,无限的可能,与无常的人生之间的永恒矛盾,从这颗脑袋中编织出来。"见施仁毅主编:《倪学:卫斯理五十周年纪念集》,(香港)丰林文化传播有限公司2013年版,第33页。

②　夏春平:《香港百年沧桑丛书·香港文化色彩》,龙门书局1997年版,第52页。

构又及时推出单行本,从不同类型的读者身上赚取利润,这些纸媒也都得到了理想的回报,更为倪匡带来一年超过二百万港元的稿费及版税收入。①

此外,倪匡笔下的角色经常跳出原有故事,游走于不同系列之中,精心的布局能使某一系列的读者,认识另一部小说中的角色,吸引他们阅读倪匡的其他作品。倪匡在《明报》连载"卫斯理"系列,成功开创香港科幻小说热潮,《东方日报》邀请倪匡创作"像卫斯理又不是卫斯理"②的故事,于是他便以"卫斯理"创作《原振侠》,更安排卫斯理出现在多个故事之中,如《天人》《宝狐》《精怪》等,只要读者稍加留意,不难发现原振侠口中的"那位先生"其实就是卫斯理,这一安排大大增加了作品的阅读趣味。

倪匡更把多部小说的主角聚在《亚洲之鹰罗开》里,"他(罗开)立时摇了摇头:'真可惜,那两件失去的东西,我看没有人找得回来。你找不回、我找不回、高达找不回、木兰花找不回、卫斯理找不回、年轻人找不回,就算把我们所有人全加起来,也找不回来!'"③这段对话包含了《浪子高达》《女黑侠木兰花》《卫斯理》及《年轻人与公主》的主角名称。这种故事交错的创作方法拓阔了读者的阅读范围,也为他们带来无限惊喜。

倪匡笔下的角色更走进亦舒的故事里,从亦舒的《朝花夕拾》《天若有情》《弄潮儿》《曾经深爱过》等作品中能看到卫斯理和原振侠的踪影。亦舒曾在散文集《我哥》中表示:"原振侠这个角色呱呱叫,英俊、机灵、独身,又特别喜欢失恋,不知如何构思得来,故此把原医生借了一次又一次,爱不释手,不亦乐乎。老匡实在忍不住,问了:'你小说中那个私家侦探小郭,是不是卫斯理的小郭?'冷冷的厚颜无耻地回答:'是,他不幸走错了故事,跑到拙作来了。'"④倪匡和亦舒的刻意安排,吸引读者不断寻找二人小说中的关联,同时刺激了整体销量。

德国社会学家阿多诺指出:"文化工业的全部实践就在于把赤裸裸的赢利动机嫁接到各种文化形式之上。自从这些文化形式开始作为市场上的商品,成为其创作者的谋生手段的那时候起,它们就已经部分拥有了这种性质。但那会儿它们只是间接地追求利润,仍不失其自律的本质。而文化工

---

① 倪匡口述,江迅撰文:《风雨任平生:倪匡传》,(台北)印刻文学生活杂志出版有限公司,2014年版,第115页。
② 同上,第123页。
③ 倪匡:《怪头》,(香港)勤+缘出版社2009年版,第19页。
④ 亦舒:《我哥》,(香港)天地图书有限公司2014年版,第105页。

业带来的新东西是,在它最有代表性的产品中,对效用的精确彻底的计算被直截了当地、毫不掩饰地放在首要位置。"①作者倪匡只是一人,却在各家出版社的宣传策略和多声部的市场轰鸣中,产生了协同共振效应,从而成了各种纸媒争抢的"市场达人"。另外,倪匡的创作有一个重要特点,答应别人的稿件一定会按时交稿,这有利于他跟各家报社建立长久而互信的合作关系。在众多通俗文学作家的作品中,倪匡能够脱颖而出,有其必然的原因。

三、出版传播多途:作品分销,共时宣传

如果将"倪匡现象"譬作一只"鼎"的话,倪匡小说创作的特点,"环球""明报"两大出版集团的市场运作,是这只"鼎"的二足,此鼎的"第三足"则是电子媒体的加盟。而在传播效率及扩大名人效应这些方面,电子媒体似乎更胜一筹。香港的电子传媒一直追求市场性,倪匡作品显然是各传媒热烈追逐的对象。

(一)电影改编

香港的商业电影享誉全球,倪匡的作品迎合市场,读者群体庞大,在这样的环境中如鱼得水,必然受到香港各大电影公司的关注——倪匡的作品几乎都被改编成电影,数量极多,他更积极投入编剧事业,创作大量电影剧本,单是通过邵氏拍成电影的就有二百六十一部,未拍摄的约有一百部,加上台湾导演、独立制片等,也至少有两百部。②倪匡参与的电影中最有名的是由李小龙主演、倪匡编剧的《精武门》(见图上-42),其中陈真一角更是震惊整个华语以至西方电影市场,其中的对白"中国人不是病夫"传颂至今。他最有影响力的六部改编电影是"卫斯理"系列影片。其中《卫斯理与原振侠》除了由周润发、张曼玉等顶级演员担任主角外,倪匡也在电影的序幕(见图上-43)中出现,原著作者于电影中出现,绝对能引起消费者的好奇心,该电影亦曾于日本(见图上-44)及我国台湾地区上映,共夺得一千万港元的票房。把小说拍成电影,倪匡相当认可,只要电影公司向倪匡支付足够的费用,倪匡从不介意导演删改故事内容。1967年上映的《独臂刀》(见图上-45)是倪匡亲自改编的第一部电影,不过因倪匡未能掌握编剧的技巧,最终被导演张彻改得面目全非,几乎没有了原著的痕迹。对这样的删改,倪匡根本不介意,他

---

① [德]阿多诺:《文化工业再思考》,转载自 http://360doc.com/content/18109231/21/2020402_789153209.shtml。

② 蔡澜:《老友写老友(下)》,(香港)天地图书有限公司2006年版,第174页。

要的是市场效应。这部几乎只是挂了倪匡编剧名衔的电影票房突破了一百二十九万港元,刷新了当年的票房纪录,①使倪匡拥有了"百万编剧"的美誉。正所谓"经一事,长一智",经历了《独臂刀》的被删改,倪匡在导演张彻的指点下迅速掌握了编剧的窍门,继而开始大量创作电影剧本,而他创作或改编的剧本均能获得很好的市场效应,骄人的票房促使电影公司不断与倪匡合作。因此在电影界掀起了倪匡编剧的旋风,他与导演张彻、演员王羽形成"武侠电影金三角"。

此外,倪匡创作剧本之快速、交稿之准时,亦为电影公司所推崇。邵氏电影公司只要想到卖钱的题材就告诉倪匡,倪匡能立即提供周详的参考资料,让投资者建立莫大信心,②电影监制蔡澜曾言倪匡只需三天便能完成一个剧本。③对于倪匡编剧或改编的电影,长期担任倪匡电影监制的蔡澜直言:不重内容只重包装,只是商业电影。④确实如此,倪匡编剧或改编的电影也就是香港商业浪潮中的一朵浪花,不过这朵浪花有声有色,使得倪匡成为香港乃至华人地区家喻户晓的人物。

图上-42 倪匡创作《精武门》剧本

图上-43 倪匡于《卫斯理与原振侠》中饰演自己,在序幕中用普通话介绍卫斯理及原振侠出场[图片来源:素颜天使(Plainface Angel)网站]

---

① (香港)《太阳报》2016年1月24日。
② 蔡澜:《老友写老友(下)》,(香港)天地图书有限公司2006年版,第27页。
③ 同上,第187页。
④ 同上,第12页。

图上-44 《卫斯理与原振侠》的日本版海报［图片来源：素颜天使（Plainface Angel）网站］

图上-45 倪匡担任编剧的第一部电影《独臂刀》海报

（二）电视剧改编

与电影几乎同步，中国内地/大陆、香港、台湾，甚至新加坡的电视台都开始将倪匡的小说改编为电视剧。台湾一家电视台于1983年率先拍摄"卫斯理"系列电视剧；湖北电视台拍摄的《少年王卫斯理》勇夺2003年度收视冠军；香港无线电视于1992年拍摄的电视剧《原振侠》，开创了偶像剧的先河，黎明饰演原振侠，剧中的女角由王菲、李嘉欣、朱茵等当红歌手及演员饰演，电视台还制作了特刊（见图上-46、图上-47）以作宣传，吸引观众购买阅读，风头绝对一时无双。近年来，网剧《冒险王卫斯理》（见图上-48至图上-51）也在中国内地和香港以及马来西亚同步播出。每次开拍《卫斯理》，电视台都以高薪聘请炙手可热的演员饰演卫斯理，如吴奇隆、余文乐等。近年来更是投放大量资金于电脑特技之上，为观众带来前所未有的视觉享受。《卫斯理》电视剧成为收视率的保证，也成了各电视台的保留节目。虽然有读者批评电视剧与原著相距甚远，但倪匡的原则是：只要给予足够费用，绝不干涉电视剧的拍摄。香港亚洲电视还邀请倪匡、黄霑和蔡澜主持深夜清谈节目《今夜不设防》，邀请大量影视红星、上流名媛作嘉宾，以美酒佳人把三位打造成香江的风流才子。曾有观众反映听不懂倪匡说话，电视台立即在《今夜不设防》中为倪匡的叙述配上字幕，以提升节目的质量。节目中三人风花雪月，清谈漫话，市民们在了解他们私生活的同时，接受了他们经常宣传彼此的作品。倪匡及其作品几乎每天24小时在市民社会"狂轰乱炸"，这让"倪匡现象"一浪推着一浪不断前行。

图上-46　香港无线为电视剧《原振侠》制作的特刊

图上-47　香港无线为电视剧《原振侠》制作的特刊

图上-48　1998年《神探卫斯理》电视剧海报（新加坡）

图上-49　2003年《卫斯理》电视剧海报（香港无线）

图上-50 《少年王卫斯理》宣传海报（中国大陆）

图上-51 2018年网剧《冒险王卫斯理》宣传海报（爱奇艺）

（三）广播剧改编

在香港的电子媒介传播中，广播剧的播出与接受是一个重要方面。早年，金庸作品的大热与电台对其进行联播有很大关系。倪匡也是香港多家电台青睐的作家。香港电台于1972年至1974年间连续播放倪匡《女黑侠木兰花》的三十个故事，又于1981年至1984年间播放广播剧《卫斯理》。香港商业电台则在1987年至1988年间替"卫斯理"的三十七个故事制作广播剧，为示隆重，还邀请歌神张学友及天王刘德华主唱主题曲及插曲，两首歌曲都收录于二人的唱片之中，希望吸引歌迷收听广播剧。台湾汉声电台在2005年至2007年间曾开设清谈节目《空中卫斯理书斋》，主持人叶李华博士每星期向听众介绍一部"卫斯理"小说，共一百集，介绍了一百〇三个卫斯理故事，而广州电台于2008年录制了"原振侠"广播剧，共八十四集，以说故事的形式呈现小说内容。虽然电台只能通过声音推介倪匡的作品，不像电影、电视剧带来的视觉体验那样令人震撼，却能以数量取胜，用细水长流的方式打动听众，有助于"倪匡现象"在不同年代、不同地域持续发酵。

结语

法国学者布尔迪厄指出，当文学场受到政治场、经济场等外在因素的影响时，文学场将出现"以市场为导向的文化生产"及"以象征为主的'纯粹作品'生产"。①香港文坛曾出现多个流行文学阅读热潮,如"金庸热""亦舒热""倪匡热"等,这些热潮的成因与香港特殊的社会环境不无关系。周毅之指出,香港流行文化兴旺的原因,是由于大部分文化事业都缺乏政府的资助,因此一般文学作品及艺术演出,特别是报刊出版和电影电视制作,必须迎合市民的消闲需求才能获得成功。②香港的作家及出版社为求生存,不得不根据市场需要大量推出流行文学作品。倪匡就是一个市场中人,他创作的作品就是商品。他的小说应市场而生,应市场而活。商品性是通俗文学的重要特点之一,在倪匡及其作品身上表现得特别强烈和突出。商品性的作品并不精致,甚至并不完整,难以获得人们的钦佩和赞美,却具有强大的可再生性。读者可以在他的文本中获取阅读快感,而各种媒体可以在他的文本中找到再创作的灵感。

"倪匡现象"的出现绝非偶然,它是倪匡及传统媒体、电子媒体合力打造的大众文化消费热潮。劳特朋教授在《整合行销传播》中提出了一套"以消费者为中心"的营销"4C"理论。③倪匡的小说及相关作品可视为"4C"理论的经典案例:1.全都符合消费者的品位(Customer);2.媒体尽力降低成本,甚至免费推出市场(Cost);3.消费者亦能透过多个渠道接触倪匡的作品(Convenience);4.媒体机构亦成为倪匡与消费者的沟通桥梁(Communication)。可以说,倪匡"读者为先"的创作态度,出版机构关注市场的出版策略,以及由文本阅读热而产生跨媒介改编及传播热,正是香港文学场受到经济场影响的一大证明。没有香港的文化生产机制,倪匡不会成为今日的倪匡。而没有倪匡过人的才华及其对香港文化生产机制的服从和配合,也便无从生成"倪匡现象"。"倪匡现象"的出现,既是英雄造时势,亦是时势造英雄,香港市场化的社会给了倪匡表演的舞台,倪匡也给这个舞台增添了色彩。

当然,以市场需求和文化消费为创作导向的文学生产机制,在建构了"倪匡时代"的同时,也导致了倪匡创作的粗糙、模式化,遮蔽了他成为经典作家的可能。倪匡没有金庸"青史留名"的抱负和自觉,金庸愿意拿出十年的时间将消费文本修订为经典文本,而阅读消费和赚钱是倪匡写作的根本

---

① [法]皮耶·布赫迪厄:《艺术的法则——文学场域的生成与结构》,(台北)典藏艺术家庭股份有限公司 2016 年版,第 231 页。
② 周毅之:《香港回归丛书·香港的文化》,新华出版社 1996 年版,第 10 页。
③ [美]劳特朋著,吴怡国、钱大慧、林建宏译:《整合行销传播》,(台北)滚石文化 2004 年版。

动力,他也无暇静下心来对自己的作品进行细致认真的修订,于是,同样以写作赚钱为目的的金庸与倪匡,最终分道扬镳,一个走向文坛,一个走向"文摊",却也在这个意义上,生成了"倪匡现象"的独特性——它在香港的文化生产和读者的文化消费中光芒四射。多元的创作、多类的作品和多途的传播,共同作用于香港特殊的文学场域,全力迎合这一文学生产与消费机制和特征的倪匡,终成为香港大众文化消费市场中的"宠儿",以其过人的天分和不懈的努力,成就了香港流行文坛五十年不老的传奇。

第九章 《今古传奇·武侠版》:21世纪大陆武侠文化工业的兴起

郑保纯

一、"福特制"杂志叙事学

2001年9月,编辑家、时任今古传奇杂志社社长的舒少华,在其同事冯知明、李靖的建议下,拟推出一本子刊《今古传奇·武侠版》(以下简称"武侠版")。此前,他已经成功地在通俗小说杂志《今古传奇》双月刊的基础上,将《今古传奇》(创办于1980年,16开本,杂志社称之为"老刊")申请审批为月刊,6期单月号刊出通俗小说,6期双月号刊出纪实文学作品。此外,他于2000年与同事舟恒划等人一起创办《今古传奇·故事版》(月刊,32开,模仿当时的新故事大刊《故事会》),故事版单期发行量很快突破十万册,杂志社旋即将其更改为半月刊,该刊在发行与广告方面,都颇有收益。"一拖三""一拖四",细分市场,创办子刊,成为该杂志社发展的新思路,表现在内容方面,它遵循民国以来通俗文学的内在规律,将新故事、社会小说、武侠小说、侦探小说、历史演义等子类型整合成不同的杂志,提供给都市里正在涌现的不同社会阶层、不同年龄段、不同性别、不同阅读喜好的读者。[1]

《今古传奇》曾在1980年代连载武侠小说《玉娇龙》(由重庆作家聂云岚改编自民国武侠小说家王度庐的《卧虎藏龙》),该作在江湖恩怨的背景下,以跨阶级的男女恋爱与女性意识的觉醒为主题,与20世纪80年代的社会风气相呼应,重新引发读者的追捧热潮,令《今古传奇》达到二百七十余万册的期发行量。之后的二十年间,中长篇武侠小说一直是该刊的重要题材。[2]金庸、古龙、梁羽生等港台武侠小说家的作品流行一时,黄易、温瑞安是当红

---

[1] 范伯群:《中国近现代通俗文学史(新版)》(上),江苏凤凰教育出版社2010年版,第25页。
[2] 汤哲声:《流行百年:中国流行小说经典》,文化艺术出版社2004年版,第297页。

的武侠作者,港台武侠作品与武侠影视剧,在大陆培养出大量武侠文化爱好者,成为这本拥有独立刊号的武侠杂志的潜在读者。民国武侠小说风行期间,平江不肖生、还珠楼主等将作品以每日1 000字左右的篇幅,一段一段发布在报纸副刊上,然后再结集出版,当时尚未开创专门的武侠小说杂志。金庸、古龙等人作品的发表,也遵循报刊副刊连载与结集出版的模式。20世纪六七十年代,台湾创办《武侠春秋》杂志,香港创办《武侠世界》杂志,分别刊发过黄易、温瑞安等人的作品,坚持到2000年前后,《武侠春秋》停刊,《武侠世界》勉强维持,其时大陆已出现由罗立群、曹正文主编的集刊《大侠与名探》(珠海出版社主办),《佛山文艺》也有连载长篇武侠小说的栏目。由此可见,有独立刊号,专门以武侠小说为刊载内容的杂志,自民国初年武侠小说文体诞生百年以来,《今古传奇•武侠版》在中国大陆地区是第一份。①

"武侠版"编辑部由冯知明负责筹备组成,冯知明毕业于南京大学中文系,有书商经历,是精英小说作家。冯知明编辑出版了《今古传奇•武侠版》试刊号与创刊号,2002年离开编辑部,由编辑家孟德民接任主编一职;孟德民毕业于武汉大学中文系,是《玉娇龙》的责任编辑,是"老刊"的资深编辑;孟德民主持编务工作一年左右,2003年离开编辑部,由笔者(毕业于华中师范大学中文系)接任主编,笔者擅长写作精英小说与诗歌,2001年初,经《今古传奇》《今古传奇•故事版》调任"武侠版"编辑,2006年初任《今古传奇•故事版》主编;2006—2009年,冯知明重新调回"武侠版"任主编,与著名武侠作家凤歌(毕业于四川大学哲学系)一起共同主持编务工作;2009年初,笔者被重新调回主持"武侠版",主持编务工作至2010年底,2010年秋,笔者因学业故离开杂志社(其时已更名为今古传奇报刊集团)。主编人选的五次频繁异动,与《今古传奇•武侠版》杂志在都市文化与新媒体一并兴起下的爆发式增长与剧烈挫败相关,在主刊与子刊的框架之下,舒少华先后从擅长编辑内容、策划活动、明星作家等角度来调整主编人选,密切关注读者与市场的反应,表现出能动性与高效率,是合情合理的。我们现在已经看出一些轮廓:新世纪的最初十年,是新媒体与文化工业互相作用、狂飙突进的时代,很少有文化单位(企业)能够顺利地全身而退,或者勃然而兴焉数十年。

先后在"武侠版"担任编辑工作的同事有数十人,由武侠小说爱好者、武

---

① 可印证该刊后来"大陆新武侠第一刊"的宣示。

侠小说作者、大学文科毕业的职业编辑三部分构成。武侠爱好者，如李靖（时任杂志社美术总监，设计"武侠版"前期封面，后离开今古传奇杂志社，创办《知音漫客》杂志，在国内动漫文化领域有一定影响力）、横刀（原名熊嵩，后调任奇幻版创刊主编，随李靖去《知音漫客》工作，后赴上海任职于蔡骏工作室，从事出版工作，"武侠版"以他为原型设计了"横刀"的卡通形象）、丁晴（笔名，非台湾武侠作家丁晴，创刊后不久即离开编辑部）、郑德华（创刊后不久离开编辑部）、赵静（笔名青眉，任"武侠版"通联编辑，主持读者俱乐部"侠少盟会"，管理"武侠版"官方网站"侠客社区"，负责刊物地脚读者互动的编辑，主持读者来信的回复工作，主持读者活动）、杨严（笔名杨小邪，曾任通联编辑，后随横刀创办奇幻版、去《知音漫客》工作）、清欢（后去上海某网游公司工作）、廖翼颖、刘琬（接替赵静主持读者互动工作）；武侠作家，如凤歌（后曾任"武侠版"主编）、李逾求（后曾任"武侠版"主编）、柯家生（后曾任"武侠版"副主编）；大学文科毕业的职业编辑，如吴帆（笔名傲月寒，武汉大学新闻系毕业，2002年入职"武侠版"，现任"武侠版"主编）、颜铭（作家，后任职于宜昌市文联）、张晓华（笔名夕颜舞，后调任文摘版主编）、王璇（笔名小似，后去深圳某房地产公司工作）、张雪松（后去北京某出版公司工作）、何诗溮（后去职）、路边（后去职）等；另外还有美术编辑苏琳（后任"武侠版"副主编）、肖瑶、李志恒（后去职）、董晓燕（后去职）等。与该杂志的主编异动一致，编辑团队的流动性也明显增强，这与今古传奇杂志社上一代编辑拥有稳固的职业生涯完全不同（大部分上一代编辑在编辑部工作至退休）。

"武侠版"试刊、创刊时为月刊，32开本（受到《今古传奇·故事版》的影响），4个印张，128页，2003年经湖北省新闻出版局审批更改为上下半月刊，2005年更改为旬刊（在上下半月版之外，推出长篇小说专刊月末版），并扩展至5个印张，160页，虽然有更改为周刊的计划，但在2010年之前，一直保持着每月出版三期，每期160页的节奏。编辑部的运作，实则是按照页码的经济学与叙事学。以2005年后较稳定的杂志样貌为例，每期杂志包括四封（封面请插画家绘制，发布刊物的重要作品信息，封二、封三、封四为广告页面）与内文，共160页，包括目录（主编导语、作品介绍、版权页说明等）、正文（短、中、长篇武侠作品）、插画（题图与插图）、地脚（每页地脚附有读者来信摘要等，是读者互动的区域）、副刊（评刊，编读往来，介绍与武侠文化相关的资讯等）、广告页面。一般来说，目录2页，广告5页，副刊8页，插画20

页左右,正文内容在130页左右,按照当时的版式,每页可刊载大约1 000字。旬刊(每月1日、15日、20日出版杂志)每期160页,每期广告、目录、插图、副刊、内文所占比例,皆是长期调整的结果,副刊、目录的增加是杂志对编辑话语的强调,插图的增加可能是对图像阅读的强调,副刊与地脚的增加是对读者互动的强调,广告页面的增加是读者不太喜欢的,却直接关系到杂志运营的利益。正文部分也存在短、中、长篇小说的分配问题,更是关乎武侠写作的类型,关系颇大,后面还有讨论。随着刊期与印张数目的增加,"武侠版"的正文、插画、副刊有增加的趋势,各项之间的比例也经过反复博弈,"武侠版"于2005年形成较稳定的形态,如上所述,表达为一套杂志的叙事话语:借用热奈特的叙事理论,页码可为杂志的叙事时间,对应的是广告时间、读者互动时间、编辑话语时间、图像时间、武侠作品时间(各类故事时间),将作家的构思创作时间、编辑部的编辑出版时间、读者的阅读时间等统筹起来,产生微妙的张力。①主编通过每一期、每一月、每一年的发稿计划,来掌握刊物运作的节奏,形成叙事的节拍,与读者、发行商、广告商、印刷商、作家团队、插画师团队、编辑团队、杂志社领导与同事、有关出版管理部门互动,形成结构性的杂志叙事(可与其他杂志社、报刊社、电视台、网站、电影院线等媒体的叙事模式比较),这一叙事以页码为单位,以"期"为单元,以编辑部为主体,运作不息,在调整中复制自身,创造自身,在同一性里努力争取差异性(每一期杂志提供新的信息,有新鲜感),不同的个人、成员、单位、公司各司其职,形成分工、协作与交换的关系,其对信息(武侠文本)的生产与再生产,的确可与"福特制"工厂对服装、汽车等商品的生产类比(事实上,2006年杂志社迁至东湖新技术开发区,新建的编辑部办公场地景观就有一点"福特制工厂"的影子)。

页码叙事学也在形塑着编辑团队、作家团队和插画家团队。编辑部实行责任编辑制度,编辑发现、培养作家,得到作家新作的"第一次发表权",经过责任编辑一审、编辑部主任二审、主编三审之后,作品得以挑选、修改、编辑、校对,形成清样,发布在每一期杂志上。责任编辑的工作成果,以每一期、每一月、每一年编辑刊发多少页作品来计算,每页的编辑费为30—50元

---

① [法]热拉尔·热奈特著,王文融译:《叙事话语、新叙事话语》,中国社会科学出版社1990年版,第53页。

（随杂志的效益调整），年终的奖金与责任编辑发稿的页码总数目相关，责任编辑向编辑部主任、主编的层级升迁以及在杂志社内部或行业中的声望也与之相关。在"责任编辑"与"三审制"的竞争机制激励下，一个优秀的编辑必须与二审（编辑部主任或副主编）、三审（主编）保持良好的沟通（达成用稿标准的共识），编辑提升业绩的路径有：一是尽可能地发现并培养新的作家，让他们写出合格的作品；一是激发已发现的优秀作家的潜力，让他们写出更多的合格作品。每一期发稿计划包括 10 页左右的短篇小说 1—2 篇，20—40 页左右的中篇小说 1—2 篇，30 页左右的长篇小说连载（有时候可能是双连载），这一发稿计划既是由 160 页杂志容量决定的，也是与编辑组稿内容长期博弈的结果。对编辑而言，发现长篇小说作者，编发长篇小说连载，发现中篇小说作者，推出系列中篇作品，是符合他们利益的。而长篇小说连载、中篇小说系列也因为其在故事性方面的表现，受到读者的欢迎，因此，在杂志模式、读者需求、编辑推动、作者配合、武侠小说叙事模式的结构性作用之下，每篇约 30 万—60 万字的长篇小说，每篇约 4 万—5 万字的中篇小说系列以及每篇约 10 万—15 万字的小长篇小说（月末版刊载），成为"武侠版"推出武侠作品的基本体例。

　　这一精益求精的"杂志模式"与民国武侠小说的"副刊连载模式"，与当下网络小说的逐日更新模式不同，要求编辑在有限的篇幅（每期 160 页，15 万字，每月 3 期，480 页，45 万字，每年 36 期，5 760 页，540 万字）之中，发布不同作者、不同风格的短篇、中篇、中篇系列、长篇、长篇系列作品，呈现出主题丰富、故事密集、叙事曲折的特征，与报纸副刊连载、网络小说逐日更新模式相比，文本充满张力、内爆力，在某种意义上，是对"武侠时间"的压缩。从诸武侠小说的叙事传统来看，"武侠版"推出了一批质量精良、充满想象力与创造力的系列中篇武侠作品与小规模的长篇作品，却没有能力像报刊副刊那样推出金庸、黄易等人的大型长篇作品，与后来网络小说千万级字数的长篇小说相比，也失去了竞争力。武侠文本的代表作，如《蜀山剑侠传》、"射雕三部曲"、"鹤铁五部曲"等，很难用"武侠版"创制出来的"杂志模式"刊载发布。解决这一矛盾的可行方案，是在"责任编辑""三审制""第一次发表权"的基础上，设立武侠网站，创建武侠出版社，获得作家版权，将作品在报纸副刊上连载，然后再进行文本周边的深度开发，进一步开展出版、动漫、网络游戏、影视剧等方向的版权与品牌运作，整理"文化工业"的完整链条，这些设想又受限于当时我国的出版管理制度与杂志社管理层的想象力,变得遥不可及。而"武侠版"面临的最大麻烦是:通过中篇系列连载、长篇小说连载而成名的优秀武侠作家与优秀作品的版权,陆续被杂志社之外的网站与出版社获取,对"武侠版"的可持续发展造成伤害。

  无论如何,在这样一种流动的、充满张力、时间压缩、密集叙事、向内爆破的福特制杂志模式下,编辑们的能动性被充分调动起来,它的一个意外的收获是:在尽可能短的时间里,尽快发现、培养、推出一大批武侠小说作者,在此基础上,涌现出充满创造力的明星作家,其成绩可能已经超过了民国武侠浪潮、港台武侠浪潮在近百年的时间里取得的进展(这一模式可能也在《故事会》《知音》《读者》《最小说》《科幻世界》等新世纪最初十年里兴起的大众文化期刊社里发挥着能动作用,形成了新时代"文化工业"的"奇点")。

二、"后金庸"的作家群落

  "武侠版"创刊之初,在"武侠爱好者"与"职业编辑"双重力量的推动下,编辑团队致力于发现作者、寻找稿源、建设作者团队。"武侠版"的作家大概有以下三个来源:一是尚在活跃的老派港台武侠作家。在台湾,如所谓"九大门派"中的秦红刊载过《风过江湖不留痕》,台湾新武侠发起人之一的宋今人,其子宋德令亦向编辑部推荐了司马翎的部分作品与古龙的遗作,孙晓刊载过《隆庆天下》,叶洪生撰稿介绍台湾武侠作家;在香港,因电视剧《寻秦记》的播出,黄易声名颇盛,另外一位名家温瑞安也非常活跃,他们的新作《边荒传说》(黄易著)与《少年无情》(温瑞安著)出现在2004年的"武侠版"上,梁羽生亦同意将联语随笔作品刊载于"武侠版"副刊,武侠大师金庸其时受聘于浙江大学文学院,编辑部亦派吴帆拜访过他,后来"武侠版"封面上金庸"侠之大者,为国为民"的题字,即是取自金庸签写吴帆所携《侠客行》一书的题词,但"武侠版"创刊之初,并没有得到金庸的肯定与支持,在2007年前后,还有过他以轻慢的态度评价步非烟的风波。①二是国内略显沉寂的老派武侠作家。他们曾在20世纪90年代,与大陆书商合作,以仿写、续写港台武侠名家的作品而知名,如沧浪客、金庸新、陈龙骧、陈天下、江湖客、江湖

---

  ① 郑保纯:《网络武侠小说女性叙事声音的诞生:以沧月〈忘川〉为例》,载《小说评论》2018年第1期,第124页。

大、周郎、墨阳子、马大勇、马步升等人,后来沧浪客、金庸新、江湖大等在"武侠版"上都有不俗的表现。三是来自当时方兴未艾的互联网络,来自自由涌现的各大网站的BBS版,除探访成名武侠作家之外,熊嵩、丁晴、吴帆、王璇、张晓华、张鹏(清欢)等一批二十岁出头、刚从大学毕业的年轻编辑将组稿的方向锚定在网络。其时编辑部为每一位编辑配备了电脑,组建了局域网,电脑上安装了微软操作系统,网速在100 kb左右。榕树下网站的"侠客山庄"、天涯社区的"仗剑天涯"、西祠胡同的"武侠大说"、清韵社区的"纸醉金迷"皆是当时颇有名气的武侠BBS版,武侠作者在版区内上传更新作品,接受"斑竹"的管理,由喜爱阅读武侠小说的网友前来阅读、点评、跟帖。编辑登录网站,进入BBS版中条目式的页面,即可点击打开作者与网友在互动的、正在更新的,或者已经完结的网络武侠文本。网友的点击数、评论数、版主的"飘红""加精"的推荐,很容易让"潜水"的编辑们从数以万计的网络写手的网络习作中挑选出优秀的武侠作家与作品。在2007年前后,起点中文网等收费网站兴起之前,"侠客山庄"等BBS版并未建立收费机制,网络武侠写手凭兴趣爱好、激情才华写作,自由、自发,充满了不可思议的创造力,各"武侠版"区有一点像在网络上运作的文学社团,充满青春侠情,意气飞扬,颇有武侠乌托邦的气质。"武侠版"以纸媒的(杂志)、权威的(有出版局审批的刊号)、专业的(已经得到前辈武侠作家的认同)姿态进入各BBS版挑选作家与作品,以每千字100—200元的稿酬(得到第一次纸媒发表权)刊载发布被选中的作品,其时是颇具竞争力的。由这一视角来看,作为"武侠版"作品核心的作家与作品资源来自网络,来源于新世纪第一个十年"奇点"式的网络文学创作运动,"武侠版"杂志的编辑出版,实则是对各碎片化的、汪洋大海一般的武侠BBS版生产出来的武侠信息的"时间压缩",由数字写作到纸媒出版的"还原"。"武侠版"编辑由天涯社区"仗剑天涯"("莲蓬鬼话")发现的作家有燕垒生、鼠七里、步非烟、小非、陈致宇等,在榕树下"侠客山庄"发现的作家有时未寒(相信意外)、楚惜刀、庹政、李亮等,在西祠胡同"武侠大说"发现的作家有黑水老鬼、李古等。清韵社区"纸醉金迷"特别令人瞩目,国内奇幻文学"九州"团队即活跃于此,武侠奇幻小说作者结成所谓的"匪帮",杨叛、凤歌、沧月、江南、沈璎璎、香蝶、红猪侠、天平、马伯庸等皆在此发布了他们最早的武侠作品。九把刀是吴帆在台湾网络文学网站发现的作家。

《今古传奇》"老刊"的组稿方式有"登门拜访"与"笔会",这一传统也被引入"武侠版"编辑部。责任编辑分春秋两季去不同的城市，登门拜访作家。笔者2002年曾到四川去看望凤歌、时未寒、庹政、方白羽、斑竹枝等，到浙江杭州看望沧月、燕垒生、陈龙骧、何提縈等，去湖北随州看望小椴，2003年去深圳拜访温瑞安，去香港拜访黄易、黄玉郎、马荣成、刘文良等，去北京拜访步非烟、沈璎璎、三月初七等，在拜访期间，笔者向这些作家分明介绍了刊物，并与他们讨论选题。"武侠版"亦经常举办笔会活动。2001年冯知明举办武当山笔会，为创刊作准备，参加笔会的有独孤残红、蒋胜男等作家；2002年孟德民举办武当山笔会，参加的有小椴、沧月、凤歌、江湖客、庹政、小林寒风等作家；2004年笔者举办香港大屿山笔会，参加的有黄易、小椴、沧月、凤歌、天平、九把刀、燕垒生、时未寒等作家。在笔会期间，作家与编辑们朝夕相处，围绕武侠文化展开讨论，讨论刊物的风格与方向，确立重要的选题，在此过程中，作家与编辑们一起登山临水，饮酒聚会，每次活动的内容后来都呈现在杂志副刊上，为读者所关注。随着互联网的兴起，编辑与作者之间的交流可通过QQ群组等来实现，武侠作家及其作品的发现、武侠问题的讨论、稿件的修改等问题可以通过即时通信工具与BBS版得以解决，在实体杂志运营之外，编辑与作家逐日处于"在线"状态（读者也在线），这样密集的编辑与作者之间的交流，是传统编辑活动中从未有过的，可惜由于电脑频繁升级更换，当时并没有主动保存资料的意识，这些流动的、碎片化的珍贵讨论记录并未保存下来（之前在传统出版领域，编辑与作者之间的通信可能还保存得更完整一些）。

2001年9月在"武侠版""试刊号"上推出的作品是温瑞安的中篇作品《山字经》、杨叛的中篇作品《梅影埋香》、小椴的长篇连载《乱世英雄传》（上）与狼小京的短篇小说《一枝红杏》，温瑞安的作品是在深圳"登门拜访"时组稿所得，小椴的《乱世英雄传》（原名《夜雨打金荷》）由作者自由投稿通过挂号邮件寄到编辑部，杨叛的作品来自网络组稿，狼小京的作品也来自网络组稿，系"武侠版"首次发布女作家的作品，"试刊号"封面主图取自台湾插画家张雅涵为单机游戏《金庸群侠传》所绘插画。透过作为起点的"试刊号"可以看到编辑部集合港台老派武侠作家、大陆传统与新兴武侠写手，沿着港台新武侠的发展脉络整合武侠出版资源的策略，这一策略在创刊之初是有效的，随着杂志的发展（旬刊，扩版，发行量达到每月七十余万份）、杂志读者的变化（武侠读者中"80后""90后"比例增加、读者中女性读者比例增加）、作家团队的成长（网络武侠作家表现活跃），港台传统作家的影响力逐渐消退。

秦红(《风过江湖不留痕》)、温瑞安(《少年无情》)、黄易(《边荒传说》)的长篇连载提前结束,港台年轻作家孙晓、九把刀加入。江湖客、江湖大、金庸新、沧浪客等大陆传统武侠作家的作品对刊物影响力减弱,由各大网站武侠BBS版汇集而来的"70后""80后"年轻作者成为杂志的主力,女性作者的比例明显增加,武侠创作出现了代际更替,创作中心由港台地区转移到内地/大陆,其中小椴(《洛阳女儿行》等)、沧月("鼎剑阁"系列等)、凤歌(《昆仑》《沧海》)、步非烟("华音流韶"系列等)、时未寒("明将军"系列等)、江南(《光明皇帝》等)、九把刀("杀手"系列等)成为受读者关注的新一代武侠作家,2006年,当"武侠版"连载凤歌作品《昆仑》与《沧海》时,发行量(单期三十万册)与影响力均达到鼎盛,杂志封面上的推荐语,除金庸"侠之大者,为国为民"之外,更醒目的是"大陆新武侠之盛世江湖"。

三、后现代江湖图景的重构

2003年,当时在武汉大学从事博士后研究工作的学者韩云波来编辑部做客,他是学术界关注到"武侠版",关注到新一代大陆武侠小说作家由该杂志涌现的第一人。2004年,韩云波与编辑部一起提出了"21世纪大陆新武侠小说"的概念(简称"大陆新武侠"),并在《西南大学学报》(人文社会科学版)主持"21世纪中国侠文化专栏",致力于大陆新武侠研究。韩云波指出:

> 在充分肯定"从金庸到'后金庸',新武侠具有文化转型的意义"的基础上,大陆新武侠初期在四个方面明显区别于港台新武侠。第一是江湖图景,港台新武侠是基于"为国为民,侠之大者"的"民主—正义"观念,大陆新武侠是基于个人主义内心挣扎的"自由—正义"观念,形成的是由"无望之希望"和"人之精神"构成的"后现代的现代追求"。第二是性别格局,大量女性武侠作者的涌现,引入了女性武侠的新视野。第三是智性写作,大量名校硕士、博士加入武侠创作队伍,智慧深度和文化反思成为小说文本的重要元素。第四是广域叙事,武侠与奇幻、青春、历史、侦探等类型小说形成了更加强烈和明显的互动关系,成为一个包容性更强的综合文类。[①]

---

① 韩云波:《"后金庸"武侠》,西南师范大学出版社2013年版,第2页。

笔者同意韩云波的论断,七年之后,读到这些由杂志运作的现场观察分析出来的创见,依然深感敬佩。当时间积淀到令笔者能够从容地反思与反省这一"大陆新武侠"写作运动的时刻,笔者重新认识到:《今古传奇·武侠版》与这群奇迹般涌现出来的武侠网络写手一起,踏入了武侠文化现代性转型的进程,这一进程的确可以用由北大中文系毕业的步非烟提出的"新武侠革命"来概括。大陆新武侠写作所重构的"江湖图景",一方面继承了民国武侠、港台武侠"为国为民,侠之大者"的宏大叙事,一方面更强调侠客个体主义的一面,如何在民族国家(朝廷与国家)、社会阶层(江湖门派)、家族血缘(名门正派)、外来文化(魔教与异族)、宗教信仰(佛道)、亲密关系(侠情)等构面上,以身体为中心(武术、内功、武道),在对外的社会学层面、对内的心理学层面,来重新建构自我认同(侠客),是作者们试图通过象征性武侠文本来回答的问题。作家们打破了正邪善恶、爱恨情仇、朝廷江湖、魔道正道、中原异域、男女性别等不同群组(主题)二元对立所建构的江湖图景,或者也可以说,他们重新发现了由种种复杂的二元对立所建构出来的一个混沌的、流动的、变换的、不确定的、与身体相关的拓扑学江湖图景,在这一"元江湖"(笔者曾以这个概念评价小椴的作品)中,侠客们在行动之前,会表现为反复的犹豫(凤歌《昆仑》中的梁萧)、深深的迷茫(缺月梧桐《王天逸行侠记》中的王天逸),然后才有可能做出"主动的选择",体现出侠客们身体与精神的能动性(小椴《夜雨打金荷》中的骆寒)。大陆新武侠写作也并不仅仅是由家国主义转向个体主义,它强调的是反思之后的主动选择,在此意义上,小兵的视角(杨叛《小兵物语》)与大侠的视角(金庸《射雕英雄传》)应是多元并存的,郭靖血祭襄阳、韦小宝游戏庙堂、骆寒弧剑出江湖、梁萧反宋,这些生死抉择,能够在"主动选择"的自由意志框架中予以理解。

"武侠版"最初推出女性作家的武侠作品,的确带有"美女写作"的营销动机,从早期"美女江湖""今古八艳""美少女武侠宗师"的提法上,即可一眼觑破。随着优客李玲、沧月、沈璎璎、步非烟、扶兰、盛颜等人的出现,女性武侠文本的作品质量、读者反响、占据的杂志篇幅,都达到了与男性武侠作品不相上下,甚至是略胜一筹的地步。编辑部中女性编辑的比例、读者群中女性读者的比例、作家中女性作家的比例,都超出了民国武侠北派五大家(平江不肖生、王度庐、宫白羽、郑证因、朱贞木)、还珠楼主、港台武侠五大家(金庸、古龙、黄易、梁羽生、温瑞安)等十余位男性作家开创的"男性气质"的武侠传统，超出了由男性创刊者所主导的"男性话语"杂志叙事，超出了"武侠版"编辑部诸同仁的想象力。令我们困惑不已的是：武侠是男性的、铁血的、阳刚的，而这一"惯习"却被猛然打破。"武侠版""阴柔""小资"（其实是韩云波提到的智性写作）的倾向令杂志社管理层深感忧虑，认为是办刊方向的偏离，因此出现主编人选的异动，"读武侠为精神补钙"的纠偏话语随即出现在杂志封面上。女性武侠写作，现在看来是"大陆新武侠"浪潮流光溢彩的篇章，它不仅为武侠文本提供了女性作家、女性侠客、女性江湖空间、女性江湖事件、女性武术系统、女性读者等"女性武侠新视野"，它还创造出全新的内容，并为同样重要的男性作家的武侠书写提供了批评与参照。大陆新武侠的写作，在武侠文学史上，也是首次完整地由女性武侠与男性武侠的互动共同建构呈现的，是被新世纪的女性主义运动深入校正过的写作活动，作家们对性别写作有深入的认知与反思，并在文本中自觉地呈现出来（小椴《洛阳女儿行》、沧月《七夜雪》、沈璎璎《揽月妖姬》等）。①

  韩云波提出的"智性写作"，强调沧月、凤歌、江南、沈璎璎、步非烟等人的名校学历，是为了与港台武侠和20世纪八九十年代大陆武侠创作中泥沙俱下的"写手""枪手"相区隔。事实上，优秀武侠文本的创作主体一直是"高学历"的知识分子：写《游侠列传》的司马迁、写《西游记》的吴承恩、写《水浒传》的施耐庵、②有大量武侠内容的《聊斋志异》的作者蒲松龄、由日本留学归来的平江不肖生（鲁迅同学）、王度庐（曾在北大旁听）、还珠楼主、金庸、古龙等人，皆如此。大陆新武侠作家的"智性写作"，表现为作家们处理武侠文本时具有的"反身性"。吉登斯认为，"反身性"是理解当代社会的钥匙，在超越传统工业社会的"晚近现代性"社会，在一种"去传统化"的社会环境里，个体会被迫对自己的生活和身份不断进行反思和反省。他引用米德的观点：生理层面的个体和社会环境之间的这种持续互动，导致两个互为正反面的自我观念，"主我"（I）与"客我"（me），这两个自我在个体内部处于不断对话和交流的状态。这种个体反身性是社会互动得以可能的前提条件。③在互

---

  ① 郑保纯：《网络武侠小说女性叙事声音的诞生：以沧月〈忘川〉为例》，载《小说评论》2018年第1期，第120—130页。
  ② ［美］浦安迪：《中国叙事学》，北京大学出版社1996年版，第21页。
  ③ ［英］安东尼·吉登斯、菲利普·萨顿著，王修晓译：《社会学基本概念》，北京大学出版社2019年版，第51页。

联网所加速的福特制的我国新世纪杂志工业发展的背景之下，作家与编辑、读者，与批评家、同辈作家之间，作家与老一辈作家之间，通过稿件修改、笔会、研讨会、读者座谈会、网络群组与BBS讨论，作家的写作在频密的交流中进行。大陆新武侠文本中的"江湖""侠客"与"武功"，在表征与呈现武侠文化的同时，也是对新世纪社会生活的象征和反映，在对社会进行"反身性"隐喻的同时，它所描述的江湖与侠客在具有反身性的当代社会结构与个人的生命史里获得映射，也可视为具有反身性的特征。大陆新武侠文本也是在与民国武侠、港台武侠的对话中生产出来的，传统武侠作家，特别是金庸的武侠创作，构成了作家们创作的镜像，在主题内容与叙事策略方面，无论是继承金庸、"反金庸"，还是"后金庸"，都是走向成熟的武侠作家首先要面对的问题。除了要关注国内传统之外，作家们还要应对日本动漫文化、韩剧、美剧、好莱坞电影等国外大众文化产品的影响，与影视、动漫、网游等产业互动，与国内精英文学对话，接受奇幻、科幻、悬疑、言情等其他类型文化的影响。作家在这一结构性的武侠文化中创作，他必须以能动的反身性来应对，自律而刻苦，在编辑的督促下生产文本。而这一批名校高学历出身的大陆新武侠作家，又拥有足够的科学思维、批判思维与专业知识，有"智慧深度"与"文化反思"，足以应对这一复杂结构性写作的挑战。武侠文本生产的"反身性"，也造成了杂志本身的"反身性"，它生产出的风格多样、叙事密集的新武侠作品，区别于传统武侠作品，这种不确定性，也为杂志的运营带来了"风险"，对处在反省中的杂志社管理层而言，也会激发出某种反身性。

　　回到大陆新武侠文本内部，反身性的作用，面对的核心问题，的确是韩云波所指的"广域叙事"。金庸被认为是武侠小说的集大成者，在由他的文本构成的"武侠场"里，武侠被认为是这样一种叙事：白衣飘飘的中国少年古装侠士，拜师学艺得到秘籍，通过武术（降龙十八掌）、内功（九阴真经）、轻功（凌波微步）、冷兵器（倚天剑）等的练习，获得了超能力，他与同伴或者情侣一起仗剑天涯，往返在庙堂与江湖之间、中原与异域之间、名山大川之间，他生活的朝代最好是宋朝（唐、明、清也可以），他出现较多的场域是深山、船只、集市、酒肆、小镇、京城、边塞、南方的丛林，他行动的动力主要是报仇、寻找秘籍或宝藏、路见不平、交友、饮酒、争夺天下第一、加入国家平叛或者抵抗外族的战争，事成之后，拂衣归隐，在以上这些活动中，他得以不断提升自己的身体能力，最后以武悟道，成为一代"武圣"——一种中国式的成长流浪小说,是少年们在近现代城乡二元对立、受到帝国主义列强支配的初级工业社会中成长的象征。当新时代的复杂现代社会结构出现时,这一叙事策略将得到调整:当民族文化冲突得到强调的时候,武侠小说的主题偏向于金庸式的文化武侠小说;当阶层冲突得到强调的时候,会出现缺月梧桐的社会武侠小说;当性别问题突出时,会出现沈璎璎的女性武侠小说;当亲密关系得到强调时,会出现沧月的言情武侠小说;当心理问题得到强调时,会出现三月初七的悬疑武侠小说;当超能力与盗墓探秘主题结合时,会出现南派三叔的盗墓武侠小说;当热兵器、城市、侦探等因素汇合起来时,会出现慕容无言等的民国帮派武侠小说——武侠类型同新时代的种种社会表征整合起来,各种风格的武侠文本纷纷涌现。处在核心并困扰着作家与编辑部的问题,是武侠、科幻、奇幻三种类型文化的关系问题。武侠文化的内核是中国唐宋文化内转(儒道释合流)的农业文明经验,其原型是"桃花源"(个体的身体经验,武术与内力);向远古回溯的奇幻文化,其原型是神话世界(巫术、术法);向未来展望的科幻文化,其原型是乌托邦(机甲、星舰、基因技术等)。如何将过去、当下、未来的超能力想象汇聚起来,作出自由意志的"主动选择"?武侠作家们通过文本的生产做出了不同的回答,还珠楼主以《蜀山剑侠传》进行了综合,在某种意义上,是还珠楼主,而不是金庸才算得上真正意义上的集大成者。沧月、江南、小椴、步非烟、凤歌、时未寒、九把刀等人的文本,在回应金庸镜像时,表现出向还珠楼主的回归,即将武侠、奇幻、科幻题材重新综合起来,面对当下的后工业社会进程,表现出灵活性与复杂性。①杂志社管理层在回应武侠、奇幻之争时,从"武侠版"编辑部里拆分出奇幻编辑部,创办了旬刊《今古传奇·奇幻版》,在商业运营上取得了成功,但同时也凝滞了"武侠版"编辑部作为主体,向奇幻、仙侠、科幻等新题材探索交融的可能性。

四、侠的图像化和侠友的在场

在"江湖图景"的后现代性特征,武侠写作的女性主义浪潮,反身性的"智性"写作,综合后工业时代的武侠、奇幻、科幻的"整体叙事"四个特征之外,笔者还需要补充两个特征:一是大陆新武侠的图像化,一是大陆新武侠的读者参与。

---

① 郑保纯:《射雕的秘密》,生活·读书·新知三联书店2017年版,第173—200页。

"武侠版"每期有封面彩图1页,内文插画20页,以每月旬刊计,彩图3页,内文插画60页,由美术总监(1名)与美术编辑(2名)合作组稿完成杂志视觉设计、版式安排与插画配置。图像与文字的比例达到1∶6左右(杂志叙事时间的分配),这与诸传统图书与杂志相比是非常高的。图像比例的增加,一方面与老刊(《今古传奇》)所坚持的传奇小说的"绣像"传统有关——"绣像"在描绘主要人物、主要场面方面具有优势,也与新世纪"读图时代""图像叙事"的兴盛有关——通俗文化读者更容易受到影视剧、动漫等图像叙事的影响。

从2003年底开始,"武侠版"的视觉系统开始发生变化,由美术编辑苏琳主持,从其时风行的漫画杂志《幻想世界》《漫友》上发现并挑选插画师,一批国内年轻的漫画家(卡通画家),如郭竞雄、卢波、李堃、eno.、张旺、iiis、慕容引刀、敖幼祥、董绍华、冯戈等开始为"武侠版"作品制作插画,陈淑芬、黄玉郎、马荣成、翁子扬、胡蓉、黑色禁药、感光元件、张禄等漫画家为杂志绘制封面,以鲜明的动漫风格取代了创刊时代由安玉民等传统插画家确立的线描、连环画风格。这批动画作品令图像更具张力,在描述场景、人物与故事情节方面,提供了更加密集的信息。正如斯科特·拉什分析所言,动画提供了一种游戏式的"拟仿":"动画的魅力来源于一系列线条和其衍生出的图像之间那种通常不可消解的联系的断裂。这种联系的消解或分解造成的结果就是,线条和图像在人们的感知中既独立彼此,又属于彼此……它们对色彩、线条、质地、深度和规模的自由处理中存在一种形状变化的潜势。"①动画图像构成的视觉冲击力、叙事的潜势与时尚感,令图像与文字构成活跃的对话关系,不再是小说与插图的主从关系,这种张力令杂志在整体上呈现视觉化、设计化、图像化,读者对小椴、沧月、凤歌等作家作品的记忆,是与卢波、李堃、张禄等画家提供的图像紧密地缠绕在一起的。动画作品所引入的潜在的日本动漫、美国动漫等叙事元素,也与大陆新武侠构成了互文关系。动画作品与武侠小说构成的叙事方面的对话与张力,由此整合成图像与文字密切合作、互相渗透的杂志叙事。

事实上,沧月、步非烟、凤歌等是20世纪70年代末、80年代初出生的武

---

① [英]斯科特·拉什、西莉亚·卢瑞著,要新乐译:《全球文化工业》,社会科学文献出版社2010年版,第133—134页。

侠作家,他们在少年时代即深受日漫、美漫经典作品的影响,动漫作品的叙事方式,以深层结构体现在他们的文本生产中,人物的扁平化设定,故事冲突的场面化,人物对话的增多,叙事视角的反复切换,故事的单元化、系列化,这些叙事模式都受到他们阅读过的动漫作品的潜移默化的影响,可类比20世纪50年代好莱坞的电影叙事对于金庸文本的影响。在大陆新武侠文本内部,受到动漫作品的渗透,已内置有图像性的因素。杂志的图像化与文本的图像性,令"武侠版"有举办动漫杂志、出版武侠动漫作品的想法,但"武侠版"2003年改编小椴作品出版的动漫增刊《余果老》没有取得成功,令杂志社将此想法暂时搁置。可能武侠文本的动漫化思路启发了时任今古传奇杂志社美术总监的李靖,他与知音杂志社创办了《知音漫客》杂志。借由大陆新武侠文本的图像性探索,动漫作品发展出武侠风格,这可能也影响了21世纪以来的国产动漫电影与武侠网络游戏。"武侠版"自身受限于文学杂志的书写传统,在武侠文本的网络化、图像化、动漫化、网游化的探索方面,并没有走远。

  读者的位置在"武侠版"的杂志叙事中,也得到了特别强调。沿着老刊《今古传奇》的传统,"武侠版"编辑部设立通联编辑的职务,负责处理读者的来信与来访工作:每一封读者来信在上午邮局送达之后,会被分发给编辑们,由他们负责回复,下午下班前回复的信件将被通联编辑收集起来,由主编审阅后寄出。读者来信或评刊的内容,经通联编辑收集整理,刊发于刊物的地脚,每一条意见后面都附有读者的通信地址,故读者可据此互相联络,每一期刊物地脚可刊载近万字的读者来信内容(为正文内容的十分之一左右)。除了邮局的"编读往来"通道之外,网络的编读交流变得越来越重要,编辑部与网络公司合作,设立了网站"九阳村"(后改名为"侠客社区"),侠客社区有二十多个BBS版,分为以小椴、沧月、凤歌、步非烟等明星作家的新作为主题的作家作品讨论版和按地理区域划分的读者交流版。2005年前后,在侠客社区注册的网友超过十万人。通联编辑任侠客社区"区长",并将网上与网下的读者联系在一起,组建成读者俱乐部——侠少盟会,侠少盟会按"东南西北中"地理区域划分设立分会,这些分会成为作家见面会、读者座谈会的基础:编辑部与大学武侠社团合作,举办作家讲演活动;与发行商合作,举办读者座谈活动。参与编读往来、网络互动与刊事活动的读者被称为"侠友"。

  "武侠版"杂志的发行分为邮局订阅与"二渠道发行"(也称自办发行)两

种，其中二渠道发行量达到总印数的80％以上，尤为重要。鼎盛时期，杂志社发行公司与各分销商建立良好的合作关系：发行公司握有畅销的杂志产品，可以挑选（调整）优质的有发行能力的各地区分销商，各分销商在省级城市的图书杂志批销市场设立门店，批发给各区县级的二级分销商，最后这些杂志产品出现在各处街道报刊亭等零售摊点。每月1日、15日、20日，"武侠版"的上半月版、下半月版、月末版会准时出现在省级杂志批发市场，供发行商"进货"。这个三级发行渠道编织出一个由报刊亭为单位的全国发行网络，活跃其间的各级发行商可以被认为是"超级读者"，他们在售卖中观察到的读者反馈，特别受到杂志社与编辑部的重视，江苏、浙江、上海、广东、河南、山东等发行量较大省份的发行商，拥有更多的话语权。主编与编辑部受命沿着发行链条观察刊物的发行情况：逐月分析发行公司汇总的发行量报表，巡查省级批发市场，与省级批发商定期聚会，利用出差的机会到各城市零售摊点、报刊亭了解终端发售情况。21世纪最初的十年是报纸杂志业的黄金时代，报刊亭密集地分布在城市的大街小巷，类似于今天的"菜鸟驿站"。在笔者的印象里，杂志社附近数百米方圆内，就有大大小小十余个报刊亭。中学校园附近的报刊亭得到了特别重视，去这些报刊亭观察杂志的发售情况，是主编日常的功课。在中等以上的报刊亭，"武侠版"每期发售的常量是10—20册，在规模较大的报刊亭，会超过50册。观察报刊亭的规模，除了观察其面积、人流、杂志品种之外，编辑部的共识是《读者》指数：一个报刊亭每期发售《读者》杂志500册左右，即有能力发售"武侠版"50册。

通过读者来信、地脚互动、网络评刊、读者见面、发行商联谊、到报刊亭走访，编辑部得以沉浸在杂志的商品交换进程之中，采集读者对作品、作家、封面、插画、杂志设计、定价、刊事活动等的反馈意见，并及时进行调整，读者也通过频密的交流转变为真实可感的始终在场的"侠友"——一个热烈的武侠小说的爱好者群体中，成年武侠迷只是少数，理想读者是喜欢武侠文化的高中学生，其中女生占据着超乎想象的比例。2005年前后，"武侠版"在连载凤歌的《昆仑》时，学校门口的报刊亭前排起了长队，每一期"武侠版"在班级里会被借阅二十余次，每期杂志被某一读者阅读2—3小时。大陆新武侠作家的作品已取代金庸、古龙的经典武侠小说，成为他们讨论交流的媒介，沧月、凤歌等也跃升为有明星效应的作家，成为他们的偶像。作为粉丝，他们阅读在杂志上定期刊出的偶像作家们的新作，购买他们结集出版的图书，并在百度贴吧、博客、微博、人人网等正在兴起的社交网站上关注他们的活动。

社长舒少华为"武侠版"绘制设计了"横刀"这样一个卡通形象,作为杂志与编辑团队的象征,与读者进行交流,并以这一形象征集横刀闯江湖打抱不平的漫画故事。卡通人物形象的设计,是对刊物运作的符号化的提炼,也是对杂志主体性的彰显,将杂志由商品变成品牌,将杂志内在的张力转化为真实可感的漫画头像,"横刀"也成为读者来信与评刊的致信对象,这一创意扩展了杂志作为文化商品的内涵,将杂志标记为读者可以信赖并与之对话的朋友。自2004年开始,每一期杂志外会有塑料袋封套,以便随杂志向读者送去印有"横刀"标识的信笺、印有明星作家照片的明信片、贺年红包、精美海报等小礼品,2005年创刊百期纪念版,更是附送了百期礼盒(内含光碟与T恤)等,这些不定期赠送小礼物的设计,常常需要编辑部反复开会讨论确定,颇为用心。除了促销的功能之外,系列小礼物的赠送,是为了确认与巩固礼物赠送者与接收者之间的"朋友"关系,将读者进一步转化为"侠友"。按斯科特·拉什的分析,周边产品与小礼品的赠送,是消费社会文化产品流通的一个标志性的现象:"被人们用于交换的这样或那样的物品是关系的象征,它们赋予亲疏不同的各种亲属关系以实质性内容,能够起到巩固生活方式、家庭、家族和社区的作用,并从在场与不在场、居留与离开的角度加深人们对空间和时间的理解……我们可以将逢迎理解为(过度)发展的消费社会中的免费礼物和小礼物带来的'持久意志',这些礼物随处可见,人们已对其习以为常。"[①]系列小礼物将读者悄悄地转换成"侠客社区"中的一员,并令他们在此留驻下来,建立起亲密的关系,进而也令封套中的"武侠版"成为"礼物"的一部分;事实上,在高中课桌抽屉之间、男女中学生之间流通的"武侠版",不是也被作为交换的礼物,成为友情与爱情(也是武侠小说的主题)的象征性符码,在发挥逢迎的"持久意志",加深着学生们对所在高中的时间与空间的理解吗? 经过反复密集交换的"武侠版"被侠友们保存下来,留存在这一批独生子女的书柜里、床底下,也成为他们给自己青春的一份礼物。"武侠版"也因此卷入了读者、作者与编辑们的生活,令他们体验性地生活在杂志之中。

但"武侠版"也在"侠客社区"与"小礼物"这里停留下来。事实上,注册

---

① [英]斯科特·拉什、西莉亚·卢瑞著,要新乐译:《全球文化工业》,社会科学文献出版社2010年版,第215—216页。

人数超过十万人的武侠门户垂直网站,在当日可能要比起点中文网与晋江文学城更有机会成长为收费网络小说的门户网站。以小礼物为起点的周边产品开发,由周边产品开发,进而发展为以版权为核心的影视剧、动漫产品、网游产品的开发,也被"武侠版"在狂飙突进的发展中忽略掉了——读者互动的线上线下框架限制了更具增长潜力的粉丝经济与版权经济的增长。"武侠版"通过广告公司接受零星的广告,通过订阅信息页的交换,在其他报刊上登出杂志广告,但"武侠版"宣传与推广(杂志品牌、明星作家、知名编辑的宣传)也停滞在初期阶段。

五、一只手,一张网,新世纪文化工业

马克斯·霍克海默与西奥多·阿多诺(注:现多译为阿多诺,注释中保留原译作译法)在《启蒙辩证法》中提出"文化工业"的概念,他们认为:"显而易见,文化工业体系是从更加自由的工业国家,以及诸如电影、广播、爵士乐和杂志等所有富有特色的媒介中形成的,所以它在这些方面也繁荣起来。当然,文化工业的进步,还离不开资本之普遍法则的根源。"①工业化、城市化的进程,将农民与市民转换成为公民读者,各类媒体的出现,通过新一代编辑、作者的整合与创造,由传统文化里生产出新的文本,资本(出版商)推动文化工业的发展,在追逐剩余价值的同时,为社会提供文化产品。阿多诺总结的是伴随着西方现代化而来的西方文化工业兴起的进程。我国的文化工业,萌芽于南北宋、明、清(苏浙一带的抄书业、印书业推动古典白话小说的出现)时期,在民国时期受到西方文化的影响,骤然加速,"在19世纪末与20世纪初,上海这个元代的渔村、明代的小镇、清代的县治,随着商埠的开辟,大规模的工业生产和频繁的商贸交易促使大都会的成型和人口的爆炸,造成城市的超常发展和经济生活的千姿百态。这也必然带来人际关系的错综复杂,多数市民在这个自己感到难以驾驭的复杂多变的新环境中,时时感到无所适从的晕眩。要治愈这种头晕目眩,就急需扩充自己的信息量,扩大自己的知识面,改变自己的知识结构,这才可以增加自己的判断能力,在自己神经中枢注入自主与自信的定力,以增加自己对新环境的适应性……有

---

① [德]马克斯·霍克海默、西奥多·阿道尔诺:《启蒙辩证法》,上海世纪出版集团2006年版,第119页。

了客观需求与物质条件,又加上具备了作者队伍,报刊就像雨后春笋般地破土而出,它们必然会具有醒目的都市性、商业性、娱乐性"①。与阿多诺等人的担忧与沮丧不同,范伯群先生对通俗文化在上海这个远东半封建半殖民地都市的兴起,有着如见到雨后春笋一般的喜悦:通俗文化在传播新知、塑造新的社会个体方面,发挥着启蒙的作用。

第二次世界大战之后,西方文化工业继续演进,在都市化、后工业化、信息化的"新环境"之下,过渡为斯科特·拉什所称的"全球文化工业"②,这种文化被西方垄断资本驱使,以信息、通信方式、品牌产品、金融服务、媒体产品、交通、休闲服务等形式遍布各处,对社会政治经济与日常生活体验进行统治,实现了"物的媒介化",表现为由同一到差异、从商品到品牌、由表征到物、从象征到真实、从广延物到内涵物、物获得生命、虚拟的兴起等种种变化,"品牌或文化对象——系统本身就是这样的覆盖物、表皮、界面,同时也是能够进行生成、建构、创造的深层压缩结构",从而将生活在晚期资本主义时代的读者与受众深深地卷入其中。西方文化工业在垄断资本的推动下,洪水一般涌入发展中国家,将这些民族国家正在兴起的雨后春笋般的大众文化卷入其中,正如拉什所举的巴西的例子,这种卷入往往意味着吞噬与掠夺。

新中国成立之后,评论家一般认为我国的通俗文化陷入了停滞,现在看来,在某种程度上这可能恰恰是为应对西方垄断文化资本的吞噬与掠夺而做的结构性准备。"80年代中期开始,中国的出版机构开始陆续地向市场转型。出版机构惯有的生产型、宣传型转向了生产型、宣传型和经营型,利润的追求成了出版社重要的经营目标。在这样的背景下,一直是西方'畅销书'的经营理念开始引进了中国的出版界……当今的文化出版、传播业和流行小说都不是独立存在的,它们是互相依存的一张网,给这张网注入活力的是'市场',给这张网巨大压力的还是'市场'。"③已经形成的由国家事业体制支持的出版机构、市场与西方的经营理念结合起来,以应对都市化、后工业化中国改革开放的新环境,构成了新时期文化工业转型的出发点。

前文描述分析的类型小说畅销杂志《今古传奇·武侠版》的兴起,就是

---

① 范伯群:《中国近现代通俗文学史(新版)》(上),江苏凤凰教育出版社2010年版,第8—9页。
② [英]斯科特·拉什、西莉亚·卢瑞著,要新乐译:《全球文化工业》,社会科学文献出版社2010年版,第3—21页。
③ 汤哲声:《流行百年:中国流行小说经典》,文化艺术出版社2004年版,第296—298页。

这样一个案例。作为我国事业单位属性的出版机构,在注入了市场活力之后,在新一代出版商与编辑家的主导下,进行精细的商业运作与文化产品生产:将编辑部组织成为福特制的生产场域,将杂志整合成一个有序的"深层压缩的结构",吸收传统与网络文化资源,将作者整合为流动的、明星式的文本创造者,进行持久而密集的读者互动,以期将文化产品转化为文化品牌,将编辑、作家、读者一起卷入体验性的武侠文化之中。这一文化对象的运作表现出象征性、流动性、体验性、网络性、反身性、符号性、民族性、女性主义等特点,整合这些视角,"武侠版"作为现象已颇具吉登斯等人论及的后现代性特征。

由这个案例也可以看到,中国新时期文化工业的"后现代性"不同于西方晚期资本主义文化工业的"后现代性",也不同于巴西等发展中国家民族文化被吞噬时所表现出来的被"后现代性"。"武侠版"是从中国的文化传统中生长出来的,与当时兴起的种种畅销书、畅销杂志、电台、电视台、都市报、网站等一起,应对的是新世纪最初十年都市化、后工业化、信息化内爆式重构的消费社会中"头晕目眩"的中国读者的精神文化需求。它有着与西方文化竞合的一面。笔者犹记2009年冬天与步非烟在清华大学一次读书会上讨论的一幕,我们谈及托尔金的《指环王》、J.K.罗琳的《哈利·波特》,这些文本表现出来的卓越的创造力,并不在还珠楼主《蜀山剑侠传》与步非烟"华音流韶系列"之上,它们之所以能够被西方文化工业推广到全球,某种意义上正是由于它们是用英语写成的。

尤为重要的是,消费社会有晚期资本主义的模式,也有新时代中国特色社会主义的模式,不同的"新环境",可能会生产出不同的文化工业。阿多诺观察到西方文化工业背后资本的动力,对利润的终极追求既造就了文化产品差异性的繁荣,也造成了文化工业作为大众启蒙的欺骗的噩梦。[①]拉什在《全球文化工业》中,在肯定其创造力的同时,也对垄断资本变本加厉,"物的媒介化"与"媒介的物化"往复运作,不可控制的文化生产最终导致人的异化的进程表示担忧。当然,西方理论家对他们的文化工业全球化进程,对卷入发展中国家的文化生产,对各民族国家人民的文化主体认同与身份认同造成的价值与意义危机,多半也是视而不见,或者表现出一阵兴头上的怀旧的

---

① [德]马克斯·霍克海默、西奥多·阿道尔诺:《启蒙辩证法》,上海世纪出版集团2006年版,第107页。

假慈悲罢了,德里达予列维-斯特劳斯的批评特别值得我们警醒。

中国新时期文化工业的发展,固然受到市场这只看不见的手的推动,但是资本或者垄断资本,在"一张网"里并没有发挥绝对的作用。相关文化单位(国家事业单位与民营文化企业)作为生产主体,在进行文化产品商业运作的同时,也在接受官方意识形态的热情鼓舞与小心监管。以"武侠版"为例,管理部门任免负责人、申批刊号、评定编辑职称、培训编辑人员、将刊物纳入评比体系、以评刊小组来规范杂志内容,通过这些柔性的管理,"武侠版"得以有序地发展,风险得以管控。虽然这一管理体系可能将"武侠版"束缚在杂志社序列里,很难与出版、网游等周边产业融合,使杂志的商业成长有所延缓。"人民政治与西方学者提出的身份政治不尽相同。人民在当代中国是主导与主流话语,而身份政治则主要强调性别、种族等边缘状态的人群,在一定意义上是少数人的话语,是弱者反抗的表征。并且人民政治既主张对群体乃至民族的认同,又看到个体的具体性与差异性。"①与垄断资本绝对控制下的西方文化工业生产出来的个体主义的"媒介化的物"不同,由市场与官方意识形态共同推动下的文化工业,一张网、一只手可能将民族主义与个体主义整合起来,在文化生产中达成一种微妙的"人民政治"的平衡:侠之大者,为国为民;侠也不妨有"个体具体性与差异性"的"小者"的一面。在深入理解文化工业运作机制的基础上,我们对中国新时代文化工业保持雨后春笋般的进展与繁荣,可持谨慎乐观的态度。

与在新世纪最初十年保持文化工业先锋姿态的众多大众文化畅销期刊一样,《今古传奇·武侠版》受挫于图像性、网络性文化工业的新进展,无法突破行业、版权、品牌的壁垒,并进而发展成为庞大的"武侠帝国",不免令人遗憾。在流动性日益增强的文化工业场域,文化运营主体和"媒体英雄"的兴起与挫折在所难免。但《今古传奇·武侠版》在过去二十年间所造就的理念、编辑、作家、读者仍然活跃,形成的新时代运作武侠文本的文化工业模式可资借鉴,积累的大批优秀武侠作品,仍然在被网络的、图像的武侠文本所吸取,在网络小说、影视剧、网络游戏等媒介中生长与重现,由这一点来看,大陆新武侠方兴未艾。

---

① 胡亚敏:《中国马克思主义文学批评中的文学与政治新探》,载《文学评论》2019年第3期,第7页。

第十章 "郭敬明现象":寄身畅销书模式的经典个案

胡　萱

2008 年 5 月 4 日,美国《纽约时报》刊载了一篇题为 China's Pop Fiction 的报道,报道详细介绍了郭敬明和他的作品,称郭敬明是当今中国"最成功的作家"。从 2001 年出版第一部作品集《爱与痛的边缘》到 2017 年,郭敬明已出版了十七部独著作品、十二部合著作品。他的小说大多畅销,《幻城》是 2003 年、2004 年文学类畅销书销售榜的第一名,《梦里花落知多少》是 2004 年文学类畅销书销售榜的第二名,《小时代 1.0 折纸时代》位居 2008 年开卷虚构类图书销售榜榜首,2011 年,《临界·爵迹 II》位列当年开卷虚构类图书销售榜榜首,2012 年,《小时代 3.0 刺金时代》蝉联了榜首。①

郭敬明不仅是畅销小说作家,更是出版商、杂志主编,甚至是电影导演。2004 年,郭敬明在上海创办了工作室"岛",同时担任《岛》系列杂志的主编;2006 年,《岛》系列杂志停刊,郭敬明又成立了柯艾文化传播有限公司,开始发行杂志《最小说》;2010 年,郭敬明成立了上海最世文化发展有限公司,担任董事长及总经理,"柯艾文化"成为"最世文化"的附属公司;2012 年,郭敬明执导了根据他自己的小说《小时代》改编而成的电影,到 2015 年,这个系列电影已上映四部,同年,他执导并参演了同样由他自己的小说改编的电影《爵迹》。凭借小说的千万读者,郭敬明执导的电影也都获得了高额的票房。

一般说来,一部通俗文学作品经过出版商、编辑、作者、媒体等运作后抵

---

① 数据来自开卷网,该网站的所有者为北京开卷信息技术有限公司,这是一家专业的书业咨询公司。该公司建立了国内最大规模的中文图书市场零售数据连续跟踪监测系统,抽取中国大陆地区 890 多个地县城市的 2 000 多家实体书店、20 多家网上书店的数据,开卷以此系统为基础发布的畅销书排行榜是目前国内较权威的图书销量排行榜。2005 年之前,开卷一直分"文学类""非文学类"对图书进行统计排榜,2005 年之后,开卷将"文学类"改名为"虚构类",将非文学类改名为"非虚构类"进行统计。

达读者。在整个过程中,读者是这一文学生产、传播机制中占据主导地位的决定者,无论是出版商、编辑还是作者都在探究读者的需求。但仅仅满足读者需求,并不一定能确保小说畅销。郭敬明的小说缘何流行?本章尝试就郭敬明小说生产、传播的运作过程展开讨论,梳理、分析郭敬明小说的市场运作方式,以此管窥当代流行小说的市场运作模式。

一、内容消费:为年轻读者"代言"

出生于1983年的郭敬明成名于新概念作文大赛。2001年、2002年,郭敬明两次参加新概念作文大赛都获得了全国一等奖。2002年,郭敬明的作品集《爱与痛的边缘》发行,他的"80后"同龄人成为他最早的一批读者。

出生于20世纪80年代后的一代人,生活在改革开放后,他们的社会生活发生了巨大改变。90年代"市场"概念兴盛,个人与历史、社会愈加分离,"我"被不断放大,自我意识空前强化。作为独生子女,新时代的年轻人一方面备受家庭的宠爱、呵护,但另一方面他们缺少玩伴,面对更为激烈的生存竞争、学业压力,加之青春期的敏感、细腻,他们也成为"孤独"的一代。因此,他们需要情感上的共鸣,需要能反映他们内心的作品。对于这一代人,郭敬明作出了准确的情感表达。

在郭敬明的小说中,有一个反复出现的关键词——"孩子":"任性的孩子""寂寞的孩子""哀伤的孩子""委屈的孩子"……如果要给这个关键词加上一个定语,必然是"忧伤"。他在文章中说:"我是一个在感到寂寞的时候就会仰望天空的小孩,望着那个大太阳,望着那个大月亮,望到脖子酸痛,望到眼中噙满泪水。这是真的,好孩子不说假话。而我笔下的那些东西,那些看上去像是开放在水中的幻觉一样的东西,它们也是真的。"①

在《永远忧伤的孩子》一文中,郭敬明如此袒露自己,"我的童年很快乐,像童话里的水晶花园一样只有纯粹透明的快乐。有父母爱,有外公外婆疼,还有我的哥哥姐姐以及邻家一个头发软软的小姑娘。我常常有新衣服穿,有糖吃,还有很多玩具,和其他小朋友不一样,我还有很多很多的书。我五岁的时候就可以看有字的连环画和算两位数的乘法了。我是个在幸福里长大的孩子"。可即使如此,长大以后,"有痛苦的微笑,也有快乐时恍恍惚惚

---

① 郭敬明:《爱与痛的边缘》,东方出版中心2008年版,第3页。

的忧伤。各种各样的光汇在一起是明亮的白色,可是各种各样的油彩汇在一起却是颓败的黑色。我曾经尝试着改变,可随即发现自己无能为力,我的忧伤太巨大。于是日子就这样继续下来"。①这是一种沉溺于自我的情绪表达,忧伤来得没有缘由。对于成年人来说或许有些矫情,但对于自我意识强烈的年轻人来说,则是情绪的宣泄。

郭敬明很清楚他的作品是写给年轻人看的,他并没有打算将青春期的"忧伤"与社会、时代、历史连接,而只关注个体的自我困境。他无意在作品中探究成人的真实世界,因为成年人的世界太沉重,并且充满了尔虞我诈,孩子的世界却是纯真的。郭敬明不断强化"孩子"的概念,这个概念和实际的生理年龄没有直接联系,表示对于成人世界的拒绝,对于历史责任的拒绝。读者不断接收到暗示——你也依然是个"孩子",你还可以"任性"。如果"孩子"出了问题,那是因为成人世界出了问题,"孩子"只是处在了成人世界的阴谋之中罢了。对于青春期本就与学校、家庭充满对峙的年轻人来说,除了敏感细腻,他们冲动又情绪化,想要表达自己,却又惧怕责任,他们觉得成人世界太可怕,只要永远保持一颗孩子一样的心,就可以获得单纯幸福的生活。将自己想象成孩子,用"忧伤"解释青春,拒绝成人世界里令人不安的责任。就这样,年轻的读者们找到自己的文学代言人。

"80后"是市场经济体系建立的同龄人,社会经济的迅猛发展使得这一代读者的价值观念、行为方式发生了很大改变,在消费文化的影响下,他们对物质的追求更为普遍。他们不讳谈欲望,不再将道德、情感奉在头顶。郭敬明就曾直率地说:"我和钱的关系比较暧昧。我们是情人,我爱她,她也爱我。"②这不仅是郭敬明的态度,也是相当一部分年轻读者的态度。在郭敬明的小说里,我们不难发现作者对物质的追求、对品牌的崇拜、对资本的追逐。

在《小时代1.0折纸时代》第一章的开篇,郭敬明花费不少笔墨,这样描写中国经济最繁荣的城市、金融中心、国际都会上海:

> 翻开最新一期的《人物与时代》,封面的选题是《上海与香港,谁是

---

① 郭敬明:《爱与痛的边缘》,东方出版中心2008年版,第113—114页。
② 郭敬明:《左手倒影,右手年华》,上海译文出版社2003年版,第216页。

未来的经济中心》——北京早就被甩出去八条街的距离了,更不用提经济疯狂衰败的台北……

每一天都有无数的人涌入这个飞快旋转的城市——带着他们宏伟的蓝图,以及肥皂泡般五彩斑斓的白日梦想;每一天,也有无数的人离开这个锋利而冷漠的石头森林——摩天大楼之间,残留着他们的眼泪。

拎着 Marc Jacobs 包包的年轻白领从地铁站嘈杂的人群里用力地挤出来,踩着 10 cm 的高跟鞋飞快地冲上台阶,她们捂着鼻子从衣衫褴褛的乞丐身边翻着白眼跑过去。

写字楼的走廊里,坐着排成长队的面试的人群……

星巴克里无数东方的面孔匆忙地拿起外带的咖啡袋子推开玻璃门扬长而去,一些人一边讲着电话,一边从纸袋里拿出咖啡匆忙喝掉;而另一些人小心地拎着袋子,坐上路边等待的黑色轿车,赶往老板的办公室。与之相对的是坐在里面的悠闲的西方面孔,眯着眼睛看着 *Shanghai Daily*,或者拿着手机高声谈笑着。

外滩一号到外滩十八号一字排开的名牌店里,服务员面若冰霜,店里偶尔一两个戴着巨大蛤蟆墨镜的女人用手指小心地拎起一件衣架上的衣服,她们的动作看起来虚弱无力,如同衣服上喷洒了毒药一样只用两根手指拉出来斜眼看一看,在所有店员突然容光焕发像借尸还魂一般想要冲过来介绍之前,又突然轻轻地放开,衣服"啪"地荡回一整排密密麻麻的衣架中间……

而一条马路之隔的外滩对面,江边大道上无数从外地慕名而来的游客正在拿着相机,彼此抢占着绝佳的拍照地点,他们穿着各种大型连锁低价服装店里千篇一律的衣服,用各种口音大声吼着"看这里!看这里!"

··········

这是一个以光速往前发展的城市。

··········

这是一个匕首般锋利的冷漠时代。

··········

我们躺在自己小小的被窝里,我们微茫得几乎什么都不是。①

---

① 郭敬明:《小时代 1.0 折纸时代》,长江文艺出版社 2013 年版,第 10—11 页。

郭敬明以一个底层外来者的视角似乎冷静却又不无羡慕地旁观着上海。短短五百余字,他将上海描述得充满欲望且炫目。郭敬明很清楚他要表达的是什么,他如此解释自己的表达:"上海是一个很有魅力的城市,这种魅力可以说是一种魔力,它有光鲜亮丽的一面,也有扭曲的一面。这个城市就是物质崇拜的,所以我所描写的看上去特别扭曲但也特别有魅力。"①

《小时代》讲述了四个女性——林萧、顾里、南湘、唐宛如的友情、爱情以及成长的故事。但细读《小时代》,人们会发现,在四个女孩的"成长"中,陪伴读者的是奢侈品,是消费,是资本。在小说中,"平民"的上海消失了,这里没有老弄堂、小市民、油条豆浆小笼包,取而代之的是"资本"上海,是可以置换为纽约、伦敦、巴黎,或者任何一个你知道但是又不熟悉的时尚之都的上海。小说中有奢华的贵族学校,主角居住的是豪华欧式别墅,拥有豪华汽车、菲佣、多达百余种品牌奢侈品,四个女孩的日常生活、感情世界都完全被资本覆盖,透露着对时尚生活的崇拜和自我炫耀。小说中的林萧,从大学生到成为时尚主编助理经历了五年的成长,虽然角色转变了,但人物性格几乎没有发生变化,依然是开篇时那样缺乏主见、胆小怕事、有些孩子气。人物的内在自我没有"成长",那么"成长"的是什么?细读小说不难发现,所谓的"成长"是对财富甚至对贫富尊卑等级的认同乃至臣服。

郭敬明的聪明之处还在于,他将主角设定为一个身处底层的小人物,以一个小人物的眼光去打量充满欲望的物质社会,很自然地引起了对大都会有着强烈向往的小城市年轻人的兴趣,也道出了来自异乡在大都会奋斗的年轻人内心的挣扎,让身处大都会之中的年轻读者产生认同,因为"我们"同样如此"微茫""几乎什么都不是"。

郭敬明小说对物质的认同、奢侈生活的崇拜契合了"80后""90后"乃至"00后"年轻读者的心灵。社会经济高速发展,未成熟的年轻人很容易将社会秩序设定为对财富的崇拜、对职场权力的顺从。小说满足了他们对现实社会的虚空想象,认定平凡的自己只有通过奋斗获得财富、权力,才能高人一等,从而享受生活。并且,年轻人一直处于被教育的状态,欲望被压抑,对校园生活充满反叛。郭敬明小说中对物质不加掩饰或者说无法掩饰的崇拜,让

---

① 王宇南:《郭敬明新书玩"美剧模式"按季出版》,凤凰网,http://book.ifeng.com/yeneizixun/detail_2008_09/27/308102_1.shtml。

年轻读者很容易获得快感,得到情绪的发泄,找到属于自己的精神领域。

二、运作策略:与出版机构合作及 IP 运营

在通俗文学市场上,一部小说的突然流行或许有偶然性,但像郭敬明这样,几乎所有的小说都畅销,就不是一个偶然事件了,其中一个重要的原因在于郭敬明身后的出版集团具有灵活的市场思维。

(一)《幻城》与春风文艺出版社

2003 年 1 月,春风文艺出版社推出了郭敬明的长篇小说《幻城》,小说一经推出就迅速掀起销售热潮。仅在北京图书订货会上就销售十万册,在当年的订货会上,这个销量仅次于知名女作家池莉的新作《有了快感你就喊》。2003 年全年,《幻城》突破了一百万册的图书销量,位居当年文学类图书销量榜榜首。如果没有春风文艺出版社,郭敬明也许最终会红,却不一定会红得那么快、那么早。《幻城》的走红正是春风文艺出版社拥抱市场、积极策划并运作的结果。

2002 年,高中毕业生郭敬明将两万余字的短篇小说《幻城》投给《萌芽》杂志。《萌芽》在 2002 年第 10 期刊首发表了这篇小说,反响热烈。短短几天,杂志社就收到不少读者的电话和来信,《萌芽》网站上关于《幻城》和"郭敬明"的讨论更是铺天盖地。在《萌芽》网站所做的民意调查中,《幻城》以 672 票荣膺当月最佳小说,得票数是第二名的四倍还多。春风文艺出版社编辑时祥选凭借敏锐的市场眼光看中了郭敬明,并于同年 11 月亲自赴上海与郭敬明面谈,希望郭敬明将《幻城》由短篇拓展为长篇。将已有名气的短篇小说拓展为长篇小说的好处显而易见:一是《幻城》通过《萌芽》积累了人气,读者热烈的反应预示着巨大的市场潜力,出版社出版此书可以大大降低出版风险;二是短篇小说的出版使作者获得了相当数量的读者,读者对于小说创作的反馈,对作者调整思路,写就更加贴合读者需要的长篇,起到了重要作用。时祥选还与郭敬明约定在 2003 年 1 月前必须完成书稿,这是因为每年 1 月都会举办全国规模最大的图书订货会,是发行图书的最好机会。

此后,春风文艺出版社为《幻城》的推广组建了强大的营销团队:社长韩忠良、副社长臧永清亲自参与营销策划,时祥选担任责任编辑。1 月,郭敬明如期交稿。春风文艺出版社社长、总编辑韩忠良在给经销商的新年贺信中,着重推荐了新人郭敬明及其作品《幻城》;在北京图书订货会上,韩忠良再次致信发行商,推荐《幻城》;副总编辑臧永清在接受媒体采访时,预言《幻城》将大卖,并向媒体坦言将《幻城》定位为"春风社2003年的金牌畅销书"。《幻城》首印数十万册,这在当时许多畅销书作家都无法企及。

春风文艺出版社还屡屡制造话题,为作品造势。他们邀请熟悉青少年文学的北大教授曹文轩为《幻城》作序。曹文轩不仅是知名学者,还是一名优秀的儿童文学作家,长期担任"新概念作文大赛"的评委,他对《幻城》的赞赏和推荐给了《幻城》有别于一般流行小说的身份,也让一般读者对《幻城》更有信心。

2003年3月27日,春风文艺出版社在上海大学举办了《幻城》研讨会。当日,十几家媒体到场报道。中国作协副主席叶辛,上海市作协副主席、萌芽杂志社主编赵长天,春风文艺出版社社长韩忠良、副总编辑臧永清,复旦大学中文系教授郜元宝、王宏图,上海大学文学院教授蔡翔、葛红兵、王鸿生,影视学院教授金冠军、金丹元等近二十位专家、学者、作家出席研讨会并参与讨论。研讨会结束后,春风文艺出版社又向在场媒体宣布独家买断郭敬明大学期间所有著作的首发权。在小说刊发仅仅两个月的时间内,邀请如此多的专家、学者为一位年轻学生的作品召开研讨会甚至买断首发权,在当时的文坛绝无仅有,宣传效果不言而喻。

《幻城》上市后,很快出现盗版图书,并随着作品的热销愈演愈烈。2003年3月中旬,春风文艺出版社声明,对于发现《幻城》盗版图书并提供确凿证据或有效线索的读者,出版社将给予最高可达十万元的奖励,同时,对于查处、协办的单位和人员也将给予一定的奖励。在2004年、2005年的图书订货会上,出版社甚至在展位中陈列了"盗版书"。"打击盗版"是一个十分理想的宣传手段,它更是出版社一次有目的的运作行为:一方面,高额奖金既说明了盗版现象猖獗,也从侧面表明了《幻城》的火爆,又说明了出版社对《幻城》的重视,吸引了大众的更多关注;另一方面,邀请读者参与打击盗版,本身就是最好的宣传。

除了传统的纸质媒体,春风文艺出版社还尝试利用网络媒体进行宣传。宣传的方式不仅有利用网站发布消息,更突破性地使用了flash这一当时还属于比较前沿的创作软件,使得《幻城》成为国内第一部推出flash动画的小说。2003年2月,春风文艺出版社在"金豹网"上正式推出《幻城》flash动画,同时在人民网、新浪网等大型门户网站上设置链接。Flash深受年轻人的喜爱,而年轻人尤其是中学生恰恰是《幻城》定位的目标读者群。

春风文艺出版社还特别重视市场调研,积极与读者互动,关注读者反馈。《幻城》出版之前,春风文艺出版社安排了大量试读。试读人员除了出版社自身的工作人员外,还有一所大学和两所中学的部分学生,通过试读,出版社收集到大量的口头意见和书面评论。这些意见、评论部分用于宣传,更重要的是用以试测市场潜力。通过试读进行充分的调研论证后,春风文艺出版社决定将《幻城》的起印量由两万册提高到十万册,这一决定为《幻城》引爆图书市场起到了至关重要的作用。《幻城》推向市场后,出版社又积极与各地书店联系,和全国十余家城市书店联合开展巡回签名售书活动。趁热打铁的系列活动,对于提高作者和作品的媒体曝光率、激发签售地及周边地区的购书热情是必不可少的。此外,出版社还举办了向读者征集续写、插画和漫画改编的有奖征集活动,承诺将评出"最佳梦境续写奖""最佳插画奖"等。这不仅是一次有策划的促销活动,还指向了另一个目的——出版社已有了开发《幻城》衍生产品的详细计划。2003年8月,《幻城之恋》推向市场。这本书收录了出版社记录郭敬明写书、参与活动的文章,郭敬明回复读者问题的答问录,一些读者的来信、评论等,被认为是出版社、作者与读者交流互动的书。而有奖征集活动中读者对插画、漫画改编热情的高低,意味着读者是否会接受《幻城》的衍生漫画。同年10月,《幻城》漫画版上市。

2003年全年,媒体不断发布与《幻城》相关的新闻,不断建构《幻城》的影响力。除上述运营行为之外,"《幻城》将出网游""郭敬明风头盖过韩寒"等新闻贯穿了运作初期、销售高潮期,春风文艺出版社不断为营销寻找话题,持续刺激着媒体与大众的神经,这些运营手段,为郭敬明和他的《幻城》赢得了更多的读者。可见,春风文艺出版社的市场运作安排得周密稳妥,出版社一步步积极开展市场运作,调动读者的参与热情,在以提升销售业绩为目的的前提下,强化了作者与读者的互动,出版社同时积极了解市场需求,预判市场,并在此基础上推出衍生产品。通过这些运作,出版社既进一步占领了市场,也为《幻城》品牌的打响做出了扎实的努力。《幻城》的神话是作者、编辑、出版社共同努力缔造而成的,这一过程体现着"在大众消费文化的推动下,文学经历着从创作到策划、从作品到商品的变异过程"①。

---

① 刘永涛:《青春的奔突——论80后文学》,载《理论与创作》2005年第5期,第50页。

(二)《最小说》与长江文艺出版社

如果说郭敬明在春风文艺出版社签约阶段还是由出版社推动着往前走,那么他与长江文艺出版社的合作则更多地展现了他个人灵活的市场思维。

2006年,郭敬明与春风文艺出版社的合约到期。同年11月,他和出版界赫赫有名的长江文艺出版社签约,该出版社旗下拥有王蒙、王朔、刘震云、白岩松等知名作家、文化名人,金牌出版人金丽红、黎波、安波舜等与郭敬明开始了长达十年的合作。郭敬明和长江文艺出版社的合作不局限于个人与出版社之间,更为重要的是机构间的合作,先期是他的工作室"岛",后来是他创办的公司"柯艾文化""最世文化"与出版社展开了多层面的合作,这些活动使得郭敬明在写作出版等方面,拥有了更多的话语权、主动权。根据长江文艺出版社的说法,他们的合作很多是由"最世文化"提出选题,出稿,做好排版和封面设计,再由长江文艺出版社负责审稿、校对、申请书号、后期发行等。① 同时郭敬明也获得了出版社的品牌优势,他加入作协,举办文学作者选拔赛,邀请评委和严肃文学作家对话等都依托了长江文艺出版社拥有的众多知名作家、文化名人资源优势。

与长江文艺出版社更为重要的合作,是郭敬明依托其创办了个人杂志——《最小说》。其实,早在2004年,郭敬明就开始尝试创办个人杂志,被他称为"杂志书"的期刊《岛》从2004年发行至2008年停刊,共出版十期。如果说《岛》还只是试水之作,那么长江文艺出版社做后盾的《最小说》则以更成熟的姿态呈现在大众读者面前。2006年,瞄准市场上青春杂志较少的客观现实,《最小说》提出"少年新文艺,青春最小说"的口号,将读者群体定位为青少年,以月刊形式开始发行。杂志主要刊登青春题材的小说,同时兼顾娱乐、时尚等资讯,以及青少年喜欢的漫画、摄影作品等。2009年,《最小说》拆分为《最小说》和《最映刻》。2011年,《最小说》同一刊号增加了郭敬明公司旗下作者落落、笛安主编的《文艺风象》《文艺风赏》两本期刊。2017年,《最小说》改版为选题书,逢双月发行。十年间,《最小说》始终是文学期刊市场上不容小觑的力量。前期每期销量都在五十万册以上,位列"2008—2009年度中国出版机构暨文学刊物十强"的榜首,并衍生出《最漫画》《最映

---

① 金悦读:《郭敬明与长江文艺合作十年后分手》,载《滕州日报》2006年3月1日B01版。

刻》等期刊。

这一时期,《最小说》是郭敬明发表作品的主阵地。他的系列小说《小时代》均在《最小说》最先连载,然后再推出单行本,单行本和杂志都十分畅销。《最小说》上还开辟了郭敬明的专栏,这些专栏在没有新书出版、发行的时段保证了郭敬明的曝光率,在新书出版、电影上映等宣传时段,《最小说》还特别扩大宣传版面。在电影《小时代》从筹备到开拍再到上映的整个过程中,《最小说》开辟了"导演手记""主编手记",还将《小时代》主创主演人员的签名海报等作为赠品或者奖品送给读者。《最小说》无疑成为这一阶段读者最早阅读郭敬明小说,了解郭敬明动态的最集中场所。

郭敬明不满足于单打独斗,他还在扩大作者群体、建立读者的文学场域上下功夫。《最小说》虽然也接受读者投稿,但主创者几乎都是郭敬明文化公司的签约作家。其主创人员主要有其好友如痕痕、落落、hansey 等,此外,七堇年、安东尼、林夕、笛安等,也都是郭敬明团队中名噪一时的作者。随着杂志规模的不断扩大,郭敬明通过"文学之新"选拔赛又签约了一批写作风格与他相似的年轻人。

"文学之新"选拔赛(简称 TN)是郭敬明团队打造的文学大赛,始于2008 年。虽然是文学大赛,但它仿造"新概念作文大赛"和娱乐选秀节目"超级女声"的模式,做成了一档电视节目真人秀。参加比赛的"选手"是淘汰还是晋级,"粉丝"投票是关键。郭敬明担任选手"导师",长江文艺出版社是"文学之新"的联合主办方,在长江文艺出版社的帮助下,刘震云、麦家、张抗抗等知名作家纷纷加盟,担任大赛的评委。《最小说》全程记录赛事情况,并在杂志上发布所有进入 36 强作者的资料和作品。最终,获胜的部分选手与郭敬明公司签约,成为签约作者。这项赛事的目标虽然是选拔文学新人,但将文学大赛用"选秀"的方式进行运作,其意不言自明——制造话题、吸引关注。比赛在给杂志带来更多话题的同时,也为杂志带来了新风与活力。

谈及《最小说》的运作模式,郭敬明表示"要高度集中自己的权力,从杂志的整体定位、栏目设计到选题操作、文字和画面风格,对于任何东西我一定要亲自看过才可以"[①]。郭敬明十分熟悉、了解年轻读者的口味与喜好,对市场需求极为敏锐,且独具慧眼。郭敬明打造出与自己风格接近的创作

[①] 薛芳:《80 后偶像作家的商业路径》,载《南方人物周刊》2009 年第 31 期,第 42 页。

团队,将郭敬明式"忧伤的青春"做到了极致。由于杂志风格定位明确,并具有长期的稳定性,因此也网罗聚拢了相对稳定的受众群体。

对文化市场的营销法则,郭敬明异常清醒:在市场中需要"了解规则,找到方法,游到上游去"①。办刊使得郭敬明除了拥有作家身份之外,还拥有了出版商的身份,也使他可以更深入地介入文化市场,将文学生产的目标更充分地指向消费。

与同时代的韩寒相比,面对巨大的非议,郭敬明并不掩饰自己的商业欲望,相反,他还为自己获得的商业成绩洋洋自得:"我现在的身份已经不太能代表当下大多数80后的人,我经历的很多事也不是他们经历的事,我是他们那群人所构成的金字塔上层。"②他并不介意成为一个消费符号,他"变得像机器一样每日工作"③,执着于建立属于自己的商业王国。

(三)"IP"与跨媒介运营

2016年3月,郭敬明团队与合作了十年之久的长江文艺出版社分道扬镳,转而签约中南博集天卷文化传媒有限公司。究其原因,在于长江文艺出版社始终专注于传统出版,已经跟不上郭敬明多维度发展的需求了。郭敬明坦言:"我在尝试着把一个人变成电影,变成更多领域的东西。我觉得这一套新的商业模式形成时就需要能适应它的平台和合作方。""换出版社,只是在追寻更多的可能性。"④签约运营模式更为多元的中南博集,郭敬明的野心很明确,他要将他的小说放到更大的文化产业链条中去,打造大IP。

IP一词来源于英文"Intellectual Property",原意为"知识产权",如今已被引申为可供多维度开发的、具有极强商业属性的文化产品。IP可以是小说、漫画、原创视频等,也可以衍生为电影、电视、游戏、动漫、文学、周边创意等。大IP现象其实就是最大限度地利用IP的商业价值而形成文化景观,也就是指一个IP在一个产业领域繁荣之后,顺势衍生至其他产业领域,使一个单打独斗的IP发展成为IP体系,目前,IP运营已成为文化市场各类活动能否成功的重要手段。

郭敬明及其团队的"琵琶别抱"说明了他们在大IP方面的野心。其实

---

① ② ③ 《郭敬明:为什么不能有文学富豪?》,载《华西都市报》2008年9月26日第023版。

④ 赵振江:《郭敬明牵手博集天卷:一大波IP在靠近》,澎湃新闻网,http://www.thepaper.cn/newsDetail_forward_1448073。

早在2007年,《梦里花落知多少》就被翻拍成同名电视剧,但因为剧本、演员等问题,这部电视剧并没有激起多少水花。2012年7月,电影版《小时代》开拍,郭敬明亲自担任导演。在小说热门、偶像演员阵容豪华、营销宣传卖力到位的情况下,四部《小时代》票房超过十七亿。2015年,电影《爵迹》开拍。影视的翻拍同时带动了图书的再版。2013年6月,电影《小时代》上映的同时,《小时代1.0折纸时代》修订版发行,电影首映当日,全国新华书店举办了《小时代》电影上映嘉年华活动。随着电影的大卖,再版的《小时代1.0折纸时代》连续14周占据开卷虚构类图书排行榜榜首,再创图书销售高峰。

郭敬明还在不断寻求影视领域之外其他产业领域的衍生品开发。2014年,云南天之游将《幻城》改编成网络游戏《幻城OL》,由百度游戏代理发行。2015年,郭敬明担任监制,网易游戏开发制作了《小时代》手游,手游以小说主角林萧、顾里、唐宛如和南湘的成长为主线,在游戏中,四人努力加入明星集团ME,实现不同的明星梦,体验不同的校园、职场生活,收获友情、爱情。2015年5月7日,郭敬明监制的音乐剧《小时代》在上海文化广场进行首演。特别值得一提的是,在郭敬明个人的成长历程中,他在与长江文艺出版社十年合作中积累起了创作群体,也同时获得了更广泛的受众、更大的市场及影响。

网络时代,谁在网络空间能够发出更大的声音,谁就拥有更多的主动权,在文学市场也是如此。第十四次全国国民阅读调查报告显示,2016年全国成年国民各媒介综合阅读率为79.9%,其中数字化阅读方式(网络在线阅读、手机阅读、电子阅读器阅读、PDA/MP4/MP5)等的接触率为68.2%,手机阅读率高居66.1%。郭敬明和他的团队充分利用网络宣传自己的小说、刊物以及其他文化产品,他们开设官方网站、论坛、博客、微博,并与其他网站合作。《小时代2.0虚铜时代》还未上市,郭敬明就在他的新浪博客中发布宣传视频为小说造势。小说上市后,新浪网读书频道从2009年12月21日开始连续十天拍卖小说的限量版。拍卖的过程噱头十足,例如00001号被称为郭敬明的"私藏奢华合集",02414号与郭敬明手机尾号一致、00606号与郭敬明生日一致而备受关注。《最小说》还打破只建立杂志官方网站的常规,授权新浪网为《最小说》的网络独家发布平台以及网络征稿平台。此外,郭敬明团队还和盛大文学合作开发网络收费阅读模式,与中国移动合作开发《最小说》手机付费下载阅读模式。2009年12月,郭敬明与当当网合作举办签售仪式,成为全国网络书店签售的第一人。郭敬明一边签售,一边还与网友展开互动。

当同时期的部分作家、评论者还对新媒体的产生及发展观望、犹疑时,郭敬明已经看到了媒介变革背后的巨大能量,并积极地全方位地拥抱新媒体,其强烈的个人运营意识远远超越了同时代的很多作家。从春风文艺出版社的传统营销之路到个人办刊,再到打造大IP,郭敬明以其灵活的市场和媒介意识,为其个人乃至团队赢得了时代的关注。

三、偶像建构:根植于粉丝经济

郭敬明与其说是一位作家,不如说是一个明星。《小时代1.0折纸时代》除了发行常规版本,还发行了99 999本限量版。限量版每一本都有专属编码,并附赠郭敬明的创作手记。《悲伤逆流成河》则发行了66 666本限量版,随书赠送郭敬明亲笔签名的明信片和海报。这种售书方式常见于娱乐明星写真、自传的营销中,在一般作家的身上却很少见。郭敬明主编的杂志《最小说》,会像娱乐杂志一样刊登郭敬明的"八卦"新闻,展示他的个人物品。如在2009年7月的《最小说》上,郭敬明就在与粉丝的互动专栏里展示了自己使用的爱马仕笔记本、Prada钥匙扣、LV钱包等。他的照片在每期杂志的封面、"主编手记"乃至专栏中反复出现,专栏中照片的版面甚至超过文字的版面。《最小说》封底广告还特别说明,郭敬明的照片和杂志中的文章一样,可以有偿下载。

不仅如此,郭敬明还积极参与热门电视娱乐节目,包括《康熙来了》《天天向上》《非常娱乐》《鲁豫有约》等。2005年,郭敬明发行了音乐小说专辑《迷藏》。2008年,郭敬明签约天娱传媒有限公司,担任文学总监,先后为李宇春、韩红等歌手创作歌词。2009年,他还担任选秀节目"快乐女声"上海赛区评委。2012年,郭敬明执导《小时代》的电影改编,他的身影频繁出现在报纸杂志、网络媒体的娱乐版中。

郭敬明和读者的关系,更像是偶像与粉丝的关系。粉丝对偶像的情感与读者对作者的情感虽相似,但有所不同。读者对作者的认可源自对作品的接受、喜爱,而粉丝对偶像的崇拜一旦建立则是全方位的,他们捍卫偶像的形象、热爱他的作品,乐意为此消耗更多的时间、精力和金钱,有着更多的认同,忠诚度也更高。郭敬明的个人微博拥有四千多万粉丝,全国各地都有粉丝们自发组织成立的"粉丝团"。2013年8月,在广州举办的"南国书香节"上,由于前来参与签售的郭敬明粉丝远远超过了场馆的人数限制,出于安全等因素考虑,主办方不得不临时取消了郭敬明的签售会,结果粉丝在现场哭成一片。

最能说明粉丝对郭敬明忠诚度的是他们对郭敬明与庄羽抄袭纠纷的态度。郭敬明的作品经常深陷抄袭丑闻,《梦里花落知多少》《一九九五——二〇〇五夏至未至》《幻城》《悲伤逆流成河》等都被读者指认为抄袭之作。2003年12月,女作家庄羽向法院提起诉讼,认为郭敬明《梦里花落知多少》剽窃了其小说《圈里圈外》。2004年,法院一审判决认定抄袭事实存在。郭敬明对判决结果不服,随后上诉。2006年,北京市高级人民法院作出终审判决,判定《梦里花落知多少》构成抄袭,驳回郭敬明的上诉,判决郭敬明与春风文艺出版社赔偿庄羽经济损失,并要求郭敬明和出版社在《中国青年报》上公开道歉。在传统的文学观念里,作家抄袭意味着创作能力、道德水平的崩坏,会受到社会舆论的严厉谴责。确实,郭敬明的抄袭行为引发了一部分人的愤怒——网民众多的天涯论坛自发举办"金乌鸦奖",郭敬明连续三年蝉联"恶帝"。2006年6月,徐鹏、王晓虹、宋金强等十位"80后"作家发表了《80后10青年作家致郭敬明的公开信》,信中呼吁郭敬明尽快道歉,否则将联手发动读者抵制其作品。虽然郭敬明和出版社最终作出了经济赔偿,郭敬明个人却拒绝向庄羽道歉。2006年6月5日,在对公众开放的个人博客里郭敬明写道:"我会执行法院判决的赔偿和停止销售,那是出于我对法律的尊重。但我不会道歉!金钱、名声,这些东西,真不是那么重要,我都可以给予,唯独道歉,哪怕只是简简单单一句话,也决不会迫于压力而放弃了自己的原则、放弃了曾经创作时的辛苦,放弃了所有依然喜欢着我的文字的人的希望。"①这是一个不可思议的解决方式,变相承认抄袭、作出赔偿,为了粉丝的感情却拒绝道歉。虽然也有一些粉丝对郭敬明失望,而更多的粉丝却接受、理解。进入百度贴吧郭敬明吧,随手翻阅就可看到粉丝对郭敬明的表白、支持。"你是否相信这样一种感情,无论他做了什么,你都愿意去

---

① 郭敬明:《两小时后的生日》,郭敬明的博客,http://blog.sina.com.cn/u/46d7df02010003th#comment。

相信他,不管别人说什么,因为是他,因为对他的人有足够的把握,所以永远站在他的这一边。"①"2004年到2006年,郭敬明陷抄袭门。2005年《夏至未至》截稿,相信不管是电视粉还是书粉都记得傅小司被指抄袭那一段。我相信,小四在用另一种方式向我们解释,或者说,他在用另一种方式表达自己。"②"因为《夏至未至》喜欢上小四。别人对他的评价不管好的坏的,都不予理睬。毕竟你再优秀,也有人讨厌你。你再差也有人喜欢你。事情没发生在你自己身上,你永远不知道有多痛。"③偶像可以不完美,有瑕疵的偶像反而让粉丝觉得他很真实,和普通人更接近。

众多粉丝的支持使郭敬明依然炙手可热。一年后,在王蒙和陈晓明的推荐下,顶着部分作家和公众强烈反对的压力,郭敬明加入了中国作协。直到今天,郭敬明依然是国内作品销售量最高的作家之一,他主编杂志、拍摄电影,拥有超高人气和业界领先的高收入,发展势头依然强劲。显而易见,众多粉丝的忠实拥护是郭敬明屹立不倒的直接原因。虽然这一情况有悖于大众以往的认知,但"郭敬明现象"折射出的正是文学生产领域的变化,作家与读者在传统的写作与阅读关系之外,更蔓延出偶像和粉丝的关系。

为什么郭敬明和读者之间能形成稳固的偶像与粉丝关系呢?一方面,郭敬明精准的受众定位使之拥有确定的不易变化的粉丝群体;另一方面,对于众多年轻人来说,郭敬明成为一种"可能"——如果你努力,如果你尝试,你也有可能从迷茫的平凡生活中走出来,成为和郭敬明一样成功的作家。文学是实现这一"可能"的工具。郭敬明创办的《文学之新》的宣传海报上这样写道:

> 有很多人用看不起的眼光问我:"你能做什么?你成绩不好,你体育不好,你没有电影明星的外貌,你没有动人的歌喉,你没有曼妙的身姿……"他们的语气,他们的眼神,让我觉得我一无是处,但是,真的这样吗?我不甘心……
>
> 我一直觉得,我身边那些光芒环绕的同龄人,我们有相同的年纪,念同一套课本,看同样的小说、电视剧,默默接受老师和父母居高临下

---

① 无题,见百度贴吧郭敬明吧,https://tieba.baidu.com/p/6179763114。
②③ 《来聊聊郭敬明这个人吧》,见百度贴吧郭敬明吧,https://tieba.baidu.com/p/5545708448?pn=2。

的教训,每一天——每一个昨天到每一个明天——都没有任何的不同。但为什么他们那么耀眼,而我那么平凡?

有没有人可以告诉我,我要怎么做,才可以摆脱平庸的生活?我害怕自己的未来就像眼前这片黑暗一样,永远没有尽头,永远无法走出现在桎梏我的黑夜。

我见过一些年轻人,他们把自己的悲伤和快乐,失落和信心,惆怅和雀跃,写成动人的故事,他们从陈旧麻木的生活里挣脱出来,像明星一样站在了万人瞩目的舞台上,像英雄一样赢得了千万人的欢呼和掌声。

我深深地羡慕他们。

你真的不知道我有多羡慕他们。

因为我知道我也可以,我甚至比他们更好。

我看过很多的书,我写过很多的故事,我抽屉里有很多杂志,我的作文虽然经常得不到老师的高分,但我潦草地涂抹在练习本上的小说让我的同桌掉过眼泪。

如果给我一次和他们一样的机会,我也一定会和他们一样,毫不犹豫地投入这个残酷却荣耀的挑战。①

郭敬明从不讳言自己来自四川的一个小城市,他以自己靠写作获得财富、地位而骄傲。对于普通读者来说,郭敬明的存在本身就是传奇,就是"像明星一样站在了万人瞩目的舞台上,像英雄一样赢得了千万人的欢呼和掌声"。与郭敬明写作风格如出一辙的广告语,向读者传达了这样一个信息:你来,你参与,你也可以实现梦想,摆脱平庸。通过比赛选拔创作团队文学新人的举措,使得郭敬明作为偶像明星的品牌效应得到进一步强化,同时还吸引着"粉丝"不断追逐。

结语

积极成功的营销策略引领郭敬明走向"流行",无论是迎合读者需求、独

---

① 《文学之新 我在努力那么你呢》,见百度贴吧文学之新吧,https://tieba.baidu.com/p/2496234906?red.tag=3366040480 & traceid.

立办刊还是主动成为文学生产环节的上游、打造大IP,抑或是偶像建构,郭敬明都显露出相较于同时代其他作家更为灵活、成熟的运作能力。但"郭敬明现象"所折射出的运作模式、营销策略并非从天而降,事实上,民国通俗文学出版业的巨头——世界书局、大东书局等均深谙此道。可以说,"郭敬明现象"与晚清民国以来通俗文学的诸多文化现象和文学事件有着相似的内里,但在此基础上又有所发展,它具有以下几个特征。

一是迎合了时代的心理特征。"中国现当代通俗文学是中国城市发展过程中的大众文化产物。市民阶层的性质和需求直接决定了通俗文学的基本性质,通俗文学是市民诉求的民间表情。"[①]通俗文学的创作是由市场决定的,通俗文学作家创作作品为的是产生经济效益,迎合市场本就是通俗文学创作的特点之一。但是,不同读者的阅读需求不同,郭敬明将他的读者群体设定为尚未成熟的年轻人,准确把握了"80后""90后",尤其是独生子女群体的心理特征;不同于民国通俗文学作家相对单纯的"作家"身份,郭敬明更是一位"偶像、明星",在那些似曾相识的营销手段之下,又呈现出时代的新质。

二是依托新媒介的力量。通俗文学的发展离不开大众媒介,它总是与大众媒介结伴而行,共荣共生。现代通俗文学与报刊、电影合谋,作家、编辑、出版社在纸质媒体、电影上投放广告;当代流行小说与媒介的关系更为紧密,网络、手机、电子阅读设备等新电子媒介的出现使得平台载体更为多元。在多媒体共生、信息爆炸的时代,媒介的力量不可忽视。郭敬明的文学运作之路说明,只有充分利用各种媒介,形成广泛互动,才能彼此勾连,达到"立体式"的宣传包装效果。文学作品尤其是流行文学作品不再满足于传统的宣传方式,对网络的利用也不止于发布信息、书评、连载等,而是采用更流行、更时尚的方式吸引大众的关注。中国近现代通俗文学发展时期,通俗小说的传播基本遵从如下过程:一部作品在报刊上连载结束后,会发行单行本,同时或之后改编为电影、评弹、舞台剧等;而在当下全版权运营时代,一部小说有可能被改编成影视剧、话剧、动漫、电子游戏等,任何一种形式都会带动作品的话题量和销量。当"流量"一词逐渐成为文化消费的中心词汇

---

① 汤哲声:《何谓通俗:"中国现当代通俗文学"概念的解构与辨析》,载《学术月刊》2018年9月,第135页。

时,流行小说不会再仅仅满足于传统的纸质出版,实现跨文本转换的大IP成为它们谋求的方向。

三是根植于粉丝经济。在粉丝经济背景下,作者和读者的互动不再局限于传统的"新闻发布会""签名售书会""新书研讨会",流行小说作家通过走入高校做免费讲座、走进电视台、电台做访谈节目、接受报纸杂志的专访提高曝光率,流行小说作家还担任主编、创办文化公司、做导演、做编剧……这些互动正逐渐成为文化产业链的一个环节,并愈发显得重要。可以说,作家更像偶像,读者则兼有了粉丝的身份。与传统读者不同,粉丝读者对作家有着更高的忠诚度,有着更强烈的消费愿望。他们不仅热衷于购买作家的作品,还会支持作家参与的影视剧、动画动漫、网游等。同时,一位作家的粉丝群体往往会形成一个或多个粉丝"社群",在这些社群中,粉丝相互交流,彼此之间具有强烈的认同感。粉丝社群的存在往往能够进一步强化粉丝的凝聚力。

作为当代流行小说运作的典型案例,"郭敬明现象"对于我们拓宽视角、对当代流行小说的市场运作展开更为全面的讨论很有价值。在当代,很难想象一部流行小说可以不经过任何市场运作环节而直达读者。可以说,进入文化资本时代之后,市场运作无所不在,只是由于面对的阅读群体不同,作家的创作特点、知识结构以及读者对文本的接受方式会有所差异,出版商差异化的营销策略,使得市场运作行为虽然在具体表现上有所不同,却真实呈现了文化资本的本质和规律。当我们从文本内外部考量文学生产和消费的价值及意义时,这一切将为我们提供更多独特的视角。

下编 百年中国通俗文学阅读调查(2014—2018年)

调查情况说明

石　娟

一、研究的缘起与目的

中国近现代通俗文学研究开始于20世纪70年代末80年代初。海外，以E.Perry Link（林·培瑞）的 *Mandarin Ducks and Butterflies：Popular Fiction in Early Twentieth-century Chinese Cities*（《鸳鸯蝴蝶派：20世纪早期中国城市的流行小说》，University of California Press，1981）的出版为标志。国内，在范伯群教授的带领下，以1984年《鸳鸯蝴蝶派文学资料》（福建人民出版社）的出版为起点，从史料整理到作家作品研究（以1994年南京出版社出版的范伯群主编12卷"中国近现代通俗作家评传丛书"为标志）到百年中国通俗文学史写作〔以1990年重庆出版社出版的张赣生著《民国通俗小说论稿》、2000年江苏教育出版社出版的范伯群主编《中国近现代通俗文学史》、2007年北京大学出版社出版的范伯群著《（插图本）中国现代通俗文学史》和汤哲声主编《中国当代通俗小说史论》为标志〕，从史料梳理到史观重构，从文本研究、作家研究到文学史乃至专题研究，如雅俗文学关系、现代文学起点以及文学媒介、北派通俗文学研究等等，学科发展已走过四十年历程。但迄今为止，文学活动中的重要一维——读者的阅读活动及接受行为研究几乎失语。尽管国内已有的阅读研究对该领域有所涉猎，但针对通俗文学阅读的成体系专题研究尚未开展。既有的阅读调查及相关研究，仅以台湾和大陆为例，据笔者所见，有如下几次较大规模的活动：在台湾方面，1990年台湾"文艺基金管理委员会"发起了"适合中学生阅读之文艺作品调查研究""适合大专学生阅读之文艺作品调查研究""适合社会青年阅读之文艺作品调查研究"，1995年由该机构委托明道文艺杂志社开展的、黄振隆先生主持的"台湾流行文艺作品调查研究"，对台湾四十年来社会流行文艺作品阅读情况展开了调查；在大陆方面，2010年曾少武教授主持的国家社科基金项目"青少年网络小说阅读研究"(10CZW054),对青少年网络阅读情况进行了摸底性调查,2012年温儒敏教授主持的国家社科基金重大项目"当前社会'文学生活'调查研究"(12&ZD168),对网络文学生态、金庸武侠小说的读者群、长篇小说的生产与传播等都有所探讨,2016年中国传媒大学蔡翔教授主持的国家新闻出版广电总局课题"国民听书率研究",涉及通俗小说的"听书"情况。此外,还有由中国新闻出版研究室全国国民阅读调查课题组一年一度经调查而撰写的"全国国民阅读调查报告"等,均对通俗文学的阅读状况有所涉猎。百年中国通俗文学当下的阅读状况、读者反应有待以专项调查的形式予以全面呈现。这个专项调查更为重要的意义在于,促进近现代乃至当代通俗文学的发展与繁荣,近现代通俗文学的发展与媒介的发展关系密切,媒介不仅改变了近现代通俗文学的传播方式、叙事方式、美学特征,更改变了读者在文本中的功能和地位,使读者不仅参与消费,更直接参与了百年中国通俗文学的生产,对读者当下阅读状况调查结果的呈现、分析及所涉文学问题和事件的阐释,都成为百年中国通俗文学价值评估的重要组成部分。

二、问卷设计

本次调查在内容设计上兼顾百年,有所侧重。主要调查读者对近现代乃至当下通俗文学史中的作家、作品,包括对流行改编作品的接受情况,以及对一些概念的认知,如何为通俗小说、网络小说,近现代通俗作家、作品及影视剧改编作品的流行情况,读者对红色经典的当下阅读及接受等。当代大众文化接受是调查重点,如通俗杂志,影视剧,流行音乐,20世纪80年代以来的武侠小说、言情小说、家庭小说、历史小说、穿越小说、科幻小说,以及21世纪以来的网络小说及据其改编的影视剧、网游等。鉴于被调查者多为非专业研究者,故调查侧重于对当下通俗或流行作品类型、现象及问题的观照。

由于本项目历时较长,而当下大众文化现象"一波未平一波又起",故分阶段实施调查。本项目分为三个阶段实施:第一阶段为百年中国通俗文学阅读及接受状况的综合调查(2014年8月—2018年8月)。第二阶段为专项调查(2016年9月—2018年8月),此部分分为三部分展开:一为对科幻小说和影视剧改编作品接受情况的调查(2016年9月—2018年8月),二为对香港大专/大学生阅读香港网络小说情况的调查(2016年9月—2016年12月),三为对与武侠文学相关问题的阅读调查(2018年1月—2018年8

月)。第三阶段为个案访谈(2014年4月—2016年10月),由徐斯年先生就科幻小说,特别是《三体》中的问题与七位以理工科专业学者为主体的顾问进行了103次通信。各阶段调查情况说明如下。

(一)综合调查:百年中国通俗文学阅读及接受状况

本调查始于2014年4月,问卷设计历时三个月,经反复论证,2014年7月初定稿,调查从20世纪初到当下百年间的通俗文学作品的阅读情况。该问卷共设计题目46题,其中主观题6题,客观题40题。在客观题中,12题为单选题,占比26.09%;28题为多选题,占比60.87%。调查时间自2014年8月17日起,至2018年8月15日止。调查内容以当代,特别是改革开放之后的通俗文学作品为主,兼及当下读者对通俗文学的概念、阅读原因、近现代通俗文学作家作品认知、港台通俗文学作品、新中国成立以后①至当下,包括网络文学及作家在内的通俗文学作家及作品的阅读情况调查。其中,对读者自然情况的调查设计了4题,占比8.70%,包括读者的年龄、籍贯、性别、职业四个方面。为查考具有不同职业及教育经历的读者在阅读兴趣及选择中的差异,课题组选择了有代表性的14种职业(身份),将无法纳入这14种类别的,归入最后一项。前14种职业分别为专科生、本科生、研究生、打工者、公务员、医生、自由职业者、(银行、公司、企业)职员、教师、个体私营业主、退休人员、农民、工人、媒体从业者。关于通俗小说的概念及阅读动机设计2题,近现代通俗文学作家作品设计3题,红色经典设计2题,当代通俗文学杂志设计1题。有4题与武侠小说相关,占比8.70%。有3题与言情小说相关,占比6.52%。有1题调查韩寒与郭敬明现象。影视剧改编及流行音乐属于大众文化现象,深受观众喜爱,故增加了与这些内容相关题目的比例,共设计9题,占比19.57%。因科幻小说近年大热,另设计专题问卷,且有个案分析,为避免重复,综合问卷中与科幻小说相关的仅设1题。进入21世纪,出现网络小说与影视剧、网游并行的重要文化现象,网络小说兴起的时间虽然不长,但涉及媒介、文体、接受、IP改编等领域,争议较多,故此类题目占比最高,设计相关题目13题,占比达28.26%。有2题与通俗小说阅读选择的国际比较相关。了解读者对当代通俗文学批评状况看法的设计了1题。详见表下-1。

---

① 新中国成立以后至20世纪80年代初的三十年将红色经典小说视为"流行作品"。

表下-1　2014年百年中国通俗文学阅读及接受状况综合调查问卷题目设计数量及占比

内　容	题目数量/题	占比/%
读者的自然情况	4	8.70
通俗小说的概念及阅读动机	2	4.34
近现代通俗文学作家作品	3	6.52
红色经典	2	4.34
当代通俗文学杂志	1	2.17
武侠小说	4	8.70
言情小说	3	6.52
韩寒与郭敬明现象	1	2.17
大众文化现象（影视剧改编、流行音乐）	9	19.57
科幻小说	1	2.17
网络小说	13	28.26
通俗小说阅读选择的国际比较	2	4.34
当代通俗文学批评状况	1	2.17

（二）专项调查：科幻小说的阅读与影视剧改编的接受、武侠文学小说的阅读及接受、香港大专/大学生对香港网络小说的阅读

1. 对科幻小说阅读与影视剧改编作品接受情况的相关调查

进入2015年，科幻小说如雨后春笋，蓬勃而有活力，从创作、阅读到研究，盛况空前，前有2015年8月23日刘慈欣《三体》获得第73届"雨果奖"最佳长篇故事奖，紧接着，2016年4月28日，郝景芳凭借《北京折叠》入围第74届"雨果奖"最佳中短篇小说奖。与此同时，网络小说IP改编硕果累累，《琅琊榜》《芈月传》《花千骨》《伪装者》《何以笙箫默》等作品霸占荧屏，掀起一轮又一轮收视热。在此背景下，2015年，课题组设计了关于科幻小说和影视剧改编作品的问卷调查。本调查自2015年12月开始设计，经反复论证，至2016年9月定稿。调查时间自2016年9月12日始，至2018年8月15日止。此问卷共设计题目14题，其中单选题6题，占比42.86%；多选题8题，占比57.14%。在内容方面，对读者自然情况开展调查的有5题[①]，占

[①] 此次调查总结了2014年的经验，将读者的职业与学历分开调查。

比35.71%;与科幻小说相关的题目有5题,包括作家、作品以及科幻小说的传播途径、科幻小说阅读媒介以及科幻小说的核心吸引力等,占比35.71%;与影视剧相关的题目有4题,包括最受欢迎的电视剧、电影,对原著的关注度以及对改编行为的看法,占比达28.57%。

2. 对香港大专/大学生阅读香港网络小说情况的调查

考虑到内地/大陆与港澳台地区的文化差异,选择香港作为港澳台地区大众文化的代表性地域,以网络小说为个案进行专题问卷调查。①此问卷共设计题目17题,其中单选题9题,占比52.94%;多选题8题,占比47.06%。在内容方面,有4题关于被调查者的自然情况,占比23.53%。其余问题包括网络小说的阅读习惯、网络文学网站、网络小说作家作品、阅读原因、小说类型、与内地网络小说的比较、单行本购买行为等,占比76.47%。

3. 对与武侠文学相关问题的阅读调查

作为"最中国"的类型小说,在漫长的岁月中,"武侠"一直"在场"。大陆新武侠兴起之后,接着出现了网络文学,一直到21世纪第一个十年之后,中国武侠小说从创作到接受都发生了相当大的变化,特别是网络创作呈现出泛武侠的特征。然而武侠小说自身却没有实现大的突破,有必要对其予以关注。就此,课题组设计了"关于与武侠文学相关问题的阅读调查"问卷。本问卷自2017年11月开始设计,至2018年1月24日投放,2018年8月15日截止。此问卷共设计题目20题,其中单选题6题,占比30%;多选题9题,占比45%;填空题5题,占比25%。在内容方面,对读者自然情况展开调查的有5题,占比25%;作家类调查有4题,占比20%,主要包括读者对作家的了解程度、金庸与鲁迅在读者心目中的地位等;作品类调查有4题,占比20%,包括对金庸作品的知名度、武侠作品电视剧版本的受欢迎程度、对武侠作品和含武侠元素作品的认知等;媒体及类型小说相关题目有3题,占比15%,主要包括对小说杂志、网络类型小说以及电视剧受欢迎程度的调查等。为了达到比较的目的,呈现不同年代读者对作品认知的差异,有些题目与综合问卷相同,只是在选项的设计上略作调整。

---

① 此部分内容由香港学者陈乐汶博士负责实施。

（三）个案访谈：徐斯年先生以《三体》为中心，就科幻小说相关问题与七位顾问（以理工科为主）的103封通信

问卷调查多呈现出调查者的主观意愿，服务于设计者的研究需要。读者对于作品阅读的需求、阅读习惯和阅读思考，在以调查者为主体的调查问卷中想要得到真正客观的呈现显然十分困难。为此，在本次调查中课题组专门设计了个案访谈。

科幻小说近几年热度不减反升，科幻小说读者在阅读过程中理解小说中"科"与"幻"的关系时经常会遇到理论和实践脱节的问题，特别是在阅读"硬科幻"小说时，读者对作品的理解感到困难。徐斯年先生是通俗文学研究领域的资深学者，一生从事中国近现代文学研究，全程参与过《鲁迅全集》1981年版、2005年版的编辑修订工作，曾任《鲁迅大辞典》的执行编委，是苏州大学最早参与通俗文学史料建设的前辈学者之一，他在20世纪80年代初便与芮和师、范伯群先生一起编撰《鸳鸯蝴蝶派文学资料》（上、下）（福建人民出版社1984年版），还参与了《中国近现代通俗文学史》（上、下）（江苏教育出版社2000年版）的编写和《中国近现代通俗文学史（新版）》（上、下）（江苏凤凰教育出版社2010年版）的修订工作等，著有《王度庐评传》《侠的踪迹——中国武侠小说史论》等专著，在中国现当代通俗文学的史料整理和理论研究等方面成果丰厚。在阅读科幻小说《三体》的过程中，徐先生与七位顾问以通信的方式就小说中的诸多问题进行了严谨且深入的对话，从中不难窥见在科幻小说阅读过程中经常遇到的问题，如读者与研究者对于"科"与"幻"的不同思考等。

徐斯年先生与七位顾问的通信共有103封，历时两个半月。①在通信者中，耀文是高级工程师，毕业于清华大学工程物理系；平宇是李政道选拔的首批赴美深造的青年物理学家之一，现为美国科学家；一半及其夫人淑蓉都是导弹—火箭研究专家；裕群毕业于中国科技大学，曾任教于该校研究生院和自动控制系；肇明为俄语教授；裕康为英语专家。这七位顾问都没有读过《三体》，所以这103封函件是一位资深研究者、读者与几位专家的科学对话。

按讨论的中心内容，徐斯年先生将这些信件编为五组，每封信都按时序

---

① 关于这一话题的通信始于2015年1月11日，止于2015年3月26日。

编了号,辑入各组时均保留原编号;组内也按时序进行编辑,但有跳序之处。这种讨论是散漫随心的,并非每封信都能扣准中心,各组之间难免有中心重合的现象。从内容上看,全部信件围绕五个方面展开:"'蚂蚁'之问""时空和思维""维度与分形""想象力 自洽性""宇宙'恶托邦'?"为阅读方便,文末的附录中,也依此结构排序。

三、调查问卷的发放

调查主要依托"问卷星"网站实施。其中,为做到定性分析与定量分析相结合,"当代通俗小说阅读调查"(综合调查)采用纸质问卷与网络问卷相结合的方式,两种问卷同时发放。定向发放纸质问卷,考虑职业(如工人、农民、医生、教师、学生等)、地域(如台湾、香港、澳门等)、年龄结构等差异,在不同人群中定量发放。汇总数据时,单独汇总纸质问卷。网络问卷数据自动生成,之后再将两份数据根据调查分析需要予以整合,通过微信朋友圈、微信群、QQ群、名人微博以及邮件等形式发布,该调查自2014年8月17日至2018年8月15日,历时四年,共回收"问卷星"网络问卷2 172份;纸质问卷定向发放,共回收有效问卷1 196份;合计回收有效问卷3 368份,被调查者遍布中国大陆/内地、香港、澳门、台湾各地。从地域上看,除西藏、海南两地外,我国其他省、市、自治区、直辖市以及行政特区均有读者参与其中。"关于科幻小说和影视剧改编作品的问卷调查""关于与武侠文学相关问题的阅读调查"两个专项调查全部依托网络和新媒体展开,发布平台与综合调查相同。"关于科幻小说和影视剧改编作品的问卷调查"自2016年9月12日至2018年8月15日展开,历时近两年,共回收问卷1 882份。"关于与武侠文学相关问题的阅读调查"由于课题结题时间的限制,历时较短,自2018年1月24日至2018年8月15日展开,历时7个月,共回收网络问卷1 336份。"对香港大专/大学生阅读香港网络小说情况的调查"全部采用纸质问卷的调查形式,自2016年9月至2016年12月展开,历时4个月,共回收有效问卷237份。

四、关于阅读调查的几点说明

(一)概念界定及调查范畴

本课题所指"通俗文学",学界多有界说。1981年,林·培瑞(E.Perry

Link)先生在 Mandarin Ducks and Butterflies：Popular Fiction in Early Twentieth-century Chinese Cities(《鸳鸯蝴蝶派：20世纪早期中国城市的流行小说》)一书中指出："鸳鸯蝴蝶派"最初是指1910年代末数量不多但受众很广的言情小说,代表人物为徐枕亚、李定夷、吴双热等人。这是狭义范畴上的"鸳鸯蝴蝶派"。但自"五四"以后,郑振铎、茅盾等人为了批评"鸳鸯蝴蝶派",将其范畴扩大到所有流行旧体小说,不仅包括言情小说,还包括社会小说、武侠小说、黑幕小说、侦探小说、幻想小说、滑稽小说等,结果导致这一概念延续至今。①这几乎是新中国成立以来学术界对中国现代通俗小说范畴最早的梳理。张赣生先生认为,通俗小说的"通俗"主要表现为两个方面:一为"通晓世俗",二为"与世俗沟通"。"从史实来看,中国的小说一直是通俗的,没有不通俗的小说,其前后的区别只在于'通俗'的标准随时代的不同而发生变化。"②刘扬体先生从精神分析的理论层面,总结通俗文学是那些"为文化商品市场,即为都市市民读者的欣赏兴趣写作"的作者的创作,"小说取材十分广泛,尤其注重题材的传奇性、秘闻性。在故事情节架构与审美信息传导上,这派作者大多采取读者熟悉的传统形式,偏重于用强化故事悬念的办法来拓展读者的审美期待心理,并且注重在轻松、热闹、伤感的场面与氛围中,表达读者所关切、所能接受的、不离不违世俗人情与人伦常态的思想感情"③。而最为全面且时至今日仍然权威的结论是范伯群先生在《中国近现代通俗文学史》中的界定:"中国近现代通俗文学是指以清末民初大都市工商经济发展为基础得以繁荣滋长的,在内容上以传统心理机制为核心,在形式上继承中国古代小说传统模式的文人创作或经文人加工再创造的作品;在功能上侧重趣味性、娱乐性、知识性与可读性,但也顾及'寓教于乐'的惩恶劝善效应;基于符合民族欣赏习惯的优势,形成了以广大市民层为主的读者群,是一种被他们视为精神消费品的,也必然会反映他们的社会价值观的商品性文学。"④汤哲声教授在《中国当代通俗小说史论》中认为,"通俗小说不仅是在社会生活中产生的,而且通俗小说作品和阅读活动

---

① E.Perry Link. Mandarin Ducks and Butterflies：Popular Fiction in Early Twentieth-century Chinese Cities. University of California Press, 1981, p.7.
② 张赣生:《民国通俗小说论稿》,重庆出版社1990年版,第8页。
③ 刘扬体:《流变中的流派——"鸳鸯蝴蝶派"新论》,中国文联出版社1997年版,第33—34页。
④ 范伯群:《中国近现代通俗文学史(新版)》,江苏凤凰教育出版社2010年版,第18页。

本身都具有社会意义和价值,或是反映特定历史时期的社会生活,或是表现了特定社会的社会心理,或是呈现了一个社会阶层的生活方式。通俗小说总是与社会生活有着直接的联系"①。胡志德先生则直接以"城市文学"(Urban Literature)命名之。②本课题的调查内容为百年中国通俗文学在当下的阅读和接受情况,包括21世纪以来网络文学,所涉作品、作家乃至流派的范畴界定以如上意见为根据。鉴于网络文学的特殊性,针对地域文化差异设计两份问卷分别进行调查。

(二) 关于"阅读"

本次调查关注的核心是接受,因此,本次调查所指的"阅读",是广义上的"阅读",除了"读"外,还包括视、听等全部感官接受活动。由于百年中国通俗文学的生产及消费机制与媒介的技术变革息息相关,由此引发的文化生产与消费现象,成为当下通俗文学及文化研究的热点。因此,在本次调查中,由文本衍生的相关文化产品及其载体也纳入考察的视域,如报纸、期刊、电影、戏剧、电视剧乃至网游等,调查关注读者对这些衍生文化产品的接受,并进行整合分析。

(三) 关于网络小说的调查

由于网络小说媒介性特征极为突出,阅读风潮变化很快,对这一类型文本的调查在较长时期内难以全面系统地呈现网络小说的阅读特征,加之已有多个课题对网络小说阅读开展了专项研究,本课题组对此将不做长期重点关注。鉴于内地和香港网络文化及读者趣味的差异,本课题组的网络小说调查通过两条路径分别展开。一是通过"问卷星"集中面向全国发布网络调查问卷,二是针对香港读者的阅读实际单独设计纸质问卷。网络文学调查集中在2014年发布的"当代通俗小说阅读调查"中呈现。根据工作计划,调查工作需要分阶段实施,网络小说调查是2016年的工作重点,因此,内地和香港网络小说阅读调查均截至2016年。2016年以后,课题组的工作重心转移到其他文学及文化现象。

---

① 汤哲声:《中国当代通俗小说史论》,北京大学出版社2007年版,第41页。

② Theodore Huters. *Cultivating the "Great Divide": Urban Literature in Early Twentieth-century China*. *Renditions*(《译丛》),2017(87&88),p.7. *Renditions*(《译丛》)2017年第87&88期专门出版了"民国城市文学"专号,翻译了周瘦鹃、朱瘦菊、程瞻庐、平江不肖生、孙了红、徐卓呆、徐枕亚、张恨水等人的小说,由于小说篇幅原因,以短篇和节选为主。

（四）关于技术路线

本次阅读调查启动于2013年，彼时该项工作多以Word文档、邮件和QQ群为主要发布媒介。本项目开始之前，课题组讨论了多个方案，除如上方案外，也曾考虑在各大网站投放调查问卷等，以获得更多的数据。但由于课题经费有限，在网站投放问卷费用高昂，难以长期支持，故放弃该方案。经过多方调研，课题组最终决定在"问卷星"网站发放问卷，采用网络非定向非定量调查及Word文档定向定量调查相结合的方式，力求客观真实地反映百年中国通俗文学阅读的自然状况。

由于设计好的问卷在发放之初未经实践检验，选项难免错漏，所以在发放问卷之初，设计者需要根据反馈及时修改问卷。本次调查在"问卷星"网站推出时，已可依托微信、QQ、邮件、微博等多种渠道发放，被调查者能够即时反馈问卷中存在的错漏，设计者可随时修订。因此，在实践中课题组发现，纸质问卷以及Word文档调查问卷需要完成800份之后才能成为成熟问卷，而"问卷星"网站投放的问卷填写到150份左右时，被调查者便不再质疑选项，也即可视为成熟问卷。

本课题从开始到现在，已经过去七年。这七年间，中国数字技术的发展一日千里。2011年1月21日微信正式上线，2013年设计问卷时，尽管当时微信尚未普及，但彼时以手机为终端，通过微信发布问卷，在一定程度上还是弥补了电脑不能即时接受调查的不足，因此，由于"问卷星"具有在任何社交软件终端均可自主发布并自动生成调查结果的优势，获得了相当可观的访问量。2014年，这一技术是相对领先的。然而七年后的今天，人工智能已经全面入主大数据的采集和发布，数字人文时代也随着人工智能的全面应用扑面而来，在调查中，人工智能的优势得天独厚。本课题的问卷调查处于传统Word文档纸质问卷与以手机、电脑为终端的电子数据人工合成及数字人文时代人工智能技术之间的过渡时期，因此，本课题样本数量虽高于前期的类似课题，却仍难与当下最为前沿的由计算机专业人员参与的、人工智能介入的数字人文大数据的样本数量匹敌。这是我们本次调查留下的缺憾，却也是我们本次调查的价值所在——我们记录并留存了技术手段过渡时期的历史和轨迹。

这里需要特别指出的是，相对于人工智能介入的大数据调查，尽管本课题样本数量相对较少，结果的实证价值却是客观且具有参考意义的。在调查中课题组发现,当问卷成熟后,随着回收问卷的增加排名靠前的部分选项在后面调查中占比基本稳定,虽然部分结果偶尔也会受性别、年龄、职业身份等自然因素的影响而有所改变,但总体上,调查中的优势选项基本不会发生十分明显的改变,调查结果的信度和效度相对稳定。但是我们必须清醒地意识到,任何调查都具有阶段性、过程性、随机性特征,随着时移世易,数据量变甚至质变的可能性都非常大,当下的精确也可能会成为未来认识的误区和陷阱,"幸存者偏差"①很难避免。所以,用发展的眼光来看,本次调查分析中所呈现的认识评价及判断,受问卷发放平台、条件、被调查人群的自然属性和客观环境、发放时机等因素的影响,调查结果具有阶段性特征,无法真正呈现研究对象全部本质属性。

(五)关于调查数据的呈现与使用

本课题是 2013 年度国家社会科学基金重大项目"百年中国通俗文学价值评估、阅读调查及资料库建设"(13&ZD120)的子项目,该项目的核心目的是为百年中国通俗文学寻找价值评估依据。因此,调查结果的使用,不满足于调查数据的简单呈现和现象分析,而是以问题为导向,服务于价值评估标准的确立。所以,与其他问卷调查的差异在于,本次调查不以全面呈现数据为目的,或仅停留于对数据的总结性分析,而是希望从读者接受的角度,以大数据的实证方法,将通俗文学接受视为一种现象、一个视角、一种方法,探索中国通俗文学研究核心问题的解决方案和认识方法,对通俗文学的价值评价、当下武侠小说接受的关键词、科幻小说的特质和当下现象的理论意义、网络小说粗糙化文本及经典化的可能性等问题展开讨论,问卷调查的数据是理论思辨的支撑,目的是开展理论建设的实证研究,其研究方法和宗旨与当下的数字人文思想一脉相承。课题组期待在过程中有所发现,为大数据时代的文学理论建设及大众文化研究,提供可资借鉴的实证支持。

---

① "幸存者偏差"是统计学中的常用术语,最早出自第二次世界大战时期犹太数学家亚伯拉罕·瓦尔德。他通过对幸存飞机弹孔分布情况的统计,建议对飞机弹孔数量很少甚至没有弹孔的引擎及驾驶舱后方加强保护,美军采纳了此建议,空军的生存率和返还率因此得到提升。在统计学中,此概念特别提醒统计样本的选择不能有偏倚,所有样本都要有均等机会入选。但是,由于受被调查者个人兴趣、参与意愿、分布平台、技术水平等因素及条件的限制,理想主义的无"幸存者偏差"其实无法实现。本课题 Word 问卷在特定人群中的定量发放,即出于避免出现"偏差"的考量,试图对"偏差"有所弥补,但事实上仍难以真正避免调查行为的随机性、主观性。

（六）意义及其他

本次调查为国内通俗文学研究领域第一次系统开展的大规模问卷调查，具有时间长、地域广、重实证的特点。除内地/大陆外，香港、澳门、台湾均有读者参与调查，被调查者遍布全国各地。此外，本次调查还具有以"现象"为依据、阶段性突出的特点。在此之前与通俗文学有关的部分调查，如前述"台湾流行文艺作品调查"①、"青少年网络小说阅读研究"（10CZW054）、"当前社会'文学生活'调查研究"（12&ZD168）以及"国民听书率研究"等，只是旁及通俗文学的某个或某几个专题，非系统调查。因此，本次调查的结果既是对当下读者阅读趣味的全面查考，也是对百年中国通俗文学生命力的一次全方位检视。因调查而生成的各种数据，对百年中国通俗文学价值评估标准的确立以及未来的通俗文学研究，都会提供实证支持。从这个意义上来看，本次阅读调查所做的全部工作，与数字人文研究方法一脉相承，可视为数字人文研究的前期实践，具有过程性价值。但遗憾的是，由于受当下项目管理机制、课题完成时间及通俗文学接受的阶段性特征等条件的限制，本次调查仅能对2014—2018年五年间具有代表性的现象级事件、相关文学类型及通俗文学理论建设的相关问题等展开讨论，难以观照百年间哪怕只是当下的全部文本、现象、思潮以及文学类型。期待日后学有余力或时机合适时，再予完善。

---

① 本次调查对流行文艺作品专门作了明确的界定："流行文学很可能被认为是通俗文学，更可能被联想为'低俗'文学，通俗文学的范围太广，'低俗'文学的意义又太低，故进行这项调查时，是以小说、散文、诗等文艺作品为主，'流行'的意涵则以书籍之畅销与长销作为判定的标准。"见黄振隆主持：《台湾流行文艺作品调查研究》（未出版），（台湾）文化建设基金管理委员会1995年印行。

第一章　趣味休闲·雅俗共赏·集体记忆：读者视域下百年中国通俗文学的三个价值维度
——以 2014—2018 年读者阅读调查为中心

石　娟

清末民初以来的文学现代化，因为政治、思想、社会、资本、媒介等因素的重大变革以及多方参与，其雅俗关系及边界益发晦暗不明，纷争不断。自 20 世纪 20 年代新文学与通俗文学从"蜜月"期走到"分道扬镳"，通俗文学在市场中确立了自己的立足之本，以"默默的强势"①参与了现代文学现代性的书写，却也因为这"默默"的命运多舛，终难获得主流文学史或者教科书的认可。新中国成立后近三十年，由于文学生产机制、文学生态的根本转变等诸因素的影响，近现代通俗文学创作及研究"集体失声"，主流话语呈现出"单声部"特征。20 世纪 80 年代，市场经济起步，文艺政策宽松，来自港台的"金庸热""琼瑶热"直接推动了大陆的"武侠热""言情热"乃至通俗文学的"阅读热"，一批优秀的近现代通俗文学作品得到重新出版和阅读；90 年代，通俗文学欣欣向荣，除武侠小说、言情小说外，纪实小说、官场小说、历史小说、域外小说、"新新人类小说"、科幻小说等类型文学都在这一时期迅速繁荣；90 年代中后期，网络文学继起，痞子蔡、宁财神、西门大官人、李寻欢、安妮宝贝一时风光无限；时至当下，各种类型文学几乎全部移师网络，网络文学一统天下。百年之间，通俗文学从创作到阅读，风云变幻。一个世纪之中，读者的阅读兴趣以及他们的雅俗之见是否存在差异？如果存在差异，那么存在哪些差异？该如何看待这些差异？这些差异产生的根源何在？……一系列问题，都与百年通俗文学价值评估的诸问题息息相关。以往文学史

---

① 范伯群：《1921—1923：中国雅俗文坛的分道扬镳与各得其所》，见《多元共生的中国文学的现代化历程》，复旦大学出版社 2009 年版，第 125 页。

研究和文学评价,多出于"文坛"。"文坛"有自己的价值体系,加之评价者的个人好恶等因素,种种偶然与必然乃至微妙的利害关系掺杂其中,其评价常与读者的现实接受体验相去甚远,导致了评论与阅读"两张皮"现象的长期存在。但从文学活动的角度而言,所谓的雅俗身份根本无法决定文学作品在接受者那里能否具备穿越时空的力量,也就是说,文学的生命力、能否成为经典,其决定因素除文本内部的"先天优势"以及"文坛"的专业剖析之外,读者同样是文学作品最有效力的评价者,他们的声音或许微弱、沉默,然而他们可以其购买行为、不带功利目的的评论、闲聊中的话题及推介……撑起文学评价一角的天空。事实上,那些在历史现场中备受争议和指责的作品,常常在一代又一代读者的持续阅读、反复改编或者再生产中,生命长久而弥坚,令文坛无法视而不见,进而反思批评的得与失。遗憾的是,时至今日,在这些"鉴定"中,读者的天空常常是灰色的,很少有人为他们无功利甚至感性直观的"喜爱"代言。

对文本的理解,叶维廉先生十分强调"传释"——他将文学的创作与接受看成是"作者传意、读者释意这既合且分、既分且合的整体活动"[①],叶先生用"传释"而不用"诠释",是特别强调不能"只从读者的角度出发去了解一篇作品"[②],而在我们的文学研究体系中,情形似乎正好相反:"作者传意"一直是我们关注的重点,却对"读者释意"特别是作为整体的读者如何释意也即"诠释"缺乏系统、有效的关注。由于"通俗文学能历史地反映某一时间长链中读者心态和价值观的变化"[③],"读者释意"在通俗文学研究中就具有了特别的地位和意义,有鉴于此,我们本次调查特别关注对读者阅读及评价的梳理,希望可以借此更全面地总结历史得失,指导当下,预见未来。在读者看来,通俗文学的核心价值是什么?有哪些价值?作品的文学价值以及其能否成为经典的标准何在?读者阅读的内在动力和深层心理机制何在?研究界、文坛和读者之间能否最终实现阅读实践和文学批评的同一?……这些,都有待以调查结果为依据,作进一步的分析。因此,从什么角度、用什么样的方法来寻回读者批评"话语",成为问题的关键所在。

[①②] 叶维廉:《中国诗学》,生活·读书·新知三联书店1992年版,第117页。
[③] 范伯群主编:《中国近现代通俗文学史》(上卷),江苏教育出版社2000年版,第10页。

自2014年8月起,针对如上一些困惑,课题组从实证的角度,设计了百年中国通俗文学阅读及接受状况的综合调查问卷①,利用新媒体、网络和纸质问卷等多种形式,从概念、理论、作家、作品、媒体等多个层面系统调查当下读者对近现代乃至当代通俗文学的阅读情况,并有针对性地展开访谈。通过对调查结果的综合分析,课题组发现,读者在三个方面对通俗文学的价值有着相对明确且基本相似的意见。

一、趣味休闲:通俗小说的美学价值

"趣味"本意是指"使人愉快、使人感到有意思、有吸引力的特性"②,词义其实非常中性。但是,长久以来,中国"文以载道"的文学传统和历史责任,使得文学中的"趣味"变得非常微妙,特别在小说领域表现得尤为突出。读者一方面因文学有趣味及具有休闲的功能而乐于接近它,一方面又对崇尚趣味的文学难登大雅之堂而惴惴不安。事实上,趣味是人们亲近文学的首要条件,有趣方能有味,无趣味的文学实乃说教。③事实上,20世纪以来,鲁迅、梁启超、梁实秋、朱光潜、朱自清等都专门对"趣味"的涵义、在文学雅俗关系中的作用作过颇为细致的梳理,并充分肯定了趣味的积极意义。④

然而,时至今日,在文学研究界,趣味却很难进入文学价值评估的视野,即便在通俗文学研究中,一谈到趣味,研究者常常会点到即止,转以文化、叙事、社会、历史等宏大的主题确立文本价值。可是,分析阅读调查结果后我们发现,在读者的接受视野中,趣味是他们接触通俗小说乃至阅读和理解通

---

① 关于本问卷的自然情况,详见下编《调查情况说明》,不再赘述。
② 中国社会科学院语言研究所词典编辑室编:《现代汉语词典(第5版)》,商务印书馆2006年版,第1129页。
③ 尽管"趣味"后来也有了"阳春白雪"与"下里巴人"之分,但"愉悦""吸引人"等依然为其特质。
④ 鲁迅:《〈奔流〉编校后记(一——十一)》,见《鲁迅全集》(第七卷),人民文学出版社2005年版,第177页;梁启超:《趣味教育与教育趣味》,见梁启超著、夷夏编:《梁启超讲演集》,河北人民出版社2004年版,第47—52页;梁实秋:《学问与趣味》,见梁实秋:《学问与趣味:梁实秋散文》,浙江文艺出版社2014年版,第119—121页;朱光潜:《谈趣味》,见《朱光潜美学文学论文选集》,湖南人民出版社1980年版,第20—24页;朱光潜:《文学的趣味》《文学上的低级趣味(上):关于作品内容》《文学上的低级趣味(下):关于作者态度》,见朱光潜:《朱光潜全集》(第四卷),安徽教育出版社1988年版,第171—193页;朱自清:《低级趣味》《论雅俗共赏》,见朱乔森编:《朱自清全集》(第三卷),江苏教育出版社1988年版,第168—170、219—225页。

俗小说的首要前提,休闲是他们阅读通俗小说最主要的目的。在本次调查中,但凡有"趣味""休闲"字眼的选项,该选项得票数几乎都位列前三名。① 不难看出,读者阅读通俗小说的目的便是趣味及休闲,没有趣味,不能休闲甚至不好看的小说,就失去了通俗的现实土壤,难以进入通俗文学之列,趣味和休闲恰恰是通俗小说最显著的美学特质。在问及读者心目中通俗小说的概念时(多选,不限项),在"市民小说""流行小说""媒体小说""长篇连载小说"等十余个选项中,"休闲、有趣味的小说"有2 366人选择,占总数的70.25%,以绝对优势排在第一位。排在第二位的是"易懂的小说",有1 832人选择,占总数的54.39%,这一结果恐怕更多是出于对"通俗"的考虑(见图下-1)。而对于"庸俗、格调不高的小说",只有310人选择,占总数的9.20%,选择"没有思想性的小说"的读者则更少,仅有181人,占比仅5.37%。不难发现,绝大多数读者对于"通俗"并非"庸俗"的代名词,有着相对清晰的认知。

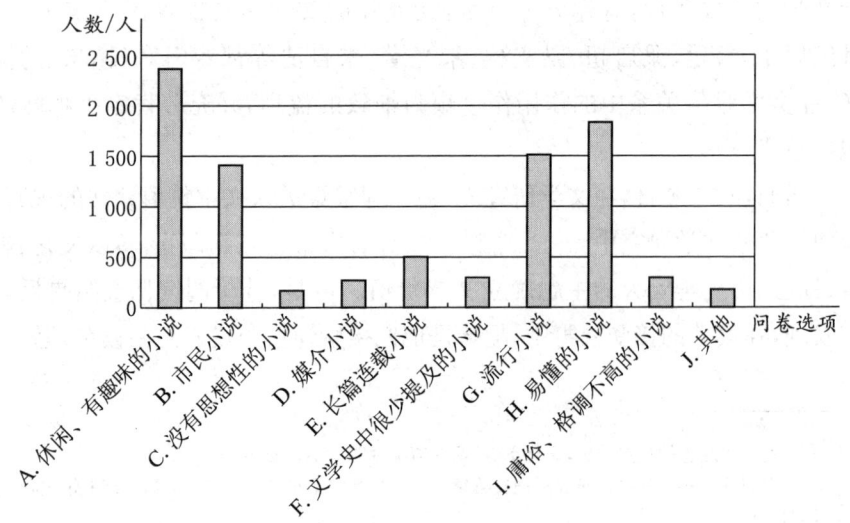

图下-1 "你觉得什么样的小说是通俗小说"的调查结果

再来看阅读通俗小说的目的,有2 533人选择"休闲娱乐",占比达75.20%,以1 067人次的绝对优势远远超出了排名第二位的"内容丰富,题

---

① 如在"你觉得什么样的小说是通俗小说?""你为什么阅读通俗小说?""你喜欢周星驰的电影吗?为什么?""你阅读网络小说的原因是什么?"等题目中,含"休闲娱乐"选项的得票率都位列前三名。

材多样"。"开阔视野,增长见识""情节紧张,好看"等选项,选择人数及占比依次递减(见图下-2)。

而在对阅读网络小说原因的调查中,有2 270人选择了"放松休闲",占比达67.40%;其次,"方便,随时都可以阅读"有1 616人选择,占比达到47.98%;排在第三位的理由是"故事好看",选择人数为1 127人,占比达33.46%(见图下-3)。这也可以解释为什么几乎63.18%的读者都毫不犹豫地将阅读网络小说的时间安排在晚上(见图下-4),因为晚间恰是"游倦归斋"①之时,"劳瘁一天,安闲此时"②,可以"一编在手,万虑都忘"③。

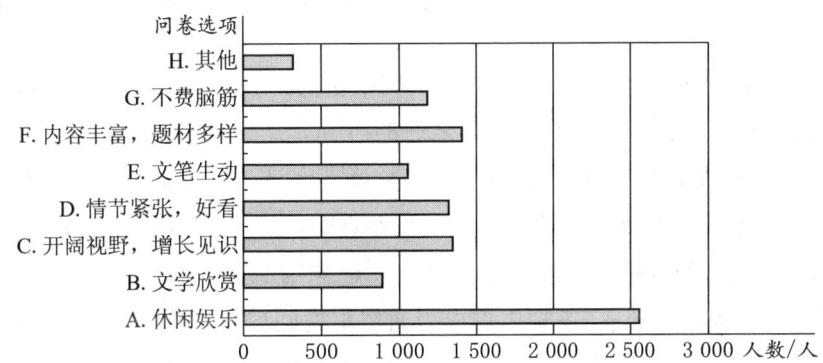

图下-2 "你为什么阅读通俗小说"的调查结果

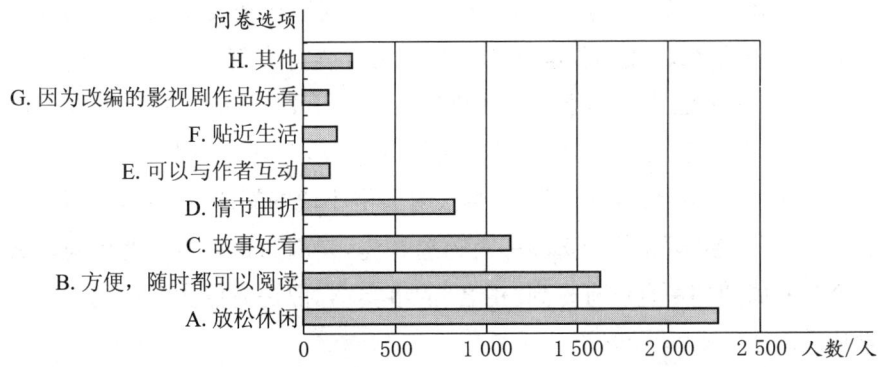

图下-3 "你阅读网络小说的原因是什么"的调查结果

---

① ③ 钝根:《〈礼拜六〉出版赘言》,见1914年6月6日《礼拜六》第1期,第2页。
② 此处是对《〈礼拜六〉出版赘言》中"劳瘁一周,安闲此日"之说的改写。

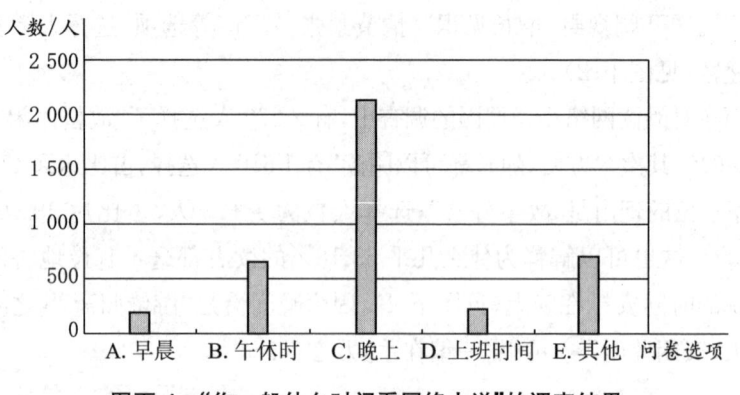

图下-4 "你一般什么时间看网络小说"的调查结果

从读者接受一维来看,"趣味"和"休闲"是他们参与文学活动最主要且直接的目的,价值及意义则是阅读之后的"产品"。文学所谓的雅俗身份对读者阅读选择的影响微乎其微,绝大多数读者在选择文本时并不会特别关注是否雅俗。近年来在所有相近的阅读调查中,无论是成年人还是青少年,无论是内地/大陆还是港澳台,与"休闲""趣味"相近的"打发时间""消闲""消遣""有兴趣""释放"等理由均成为通俗小说阅读的主要原因,尽管由于研究视角以及立场的不同,研究者对于"休闲""趣味"的态度和评价有所不同,①但对于面向大众的、因"通晓风俗"而能够"与世俗沟通"②的以小说为主体的通俗文学而言,若没有了"趣味"和"休闲",通俗文学的独特性及其价值便不复存在。文学没有了"趣味",便为读者设置了天然屏障,难以"通俗",甚至无法成为文学。正如鲁迅所言:"说到'趣味',那是现在确已算一种罪名了,但无论人类底也罢,阶级底也罢,我还希望总有一日弛禁,讲文艺不必定要'没趣味'。"③在本次对通俗小说的阅读调查中,之所以所有与"休闲""趣味"相关的选项一直遥遥领先,是因为这一表象背后隐藏着一个众所周知却一直没有得到"正名"的事实:它们是通俗文学最基本的美学特质。

---

① 关于相似或相近调查,详见下编《调查情况说明》。
② 张赣生:《通俗小说辨》,见《民国通俗小说论稿》,重庆出版社1991年版,第5—6页。
③ 鲁迅:《〈奔流〉编校后记(一—十一)》,见《鲁迅全集》(第七卷),人民文学出版社 2005 年版,第 177 页。

二、雅俗共赏:通俗小说的经典标准

近现代以来作家及作品的雅俗身份,令作家和研究者都相当困惑,一直为研究界和文坛所纠缠。19世纪中后期,随着报刊媒介的诞生与繁荣,文人纷纷进入传媒业,心怀文人的雅趣味创作小说,同时被时代的巨流裹挟进现代化的快车道,自觉"觉道"、"醒民"、启蒙。然而,"五四"之后,由于政治、思想、媒介、时代语境等种种原因,清末民初的"新小说"急转成为"旧文学","新文学"迅速成为时代先锋,一切令人猝不及防。"新"与"旧"的转换,或者说外来文学与传统文学的对冲,确立了不同时代的"雅""俗"内涵,也确立了中国现代文学新的雅俗关系。至1949年新中国成立,时代语境再次发生转换,则是又一番沧海桑田。20世纪80年代,随着市场经济体制的确立,大陆通俗文学迎来了又一轮勃发,发展至今,蔚为大观。

受限于主客观多重因素,问卷调查无法确定经典或发现经典,可以实现的是两个方面的考察:一是"历史经典"的现行(阅读)状态,二是当前流行作品成为经典的可能性。百年之前,引领阅读风潮的知名通俗文学作家不胜枚举。百年之后,那些曾经的"一代风流",除了在文学史和研究者中延续生命力,经历了几十年的忽略、漠视、否定,又将以怎样的姿态存于当下读者的生命记忆和期待视野?而当代的通俗——或者更确切地说——流行或者畅销作家,在未来的时空中,又是否具有成为经典作家的可能性?如何看待雅俗身份之于作家的意义?在本次调查中,课题组以通俗文学作家为主,选取了百年间部分知名作家(包括部分精英文学作家)进行专题调查,借以透视读者之于这些作家的态度和评价,并思考作家生命力得以延续的深层原因。

读者心目中的通俗文学作家的调查结果表明,金庸和琼瑶的得票数位居第一和第二,他们被读者明确认定为通俗文学作家,接下来依次是韩寒、张恨水、张爱玲、我吃西红柿、冯梦龙、凤歌、池莉、曹雪芹、赵树理、小椴、老舍、巴金、王度庐、周瘦鹃、刘心武、金子、白先勇、鲁迅、钱锺书、包天笑、九丹、曲波、徐訏(见表下-2)。

表下-2　读者心目中的通俗文学作家的统计结果

排名	作　家	人数/人	占比/%	排名	作　家	人数/人	占比/%
1	金　庸	2 064	61.28	14	巴　金	486	14.43
2	琼　瑶	1 922	57.07	15	王度庐	461	13.69
3	韩　寒	1 614	47.92	16	周瘦鹃	457	13.57
4	张恨水	1 395	41.42	16	刘心武	457	13.57
5	张爱玲	1 357	40.29	18	金　子	400	11.88
6	我吃西红柿	1 014	30.11	19	白先勇	347	10.30
7	冯梦龙	970	28.80	20	鲁　迅	343	10.18
8	凤　歌	843	25.03	21	钱锺书	334	9.92
9	池　莉	857	22.80	22	包天笑	310	9.20
10	曹雪芹	740	21.97	23	九　丹	252	7.48
11	赵树理	749	22.24	24	曲　波	218	6.47
12	小　椴	717	21.29	25	徐　訏	211	6.26
13	老　舍	666	19.77				

　　结果有些出人意料。在读者的心目中，最不"通俗"的作家是徐訏和曲波。当年的徐訏与张爱玲、无名氏一道，备受新文学和通俗文学双重礼遇，拥有数量不菲的读者，1943 年因徐訏作品《风萧萧》的发表而被称为"徐訏年"，其作品更以"书斋的雅静与马路的繁闹融合"①的文学形态和美学特征，备受文坛关注。然而，新中国成立以后，由于种种原因，徐訏的作品难以在大陆发行，值得庆幸的是，十一届三中全会之后，特别是改革开放以来，随着文艺政策的调整，徐訏重回研究者的视野，在其百年诞辰之际，其文学史地位也得到了重新确认。研究者认为徐訏"所建构的融汇传统与现代、东方与西方的现代性文艺思想体系，自由穿梭于现代主义、浪漫主义和写实主义之间的艺术能力，以及'雅俗共赏'的成功实践与艺术经验都无疑是他留给我们的值得珍视的宝贵遗产"②。而当年的《林海雪原》，在"50 后""60 后"

---

①　徐訏:《〈一朵小白花〉序》，见《徐訏文集》(第 10 卷)，上海三联书店 2012 年版，第 113 页。
②　吴义勤:《徐訏的遗产——为徐訏诞辰 100 周年而作》，载《文学评论》2008 年第 6 期，第 125 页。

那里是随口即来的"天王盖地虎",是孤胆英雄杨子荣,是土匪头子座山雕。然而,当下的阅读调查结果却与其当年的文坛地位大相径庭,当然,近现代通俗作家,如包天笑、周瘦鹃等也多有此命运。大半个世纪后的当下,徐訏彻底淡出了读者的视野,许多早已被文学史列入纯文学作家之列的巴金、池莉、刘心武、白先勇、钱锺书等人,得票率均高于历史语境中盛名在外的包天笑和徐訏,甚至连鲁迅被确认为通俗文学作家的占比都高于徐訏,个中原因,值得反思。

最直接的理由恐怕与读者对作家的接触渠道和熟悉、知晓程度有关,与作品当下的流行情况有关,而不是出于对"通俗"二字的认知。对绝大多数非文学专业的普通读者而言,他们对曹雪芹、冯梦龙、巴金、池莉、刘心武、白先勇、钱锺书等作家的熟悉与了解,有教科书的原因,有文学史评价的原因,也有媒体对其作品频繁再生产的原因,等等。反观徐訏、包天笑、王度庐、周瘦鹃等作家,新中国成立后三十余年文化市场运行机制的改变,时代、政治、经济乃至媒体的"单声部",当下如火如荼的文化生产的淡忘、媒体的陌生以及教科书的忽略等,都会导致读者对这些作家产生隔膜。但包天笑、周瘦鹃等20世纪初即名噪上海滩的"鸳鸯蝴蝶—礼拜六派"①作家的情形或许还有不同,除去以上诸因素外,还与当下读者接受语境中文学语言的隔膜,现当代叙事体例、话语方式的转换,故事本身新闻价值的丧失及时代差异带来的陌生密切相关。可以说,当年在文坛名噪一时的风流人物,在当代,已经无法再以"通俗作家"的身份在读者那里延续生命,或者更确切地说,在读者眼中,这些"通俗作家"在文学史、教科书、媒介再生产中,均被遗忘了,且不说"流行",就是熟悉,都很难做到。反而由于接受的隔膜和语境、话语方式的陌生,显得"高不可攀"。晚清民国的通俗小说作家,现在只能在文学史专业研究者那里延续他们当年的风华。解决之道,无疑是要寻找他们及其创作与大众文化语境契合的时机和与语境接榫的可能,将其纳入文学史研究和文学再生产与消费的循环机制中,制造"流行",发现它们再生的价值,以期重返大众视野。

与之形成对比的是,张恨水、张爱玲却赢得了极高的关注,其间,文学史对他们价值的确立和媒体的再生产功莫大焉。1950年后,张爱玲离开

---

① 此处取范伯群先生之说。

大陆。20世纪60年代即在夏志清先生的推荐下,在我国台港地区及海外声名鹊起,20世纪80年代,大陆掀起"张爱玲热",余热至今未褪。张恨水则在20世纪80年代,经范伯群、袁进、杨义以及一批张恨水研究者陆续为其"正名",在同时代的通俗文学作家中,较早获得文学史的关注和肯定。他的作品在一次又一次的二度阐释中,特别是21世纪初李大为导演的《金粉世家》霸屏,以及由此而引发的《啼笑因缘》《满江红》《夜深沉》等作品的系列改编过程中,唤醒了时代的记忆,冲破了语境的隔膜,昔日风采重现。作品的改编带动了作品的再版和阅读,使作品在流行近一个世纪之后焕发了经久不息的艺术魅力。相较之下,其他作家的光芒显然黯淡了许多。张恨水、张爱玲现象产生的根本原因或许在于,文学史的承认推动了新一代读者对作家的关注,刺激了接受层面的阅读活动,更为重要的是,在当下的话语背景及市场机制中,媒体将其人其作与当下接榫,对其作品进行深度阐释乃至再次生产,实现了当代的再接受,激发了它们内在的生命活力,使它们冲破了时空的阻隔,获得了经典化的可能。可以说,经典的实现,作家的创作才华固然重要,但若没有学术研究、文学史、教科书写作以及生产和消费机制的参与和共同建构,恐怕只能成为"乌托邦"。

最为另类的结果恐怕要数韩寒,其得票率竟排在张恨水、张爱玲之前。主要原因,或许与本次被调查者的年龄结构有关。在本次被调查者中,仅学生(专科、本科、研究生)就有1 744人,占被调查者总数的51.78%,这一统计数字还不包括已经工作的"80后""90后"的人数。韩寒在当下读者中的曝光度决定了读者投票的倾向,而不是传统意义上学理视角下的"通俗"。这样看来,读者对于"通俗"的理解恐怕更近于"流行",由此也不难看出韩寒在"80后""90后"中的影响力——其作品在市场中成长,其人其文中含蕴的"不羁"和"叛逆",以及这"不羁"和"叛逆"背后所包含的真诚、敏感和深刻,满足了很多"80后""90后"的阅读期待——韩寒几乎成为一代人的精神代言人。从这个层面而言,韩寒的作品其实在某种程度上做到了"通晓世俗",并通过对"80后""90后"一代人精神的传递与对话做到了"与世俗沟通",相较之下,郭敬明作品中那些青春的感伤,语言的唯美、飘逸、空灵与华丽,尽管感性色彩浓重,但与韩寒相比,读者群有较大不同。然而,2010年进行"第七次全国国民阅读调查"时,在"国民最喜爱的10名图书作者"的调查中,韩寒得票却少于郭敬明。①为何产生如此差异?2010年的调查数据来源于2008—2009年,与本次调查相隔五年之久,彼时"90后"多处于初中、高中阶段,他们主要的精神诉求,恰是青春的感伤和迷惘。五年之后,随着年龄与阅历的增长,青春的感伤与迷惘逐渐为即将或已然到来的生存压力和情感现实所取代,他们阅读兴趣的转换成为必然。更为重要的理由或许在于,除去作品外,韩寒还曾是全球点击量最高的博客主人,其影响力更多呈现于以网络为载体的时政杂评,有媒体评价他"独立、自在、有自己的想法又敢于表达,有自己的目标又敢于追求"②。20世纪90年代,韩寒以《三重门》扬名天下,风光无限。后来韩寒从小说到博客的写作,再到创办《独唱团》,则比较明显地经历了一个作家的创作由"稚嫩"到"成熟"的过程。"成熟"之后的韩寒,似乎已经"超越通俗",却仍拥有无以计数的读者,以至于有人询问:"这些买韩寒书的人,看的是什么?"

相较于郭敬明"吸睛"的"娱乐化",韩寒多以思想的穿透力、直面现实的勇气和有悖于既有秩序的争议性创作进入受众视野,他俩读者的年龄层次分化明显。这也可以解释为什么在调查韩寒与郭敬明的粉丝数量时,韩寒的得票数要远远超越郭敬明,也超过了两者都不喜欢的读者人数(见表下-3)。从这个意义上说,"通俗"是否与深刻和问题意识无涉?是否就是"浅薄"?文学史是否可以视而不见?……一系列问题,值得反思。韩寒恰恰为我们呈现了畅销书作家所能实现的另一种可能——"畅销"并不专属于"通俗",它可以是雅俗一体的,也可以是雅俗不明的。

表下-3 "韩寒与郭敬明你更喜欢谁"的调查结果(单选)③

选 项	人数/人	占比/%
韩 寒	1 532	45.49
郭敬明	429	12.74
都不喜欢	1 275	37.86

---

① 《第七次全国国民阅读调查结果发布 国民阅读率总体增长》,凤凰网"读书"频道,网址:http://book.ifeng.com/special/2010shijiedushuri/detail_2010_04/23/578247_3.shtml,2010年4月23日。

② 《韩寒搞科普又撞到钱眼上了》,大连新闻网:http://www.dlxww.com/newscenter/content/2013-01/08/content_509480.htm,2013年1月8日。

③ 另有159人本题弃权。

但在所有的调查结果中,最出乎人们意料的结果恐怕就是九丹和金子的受关注程度。2004年7月1日,金子在"晋江文学城"上开始连载穿越小说《梦回大清》,一年不到,该作品的阅读人气连续多周排名第一,且居高不下,《梦回大清》受到各大文学网站的青睐,被纷纷转载,并被网民评为"时空穿越文巅峰之作""网络十年最恢弘曲折、越看越好看的爱情故事"①。2006年初,《梦回大清》出版上市不到两个月,立即跻身各大图书畅销榜。2010年,在"全球销量已经超过50万册"的背景下,聚石文华图书公司"全新修订"《梦回大清》,倾情打造"精装终结版",由沈阳出版社出版,使其以新面目"震撼上市",销量一路飚红,不到两个月即破十万大关,一跃成为穿越题材小说中的"战斗机"。而据此改编的由杨幂主演的电视剧《宫锁心玉》,一度成为2012年的收视热点,引领的"穿越热"持续几年不衰。然而,时隔仅两年,也就是从2014年本问卷投入调查之期,直到2018年8月调查结束,金子竟然排在了赵树理、老舍、巴金等新文学作家之后,迅速"消沉",在读者心目中,难以得到与"轰动"相应的价值认定。原因何在?排除部分读者并不了解"金子"就是《梦回大清》的作者这种意外之外,恐怕一个重要的原因在于,时至2014年,类型小说流行的风向标已经悄然转向,"穿越热"高潮已过。产生这种现象的原因当然是多方面的,但穿越剧的粗制滥造恐怕有着不可推卸的责任。在通俗文学的生产与消费机制中,一部作品的生命力能否得到延续,常常受到改编作品质量的牵制。《宫锁心玉》的编剧为于正,在本次调查中,"于正剧"恰恰是读者最不喜欢的电视剧类型。②"于正剧"以严重颠覆常识、视觉狂欢、模式雷同著称,适逢此时期影视作品少有夺人眼球之作,以轻松、娱乐乃至诙谐和亮眼为特点的"于正剧",成为不少观众的休闲首选,但很多观众对"于正剧"严重背离史实,甚至粗制滥造的做法十分不满,边看边骂。无独有偶,在"你对将网络小说改编成影视作品持何种态度"的调查中,投票占比最多的选项是"很多改编作品一定程度上伤害了原著的本意",③

---

① 《十大经典穿越神作,每一部都值得收藏起来一看再看》,http://www.360doc.com/content/17/1220/21/7385143_714902918.shtml,2017年12月20日。
② 当然也不排除不知"于正剧"为何物的读者。
③ 调查结果显示,选择本选项的读者为1 260人,居第一;选择"无所谓"的读者人数居第二,为942人;选择"喜欢,可以让更多观众迅速了解这部作品和作家"的为713人,居第三;选择"可以让原著迅速火起来"的577人,居第四;选择"不喜欢,失去了阅读的趣味"的为547人,居第五;选择"喜欢,比原著更生动直观"的为443人,居第六。

这种改编是一把双刃剑,虽然掀起了一时的收视高潮,却也在某种程度上损害了原作在观众心中的地位,特别对于那些没有发生阅读行为的观众而言更是如此。相较之下,同样是穿越剧,黄易创作,吴锦源(Gam-Yuen Ng)、文伟鸿(Jazz Boon)导演的《寻秦记》却给原作加分不少,同时又反哺了阅读。问卷对穿越剧的调查显示,占比最高的三个选项①,与选择"喜欢"选项的人数有很大悬殊,由此可见,此时题材的优势已然不在,读者关注的,仍然是对作品的价值认定,当然,这个"价值"可以是多元的。

这种现象说明,对于流行一时的通俗作品而言,消费完故事情节之后,此部作品和作者的生命力能否得到延续,类型小说的"轰动"之作是否可以在引领风潮之后成为"代表作",有太多的不确定性,作品的生命力需要不断建构,教科书写作、出版、改编等都是建构的有效路径,在这一建构链条上的每一个环节,都决定着作品还能否有未来。资本是精明而敏感的,部分"轰动"虽然可以引领一时风尚,得到资本青睐,但资本更容易被新的风尚吸引而转向别处。由于此类阅读属于娱乐性消费,读者的兴趣很难一直保持不变,流行的风向标永远"你方唱罢我登场",在各种类型之间反复游走。优秀的作品可以让读者超越对题材新鲜感的依赖,转而关注作品丰富的内蕴,重复阅读、重复消费、重复阐释——黄易的《寻秦记》如此,金庸、张爱玲、琼瑶等的作品皆如此。可见,作为读者接受的一个重要组成部分,改编处理得得当与否,会直接影响作品的生命力,由此也可以看出,在媒介时代,流行作品的生命力及其价值,是由多重因素共同建构而成的。

九丹的《乌鸦》最早于 2000 年由长江文艺出版社出版,2001 年 1 月作品问世,"一石激起千层浪",在我国内地和香港,乃至新加坡、欧美等地掀起了"《乌鸦》热",受到各大报刊、网站的关注,《亚洲周刊》连续两次刊文介绍"《乌鸦》冲击",并把其作为"亚洲焦点"刊登在封面上。几个月内,作品在国内多次售罄,新加坡连续再版五次。但作品内容颇受争议,社会各方的肯定和批评几乎各占一半。当时的 263 网站曾作过读者调查,截至 2001 年 6 月 29 日,"认为《乌鸦》是真情叙述的 41.01%;不知所云 2.79%;哗众取宠

---

① 调查结果显示,选择"不喜欢,无聊""不喜欢,太不真实"和"无所谓喜欢不喜欢"选项的读者分别为 1 014 人、855 人、1 106 人;而选择"喜欢,演员俊男靓女,情感细腻"和"喜欢,现实不能实现的剧中都实现了"的分别为 421 人和 543 人。

10.04%;令人作呕 46.16%。投票总数:51 177"①。可是,正如《乌鸦》瞬间掀起的舆论风暴一样,几年内,九丹也迅速消失于大众的视线。仅仅四年后的 2005 年,留学法国的九丹携《小女人》再度归来,却再也无力挽回昔日风光。待十年后我们作此项调查时,九丹在当代读者中的知名度甚至排在周瘦鹃、鲁迅、包天笑等一个世纪前的前辈之后,得票与徐訏和曲波相近。虽然课题组关注的问题是作家是否通俗,但读者似乎并不念十余年前的旧情。不难窥见,在读者的心目中,"通俗"虽然部分与"流行"同义,却又不完全等同于"流行"。在读者的"通俗"观念中含有对作品品质的要求,对九丹和金子是如此,对韩寒与郭敬明也是如此。可见,在读者看来,"通俗"并非贬义,它含有对作者创作成就的评价。畅销书作家虽可凭借题材"新鲜"或所书写的内容"与世俗沟通"而获得一时的轰动,瞬间成名,但若要成为"长"销书作家,必须在创作品质上有所追求,有所超越,唯此,才能将题材"新鲜"和"与世俗沟通"的优势服务于作品生命力的建构。

这样看来,无论在纯文学领域还是在通俗文学领域,都有作家经不住时间的考验而被迅速淘汰,其中有时代、政治、媒体、市场、审美、教育及评论界的因素,更有作家作品自身的因素。雅和俗的分类,有客观原因(如所属的文学场域以及作家的身份等),更多却是基于主观评价。而在既有的雅俗视野下,对于那些界限模糊的作品(如张爱玲、徐訏等的作品),通俗与否,不要说读者,就连专业研究者都难以作出有说服力的判断,只能将其搁置,从作品美学及社会、文化等多元价值入手,从作品的历史和当下进行宏观或微观的认定。通过调查我们不难发现,对于作家作品的生命力而言,主观的雅俗分类在读者的接受中没有任何说服力,专业的、文坛的、历史的既有结论都无法决定作品能否经受住时间的考验。进入文学史的纯文学作家可以凭借教科书被一代又一代读者所熟悉,却不一定会得到他们的完全认同。而畅销书作家或者所谓的通俗文学作家,却可以在文学阅读的旷野上,经过一代又一代读者的自然选择,优胜劣汰。这其中,政治、文学史、教科书、媒介、市场以及作家自身等诸种因素,共同参与了作品经典化的建构,也超越了雅俗。

张恨水、张爱玲、徐訏都是当年的畅销书作家,但他们的命运各不相同,

---

① 沙林:《女作家九丹的小说〈乌鸦〉引发全球华人大讨论》,载《中国青年报》,http://news.sohu.com/56/28/news146062856.shtml,2001 年 7 月 31 日。

张恨水、张爱玲的作品穿越了大半个世纪,一次又一次被媒介再生产,在一代又一代读者中沉淀、流传、再阅读,一个世纪以来魅力不减,被读者诵之于口,记之于心,念念不忘,徐訏却成为旷谷幽兰,被束之高阁,遭遇了与文学史中部分新文学作家相似的命运;韩寒、郭敬明在同代读者那里各领风骚,却已鲜明地昭示了其不同的归宿及未来的命运;至于九丹和金子,成名最晚,却如流星般划过天际,刹那芳华,很快淡出大众的视野;金庸和琼瑶的作品,生命力近半个世纪而不衰,至今仍稳居读者阅读的第一梯队,有无数读者对他们的作品趋之若鹜,而且,这种阅读需求依然保持着良性增长的势头。历史上的"流行",尽管在当下受限,但若时机适合,得到文学史的接纳,并能够与当下情境接榫,依然可以重回"流行"视野,张爱玲和张恨水的作品即属于此类。当然,仍有一批已经被文学史确认为经典作家却仍未"流行"的,比如徐訏、包天笑,他们能否重回"流行",要等待机遇。而当下的"流行"能否成为未来的经典,作家的个人努力及其文学理想、文学追求至关重要,比如金庸、韩寒。金庸自不必多言,而韩寒,在可预见的将来,相信会成为世纪之交不可忽视的"文学事件"或者"文学现象",受到学界和市场的双重青睐。由此看来,尽管读者的阅读兴趣由于各方因素的参与和干扰或许会世易时移,但能够成为经典的作家和作品,终会在一代又一代读者那里不断获得新的诠释,作品的意义在阅读的过程中不断生成,以再生产的方式和开放的姿态,拥抱未来。

三、集体记忆:通俗小说的阅读心理机制

"集体记忆"一词于 1925 年由法国社会学家莫里斯·哈布瓦赫提出,他关注到,记忆不仅是个人的,更源自"集体","集体记忆"定格过去,却由当下所限定,且规约未来,具有某种公共性。"集体记忆"是一种集体社会行为,家庭、家族、国家、民族都有其对应的集体记忆。无论是历史记忆还是自传记忆,都必须依赖某种集体处所和公众论坛,通过人与人之间的相互接触才能得以保存。在这样一种理论框架下,个体记忆不过是集体记忆的投射和价值实现。①这一结论,随着报刊"公共空间"的出现,得到更加

---

① [法]莫里斯·哈布瓦赫著,毕然、郭金华译:《论集体记忆》(*Les Cadres Sociaux de La Mémoire*),上海人民出版社 2002 年版。

充分的佐证。作为以"清末民初大都市工商经济发展为基础得以繁荣滋长"①的中国近现代通俗文学,继承中国古代小说的叙事传统,经由文人加工创作或再创作,尽管经历了"三千年未有之大变局",却一直稳定地拥有庞大的读者群体,个中缘由值得思考。仅从"趣味"和"休闲"去考察并不足以解释上述历史和现实现象,它与雅、俗的主观区隔更无决定关系。前辈研究者对通俗文学文本的深挖细究,早已充分揭示了通俗文学很多内在的价值依据,②而当我们从调查的角度进入该问题时,情况则显得更加复杂。

在对影视剧收视情况的调查中,对"当下最火的电视剧、电影题材,你喜欢看哪几类?"这个问题的调查结果显示,最受欢迎的作品类型依次是"好莱坞大片""历史剧""科幻电影"和"美剧"。其中选择喜欢看"好莱坞大片"的排名第一,选择人数为1488人,占比达44.18%;选择喜欢看"历史剧"的排名第二,选择人数为1459人,占比达43.32%,两者差异不显著。选择喜欢看"科幻电影"和"美剧"的人数分别为1247人和1180人,占比分别达到37.02%和35.04%。之前风靡多年的日剧、韩剧均榜上无名(见图下-5)。值得注意的是,"好莱坞大片""科幻电影""美剧",从地域上考察,都以欧美影视作品为主。③然而,十分有趣的是,在对问题"中国通俗小说和欧美、日本的通俗小说你更喜欢哪一种?"的回答中,喜爱阅读"中国通俗小说"的读者人数,以2176人占绝对优势,远胜于爱读"欧美通俗小说"的539人和"日本通俗小说"的474人。为何读者在看影视剧时更愿意接受欧美的作品,而阅读小说时就完全不同呢?这恐怕要从好莱坞大片、美剧的历史、叙事策略及叙事艺术层面予以探讨。

自诞生之日起,好莱坞电影就在全世界确立了其无可取代的"梦工厂"地位。19世纪末20世纪初,"中国影戏"的大门就是由好莱坞最先叩开的。1896年8月11日,在上海徐园的"又一村"内,"西洋影戏"第一次在中国放

---

① 范伯群:《中国近现代通俗文学史》,江苏教育出版社2000年版,第18页。
② 详见 E. Perry Link. *Mandarin Ducks and Butterflies*: *Popular Fiction in Early Twentieth-century Chinese Cities*. University of California Press, 1981;张赣生:《民国通俗小说论稿》,重庆出版社1991年版;范伯群:《(插图本)中国现代通俗文学史》,北京大学出版社2007年版;范伯群主编:《中国近现代通俗文学史(新版)》,江苏凤凰教育出版社2010年版;汤哲声:《流行百年——中国流行小说经典》,文化艺术出版社2003年版。
③ 即便是科幻电影,也是以欧美影视剧作品最为突出,非中国影视剧作品所长。

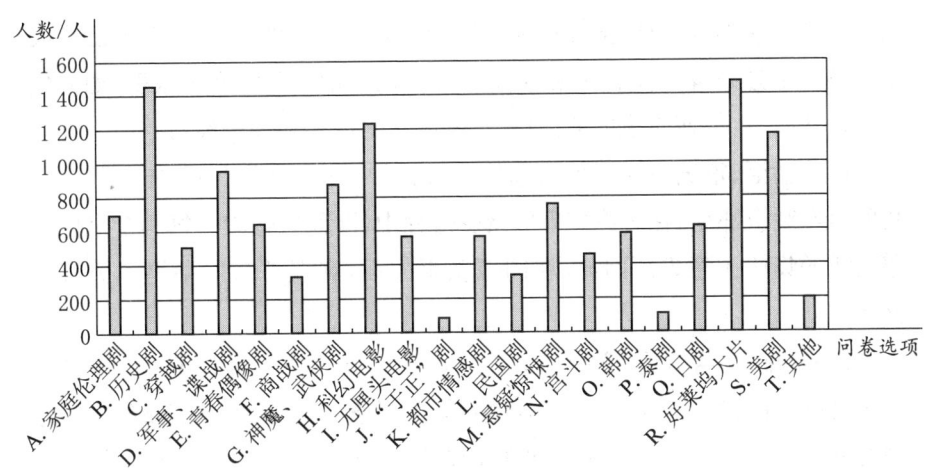

图下-5 "当下最火的电视剧、电影题材,你喜欢看哪几类"的调查结果

映。1897年7月,美国电影放映商雍松到上海,在天华茶园、奇园等处放映电影,一位在奇园观影的"影评人"描述了"西女跳舞""西人角抵""俄国公主对舞""女子洗浴"等诸"影"放映之时在现场掀起的观众如痴如醉的状态:"观众皆拍掌狂笑……观者至此几疑身入其中,无不眉为之飞,色为之舞。"这位"影评人"如此表达电影带给自己的震动:

> 天地之间,千变万化,如蜃楼海市,与过影何以异?自电法既创,开古今未有之奇,泄造物无穷之秘。如影戏者,数万里在咫尺,不必求缩地之方,千百状而纷呈,何殊乎铸鼎之像,乍隐乍现,人生真梦幻泡影耳,皆可作如是观。①

从"电"影想到"泡"影,或许是对电影这一新生事物最"中国"的情感迁移了。第二次世界大战之前,好莱坞每年要摄制五百余部长电影、七百余部短电影。1942年,好莱坞仍生产了530部剧情片,683部短片。时至1946年,好莱坞成为全世界"梦工厂"的愿望早已成为现实,全世界70%的电影都诞生于好莱坞,好莱坞电影从业人数达二十万之众,遍布全世界。②拥有

---

① 佚名:《观美国影戏记》,载《游戏报》1897年第74号。
② 《关于好莱坞》,载《青年人》1946年第4期,第2页。

这样的产业规模、产业体量和产业基础,经过一个多世纪,好莱坞早已形成了一整套十分完备的叙事产业链,对于如何用图像、声音、文字叙事,如何生产并运作故事,如何勾连情节,有着十分成熟的技术和理论经验。而好莱坞式的图像话语、审美习惯和价值选择,建构了共有的公共空间,在一代又一代的电影观众那里,在影像叙事的接受过程中,潜移默化为由每一个个体汇集而成的集体无意识。因此,在图像叙事方面,观众首选好莱坞电影有其必然。

但是,排在"喜欢看"之影视第二位的即为"历史剧",远超于其他类型国产电视剧,且与好莱坞电影的喜欢度差异不显著,①这有些出乎课题组的意料之外。虽然读者在图像叙事和文字叙事的传递和接受过程中,在好莱坞电影和中国通俗小说之间游移,但若将两个问题综合起来,"中国通俗小说""历史剧"在中国读者那里获得了非常广泛的接纳这一结论恐怕毋庸置疑。而本课题组在 2017 年到 2018 年的"关于与武侠文学相关问题的阅读调查"中,随机调查了收回的 1 336 份问卷,发现"历史剧"又以 634 票和占比 47.46% 的绝对优势,成为观众最喜爱的武侠电视剧类型。在该问卷读者最喜爱的网络类型小说调查中,历史小说也以 483 票和占比 36.15% 的优势,位列第二。无独有偶,2017 年豆瓣调查结果显示,在该年被认为最好看的十部国产电视剧中,历史正剧《大秦帝国之崛起》以 8.5 分的豆瓣评分名列第三,仅次于悬疑剧《白夜追凶》(9.0 分)和《白鹿原》(8.8 分),而历史新编剧《大军师司马懿之军师联盟》也以 8.1 分的好成绩名列第九。在排名前十的类型剧中,历史剧占了20%。②而早在 2013 年,"天涯社区"的《2012 各国戏剧在台收视 Top10》即显示,"中国剧 2012 年已经压倒日韩剧了",其中"陆港剧"排在前十位的电视剧分别是《西游记》《三国》《封神榜》《后宫甄嬛传》《穆桂英挂帅》《铁梨花》《七侠五义人间道》《公主嫁到》《木府风云》《唐宫美

---

① 此处借用统计学术语,即此数据很难反映实际的情况和差异。
② 据"豆瓣"调查,2017 年排名前十位的国产电视剧分别为《白夜追凶》(9.0 分,203 280 人评价)、《白鹿原》(8.8 分,51 729 人评价)、《大秦帝国之崛起》(8.5 分,23 910 人评价)、《人民的名义》(8.3 分,186 103 人评价)、《河神》(8.2 分,79 941 人评价)、《杀不死》(8.2 分,17 629 人评价)、《大军师司马懿之军师联盟》(8.1 分,68 235 人评价)、《鸡毛飞上天》(8.1 分,16 883 人评价)、《射雕英雄传》(7.9 分,44 298 人评价)、《花间提壶方大厨》(7.8 分,25 179 人评价)。见《2017 年评分 8 分以上的国产剧(过万人评价)》,豆瓣网,https://www.douban.com/doulist/46203552/,2017 年 9 月 14 日。

人天下》,不难看出历史剧(包括正剧、新编剧、历史演义)在其中已经占据了大半江山,其余也均为古装剧,以至于该网页展示调查结果时直接下结论说:"(收视率高的)中国剧都是历史剧。"①

而在对历史剧喜爱理由的调查中我们又发现了一个有趣的现象,排名前两位的理由分别是"喜欢,历史细节的当下解读""喜欢,很多事件的解读耐人寻味"。调查问卷关于"喜欢"的理由设计了四个选项,共有3 208人次选择;选择"不喜欢"的共1 950人次,选择"无所谓喜欢不喜欢,不过消遣"的共524人次。②这些数据充分说明:讲史的题材或以史为背景的题材深受当下中国人的喜爱。在课题进行过程中,课题组成员在东北某省会城市,每次打车出行,都会遇到出租车司机听电台播放的评书——该城市广播电台除了高峰时段外,每天上午和下午都会播放名家评书,如刘兰芳的《岳飞传》,袁阔成的《三国演义》,单田芳的《白眉大侠》《三侠五义》《五鼠闹东京》,等等,其中遇到一位在听刘兰芳的《岳飞传》,另一位在听单田芳的《十二金钱镖》。最新的"国民听书率"调查结果显示,在随机调查数据中,"42.0%的人喜欢'历史文化、经典诵读'……20.5%的人喜欢'传统评书'"③。从中不难窥见,对"历史"当下言说的追问,在中国人的文化心理中,普遍存在。

新加坡国立大学东亚研究所所长郑永年先生曾忧心忡忡地指出:"历史是由事实组成的,而事实只要发生过,就不会消失,因此历史就是对历史事实的记录,即'实录'。不过,对事实的解读和评估会发生变化,不仅不同时代有不同的解读和评估,同一时代的不同的人也会有不同的解读和评估……但近代以来,这一传统发生了根本性的变化……传统史家所强调的'实录'传统正在消失,近代以来的史变成'重评论、少实录'。"④历史小说给

---

① 《2012各国戏剧在台收视 Top10》,http://bbs.tianya.cn/post-333-278657-1.shtml,2013年2月7日。
② 其中选择"喜欢,历史细节的当下解读"的有1 311人,选择"喜欢,借古讽今"的有429人,选择"喜欢,很多事件的解读耐人寻味"的有804人,选择"喜欢,故事情节紧凑,演员表演生动"的有664人;选择"不喜欢,历史快餐化"的有614人,选择"不喜欢,歪曲历史"的有607人,选择"不喜欢,与史实不符"的有532人,选择"不喜欢,无聊"的有197人。
③ 蔡翔、王睿:《从国民听书率看我国有声阅读产业发展趋势》,载《现代出版》2018年第1期,第67页。
④ 郑永年:《"史"与未来》,载《联合早报》,http://www.zaobao.com/forum/views/opinion/story20180227-838350,2018年2月27日。

予了读者填补"实录"与"评论"之间缝隙和空白的自由,当是它受欢迎的原因之一。历史小说传统在中国源远流长,其审美定规主要有两种:讲史和历史故事化。历史演义偏重于前者,或博考文献、言必有据,或本之史实、虚实相生(如《三国演义》);历史故事则为后者,"以故事为中心为主线加以组织,历史背景、历史事件、历史人物实际上被淡化、虚化了"①,如《故事新编》的"只取一点因由,随意点染,铺成一篇"②,则是更加高级的、着眼于"现在"的历史题材处理。但无论何种叙事,都无法改变历史小说阅读者对于精神历程、民族经验和民族智慧的"解码",他们之所以热衷于对可触的历史剧、历史小说以及哪怕是被架空的"历史"的阐释,或许是为了在休闲和享受趣味的同时,触摸一种经验、寻求精神上的慰藉;或许是借古讽今,理解当下;也或许是寻找一种身份,一种久远的、从来不需要提起、永远也不会忘记的价值选择、族群智慧,以此来直面琐碎而庸碌的日常与当下。

早在一个多世纪以前,马克思就先知般地预见到了我们身处的时代特征:"生产的不断革命,一切社会关系不停的动荡,永远的不确定和骚动不安……一切固定的冻结实了的关系,以及与之相适应的古老的令人尊崇的偏见和见解,都被扫除了,一切新形成的关系等不到固定下来就陈旧了。一切坚固的东西都烟消云散了,一切神圣的东西都被亵渎了,人们终于不得不直面……他们生活的真实状况和他们的相互关系。"③身处碎片化时代,被无数可信与不可信的信息包裹,每个个体对于经验的渴求,对于真相、记忆和智慧的追寻和想象,深受制度、技术、媒介、市场等种种条件和因素的限制,或不可知,或不可说,或不可考。当"一切坚固的东西都烟消云散了,一切神圣的东西都被亵渎了",当经验、记忆和表达变得无所适从,历史剧或者历史小说对于所谓"历史"的不断言说,便具有了某种公共性,依凭着族群对于"实录"纲目的模糊认知,去寻找这个族群特有的情感解码机制,历史的当下言说构成了当代人心灵和精神寄托的"血肉"。从这个意义上讲,这种情感解码,可能不仅仅属于历史小说,言情小说、社会小说、武侠

---

① 宁宗一:《通俗小说家的智慧——借鉴一隅之五》,载《章回小说》2001年第12期,第104页。
② 鲁迅:《故事新编·序言》,见《鲁迅全集》(第二卷),人民文学出版社2005年版,第354页。
③ 转引自[美]马歇尔·伯曼著,徐大建、张辑译:《一切坚固的东西都烟消云散了——现代性体验》,商务印书馆2003年版,第21—22页。

小说……每一种文类的流行,都可视为一个"集体处所"和"公众论坛"的形成,都代表了每一位普通中国人从通俗文学阅读中对族群、身份和记忆的寻找,它的确是消费的,但消费的根源及其心理机制,却在于对族群审美因子的皈依。

结语

作为文学价值实现以及文学活动中一个重要且能动的组成部分,与作家通过创作"传意"一样,读者阅读实际上构成了文本"传释"的重要一维。如姚斯所指出的,以往的文学研究"一直把文学事实局限在文学的创作与作品的表现的封闭的圈子里",以至于将读者"置于无足轻重的地位"。[①]大规模的问卷调查,使我们看到了"群体阅读"的一些特征:"阅读"并不是被动的、单纯输入的,而是主动的、建设性的。群体阅读效应不仅有助于优秀的文学作品脱颖而出,而且能够反映出以往许多被研究界忽略的细节。在这些细节的背后,包含着一个不争的事实——作为群体的读者具有敏锐的作品审美评判鉴赏力,只是这种鉴赏力是直觉的、感受性的,没有内化为系统的理论;它是无目的、无功利的,但恰恰因为其阅读的无功利、无目的,读者反而对文本内蕴的美学特征、文本价值和时代贡献更为敏感,对以故事为中心的技法更为热衷,却对文学的雅俗身份视而不见。作家创作以及文本内涵在某种程度上对读者阅读具有引领作用,而读者阅读对作品意义的深度实现以及优秀作品的择选却具有无可辩驳的决定意义。阅读不是被动接受,而是多重的、多维的对话与互动,是积极的、有生命力的、开拓性的,它们使文本从封闭走向开放,展示了诠释的无限可能。特别是在近现代报刊文学乃至网络文学生产与消费时代,阅读行为不仅关乎意义的生成,更直接影响作品的走向、文本的生成,这些复杂的活动,又决定了作品能否成为经典以及如何成为经典。这一点,对于近现代以来直至当下一直于雅俗之间争取合法身份与地位的通俗文学作品和作家而言,显得尤为重要。由于近现代以来通俗文学作家作品的媒介化与读者之间先天存在着更为紧密的依存关系,读者也得以由此展示出巨大的力量。他们并非没有发声,只是因其个体的力量或微弱或沉默,他们的意愿或者被无意忽略,或者被研究者主观无

[①] 金元浦:《接受反应文论》,山东教育出版社1998年版,第9页。

视。责任不在读者,而在研究界。窃以为,一直以来文学理论研究界与阅读和创作实践之间长期存在的"两张皮"现象,此为症结之一。而本次调查也显示,读者对当下的文学批评理论与阅读实践相脱节现象的不满,成为当下文学批评及创作实践中突出的问题之一。因此,从读者层面展开文学阅读理论与创作实践研究,不仅有益,而且必要。对于在市场机制中生存与发展的近现代乃至当下的通俗文学理论与实践建设,也是必须的。特别需要指出的是,从读者调查进入文学理论研究,是对以往从作者、文本出发的"作者传意"研究的一种补充与拓展,并非对既有研究、文本的否定。文学活动由作家、媒体人、读者以及时代、政治、思想、资本、媒介等多方的共同合力而推动,对文学史诸事件、现象以及诸问题、文本的理解、认知与阐释,也当依此全方位展开。

第二章　金庸·网络武侠·泛武侠：
当下武侠小说阅读关键词
——以2014—2018年武侠小说阅读调查为中心

石　娟

从古至今，中国人对武侠小说的热爱，从未因任何一种变革——无论是时代的、历史的、思想的还是文化的——而有所中断。①尽管在每一个历史时期，对"武侠"的称谓各有不同，②但"武侠"的审美因子、叙事语法及其文化内核，在不同时代的中国读者那里，一直得到深刻的体认。"侠"是武侠小说"历史的起点"，即"逻辑的起点"③。从历史上的"原侠""游侠"到民国的"剑侠""义侠""武侠"，再到当下的"仙侠"，每一代读者，都有属于他们的"侠"，这个"侠"所代表的价值判断、道德准则、审美意蕴，常常成为一代人的集体记忆和精神归属。而这样一种植根于中国人精神内核的文学及文化记忆，在当下的"碎片化"时代，读者对其阅读需求是否发生了流变？如果发生了，是怎样一种形态？它具有怎样的特征？它们又会将武侠小说的创作导向何方？

一、2014年、2018年两次武侠阅读调查设计及结果

有鉴于此，本课题对"武侠小说"这一类型文学，分别于不同的年份，开

---

① 1951年5月20日，《人民日报》发表社论《应当重视电影〈武训传〉的讨论》，武侠小说从创作、出版到阅读自此开始受到限制，直到1981年梁羽生的《萍踪侠影录》由广东人民出版社出版，才标志着武侠小说的阅读在大陆得到恢复。三十年来，尽管武侠小说在大陆被禁，武侠叙事语法以及审美因子却被吸收和转化，存在于其他流行文类中，广受欢迎，比如英雄主义和环环相扣的叙事语法。在2014年进行的综合调查中，在"十七年文学"的代表作"三红一创，青山保林"（《红岩》《红日》《红旗谱》《创业史》《青春之歌》《山乡巨变》《保卫延安》《林海雪原》）中，《红岩》和《林海雪原》分别排在第一、二位，其环环相扣的叙事语法以及英雄主义的审美因子是其深受大众喜爱的重要因素。

② 20世纪20年代，"武侠小说""义侠小说""剑侠小说"等名称并用，以"武侠小说"统称这一类小说，定型于20世纪30年代以后。见徐斯年：《侠的踪迹——中国武侠小说史论》，人民文学出版社1995年版，第17页。

③ 徐斯年：《侠的踪迹——中国武侠小说史论》，人民文学出版社1995年版，第1页。

展了两次问卷调查：一次是启动于 2014 年 8 月的"当代通俗小说阅读调查"（即"2014 综合调查"）；一次是启动于 2018 年 1 月 24 日的"关于与武侠文学相关问题的阅读调查"（以下简称"2018 专题调查"）。之所以分两次并于不同年份启动调查，主要基于以下三方面考虑：一是武侠文学一直是通俗文学领域最重要的类型文学之一，内容博大而庞杂，综合调查难以全面细致地呈现武侠文学阅读中的深层次问题，必须在进一步的调查中，细化研究方向；二是课题组期待通过对不同年份问卷中同一类题目调查结果的比较，追踪读者对于武侠小说接受趣味的变化，在纵向的比较中寻找规律或者发现问题；三是由于武侠文学流行风尚的变化，当下的阅读及接受热点已悄然发生了转向，在网络武侠中表现得尤为突出，如流行文本、叙事形态、美学表现手段等等。为呈现最新的武侠文学阅读情况，捕捉武侠小说的接受动态，为当下文学创作或研究提供实践支持，作如上考虑。

在"2014 综合调查"问卷设计的 46 个题目中，12 个题目或为对武侠小说的专题调查，或涉及武侠小说的相关问题；"2018 专题调查"问卷设计了 20 个题目，其中 5 个题目调查阅读者的自然情况，其余 15 个题目，与上一问卷相似，或为专题调查，或为涉及武侠小说相关问题的综合调查。为了达到比较的目的，在两份问卷中，除了调查阅读者的自然情况外，有 9 个题目完全相同，①分别就通俗作家的界定、阅读经历、武侠期刊/小说阅读及作家认知、金庸作品、电视剧《射雕英雄传》版本、金庸小说经典化认知、影视剧题材喜好、网络小说类型喜好九个方面提出了问题。②"2018 专题调查"中的其余 6 个题目是出于研究的需要而单独设计的新问题。这 6 个题目中包括 2 个选择题和 4 个主观题，选择题调查了读者对武侠类型文学和泛武侠文学的认知，主观题调查读者对武侠电影、武侠小说、武侠网游、武侠电视剧的接受喜好。③

经过仔细分析和甄别，课题组发现了一个十分有趣的现象，最初设计两

---

① 出于即时性考虑，部分题目的选项在原有基础上略作调整。
② 这 9 个问题分别是："你认为下面哪些作家是通俗文学作家？""你读过如下哪些作家的小说（包括根据其小说改编的影视作品）？""你读过如下哪些杂志？""如下武侠小说作家，你读过哪些人的作品？""你读过金庸的哪些作品？""《射雕英雄传》电视剧你最喜欢哪个版本？""你认为鲁迅和金庸的小说哪一个更经典？""当下最火的电视剧、电影题材，你喜欢看哪几类？""你喜欢的网络类型小说是什么？"
③ 这 6 个题目分别为："你认为下列哪些作品属于武侠类作品？""你认为如下哪些作品具有武侠元素？""你最喜欢的武侠电影是什么？""你最喜欢的武侠小说是什么？""你最喜欢的武侠网游是什么？""你最喜欢的武侠电视剧是什么？"

套问卷,以相同题目来调查,目的是为了观察2014—2018年之间读者阅读喜好的差异和变化,结果发现,在9个问题中,排名前五位的选项几乎没有变化。有些选项,即便偶有差异,但由于差异极小,表明结果的产生与调查人群数量偏好的偶发性关系密切。这不仅否定了课题组最初认为武侠小说阅读偏好会有较大变动的猜测,同时对2014综合问卷设计的信度和效度①也是一次有力的论证和检验(见表下-4)。

表下-4　2014综合问卷与2018专题问卷部分题目调查结果排名比较

题　目	2014年得票情况	2018年得票情况	备　注
"你认为下面哪些作家是通俗作家?"	金庸(2 064) 琼瑶(1 922) 韩寒(1 614) 张恨水(1 395) 张爱玲(1 357)	琼瑶(788) 金庸(734) 韩寒(682) 张恨水(642) 张爱玲(504)	排名前五
"你读过如下哪些作家的小说(包括根据其小说改编的影视作品)?"	曹雪芹(2 657) 张爱玲(2 335) 张恨水(1 612) 还珠楼主(730) 刘鹗(655)	曹雪芹(1 195) 张爱玲(1 088) 张恨水(692) 刘鹗(313) 还珠楼主(295)	排名前五
"你读过如下哪些杂志?"	《故事会》(2 537) 《今古传奇》(1 267) 《花溪》(683) 《一个》(465) 《通俗文学选刊》(382)	《故事会》(1 029) 《最小说》(619) 《今古传奇》(357) 《漫客·小说绘》(352) 《今古传奇·武侠版》(280)	排名前五,其中,《最小说》《漫客·小说绘》《今古传奇·武侠版》为2018年调查时新增加的选项
"如下武侠小说作家,你读过哪些人的作品?"	金庸(2 905) 古龙(2 229) 梁羽生(1 558) 沧月(1 116) 温瑞安(977)	金庸(1 233) 古龙(1 000) 梁羽生(593) 唐家三少(554) 九把刀(479)	排名前五,其中,唐家三少和九把刀为2018年调查时新增加的选项
"你读过金庸的哪些作品?"	《天龙八部》(2 387) 《射雕英雄传》(2 382) 《神雕侠侣》(2 209) 《笑傲江湖》(2 171) 《倚天屠龙记》(2 164)	《射雕英雄传》(1 018) 《天龙八部》(995) 《神雕侠侣》(932) 《倚天屠龙记》(913) 《笑傲江湖》(903)	排名前五

---

① 效度(validity),是指对于一个既定的目标,在作出决策和提供解释的过程中,测量的有效性程度,也即结果是否有效的程度。

续表

题　目	2014 年得票情况	2018 年得票情况	备　注
"《射雕英雄传》电视剧你最喜欢哪个版本?"	"83 版"(1 523) "94 版"(636) "03 版"(413)	"83 版"(617) "94 版"(273) "08 版"(182)	排名前三
"你认为鲁迅和金庸的小说哪一个更经典?"	"不可比较"(1 356) "都经典"(824)	"不可比较"(656) "都经典"(313)	排名前二
"当下最火的电视剧、电影题材,你喜欢看哪几类?"	好莱坞大片(1 488) 历史剧(1 459) 科幻电影(1 247) 美剧(1 180) 军事、谍战剧(963)	历史剧(634) 美剧(558) 好莱坞大片(506) 军事、谍战剧(405) 科幻电影(400)	排名前五
"你喜欢的网络小说类型是什么?"	悬疑推理小说(1 172) 玄幻仙侠小说(1 010) 历史小说(905) 都市小说(781) 校园青春小说(712)	悬疑推理小说(538) 历史小说(483) 玄幻仙侠小说(389) 都市小说(335) 校园青春小说(312)	排名前五

　　从上表不难看出,在各类综合调查中,武侠小说及武侠类影视作品,在通俗文学全部文类中,多榜上有名,一直是最受读者欢迎的类型小说之一,彰显了武侠小说受众之广,称其为"最中国"的文学,着实不谬。在对通俗作家认知的选择中,金庸毫无疑问拔得头筹。此外,我吃西红柿、凤歌、小椴,也都居于前列。①由此可见,在读者眼中,对武侠小说为通俗文学的一个门类这一点并无争议。在对现代作家的认知考察中,为降低难度,特别设置了"包括根据其小说改编的影视作品"这一项,2014 年和 2018 年还珠楼主的排名之所以两次都能够在平江不肖生、王度庐等武侠小说家之前,恐怕与其《蜀山剑侠传》一再被影视公司翻拍成影视剧、改编成网游不无关系。在杂志阅读调查中,《今古传奇》稳居前列。2018 年,由于增加了《最小说》《漫客·小说绘》以及《今古传奇·武侠版》选项,《今古传奇》的排名变化较大。在 2014 综合调查中,对《今

---

① 在"2014 综合调查"中,选项中共列了 25 位作家,金庸以 2 905 票排名第一,我吃西红柿以 1 014 票排名第六,凤歌以 843 票排名第八,小椴以 717 票排名第十二,王度庐排名第十五,略嫌靠后,这恐怕与读者对王度庐的陌生有关。在"2018 专题调查"中,金庸以 734 票排名第二,步非烟以 482 票排名第六,我吃西红柿以 448 票排名第七,凤歌以 361 票排名第九,小椴以 272 票排名第十五,王度庐以 239 票排名第十七。

古传奇》阅读的调查包含"武侠版",2018专题调查将"武侠版"单列,可以基本呈现出"武侠版"阅读在《今古传奇》全部刊物发行中所占的大致比重(78.43%)。在余下的几个问题中,两次调查的结果几乎完全一致:在对金庸十五部小说的两次阅读调查中,《射雕英雄传》《天龙八部》《神雕侠侣》《笑傲江湖》《倚天屠龙记》均超过其他小说,成为读者阅读最多的五部作品;金庸与鲁迅经典化之比较,绝大多数读者都认为"不可比较",排在第二位的均是"都经典"。此项为单项选择题,也就是说,绝大多数读者或者认为金庸和鲁迅没有可比性,或者对两位作家作品的经典性持绝对肯定态度,这也从另一个方面证明了精英文学与通俗文学存在不同价值评判标准,是受到读者认同的,而且在"经典性"这个问题上,读者认为,精英文学与通俗文学二者并行不悖,各自有其经典性代表作品。在喜爱的影视剧类型调查和网络小说类型调查中,两次调查的结果也差别不大,好莱坞大片、历史剧、科幻电影、美剧、军事谍战剧以及悬疑推理小说、玄幻仙侠小说、历史小说、都市小说、校园青春小说成为两次调查中读者最喜爱的类型。①武侠小说的当代变形如玄幻仙侠小说以及含有武侠元素的历史剧及军事、谍战剧都毫无悬念地榜上有名。

在两次调查中,被调查者人数悬殊,年代相异,但结果惊人的相似,这充分说明:读者对这些作家、作品的喜爱和推重,并非巧合或偶然。一方面,它或许与近年来读者通过各种媒介与作家、作品接触的频率和熟悉程度有关,比如读者对曹雪芹、张爱玲的了解主要是通过教科书、影视剧及文学史写作等,而对张恨水、还珠楼主和金庸、古龙、梁羽生等作家及其作品的了解主要是通过与媒介(包括影视剧、动漫、游戏、单行本、连环画等)的频繁接触;另一方面,也充分说明,武侠小说中的各种因子,无论是作家、作品,还是其叙事语法等,都深深植根于读者的文化记忆和美学因子中。在读者的阅读趣味和需求中,它们一直"在场"。

二、当下武侠文学阅读特征

分析2014综合调查、2018专题调查问卷的结果,笔者发现当下的武侠文学阅读呈现出如下几方面显著特征:

---

① 当然,好莱坞大片、美剧含有各种类型题材,本次调查问卷的设计以读者中自然形成的影视剧门类为分类依据,为避免造成读者认知上的无所适从和问卷的过于细化而增加问卷调查的难度和复杂性,降低读者的被调查意愿,这里且以好莱坞、美剧各自的叙事特征为分类标准,不再继续细化。

（一）"侠之大者"金庸：流行·经典·意义生产

金庸封笔迄今，已近四十年，①若从《书剑恩仇录》连载开始计算，已经过了一甲子。金庸的十五部小说，从最初的阅读热，到影视改编热，再到后来的研究热，乃至当下的文化产业热，②四十年间，金庸及其全部作品所书写的江湖世界，缔造了武侠世界难以逾越的高度，他的江湖，不仅是历史的、时代的，更是民族的、世界的。金庸本人有着十分明确且执着的经典化追求，十年修订十五部作品便是明证，被学界称为"自我经典化"。而直到1994年，大陆对金庸的接受才呈现出经典化特征，③从报刊连载走向单行本出版，从市场走入高校，从阅读热走向理性的评点和研究，从文学生产和消费走入文学史，从"自力轮回"走向"他力转生"的经典化建构，④每一个环节，都是金庸及其武侠文本从流行走向经典的"文学事件"，从这个意义上看，金庸及其所创造的武侠世界已经不再仅仅局限于文学领域，它们共同成为一个个文化事件、一种文化现象。2018年10月，金庸先生仙逝，但令人敬佩的是，金庸先生在有生之年，以其不凡之见和个人的不懈努力，基本完成了其作品的经典化工程。那么，在网络武侠阅读如火如荼的当下，对于每一位普通大众读者，金庸小说是否会遭遇如民国部分流行小说那样的接受危机？又具有怎样的意义？早已走向文坛、文学史和高校的金庸，是否仍与每一位读者保持着无所不在的血肉联系？未来是否会如某些走入历史的作家那样，形成与读者间的某种疏离或隔膜？这些，都是我们希望借本次调查厘清的。

未出所料，在2014年和2018年的两次调查中，只要选项中有"金庸"，

---

① 从金庸第二次修订本完成之年份，即1980年算起。

② 金庸笔下虚拟的武侠世界的衍生品，如今随处可见，成为"百姓日用"，建构了金庸小说的日常生活美学，如江苏南通有"射雕江湖菜"，浙江舟山普陀对面有"桃花岛"，"桃花岛"上有"桃花寨"，"桃花寨"中有"黄药师山庄""归云庄""黄蓉闺房"，等等；岛上售卖的茶，被命名为"黄药师生态茶"，连登岛的渡轮都起名为"金庸×号""神侣×号"……除人工打造的"金庸世界"，还有金庸小说中所提到历史遗迹，也纷纷因金庸而扬名，比如《笑傲江湖》中的廿八铺、云南大理寺中的"天龙八部"，等等，都成为非常热门的旅游景点。

③ 韩云波先生认为，1994年是金庸小说在大陆全面经典化之年，有三个标志性事件：一是1994年5月，由三联书店出版《金庸作品集》，被认为是具有"典藏"价值的作品；二是1994年10月，金庸被聘为北京大学名誉教授，在现场致辞中，严家炎先生称金庸小说是"一场静悄悄的文学革命"；三是1994年10月，金庸小说入选王一川教授主编的《二十世纪中国文学大师文库·小说卷》（海南出版社出版），排名第四，在鲁迅、沈从文、巴金之后。详见韩云波：《金庸小说第三次修改：从"流行经典"到"历史经典"》，载《西南大学学报（社会科学版）》2008年第1期，第41页。

④ 见本书上编第六章邱健恩先生的相关论述：《金庸小说："自力轮回"与"他力转生"的经典化建构》。

该选项几乎都得到了最高选票。在调查"如下武侠小说作家,你读过哪些人的作品?"时,在2014综合调查的受访者中,包括台、港、澳读者在内,选择读过金庸作品的共有2905人,占比达86.25%,在2018专题调查中,这一比例又有增长,在全部1336位调查者中,有1223人读过金庸的作品,占比高达92.29%,足见金庸作品阅读覆盖面之广、影响力之大。一个非常有趣的现象是,仅就2018专题调查而言,在被调查人群中,25岁以下的成为被调查主体,有703人,占全部被调查人数的54.64%(见图下-6),也就是说,这群被调查者大多是"95后",有些甚至是"00后",这群伴随着网络而成长起来的新一代读者,对金庸作品的阅读并未因年龄、创作背景、载体接受习惯的影响而减少,反而有所增加,"50后""60后"对金庸的喜爱自不待言,伴随着"83版"成长起来的"70后""80后"喜爱金庸也在情理之中,而"95后"乃至"00后"对金庸作品的阅读,却可以说明金庸笔下的江湖跨越了时空的限制,对于不同时代、不同年龄的读者,仍然具有非同一般的魅力,称其为经典,当之无愧。在2018专题调查的最后,课题组设计了四道随机调

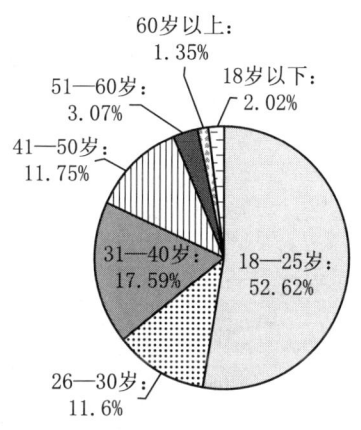

图下-6 2018专题调查中被调查人群的年龄结构①

查题目——你最喜欢的武侠电影、武侠小说、武侠网游、武侠电视剧是什么,题目不设条件,读者可随意填写。令人惊讶的是,除去武侠网游之外,其余三个问题,竟毫无例外地全部为金庸小说所囊括(见图下-7至图下-9)。在"你最喜欢的武侠电影"中,排名最高的是《笑傲江湖》;在"你最喜欢的武侠小说"中,排名最高的是《射雕英雄传》,且在本选项中,排在前四位的,全部是金庸的作品,除了《射雕英雄传》之外,依次是《神雕侠侣》《笑傲江湖》《倚天屠龙记》;在"你最喜欢的武侠电视剧"中,《射雕英雄传》也当仁不让,紧随其后的依旧全部是金庸的作品:《神雕侠侣》《倚天屠龙记》《笑傲江湖》。由此可见,不仅在文学生产领域,而且在消费层面,在读者的阅读世界中,金庸也一直是武林江湖中的"霸主",其"经典"地位,难以撼动。

---

① 数据来源:问卷星网站,https://www.wjx.cn/report/20380659.aspx,以下皆同。

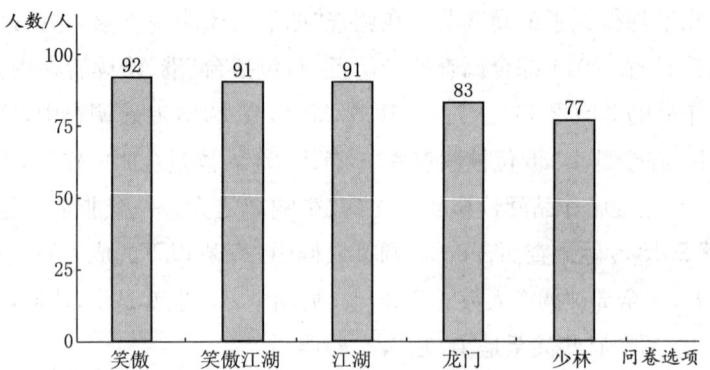

图下-7 "你最喜欢的武侠电影"的调查结果①

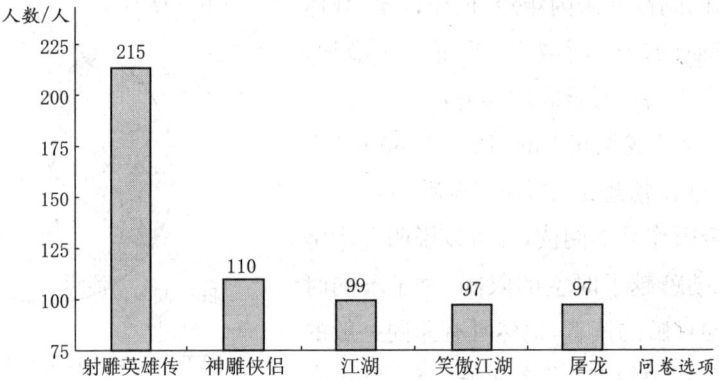

图下-8 "你最喜欢的武侠小说"的调查结果

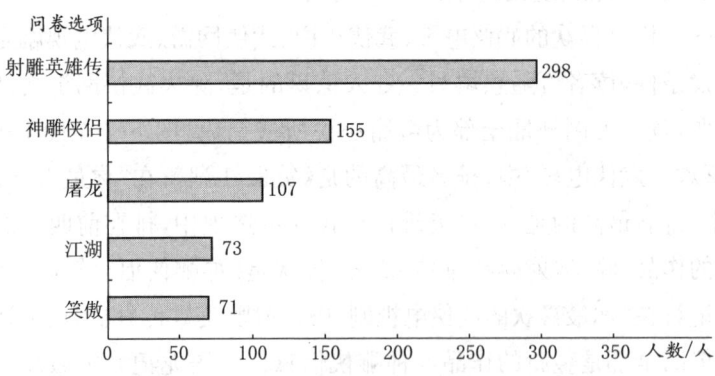

图下-9 "你最喜欢的武侠电视剧"的调查结果

---

① 本图表来自问卷星网站（https://www.wjx.cn/report/20380659.aspx）截图，对主观题目的统计，网站采用"关键字分析法"，字段由网站按照其算法自动截取，如有些作品的统计会出现"笑傲""江湖""龙门""屠龙""少林"等字样，此类关键字即取自《笑傲江湖》《新龙门客栈》《倚天屠龙记》《少林寺》。

谈到"经典",在本次调查中,尚有另外一个有意味的现象:在调查读者对通俗文学作家的界定和认识时,在2014年和2018年的两次调查中,金庸都以第一名或第二名的身份,被读者毫不犹豫地列入通俗文学作家,可见读者对于金庸作品的归属——武侠小说是通俗文学的门类且十分重要门类之一——的认知是非常清晰的,并无争议,后面我吃西红柿、小椴、步非烟等人的得票数都排在前列的现象,也足以佐证这一点。但在调查"鲁迅和金庸的小说哪一个更经典"时,投票最高的是"不可比较",排名第二的即"都经典"。读者推崇金庸,喜爱他作品的通俗,但这并不影响他们对金庸作品经典性的肯定,于是读者普遍认为金庸和鲁迅"不可比较",或者"都经典"。①这两个题目的调查结果其实是殊途同归,它使我们清晰地看到:读者承认金庸作品通俗,也并不否认金庸作品的经典。这说明,在读者的接受视域中,通俗与经典并不相悖。这一调查结果,与学界对通俗文学如何经典乃至能否经典的讨论形成了呼应之态。②而与学界对于这一问题的显著分歧不同,读者对通俗文学能够经典化的预期是毫不怀疑的。

十五部小说,六十年的流行,四十年的经典化历程,③对于这样一笔庞大的精神资源,媒介、资本都不会视而不见,它们必然会以对市场及消费需求特有的敏感,以再生产的方式,向经典致敬,而这一生产行为,有着积极的理论意义,也就是说,文本再生产调动的是人们对文本意义一再诠释、一再演绎的热情。于是,金庸小说的文本再诠释,或者直白地说,文本的跨媒介改编或生产,成为20世纪80年代以来金庸作品文化生产与消费的典型"事件"。因此,为了解读者对金庸作品跨媒介改编的接受情况,我们在调查问卷中也特别设计了一些题目。

作为一个时代的流行记忆,《射雕英雄传》影响了一代又一代人,金庸作品受欢迎程度之广,大大超出了金庸本人的预料。也因此,《射雕英雄传》的改

---

① 见表2-4相关数据。部分选择"不可比较"的读者并不否认金庸小说具有经典性。之所以这样说,是因为问题中的选项为"A.鲁迅 B.金庸 C.不可比较 D.都经典",如果单独认为鲁迅或金庸作品更经典的被调查人,会选择A或B,不会选择C。

② 易晖:《通俗小说·文学经典·知识生产——中国现当代文学视阈中的"金学"建构》,载《东方论坛》2008年第1期,第52—60页;韩云波:《金庸小说第三次修改:从"流行经典"到"历史经典"》,载《西南大学学报(社会科学版)》2008年第1期,第41—44,47页;王蒙:《通俗、经典与商业化》,载《读书》1998年第8期,第44—50页;刘扬:《通俗文学"经典化"的另一种路径——论金庸小说修改的学术史意义》,载《世界华文文学论坛》2014年第3期,第69—72页。

③ 此说以金庸第二次修订完成其十五部作品的时间,即1980年为参照。

编,从电影、电视剧、漫画、网游,甚至到京剧①,一再发生。据不完全统计,仅电视剧,就有"76 版"②、"83 版"③、"88 版"④、"94 版"⑤、"03 版"⑥、"08 版"⑦、"17 版"⑧。(按:在 2014 综合调查中,由于时间关系,最后一个版本为"08 版",2018 年开展专题调查时,"17 版"已经上映,故而在调查时列入该选项)然而,两次调查结果却没有因被调查者年龄结构的差异而产生变化,一如当年的万人空巷,时隔 35 年之后,翁美玲扮演的蓉儿、黄日华扮演的靖哥哥,始终是一代又一代观众心目中无可替代的经典,"83 版"跨越了代际隔膜,在两次调查中均以绝对优势,遥遥领先。无独有偶,豆瓣上关于此剧的评分,也与我们的调查结果完全一致——"83 版"和"94 版"的五星得票率遥遥领先⑨(见图下-10)。

图下-10　豆瓣电影上粉丝对 83 版《射雕英雄传》电视剧的评分

---

①　2001 年 8 月,金庸先生将《射雕英雄传》京剧改编权授予武汉市京剧团,他在给京剧团的信中写道:"愿意授予拙作《射雕英雄传》之版权。"并特别强调"只收象征性人民币 1 元"。该剧目获得第三届中国京剧艺术节优秀剧目奖。见《一块钱授权感动至今　金庸和武汉京剧院有段戏缘》,载《长江日报》2018 年 10 月 31 日,http://culture.workercn.cn/32872/201810/31/181031101211742.shtml。

②　"76 版"为香港佳视版,主演:米雪、白彪。

③　"83 版"为香港 TVB 版,主演:翁美玲、黄日华。

④　"88 版"为台湾中视版,主演:陈玉莲、黄文豪。

⑤　"94 版"为香港 TVB 版,主演:朱茵、张智霖。

⑥　"03 版"为内地版,主演:周迅、李亚鹏。

⑦　"08 版"为内地版,主演:林依晨、胡歌。

⑧　"17 版"为内地版,主演:李一桐、杨旭文。

⑨　豆瓣电影(https://movie.douban.com/subject_search?search_text=%E5%B0%84%E9%9B%95%E8%8B%B1%E9%9B%84%E4%BC%A0&cat=1002&start=0)上的评分,"83 版"得分最高,为 9.1 分(42515 人),其余依次为"94 版",8.7 分(23 589 人);"17 版",7.9 分(48 081 人);"76 版",7.4 分(65 人);"08 版",7.3 分(16 257 人);"03 版",6.9 分(13 521 人);"88 版",5.0 分(54 人)。其中"83 版"五星得票率达到 63.9%,"94 版"五星得票率仅为 48.5%,差异悬殊。在 2018 专题调查中,排在第一位的是"83 版",接下来依次为"94 版""08 版""03 版""17 版""88 版""76 版";在 2014 综合调查中,排在第一位的是"83 版",接下来依次为"94 版""03 版""08 版""88 版""76 版"。本调查数据截止日期为 2018 年 8 月 21 日。

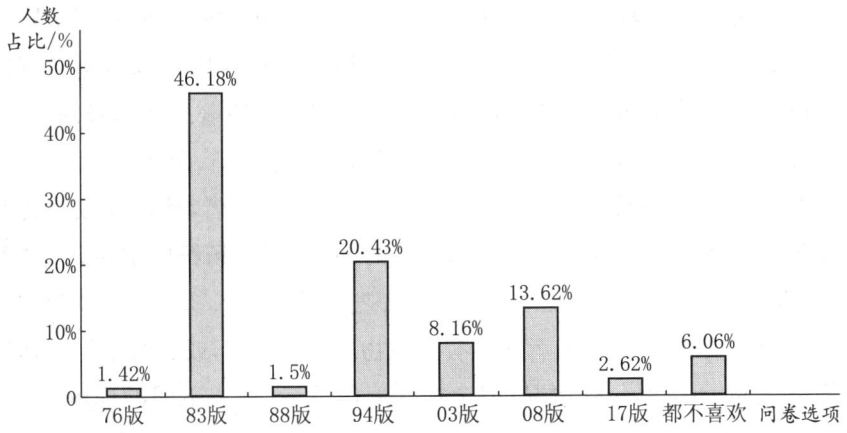

图下-11 你最喜欢的《射雕英雄传》电视剧版本调查结果（2018专题调查）

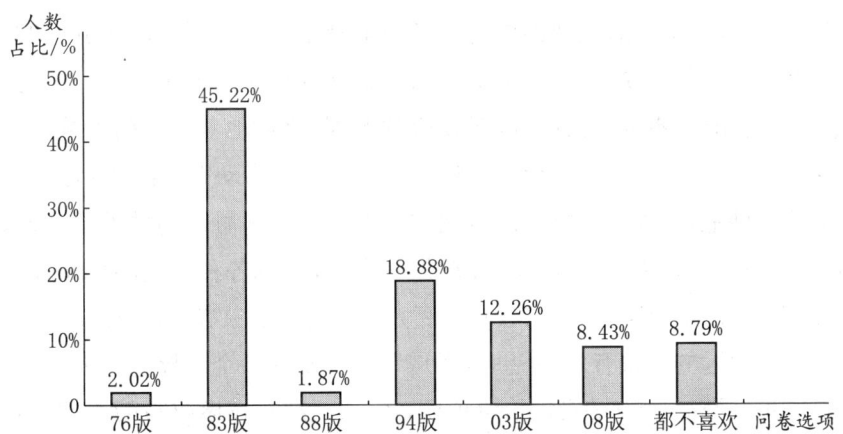

图下-12 你最喜欢的《射雕英雄传》电视剧版本调查结果（2014综合调查）

尽管有网友对"83版"《射雕英雄传》的改编，包括对演员的演绎颇有意见，①

---

① 有网友对"83版"《射雕英雄传》的较大改动颇为不满，特别是对人物性格的变动，如在豆瓣电影"83版"讨论中，"继续走"在"把主角人设全都改崩也好意思说无法超越？"的帖子中批评："射雕里郭靖最甜的一句台词'蓉儿不是小妖女，是很好很好的姑娘'气氛特别温馨。到了83版，郭靖说的却是'小妖女你给我起来''你这个人太小气，太自以为是，太容易嫉妒别人'"。（https://movie.douban.com/subject/1478186/discussion/?start=0&sort_by=time），2018年3月27日。在"知乎"贴吧的一个关于"射雕英雄传电视剧，哪个版本最经典？大家怎么评价？"的帖子中，"周浩"批评"83版""把原著里冰雪聪明，天真无邪里自带几分调皮的蓉儿，进行了极其庸俗化的改编——三天两头吃醋已经不是大事了，这版的黄蓉戾气之重在各版里无以复加，智商之拙计也在各版里无可与抗，编导们把当时风行于香港社会的庸俗之气，大量地引入这部电视剧里，从而创造出一个市井又世故，如同香港太妹一样的黄蓉"，批评对郭靖的改编"事实上也完全没法让人跟原著里的郭（转下页）

但这仍无法改变大多数人对"83版"《射雕英雄传》由衷的喜爱,甚至有网友直接质疑对"83版"持否定意见者是为了"显示与众不同"①,并且直接反问"符合原著就是好电视剧??"②有意味的是,电视剧对原著二度阐释的价值,也就在网友臧否"83版"的过程中体现出来了(见图下-11、图下-12)。

批评"83版"的网友,多数是认真阅读过原著的读者,他们以改编是否忠实地再现原著为标准,而支持"83版"的网友,则立场鲜明地肯定了"83版"的改编使人物更丰满、更立体。法国年鉴学派代表人物夏蒂埃认为:"文本稳定而物质形态有别,或者文本有异而物质形态亦变,或者文本稳定而物质形态无差,不论哪一种情况,都会招徕新的读者,生成不同的理解。"③同一部《射雕英雄传》,原著与"83版"事实上是两个"文本相异,物质形态亦变"的、独立的差异化文本。两个文本的接受者喜好有交叉,却更多呈现出差异,这种差异的背后反映出原著读者与电视剧接受者因介质差异在观念和接受方面的不同要求:有些网友称"83版"中黄蓉的爱吃醋、耍性子、恶作剧,与原著相比,更鲜活灵动;而对杨康的改编,比如他对母亲的孝顺、对穆念慈的动情,都比原著中一个"脸谱化的坏蛋"④更为动人。而"83版"中杨康的这一妙笔,成为后面每一次电视剧改编中必然被触动的关键,"从此以后,杨康在各个版本里就像一块橡皮泥一样,被捏成各种不同的形态,心中尚算有情义的形象有之(周杰版),卧底大金的英烈形象有之(袁弘版),心机深沉谋略深远的形象有之(陈星旭版)。总之,没有一个编导愿意放弃杨康这个ip……"⑤。网友的批评恰恰说明,因"83版"对杨康改写的成功,启动

(接上页)靖联系起来——这版的郭靖,从一开始就嫌弃小乞丐黄蓉,觉得黄蓉是个累赘,随后对黄蓉各种指责批评(虽然说实话,这版顶着黄蓉名号的小太妹,也当得起很多批评),甚至直到撒马尔罕城,还觉得华筝比黄蓉好,不像她那样喜欢吃醋云云……至于胆小怕事什么的就更不在话下了。"批评对杨康的改编:"把原著里那个一事无成的废物,塑造成一个枭雄的形象,谬误之深不可谓不大!从此以后,杨康在各个版本里就像一块橡皮泥一样,被捏成各种不同的形态……于是,杨康吃杨过的红利,从83版一直吃到17版,吃了足足34年了。"(https://www.zhihu.com/question/25983885)

① 见"继续走":"把主角人设全都改崩也好意思说无法超越?"下网友的回帖(https://movie.douban.com/subject/1478186/discussion/615316366/)。

②④ "阳秋心":"符合原著就是好电视剧??"见豆瓣电影,2018年5月9日,https://movie.douban.com/subject/1478186/discussion/615601598/。

③ 转引自戴联斌:《从书籍史到阅读史:阅读史研究理论与方法》,新星出版社2017年版,第122页。

⑤ 见"知乎"贴吧:"射雕英雄传电视剧,哪个版本最经典?大家怎么评价?"下面"周浩"的评论,2017年9月6日,https://www.zhihu.com/question/25983885/。

了其后三十余年杨康大众书写的"按钮",自此,杨康成为一个"开放式"的人物,每一个版本,或多或少,都会在这个人物身上留下一些痕迹,而电视剧乃至电影中的无数次阐释,成为原著形塑杨康时因时间、创作重心、时代局限导致人物扁平化的一种阐释、一种弥补。杨康成为《射雕英雄传》中的"文眼",为这部作品创造了无限阐释的可能。在十五部小说中,金庸本人最喜欢的作品是《神雕侠侣》《倚天屠龙记》《飞狐外传》和《笑傲江湖》,并没有《射雕英雄传》,因为他觉得"后期的某几部小说似乎写得比《射雕》有了些进步"①,这是从创作论的角度着眼。但读者最喜欢《射雕英雄传》,②或许与《射雕英雄传》每一版的改编不无相关,这些改写,不断为《射雕英雄传》加上了时代的注脚,弥补了金庸创作时的遗憾,从而使得这部作品可以穿越时空,成为每一代读者心目中最有情的"江湖"。

金庸笔下,"侠之大者"是"为国为民",而金庸及其十五部作品不仅在武侠小说所创造的"江湖"世界熠熠生辉,还在读者阅读的"江湖"世界中,以其丰富的文化内涵、不计其数的"文学事件"乃至由作品而建构的无数文化现象,在流行与经典、生产与消费、意义阐释与生成中不断建构了一个又一个新课题,成为中国当代通俗文学乃至中国当代文学阅读研究领域的一座富矿,也成为文化研究中的"侠之大者"。

(二) 纸媒武侠阅读 VS 网络武侠阅读:年龄·性别

网络文学起步于20世纪90年代,③至21世纪,呈井喷之态,又至第一个十年前后,网络小说的商业化写作及消费机制的确立,④网络文学组织机

---

① 金庸:《后记》,见金庸:《射雕英雄传》(肆),广州出版社2011年版,第1367页。
② 在2014综合调查中,对"你读过金庸的哪些作品?"这一选项,选择《射雕英雄传》的有2 382人,排名第二,和排名第一的《天龙八部》(2 387)仅差5人。而在2018专题调查中,选择《射雕英雄传》的人数排名第一,为1 018人。
③ 1991年4月5日,全球第一家中文电子周刊《华夏文摘》在北美诞生;1992年,美国印第安纳大学的魏亚桂请该校的系统管理员在USENET上开设了alt. Chinese. text(简称ACT),成为Internet上第一个采用中文张贴的新闻组;1993年起,遍布世界各国的中国学生学者联谊会主办的综合性中文电子杂志大量涌现,如美国的《威斯康星大学通讯》《布法罗人》《未名》、加拿大的《联谊通讯》《红河谷》《窗口》、德国的《真言》、英国的《利兹通讯》、瑞典的《北极光》《隆德华人》、丹麦的《美人鱼》、荷兰的《郁金香》、日本的《东北风》等等。见汤哲声:《中国当代通俗小说史论》,北京大学出版社2007年版,第343页。
④ 中国大陆网络文学网站的付费阅读开始于2002年,"读写网"和"明杨·全球中文品书网"率先开始了付费阅读的尝试。之后,起点中文网、幻剑书盟、天鹰等玄幻小说文学网站也纷纷推出自己的付费阅读模式。2008年7月成立的盛大中文网整合晋江原创、起点、红袖添香三个网站,实行付费阅读。最初,作品前半部分免费,后半部分按千字2—3分钱收费,写手与网站五五分成。后来形式有所改变,网络写手通过在网站发表作品,出售数字版权,依据合同约定的分成比例获得稿酬。稿酬的多少与付费阅读的读者点击数成正比。萧鼎、流潋紫、当年明月等,皆成为这一制度最早的受益人。见欧阳友权主编:《网络文学五年普查(2009—2013)》,中央编译出版社2014年版,第63、120页。

构及网络写手培训机构的纷纷成立,①网络文学网站及网络写手数量的迅速增长,②网络文学研讨会的相继举办,③以及一系列与网络文学相关的商业或学术活动,④都昭示了网络文学受到文学相关领域、机构的重视,从"文摊"进入了"文坛",⑤进而进入了学术研究的视野和大学的课堂。网络文学的繁荣,与读者阅读密不可分,甚至从某种程度上说,读者阅读是网络文学发生、发展乃至繁荣的直接动力,其阅读选择直接左右了网络文学的走向。

相较于传统的纸媒文学,网络文学从生产到消费的全过程,读者介入程度之深,超过以往任何一种媒介文学,以至于有研究者直接称其为"网民文

---

① 网络文学的组织机构在此期间纷纷成立,如2010年6月20日,贵州省网络文学学会成立;2012年6月26日,湖南省网络文学研究会成立;2013年7月26日,中国网络文学研究会在拉萨成立;2013年12月29日,河南省信阳市网络文学学会成立;2016年4月9日,全国公安网络文学学会在无锡成立;2016年8月2日,河南省网络文学学会在郑州成立;2016年8月12日,辽宁省朝阳市作家协会网络文学学会成立;等等。网络文学培训机构也纷纷成立,如2009年7月15日,鲁迅文学院于北京举办首届网络文学作家培训班;2013年10月30日,全国第一家网络文学大学在北京成立;2011年12月13日,广东网络文学院成立;2015年5月15日,南京三江学院创办"网络文学编辑与写作"本科专业;等等。

② 截至2013年底,网络文学注册写手已有200多万人,市场收入规模达46.3亿元。网络文学活跃用户2.74亿人(见肖家鑫:《2013年网络文学注册写手200多万 市场收入规模达46.3亿元》,载《人民日报》2014年2月21日,第12版)。

③ 据欧阳友权《网络文学五年普查(2009—2013)》(中央编译出版社2014年版,第112—117页)的不完全统计,2009年12月17日,"网络文学版权研讨会"在北京召开;2010年4月7日,"网络时代的文学处境"研讨会在成都举行;2010年7月10日,"文学类型化及类型文学"研讨会在大庆召开;2012年6月28日,由中国作协举办,网络文学作品研讨会在北京举行;2013年5月18日,由中国作协、广东作协主办,广东网络文学作品研讨会在北京举办;2013年11月29日,中国作协与盛大文学在北京举办"起点中文网作家作品研讨会";等等。

④ 据欧阳友权《网络文学五年普查(2009—2013)》(中央编译出版社2014年版,第112—117页)整理,2009年6月25日,由中国作家出版集团、北京中文在线文化发展有限公司主办的"网络文学十年盘点"活动落下帷幕;2011年8月4日,由中国作协主办,网络作家与传统作家"结对交友"活动在北京举行;2011年12月13日,"广东网络文学十年精品回顾"及《网络文学评论》首发仪式在广州举行;2012年5月23日,盛大文学招募百位白金书评人;2013年5月30日,创世中文成立;2013年6月8日,百度旗下多酷文学网上线;2013年9月10日,腾讯文学正式成立;2013年12月17日,创世中文网与17K小说网结成战略合作伙伴,与此同时,新浪收购果壳小说网,拆分读书频道,与微漫画、微读书整合,成立新浪文学;2013年12月27日,百度收购纵横中文网,与旗下多酷文学网、百度文库、91熊猫读书等组成网络文学阵地;等等。

⑤ 2009年,"猫郎"张书成加入湖北省作协,成为国内第一个加入省作协的网络作家;紧接着,李云龙、禾丰浪等四位网络作家加入东莞市作协,缦彩笺加入四川省作协;2010年,当年明月、唐家三少、月关加入中国作协;2011年"跳舞"陈彬加入中国作协;等等。几乎与此同时,鲁迅文学奖、茅盾文学奖也陆续向网络文学开放。见欧阳友权:《网络文学五年普查(2009—2013)》,中央编译出版社2014年版,第137—138页。

学"或者"读者文学",①认为"网络文学更像是网络作家与读者的集体创作"②,也因此,网络文学与传统的纸媒文学有相似之处,却也有更多的不同。③武侠小说在传统纸媒和网络文学中,都当仁不让地占据了阅读高地,故而,在本次阅读调查中,传统纸媒武侠阅读和网络武侠阅读"同一"中的"差异",以及读者阅读趣味的变化,成为课题组关注的重点。

对于传统文学与网络文学的关系及未来的发展趋势,一段时期以来,争议颇多。但这些争议,多基于创作与评论层面,到目前为止,尚未见从读者一维予以关注的研究成果。而在通俗文学研究领域,这种争议已不存在:网络类型文学被视为民国以来类型文学从纸媒到网络媒体的"变体",是从明末冯梦龙开始的经由清末民初"鸳鸯蝴蝶派"而至当下网络载体绵延而成的一条古今市民大众文学的"文学链"。④通过梳理武侠小说历史脉络我们不难发现,在武侠这一类型文学中,尽管载体一再发生流变,武侠的基本叙事话语、美学取向和价值内核却保持了相对稳定。故而,当我们从阅读一维关注武侠小说的诸问题时,从民国以来的纸上武侠到当下的网络武侠,主要表现为调查人群的群体差异对不同载体武侠小说阅读趣味的差异化选择,这些不同选择,不仅对武侠小说从内部进行了分层和细化,更将给予武侠小说的未来以相对明确的指向。

在2018专题调查中,被调查人群的自然情况主要有如下几方面特征:一是18—25岁的青年为被调查人群的主体(见图下-6),二是女性被调查者超过半数以上(见图下-13),三是被调查者的学历以本科和研究生为主(见图下-14),四是被调查者的职业以学生和教师为主(见图下-15)。这里特别要说明的是,图2-16中的两大主体为"其他"和"教师",由于设计问卷时没有将"学生"作为职业来分类,故几乎所有的学生都选择了"其他"这一选项,故此选项以学生为主体,也包括部分编辑、军人等,后几类人群所占比例极小(见图下-16)。这些不同人群的武侠文学阅读会产生怎样的差异呢?

---

① 单小曦:《革命与危机——中国当代文学变革中的网络文学》,载《探索与争鸣》2014年第11期,第91页。
② 欧阳友权:《网络文学五年普查(2009—2013)》,中央编译出版社2014年版,第79页。
③ 详见本书下编,第四章《草稿·媒介话语·出版改编:网络文学的文本特征及经典化路径——以2014—2016年读者阅读调查为中心》。
④ 范伯群、刘小源:《冯梦龙们—鸳鸯蝴蝶派—网络类型小说——中国古今"市民大众文学链"》,载《中山大学学报(社会科学版)》2013年第6期,第44—53页。

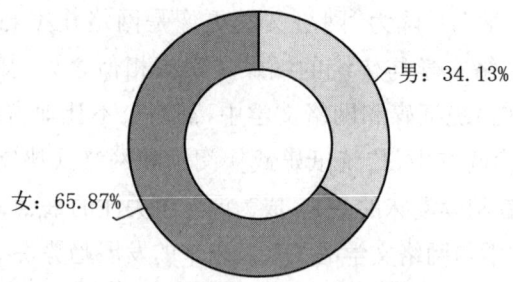

图下-13 2018专题调查中被调查人群的性别分布

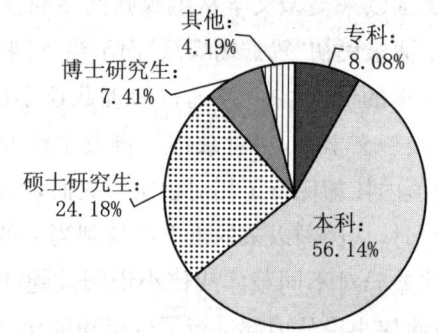

图下-14 2018专题调查中被调查人群的学历分布

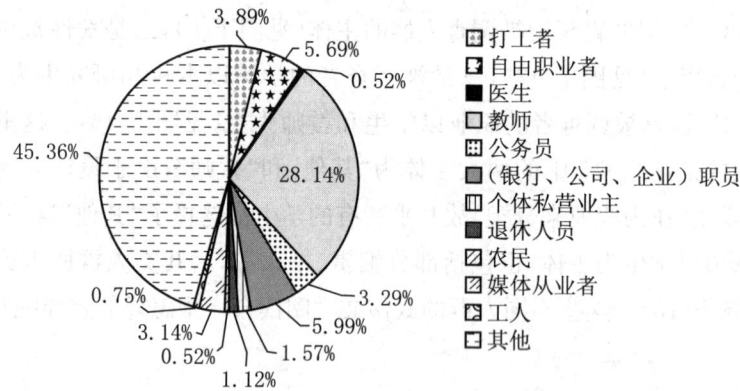

图下-15 2018专题调查中被调查人群的职业分布[1]

---

[1] 数据来源:问卷星"关于武侠文学问题的相关调查"(ID:20380659),https://www.wjx.cn/pq/20380659.aspx?t=636707296732965812。

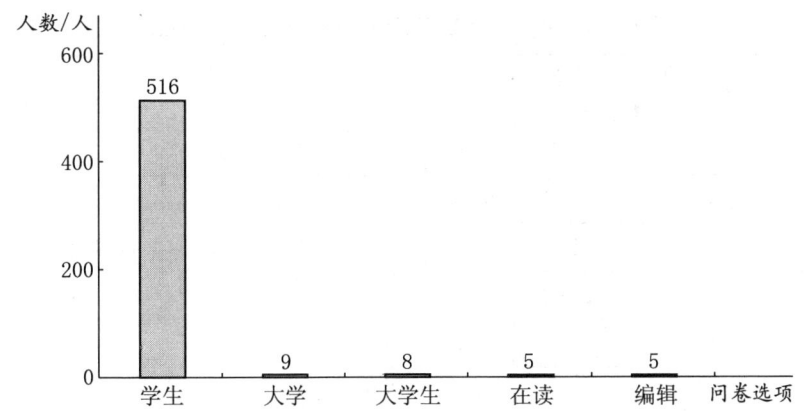

图下-16 2018年专题调查中职业人群"其他"类中的职业分布

在论述21世纪"大陆新武侠"概念时,韩云波先生曾指出,大陆新武侠有三个主要特征:江湖图景、女性武侠和智性写作。这是从文本出发而进行的探讨,其中女性武侠和智性写作,专门涉及性别与受教育程度两个层面。①从读者阅读出发,我们也可以发现,除了以上两个因素之外,年龄也成为值得关注的影响因素。年龄、性别和学历,构成直接影响读者阅读趣味和文本选择的主要因素,在网络创作机制下,更直接影响到武侠文本的写作及风格。在以武侠文学期刊为主体,兼及其他门类期刊的阅读调查中,这一特质得到鲜明而清晰的呈现。就年龄来说,在31岁以上人群中,曾经风靡一时的《今古传奇》(包括《今古传奇·武侠版》)的阅读量一直排名第二(仅落后于《故事会》),而在30岁以下人群中,《今古传奇》的影响力明显弱化,除了《故事会》之外,《最小说》《漫客·小说绘》《最推理》,甚至大众文学中的小众文学刊物《科幻世界》对这一批读者的吸引力都超越了《今古传奇》(见表下-5)。②

从表下-5不难看出,在31岁以上人群中,《今古传奇》的阅读比例随人群年龄增长呈直线上升的趋势,读者年龄越长,《今古传奇》的阅读占比越高,与排名第一的《故事会》读者的占比差异越小。特别在60岁以上读者群

---

① 其实"江湖图景"中的价值选择从二元进入多元,也与创作者身处的时代、受教育程度以及价值选择有着十分密切的关系。

② 本次调查将被调查者分为七个年龄段,分别是18岁以下、18—25岁、26—30岁、31—40岁、41—50岁、51—60岁和60岁以上。

表下-5　2018年各年龄段读者通俗期刊阅读情况调查结果　　　　单位：%

刊名 \ 年龄	18岁以下	18—25岁	26—30岁	31—40岁	41—50岁	51—60岁	60岁以上
《今古传奇》	3.7	10.81	38.71	37.87	61.15	65.85	44.44
《故事会》	70.37	69.99	80.00	89.79	88.54	85.37	50.00
《章回小说》	11.11	9.67	9.68	17.02	41.40	39.02	38.89
《通俗文学选刊》	11.11	9.53	13.55	13.19	33.12	48.78	27.78
《皇冠》	0	0.71	3.23	3.4	6.37	2.44	5.56
《花溪》	7.41	7.25	18.06	25.11	23.57	26.83	5.56
《一个》	11.11	10.95	12.9	7.23	5.1	0	0
《最小说》	40.74	61.59	46.45	25.11	22.93	19.51	0
《南风》	18.52	14.65	28.39	28.51	27.39	12.20	5.56
《漫客·小说绘》	40.74	41.68	13.55	6.38	5.1	7.32	5.56
《科幻世界》	11.11	15.08	26.45	32.77	26.11	19.51	5.56
《最推理》	29.63	24.89	16.77	6.38	5.1	2.44	5.56
《今古传奇·武侠版》	3.7	10.95	37.42	30.64	36.31	26.83	22.22

中，其阅读占比几与《故事会》持平。这与《今古传奇·故事版》的创刊及办刊方向有关。当年，《今古传奇·故事版》的办刊方针与《故事会》非常相似，也因此，极大地分流了一批《故事会》的读者。而在26—30岁人群中，《今古传奇·武侠版》在《今古传奇》阅读中的占比最高，这批读者大约出生于1988—1992年之间，《今古传奇·武侠版》诞生于2001年，它最初的目标读者并不明确。2003年，经过两年调整后，杂志发现刊物的核心读者群以初中和高中学生，也就是"80后""90后"青少年为主体。[①]这一代读者进入青春期之际，正是"武侠版"稳步增长之时，他们和之前的"80后"一同见证了小椴、凤歌、步非烟、沧月等一批年轻的大陆新武侠作家的成长。同时，调查数据也清晰地反映出在41岁以上的读者中，"武侠版"阅读人数占比逐渐下降，这恐怕也与刊物的目标读者定位有关。但在25岁以下的读者中，《今古传奇·武侠版》读者人数锐减的原因则又完全不同。

---

① 来自石娟对《今古传奇·武侠版》前主编郑保纯（笔名"木剑客""舒飞廉"）的采访。

按年龄推断,《今古传奇·武侠版》月发行量达到峰值的2006—2007年,恰是网络武侠阅读升温期,部分纸媒读者已经转向网络。与此同时,2006年郭敬明主编的《最小说》创刊,以"少年新文艺,青春最小说"为口号,以发表青春文学及传统文学为主,以发表资讯娱乐及流行指标为辅,凭借"一本青春文学小说带动新人选拔、原创漫画、经典图书"的整体营销模式,使读者群迅速分流。值得一提的是,这一时期,对武侠小说的阅读并没有中断,以梁、金、古为代表的武侠作品以影视剧改编的形式使得青年一代由接受影视作品走向文本阅读。①黄易、温瑞安与大陆新武侠作家,如唐家三少、沧月、小椴、凤歌、步非烟、盛颜等,走向网络写作,尽管他们中有些人对网络写作的快节奏很不适应,并不喜欢,②但网络武侠以其网络特质——更新速度和所能容纳的体量,给予了作家创作极大的自由度以及读者与作家的即时互动等纸质文本望尘莫及的优势,使读者的阅读习惯甚至趣味发生了改变,并进而引发了创作变革——奇幻文学(包括盗墓小说、穿越小说、玄幻小说等)一跃成为网络上最受欢迎的类型小说,以奇幻武侠为引领,大陆新武侠发生了转型。③2006年,对于武侠文学,甚至整个网络文学,都是一个划时代的具有历史意义的年份。《今古传奇·武侠版》在2006年达到峰值之后,销量开始迅速下滑。网络武侠,特别是奇幻武侠奠定了大陆新武侠的转型格局。不难看出,在这场由技术引领的阅读模式转型的文学变局中,年龄成为阅读选择的一个重要维度,而《今古传奇·武侠版》则成为课题组纵向解

---

① 在2018年上海外国语大学举办的"中国现当代文学在海外的译介与接受国际研讨会"上,美国"武侠世界"英文网站运营总监赖静平先生讲到自己对金庸小说的接受,即是从喜欢其影视剧作品开始的,为了能够独立阅读金庸小说,看过电视剧的他开始学习汉字。这是一个比较极端的例子。在2018专题调查中我们也发现了一些相似的情况,当问及"如果根据网络小说改编的电视剧热播,你会去看原著吗?",有1 800人选择"会",占比达53.4%;选择"不会"的为1 187人,占比为35.24%。从中也不难看出影视剧对阅读的反哺作用。

② 盛颜《三京画本》从2004年夏天开始写作,前期涉及版权,先在《今古传奇·武侠版》连载,后在网络上发表,2006年起点中文网率先实行付费阅读制度后,该小说转而优先在网络上发表。作者写到2010年,六七年的时间里,该小说只写了二十二万字。原因在于盛颜"不愿意读者看到一个敷衍塞责、没有光彩的故事",所以她"用了很多时间来积攒情绪、进入状态"。她还说"这是一个早就完成的故事,创作的热情和乐趣被过早消耗,支撑我完成它的动力只剩下因为连载而对读者产生的责任"。然而盛颜也说:"这种写作状态绝对不好,不够专业,过于任性。"见盛颜:《一直写下去》,http://blog.sina.com.cn/s/blog_6322967c0100h231.html,2010年2月22日。

③ 韩云波:《盛世武侠:大陆新武侠发展转型的第二阶段》,载《西南大学学报(社会科学版)》2009年第4期,第36—40页。

剖这一维的切口。在30岁以下的读者中,《今古传奇》的市场占有率基本与《今古传奇·武侠版》的占比没有差异。年龄是网络阅读的重要门槛,触网最早的一批读者都是青少年,网络阅读习惯最早也是从他们这个群体中培养起来,然后逐步推开的。网络对个性化阅读的充分满足导致阅读群体分流,进而引发小说类型的进一步细化,延伸到纸媒,就出现了《最小说》和《最推理》在2006—2007年的先后创刊以及迅速升温。应该说,《今古传奇》2006年之后阅读占比的迅速下降,与上述因素关系密切,更直接与武侠小说从纸媒向网络转型,从玄幻、奇幻到仙侠、修真的类型细分再到泛武侠文学格局的形成,有着十分密切的联系。

  作为一种一直以"英雄"为追求的通俗小说类型,武侠小说在阅读接受层面是否也呈现出如上类似的差异?从传统武侠到大陆新武侠再到网络武侠,性别在接受中是否会影响文本的流变?如果答案是肯定的,这些差异和流变,对于本次调查最有意味的贡献又在哪里?

  课题组发现,对于认知层面的问题以及对早已取得武侠小说经典地位的作家作品的阅读,性别阅读差异并不显著,比如对武侠作品的概念,对鲁迅与金庸经典性的比较,对金庸、古龙作品的阅读,对《射雕英雄传》电视剧版本的喜爱等,都呈现出较为明显的趋同性:在认知调查中,《水浒传》《寻秦记》《剑侠情缘(三)》成为男女读者公认的三部最受欢迎的武侠类作品;在鲁迅与金庸谁更经典的调查中,"不可比较"成为双方的共识;金庸、古龙在武侠小说阅读榜上名列第一方阵;"83版"《射雕英雄传》在几代人心目中成为永恒的经典……然而,一旦进入细节,涉及对具体作家、作品的武侠好恶和趣味,性别所导致的接受差异便十分鲜明地呈现出来。

  在"如下武侠小说作家,你读过哪些人的作品?"的调查中,我们发现,男性读者对金庸、古龙、梁羽生、卧龙生、诸葛青云、司马翎、黄易、温瑞安、平江不肖生、还珠楼主作品的阅读比重远远高于女性读者,除了金庸,其余几位作家在男性读者中的受欢迎程度均超出其在女性读者中的10个百分比以上,差异显著,① 女

---

 ① 对武侠小说作家作品男女阅读占比为:金庸——男96.05%,女90.34%;古龙——男82.24%,女71.02%;梁羽生——男58.11%,女37.27%;卧龙生——男34.43%,女11.82%;诸葛青云——男25.22%,女7.84%;司马翎——男19.96%,女3.18%;黄易——男37.06%,女11.82%;温瑞安——男37.72%,女19.55%;平江不肖生——男22.59%,女7.95%;还珠楼主——男25.44%,女10.34%。

性读者对金庸的喜爱或许与金庸武侠小说中的"情""侠"并美不无关系。在网络武侠小说作家中,萧鼎、猫腻、我吃西红柿等人作品的男性读者阅读比重也明显超过女性读者(见图下-17、图下-18)。①但是,九把刀、唐家三少、沧月三位作家作品的女性读者占比则高于男性。②步非烟与江南在男女读者中的阅读占比尽管各有高低,但差异不大。而在对男女读者各自阅读喜好的纵向比较中课题组发现,男性读者的阅读偏好与女性读者差异显著(见表下-6)。

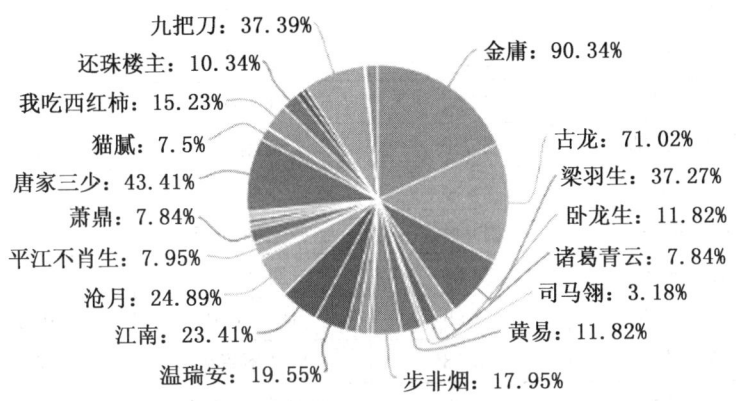

图下-17 女性读者阅读武侠小说作家作品情况调查结果

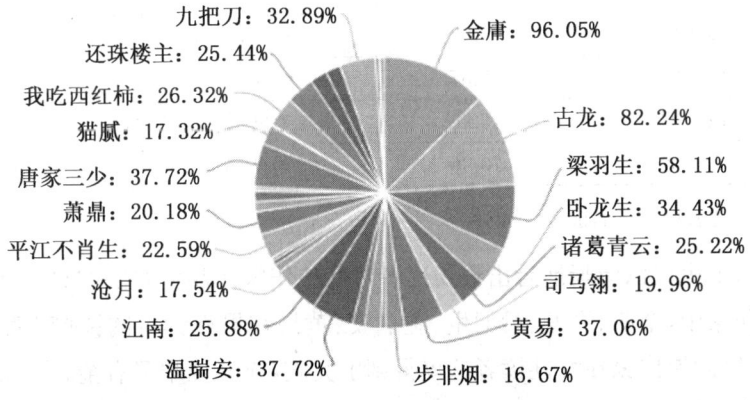

图下-18 男性读者阅读武侠小说作家作品情况调查结果

① 男女读者各自占比为:萧鼎——男20.18%,女7.84%;猫腻——男17.32%,女7.5%;我吃西红柿——男26.32%,女15.23%。
② 男女读者各自占比为:九把刀——男32.89%,女37.39%;唐家三少——男37.72%,女43.41%;沧月——男17.54%,女24.89%。

表下-6 武侠小说性别阅读调查排名比较

男		女	
作家姓名	占比/%	作家姓名	占比/%
金庸	96.05	金庸	90.34
古龙	82.24	古龙	71.02
梁羽生	58.11	唐家三少	43.41
温瑞安、唐家三少	37.72	九把刀	37.39
黄易	37.06	梁羽生	37.27
卧龙生	34.43	沧月	24.89
九把刀	32.89	江南	23.41
我吃西红柿	26.32	温瑞安	19.55
江南	25.88	步非烟	17.95
还珠楼主	25.44	我吃西红柿	15.23
诸葛青云	25.22	卧龙生	11.82
平江不肖生	22.59	还珠楼主	10.34
萧鼎	20.18	平江不肖生	7.95
司马翎	19.96	诸葛青云、萧鼎	7.84
沧月	17.54	猫腻	7.5
猫腻	17.32	凤歌	6.93
步非烟	16.67	小椴	6.82
凤歌	15.57	沈璎璎	4.77
白羽	13.38	王度庐	4.2
小椴	10.96	司马翎	3.18

注：此表仅列排名前20位的作家。

从上表可以清晰地看出男女读者对武侠作家作品偏好的差异。在传统武侠作家中,金庸、古龙、梁羽生、温瑞安、黄易在男性读者阅读榜上稳居前五,网络武侠作家在女性读者这里得到了突破,前五位中只有金、古、梁三位传统武侠作家,唐家三少、九把刀跻身前五之列。再往下,在女性读者心目中沧月、江南、步非烟这些大陆新武侠作家则取代了男性读者喜爱的黄易、卧龙生和我吃西红柿。在网络武侠作家中,唐家三少是唯一在男女读者中均可与传统武侠大师人气相媲美的网络武侠作家。如果我们横向和纵向排列如上作家位次,可以发现,对金庸、古龙、唐家三少作品的接受度,性别差异不明显;但对大陆新武侠作家和网络武侠作家作品的接受度,性别差异很明显。总体而言,男性读者更喜爱阅读网络武侠作家,如唐家三少、我吃西红柿等的作品,而女性读者更喜爱阅读大陆新武侠作家特别是女性作家,如沧月、江南、步非烟、凤歌等的作品。

不难发现,相对而言,在传统武侠小说和大陆新武侠小说的阅读中,男性读者对重武尚侠、想象离奇、以"英雄"为中心的武侠作品和作家更为青睐,女性读者则更倾向于阅读那些叙事细腻、以情动人、以"故事"为中心的武侠作品。性别在阅读接受层面产生的差异比较显著。关于这一点,西方读者反应文论的研究者们也得出了相似的结论:大卫·布莱奇通过分析男学生和女学生对经典文学作品阅读的反应,认为男性更倾向于阅读作者本身所欲表达的意义,致力于观察描述事件的"强有力的叙事声音",而女性则"将叙事文本视作一个世界,对于这个世界是由叙述所构造出来的这一点一般不大在乎",女性读者更关注文本中的人物关系和事件。①在对武侠小说进行细分后形成的各类型分支中,无论叙事元素如何增删,"英雄""武功""侠义"和"江湖"始终是武侠小说叙事的核心,它们构成武侠文本中"强有力的叙事声音",包括后来网络武侠的各种变体,如玄幻、修真等,其内涵、叙事几乎都遵循着这样一种逻辑在向前推进。武侠小说既然描写的是江湖图景,就会有江湖人物之间的关系(如侠情、友情、亲情等),以及围绕人物而发生的各种故事,但这并非全部武侠小说追求的重点。于是,女性读者的阅读倾向在这里与男性读者形成了差异。金庸、古龙和唐家三少之所以在男女两类读者中均有较高的接受度,一个主要的原因或许在于,他们在"英雄""武功""侠义""侠情"和故事的书写上用力比较均衡,能够满足各类读者的阅读需求。而梁羽生、温瑞安、黄易、卧龙生等受到男性读者青睐以及大陆新武侠作家如沧月、江南、步非烟、凤歌、小椴等受到女性读者青睐的原因,恐怕也与这些作家在武侠文本写作中流露出来的创作倾向和创作特色不无关系。

需要指出的是,从传统武侠到大陆新武侠再到网络武侠,载体改变的不仅仅是一种表面的形式,其更深层的意义在于,它大大开拓了武侠创作所能表现的时空,②改变了传统武侠小说的叙事语法。③从纸媒的几十万字到网

---

① [美]亨利·詹金斯著,郑熙青译:《文本盗猎者:电视粉丝与参与式文化》(*Textual Poachers: Television Fans and Participatory Culture*),北京大学出版社2016年版,第103页。
② 韩云波:《"后金庸"武侠》,西南师范大学出版社2013年版,第106—119页。
③ 郑保纯:《武侠文化基本叙事语法刍议》,载《西南大学学报(社会科学版)》,2013年第6期,第98—107、175页。

络的几百万字,拓展作家的叙事空间、增加叙事容量的同时,更创造了武侠小说多重叙事的无限可能。同时,网络小说读者每天甚至即时参与的对话式写作与传统武侠小说(特别是报刊连载小说)先发表后反馈的创作模式相比,不仅为创作增加了选择的可能性和无限的资源,而且在某些时候,读者甚至可以直接引领小说的走向(当然以得到作家的认可为前提)。大陆新武侠介于传统武侠与网络武侠之间,是从纸媒向网络媒介的一种过渡形态,这一类型作品及其作家对从纸媒到网媒的变革感受极深,而他们的创作,也充分呈现出从纸媒向网络武侠文本的过渡性特征:从内容书写上,将传统武侠的有形江湖一转而为"架空江湖";从人物塑造上,更倾向于从传统武侠中的"大侠"转向网络武侠中的"任侠";从叙事语法上,从传统武侠重过程中"净化"的"成长"模式转而关注个体的江湖感受……盛颜所表达的"不喜欢",一方面源于网络阅读的速度和节奏,另外一个十分重要的原因,恐怕在于作者写作时主体性的进一步丧失以及读者阅读意愿的干扰。在网络武侠(包括后来转型的大陆新武侠)中,叙事容量的增加使得侠情叙事得到了舒展,于是相较于玄幻,仙侠题材更令女性读者着迷,而故事的曲折又与每天的"爽点"节奏暗合,再加上如上诸因素的参与,沧月、步非烟等人在女性读者那里更受关注也便顺理成章了。

伊丽莎白·赛格尔曾指出,性别化阅读行为反映了我们和虚构文本的最初遭遇。于是出版商由此获得灵感,"将平装的爱情小说包装成女孩读物,而将科幻小说标为男孩读物……这种强有力的系统根据孩子们的不同性别,让他们接受或远离某类书籍。并且,因为个人对社会性别角色的行为认知是在幼年形成的,所以读者在阅读方面的选择往往一直受这种早期的经验控制,即使在这个孩子长大了,理论上能够接触到所有类型的书籍之后也依然如此"①。从纸媒武侠到网络武侠,所遭遇的性别阅读选择现实,恰恰如此。

(三)泛武侠化:网文时代的类型融合

网文时代,港台武侠小说细化为穿越、玄幻、仙侠等多种类型,并在各个门类中添加了丰富的形式和内涵。除此之外,当下的网文还有一个重要的

---

① [美]亨利·詹金斯著,郑熙青译:《文本盗猎者:电视粉丝与参与式文化》(*Textual Poachers: Television Fans and Participatory Culture*),北京大学出版社 2016 年版,第 108—109 页。

现象是理论界目前关注不足的——除去衍生类型外,武侠元素还对其他的类型小说有所渗透,使当下的网文呈现出泛武侠的特征。那么,网文时代,对武侠小说与泛武侠小说的关系,读者如何认知?网文类型细化分类以及泛武侠元素渗透的根源何在?又该如何认识当下的创作现象和接受现实?

针对这些问题,在2018专题调查中,课题组特别设置了两个相似的题目:"你认为下列哪些作品属于武侠类作品?""你认为如下哪些作品具有武侠元素?"所有的选项完全相同,分别选取了《水浒传》《寻秦记》以及当时流行的《花千骨》《特工皇妃楚乔传》《战狼》《羞羞的铁拳》《琅琊榜》《三生三世十里桃花》等26部作品作为选项,其中,特别将《战狼》《集结号》《三体》列入其中,以窥泛武侠之一斑。结果,在判断何为武侠小说时,读者的判断标准明显高于具有武侠元素的作品(见图下-19、图下-20)。

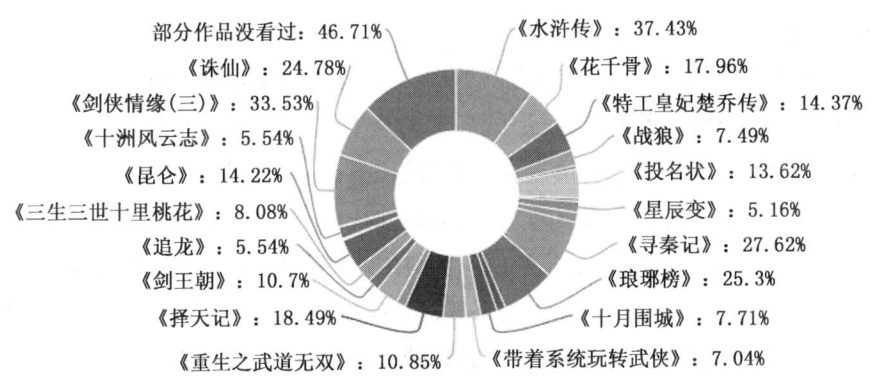

图下-19 "你认为下列哪些作品属于武侠类作品"的调查结果

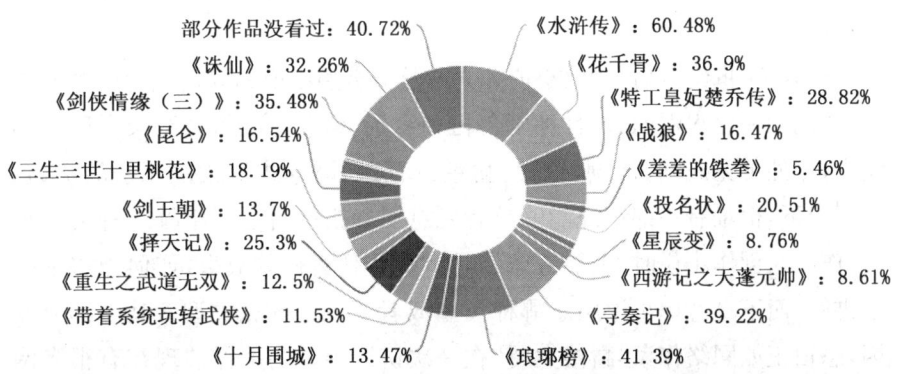

图下-20 "你认为如下哪些作品具有武侠元素"的调查结果

对比以上两幅图不难发现,二者的结果十分相似:对"你认为下列哪些作品属于武侠类作品?"这一题,排名前十位的选项依次为:《水浒传》(37.43%)、《剑侠情缘(三)》(33.53%)、《寻秦记》(27.62%)、《琅琊榜》(25.3%)、《诛仙》(24.78%)、《择天记》(18.49%)、《花千骨》(17.96%)、《特工皇妃楚乔传》(14.37%)、《昆仑》(14.22%)、《投名状》(13.62%);对"你认为如下哪些作品具有武侠元素?"这一题,排名前十位的选项依次为:《水浒传》(60.48%)、《琅琊榜》(41.39%)、《寻秦记》(39.22%)、《花千骨》(36.9%)、《剑侠情缘(三)》(35.48%)、《诛仙》(32.26%)、《特工皇妃楚乔传》(28.82%)、《择天记》(25.3%)、《投名状》(20.51%)、《三生三世十里桃花》(18.19%)。其中只有《昆仑》和《三生三世十里桃花》有些差异,其余九部作品完全相同。但比较这九部作品的占比我们会发现一个明显的事实:在界定武侠类作品时,读者相对谨慎,因此,所有的数值与武侠元素的调查结果相比,显著偏低。

不难发现,在读者眼中,"武侠类作品"有着明确的边界,读者的选择多停留于"武"与"侠"兼而有之的作品,而对含有武侠元素的作品则没这么严格,一个突出的例子就是:读者在判定"武侠类作品"时,只有7人选择了《三体》,但在判定《三体》是否具有"武侠元素"时,却有17人表示认同。从文类上,读者非常清楚《三体》是非武侠类的科幻小说,但是论及《三体》所包含的元素时,却有更多的读者认为《三体》中含有"武侠因子",如"面壁人"和"破壁人"角色的设置,持剑者、面壁者名称的设定,都深具武侠叙事意味。不难看出,中国读者似乎更愿意也更容易将其植入江湖世界予以理解,而当译者刘宇坤向西方读者译介这些名词的时候,读者对它们文化背景的理解恐怕会有显著差异。

进入21世纪以后,武侠小说元素向其他类型小说的渗透成为一个显著现象,比如一度火爆的"抗日神剧",再如悬疑、盗墓、穿越,甚至架空历史小说中,处处可见武功、江湖、道义、角色设置、话语方式等武侠元素的渗透。时至当下,很难有一部小说能够或者愿意明确指称自己属于哪一种类型小说,作家在创作小说时,主要考虑的是讲一个什么样的故事,如何把这个故事讲好,而不是考虑小说属于哪种类型或者要创造什么类型。其中部分原因,恐怕正如网络作家"高楼大厦"在一次访谈中说的那样:"现在有很多网络作家都会强行挣脱,有人从人物上挣脱,有人干脆从题材上挣脱,我这一本写历史,我下一本写都市,我这本写科幻,我下本写仙侠……"①也就是说,网络小说作家求新求变的追求以及不断的跨题材写作,是形成这种创作现象的一个重要原因。特别值得注意的是,在当下的网文时代,这种写作并非个案,《三体》姑且不论,高楼大厦称自己的《寂灭天骄》就是一本"科幻武侠",但"因为硬科幻写起来很累",于是他就写了这本"一直在论武"的"软科幻"。②这种创作方式,与传统武侠和大陆新武侠作家普遍着力于武侠创作题材上的求新求变有一定差异,却殊途同归。无论从外部条件还是从阅读趣味来看,网文"泛武侠"创作的现象都非常普遍,这其中,既有创作模式及创作机制的影响,也由武侠这一文学类型自身的特殊性所决定。

而以武侠小说为本体的兼收并蓄,则是另一个层面的类型融合。早在1998年,陈平原先生就曾明确指出:"后起的武侠小说,有能力博采众长,将言情、社会、历史、侦探等纳入其间,这一点,其他小说类型均望尘莫及。"③这是以武侠小说为主体的思考。金庸以"姚馥兰"为笔名在《大公报》副刊上写琴棋书画诗酒花、写儒释道、写历史、写时评,于是,他笔下的江湖和武功布满文化符码、历史经纬与政治隐喻;黄易对玄学、星象、天文、历史、五行、艺术都有相当深入的研究,精研周易、佛理,于是他笔下的江湖,将科幻与玄学融于一路,"借武道以窥天道",叩问大历史……当下的网络武侠内核在原来的基础上也呈现出了"新变"——对"侠"的文学阐释不再作梁、金、古时期的历史、文化、政治追求,借助载体变革之力,转向了更为宽广的时空:从小椴对"大武侠"话语的回避,到步非烟的"侠即是逍遥",再到沈璎璎的"侠义精神,在我心里简直一钱不值……与我们现今的生活格局,没有任何意义"。④与读者固有的武侠观念和对武侠元素的认知不同,当下的网络武侠作家已经自觉承担起"侠义"内涵求新求变的责任,并希冀以此引领阅读风潮。可见,武侠之于中国文学真正的意义,绝非单纯的类型文学,它所具有的叙事语法、话语方式、美学特征以及江湖语言,甚至思维模式,都深深影响

---

① 高楼大厦:《我做梦都在写小说——高楼大厦访谈录》,见周志雄等:《大神的肖像:网络作家访谈录》,山东人民出版社 2015 年版,第 27 页。
② 同上,第 29 页。
③ 陈平原:《超越"雅俗":金庸的成功及武侠小说的出路》,载《当代作家评论》1998 年第 5 期,第 28 页。
④ 《新武侠精神 关于孤独和抗争》,见《时代信报》2005 年 8 月 9 日,http://news.sina.com.cn/c/2005-08-09/16297452862.shtml。

到其他文类,只是纸媒时代,由于多种复杂的原因,作家很容易被"贴标签",难以如当下网络作家那样依据载体之便利,在各种文类间自由穿梭。同时,网文时代的阅读引领创作,更成为这一现象发生的有力推手。可以说,传统意义上所谓的武侠小说的"消失",其实是以掀开了一个"泛武侠时代"而宣告其使命的终结,或者新生。

行文至此,我们不得不更进一步思考以下的问题:时至当下,相对于传统武侠而言,网文类型细化分类以及泛武侠元素遍地渗透的根源何在?这一切仅是介质改变带来的结果呢,还是有着更为根本的文化的、美学的、历史的、时代的质素,在其身后默默地发挥着导引作用?

据叶洪生先生考证,"武侠"一词,最初由日本人衍创,20世纪初,"辗转由旅日文人、学者相继采用,传回中国"①。于是,至民国时期,我们不仅看到了"武"侠小说,还看到了"剑"侠小说、"义"侠小说、侠情小说、技击小说、尚武小说等具有武侠小说性质的门类。②"武侠小说"并非一家独大,而是"兄弟"众多。当下的网文类型细分,其实与民国时期十分相似,并非当代所独有。由此可见,载体乃至生产和消费机制虽然是武侠小说文体特征及类型细分的一个显著因素,却并非根本原因。徐斯年先生系统考察唐宋时期具有代表性的传奇说部如《酉阳杂俎》《太平广记》后发现,"中国武侠小说或'类武侠小说'在萌芽时,就有着相当丰富的内容,具备着或者相当成熟,或者具有很大发展前途的多种形态。它们可以概括为以下四类:(一)义侠型……(二)言情而兼义侠型……(三)飞剑、释道、法术型……(四)神仙精怪型"③可见,当下玄幻、仙侠、穿越等网络盛行的武侠小说类型,在唐传奇、宋话本中,即已有之,甚至可与之一一对应。

中国的武侠小说,从先秦任侠、儒侠、介士、私剑的"原侠"到《史记》中的"游侠",经六朝志怪、唐传奇,到宋明话本中的"朴刀杆棒"以及"说铁骑儿""灵怪""神仙",到明清的"神魔小说""公案小说",再到民国乃至当代港台及大陆新武侠,直至当下网络玄幻、穿越、仙侠小说等,"侠"和"义"一直是武侠

---

① 叶洪生:《香港武侠小说总论》之《武侠小说论卷》,香港明河出版社1989年版。转引自徐斯年:《侠的踪迹——中国武侠小说史论》,人民文学出版社1995年版,第17页。

② 据马幼垣先生整理清末民初众多小说期刊考证,"具有武侠小说性质者,当日恒归类为'义侠'、'侠义'、'侠情'、'勇义'、'技击'、'武事'、'尚武'等名目"。转引自叶洪生:《叶洪生论剑——武侠小说谈艺录》,(台北)联经出版事业公司1994年版,第13页。

③ 徐斯年:《侠的踪迹——中国武侠小说史论》,人民文学出版社1995年版,第32—34页。

小说的价值内核。"侠"的内涵,从《庄子》到《史记》,从儒家、墨家到法家,从广义的"任侠"到狭义的"闾巷之侠""布衣之侠",均以"立言""立行"的方式,逐渐沉淀为中华民族的审美因子和精神、文化内核。在这样一条史的脉络中,我们可以发现,"武"与"侠"的结合并非与生俱来,仅仅在某些特定的阶段得到了根本的实现,尤以"武"的彰显为特质。这种融合,与时代、历史、事件、思潮、观念等相伴相生。《韩非子·五蠹》提出"侠以武犯禁",并称"国平养儒侠,难至用介士",指出了"武"与"侠"在不同时期的联系与区隔,呈现了其内涵中鲜明的对立。至晚清民国,内忧外患,民不聊生,为呼应时代诉求,恢复、张扬"尚武"的"牺牲"精神,在梁启超等人的极力推动下,"武"与"侠"的融合一度备受荣宠,特别在小说中,至平江不肖生的《江湖奇侠传》转而一新,经顾明道、宫白羽、还珠楼主、王度庐、朱贞木等人前仆后继的努力,凝练出现代"武侠"精神,为梁、金、古等继承并发展,经黄易、温瑞安乃至大陆新武侠作家的推动,进入网文时代,细化为玄幻修真、仙侠、穿越并存,并进一步向其他文类渗透。不难看出,网文时代所呈现出的"泛武侠"情形,是对起自先秦时期"侠"观念的进一步衍生,与中国"原侠"文化中"轻财""轻生"的精神气质紧紧相连,①更与"侠"文化"以'力行'而'见德'"②的特质密不可分,当这一切诉诸文学,必不会为某一文学类型所专美,而是以审美趣味、价值取向、道德诉求甚或集体记忆等形式,成为一个民族共有的历史隐喻、文化符码乃至心灵投影。

结语

从金庸到网络武侠接受者的年龄、性别差异化再到当下网文的泛武侠现象,是课题组在2014—2018年间经两次阅读调查而发现的三个较为重要的武侠阅读现象和焦点。从以金庸为代表的港台纸媒武侠小说到大陆新武侠小说,再到网络武侠小说,直至当下网文的泛武侠现象,恰勾勒出当代武侠小说的创作及接受脉络,它们与读者的阅读相伴相生。值得注意的是,这条当代武侠小说的生产及消费脉络媒介性特征显著,相对于报刊媒介出现以前的武侠小说,时效性更强,读者的阅读行为与文本生产乃至意义生产几

---

① 徐斯年:《侠的踪迹——中国武侠小说史论》,人民文学出版社1995年版,第2页。
② 同上,第12页。

乎同期发生,①甚至直接左右文本的走向乃至流行的生成。媒介时代的武侠小说,再也不是作者的个人江湖,而是作者与读者共同建构的"武侠信息场",是麦克卢汉所说的"人的延伸",在这个大时代中的每一位读者,都有可能成为文本的建构者、故事的讲述者,并以反馈的方式,参与阅读之后的意义生产和文本建构。而那些貌似完成的文本对有形世界的建构,并不会随着故事的结束而结束,之后一次又一次的跨媒介二次生产,会对文本进行择选,或者对文本的意义继续赋值,使文本能够以开放的姿态,最终完成其经典化的建构。《射雕英雄传》中杨康形象的不断阐释及改写,以及当下无所不在的泛武侠现象,都是其中具有代表性的"现象级"事件。从这个意义上讲,媒介时代武侠小说的阅读及读者研究,在当下的武侠文学及文化研究中,不可缺位。它不仅专属于武侠小说,更属于媒介文学全体。需要说明的是,阅读调查不过是此类研究的众多手段之一,读者个体乃至群体的阅读,以及阅读之于文本建构及文化研究中深层功能的阐析,有待在后续的研究中陆续开展。

---

① 当代港台武侠小说及早期大陆新武侠小说以报刊为载体,与网络武侠小说相比,创作与阅读的时效性特征相对滞后,但与现代报刊出现之前的武侠创作相比,文本阅读的时效性及"单日畅销书"特质十分明显。

第三章 科 VS 幻·阅读动力·奇点:2014—2018年科幻小说阅读关键词

石 娟

清末民初,在"强国梦"和西方科幻小说不断被译介的大背景下,中国本土的科幻小说,以梁启超的《新中国未来记》为代表,走进了文学史。百年间,经过20世纪50年代的科普小说时期,到20世纪80年代深受西方科幻小说新浪潮运动影响的中国科幻小说"文学派"的胜利,再到20世纪90年代中国科幻小说与世界科幻小说的趋同,经历了漫长的酝酿、等待甚至焦虑与压抑时期,进入21世纪第一个十年,中国科幻小说终于迎来了创作、阅读和研究的井喷期。2015年8月23日,刘慈欣《三体》英译本获得第73届素有"科幻艺术界的诺贝尔奖"之称的"雨果奖"最佳长篇故事奖;紧随其后,2016年8月21日,郝景芳的《北京折叠》经同一位译者刘宇坤之手,问鼎第74届"雨果奖"最佳中短篇小说奖。而就在美国当地时间2018年11月8日,刘慈欣又获得了2018年度"克拉克想象力服务社会奖"。这些都标志着中国科幻小说已经进入了世界一流科幻创作之列,可以其创作和接受实绩,与西方优秀的科幻作品展开对话。但是在接受层面,相对于其他类型文学,科幻小说仍属于大众文学中的"小众文学",读者圈相对封闭,刘慈欣对他们有十分精到的评价:"中国的科幻迷一直是一个顾影自怜的群体,他们一直认为自己生活在孤岛上,感到自己的世界不为别人所理解。"[①]但恰恰在"小众"与"大众"之间,科幻小说呈现出与其他类型小说接受的与众不同:"科"提升了接受的门槛,却也为读者造成了阅读的"陌生","这个领略过程同时也是'破译'、接受'陌生化叙事'的过

---

① 刘慈欣:《最糟的宇宙,最好的地球——〈三体〉和中国的科幻小说》,见刘慈欣:《最糟的宇宙,最好的地球——刘慈欣科幻评论随笔集》,四川科学技术出版社2015年版,第300页。

程……显示着科幻文学特有的功能和吸引力,也显示着它的'小众性'与'大众性'的辩证关系"①。事实上,在科幻小说相对"小众"的读者圈中,仍有很大一部分读者对"科"心存敬畏,甚至有的读者直接跳过"科"去享受"幻"。那么,近年来科幻小说之"热",是什么因素发挥了主导力量?读者如何看待"科""幻"与小说的关系?"科"与"幻"在小说接受中具有怎样的功能?在这样一个貌似阅读、创作与研究之"热"的背后,隐含着哪些不为人知的挑战,抑或危机?在不久的将来,中国的科幻小说将以怎样的方式、姿态与世界科幻小说对话?今天的一切又将带领中国的科幻小说走向何方?这些问题,我们无法回避。事实上,对于"科"与"幻"及小说功能的分析,在创作层面,学界早已多有讨论。但若要思辨"科"与"幻"之于小说接受中的功能,则必须从读者层面系统展开,如此,方可找到破解如上一些疑问的依据。有鉴于此,我们以问卷调查和阅读通信的方式,结合已有相关调查及讨论,介入问题,期待在过程中有所发现。

对科幻小说的部分调查,在2014年的综合问卷中已有开展。在综合问卷发放过程中,刘慈欣和郝景芳分别获奖,引发了媒体、出版界、文化市场、研究界的多方关注。综合问卷设计较早,当时科幻小说在读者中的热度有限,加之该问卷所涉问题较多,因此,设计时没有把科幻小说作为重点。有鉴于此,2016年,课题组又以专题问卷的形式,开展了"关于科幻小说和影视剧改编作品的阅读调查"(以下简称"2016专题调查")。②与此同时,徐斯年先生于2015年1月到3月间,分别与耀文、平宇、一半、淑蓉、裕群、肇明、裕康七位科学顾问③通信103次,讨论了《三体》中的五个专题:"'蚂蚁'之问""时空和思维""维度与分形""想象力 自洽性""宇宙'恶托邦'?",为本课题提供了非常珍贵的个案研究文献,同时展示了生动的阅读历史现场。

一、刘慈欣 VS 倪匡:科幻的"二维"与"一维"

近年来,随着《三体》声誉日隆,无论评论、研究还是阅读、改编,在科幻

---

① 徐斯年:《序》,见查紫阳编:《宇宙容得下我们吗?〈三体〉争鸣》,南京师范大学出版社2016年版,第2—3页。

② 本次调查共设计14道题目,其中有5题与科幻小说相关,有4题与影视剧改编相关,有5题调查读者的自然情况。截至2018年8月,共有1 882位读者参与了本次调查。

③ 这七位科学顾问中有五位是理工科专家,两位是语言专家,"肇明"还翻译过几部科幻小说。关于七位顾问的专业背景,详见本书下编《调查情况说明》,第222页。

小说作家中,刘慈欣始终占据各类媒体和活动中最闪亮的位置,备受礼遇和荣宠。因此,在两次阅读调查中,刘慈欣均成为课题组关注的重心。但是,刘慈欣所倡导的"硬科幻",不要说一般的科幻迷,就是专业的学者乃至科学家,在阅读和接受时,都会遭遇这样或那样的困难,《科幻世界》杂志中的"科学"专栏对《三体》《阿凡达》《X战警》《少数派报告》等科幻作品中所涉专业术语的解释,徐斯年先生与七位科学家的103封通信等,都是为解决这一接受难题而作出的努力。"硬科幻"作品读起来并不容易,对于这类作品,读者阅读的动力何在?在"科"与"幻"之间,读者的阅读倾向如何?读者对科幻作家的判断和选择,阅读与研究界是否存在差异?这些问题是课题组在这两次阅读调查中关注的重点。

在2014年"当代通俗小说阅读调查"中,课题组只设计了一个与科幻相关的题目:"如下科幻小说作家,你读过哪些人的作品?"问卷将当年最受欢迎的作家,如刘慈欣、王晋康、韩松、星河、米一等均列入其中,同时也将在分类中存在争议,但深受读者喜爱的作家倪匡加入选项。2014年,在研究界,刘慈欣风头正劲,对倪匡的认识也渐趋理性,在大众阅读层面却迥然不同:倪匡得票依旧高于刘慈欣,[①]且差异显著。但是,在全部科幻作家中,刘慈欣和倪匡均稳居读者阅读的第一梯队(见图下-21)。

原因何在?

2006年10月22日,"百度贴吧"的"科幻世界吧"中一位叫做"重读斯理"的网友贴出了一则帖子,将倪匡视为"20世纪最伟大的科幻小说作家",将其作品视为"科幻小说",以倪匡的受众之广充分肯定其创作对于科幻小说的贡献,毫不客气地批评《科幻世界》"狂妄自大和急功近利"。为证明自己"立场正确","重读斯理"以郑军主观色彩强烈且颇受争议的《告诉你一个真实的〈科幻世界〉》一文,暴露《科幻世界》在发展过程中采取的种种非正常手段,如挤压后出版的《科幻大王》《科幻时空》的生存空间,"垄断作者",要

---

① 参与本次调查的共有3 368人,投票结果依次为:选倪匡的996人,占比达到29.57%,排名第一;选刘慈欣的815人,占比达到24.20%;选韩松的413人,占比达12.26%;选潘海天的371人,占比达11.02%;选王晋康的334人,占比达9.92%;选星河的315人,占比达9.35%;选何夕的306人,占比达9.09%;选柳文扬的271人,占比达8.05%;选钱丽芳的221人,占比达6.56%;选刘维佳的162人,占比达4.81%;选姚海军的153人,占比达4.54%;选唐风的108人,占比达3.21%;选米一的105人,占比达3.12%;选罗隆翔的92人,占比达2.73%。但事实上,都没读过的读者占比最高,有1 456人,占比达43.23%。

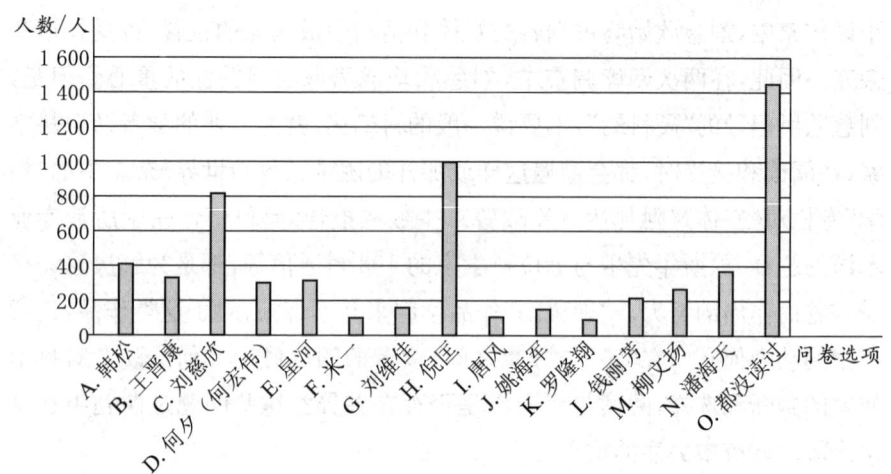

图下-21 "如下科幻小说作家,你读过哪些人的作品"的调查结果

求作者签"只支付一次性稿酬"的不合理"卖身契",限制作者出版、创作、发表的自由,①在文后批评《科幻世界》中的很多作品创作水平较低,"看了就不知道回家的路了,有的作品没头没尾,令人不知所措",封面插图低幼,等等。同时,批评刘慈欣彼时的创作虽然"充满理想主义,可读性较强,但深度不够,太幼稚",并举例称:《光荣与梦想》"美化暴政,以为伊拉克人民誓死保护暴君抗击美帝国主义,中毒太深";《地球大炮》"纯是幻想,缺乏对人性与政治的深刻认识,境界太低"。②由于对郑军《告诉你一个真实的〈科幻世界〉》一文的发表背景及事件缺乏全面的了解,加之"重读斯理"的阅读好恶主观色彩强烈,《倪匡才是20世纪最伟大的科幻小说作家》的帖子一发表,便一石激起千层浪,从2006年10月22日此文发布起,至2014年10月的八年间,不断有网友围观,更有156位网友陆续到该帖下发表观点,

---

① 郑军此文发表于2001年,文章刊出后不久,即受到时任主编谭楷(从1999年第1期到2001年第8期,谭楷任《科幻世界》总编。从2001年第9期开始,阿来成为总编。之后,谭楷成为《科幻世界》的副主编)《事实给你响亮的耳光!》一文的激烈回应,反驳郑军罔顾事实。2006年1月6日该文被网友"刀魂剑魄(放胆文章拼命酒 无弦曲子断肠诗)"在"豆瓣小组"的"科幻世界"组重新上贴,再次引起网友的关注,郑军则表示"现在这种时候2001年的帖子再挖出来不合适,但本质上不是同一件事"。(转自网友"三丰SF"在《豆瓣小组》《告诉你一个真实的科幻世界》下的回帖。)可见网友"重读斯理""只知其一,不知其二"对《科幻世界》的认识以偏概全,并在此基础上作出了十分主观的判断。

② "重读斯理":《倪匡才是20世纪最伟大的科幻小说作家》,见百度贴吧,https://tieba.baidu.com/p/142064291?red_tag=2925381310,2006年10月22日。

或许由于这是"科幻世界吧",多数读者都是刘慈欣与《科幻世界》的粉丝,否定和质疑者居多,肯定者寥寥无几。随着质疑和否定之声的升级,问题的焦点由二者小说之优劣争论,逐渐聚焦于倪匡小说是否属于科幻小说,他与刘慈欣是否具有可比性这一核心问题上。"科幻世界吧"中的多数粉丝并不认同倪匡小说是科幻小说,认为倪与刘的作品不是同类,不具可比性。①在科幻迷眼中,倪匡的小说不具备科幻小说的各种元素,因而更偏向于奇幻、玄幻,甚或武侠小说,注重情节的架构,具有很强的市场性,仅供娱乐和消遣,无法像刘慈欣的"硬科幻"那样给阅读带来强烈的挑战。②正如网友"无_所"对"倪匡世界吧"中读者的阅读作出的评价那样:"科幻的定义根本就不一样:我们看重的是'科幻',他们看重的是'小说',在他们眼里,'科幻'不过是一个背景,一个奇思妙想甚至是胡说八道的理由,悬疑、恐怖才是真正吸引人的元素(其实现在大多数科幻电影也是这样)。"③事实上,在读者的接受视野中,倪匡的作品更倾向于"幻",而科幻小说的读者们更热衷于"科"。所以,科幻小说粉丝特别是硬科幻小说迷不买倪匡的账,也便不难理解了。

倪匡与刘慈欣小说差异的核心恐怕要聚焦于它们的幻想是否属于"科学"。关于科幻小说的界定,海内外学界多有探讨。达科·苏恩文认为科幻

---

① 此类讨论很多,关于倪匡与刘慈欣小说的优劣,"北风扬雪"称"卫斯理的小说是厕所读物";"魂魄妖梦"称"相比那几位真正的科幻大师,卫斯理那一套还停留在中世纪,大刘虽赶不上世界一流,好歹也用上蒸汽机咧";"AstralBlade"称"您滴观点实在是偏激了……且不说国外的大批科幻名家,也不提叶永烈前辈等人,光说现在仍然活跃的经常在科幻世界上发作品的那些人就不见得比他差劲,何况倪匡写的小说犯有大量的常识性错误……由此看来,他最多只是个还可以的通俗小说作家。如果把范围扩大到通俗小说,那倪匡更不算什么东西了??";等等。对于二者的可比性问题,"无_所"称"卫斯理与科幻世界的大多数文章根本就不是一条道上的东西,不具有可比性,试问,你可以拿二泉映月与周杰伦的歌相比吗?""shrekye"称"倪匡我喜欢,科幻世界我喜欢,两个我都爱看,风格不同,2种东西,没法比较,还是奉劝各位少拿这个比那个的,尤其是作者之间比,无聊不? 风格不同,只有你喜不喜欢,没有好不??";"天下自古文无第一、武无第二,不同文风风均有各自拥趸,非得从中评出个'最'来,足够无聊了";等等。见百度贴吧:"科幻世界吧",https://tieba.baidu.com/p/142064291?red_tag=2925381310。(原帖错别字及符号的误用,此处遵从原文。)

② 读者"海驴王"认为"WSL的小说……只能是普通的惊险小说"。"笔笔~"认为:"……不能算是好的科幻小说的作者! 他那是从武侠过渡到科幻的一个过渡阶段的人,他的作品完全是武侠跟科幻的结合,简单来说就是未来的武侠小说。""轩裳无计"觉得"卫斯理小说如果说科幻的话,那的确差了点;可如果论推理破案,设置悬念~嗯,很厉害;还有里面对人物语言、心理的描写,也很不错",等等,诸如此类。见百度贴吧:"科幻世界吧",https://tieba.baidu.com/p/142064291?red_tag=2925381310。

③ 见百度贴吧:"科幻世界吧",https://tieba.baidu.com/p/142064291?red_tag=2925381310。

小说是一种"认知性陌生化的文学"①,"陌生化态度"是"科幻小说文类的形式框架"②。而吴岩先生在该丛书③总序中明确指出:"科幻文学是科学和未来双重入侵现实的叙事性文学作品。""从内容上,它所包含的'启蒙'、'理性'、'进步'和'科学'等宏大主题,将其牢牢地雕刻在现代性大厦的相应位置。从手法上,它所采取的各种前卫性美学尝试,对古典小说核心特征所进行的种种反抗,又使它毋庸置疑地处于各个时代新旧美学更替的'刀锋边缘'。"④虽然定义并不完全一致,但整体看来,科幻小说中"科学幻想"的关键应在于小说的阅读给读者带来的"认知性""陌生化""理性""前卫""反抗"等元素,而非流行小说中的熟悉、轻松与娱乐。也就是说,在科幻迷眼中,科幻小说是严肃而非通俗的,不是休闲型的娱乐和消遣。科幻小说的魅力在于以科学思维对人们普遍熟悉的经验环境的重构,故事的主人公在这一重构的经验世界中所采取的一切行动、作出的任何选择,似乎都可以假定为真实,也即苏恩文所说的"从虚构的('文学的')前提出发,生气勃勃地('科学地')向前发展"⑤,文学虚构必须在科学思维的基础上推进。刘慈欣的《三体》《流浪地球》如此,王晋康的《逃出母宇宙》如此,韩松的《地铁》更是如此。

再来反观倪匡以"卫斯理系列"为代表的所谓"科幻"小说,故事多发生于现实世界,非"陌生化"的时空和情境,充满了玄幻、诡异、怪诞色彩,吸引读者走下去的不是科学思维预设的未知,而是超自然的现象给经验世界带来的"神秘"和"紧张"。⑥按照苏恩文的分类,"卫斯理系列"应该属于"大量商业化的奇幻故事",是一种"神秘化的通俗文学"。⑦尽管倪匡专门为科幻小说设立了"科幻小说奖",也以其"卫斯理系列"贡献了一个时代,但是,从

---

① [加]达科·苏恩文著,丁素萍、李靖民、李静滢译:《科幻小说变形记:科幻小说的诗学和文学类型史》,时代出版传媒股份有限公司、安徽文艺出版社2011年版,第4页。
② 同上,第7页。
③ 指由吴岩、舒伟主编的"西方科幻文论经典译丛",时代出版传媒股份有限公司、安徽文艺出版社2011年出版。
④ 吴岩:《总序》,见[加]达科·苏恩文著,丁素萍、李靖民、李静滢译:《科幻小说变形记:科幻小说的诗学和文学类型史》,时代出版传媒股份有限公司、安徽文艺出版社2011年版,第1页。
⑤ 同①,第6页。
⑥ 陈乐汶博士认为,倪匡小说"幻"的资源多来自民间传说、都市传奇等,很少来自科学。科幻只是一个引子、切入点,是故事的开头,(叙事)过程往往跟科幻越走越远。当故事说不下去时,就转嫁到外星人身上[见陈乐汶《"倪匡现象"(1958—2018):市场主导的通俗文学生产及大众文化消费热潮》,博士论文未刊稿,苏州大学2019年]。这一分析,与多数科幻小说读者的评价殊途同归。
⑦ 同①,第9页。

严格意义上来讲,无论是理论研究者,还是真正的科幻迷,抑或是创作者群体,都无法接纳其作品进入"科"幻小说家族。科幻迷们十分不满于倪匡小说"回忆一个传奇,从头爽到尾"的阅读体验,而是推崇刘慈欣式的"陈列一种可能,一开始你会不爽,不过会越来越爽"。①所以,娱乐、"快感"机制是倪匡创作的主要目的和他小说的主要特征,非严格意义上"科幻迷"在阅读科幻小说之后对"陌生化"认知、破译和接受的满足。这是两种完全不同的阅读体验,它们满足了不同的阅读需求。归根到底,倪匡的小说并非以科学为主体,以及在科学的脉络中展开幻想,"科学"只是在幻想的主体下被借用的道具,其主要创作动力仍是无所依凭的幻想,所以科学性甚至是常识性错误频出。《地心洪炉》在《明报》连载时,小说写到卫斯理意外落到南极,杀死的却是北极熊。结果遭到读者来信指责,称其缺乏常识(南极只有企鹅,北极才有北极熊)。有趣的是倪匡先生并不以为然,反而在台湾远景出版社出版该小说时不顾编辑的提醒,坚持将错就错。②这样的科学错误,在倪匡的小说中并不鲜见。根据倪匡小说改编的电影也充分表现出这一特征:编导总会有意无意避开"科"的部分,多在"幻"的方面做文章(当然从投资层面而言,我们并不否认科幻电影要为"科"增加投入成本的因素),并非在刘慈欣《流浪地球》式的科学背景上下功夫。同样,从创作机制上来看,倪匡以每小时 8 000 字的创作速度同时为 12 家报纸写连载,以至于被人称为"袋装书大师",在刘慈欣这类不断质疑不断挑战自我的硬科幻创作者这里,这样的写作完全不可想象。事实上,倪匡本人曾明确表态,他并不认为"卫斯理系列"是科幻小说,他认为这一类小说就是幻想小说。③而且,对于硬科幻写作,倪匡也曾明确表态:"所谓硬科幻,就是不好看的科幻。写作人有喜欢写不好

---

① 转引自"田三川":《倪匡跟刘慈欣谁的水平更高?》,https://www.zhihu.com/question/24550677/answer/52990020,2016 年 4 月 24 日。

② 台湾远景出版社编辑建议倪匡将"南极"改回"北极",结果倪匡坚持不愿改动,并称:"我喜欢南极,南极比较神秘一点。"出版社编辑说,台湾有识之士很多,来找你倪匡的错就不好了。可是倪匡仍旧嘴硬:"如果有人来找你们麻烦,你们就这样回答他:'卫斯理也不存在。'"而对于南北极的争执,其实在《明报》连载此部小说时就已经发生了,有认真的读者几次给倪匡写信建议他修改,他均不予理睬,并同样的理由回复之,最后读者以"无赖"两字气愤回信作结,倪匡创作的任性可见一斑。见江迅:《风雨任平生:倪匡传》,(台湾)印刻文学生活杂志出版有限公司 2014 年版,第 128—129 页。

③ 陈乐汶博士在完成博士论文《"倪匡现象"(1958—2018):市场主导的通俗文学生产及大众文化消费热潮》的过程中,对倪匡做了大量访谈,此处内容即源于对倪匡先生的访谈,特别致谢。

看小说的自由,读者也有选择的自由。很有些作者以没有读者为荣,很难理解他们的想法。"①与该帖对倪匡的批评不同,笔者倒认为这是一直坚持走市场,坚持为大众读者写作的倪匡可贵的坦率所在——坚持市场写作的作者不理解没有人阅读的创作并无任何不妥。而倪匡后来评价自己的作品是"幻想小说",也在某种程度上呈现了其为人的言行一致——在刘慈欣所引领的"硬科幻"风光无限之时,他并没有搭"科幻小说"这一顺风车自抬身价,何况,在其早期创作中,倪匡确曾尝试过硬科幻,如《妖火》《真菌之毁灭》《原子空间》《环》等,并赢得了科幻迷不错的口碑,但是,没有坚持多久,倪匡便选择了另外一条被人视为"走歪"的路,或许,市场的压力以及个人的创作追求是其中的两个主因。

相对于网友充满个人好恶的情绪化评价,对于倪匡的创作,刘慈欣的评价显得十分客观、理性,也同样坦率:

> 倪匡的小说我看不下去(黄易的好一些),但这并不影响我对他的尊敬。在车间里,我同工人们谈起科幻,发现他们都知道科幻,让他们知道科幻的不是克拉克和布拉德伯里,而是倪匡。我们哪个科幻作家能把科幻之火燃得如此广阔?②

此文发表于 2000 年,彼时《三体》尚未出世,在科幻小说作家中,风头无人出倪匡之右。刘慈欣当时即已看到倪匡的价值,他形象地将科幻小说创作比喻为"金字塔"——科幻小说是分层的,科幻小说的读者需要培养。刘慈欣认为,市场化、大众化的作品是科幻金字塔的塔基,其价值不可小视:"中国科幻(外国也一样)的塔身是那些拥有大量读者的作品,只有这样的作品达到一定的数量,科幻作为一项产业达到一定的规模,高层次的作品才有

---

① 见施仁毅先生 2012 年 3 月 9 日微博中发表的与倪匡先生的通信。转引自"知乎""倪匡跟刘慈欣谁的水平更高?"话题下网友"小夫子老男孩"的回帖,该网友将刘慈欣和倪匡的发言进行了比较,列举了倪匡的"五败":"鼠目寸光",排斥陌生领域;势利看人,盲目打压;作品粗糙;安于现状,创作没有担当和责任感;"眨眼千言",创作中看不到成长。(https://www.zhihu.com/question/24550677/answer/813218429)

② 刘慈欣:《筑起我们的金字塔——由银河奖想到的》,见刘慈欣著:《最糟的宇宙,最好的地球——刘慈欣科幻评论随笔集》,四川科学技术出版社 2015 年版,第 9—10 页。原载《星云》2000 年第 2 期。

存在的基础。"①刘慈欣关注这一维的根本原因在于,他认为主流文学"有庞大的学院派评论和研究体系作后盾,这个体系可以保证真正高层次但一时不为普通读者理解的作品存在下去,但科幻显然不存在这种后盾,它的作品要想十年后有人看,必须在十天十个星期内有人看。看看世界科幻史,哪部经典之作不是靠广大读者留下来的?在目前的形势下,声称为十年二十年后写作,简直是痴人说梦"②诚为的评。可见,刘慈欣是把倪匡视为同道的,尽管他"看不下去",但他充分肯定了倪匡在科幻小说普及或者是"大众化"层面的贡献和价值。在刘慈欣看来,中国科幻小说彼时第一块"沉重的基石",便是倪匡等创作出的一批大众喜爱的、并不高高在上的科幻小说。2002年,在评价韩松的科幻小说时,刘慈欣又向前推进了这一观点:他认为韩松的创作是"三维的",是那种"拿到美国去也不一定有多少读者"的、"不被赏识"的、"伤口上被撒了一把盐"的作品;他认为他自己的作品是二维的,属于"多半是哪儿搞错了"的、"让人看得热血沸腾的作品";"倪匡最浅",是"一维的",但他特别强调这不是对倪匡的贬低,并充分肯定了倪匡对于科幻的贡献在于"把科幻之火燃得如此之广"。③

严格地说,倪匡的创作并未遵循科幻创作,特别是"硬科幻"创作的原则:他的创作重体验,幻想是主体;他的叙事的确貌似布满"科学",但这些"科学"多是服务于幻想的背景和道具,有些则根本不是"科学";他的创作缺乏"硬科幻"作家的沉重和严肃,不在科学的界限内挑战叙事,拒绝接受"陌生"、理性和"严肃",注重阅读的娱乐、休闲与趣味。由于在幻想的脉络中叙事,想象离奇,当叙事出现阻碍时,倪匡多喜欢把这些问题转移到外星人或神秘力量上去实现逻辑的"自洽"。我们可以将其视为倪匡在叙事中的"小聪明",也可以将其视为一个本可以走向科幻的作家的"临阵脱逃"。按照达科·苏恩文对于科幻小说的界定,倪匡的小说显然符合苏恩文所说的对"认知法则""满怀敌意"的"奇幻故事(如鬼怪、恐怖、哥特式、怪诞故事等)",④

---

①② 刘慈欣:《筑起我们的金字塔——由银河奖想到的》,见刘慈欣著:《最糟的宇宙,最好的地球——刘慈欣科幻评论随笔集》,四川科学技术出版社2015年版,第10页。原载《星云》2000年第2期。

③ 刘慈欣:《三维的韩松》,载《异度空间》2002年第3期,第56页。

④ [加]达科·苏恩文著,丁素萍、李靖民、李静滢译:《科幻小说变形记:科幻小说的诗学和文学类型史》,时代出版传媒股份有限公司,安徽文艺出版社2011年版,第9页。

而按照倪匡本人的意愿,如前所述,他也的确"很难理解他们(没有读者的作家)的想法",苏恩文认为此类"商业化的奇幻故事被纳入科幻小说的同类范畴",会成为"一种严重的危害和暴烈失控的社会病态现象"。①在这一点上,刘慈欣与苏恩文出现了明显的分歧。这种分歧,或许是由于东方与西方文学观念的差异,或许是由于创作实践与理论研究所追求的目标和方向的不同,更或许,是由于东西方读者阅读趣味、认知接受能力与科学素养及传统的区别……但是,正是出于创作与接受兼顾的考量,以一人之力将中国的"硬科幻"推到世界舞台上的刘慈欣,由于他具有对市场功能的理性认知,在创作中兼顾接受,因此,深受读者青睐,并未像韩松那样遭受"冷遇",尽管刘慈欣作品"阅读热"的出现,包含着一种相当程度上的"偶然"性。②将倪匡的创作简单地归于科幻小说或剔出科幻小说,都是不负责任的做法。如刘慈欣所说,在中国科幻小说的"金字塔"上,需要塔尖上"三维"的韩松,需要"塔腰"上二维的刘慈欣,同时,更需要塔基上"一维"的倪匡,这不是基于"好人逻辑",而是基于中国科幻小说发展的现实:"在这个多元化的时代,目的地相同已很不容易了。各条路上来的人在科幻广场上都有其存在的合理性,我们应齐心协力使这个广场繁荣起来,而多样性是繁荣的保证之一。"③这既是中国科幻小说良性发展的文学生态,更是中国科幻走向世界的现实之路。

二、"科"VS"幻":科幻小说的阅读动力

尽管时至今日,严格意义上的"硬科幻"已经进入了大众的阅读视野,但它仍是大众文学中的"小众",对绝大多数读者而言,"硬科幻"中的科学背景并不是一块好啃的"骨头"。科幻小说要想真正走进大众,依然任重而道远。对于科幻小说,特别是"硬科幻"而言,读者如何接触到这些作品?

---

① [加]达科·苏恩文著,丁素萍、李靖民、李静滢译:《科幻小说变形记:科幻小说的诗学和文学类型史》,时代出版传媒股份有限公司、安徽文艺出版社2011年版,第9页。

② 2015年8月25日,《文汇报》发表《〈三体〉之火背后的互联网商业文化》一文,指出《三体》的热销与它的很多理念受到互联网企业掌门人的追捧和青睐,进而利用其互联网资源对《三体》予以热情推介有着密不可分的关系。

③ 刘慈欣:《筑起我们的金字塔——由银河奖想到的》,见刘慈欣著:《最糟的宇宙,最好的地球——刘慈欣科幻评论随笔集》,四川科学技术出版社2015年版,第9页。原载《星云》2000年第2期。

如何喜欢上它们？喜欢它们的什么？阅读动力何在？早在21世纪初，刘慈欣曾试图从科幻小说的时代价值、现实意义以及创作者的角度对此有所推进，但解答这一问题的关键角色——读者——没有发声。作家也好，理论家也好，他们的探察只能是从上至下的，是俯瞰的，或许也是启蒙的，他们可以告诉读者应该去读，却无法了解读者为何要读，无法切身体会他们的真实需求和感受。

读者的问题只有他们自己才能回答。为此，在2016专题调查中，课题组专门设计了5个题目："你阅读过哪些科幻小说""你喜欢哪些科幻小说作家的作品""你通过什么途径开始接触科幻小说""你主要通过何种方式阅读科幻小说""你喜欢科幻小说中的……"以此来实现考察的目的。为了解科幻作家在读者中的知名度以及读者对科幻作品的接受情况，特别设计了作家调查和作品调查题。设计这两类题目的本意是排查基本情况，结果却在"阅读动力"这个问题上，得到意外收获。当问及"你阅读过哪些科幻小说"时，刘慈欣的《三体》以绝对优势位居第一，占比达48.94%，郝景芳的《北京折叠》位居第二，占比达20.99%。虽然二者阅读悬殊明显，但在全部结果中，二者以绝对优势遥遥领先（见图下-22）。

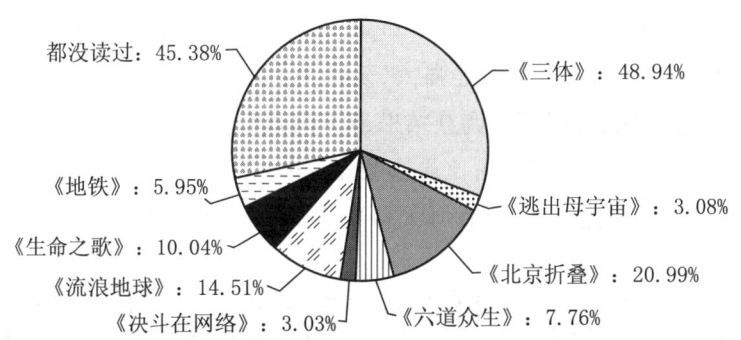

图下-22 "你阅读过哪些科幻小说"的调查结果

由于是大众阅读调查，因此，问卷中所选文本都是近年来在读者中知名度较高的科幻作品。同时，本问题设置为是否"阅读过"，在某种程度上也暗含着对作品知名度的考察。然而，调查结果显示，除了刘慈欣的《三体》外，排在第二位的是"都没读过"，占比达45.38%——数据进一步佐证了科幻小说为"'大众'中的'小众'",①郝景芳的《北京折叠》事实上排在第三位,接下来是刘慈欣的《流浪地球》,阅读占比为 14.51%,差异显著。至于王晋康的《生命之歌》、何夕的《六道众生》、韩松的《地铁》、王晋康的《逃出母宇宙》、星河的《决斗在网络》,阅读占比几乎都在 10%以下,与前面几部作品有较大差距。但是,《三体》和《北京折叠》在全部作品中的脱颖而出,让我们发现了这两部作品背后的共性——"雨果奖"得主。②

"雨果奖"与"星云奖"并称"双奖",被视为科幻界的"诺贝尔奖"。如果一部小说同时拿到了"双奖",就标志着它已毋庸置疑地进入了经典科幻作品的殿堂。但按照业界的解释,这两个奖项之间存在着一定的差异:"雨果奖"主要是由读者投票决定的,"星云奖"则是由专家评出的。刘宇坤翻译的刘慈欣的《三体》(第一部)英文版,先于 2014 年获得"星云奖"提名,又于 2015 年获得第 73 届"雨果奖"最佳长篇故事奖,这是华语作品首次在世界科幻舞台上获奖,一时风光无限。《三体》的阅读热起于 2015 年刘慈欣获奖之前,该作品之所以能掀起阅读热,原因众多:有媒体的因素,有作品的因素,也有大刘自身的因素,但《三体》获奖之后,经由媒体的高调宣传,作品的受关注程度再次提升,继而掀起阅读热以及改编热。而郝景芳《北京折叠》的阅读热,却几乎完全由获奖决定——豆瓣上与《北京折叠》相关的评论,几乎全部发布于郝景芳 2016 年 8 月 21 日获奖之后。由此不难看出,"获奖"对科幻作品的接受推介功能之强大、读者文本择选之重要。而"你喜欢哪些科幻小说作家的作品"的调查结果与本调查结果有一些差异:刘慈欣仍然独占鳌头,以 44.05%的占比遥遥领先;郝景芳的排名却位列潘海天、何夕、韩松、王晋康之后,除了潘海天得票占比略高于 10%,其余均在 10%

---

① 当然,本次调查所呈现的结果或许有调查人群年龄、知识结构等随机性因素导致的偶然,但任何一种调查都不可能实现全然的、绝对的客观,这也是"幸存者偏差"难以避免的根本原因所在。我们只能从统计学随机分析的角度来认识评价该结果。而据本次调查的自然情况来看,在被调查者中,女性读者占比达 72.9%,优势明显;在职业方面,学生占比最大,为 53.24%;在年龄方面,18—25 岁为主体,占比 61.74%;在学历方面,以本科为主,占比达 72.69%。综合这些自然情况,事实上,虽然是随机调查,偶然性因素不可排除,但是,除了性别之外,这次被调查人员主体与科幻小说阅读主体的自然条件匹配度非常高,然而,即便偶然具备了这些先天优势,科幻阅读的情况仍不容乐观。

② 2015 年 8 月 23 日,中国作家刘慈欣凭借《三体》第一部获第 73 届"雨果奖"最佳长篇故事奖;2016 年 8 月 21 日,中国作家郝景芳凭借《北京折叠》获第 74 届"雨果奖"最佳中短篇故事奖。译者均为刘宇坤。

以下，与他们作品的阅读形成鲜明反差，并没有得到读者特别的关注和喜爱（见图下-23）。

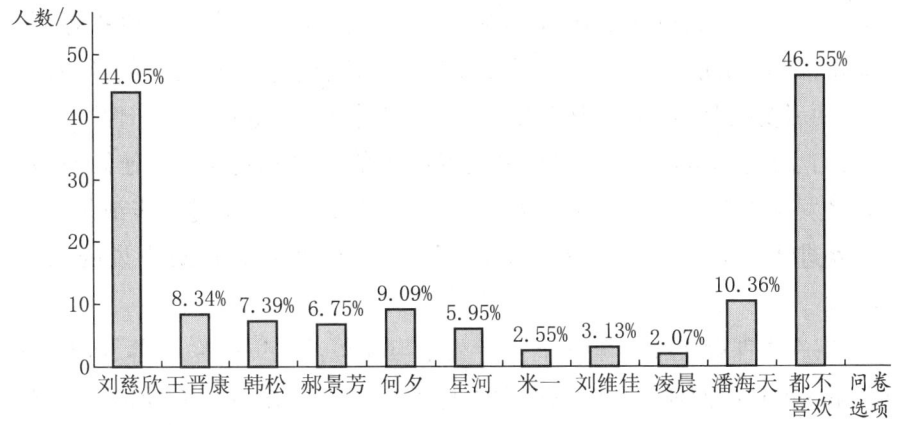

图下-23 "你喜欢哪些科幻小说作家的作品"的调查结果

作品"获奖"是引领读者走向科幻阅读的一条有效途径，而读者在阅读过程中，对作品"喜爱"与否，起决定作用的还是作品的实力。刘慈欣对作品从创作到接受的全面关注，再到理论建设层面的深入思考，使得他的作品在评论乃至市场中，从中国科幻作家中脱颖而出，从而获得了极佳的口碑。

作品"获奖"可以吸引一部分读者走近科幻小说，但它并非是最有效的途径。在对接触科幻小说的途径进行调查时，课题组发现真正吸引读者喜爱科幻小说的原因，排在首位的是个人兴趣（见图下-24）。

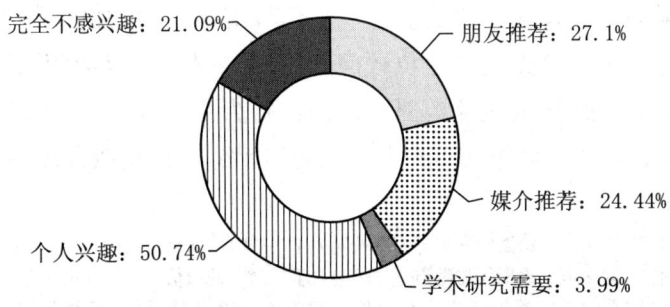

图下-24 "你通过什么途径开始接触科幻小说"的调查结果

调查结果显示,"个人兴趣"占比50.74%,以绝对优势超出排名第二的"朋友推荐"(27.1%)和排名第三的"媒介推荐"(24.44%)。可见,内生动力是读者喜爱科幻小说的根本,它源自科幻小说自身的魅力,更直接与读者的知识结构、科学素养、阅读品位等自然情况相关联。"媒介推荐"与"朋友推荐"均属于外力。事实上,内生动力对于读者阅读选择的影响,会比后两者更为稳定,也更为持久。科幻小说中的"陌生化""认知性",决定了科幻小说读者与其他类型小说读者阅读的差异化追求——他们的"娱乐"是发生于探索过程中的,非感性的。若要对这份兴趣进一步细化或深究,就进入了科幻小说阅读的核心问题——读者阅读科幻小说的动力何在。

就在本课题实施过程中,徐斯年先生与耀文、平宇、一半、淑蓉、裕群、肇明、裕康七位顾问就《三体》的阅读进行了103次通信,①除了"肇明"和"裕康"为外语教授外,其他五位均为理工科专家。②所讨论内容,均是以《三体》为中心展开的关于"科学与幻想"的对话。作为文学研究专家,徐先生与他们通信的初衷,是解决他对《三体》的阅读而产生的一系列与"科学"相关问题的困惑,请几位科学家帮助他厘清《三体》中哪些为"科学",由此便可知哪些为"幻想",希望借此判断《三体》中的"科学"与幻想。几位专家都是徐斯年先生的同学和挚友,他们彼此比较熟稔,其讨论非严格的学术通信,虽然围绕《三体》中的科学问题展开,但比较随意与散漫,有话则长,无话则短,属于漫谈。这七位顾问没有一位读过《三体》,从情感上,这些顾问也未受到《三体》阅读的情感影响,使得这些通信成为一次相对纯粹的文学与科学的对话,是人文学者对自然科学学者的"科学"咨询。在交流的过程中,徐先生以其文学阅读乃至研究的专业身份影响了七位顾问,七位顾问在交流过程中,也由最初不了解刘慈欣是谁转入对其科幻想象力的由衷赞叹。③事实上,这103封信是徐先生与七位顾问随着对《三体》阅读的深入而逐步展开的,对话刚开始时,徐先生《三体》的阅读行为并没有完成。因此,这次对话,又是徐斯年先生对作品开展的一次深度阐释,有些类似古代小说阅读的

---

① 见本书《附录五　徐斯年先生与七位顾问关于〈三体〉的通信》,第360—438页。
② 见本书《附录五　徐斯年先生与七位顾问关于〈三体〉的通信》,第360页。
③ 见本书《附录五　徐斯年先生与七位顾问关于〈三体〉的通信》第六十(2.15)、六十一(2.16)、六十六(2.26)封信等。

"评点",感悟与理性并重,"误读"时有发生,加之七位顾问的特殊身份,与一般意义上对故事的阅读和读者间就作品所进行的讨论有很大差别。

文学阅读是"有情"的行为,社会学偏好的数据调查虽然在呈现客观事实方面有着先天的优势,但"幸存者偏差"的存在以及数据对情感表达的乏力,需要寻找另外一种方式予以弥补。作为人文学科的资深学者,徐斯年先生对《三体》阅读的主体经验以及就《三体》诸问题与七位顾问的通信个案,是记录阅读经验的珍贵史料,无论对于弥补数据的"冷漠",还是记录精神活动的轨迹,他们的讨论都有着不可多得的价值——这 103 封通信不仅为我们保留了珍贵的历史现场,还呈现了对《三体》的阅读思考,记录了阅读者的接受轨迹,是它的历史见证,具有阅读史价值。

他们之间的讨论从"'蚂蚁'之问""时空和思维""维度与分形""想象力　自洽性"以及"宇宙'恶托邦'?"五个维度展开。前三个维度侧重于"科学",后两个关乎"人文"。讨论由徐斯年先生的发问缘起。徐先生由《三体》第一部第三章中提出的"SF 假说"及"射手—农场主假说",关注到作品对"火鸡视野"的突破。[①]接着,徐先生对"一半"和"平宇"就自己的科学盲区连续发问:"太阳作为超级天线有无可行性?""11 维结构是否得到证实?""从 9 维展开为二维制成的拥有人工智慧的'智子'幻想的科学根据是否充分?""人工黑洞是否存在?"平宇从科学的角度一一回复:"太阳不可能成为天线""11 维结构离实验证实还十分遥远""高维展开成低维是美丽的想象""人造黑洞没有实现"。也就是说,这几个令徐先生在阅读中感到"陌生"的疑惑,事实上都是作家在"科"的基础上为了推进故事的发展而展开的"幻想"。"一半"的解释更为形象,他从孙悟空可以翻"筋斗云"得来灵感,改写了《西游记》的细节,"以科幻解科幻",更确切地说,是以科幻解"科"。接下来,徐先生围绕小说中蚂蚁的爬行,专门就"维度"问题发问,[②]并对小说中褐蚁爬行的双视角叙事进行了评述、提问和分析,"一半"则注意到:蚂蚁、叙述者、《三体》品读者,分别为"精神单细胞""精神双细胞"和"精神仨细胞",

---

[①] "SF 假说"的内容是"假设有一神射手,每隔 10 厘米在靶子上打出一个洞;再假设靶子平面上生活着一种二维生物,他们中的科学家对自己的宇宙进行观察之后得出一个结论:'宇宙每隔 10 厘米有一个洞。'""射手—农场主假说"的内容是"假设火鸡里也有科学家,而农场主每天 11 点来给火鸡喂食,于是火鸡科学家也发现了自己的宇宙定律:'每天 11 点会有食物降临。'"

[②] 这三个问题分别是:"蚂蚁是否为二维生物?""二维世界的厚度是否为一个量子?""高维展开低维是否为物质结构的质变?"

也形成了"三体"的同构。徐先生从文学研究者的角度提醒还有另外一个"者"——"躲在叙述者和蚂蚁（第二叙述者）背后的'作者'"，得出《三体》从叙事到阅读是一个"四体结构"的结论。这是从生物学角度展开的文学及哲学阐释。

接下来的"时空和思维"深入到数学、天文学和脑科学领域，特别是"透明思维"。由于"透明思维"在《三体·黑暗森林》情节架构中的"奇点"地位，几位先生从中西医、中国画与西洋画角度，对智慧、思维等抽象概念进行东西方差异的思辨，并讨论"透明思维"是属于"生物电流的交感"还是"背离'科'"的"幻"，"三体人"的透明思维从何产生。①而对"时空"，几位则从相对论层面的"同时""共时"来理解以宇宙为叙事背景的《三体》中时空的相对性。②随信还谈到了《三体》中以"宏原子"为代表的科学概念建构背后有意凸显的"悖论性"。

到了"维度与分形"部分，徐先生针对《三体》中"半人马座向地球派出太空舰队，而中国军方于21世纪初便开始建立一支将于四百年后投入使用的太空舰队"的情节，从物理科学和数学科学的角度进行提问：此处的时空概念是否体现着广义相对论的时空概念？地球上的时差是否属于这种时空弧度的"微观形态"？"维"是否仅为一种度量标准？是否是与"奇点"一样的理论存在？经过几位顾问的专业解答，徐先生将分形理论运用到对文学作品中文明叠加的分析，对包括《三体》在内的广义的科学幻想小说（包括神魔小说）进行整体思辨。在此过程中，耀文特别推荐了校友撰写的一篇《三维看世界》，供徐先生与《三体》作比较，使得讨论回到了异质文明沟通即"宇宙社会学"公理③的架构方面。

随着这些讨论，《三体Ⅲ》自然进入考察视野。徐先生认为，《三体Ⅲ》仍与"维度"相关：一是来自三维世界的地球人进入了四维的"第三地外文

---

① 见本书《附录五 徐斯年先生与七位顾问关于〈三体〉的通信》，第二十三（1.26）、二十五（1.27）、二十六（1.27）、二十七（1.27）、三十三（1.28）、三十七（2.2）、三十八（2.2）、四十一（2.3）、四十二（2.3）、四十三（2.3）、四十四（2.3）、四十五（2.3）、四十六（2.4）、五十一（2.9）、五十二（2.10）、五十三（2.10）、五十四（2.10）、五十五（2.10）、五十六（2.10）、六十（2.15）、六十二（2.24）、六十三（2.24）封信等。

② 见本书《附录五 徐斯年先生与七位顾问关于〈三体〉的通信》，第二十七（1.27）、二十九（1.28）、三十（1.27）、三十一（1.27）、三十二（1.27）、五十七（2.10）封信等。

③ 刘慈欣认为宇宙社会学的建立要基于两条公理：1.生存是文明的第一需要；2.文明不断增长、扩张，但宇宙中的物质总量保持不变。这两条公理又与两个概念密切相关：1.技术爆炸，2.猜疑链。

明"之后带来的"陌生";二是"第 N 地外文明"的"维度攻击"是否可能?"一半"将"世界"和"空间"放在一起,解释了四维世界和宇宙——二维并不存在,三维是人类抽象化的认知。之后,又将《好大一个家》与《三体》进行比较,分析两部作品的差异与同一:这两部作品的差异显而易见,但同一也是存在的——都属于"幻"的结果,只不过《好大一个家》是以"严格的抽象构思,保持时空平台的一致性、多变性和延续性",《三体》则是"以改变这个时空平台为核心来演绎着'自由想象'的神奇"。①平宇以人类战争的历史——从单纯的地面战,到水陆同时作战,到飞机发明后的海陆空三维立体战,再到大气层外空间洲际弹道导弹和人造卫星参与的四维战争,直至目前的第五维网络参与的战争——来回答徐先生关于维度的提问。这些回答给予徐先生最直接的启发就是"人们对'维度'的解释也是要看'语境'的"。②

经过前面三部分"科"与"幻"的辨析,由"形象思维"与"想象思维",徐先生很自然地进入了科幻文学"科幻"与"幻科"的讨论,并由此进入科幻文学"想象力"与"自洽性"的辨析。在这一部分,作为文学研究者的徐斯年先生与科学顾问之间发生了明显的分歧。应一半夫妇之邀,徐先生以《三体》中的两个与科学概念有关的情节谈广义相对论的"形象思维认识":一是利用"曲率驱动"原理解决外太空旅行的距离和时间问题,二是由于曲率驱动飞船进入"黑域"而引发的意外。结果,作为科学顾问的"一半"认为"形象思维的特点,就是要符合宇宙的规则"③,而从科学的角度出发,这两处情节特别是内容中的术语"(许多)都是作者杜撰的,没有先验的理论、先验的形象,别人④不知所指,不是人们所共同认可的符号系统"⑤,显然不符合宇宙的规则,这两处科幻情节不是"形象思维",而是"想象思维"。他认为《三体》"不在乎这些",作品就是刘慈欣自己的想象思维——"强调的是一个'幻'字"。⑥徐先生不仅从文学研究和欣赏的角度肯定了刘慈欣对"科学术语"杜

---

① 见本书《附录五 徐斯年先生与七位顾问关于〈三体〉的通信》,第六十六封(2.26),第413页。

② 见本书《附录五 徐斯年先生与七位顾问关于〈三体〉的通信》,第六十八封(2.26),第414—415页。

③⑤⑥ 见本书《附录五 徐斯年先生与七位顾问关于〈三体〉的通信》,第八十三封(3.4),第421—422页。

④ 这里的"别人",显然是指阅读《三体》读者中具有科学背景的读者,而非"大众"。

撰的合理性,而且辨析了科幻小说想象的特点——"应该有起码的科学根据,但不必要求经得起证伪"①,强调文艺创作就是"想象思维"。"一半"表示不同意,在他的认识范畴中,"科幻"与"幻科"存在本质上的区别:"用科学的原理来幻想,来想象,来写时空平台上有关人和神、鬼、魔、外星人的小说",是"科幻","科幻"不能任意杜撰科学词汇;而"用小说的想象来写科学本身,包括时空平台及一切登台演员演绎的故事",是"幻科",是"自由的创造"。②所以他认为,刘慈欣的小说是用想象来写科学,是"幻科",不是"科幻"。其实,所有的文学,都是以"幻",也即以想象为基础,由此,徐斯年先生将"科幻"与"幻科"的讨论归于"文学"——"科幻文学首先是'文学'","作为'文学',应该允许你(一半)所说的'幻科'想象",③并以此厘清"科幻"与"非科幻"的根本区别在于:"科幻""之想象基于'物理'(不是学科概念,而指'物'之'理'),即自然规律","幻科""之想象基于'玄理'……(在神魔小说里)就是把一切奇迹、神功都归诸……生命主体的'特异功能'——法术、神功、法宝,都是仙、佛、魔、鬼'修出来'的'生命层次'及其表现"。④由此,徐先生与顾问进一步思考了读者对刘慈欣《三体》中渲染的"悲观主义"的不满,认为《三体》"没有出现一个好莱坞式的拯救地球(往往也是'拯救'非美国文明)的英雄,正是《三体》的一个优点"——"作者笔下的'卢瑟'并非千人一面,颇有不少性格鲜明或比较鲜明的角色,特别是那些执着于'善''爱'和'责任'的人物"⑤,并由此转向对科幻小说的"灵魂"是"科学"还是"人",以及如何写好人的问题的思考。与刘慈欣的意见相反,徐先生认为《三体》中人物建构的失败,恰与刘慈欣科幻文学的灵魂"首先不是其中的文学人物"的创作观念有关,而《三体》中存在的不足,即在于"有的性格很有特色但未得以展开,有的写得有始无终"。⑥但是,徐先生并非要求大刘宕开笔墨写"圆形"人物,而是指出,对于科幻这类小说,不必执着"圆形"人物,"扁平"人

---

① 见本书《附录五 徐斯年先生与七位顾问关于〈三体〉的通信》,第八十四封(3.4),第422页。

② 见本书《附录五 徐斯年先生与七位顾问关于〈三体〉的通信》,第八十五封(3.4),第422—423页。

③④ 见本书《附录五 徐斯年先生与七位顾问关于〈三体〉的通信》,第八十六封(3.6),第423页。

⑤⑥ 见本书《附录五 徐斯年先生与七位顾问关于〈三体〉的通信》,第九十三封(3.17),第427—428页。

物也可以写得很精彩,并充分肯定了大刘在《三体》中部分成功的人物形象塑造。

基于人物的讨论,徐先生对文艺作品进行评价时,注重从"生活真实"到"艺术真实"的思考,他从顾问裕群邮件中的"分形原理"得到启发,将文艺作品视为"分形成果",衡量作品价值的尺度由其"自相似性"而"导出的一个像函数那样的变数,这个变数殆可称为'自洽性'"①,同时界定了"自洽性"的概念,并指出其核心是实现"艺术真实",并由此回答"一半"从科学出发的关于"科幻"的讨论与文学出发的差异——科幻小说的"自洽"说到底是"文学艺术意义上的'自洽',而不是科学意义上的'自洽'","科学性固然是科幻小说的'灵魂',而文学性……更是科幻小说的'灵魂'"②。并且,由分形理论的函数关系,认为作者(叙述者)、读者、现实(或称"客观世界")是"自洽性"的三个"参数",这三个"参数"的变化"决定了文艺创作和文艺作品具有无限广阔的空间和无限丰富的形式"③。此外,细节(技术细节和功能细节)与人间性(个性、人情、世故等)是小说"自洽性"的两个重要因素。如果这两个因素写得好,作品就可以实现"艺术真实","读者就不会嫌假"。④

至此,科幻小说读者阅读动力的问题基本得到了解决。但是徐先生和他的顾问们对问题的探讨并未到此为止,而是从物理讨论进入了哲学思辨——宇宙是否是"恶托邦"。对这一问题的设问,建立在宇宙能量及物质总量有限还是无限的科学前提下,因为只有确立了这一前提,《三体》所有关于宇宙的想象和情节的设计及其价值,才能读懂、读通、读透。《三体》情节架构的前提是"宇宙有限论",而科学顾问平宇和耀文基于科学的猜测,宇宙是无限的。在"宇宙有限论"的前提下,刘慈欣才能架设《三体》的"宇宙悲剧",也即确立"恶托邦",如果前提改变了,所有的情节及问题的思辨便无从成立。刘慈欣采用"宇宙达尔文主义"发挥想象,揭示人之为人的二律背反,徐先生认为这"是很'自洽'的"⑤,并由此充分肯定了大刘作品中的哲学思辨,反驳网络读者对大刘作品缺乏"哲学内涵"的批评。在此过程中,徐先生

---

①②③④ 见本书《附录五 徐斯年先生与七位顾问关于〈三体〉的通信》,第九十五封(3.18),第429—432页。

⑤ 见本书《附录五 徐斯年先生与七位顾问关于〈三体〉的通信》,第一〇〇封(3.25),第434页。

发现了王德威先生在北大的演讲《乌托邦,恶托邦,异托邦(之三)——从鲁迅到刘慈欣》一文,并将其系统地介绍给科学顾问们。表面上是对王德威先生文章的介绍,事实上却是徐斯年先生与王先生研究的对话——"人文科幻"之"科"如何确证、科幻文学"异托邦"与"乌托邦""恶托邦"属性之关系及其逻辑确立的原则、《三体》评价的着眼点及其社会学—哲学内涵、"社会达尔文主义"叙事逻辑以及"宇宙社会学"的验证、"猜疑链"、"人之所以为人"的"二律背反"、宇宙有限还是无限的哲学思考以及伦理价值选择,并由此提出不同意见——《三体》并非写了"异托邦",而是从"'宇宙恶托邦'向'宇宙乌托邦'的转化"①,并由此反思对叶文洁和三体人的"犬儒"和"阴险"评价的逻辑出发点——"地球人的话"②。这一思辨,得到了肇明和一半的深切认同,并由此出发反思理想与乌托邦之差异,同时肯定了刘慈欣的科幻地位——"科幻巨匠,有着出色的想象力"以及王德威先生之文的价值——"他之所言已经将《三体》上升到国宝级的程度"③。

  至此,徐斯年先生与他的七位科学顾问完成了文学研究者与科学研究者对《三体》的集体阅读和深度对话。在这样一次研究型的集体阅读活动中,《三体》中的"科"与"幻"以及科幻小说叙事策略及其建构逻辑、哲学思辨等,都得到了细致而深入的解读。他们的集体阅读行为,共同为《三体》建构了二重阐释空间,既有对作品细节的剖析,也有对读者误读的纠偏,更有对学者评价价值的再思考。特别值得关注的是这八位老人的身份——资深文学研究者、语言学家、理工科专家,他们所进行的阐释与分析,以其专业性和严谨性,实现了科学与文学的深度对话,部分厘清了科幻小说中"科"与"幻"的价值如何确立这一核心问题。由于这103封通信的无目的性,很多来信存在着误读,于是,在理解、纠正、调整并重新赋值的过程中,对《三体》的阐释与剖析离作品的创作真实越来越近,意义得以生成,也使得作为科幻小说的《三体》的陌生化、认知性、新奇性,以及或明或暗的脉络和细节,在本次阅读活动中得到深入而全方位的呈现。特别值得指出的是,这次集体的深度阅读,解决的不仅仅是科幻小说阅读过程中的理解问题,更是对文本意义的

---

① 见本书《附录五 徐斯年先生与七位顾问关于〈三体〉的通信》,第一〇一封(3.26),第438页。
②③ 见本书《附录五 徐斯年先生与七位顾问关于〈三体〉的通信》,第一〇三封(3.26),第438页。

二次生产;不仅仅是科学与文学的深度对话,更是科幻小说内在魅力及阅读动力的完整呈现。

三、《流浪地球》:中国科幻电影的"奇点"性事件①

2019年开年,中国电影界最引人瞩目的事件,非《流浪地球》票房大卖莫属。《流浪地球》在农历新年的第一天(2月5日)与中国观众见面,短短41天,以人民币46.13亿元的票房纪录②成为2019年全球第一部超过5亿美元的电影,登顶2019年电影票房世界"年冠"。而美国流媒体平台Netflix也宣布,Netflix获得了《流浪地球》除中国内地外的全球流媒体播放权,将把《流浪地球》翻译成28种语言,面向19个国家和地区的观众播放。③豆瓣、知乎上网友关于电影的评价铺天盖地,《流浪地球》作为"中国科幻电影启航之作"的地位得以确认,2019年也因《流浪地球》的热映被网友称为"中国科幻电影元年"。随着电影的热映及不断升温,观众对《流浪地球》也有不同的评价,力赞者有之,批评者有之,但整体上明显褒胜于贬。褒扬者,肯定导演郭帆和剧组人员不凡的勇气、坚持和决心,肯定作品改编过程中对电影叙事的尊重和出人意料的情节安排,肯定作品中具有的中国智慧和中国价值观,肯定作品对于中国科幻电影的"启航"之贡献……批评者,则多出于个人的喜好,着眼于"科"与"幻"细节处理中的种种,如几十年后运载车性能、零下80摄氏度场面细节表现的科学错误、电影对原作暗黑"宇宙社会学"的扬弃……林林总总,无论是肯定还是否定,都已经昭示出《流浪地球》对于中国科幻电影产业及科幻小说所具有的"奇点性"价值和地位。这里暂从中国科

---

① 在《奇点前夜的科幻小说——"奇点科幻"丛书序》中,刘慈欣这样解释"奇点":"第一是数学上的,表示在连续的数学状态中难以定义的突变点,常见的有无限趋于无穷大或无穷小的点;第二是物理学上的,首先出现于广义相对论中,表示时空曲率无限大的点,是时空的不连续之处,在这一点中现有的物理规律失效;第三是未来学中的一个概念,描述科技以指数曲线发展,在某一拐点后急剧加速,由量变产生突然的质变,在极短的时间里彻底改变人类世界的状态。"特别指出,"奇点科幻"丛书"取最后一重含义"。见刘慈欣:《最糟的宇宙,最好的地球——刘慈欣科幻评论随笔集》,四川科学技术出版社2015年版,第253页。原载《奇点科幻》丛书,希望出版社2013年版。此处也借用"奇点"的最后一重含义,以描述电影《流浪地球》之于中国科幻电影"从无到有"之意义,以及貌似突然的量变到质变及其所蕴含的巨大能量。

② 数据来源:《CBO实时票房榜》,http://www.cbooo.cn/home?src=piaofang,2019年3月17日。

③ 《流浪地球导演郭帆:〈流浪地球〉是这样诞生的》,http://bbs.tianya.cn/post-5159-48450-1.shtml,2019年3月17日。

幻电影产业、人物形象重构两个方面讨论其"奇点性"意义。

(一)中国科幻电影:产业启航

从先天条件来看,《流浪地球》的故事本身非常适合改编成电影。刘慈欣认为《流浪地球》具有以下几个特点:一、它是"在文学和科学幻想上取得某种平衡"的结果;二、从文学审美角度看,它具有飞船逃亡所不具有的"科学推动世界在宇宙中流浪"的科幻美感;三、小说具有"回乡情结"——"一个行者带着孤独和惶恐启程的情景"①。这三个特点,满足了多年深谙好莱坞科幻叙事的中国观众的观影需求,使《流浪地球》具有得天独厚的本土优势。而在 2016 专题调查中,课题组也发现,当时除了获奖的刘慈欣的《三体》和郝景芳的《北京折叠》外,在读者阅读中,《流浪地球》排名第三(见图 2-23),优势显著。无论是否有意为之,《流浪地球》的阅读基础已经为电影放映赢得先机。对于科幻电影之于科幻作品阅读及传播的贡献,相比国内其他科幻作家,刘慈欣很早便有着相对清晰的认识——"中国民众对外国科幻的印象,主要来自影视作品"②,在对科幻小说普及信心尚不足的时期,刘慈欣理性地认识到"中国 SF 在纸质媒体内可能永远发展不起来,小说之类的文字叙事艺术已处于迅速衰落之中,我们是在一艘正在沉没的大船上扬起风帆。科幻真正在经济意义上生存,可能必须借助于影视媒体"③。刘慈欣从美国科幻的繁荣中发现,"当今美国科幻的繁荣,很大程度上是影视的繁荣……"④因此,他认为,"影视是科幻文学的一个明显的转化方向,与其他文学形式相比,科幻更适合用可视化的影像来表达"⑤,全力拥护科幻小说的影视改编。但这些明晰的认识只能成为一个先决条件,科幻电影能否成

---

① 这一点刘慈欣在创作时并未意识到。见刘慈欣:《寻找家园之旅——写于〈流浪地球〉收入〈科幻世界·30 周年特别纪念增刊〉之际》,见刘慈欣著:《最糟的宇宙,最好的地球——刘慈欣科幻评论随笔集》,四川科学技术出版社 2015 年版,第 195—197 页。原载《科幻世界·30 周年特别纪念增刊》2009 年 8 月。

② 刘慈欣:《西风百年——浅论外国科幻对中国科幻文学的影响》,见刘慈欣著:《最糟的宇宙,最好的地球——刘慈欣科幻评论随笔集》,四川科学技术出版社 2015 年版,第 165 页。原载《科幻世界》2007 年第 9 期。

③ 《刘慈欣专访》,载《异度空间》2001 年秋季号,第 5 页。

④ 刘慈欣:《在 2000 年度中国科幻银河奖颁奖会暨北师大科幻联谊会上的发言》,见刘慈欣著:《最糟的宇宙,最好的地球——刘慈欣科幻评论随笔集》,四川科学技术出版社 2015 年版,第 49 页。原载《星云》2001 年第 2 期。

⑤ 刘慈欣:《2013 年转化中的科幻文学》,载《北京青年报》2013 年 10 月 17 日,http://www.chinawriter.com.cn/news/2013/2013-10-17/177909.html。

功摄制并成功放映,还需要更为根本的物质和机制保障。

2013年起,国家新闻出版广电总局电影局启动了中国导演"留学计划",郭帆和宁浩共同参加了2014年派拉蒙公司的第二期培训,①到好莱坞去学习规范的电影工业制作,这次学习使他们对好莱坞电影工业运营机制、成功经验及其商业属性有了相对客观和科学的认识,也看到了中国电影工业与美国电影工业的巨大差距。回国后,几位导演都从不同的角度尝试去实践电影工业化的创作过程,在这样的背景下,路阳的《刺杀小说家》、肖央的《天气预爆》和陈思诚的《唐人街探案》,以及郭帆的《流浪地球》和宁浩的《疯狂的外星人》等相继问世。其中,郭帆和宁浩不约而同地关注到刘慈欣的科幻小说。但郭帆选择以《流浪地球》为题材拍摄"硬科幻"电影,宁浩则选择以《乡村教师》为题材拍摄"软科幻"电影。相较之下,无论对文本还是电影叙事类型的选择,郭帆都显示出了其选题的专业及其不凡的胆量和抱负。在《流浪地球》之前,中国电影界并没有一部真正意义上的科幻电影,也因此,《流浪地球》的"硬科幻"制作几乎是在没有任何经验的零起点上起步的,而这仅仅是该片启动之前众多压力中的"冰山一角"。拍摄这部电影更大的压力在于,相较于其他类型的电影,科幻电影可能是对商业化要求最高的一种电影叙事,雄厚的资金支持、强大的技术保障,缺一不可,风险极大。一旦失败,投资人尚未建立起来的信心,以及本来就不景气且持观望态度的文化资本市场,顷刻间就会消失,直接阻碍中国科幻电影制作发展进程。但导演郭帆在电影拍摄之初就已经预见到这一点:"一个电影类型的建立,不是一部电影的成功,而是一部又一部电影的出现,让大家相信这个类型可以

---

① 自2013年起,国家新闻出版广电总局电影局与美国电影协会(MPAA)达成了一项交流合作计划,邀请国内电影行业中的年轻导演赴美学习交流,启动电影界青年导演"留学"之举,而被派往派拉蒙、迪士尼、二十世纪福克斯等好莱坞六大公司学习的,有徐峥、宁浩、薛晓路、乌尔善、丁晟等中国电影界的"新力量",他们体现了目前中国电影界年轻一代的整体面貌,也都有在商业和艺术上成功的代表作品。其中,派拉蒙公司开了四期培训班:第一期在2013年,学员有乌尔善、张一白、张猛、薛晓路;第二期在2014年,学员有宁浩、肖央、陈思诚、郭帆、路阳;第三期在2015年,学员有大鹏、李玉、徐峥、韩延、管虎;第四期在2016年,学员有闫非、李杨、李骏、姚婷婷、彭大魔。福克斯公司2016年开了一期培训班,学员为丁晟、乌尔善、杨庆、郑保瑞、俞白眉、程耳、韩延。迪士尼公司共开了两期培训班:第一期在2015年,学员有丁亮、马华、王云飞、卢恒宇、田晓鹏、刘富源、张颉隽、易立、周洁、胡雨辰、速达;第二期在2016年,学员有王微、王丰彬、古志斌、张春、陈茜、陈德荣、梁旋、黄军、黄健明、章伊倩、曹辉、蔡志军、谭皓月。截至2016年4月,已累计有60位导演赴美交流。见萌神木木:《导演郭帆自曝坚持拍〈流浪地球〉的原因,听了让人细思极恐!》,http://www.360doc.com/content/19/0210/17/36536556_814063123.shtml,2019年2月10日。

成功。有更多的资金进来,有更多的人愿意尝试,工业化越来越完善。"①郭帆顶住一切压力,从开始的资本100万、不到10个人的制作团队,到后来的3个亿、7 000多人参与,成为中国科幻电影第一个成功"吃螃蟹"的人。《流浪地球》放映后票房大获全胜的意义,与1928年《火烧红莲寺》的成功有着惊人相似之处——正如《火烧红莲寺》对中国本土商业电影的意义,《流浪地球》的成功同样启动了中国科幻类型电影良性发展的按钮,它坚定了资本持有者和投资人的信心,为科幻电影工业挖到了"第一桶金"。在这个意义上,电影《流浪地球》毋庸置疑地成为推动中国科幻电影走上产业化快车道的"奇点性作品"。

(二) 人物形象:从扁形人物走向圆形人物

与所有的视觉艺术相同,当一部小说文本被改编为电影时,电影叙事以人物为中心的特质便受到关注,而影像话语的局限,使其往往只能呈现小说中的一个横截面上某一个故事片段、某几个人物或者他们之间的关系,因此,一部动辄几十万甚至几百万字、无数个小高潮的长篇小说在三个多小时的大银幕上要想得到完整呈现,几乎不可能实现。因此,长篇小说的电影改编往往只能截取最富于戏剧性冲突的情节片段及人物关系进行视觉表达。而较之其他类型文学,电影的这一叙事功能,对于科幻小说,具有更深刻的再阐释及叙事学理论意义。

电影《流浪地球》截取了小说第二章《逃逸时代》予以改编,重心在于从看到木星到离开木星千余字的叙事。《逃逸时代》的叙事聚焦于人类初入地下城之后对地下城环境和人类心理的描写,特别关注"宏细节"——对偏离轨道的地球环境巨变的想象,人物并非叙事的中心,但在"死亡的威胁和逃生的欲望压倒了一切"的环境中,大刘特别关注人物关系、心态的改变——这也构成幻的一部分:爸爸直接向妈妈说出他有第三者,并希望与第三者共同生活一段时间,以后也可能会回来,妈妈的反应超出现实世界读者所熟悉的情感态度,不仅允许他去,而且"声音像冰冻的海面一样平稳"②,似乎毫不在意,因为在这样的时代中,"没有什么能真正引起他们的注意并打动他们",

---

① 萌神木木:《导演郭帆自曝坚持拍〈流浪地球〉的原因,听了让人细思极恐!》,http://www.360doc.com/content/19/0210/17/36536556_814063123.shtml,2019年2月10日。

② 刘慈欣:《流浪地球》,见姚海军主编:《中国科幻小说精品集》,四川科学技术出版社2003年版,第116页。

"对于爱情这类东西,他们只是用余光瞥一下而已,就像赌徒在盯着轮盘的间隙抓住几秒钟喝口水一样"。①电影为了使叙事脉络更清晰,直接删去了很多枝蔓,只取其中的部分节点,原因及细节都作了彻底改写——为了叙事的流畅以及满足观众的接受期待,很多细节电影中都没有交代,如灵儿为了到地面与"我"进行的对话,她与阿东的消失,母亲死亡的原因(地下熔浆吞没城市未来得及逃离),以及人们对于死亡的冷漠,等等。其实,这是多数电影改编小说文本的通用手法,似乎无甚特别。但是,改编过程中的细节调整,在此处却显示出跨媒介叙事以及文本再"旅行"的理论意义——尊重电影叙事的主体性而改编人物,恰恰弥补了科幻小说"扁形人物"书写的遗憾,使人物得以有机会走向"圆形"发展,尽管这其中掺杂着追求高票房的企图。

小说描述逃逸时代的地球掠过木星的情节仅用了千余字,而在这千余字中,作家将叙事的焦点集中于地球掠过木星时的景象描述。除了作者描述的恐惧感——"不知是我身处噩梦中,还是这整个宇宙都是一个造物主巨大而变态的头脑中的噩梦!"②人物几乎完全不在场,更不要谈人与人之间的关系以及情感书写。"零度情感"是科幻小说作者在写作中惯常秉持的写作态度,情绪和感受在灾难面前的微乎其微是大刘小说带给读者的新鲜阅读体验,也是"幻"的组成部分,然而,在这样一场巨大的灾难性事件面前,再渺小的人类,求生的本能也一定会在人物的情感结构中构成极大的张力,这恰恰是电影叙事的擅长之处。于是,小说与电影使人物在灾难面前的情感选择,形成了一种貌似矛盾的双重话语结构。

如何抉择?

正如美国科幻"每个细胞中都渗透着现代美国的文化价值观和生活方式"③一样,大刘和导演郭帆都充分尊重了电影的叙事逻辑和观众的观影期待,面对"末日"的到来,以中国人的处世哲学和价值选择(比如"团结就是力量""归乡情结")以及普世价值(如为理想而牺牲、相信希望)作为电影的价值追求。同时,刘慈欣和郭帆以及主创人员有一点完全达成了共识:关注情感。

---

① 刘慈欣:《流浪地球》,见姚海军主编:《中国科幻小说精品集》,四川科学技术出版社 2003 年版,第 117 页。

② 同上,第 130 页。

③ 刘慈欣:《消失的溪流——20 世纪 80 年代的中国科幻》,见刘慈欣著:《最糟的宇宙,最好的地球——刘慈欣科幻评论随笔集》,四川科学技术出版社 2015 年版,第 15 页。原载《星云》2000 年第 2 期。

刘慈欣曾特别强调过,改编电影的情节必须重新创作。在电影中,地球掠过木星的末日景象化为背景,地球被木星牵引,成为电影中人物关系不断变化及推进情节的条件。特别值得指出的是,电影几乎全然否定原著中地球逃逸时期的情感模式,代之以催人泪下的温暖、无私的亲情,以及人与人之间的互助和对生命的尊重,等等。这种以大众的情感接受和价值倾向为前提的改编,虽出于市场考量,貌似背离了科幻小说的创作内核——离现实太近,①却恰恰印证了刘慈欣对自己作品"二维"的判断——"如果一篇科幻小说想表达的东西能够被作者或读者用几句话总结出来,那这篇小说肯定是失败的;如果一篇科幻小说让人看得热血沸腾,那多半是哪儿搞错了"②。值得关注的是,剧组的选择是有意而为之——刘慈欣始终坚信科幻的繁荣之路必须关注"接受"和"传播":"看看世界科幻史,哪部经典之作不是靠广大读者留下来的?在目前的形势③下,声称为十年二十年后写作,简直是痴人说梦。"④对于读者接受、电影的美学特质以及科幻小说短板有如此清醒认识的作家,断然不会拒绝电影对"人"的二度创作。不仅电影如此,话剧《三体》对于叶文洁的再度创作,也基于同样的考量——无论是话剧还是电影,能撑起整个故事的,始终是活生生的血肉丰满的"人"。于是,在电影《流浪地球》中,刘培强、刘启父子之间悲壮的"误解",外公韩子昂"胆小"而伟大的亲情,"弱小"的韩朵朵关键时刻的挺身而出,以及无数配角在灾难面前人性的挣扎——脆弱与勇敢、渺小与伟大……照亮了整部电影。《流浪地球》票房的成功基于两个主要方面:一个当然是科学幻想在电影中的实景呈现带给观众的视觉震撼;另一个也是更为重要的原因,是电影中的人物在末日体验和生死面前表现出的巨大的情感张力。然而,对于电影的理解仅仅停留于此显然是不够的,重心在于,这些个性鲜明的,甚至被创造出来的人物对于原著有什么贡献。

---

① 在《我们需要的科幻——评杰克·威廉森的〈黑太阳〉》一文中,刘慈欣认为科幻小说若离现实太近,"就会失去其魅力甚至存在的意义",但他也强调"想象世界与现实的距离也不能太远,否则读者无法把握"。见刘慈欣著:《最糟的宇宙,最好的地球——刘慈欣科幻评论随笔集》,四川科学技术出版社2015年版,第104页。原载《异度空间》2003年第3期。

② 刘慈欣:《三维的韩松》,载《异度空间》2002年第3期,第55页。

③ 指读者群体尚未形成规模。

④ 刘慈欣:《筑起我们的金字塔——由银河奖想到的》,见刘慈欣著:《最糟的宇宙,最好的地球——刘慈欣科幻评论随笔集》,四川科学技术出版社2015年版,第10页。原载《星云》2000年第2期。

电影也好,话剧也好,由于"人"都是故事的中心,尽管改编后作品中的主人公离理论意义上的"圆形人物"相去甚远,但相对于原著"零度情感"下与大众的情感隔膜,人物关系的科学幻想与现实接受的陌生化,包括创作中由于对"科"与"幻"的着力而对写"人"难有余力等情形,改编无疑是很好的弥补。当然,由于改编受许多因素制约,演员的表演、剧本的改编、资本的投入、摄影的技术等,每一个环节的缺位,都可能导致整部电影的失败。因此,对于改编对原作人物扁平化的弥补,我们也只是基于理论层面的探讨。必须看到,《流浪地球》的成功与刘慈欣担任了本部电影的监制也有着相当的关系——他懂得为了保证电影票房的成功如何让渡叙事、为何让渡叙事,也能够向理论界证明,科幻小说的创作以及文本价值的实现,实不必固守一时一地,而应以开放的胸怀和超越的眼光,在阅读接受以及再创作中,使作品逐步修正瑕疵,走向完整,直至确立其经典地位。若我们从《流浪地球》放眼科幻小说,文本跨界旅行的功能在这个意义上就彰显出来——无论圆形人物的塑造能否实现,改编至少能够弥补当下科幻小说创作中人物扁平化的软肋,转向以人物为中心,让扁形人物变为圆形人物,使主人公有机会继续填充血肉,日益丰满,这恰是媒介时代优秀科幻小说乃至其他类型小说不断走向经典的路径之一。

其实,电影《流浪地球》票房的成功所带来的"奇点"性意义,除了以上两个方面,还在于其对于科幻小说文学史地位的确立将带来深远的影响。而由电影再度引发的"阅读热",也成为电影《流浪地球》对于作品不可小觑的贡献之一,①这是电影改编制造的又一个"奇点",大众不断的阅读、传播与阐释不断延续了作品的艺术生命,作品也因此走向圆满。

---

① 截至 2019 年 3 月 24 日,据"微信读书"App 统计,共有 9.5 万人在阅读《流浪地球》后进行了点评,作品得分 8.9 分,五星好评度最高。关于全书的 1 586 条评价中,只有第一条发表于 2019 年 1 月 31 日,其余均发表于 2019 年 2 月 5 日电影首映之后,而从发表于 1 月 31 日的第一条阅读评论的内容来看,本次阅读也是为了 2 月 5 日电影首映而阅读的——"希望大年初一能够看到如书中一样精彩的画面"(古云暮雨)。由此不难看出电影《流浪地球》对小说阅读反哺产生的"蝴蝶效应"。

第四章 草稿·媒介话语·出版改编：
网络文学的文本特征及经典化路径
——以 2014—2016 年网络小说阅读调查为中心

石 娟

自 20 世纪 90 年代末诞生,网络文学这一依存于新载体、基于新媒介而传播的文学形态就成为世纪之交最具争议的文学论题。从最初的"纸书写作—互联网传播",到"互联网写作—互联网传播",再到"互联网写作—移动互联网传播",①文学作品从纸媒转向网媒,发挥了网络文学的商品化效应,大资本参与运作,进而引发了"渠道为王"还是"内容为王"的争论。短短十余年间,伴随着 21 世纪信息时代的乘法效应,网络文学从媒介、叙事到内涵经历了巨大变革,无论是作家、读者还是文本、阅读介质、运作方式,都实现了惊人的跨越式成长。截至 2013 年底,网络文学注册写手已有 200 多万人,市场收入规模达 46.3 亿元。②CNNIC(中国互联网络信息中心)2015 年发布的《第 36 次中国互联网络发展状况统计报告》显示,截至 2015 年 6 月,网络文学用户规模达到 2.85 亿,占网民总体的 42.6%,其中手机网络文学用户规模为 2.49 亿。③艾瑞咨询提供的《2015 年 Q1 中国网络文学行业季度报告》显示,2015 年第一季度,仅通过 QQ 阅读的网络文学作品就超过 27 万本,PC 端和移动端网络文学行业月度覆盖人数均在 1.6 亿人左右,网络文学移动端月度阅读时长在 8 亿小时左右,PC 端的月度阅读时长低于 1.8 亿小时。④如

---

① 血酬:《不离市场,方得网文》,见中国作家协会创作研究部选编:《网络文学评价体系虚实谈——全国网络文学理论研讨会论文集》,作家出版社 2014 年版,第 212 页。
② 肖家鑫:《2013 年网络文学注册写手 200 多万 市场收入规模达 46.3 亿元》,载《人民日报》2014 年 2 月 21 日,第 12 版。
③ CNNIC:《网络文学尝试产业转型,为其他内容行业提供创作素材》,http://www.199it.com/archives/370665.html,2015 年 8 月 3 日。
④ 艾瑞咨询:《2015 年 Q1 中国网络文学行业季度报告》,http://www.199it.com/archives/364177.html,2015 年 7 月 10 日。

此庞大的文本和作者体量、读者数量,如此惊人的阅读时长,无论文学界、社会学界还是传播学理论研究界,都无法视而不见。与传统纸媒文学形态不同,网络文学创作准入门槛低,发表自由,作者在创作过程中可以与读者直接对话。因此,与读者相关的各类研究理当进入研究视野。然而,由于多种原因,就目前所见,似乎从读者角度开展的网络文学研究所见不多,读者话语某种程度上受到遮蔽,导致研究结论以偏概全。有鉴于此,2014年4月—2016年4月,本课题组对网络文学及相关内容展开了为期两年的调查。①

在调查中课题组发现,对于包括网络文学在内的当代通俗文学的研究与批评,多数读者是不满意的,排在第一位和第二位的意见分别为"有很多批评,与创作实绩相符,但不够客观"和"有少数批评,与创作实绩不符"。被调查者中持前一种观点的有1 148人,占比36.60%;持后一种观点的有870人,占比27.73%(见图下-25)。可见读者认为文学批评缺乏有效性,无法真正指导阅读。研究界对此其实也非常清楚,提出"文学理论批评的有效性"问题②之后不久便发出了"重视读者研究"③的呼声。本次调查,恰好为课题组从读者层面展开网络文学创作和阅读的相关思考提供了可能。

经历了前期以纸媒标准评价网媒文学的否定期,发展至当下,④网络文学的快感机制、商业特征、"作者—读者联动"模式等已得到理论界的普遍认可,学者们基本达成共识,对网络文学的媒介特征以及由此而产生的特殊的创作现象作出了较为客观的评价。然而,网络文学的生产与消费机制导致的文本粗糙的问题,在网络文学那里,一直未得到有效解决,这也成为网文的致命缺陷,使其备受质疑和指责。尽管理论界、网络写手、读者在实践层面存在许多分歧,然而在这一问题上,他们却达成了惊人的共识。在本次调查中,读者对文本经典化的信心和态度清晰可见。当被问及"你认为目前十

---

① 本次利用新媒体、网络和纸质问卷展开的调查访谈截至2014年12月,从概念、理论、作家、作品、媒体等多个维度系统调查了当下读者对近现代乃至当代通俗文学作品的阅读情况。问卷随机发放,共回收有效问卷3 137份,被调查者遍布中国大陆/内地、香港、澳门、台湾各地,从地域分布上看,除西藏、海南两地,其余省、市、自治区、直辖市以及行政特区都有读者参与其中。

② 2012年8月前后,《文艺报》针对"如何增强文艺批评的有效性"问题专门组织发表了系列文章,开展集中讨论,其中对网络文学批评的有效性予以特别关注。

③ 周根红:《网络文学的生产机制与传播动力》,见中国作家协会创作研究部选编:《网络文学评价体系虚实谈——全国网络文学理论研讨会论文集》,作家出版社2014年版,第197页。

④ 即本章成文的2016年。

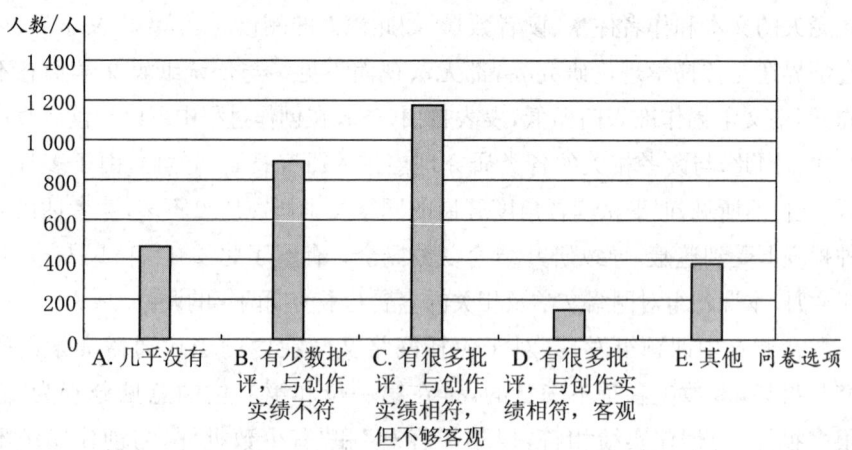

图下-25 "读者对当代通俗文学批评状态的意见"的调查结果

分流行的网络小说未来一段时间会成为经典文学作品吗?"①有1 349人选择"不会",占比43.00%,排在第一位;有1 186人选择"不清楚",占比37.81%,排在第二位;仅有573人认为会成为经典,仅占18.27%;普遍不乐观。媒介特征以及商业生产机制导致的网文文本粗糙确是不争的事实,但是,这样的粗糙与传统纸媒,特别是单行本作品中的文本粗糙能否一概而论?如果不能在同一个层面上比较,我们该如何看待这种粗糙?用既有的文学理论批评来引领这类文本,是否就能改变网络文学文本粗糙的事实?在这样的生产方式和机制下,是否有可能出现经典的文学作品?假如可能出现,又该遵循怎样的规律?选择怎样的路径?这些,都值得研究者密切关注。

一、草稿:网络文学的文本特征

网络文学究竟是怎样一种文学?邵燕君女士明确指出,网络文学研究,必须回到网络文学现场,要关注其网络性。②这种"网络性"指的是什么?"网络性"又给文学带来了什么?事实上,由于网络文学特殊的生产机制——创作即发表,呈现于读者面前的文本完全是作品的草稿。这与传统纸媒文学的创作发表机制存在相当大的差异。且不说曹雪芹的"字字看来皆是

---

① 本题为单项选择题。
② 邵燕君:《面对网络文学:学院派的态度和方法》,载《南方文坛》2011年第6期,第16—17页。

血,十年辛苦不寻常",只看近现代以来无数经典版本从手稿到出版后的多次增删改订,差异一目了然。每天 5 000 字到 10 000 字的更新速度,网络文学作家根本没有可能反复推敲文字手稿,小说写完即被消费。既然是草稿,错别字、火星文、注音文、缩略语、表情符号等自然不可避免——一是出于作者一天必须完成大量文字的需要,二是出于满足读者表达交流及沟通便利的需要。同样因为是草稿,且每日一节,作者优先考虑的是每日更新部分的"单日畅销书"功能、故事性、情节,以及用什么样的手法传递当日的故事等,也即西摩·查特曼所指称的"故事"和"话语"。①也就是说,网络文学问世时,读者最关心的是什么故事和怎样讲这个故事。又由于写完即发表,粗糙也便在所难免。其实,新媒介的每次出现,都会给文学带来根本性的变革,也会给理论界带来焦虑。20 世纪初报刊的诞生曾使小说遭遇了与今天网络文学相似的境遇——报刊的生产机制使小说作者急于"广声誉,得润资"②。于是 1902 年,梁启超在《绍介新刊:〈新小说〉第一号》中忧心忡忡地提出了当世小说创作的"五难",并毫不掩饰报刊对小说品质的"戕害"——"结构之难,有视寻常说部数倍者""名为小说,实则当以藏山之文、经世之笔行之。其难一也""新小说之意境,与旧小说之体裁,往往不能相容。其难二也""全体结构……依报章体例,月出一回,无从颠倒损益,艰于出色。其难三也""按月续出,虽一回不能苟简,稍有弱点,即全书皆为减色。其难四也""……不得不于发端处,刻意求工。其难五也"。③梁启超所谓小说创作因报刊的出现而遭遇的"五难",与当下网络文学的境遇何其相似:作者急于"得润资",脱稿即与读者见面,只不过周期更短,不需排印;难于结构,与传统小说体裁难以相容;日出一回,全书结构上"无从颠倒损益,艰于出色";按日续出,"虽一回不能苟简,稍有弱点,即全书皆为减色";"不得不于发端处,刻意求工"。不同的是,先贤从媒体特征来考虑小说困境,探讨解决之道,并没有以传统小说的评价标准先入为主。这一点,值得今天的文学研究者借鉴。

---

① 西摩·查特曼在《故事与话语:小说和电影的叙事结构》一书中指出:"遵循罗兰·巴特、茨维坦·托多罗夫与热拉尔·热奈特等法国结构主义者们的方式,我假定了一个'是什么'(what)和一个'如何'(way)的问题。叙事的'是什么',我称之为其'故事'(story);'如何',我称之为其'话语'(discourse)。"见[美]西摩·查特曼著,徐强译:《故事与话语:小说和电影的叙事结构》(*Story and Discourse: Narrative Structure in Fiction and Film*),中国人民大学出版社 2013 年版,第 1 页。
② 解弢:《小说话》,中华书局 1919 年版,第 116 页。
③ 梁启超:《绍介新刊:〈新小说〉第一号》,载《新民丛报》第二十号(1902),第 99—100 页。

事实上，从传统单行本到世纪之交的报刊连载小说，再到当下的网络小说，如范伯群先生所言，是一条清晰的古今市民文学链。①从发表周期看，时间越来越短；从传播媒介看，均属技术变革的产物；从创作方式看，从作家个人的封闭写作到编辑、读者介入再到当下的共同创作；从发表方式看，从整体发表到按周期（月、半月、旬、三日、日）发表，到即时发表；从阅读方式看，从深阅读到浅阅读再到浏览式阅读；从阅读重心上看，故事性的地位日益提升；从篇幅来看，越来越长；从小说数量上看，文本从少到多；从文学类型看，越来越细化、模糊化；从创作目的看，从个人写作到为读者写作；从与读者的关系上看，读者的话语权力越来越壮大……一切改变，都是媒介变革为中国传统小说带来的革命性颠覆。而最为显著的变革，是作者的创作心态——施耐庵在写作《水浒传》时，称"是《水浒传》七十一卷，则吾友散后，灯下戏墨为多；风雨甚，无人来之时半之。然而经营于心，久而成习，不必伸纸执笔，然后发挥""或若问：言既已未尝集为一书，云何独有此传？则岂非此传成之无名，不成无损，一；心闲试弄，舒卷自恣，二；无贤无愚，无不能读，三；文章得失，小不足悔，四也。""但取今日以示吾友，吾友读之而乐，斯亦足耳"②。这是小说创作的自由时代：写与不写，是自己的意愿；写完给谁看，是自己的意愿；闲来才弄笔，写完不必顾虑得失，写作完全出于自娱。到了文学商品化时代，特别是到了报刊传媒时代，通俗文学作家因生活所迫，常以卖文为耻，一边苦恼于卖文之"忙"，一面对自己"文字劳工"的身份心怀惴惴，白羽1939年在《话柄》中的自责与无奈③即是显例。

到了当下的网络小说作者那里，网络的即时性特征本身就是他们创作无形的压力——再畅销的网络小说作者，只要"断更"几天，读者就会自然流失——这不是一个选择能否的问题，而是生存能否的问题。报刊作家还可以因特殊情况休息一段时间，回来续作，读者会继续追捧，但在网络时代，海量的网文给读者带来的无限选择空间，很容易使他们"移情别恋"。这样一

---

① 范伯群、刘小源：《冯梦龙们—鸳鸯蝴蝶派—网络类型小说——中国古今"市民大众文学链"》，载《中山大学学报（社会科学版）》2013年第6期，第44—53页。

② （明）施耐庵著，（清）金圣叹评：《水浒传自序》，见《水浒传注评本3》，上海古籍出版社2015年版，第1005—1006页。

③ 白羽在《话柄·自序》中称："一个人所已经做或正在做的事，未必就是他愿意做的事，这就是环境。环境与饭碗联合起来，逼迫我写了些无聊文字。而这些无聊文字竟能出版，竟有了销场，这是今日华北文坛的耻辱，我……可不负责。"见白羽：《话柄·自序》，正华学校1939年版，第1页。

种阅读消费机制,别说作者,就是编辑,都苦不堪言。血酬曾说:

> 传统编辑主要面对作家,只需考虑内容的策划和制作,而网文编辑需要面对作者、读者、媒体、分销渠道,出版＋发行、策划＋宣传几乎一把抓。
>
> 举骁骑校的例子来说,《匹夫的逆袭》新书发布前,就要策划"屌丝节"吸引读者关注;和作者沟通作品选型、具体写法;新书发布后要策划营销活动,并且找出版社合作纸书出版、找制片人沟通影视方面合作,任何一个渠道没上都要去了解情况,成绩好坏要关心,作者身心要关爱。
>
> 在做酒徒新书《男儿行》的时候,细到章节名怎么写,多到十重活动层层设计都要做好,粉丝群也要做好管理等等。①

抓住读者是第一要务,无论是作者、编辑还是网站运营方,都必须将故事第一时间推送到读者面前,至于是否深加工,只能留待文本被读者评价后再决定。

这样的生产机制决定了网文与读者见面时只能是草稿,与古代、近现代乃至前网络时代的文学形态有根本不同:对读者而言,它们是伴随着新媒介而诞生的"早产儿",网文的灵魂和生命力来自"故事"和"话语",什么故事和如何讲好这个故事才是关键。当然,"故事"是作者的胚胎,而如何讲好这个故事,则需要编辑和读者的共同参与。因此,网络文学是作者、编辑、读者三方共同培育的"宁馨儿",纯文学的评价标准显然在这里无能为力,网络文学不过是一篇篇尚未成熟的故事,文本粗糙难以避免,评论者应该在这种生产机制下认识和理解对象,一味指责或者企图以纯文学的批评方法提升、引领或者追求文本的精致化、思想性,都是"跳出地球"的行为,对于创作实践及读者阅读难有现实指导意义。

二、媒介话语:网络语言·对话式写作·类型叙事

讨论了网络叙事"讲什么",我们再来看网络叙事"怎么讲"。正如西

---

① 血酬:《不离市场,方得网文》,见中国作家协会创作研究部选编:《网络文学评价体系虚实谈——全国网络文学理论研讨会论文集》,作家出版社2014年版,第214页。

蒙·查特曼所界定的,如果我们把"话语"看作"一个'如何'(way)"的问题,那么,网络小说的"如何叙事"就与一般传统的纸媒小说具有极大的差异,主要表现在语言、创作现场和类型模式三个方面。

(一)语言网络:直入主题

在本次调查中,课题组发现对于阅读通俗小说的目的,有2 456人选择"休闲娱乐",占比最高,达到78.29%,说明休闲娱乐是读者网络阅读的主要目的。"内容丰富,题材多样""开阔视野,增长见识""情节紧张,好看"等选项,选择人数依次递减(见图下-26)。网络文学具有与纯文学几乎完全不同的话语方式——直入主题,拒绝繁复。这样的话语结构可以极大程度地满足读者阅读的快餐化需要。无论语言、叙事、结构……纯文学文本需要反复、多次、细致的精读,读者才可能领悟和体会文本所深蕴的意义和内涵。而网络文学载体决定了读者的阅读方式多为浏览式阅读。调查结果显示,受访者中通过手机、Ipad等移动终端进行阅读的占比达68.47%,采用其他阅读方式的人数锐减,其中通过电脑阅读的有652人(占比20.78%),通过图书阅读的有263人(占比8.38%),通过杂志阅读的有74人(占比2.36%)(见图下-27)。读者对网络文学的阅读习惯基本为数字阅读,以方便、可携带为首选,这种阅读方式使读者多选择在有限的、零散的闲暇时间内随时阅读,目的是放松、消闲和娱乐。掌阅与北京印刷学院新闻出版学院联合发布的《2015年国人阅读数据报告(上半年)》调查结果也显示,"深度移动化的生活让人们逐渐养成移动阅读习惯",阅读场景呈现"碎片化"和"某一场景集中化","'床上'成为国人阅读场景最爱"①。这种"碎片化"和"某一场景集中化"的阅读方式使读者更愿意选择浅阅读和浏览式阅读。读者的阅读习惯和偏好直接影响网络文本的写作,网络文学作者在创作时多将情节建构置于首位,与纯文学以人物为中心来展开叙事存在根本差异。网络作者创作时必须首先直奔主题,尽快抓住读者,每天更新的要求,使得他们难以对作品的艺术性精雕细琢。奇妙的是,经过二十余年阅读习惯的培养,读者与作者达成了微妙的默契——尽管几乎所有排名第一的网络小说文本在语言上都呈现出文字粗糙的倾向,极端者甚至别字连篇,病句比比皆是,没有

---

① 掌阅与北京印刷学院新闻出版学院:《2015年国人阅读数据报告(上半年)》,http://www.chinadaily.com.cn/hqcj/zgjj/2015-07-17/content_13995670.html,2015年7月17日。

断句,对白和叙事简单化、粗糙,分段很多,每段文字极短,少有长篇大论,多以对话呈现故事脉络,以带动情节的发展……但数以亿计的网络读者并未因此感到任何不适,接受上没有障碍,阅读热情丝毫不减。这是一种奇特的平衡,却也成为网络写作和阅读有别于纸媒的专属话语方式和表述方式,是网络文学的特征之一。

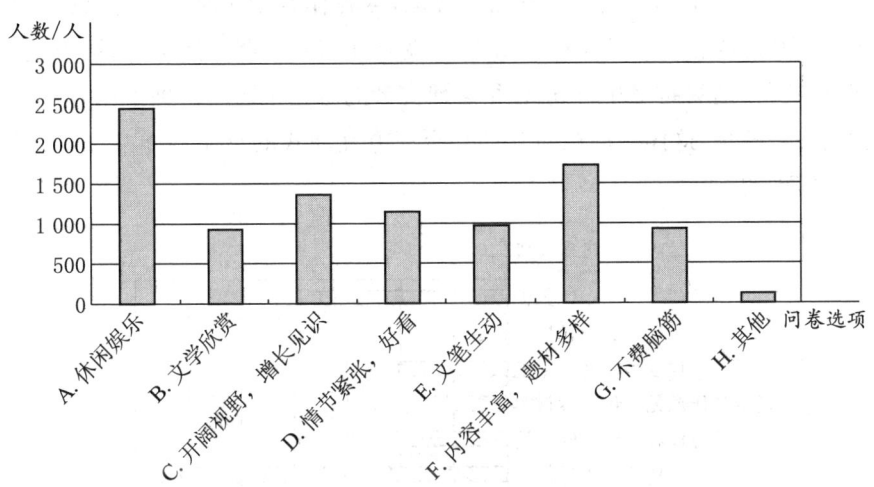

图下-26 "你为什么阅读通俗小说"的调查结果

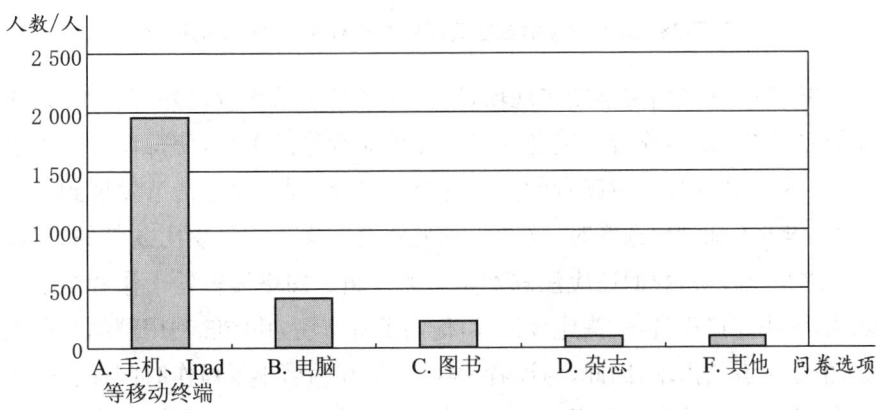

图下-27 "阅读网络小说使用得最多的工具"的调查结果

(二)作者—编辑—读者:对话式写作

在调查中,课题组发现有 1 238 位读者评价过小说的优劣,占比 39.46%;586 人参与过作者粉丝群的讨论,占比 18.68%;545 位读者参与过打赏票的活动,占比17.37%;405位读者自己写过网络小说,占比12.91%;275位读者为作者提供过写作意见,包括素材等,占比8.77%;120位读者直接参与了小说接龙,占比3.83%。本题是多选题,累计有2 764人次参与过各类网络小说的互动(此处不含读者自己的创作活动)。有868位读者选择"其他",其中99%都没有参与过与作者的互动。统计下来,共有73.41%的读者直接参与了与作者的互动,或在作者创作时,或在阅读后,其中近900位读者参与了几种互动方式(见图下-28)。事实证明,网络小说的阅读与写作是双向交互的,这在很多研究者的研究中已经得到了充分肯定。我们关注的是,这样一种双向互动甚至三方互动式的写作具体在文本中是如何实现的。

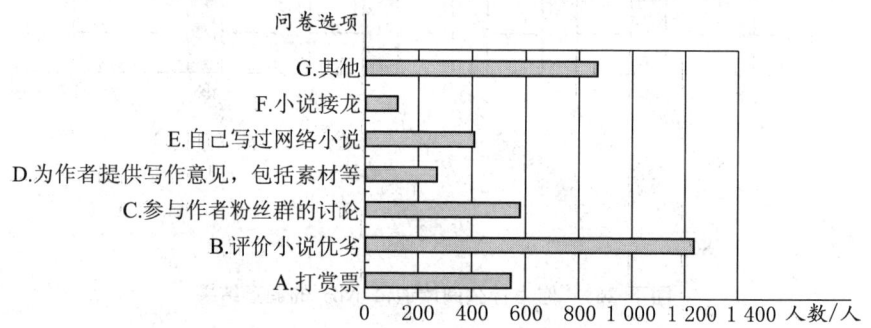

图下-28　读者阅读时或在阅读后参与网络小说活动的情况

事实上,在网络文学创作现场,网络作者除了写作者之外,读者也以集体的方式成了隐性作者。读者阅读与评价对创作的干预,使得作者不可能在开放的写作现场中对读者的意见视而不见,特别当故事情节发展到一个节点,作者不知如何选择时,读者的意见便会在文本中呈现出蓬勃的力量。但在这个过程中,我们还应注意到幕后的编辑。网络编辑处于作者与读者之间,一头连接作者,一头连接读者,他们了解市场,并能够利用网站获取数据,清楚读者的需求,因此,与读者一样,他们在网络小说写作时同样会介入创作,整合读者的需求和意见,将其融会到作者的创作中,他们是作者和读者间的缓冲地带,血酬的发言就充分证明了这一点。问题在于,在真实作者(预设读者)、编辑、真实读者(隐性作者)之间,究竟哪一种力量在一部小说走向流行时能够发挥更大的能量?萧鼎在接受新浪读书频道的采访时说,虽然读者对他的作品给出了很多意见,但他还是希望自己的创作能够沿着自己架构的方式发展——在写作之前,他几乎已经架构了故事的基本样貌。①看起来,似乎在长达上百万言的小说中,萧鼎的个人意愿占据了主导。但他这样说的一个主要理由在于,他发现《诛仙》在连载一段时间后,作品的脉络及情节的发展其实与读者的阅读期待是一致的,于是,他认为结尾如果按照个人的意愿写作应该不会遭到读者的反对。事实上,尽管萧鼎《诛仙》的创作尚处于网络小说发展商业化的起步阶段,市场的压力明显要小很多,但是,读者的阅读期待已经在萧鼎的创作中现出端倪——只是由于他们的阅读期待与萧鼎的情节安排基本一致,萧鼎才可以按照自己的意愿写下去。

到了当下商业写作进入"渠道为王"的时代,读者则以集体的身份在故事中呈现出强大的话语能力——读者的需求直接左右了作品能否诞生乃至走向,是作品成功与失败的关键,他们的功能并不只限于对作品的评价。《杜拉拉升职记》原本只是一篇 2 000 字左右的职场小说,但进入和讯网博客后,深受读者欢迎。博集天卷图书发行有限公司编辑找到作者李可,建议她继续写下去,结果一炮而红。《裸婚》也与此相似。②网络小说中读者对作者创作的评价、粉丝群的讨论几乎比比皆是,而越是精彩的故事,得到的评价也越多。这些意见,经由网络编辑反馈给作者,呈现在文本中。因此,一部作品一开头若能受到读者欢迎,就会得到网站的关注。加之作品成功与否与网站赢利能力密切相联,网站对作品投入关注,读者纷至沓来的讨论以及网站编辑的指导、运作和扶持成为这部作品接下来的写作助力,加之影视界、出版界乃至网游、动漫的介入,可以为作品保持热度进一步提供保障。2014 年 7 月问世的《花千骨》就是这样一部作品。该作品从连载、单行本出版、电视剧改编再到网游的多维联动,全面呈现了网络文学文本生成的多种可能。因此,在网络文学中,作者、编辑、读者事实上是共同创作,只不过小说写手表现为署名作者,而编辑、读者表现为隐性作者,在创作中,三者你中有我、我中有你,推动原作一步步走进读者的期待视野。

---

① 《萧鼎作客新浪聊〈诛仙〉》,新浪读书,http://v.youku.com/v_show/id_XNTY1NzEyOA==.html?tpa=dW5pb25faWQ9MTAyMjEzXzEwMDAwMl8wMV8wMQ,2007 年。

② 吴越:《〈搜索〉小说遇冷 影视改编后网络小说还出书吗?》,载《文汇报》2012 年 11 月 30 日。

（三）类型叙事：文学传统与媒介融合

几乎所有的网络小说都以类型小说的方式出现，甚至可以说，网络小说就是类型小说的"集合"。当下的网络小说分类越来越细，很多类型之间相似度极高又相互交叉，比如武侠小说大类下分化出玄幻、奇幻、仙侠等相近却各有特色的类型，而言情小说分化出古代言情、穿越言情、青春言情、都市言情等等。在本次调查中，课题组以起点中文网、晋江文学城、红袖添香等多个网站的小说类型为参照，选取当下最受欢迎的校园青春小说、玄幻仙侠小说、穿越小说、悬疑推理小说、灵异惊悚小说等 12 种小说类型，让读者选出最喜欢的小说类型，结果发现，排名前三位的依次是悬疑推理小说（1 136 人选择，占比 36.21%）、玄幻仙侠小说（986 人选择，占比 31.43%）、历史小说（890 人选择，占比 28.37%）。接下来依次为都市小说、校园青春小说、科幻小说、穿越小说、灵异惊悚小说、同人小说、军事小说、官场反腐小说、家庭伦理小说（见图下-29）。与"易观智库"2013 年发布的《中国网络文学产业年度研究报告》调查结果相比，都市/职场类、宫廷/穿越类小说受欢迎程度下降，玄幻/奇幻类小说热度不减，而悬疑推理类和历史类小说受欢迎程度上升趋势明显。可以说，类型小说的年度流行趋势，推动及扩大了网络小说的整体影响，可见类型化叙事之重要。而我们需要思考的是：网络文学为何以类型小说的方式存在？

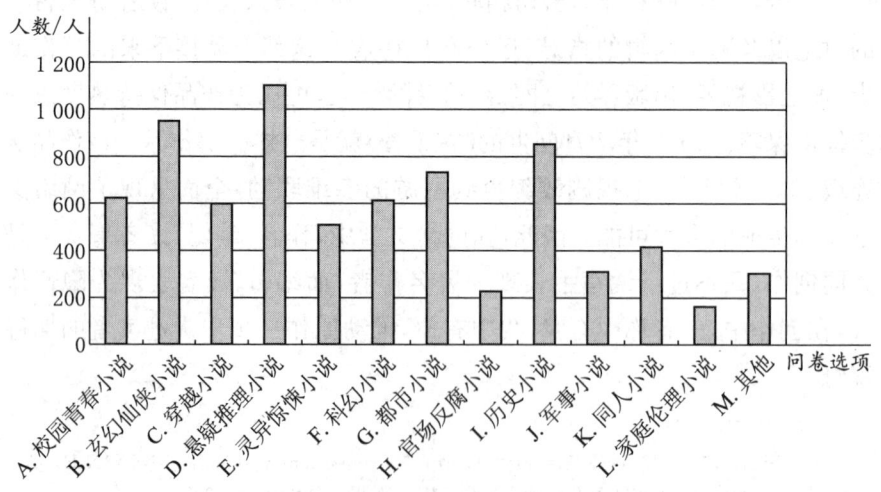

图下-29　"你最喜欢的网络类型小说"的调查结果

诚如有论者曾经指出的,"以市场逻辑为导向的生产机制,使得网络文学的类型化营销趋势不断强化"①,文学网站和投资人出于稳定获利的目的,会因某一部小说的风行而以征集同类小说的方式,为其建构一种类型,比如因《诛仙》而风行玄幻小说,因《后宫甄嬛传》而风行"宫斗"小说,因《梦回大清》而风行穿越小说,因"鬼吹灯"系列而风行盗墓小说,等等。这是网络小说以类型方式存在并叙事的根本原因之一。类型小说由于受众群体明晰,策划和运作目的明确且有针对性,资本投放回报率高,深受网媒资本推崇。类型的成功建构反过来又可以推动网络小说的风行和畅销。这样一种互利关系,决定了网络小说以类型小说方式存在的必要性及可行性。其实,这只是客观的外因,还有内因。

更为根本的内因在于类型小说在中国有着悠久的叙事传统。类型小说向上可追溯至宋元时期的话本小说,它起自民间,以俚俗之语入书,记录"说话"人所述之故事,用以娱乐,也即"白话小说"最早的形态。据宋人吴自牧《梦粱录》(二十)"小说讲经史"条记载,彼时说话有"四科":

> 说话者,谓之舌辨,虽有四家数,各有门庭。且小说名"银字儿",如烟粉,灵怪,传奇,公案,朴刀杆棒发发踪参之事(按:文有误。当云:说公案皆是朴刀杆棒发迹变泰之事)……谈论古今,如水之流。谈经者,谓演说佛书。说参请者,谓宾主参禅悟道等事……又有"说诨经"者戴忻庵。讲史书者谓讲说《通鉴》、汉唐历代书史文传,兴废争战之事……合生与起令随令相似,各占一事。②

鲁迅先生在《中国小说史略》中又详细述及"灌园耐得翁(《都城纪胜》)述临安盛事,亦谓说话有四家,曰小说,曰说经说参请,曰说史,曰合生,而分小说为三类,即'一者银字儿,如烟粉灵怪传奇;说公案,皆是搏拳提刀赶棒及发迹变态之事;说铁骑儿,谓士马金鼓之事'是也"③。如此看来,所谓玄

---

① 周根红:《网络文学的生产机制与传播动力》,见中国作家协会创作研究部选编:《网络文学评价体系虚实谈——全国网络文学理论研讨会论文集》,作家出版社 2014 年版,第 195 页。
② (宋)吴自牧:《梦粱录·小说讲经史》(二十)。转引自孙楷第:《俗讲、说话与白话小说》,作家出版社 1956 年版,第 16 页。
③ 鲁迅:《中国小说史略》,见《鲁迅全集》(第九卷),人民文学出版社 2005 年版,第 117 页。

幻仙侠、灵异悬疑、穿越言情小说,不过"烟粉灵怪传奇"的当下名称;"搏拳提刀赶棒及发迹变态之事",是对武侠小说的具体描摹,而"士马金鼓之事"又与历史小说、军事小说实为一脉。

至清末民初报刊出现,特别是到了20世纪20年代,通俗文学全面走向市场之后,类型小说迎来了全盛时代,此时与当下网站运营模式相似,书局、报馆均以类型小说为近现代以来的文人创作分类做广告,而且在每种类型小说之中,都有其代表作,或者可称因代表作而确立了这一类型。1923年8月世界书局在《新闻报》上做了一则"图书集成"广告,在第二号整版文学广告中,就刊出了"侦探小说""武侠小说""社会小说""冒险小说""香艳小说""奇情小说""宫闱小说""演义小说""写情小说""名人传记""滑稽小说"11大类146种小说,彼时"侦探小说"以程小青译的《福尔摩斯全集》为代表,"武侠小说"以平江不肖生的《江湖奇侠传》为代表,"社会小说"以海上说梦人(朱瘦菊)的《歇浦潮》为代表,等等。书局和报馆的联动,不仅使类型小说得以成形,而且以强大的资本实力催生、培育了一大批优秀的通俗文学代表作品和代表作家,如20年代的向恺然、周瘦鹃、程小青,30年代的张恨水、李寿民、刘云若,40年代的孙了红、周天籁,等等。小说以类型的方式出现,一来是印刷资本以赢利为目的建构时代阅读风尚的需要,包括广告、报刊连载等,二来也方便了进入现代市民社会的读者的阅读选择。

不难看出,每一种新媒介的诞生,在生产与消费机制相匹配且以市场为导向的文学生态中,类型小说生产与消费的热潮势不可挡,网络文学时代类型小说的风起云涌,不过是这一叙事形态在新媒介语境中的变体。而我们关注的重心在于类型小说的话语方式,即叙事模式和策略。普罗普的叙事学研究在类型小说研究中具有相当重要的地位,他确立了"功能"这一故事中非常重要的基本因素,提出在人物功能和它们的联结关系中寻找叙事的可能性。媒介叙事(包括报刊和网络)的一个重要策略是情节叙事,与纯文学叙事有所不同,类型小说强调在情节中表现人物。故事性是写作的中心,情节是一个个因素和片段的连缀和拼接,在这些连缀和拼接中,实现对人物形象的刻画和塑造。另一方面,情节的片段叙事恰也与从"说话"(又称"平话")到纸媒再到网媒"单日畅销书"的叙事特征和叙事目的相契合,这是从媒介中再生的类型小说以情节为叙事中心的根本原因所在,媒介性成为类型小说独特的话语方式。特别要说明的是,这一叙事策略不仅适用于纸媒和网媒,也适用于所有定期连续出版、播放的媒介,如广播、电视等等。

自然,小说一进入类型化的蓬勃发展期,"模式化"难免成为被人深深诟病的"靶子"。"模式"不代表"重复""复制","模式化"是阅读"归化"之必然要求,特别是以娱乐休闲为目的的网络小说。关于如何看待"模式化"问题、"模式化"的必要性和接受的优越性,前辈通俗文学研究学者早已作出了明确的分析,①重要的是如何在模式中注入具有生命力的文学灵魂。正如普罗普在《神奇故事的历史根源》中所说:"故事的丰富不在于结构,而在于以多种多样的方式来实现同一个结构因素。"②所以,类型小说优秀代表作的出现,不在于"立",而在于"破",也就是说,不是在固有的类型结构中讲述同一类故事,而是要在固有的结构中,将各种具有生命活力的因素和片段重新整合,甚至破坏这一结构,才能获得新生,也即在貌似相似的叙事策略和结构中讲述全新的故事,或者用全新的叙事策略和结构重新讲述"经典"的故事。发展至当下,网络小说已经开始了颇有意味的实践,曾风靡一时的《花千骨》,虽名为奇幻仙侠小说,但文本内部的情节叙事,实融悬疑、惊悚、灵异、言情、玄幻、奇幻、女尊乃至西方流行小说题材,如吸血鬼、魔法等各种类型小说核心元素及叙事技巧为一炉,令人眼花缭乱,颇为精彩。尽管目前网络类型小说尚未出现成熟且优秀的代表作,但"破"之盛大气象,已在眼前。

三、出版改编:经典化之路

既然网络文学是草稿,那么它是否有成为经典文本的可能呢?

笔者以为,它有成为经典文本的可能,但需要等待。

回顾古今中外经典文本的生成之路,不难发现,经典需要时间考验,更需要一次又一次契机带来的精心推敲与打磨。古之小说从口口相传到手抄再到印刷,直至成为今日的经典,都要经历无数次阅读与修订。就算"字字看来皆是血"的《红楼梦》,在问世之前,也经历了无数次细读、评阅及与作者的对话。只是古代小说的这些环节在出版之前都是在封闭状态下进行的。待与读者见面时,无论语言、故事、情节、叙事策略,都经历过相对细致的打

---

① 汤哲声:《中国当代通俗小说的叙事策略及其批评》,载《学术月刊》2009年第12期,第96—104页。
② [俄]弗拉基米尔·雅可夫列维奇·普罗普著,贾放译:《神奇故事的历史根源》,中华书局2006年版,第49页。

磨,文本基本成熟,加之作者的文学艺术修为、无功利的创作心态、充裕的时间保证等因素,决定了读者阅读时文本形态的相对自足。至清末民初,报刊连载小说作者之所以备受批评,就是由于比较的基础是古代小说问世时的形态,报刊小说文本相对粗糙由介质和生产机制决定,加之时代思潮、革命与文学话语变革、文化转向、战争等种种加之于上,以报刊为主要发表平台、以市场为创作导向的通俗文学作家群体受到种种指责便不难理解了。但时至今日,当年处于风口浪尖的流行作家,无论是张恨水、李寿民还是后来的张爱玲、徐訏,都毋庸置疑地登上了经典作家的宝座,他们当年作品中备受诟病的"金钱主义""小市民文学""无病呻吟"等,都已随着时代的变迁,得到了新的价值肯定;他们的作品也随着一次又一次单行本的发行与修订,以及影视、戏剧、弹词、漫画等文艺形式的改编,在不同时代,获得多元阐释。经典是流动的,无关雅俗,如此回望当下的网络文学,在这样一种机制的参与下,就有可能从量变到质变,成就一些经典作家,只是这个结果不能一蹴而就,需要时间,需要读者、编辑、作者的共同努力:在文本发表之后,经过读者的检验和选择,经历一次又一次文化资本的运作,在媒体改编、单行本出版等再生产的过程中最终实现。而事实上,如血酬所言,网媒编辑目前所忙碌的,无论是联系出版社出版单行本、与影视公司洽谈影视改编,还是向作者反馈粉丝的意见,表面上看似以商业利润最大化的目的,但从文学生产与消费机制的角度而言,其实是实现文本经典化的必经之途。其实,历史上想要有所作为的作家,均对其作品的经典化作出了各种努力:张恨水在《啼笑因缘》写作之初先行布局,"少用角儿登场",仍"重于情节的变化",①后来又在《世界日报》上对文本进行改写;②严独鹤为《啼笑因缘》创作了引领一时风潮的精彩之"评",③至出版单行本之前三友书社发布的一系列关于作品修订意见的征集,再到后来半个多世纪的影视剧改编,都为《啼笑因缘》在文学史中确立一席之地建立了不朽功勋。时至当代,这一经典生成路径仍在延续,金庸可谓代表。且不论他的小说一次又一次被改编成影视剧、动漫及戏剧,单看他封笔后历经十年对十五部小说的几次改写,即可看出其对小说的

---

① 张恨水:《我的小说过程》,载《上海画报》第 674 期。
② 石娟:《〈啼笑因缘〉的两个版本——〈新闻报〉与〈世界日报〉之间的一段公案》,载《新文学史料》2010 年第 3 期,第 166—170 页。
③ 程瞻庐:《啼笑因缘与小说范本》,载《申报》1931 年 5 月 7 日第十三版。

经典化追求，以及对报刊连载与单行本各自功能的明确认知：要赢得读者，小说必须在报刊上连载；要青史留名，必须进行经典化改造，使其从"单日畅销书"变为一部脉络清楚、情节连贯、人物性格分明的完整作品——在商品时代，这也是文学，特别是通俗文学从流行走向经典的必经之路。

事实上，据笔者了解，当代网络小说作家并非没有经典化追求，甚至有人对创作相当严肃。《三京画本》的写作即是一例。盛颜对《三京画本》的写作和更新极慢，该作品于2004年夏天开始发表，起初涉及版权，先在《今古传奇·武侠版》连载，后在网络上发表，2006年起点中文网实行付费阅读制度后，优先在网络上发表，写到2010年，六七年的时间，只写了22万字。用她自己的话说，原因在于"我不愿意读者看到一个敷衍塞责、没有光彩的故事，所以我用了很多时间来积攒情绪、进入状态"。而其实"这是一个早就完成的故事，创作的热情和乐趣被过早消耗，支撑我完成它的动力只剩下因为连载而对读者产生的责任"。但盛颜也说："这种写作状态绝对不好，不够专业，过于任性。"她得以如此"任性"恰恰是因为她把写作看作"能够暂时摆脱庸碌生活的唯一方法"①，而非谋生手段。②因此，对于网站来说，盛颜的写作方式显然无法满足读者对写手每天5 000到10 000字的更新要求，盛颜却用她这种"不够专业，过于任性"的方式，赢得了专属于自己的读者，成为专职网络文学作家之外的"少数派"。而萧鼎《诛仙》的情形与盛颜相比又大为不同，更为特殊。《诛仙》从2003年7月4日开始在起点中文网连载，彼时各大文学网站付费阅读制度尚未实施。《诛仙》在网络上连载到2006年7月14日《心机》一章便告停止——这仅是《诛仙》出版后全书的第五集，第209章（《诛仙》最终于2009年出版，共八集，255章）——主要原因就在于网站付费阅读制度的不健全以及图书出版对作者权益保障不到位，结果此举被当时的网友称为"挖坑"。在2006年到2007年前后，萧鼎、流潋紫、当年明月等人，皆成为网络付费阅读制度的受益人。从《诛仙》等作品的发展情形我们不难看出，彼时单行本的改写并没有后来那样多，这与很多因素有关，其中一个因素是萧鼎写作时的心态——2007年在一次新浪读书对他的采访中，萧鼎谈到自己当时的创作状态，"还是比较轻松和自由的""与金庸

---

① 盛颜：《一直写下去》，http://blog.sina.com.cn/s/blog_6322967c0100h231.html，2010年2月22日。

② 盛颜是公务员，彼时任职于税务局，有相对稳定且充裕的收入。

等日报连载作家相比,要轻松得多"。的确,萧鼎在起点中文网连载《诛仙》时,提前写好一部分后,从"序"到"第六章 拜师"都是一天内上传的,"第七章 初始"和"第八章 传艺"则在4天后也就是2003年7月8日才上传,到"第九章 佛与道"直到7天后的7月15日才上传——不难看出作者的写作状态的确轻松,或许,这就是后来网站编辑所呼吁的网络文学写作"内容为王"时期的作者心态。由于作者创作时成竹已然在胸,尚未写完,结局已想好,文本闭合程度高,读者的意见对小说结构的影响有限,因此,单行本出版与网络连载出入较小。但到了金子的《梦回大清》,情形则发生了很大变化。或许,这才是当下遭受理论界激烈抨击的商业化写作的症结所在,也是其对文本戕害的直接表现之一。与多数作者仅在文字上作些调整比起来,几年后《梦回大清》变为精装版出版时,仅第一回,作者就作了很大的改动。先看网络版:

  我叫蔷薇,一个普通的上班族,天天往来于城市的各个角落,做着繁琐而又忙碌的工作。我的最大爱好就是到各个古建景点参观,因为我是满族,所以每次走在那些地方总是由(有)种不同的感觉,总想这要是在过去,我又会是在干什么呢?呵呵。反正不会是现在的无聊的财务报表和分析。
  今天是个风清云朗的日子,又是假日,我一早就起来,打算去故宫走走,我的一个发小在那里工作,每次都去找她,一方面好朋友谈天说地,另一方面省了门票钱,我也是个拮据的上班族呀。地铁很顺,下车顺着老路进了侧门,看门的师傅都认得了我,笑着说:"又在(来)找小秋呀?""你早!"我大声的(地)回答道,然后赶紧溜走,那个大爷很能侃,第一次不知道的情况下,我在门口被他拖住了俩(两)个钟头,记忆深刻,痛定思痛,以后每此(次)见了他,都是大声的(地)打招呼,然后飞快的(地)跑掉。小秋发短信说她在御花园那边,让我过去找她。我顺着长长的甬道走着,往这上面的(是)窄窄的蓝天,这条路很偏僻,因而异常的安静,我深深的(地)陶醉着,浮想联翩,那(哪)个皇亲贵族走过这里,有时是否有公主妃子从这里经过,是否也想(像)我这样心情愉悦,或是……走着走着,前面尽头是一个小门,哎,我明明记得是个拐角,怎么就走到头了呢,错了?算了,车到山前必有路,往门缝里张望了一下,好像个院落,我轻轻的(地)推了一下门,"吱呀"一声竟开了,探头进去看看好像没人管,大着胆子就进去了。只觉得这个院子凉森森的,青苔附着在墙角,一个狭小的四合院,看起来已经很久没有修缮过了,正门上挂着一个匾,影影绰绰是个"秀"字,满文到(倒)是很清楚,可惜我虽是满族,却不懂半点满语,凑上前去依着门缝往里看,谁知这门年久失修,禁不住我的依靠,竟开了,我跟跄的(地)就跌了进去,只觉得空气污浊,头一晕,就什么都不知道了。

——《梦回大清》(网络版)晋江文学城,2004年7月1日①

精装版"引子"不仅将小说类型划为"穿越",内容也充实了许多:

我叫蔷薇,一个再普通不过的上班族,天天往来于北京的各个角落,做着繁琐而又忙碌的工作。我的最大爱好就是到各个古建筑景点参观。不知道为什么,每次走在那些依旧留着辉煌痕迹的古建筑景点,总让我有种不同的感觉,想着要是在过去,这些宫宇楼台曾是何样的盛况,那些穿梭其中的古人过着怎样的日子。如果能回到那时,我又会去干什么呢?

"蔷薇,想什么呢?老板等报表呢,你还发呆!"同事姚姐轻轻戳了我一下。我一哆嗦,抬头就看见了经理大人不善的目光,所有的遐想瞬间灰飞烟灭。我冲姚姐悄悄做了个鬼脸,赶忙整理好报表冲向老板的办公室,心里却还想着,天天都是这样无味且繁琐的工作,何时才能脱离这些无聊的财务报表和分析,过另一种完全不同的生活呢?哪怕,全然未知……

北京的秋天总是让人心情愉悦,蓝天白云,舒爽凉风,本来想睡懒觉的我被小秋一个电话给叫了起来。"好,好,知道了,就过去。"我含着一嘴的牙膏沫儿说。小秋这个发小原本住在我家隔壁,后来虽然因为搬迁分开,但我们之间的联系却从未断过。大学毕业之后,学档案管理的小秋被分配到故宫博物院,她总是笑说这个工作就是为我找的。因为每次我都打着找她谈天说地的旗号,光明正大地免票穿过午门。没办法,六十块钱一张票对于我这个小财务,可不是经常消费得起的。

---

① 金子:《梦回大清 迷路 第一章》,晋江文学城,http://www.jjwxc.net/onebook.php?novelid=12779&chapterid=1,2004年7月1日。因网络首发,原文有错字、别字,此处均依原文。

地铁很顺,下车顺着老路进了侧门,看门的师傅都认得我了,笑着说:"又来找小秋呀?"

"是啊,您老早!"我笑着大声回答,然后赶紧溜走。那个大爷巨能侃,第一次我还不知道厉害,足足在门口被他拖住了两个钟头,从清朝某皇帝说到天安门地铁,教训深刻。痛定思痛,以后每次见了他,我都是热情洋溢地打招呼,然后飞快地跑掉。

小秋发短信说她在御花园那边忙活,让我过去找她。故宫里永远不缺游客,我宁愿从东六宫绕行,没一会儿就把那些喧闹抛在了身后。我放缓脚步,顺着长长的甬道走着,仰头看到的是窄窄的蓝天,左右两旁则高耸着暗红色的墙和金黄色的琉璃瓦。这条路很偏僻,因而异常的安静,一瞬间我仿佛被包围在了旧时光里,只有鞋底敲击着地面的咔嗒声。这种感觉让人沉醉,我不禁浮想联翩,是否那些皇亲贵族也走过这里,他们当时在想些什么呢?是否也像我这样心情愉悦,或是……

走着走着,我觉得有些不对劲,前面尽头处现出了一个小门。咦?我明明记得应该有个拐角,怎么就走到头了呢,走错路了?我疑惑着向前走,直至门前,扒着门缝向里张望了一下,好像是个院落。我无意识地往前靠了靠,想要看得更清楚些……"啊!"我低叫了一声,身前的门吱呀一声打开了,原来并没有上锁。

有些心虚地看看四周,依然只有我一个人,略探头进去看看好像也没人管,实在忍不住好奇,我大着胆子就走了进去。一进来就觉得这个院子凉森森的,斑驳的青苔附着在墙角檐下,一个残破的石鼓半埋在地里。这是一个狭小的四合院,看起来已经很久没有修缮过了,正殿上倒挂着一个匾额,抬头看去,影影绰绰的貌似一个"秀"字,满文倒是很清楚,可惜我虽是满族,却不懂半点满语。这院子静得仿佛进入了真空,我忍不住摩挲了一下手臂上竖起的汗毛,决定还是离开。刚转身想走,呼的一下,一阵凉风掠过颊边,我不禁打了个哆嗦。"谁?"那一瞬间仿佛听到有人在说话,我猛然转头看向身后,惊讶地发现原本紧合的殿门竟然打开了,殿内光线昏暗。我还什么都没看清楚,就觉得一股污浊的空气迎面冲来,头立刻晕沉了起来,本能地想逃走,腿却如同面条一般软了下来,我踉跄着就朝屋里栽了进去。我眼前顿时一片漆黑,只感到瞬间被什么包围了起来……

"小薇,小薇,小薇……"

是谁?谁在呼唤我……

——《梦回大清》(精装版)①

精装版出版后,出于赢利目的,晋江文学城的《梦回大清》下部有几章被锁,金子在末尾告知读者,新出版的精装版她做了些修改,"但结尾未动,这个,不能动"②,欲言又止。金子对这部作品的感情及在修改中作出的努力,清晰可见。如上种种,不仅说明部分网络作家对于自己的作品的确有着相对明确的经典化追求,创作并非只为谋利,更呈现了当代网络文学繁荣表象背后文学生产与消费的种种复杂:作家的追求、读者的批评、网站的介入、市场的反应、政策的改变……凡此种种,共同作用于作品,作品的最终样貌非作家一人心愿所能及。因此,有追求的作家、出版商或出版传播机构,不会满足于读者的一时追捧,而是会利用网络文本在媒介"旅行"的契机,对网络写作时无法顾及的故事、语言、逻辑、叙事……予以全方位考量,一步一步为"胚胎"塑形。在这样的语境中,网络文学作品走向经典获得了理论上的可能,我们且拭目以待。

---

① 金子:《梦回大清》(精装版),沈阳出版社2010年版,第1—2页。
② 金子:《精装版梦回大清已上市》,晋江文学城,http://www.jjwxc.net/onebook.php?novelid=127798&chapterid=52,2011年1月27日。

第五章 2016年香港大学生网络小说阅读调查及理论分析

陈乐汶

随着互联网及手机应用程序的快速发展,网络已成为城市居民生活中不可缺少的一环,不论日常生活所需,或是娱乐消遣都与互联网有着密不可分的关联,而网络小说亦成为近十年文学研究中最热门的内容。虽然相关研究的数量与质量正不断提升,但研究的地域仍集中于内地和台湾,对香港网络小说的研究仍处于有待探讨的阶段。为此,笔者专门针对香港的大专及大学生开展了网络小说阅读的问卷调查,希望借助网络小说理论,对香港网络小说及读者的特点进行分析,并尝试比较香港大专及大学生对香港与内地网络小说的看法。

一、调查概况

本次调查的目的是了解香港大专及大学生对香港网络小说的看法,并借助理论分析读者的特点与审美观。本调查于2016年9月开始,至12月结束,成功收回237份问卷,被调查者中有男生92人,女生145人。调查内容以阅读香港网络小说为主轴,当中包括阅读途径、阅读原因、喜欢的类型、喜欢的作家及作品等,同时亦调查他们是否阅读过内地的网络小说,并认为何者较为优秀及原因。

调查结果显示,大部分香港大专及大学生都有阅读香港网络小说的习惯,其中有70.19%的受访者表示曾阅读过香港网络小说,而有37.55%的受访者曾阅读过内地的网络小说。

在阅读途径方面,香港大专及大学生阅读网络小说的途径依次序分别是高登讨论区(38%)、Facebook(29%)、纸言(14%)、实体出版(13%)、其他(6%)。

就阅读原因而言,较多受访者表示是故事情节吸引(18%),其次是方便快捷(17%),再者是运用粤语或流行用语书写(15%),接下来分别是基于免费而阅读(15%)、认为题材多元化(15%)、与香港生活有关(9%)及其他(11%)。

就网络小说类型而言,最受欢迎的是推理(18%),其次是爱情(17%)、科幻(17%),接下来是恐怖(14%)、穿越(11%)、冒险(9%)及其他(14%)。

最为受访者熟悉的香港网络作家是 Mr.Pizza(16%),排在第二位的是孤泣(13%),第三位是有心无默(12%),接下来是孔明(9%)、向西村上春树(8%)、鸟不起(8%)、小性奴(8%)及其他(26%)。

在同时阅读香港及内地网络小说的受访者当中,有 43.4%的认为内地的网络小说较优秀,认为两者不相上下的约为 34%,而认为香港网络小说较优秀的则占 22.6%。

以上只列出调查的概括结果,为求对香港网络小说的读者有更深入的了解,因此必须借助当下网络文学的理论,才能展现调查背后所隐藏的情况,这也正是本章节将要探讨的内容。

二、香港网络小说读者的特性分析

刘克敌在《网络文学新论》中说过,网络文学读者与传统小说读者的不同主要表现在:1.庞大的读者群;2.减压后的欣赏心理;3.个性化的期待视野。[①]本次问卷调查亦能反映香港网络小说读者具备上述三个特点,但基于香港社会的特点与内地同中有异,因此亦需通过分析才能了解香港读者的特性。有关分析如下:

(一)庞大的读者群

正如刘克敌所言,网络快速普及所带来的最显著表现就是读者群不断扩大,这可从两方面体现,分别是读者数量的剧增及读者受限减少。

香港互联网使用率一直处于不断增加的状态,香港政府于 2015 年发布的《香港统计月刊》显示,10 岁或 10 岁以上使用互联网的,在 2000 年约有 180 万人,至 2014 年上升至约 500 万人,升幅高达 172%。至于这 500 万人使用互联网的目的,有 82.9%的人们表示主要是网上娱乐,其中包括收听或

---

① 刘克敌:《网络文学新论》,凤凰出版社 2011 年版,第 156—160 页。

观看节目、网上游戏及阅读小说和漫画。①从中可见,在香港通过互联网阅读小说的读者正不断增加,这正符合刘克敌所提出的"庞大读者群"的第一个特性:数量上不断增加。

在本次接受调查的237名香港大专及大学生中,表示曾阅读过网络文学的共有154人,其中有70.19%曾阅读过香港网络小说,可见阅读网络小说已成为他们一项新兴的潮流玩意或生活习惯。近年来已有不少香港出版社看准这个以年轻人为对象的消费市场,发掘较受欢迎的香港网络作者及小说,并作重点推介,继而出版品牌系列,例如作家孤泣及有心无默等的作品。

从调查结果可知受访者阅读香港网络小说的途径主要是通过高登讨论区、Facebook、纸言,包括网站版及手机版。上述情况与中国内地不同,内地的读者大多通过专门为网络小说而设的网站及手机程序阅读网络小说,如起点中文网、创世中文网、纵横中文网等,但香港读者则比较喜欢通过包罗不同信息的高登讨论区及Facebook阅读,这无疑与香港互联网使用者的特性及网络平台的流通性有关。

高登讨论区并非是专门为网络小说而设立的网站,其中包含多个讨论区,其中一项为"讲故台",免费给网络小说作家提供展示作品及与读者作实时交流的机会,②即使是非注册用户也可以阅读其中的帖文,可见使用者所受的管制较少。而在香港每月使用Facebook的活跃用户达440万人,超过六成的香港市民拥有Facebook账户。③再者,不论是高登讨论区(非注册用户)或是Facebook,对使用者的年龄、性别、学历等均无特定要求,而且费用全免,使用者可随心所欲地选择感兴趣的小说,这亦符合刘克敌所提出的"庞大读者群"的第二个特性:读者受限减少。

(二) 减压后的欣赏心理

大专及大学生正处于大量接受知识的时期,他们要为未来发展作准备。面对巨大的压力,他们亦需寻找适当的途径以作舒缓,因此不少香港青年人会把阅读当作一种减压方法。收回的问卷显示学生们喜欢阅读香港网络小

---

① 香港政府:《2000年至2014年香港居民使用个人电脑及互联网服务的情况》,载《香港统计月刊》2015年11月。
② 参考香港高登网站:http://www.hkgolden.com/default.aspx。
③ 香港852邮报:《香港fb用户达440万 每3人有2人拥fb》,2014年7月24日。

说的原因主要是情节吸引、方便、题材多元化、免费、使用粤语或潮语书写等等,没有一位受访者表示阅读网络小说是为了拓阔视野、开拓思维,可见他们阅读的目的纯粹是为了娱乐,而这种为娱乐而阅读的心态,与阅读香港"精英文学"有所不同。①

为了达到娱乐的目的,香港网络小说的内容大都呈现狂欢化的现象,爱情、科幻、恐怖等类型小说都把内容的渲染性尽量扩大,并与香港的社会文化现象结合,如港女文化(意指香港女性拜金主义现象非常严重,并要求男性对她们如公主般对待)、收兵文化(意指香港女性运用美貌与多位男性发展暧昧关系,从中获利)等,务求使读者产生共鸣,并从中获得情绪上的最大宣泄,以达到减压的目的,作品包括孔明《我将一位宅女变成女神,然后再将自己变成佢只兵》、薛可正《男人唔可以穷》等。不少作者用粤语写作香港网络小说,并加插时兴的潮流用语,继而产生即兴及嬉闹的意味,以增强娱乐性。可见阅读香港网络小说的读者,背弃香港精英文学着重反思、要求创新的风格,改为追求浪漫及刺激的阅读经验,从而释放内心的压力,获得情绪上的满足,而非获得精神上的拓展。

(三)个性化的期待视野

如刘克敌所言,所谓个性化的期待视野是指"一群人对某一部作品或某一类文章虽有着相似的前期概念,但却仍存在许多的差异,而网络将这种差异空前放大,使得读者的期待视野变得异常个性化"②。为方便作者创作或读者选择,网站大都会对网络小说进行分类,如言情、科幻、推理、武侠等等,而这些分类正体现了刘克敌所说的个性化的期待视野。虽然内地及香港的分类大同小异,但有几类受内地欢迎的小说,如军事、历史类,却得不到香港读者的垂青。这或许与香港的历史发展、社会现状有所关联。

网络小说受读者欢迎的一个原因是内容能与读者产生共鸣,而且共鸣越强,就越能得到读者的追捧。因为内地与香港的社会情况有别,所以两地读者产生了不同的喜好。就以军事类而言,香港在英国统治时期受英军保护,而回归祖国以来亦受到解放军的保护,在历史及政治的影响下,香港人

---

① 香港文学作家除了有通俗作家,如金庸、倪匡、亦舒等,亦有部分被称为学院派的精英文学作家,如思果、陈耀南、黄维梁、黄国彬等,他们的作品往往反映现实并带领读者思考当下的社会问题,又或引领读者思索文化与人生等,而这些严肃的主题与读者阅读香港网络小说的原因有很大区别。

② 刘克敌:《网络文学新论》,凤凰出版社2011年版,第159页。

普遍不太关注军事国防,亦缺乏学习的机会,读者对这类小说难以产生共鸣。相同情况亦见于历史类小说,在香港的教育制度中,只有初中三年需接受有关历史的教育,因此不少香港人对中国历史甚至世界历史缺乏详尽的认识,而且香港的初中历史教育着重背诵,不少学生对历史欠缺热情甚至抗拒,在这样的教育背景下,历史类的网络小说不能得到香港读者的喜爱也就无可厚非了。由于读者没有这方面的需求,所以在纸言网站上没有历史小说或军事小说的分类,如有这类作品,则被归类为"其他"。周志雄曾言:"在参与社会的发展进程,书写时代经验的意义上,网络文学是不可忽视的,网络小说能引起读者的共鸣,很大程度上是由小说中的生活经验带来的。"①这或许能解释为何在内地受欢迎的小说类型,不一定可以得到香港读者的垂青。

三、香港网络小说读者的审美观

刘克敌在《网络文学新论》中指出,相对于传统文学欣赏,网络小说的欣赏方式具备四大特性:滚动性、实时性、立体性及娱乐性。本次问卷调查显示,香港网络小说读者亦有上述四大特征,但由于香港的社会情况、阅读网络小说的途径及读者的喜好与内地有所不同,因此香港网络小说读者具有独特的审美观。

(一) 滚动性

所谓滚动性是指一次性显示出来的文字量大,而且阅读方式变为鼠标点击和点拉,②要了解香港网络小说读者是否具有这两种阅读特性,就得了解他们的阅读途径。

分析调查问卷得知,香港网络小说读者的两大阅读途径分别是高登讨论区及Facebook,包括浏览两者的网站或手机程序。由于两者都不是专门为发放或阅读网络小说而设的信息平台,因此大部分读者可能是在阅读网上其他信息时,顺便阅读香港网络小说,这与内地读者特意为阅读网络小说而浏览网站或下载手机程序不同。近年来大量香港青年人在使用Facebook这个社交平台,因此不少香港网络小说作家纷纷通过Facebook发表作品,

---

① 周志雄:《网络小说的类型化问题研究》,载《南京社会科学》2014年第3期,第133页。
② 刘克敌:《网络文学新论》,凤凰出版社2011年版,第164页。

读者可在 Facebook 上主动追踪或点赞,或通过朋友的分享而知悉有关作品。

在问卷调查中有多达17％的读者表示,阅读网络小说的原因是因为方便快捷,可随时随地阅读,因此读者大多采用滚动式阅读模式,而且偏向阅读一些短小的文章,以求在最短时间内获得最多信息。虽然 Facebook 容许使用者一次上传一万字以上的文章,但为了配合读者的阅读习惯,大部分作者都把作品分割成多个章节,约二千至三千字为一章,并为每章加上编号,方便读者在下次启动 Facebook 时能快速延续上次的阅读。这种点拉式的阅读方法亦影响了作者的创作。为了吸引读者继续阅读,作者必须在每章结束前设置悬念,这样做的好处是使得整部网络小说高潮迭起,但过多的伏笔会使作品变得散乱,令读者产生阅读疲劳,使他们放弃阅读相关作品。

(二)实时性

所谓实时性是指读者阅读网络作品后,可实时于网上发表个人看法,又或与作者交流。①对香港读者来说,不论是高登讨论区还是Facebook都存在这种实时性。

以作家有心无默为例,他在2016年3月至6月于 Facebook 发表《自从知道咗西营盘站延迟嘅秘密之后,我就再唔敢搭港岛线》(实体出版时改名为《西营盘》)的过程中就出现了作者与读者通过 Facebook 作大量交流的情况,甚至直接影响小说的发展。故事讲述主角在兴建中的西营盘港铁站担任保安员,在机缘巧合下遇到在地底生活的一群高智慧生物,继而展开一段拯救人类的冒险旅程。作者有心无默在 Facebook 发布该作品时,经常通过 Facebook 与读者沟通,如读者留言表示不明白小说内容,作者便立即加以补充;又或读者上载西营盘港铁站的相片,要求作者作出回应;等等。有关 Facebook 留言数量方面,该作品第二章共有107条留言,在最后一章上升至345条留言,升幅多达3倍,当中未计算每条留言下的回复发言,而且读者的留言全都在每章作品发布后几分钟内出现,作者亦随即作出回复,这种实时性的互动大大提高了读者的阅读乐趣。

(三)立体性

立体性既指网络作家与读者互相影响,也指作品除视觉外,亦通过不同

---

① 刘克敌:《网络文学新论》,凤凰出版社2011年版,第164页。

的媒介刺激读者。①

在互相影响方面,同样以《西营盘》为例,除第一章外,之后某些章节结束时都会让读者投票,直接影响下一章故事的发展,而且注明该章点赞人数超过某一数量,作者才会继续创作,如果点赞超过某一数量会加快连载,这个策略使得点赞人数由第二章约 2 800 人上升至最后一章约 9 500 人,升幅高达 3 倍。这就如刘克敌所言:"网络打破了读者与作者之间的界限及身份差距,读者从传统的被动接受变为了主动参与,即在网络文学的世界里没有纯粹的'读者'和'作者'。它完全改变了艺术与大众的传统对立关系,只要你参与了,你既可以是读者,同时也可以是作者,这是一种双向的互动。"②

在多媒体应用方面,有心无默除了把作品上传至 Facebook 外,他在发布小说最后一章时,特意在 youtube 上传一段特别为小说而制作的音乐片段,邀请读者阅读时聆听这段特制音乐,让视觉和听觉结合,达致最高的官能享受,而且这部香港网络小说已确定将拍摄成电影,届时将通过电影这个媒体为读者带来更立体的新体验。

(四)娱乐性

阅读网络小说与阅读精英文学不同,前者是追求欲望的满足、阅读的快感,而后者则是知性的拓展、良知的醒觉。调查显示,受访者阅读香港网络小说最主要的原因是情节吸引,而最受欢迎的小说类型为推理(18%)、爱情(17%)、科幻(17%)及恐怖(14%)。由此可见,他们阅读是为了寻求快感,不求真实,但求刺激。调查显示最为读者熟悉的作者及作品是 Mr Pizza《那夜凌晨,我坐上旺角开往大埔的红 VAN》(简称《红 VAN》)、孤泣《杀手世界》及《APPER 人性游戏》、有心无默《西营盘》,以上作品都包含了大量推理及科幻元素。Mr Pizza 及有心无默的作品都是以平凡的香港青年作主角,增加读者的代入感,而且加插大量悬疑、恐怖的情节,既能满足读者的好奇心,亦能为读者带来刺激,从而产生丰富的娱乐效果。

以《红 VAN》为例,该作品自 2012 年 2 月起上传至高登讨论区,于 2014 年拍摄成电影在香港上映。故事主角是香港青年游梓池,某夜凌晨他乘坐由旺角开出前往大埔的红色小巴,在穿过塞拉利昂隧道(即狮子山隧道)后,发现整个香港的市民全都突然消失,只余下小巴车厢内的十七人,后来又陆

---

①② 刘克敌:《网络文学新论》,凤凰出版社 2011 年版,第 168 页。

续出现来历不明的神秘面具人,而小巴车上的乘客亦开始无故死亡。整个故事从一名青年人的视角出发,包含大量的推理、科幻及恐怖元素,但同时亦有战胜黑暗、正义长存等彰显人性光辉的片段,使得读者把自身投射成主角,经历每个紧张刺激的情节,感受阅读带来的官能快感,同时满足情感上的需要,达到一种娱乐的效果。可见香港网络小说及读者大都饱含草根情结,故事以民间的视角进行,价值判断以日常生活中的道德作标准,再通过小说情节及场面设计来刺激读者。①

四、香港读者对香港及内地网络小说的比较

本次问卷调查亦希望了解香港读者对香港网络小说与内地网络小说的看法。调查显示,在113名阅读香港网络小说的读者中只有53人同时阅读过内地网络小说。其中有43.4%的读者认为内地网络小说较优,有34%的读者认为两者不相上下,而22.6%的读者认为香港网络小说较优。若要了解这个结果的成因,则需结合香港的社会文化作讨论。

(一)认为香港网络小说较优者的观点

有些读者更喜欢阅读香港网络小说,主要原因有二:较有共鸣,喜欢以粤语或潮流用语书写的风格。

香港网络小说有不少情节与香港的社会时事或现象有关,以增强读者的代入感,更易产生共鸣。再者香港青年大都习惯在互联网上用粤语与朋友作私人沟通,所以小说以粤语书写故事,不但不会给读者带来不便,反而令他们倍添亲切。

以薛可正《男人唔可以穷》为例,故事于2012年11月开始上传至高登讨论区,男主角薛可正为双失青年(失学、失业),在走投无路之下加入伦敦金公司担任经纪,故事虽以"穷"及"伦敦金"②开场,却围绕亲情、事业等感人主题,反映香港人对生活及命运的无奈,获得网民的大力支持。"双失青年"专门指一些没有学业及事业的年轻人,他们被社会认定为失败者,不少双失青年都有沉溺互联网的情况,更会被冠上"废青"(没贡献的青年)之名,

---

① 龙柳萍:《论消费时代的网络类型小说——基于读者接受视角的审视》,载《广西社会科学》2013年第4期,第152页。
② 伦敦金是一种黄金买卖交易方式,香港一些金融诈骗组织以伦敦金之名引诱外行投资者交出财物作虚假交易,从而转移财富,因案例甚多,在香港"伦敦金"已成为骗案的代名词。

而《男人唔可以穷》的男主角就是这个社会现象的典型例子。由于男主角的出身与许多读者有着共通之处,而且故事内容紧贴香港社会现状,能引起读者的共鸣。这种充满香港时代感、社会感的内容,正是香港网络小说所独有的卖点。

在语言运用方面,因粤语中有不少语音上的语带相关,再结合香港的现状,便能为文章增添趣味,如《男人唔可以穷》中的一句:"听完Yoyo既一席话之后,其实我真系好想接触下呢个伦敦金既世界,自问原则我有丫,勤力我亦算得上系,除左冇条事业线之外,我有冇可能好似Yoyo咁揾到几皮野一个月呢?"当中"除左冇条事业线之外"的"事业线",既指掌相学中窥看事业运的掌纹,香港媒体亦会以"事业线"指称女艺人的优势,文中男主角因为性别及失业,所以自然没事业线。有部分认为香港网络小说较优的读者,是由于喜欢这种由粤语书写所产生的趣味。虽然现代汉语也能制造出语带相关的效果,但香港大部分青年仍主要使用粤语沟通,因此在阅读用现代汉语创作的小说时,有可能不明白其中的含意,不能意会文句的趣味,少了阅读的乐趣。

(二)认为内地网络小说较优者的观点

有些读者认为内地网络小说更胜一筹,主要是因为他们认为内地网络小说题材较多元化,也有部分读者认为用现代汉语写作较易理解。

在题材方面,有部分内地热门的小说类型得不到香港读者的喜爱。基于市场的考虑,香港网络小说作者大都创作类型相近的小说。以本次调查为例,最为读者熟悉的几部作品,如《那夜凌晨,我坐上旺角开往大埔的红VAN》《杀手世界》《APPER人性游戏》《西营盘》等,都充斥着推理、科幻及恐怖等元素,呈现单一化的特点。读者大量阅读类型相近的小说后,必然会渴望寻求不同风格的作品,以求达到前所未有的刺激,从而获得阅读快感。

在写作语言方面,由于不少粤语字词没有统一的写法,例如"有无、有冇""训觉、瞓觉"(睡觉)、"琴日、寻日"(昨天),令部分读者难以掌握。此外,大量中英夹杂的情况也成为另一种阅读障碍,例如《红VAN》几乎每章都出现此类情况:"究竟咩事?是不是d咩演习?唔通警察系后面set左road-block?"(究竟发生什么事?是否进行演习?是警察在后段的公路上设置了路障吗?)如此密集的中英夹杂,使得英语水平较差的读者不能理解原文的意思,又或导致文句不顺的现象,因此有部分读者认为用现代汉语创作的内地网络小说较优也无可厚非。

结语

不论是内地读者还是香港读者,阅读网络小说大都是为了娱乐,但通过本次调查,可知两地读者的审美观有一定的差别,而这种差别源于两地不一样的生活状态、阅读途径、读者惯常使用的语言等因素,可谓同中有异,异中有同,故此难以比较何者较优。不可否认,近几年有许多内地网络小说被改编成电影、电视剧,逐渐获得香港市民的关注,相反,香港网络小说却未能全面打入内地市场,这或许与内容及文笔中有太重的"香港味道",难以令内地读者明白有关。因此,如果香港网络小说希望把读者群开拓至内地,就必须解决内容及文笔的问题,让内地读者产生共鸣,才能拓展内地市场。

结　语

石　娟

皮埃尔·布尔迪厄在 Philosophy in France Today（《今日法国哲学》）一书中曾说："哲学家喜欢追问：'思维是什么？'可是他们从来不追问进行思维活动的具体方式需要哪些必要的社会条件。"①同样，既有的文学研究多习惯于关注文本内部的种种"微言大义"，对支撑文学发生的必要条件以及机制的相关研究，开展得并不充分。这是既有文学研究传统的直接影响所致。然而，进入近代，传统的文学写作被纳入物（商品）所包围的、商品逻辑成为基本存在法则的消费社会的生产体系，技术进步带来了文学载体的深刻变革，资本的介入确立了文学商品化的消费特征，文学活动参与者身份、分工的改变，都直接或间接作用于最终以文字形式呈现的文本。文学终以商品的身份公之于众，却不得不面对这样一种窘境：它们必须被消费，最好"热销"，又或者在有意或者无意之间"流行"，其阅读及价值的实现与"金钱主义"紧密地捆绑在一起，消费是它们被生产的直接目的。于是，在现代媒介诞生之后，对由文化资本参与的，具有时效性特征的、片段式的百年中国通俗小说，应该如何去理解和评价？其历史的、当下的价值应该如何确立？其无法停止的文化再生产，具有怎样的理论属性？除表象之外，这些精神"消费品"，在历史与当下，还有没有可能同时作出"生意"之外的贡献——一种类似于《百科全书》出版史那样的启蒙行为，抑或其他？

这些，都是通俗文学研究必须直面的现实的、核心的问题。

要回答这些问题，其中一个可能且必要的方式，是回到文本诞生的历史现场，也即从"进行思维活动的……必要的社会条件"中去寻找答案。对这

---

① Pierre Bourdieu. *The Philosophical Institution*. Alan Montefiore. *Philosophy in France Today*. Kathleen McLaughlin, trans. Cambridge: Cambridge University Press, 1983, p.5.

些"必要的社会条件"的寻找,使我们追溯到百年中国通俗文学的生产与消费机制。①那些令人眼花缭乱的市场运作手段、文学生产与消费行为以及由此而生成的一个个"文学事件"和文学现象,成为问题的"焦点"。对一个个"文学事件"及文学现象的历史分析,以及对这些文学生产与消费过程的梳理,使我们回归历史语境,并为我们提供了一种理论思考的视角,使我们得以重新认识那些在文本内部分析中不屑提及的"竞卖""流行""旋风"之种种,客观认识文学生产与消费机制给文本创作及接受行为,也就是文学活动带来了哪些改变,对文本及作品的生成产生了怎样的影响。比如,为何同是消费型写作,《啼笑因缘》能够使1931年成为"张恨水年",紧随其后的《太平花》就如此失败,以至于一而再、再而三地改写都没有成功?

理论建设必须基于对一个个具体历史事实、个案的呈现、阐释和分析,没有对史实的尊重和全面的呈现,就无法客观,也没有可能全面真实地认识历史、评述历史(当然,也必然包括发生于历史之中的小说),更无法解释因循历史逻辑和历史惯性而生发的当下。我们所做的,就是在尊重历史事实的前提下,努力发现"物质基础"如何"决定""上层建筑",即外因如何作用于内因,思考外因如何影响文本的生成并建构文本,以及生成意义,期待从历史的阐释和剖析中,寻找到理解文学的渠道和手段。于是,当面对"百年中国通俗文学价值评估体系"这一课题时,市场和读者,成为我们进入这一课题的两个入口。因此,关于本书的章节选择及安排,我们还要作如下说明。

上编"百年中国通俗文学的市场运作"部分,课题组自20世纪第二个十年至21世纪的第二个十年,有目的地选取了十个个案,对于个案的选择和取舍,努力满足如下三方面条件:一为时间跨度,二为问题类别,三为地域范围。在时间方面,努力争取在每个十年能够选择一个代表性文化现象或文学事件,比如《晶报》诞生于1919年,《江湖奇侠传》在20世纪20年代引领风潮,《啼笑因缘》是20世纪30年代的宠儿,《秋海棠》风靡20世纪40年代,《皇冠》杂志创办于20世纪50年代,《故事会》创刊于20世纪60年代……在问题类别上,则努力囊括百年中国通俗文学乃至文化研究中的各个领域,如小报(《晶报》)、期刊(《皇冠》《故事会》《今古传奇·武侠版》)、小说(《江湖奇侠传》《啼笑因缘》)、作家(金庸)、文本改编(《啼笑因缘弹词》与

---

① 当然,我们必须承认,文学生产与消费机制是这些"必要的社会条件"之一,并非全部。

《秋海棠弹词》)乃至文化现象如"倪匡现象""郭敬明现象"等等;在地域上,研究对象不再偏安于上海一隅,扩展到武汉、北京等地,而1949年之后大陆通俗文学血脉得以延续并再度繁荣的"重镇"——港台地区,我们也试图在本课题的研究中有所突破:金庸、倪匡以及《皇冠》杂志的选择,就是基于这样的考量。但是,受课题研究时间、工作量、课题组成员及其他客观条件的限制,课题组无法在短短六年内完成一个完美的结构框架,比如地域上的东北地区、京津一带,时间上的20世纪八九十年代,内容上的电影、戏剧改编等等,在项目完成的六年内,陆续取得了非常优秀的成果,但由于项目完成机制及时间限制等原因,这些成果未能进入本书,留下了遗憾,只能留待未来弥补。需要说明的是,笔者所完成的《江湖奇侠传》《啼笑因缘》两章,在其他研究著作中曾有收录,但由于这两个个案在市场运作及策略研究中的代表性和经典性,在本书中不可偏废,笔者作了较大幅度的修订,以期使这两个个案以更成熟的面貌贡献学界。

下编"百年中国通俗文学阅读调查(2014—2018年)",是出于对读者阅读的考察目的,从接收的大数据中观察百年中国通俗文学文本及其衍生品的读者评价,探讨当下大众读者对历史文本和当下文本的评价与理论界的解读之间存在的差异,根本目的是期待通过问卷所获得的数据,确立问题,以实证的方法对百年中国通俗文学价值的评估标准有所贡献,有所验证,有所补充,了解百年中国通俗文学作家、作品在当下读者中的接受状况及其生命力,并结合每年的流行风向,开展有针对性的专题设计。如2016年科幻小说与影视剧作品问卷的设计,就是随着2015年刘慈欣《三体》、2016年郝景芳《北京折叠》相继获得"雨果奖"之后,科幻小说阅读升温而予以考量。2013年到2016年,恰也是影视剧作品发展的大年,《心术》《琅琊榜》《伪装者》《芈月传》《鬼吹灯》等作品,一热再热,"关于科幻小说和影视剧改编作品的阅读调查"问卷由此而来。2017年年末至2018年年初,黄易、梁羽生等武侠前辈陆续离世,金庸先生健康欠佳,大陆新武侠逐渐隐没,网络武侠小说难现昔日风华。武侠小说是否还在,以什么方式存在,将走向何方,受到课题组的关注,基于这一考虑,2017年年底,课题组开展了"关于与武侠文学相关问题的阅读调查"。而2016年发布的"对香港大专/大学生阅读香港网络小说情况的调查"问卷,则是基于香港的地域特点和文化差异,有针对性地对香港大学生开展的阅读调查,期待可以在比较的视野中观察香港大学生对香港与内地网络小说的阅读差异。遗憾的是,由于课题的进度安排以及前面相关研究开展较多等原因,网络小说部分留出的工作时间相对较少,开展得不够充分,引以为憾。此部分研究完成于2016年,为保留研究的历史性、阶段性特征,网络小说部分所有数据以及研究的时效性,包括问题的探讨,均截至2016年,不再向后延伸,尽管当下的有些成果已经突破了课题组当时的思考。同时,由于香港网络小说调查样本数量的限制,该部分研究以呈现事实为主,以期为后来的研究者提供对比参考的历史数据。接下来,若条件允许,课题组将对该问题持续关注。

在调查过程中,课题组力求以科学严谨的态度,实证和反观理论界的既有结论与"默默的强势"之间的差距。特别要说明的是,徐斯年先生关于《三体》与七位顾问的对话不仅为本次调查提供了翔实的个案研究资料,也让课题组得以窥见科幻小说,特别是"硬科幻"小说在接受过程中思维认识的轨迹。不仅是当下,在未来科幻小说接受及阅读的相关研究中,也是不可多得的珍贵文献。徐斯年先生是学界长者、资深的文学研究专家,他与七位顾问深入而细致的对话与思考,不仅是文学的、科学的,更是哲学的;不仅是珍贵的阅读史料,也构成了《三体》意义生成的一部分。在此,特别向徐斯年先生和七位顾问致以最深的敬意和感谢。

阅读调查只能在当下读者中展开,对于历史上已经存在的读者,历史文献中所能发现的有限的调查活动,则属于中国现代通俗文学阅读史研究范畴,与我们所关注的现实意义上的、具有大数据分析功能的、由课题组开展的阅读调查活动有根本差异。故而,对于历史上曾经开展的相关调查,均纳入通俗文学阅读史研究范畴,本书不作考虑。

附录一 "当代通俗小说阅读调查"问卷

1. 你的年龄［填空题］

   _____

2. 你的籍贯：省（地区）、市区、县乡、镇村［填空题］

   _____

3. 你的性别［单选题］

   ○A. 男　　　　○B. 女

4. 你的职业［单选题］

   A. 本科生　　　B. 研究生　　　C. 专科生　　　D. 打工者①

   E. 公务员　　　　　　　　　　F. 医生

   G. 自由职业者　　　　　　　　H. （银行、公司、企业）职员

   I. 教师　　　　　　　　　　　J. 个体私营业主

   K. 退休人员　　　　　　　　　L. 农民

   M. 工人　　　　　　　　　　　N. 媒体从业者

   O. 其他，职业是_____

5. 你觉得什么样的小说是通俗小说？［多选题］

   A. 休闲、有趣味的小说　　　　B. 市民小说

   C. 没有思想性的小说　　　　　D. 媒介小说

   E. 长篇连载小说　　　　　　　F. 文学史中很少提及的小说

   G. 流行小说　　　　　　　　　H. 易懂的小说

   I. 庸俗、格调不高的小说　　　J. 其他_____

---

① 做问卷调查时，课题组对打工者没有具体界定，被调查者可以按个人意愿判断选择。此处呈现原始问卷。下文相同。

6. 你为什么阅读通俗小说？[多选题]

    A. 休闲娱乐　　　　　　　　B. 文学欣赏

    C. 开阔视野,增长见识　　　　D. 情节紧张,好看

    E. 文笔生动　　　　　　　　F. 内容丰富,题材多样

    G. 不费脑筋　　　　　　　　H. 其他,理由是_____

7. 你认为下面哪些作家是通俗文学作家？[多选题]

    A. 张恨水　　B. 鲁迅　　　C. 冯梦龙　　D. 曹雪芹

    E. 周瘦鹃　　F. 张爱玲　　G. 徐訏　　　H. 韩寒

    I. 赵树理　　J. 曲波　　　K. 巴金　　　L. 包天笑

    M. 王度庐　　N. 老舍　　　O. 琼瑶　　　P. 白先勇

    Q. 池莉　　　R. 钱锺书　　S. 我吃西红柿　T. 金子

    U. 九丹　　　V. 刘心武　　W. 小椴　　　X. 凤歌

    Y. 金庸

8. 你读过如下哪些作家的小说(包括根据其小说改编的影视作品)？

[多选题]

    A. 韩邦庆　　B. 张恨水　　C. 曹雪芹　　D. 张爱玲

    E. 王度庐　　F. 秦瘦鸥　　G. 周瘦鹃　　H. 平江不肖生

    I. 还珠楼主　J. 刘鹗　　　K. 徐枕亚　　L. 程小青

    M. 孙了红　　N. 谁的也没读过

9. 你阅读过如下作品中的哪几部？[多选题]

    A.《红岩》　　B.《红日》　　C.《红旗谱》　　D.《创业史》

    E.《山乡巨变》　F.《青春之歌》　G.《保卫延安》　H.《林海雪原》

10. 你阅读如上小说的原因是[多选题]

    A. 教材中有　　　　　　　　B. 大家都读

    C. 别人推荐　　　　　　　　D. 电影电视剧的影响

    E. 专业要求　　　　　　　　F. 政治要求

    G. 没有其他作品可读　　　　H. 故事性强,好看

    I. 穿插的爱情故事情节生动　J. 细节生动,描写细腻

    K. 被故事中的革命英雄主义所鼓舞

    L. 其他,理由是_____

11. 你读过如下哪些杂志？［多选题］

　　A.《今古传奇》　　　　　　B.《故事会》

　　C.《章回小说》　　　　　　D.《通俗文学选刊》

　　E.《皇冠》　　　　　　　　F.《花溪》

　　G.《一个》　　　　　　　　H. 都没读过

12. 如下武侠小说作家，你读过哪些人的作品？［多选题］

　　A. 金庸　　　　B. 古龙　　　　C. 梁羽生　　　　D. 卧龙生

　　E. 诸葛青云　　F. 司马翎　　　G. 黄易　　　　　H. 步非烟

　　I. 盛颜　　　　J. 凤歌　　　　K. 小椴　　　　　L. 温瑞安

　　M. 江南　　　　N. 沧月　　　　O. 都没读过

13. 你读过金庸的哪些作品？［多选题］

　　A.《飞狐外传》　B.《雪山飞狐》　C.《连城诀》　　D.《天龙八部》

　　E.《射雕英雄传》F.《白马啸西风》G.《鹿鼎记》　　H.《笑傲江湖》

　　I.《书剑恩仇录》J.《神雕侠侣》　K.《侠客行》　　L.《倚天屠龙记》

　　M.《碧血剑》　　N.《鸳鸯刀》　　O. 都没读过

14.《射雕英雄传》电视剧你最喜欢哪个版本？［单选题］

　　A. 76 版，主演：白彪、米雪　　　　B. 83 版，主演：黄日华、翁美玲

　　C. 88 版，主演：黄文豪、陈玉莲　　D. 94 版，主演：张智霖、朱茵

　　E. 03 版，主演：李亚鹏、周迅　　　F. 08 版，主演：胡歌、林依晨

　　G. 都不喜欢

15. 你认为鲁迅和金庸的小说哪一个更经典？［单选题］

　　A. 鲁迅　　　　B. 金庸　　　　C. 不可比较　　　D. 都经典

16. 如下言情小说作家，你读过哪些人的作品？［多选题］

　　A. 琼瑶　　　　B. 亦舒　　　　C. 岑凯伦　　　　D. 席绢

　　E. 张小娴　　　F. 古灵　　　　G. 于晴　　　　　H. 金萱

　　I. 简嫚　　　　J. 都没读过

17. 你对琼瑶作品的印象如何？［多选题］

　　A. 情感细腻　　　　　　　　B. 爱情轰轰烈烈

　　C. 歇斯底里　　　　　　　　D. 不真实

　　E. 人与人之间相处是礼貌的、温暖的

　　F. 模式化的　　　　　　　　G. 不好看

　　H. 其他，_____

18. 你听说过九把刀吗？你看过他的《那些年，我们一起追过的女孩》吗？[单选题]

    A. 听说过，看过　　　　　　　　B. 听说过，没有看过

    C. 没听说过，看过　　　　　　　　D. 没听说过，没看过

19. 韩寒与郭敬明你更喜欢谁？[单选题]

    A. 韩寒　　　　B. 郭敬明　　　　C. 都不喜欢

20. 当下最火的电视剧、电影题材，你喜欢看哪几类？[多选题]

    A. 家庭伦理剧　　B. 历史剧　　　C. 穿越剧　　　D. 军事、谍战剧

    E. 青春偶像剧　　F. 商战剧　　　G. 神魔、武侠剧　H. 科幻电影

    I. 无厘头电影　　J. "于正"剧　　K. 都市情感剧　　L. 民国剧

    M. 悬疑惊悚剧　　N. 宫斗剧　　　O. 韩剧　　　　P. 泰剧

    Q. 日剧　　　　　R. 好莱坞大片　S. 美剧

    T. 其他，是_____

21. 你认为《牵手》《金婚》《新结婚时代》《中国式离婚》《蜗居》等作品之所以受欢迎的理由是[多选题]

    A. 好看，亲切，熟悉　　　　　　　B. 情节曲折

    C. 反映了当代人的家庭伦理观

    D. 反映了当代人婚姻及生活中的冲突与矛盾

    E. 增进对婚姻及家庭的理解和认同

    F. 是当代人的情感寄托

    G. 反映了社会转型期家庭及婚姻的特点

    H. 休闲娱乐

    I. 其他，理由是_____

22. 你认为《风声》《潜伏》等谍战剧受欢迎的理由是[多选题]

    A. 情节紧张，环环相扣　　　　　　B. 休闲娱乐

    C. 演员表演精彩　　　　　　　　　D. 科技与传奇并存

    E. 现实生活中少见　　　　　　　　F. 历史细节的现代书写

    G. 情感张力大

    H. 间谍的特殊身份引发的复杂心理引人入胜

    I. 其他，理由是_____

23. 你是否喜欢历史题材电视剧,理由何在[多选题]

  A. 喜欢,历史细节的当下解读   B. 不喜欢,历史快餐化

  C. 喜欢,借古讽今   D. 不喜欢,歪曲历史

  E. 喜欢,故事情节紧凑,演员表演生动

  F. 不喜欢,与史实不符

  G. 喜欢,很多事件的解读耐人寻味

  H. 不喜欢,无聊

  I. 无所谓喜欢不喜欢,不过消遣

  J. 其他,理由是_____

24. 你喜欢《甄嬛传》吗?你觉得《甄嬛传》热播的原因是[多选题]

  A. 喜欢,情节紧张,表演生动   B. 喜欢,细节都还原历史

  C. 喜欢,明为后宫女人之间的钩心斗角,实为职场和生活中人际关系的影射

  D. 喜欢,休闲娱乐   E. 喜欢,中国政治文化厚黑学

  F. 不喜欢,女人之间的钩心斗角   G. 不喜欢,无聊

  H. 不喜欢,违背史实   I. 不喜欢,剧情狗血

  J. 不喜欢,太长,浪费时间,且不真实

  K. 无所谓喜欢不喜欢

25. 你是否喜欢穿越剧?理由是[多选题]

  A. 喜欢,演员俊男靓女,情感细腻   B. 不喜欢,无聊

  C. 喜欢,现实中不能实现的在剧中都实现了

  D. 不喜欢,太不真实   E. 无所谓喜欢不喜欢

26. 你喜欢周星驰的电影吗?为什么?[多选题]

  A. 喜欢,休闲娱乐

  B. 喜欢,现代人的生活、情感以及生存寓言

  C. 喜欢,幽默搞笑   D. 喜欢,无厘头,很后现代

  E. 喜欢,嬉笑怒骂中表达思想   F. 不喜欢,庸俗浅薄

  G. 不喜欢,麻醉神经   H. 不喜欢,缺乏思想性

  I. 不喜欢,情节混乱,跟不上思路   J. 不喜欢,不符合现实

  K. 无所谓喜欢不喜欢   L. 其他,理由是_____

27. 你喜欢周杰伦的歌曲吗？为什么？[多选题]

　　A. 喜欢,中国风　　　　　　　B. 喜欢,文词俱美,有古诗词意境

　　C. 喜欢,嘻哈风格　　　　　　D. 喜欢,音乐好听

　　E. 喜欢,周杰伦长得帅,有才华　F. 不喜欢,听不懂歌词

　　G. 不喜欢,歌手吐字不清　　　H. 其他,理由是_____

28. 如下科幻小说作家,你读过哪些人的作品？[多选题]

　　A. 韩松　　　B. 王晋康　　　C. 刘慈欣　　　D. 何夕（何宏伟）

　　E. 星河　　　F. 米一　　　　G. 刘维佳　　　H. 倪匡

　　I. 唐风　　　J. 姚海军　　　K. 罗隆翔　　　L. 钱丽芳

　　M. 柳文扬　　N. 潘海天　　　O. 都没读过

29. 你认为何种小说是网络小说？[多选题]

　　A. 在网络上首先发表的小说

　　B. 载体是网络的小说

　　C. 通过电脑或者手机、Ipad 等移动设备阅读的小说

　　D. 所有人可以参与讨论的小说

　　E. 只要网络上能看到的小说都是网络小说

　　F. 其他_____

30. 你是否阅读过网络小说？[单选题]

　　A. 读过　　　　　　　　　　B. 没读过

31. 你平时阅读网络小说使用得最多的工具是[单选题]

　　A. 手机、Ipad 等移动终端　　B. 电脑

　　C. 图书　　　　　　　　　　D. 杂志

　　F. 其他,工具是_____

32. 你是否参与过与网络小说作者的互动？[单选题]

　　A. 参与过　　　　　　　　　B. 没参与过

33. 在阅读网络小说时或者阅读后,你参与过如下哪些活动？[多选题]

　　A. 打赏票　　　　　　　　　B. 评价小说的优劣

　　C. 参与作者粉丝群的讨论　　D. 为作者提供写作意见,包括素材等

　　E. 自己写过网络小说　　　　F. 参与小说接龙

　　G. 其他_____

34. 你最喜欢的网络类型小说是［多选题］

　　A. 校园青春小说　　　　　　B. 玄幻仙侠小说

　　C. 穿越小说　　　　　　　　D. 悬疑推理小说

　　E. 灵异惊悚小说　　　　　　F. 科幻小说

　　G. 都市小说　　　　　　　　H. 官场反腐小说

　　I. 历史小说　　　　　　　　J. 军事小说

　　K. 同人小说　　　　　　　　L. 家庭伦理小说

　　M. 其他，类型是＿＿＿＿＿＿＿

35. 你阅读网络小说的原因是［多选题］

　　A. 放松休闲　　　　　　　　B. 方便，随时都可以阅读

　　C. 故事好看　　　　　　　　D. 情节曲折

　　E. 可以与作者互动　　　　　F. 贴近生活

　　G. 因为改编的影视剧作品好看　H. 其他，原因是＿＿＿＿＿＿

36. 如果根据网络小说改编的电视剧热播，你会去看原著吗？［单选题］

　　A. 会　　　　B. 不会　　　　C. 不确定

37. 你对将网络小说改编成影视作品持何种态度？［多选题］

　　A. 不喜欢，失去了阅读的趣味　B. 喜欢，比原著更生动直观

　　C. 可以让原著迅速火起来

　　D. 很多改编作品一定程度上伤害了原著的本意

　　E. 喜欢，可以让更多观众迅速了解这部作品和作家

　　F. 无所谓

38. 你认为目前十分流行的网络小说未来一段时间会成为经典文学作品吗？［单选题］

　　A. 会　　　　B. 不会　　　　C. 不清楚

39. 你会因为喜欢一部网络小说而去玩根据其改编的网络游戏吗？［单选题］

　　A. 会，喜欢网游　　　　　　B. 不会，从来不玩网游

　　C. 不会因为小说选择网游　　D. 不一定

40. 你一般什么时间看网络小说？［多选题］

　　A. 早晨　　　B. 午休时　　　C. 晚上　　　　D. 上班时间

　　E. 其他，时间是＿＿＿＿＿＿＿

41. 中国通俗小说和欧美、日本通俗小说你更喜欢哪一种？［多选题］

　　A. 中国通俗小说　　　　　　B. 欧美通俗小说

　　C. 日本通俗小说　　　　　　D. 都喜欢

　　E. 都不喜欢

42. 你认为当代通俗文学批评的状态如何？［单选题］

　　A. 几乎没有

　　B. 有少数批评，与创作实绩不符

　　C. 有很多批评，与创作实绩相符，但不够客观

　　D. 有很多批评，与创作实绩相符，客观

　　E. 其他_____

43. 请列出你最喜欢的三部影视剧作品［填空题］

　_____

44. 请写出你最喜欢的三部网络文学作品［填空题］

　_____

45. 请写出你最喜欢的五位通俗小说作家［填空题］

　_____

46. 请写出你最喜欢的三到五部国外通俗小说［填空题］

　_____

附录二 "关于科幻小说和影视剧改编作品的阅读调查"问卷

1. 你的性别[单选题]
○男　　　　　○女
2. 你的职业[单选题]
○学生　　　　○职员　　　　○无工作　　　　○退休
○以上都不是
3. 你的年龄[单选题]
○18岁以下　　○18—25岁　　○26—30岁　　○31—40岁
○41—50岁　　○51—60岁　　○60岁以上
4. 你的学历[单选题]
○初中　　　　○高中　　　　○大学本科　　　○硕士研究生
○博士研究生
5. 你的籍贯[单选题]
○安徽　　　　○北京　　　　○重庆　　　　　○福建
○甘肃　　　　○广东　　　　○广西　　　　　○贵州
○海南　　　　○河北　　　　○黑龙江　　　　○河南
○香港　　　　○湖北　　　　○湖南　　　　　○江苏
○江西　　　　○吉林　　　　○辽宁　　　　　○澳门
○内蒙古　　　○宁夏　　　　○青海　　　　　○山东
○上海　　　　○山西　　　　○陕西　　　　　○四川
○台湾　　　　○天津　　　　○新疆　　　　　○西藏
○云南　　　　○浙江　　　　○海外,国籍_____
6. 你阅读过哪些科幻小说？[多选题]
□《三体》　　□《逃出母宇宙》　□《北京折叠》　□《六道众生》

☐《决斗在网络》 ☐《流浪地球》 ☐《生命之歌》 ☐《地铁》
☐都没读过

7. 你喜欢哪些科幻小说作家的作品？[多选题]

☐刘慈欣　　　☐王晋康　　　☐韩松　　　☐郝景芳
☐何夕　　　　☐星河　　　　☐米一　　　☐刘维佳
☐凌晨　　　　☐潘海天　　　☐都不喜欢

8. 你通过什么途径开始接触科幻小说？[多选题]

☐朋友推荐　　☐媒介推荐　　☐学术研究需要　　☐个人兴趣
☐完全不感兴趣

9. 你主要通过何种方式阅读科幻小说？[多选题]

☐电脑　　　　☐手机　　　　☐杂志　　　☐报纸
☐图书　　　　☐电子书（如掌阅、KINDLE 等）
☐其他_____

10. 你喜欢科幻小说中的[多选题]

☐科学　　　　☐幻想　　　　☐故事情节　　☐逻辑
☐隐喻　　　　☐人物关系　　☐其他_____

11. 近年来热播的电视剧，你喜欢[多选题]

☐《芈月传》　　☐《琅琊榜》　　☐《伪装者》　　☐《甄嬛传》
☐《步步惊心》　☐《亮剑》　　　☐《潜伏》　　　☐《狼毒花》
☐《历史的天空》　　　　　　　　☐《亲爱的翻译官》
☐《蜗居》　　　　　　　　　　　☐《微微一笑很倾城》
☐《盗墓笔记》　　　　　　　　　☐《欢乐颂》
☐《武林外传》　　　　　　　　　☐《何以笙箫默》
☐《太子妃升职记》　　　　　　　☐《杜拉拉升职记》
☐《花千骨》　　　　　　　　　　☐以上都不喜欢
☐其他_____

12. 近年根据流行小说改编的电影，你喜欢[多选题]

☐《盗墓笔记》　☐《寻龙诀》　　☐《小时代》　　☐《杜拉拉升职记》
☐《风声》　　　☐《九层妖塔》　☐《何以笙箫默》☐《狼图腾》
☐《听风者》　　☐以上都不喜欢　☐其他_____

13. 看过喜欢的电视剧或者电影后,你会去阅读原著吗?［单选题］
○会　　　　　　○不会　　　　　　○不确定
14. 你如何看待将流行小说改编成影视剧作品的行为?［多选题］
□扩大了原作的影响　　　　　□深度开掘原作
□比原作好看　　　　　　　　□歪曲原作
□不如原作好看　　　　　　　□粗制滥造
□牟利行为　　　　　　　　　□没想法
□其他,理由＿＿＿＿＿＿＿＿

附录三 "关于与武侠文学相关问题的阅读调查"问卷

1. 你的年龄［单选题］
○18 岁以下　　○18—25 岁　　○26—30 岁　　○31—40 岁
○41—50 岁　　○51—60 岁　　○60 岁以上

2. 你的籍贯:省(地区)、市区、县乡、镇村［填空题］

_____

3. 你的性别［单选题］
○男　　　　　○女

4. 你的学历［单选题］
○专科　　　　○本科　　　　○硕士研究生　　○博士研究生
○其他_____

5. 你的职业［单选题］
○打工者　　　　○自由职业者　　○医生　　　　○教师
○公务员　　　　○(银行、公司、企业)职员
○个体私营业主　○退休人员　　　○农民　　　　○媒体从业者
○工人　　　　　○其他,职业是_____

6. 你认为下面哪些作家是通俗文学作家？［多选题］
□张恨水　　　□鲁迅　　　　□冯梦龙　　　□曹雪芹
□周瘦鹃　　　□张爱玲　　　□徐訏　　　　□韩寒
□赵树理　　　□曲波　　　　□巴金　　　　□包天笑
□王度庐　　　□老舍　　　　□琼瑶　　　　□白先勇
□池莉　　　　□钱锺书　　　□我吃西红柿　□金子
□九丹　　　　□刘心武　　　□小椴　　　　□步非烟
□凤歌　　　　□金庸　　　　□以上都不是　□不清楚

7. 你读过如下哪些作家的小说（包括根据其小说改编的影视作品）？
[多选题]

☐ 韩邦庆　　　☐ 张恨水　　　☐ 曹雪芹　　　☐ 张爱玲
☐ 王度庐　　　☐ 秦瘦鸥　　　☐ 周瘦鹃　　　☐ 平江不肖生
☐ 还珠楼主　　☐ 刘鹗　　　　☐ 徐枕亚　　　☐ 程小青
☐ 孙了红　　　☐ 谁的也没读过

8. 你读过如下哪些杂志？[多选题]

☐《今古传奇》　☐《故事会》　　☐《章回小说》　☐《通俗文学选刊》
☐《皇冠》　　　☐《花溪》　　　☐《一个》　　　☐《最小说》
☐《南风》　　　　　　　　　　　☐《漫客·小说绘》
☐《科幻世界》　　　　　　　　　☐《最推理》
☐《今古传奇·武侠版》　　　　　☐都没看过

9. 你读过如下哪些武侠小说作家的作品？[多选题]

☐ 金庸　　　　☐ 古龙　　　　☐ 梁羽生　　　☐ 卧龙生
☐ 诸葛青云　　☐ 司马翎　　　☐ 黄易　　　　☐ 步非烟
☐ 盛颜　　　　☐ 凤歌　　　　☐ 小椴　　　　☐ 温瑞安
☐ 江南　　　　☐ 沧月　　　　☐ 孙晓　　　　☐ 郎红浣
☐ 成铁吾　　　☐ 平江不肖生　☐ 萧鼎　　　　☐ 徐皓峰
☐ 燕垒生　　　☐ 沈璎璎　　　☐ 唐家三少　　☐ 猫腻
☐ 陈怅　　　　☐ 我吃西红柿　☐ 还珠楼主　　☐ 王度庐
☐ 白羽　　　　☐ 九把刀　　　☐ 乔靖夫　　　☐ 李四
☐ 都没读过

10. 你读过金庸的哪些作品？[多选题]

☐《飞狐外传》　☐《雪山飞狐》　☐《连城诀》　　☐《天龙八部》
☐《射雕英雄传》☐《白马啸西风》☐《鹿鼎记》　　☐《笑傲江湖》
☐《书剑恩仇录》☐《神雕侠侣》　☐《侠客行》　　☐《倚天屠龙记》
☐《碧血剑》　　☐《鸳鸯刀》　　☐《越女剑》　　☐都没读过

11.《射雕英雄传》电视剧你最喜欢哪个版本？[单选题]

○76 版，主演：白彪、米雪　　　　○83 版，主演：黄日华、翁美玲
○88 版，主演：黄文豪、陈玉莲　　○94 版，主演：张智霖、朱茵
○03 版，主演：李亚鹏、周迅　　　○08 版，主演：胡歌、林依晨
○17 版，主演：杨旭文、李一桐　　○都不喜欢

12. 你认为鲁迅和金庸的小说谁的更经典？［单选题］
　　○鲁迅　　　　　○金庸　　　　　○不可比较　　　　○都经典

13. 当下最火的电视剧、电影题材，你喜欢看哪几类？［多选题］
　　□家庭伦理剧　　　□历史剧　　　　　□穿越剧　　　　　□军事、谍战剧
　　□青春偶像剧　　　□商战剧　　　　　□神魔、武侠剧　　□科幻电影
　　□无厘头电影　　　□"于正"剧　　　　□都市情感剧　　　□民国剧
　　□悬疑惊悚剧　　　□宫斗剧　　　　　□韩剧　　　　　　□泰剧
　　□日剧　　　　　　□好莱坞大片　　　□美剧
　　□其他，是＿＿＿＿＿＿＿＿＿

14. 你喜欢的网络小说类型是［多选题］
　　□校园青春小说　　□玄幻仙侠小说　　□穿越小说　　　　□悬疑推理小说
　　□灵异惊悚小说　　□科幻小说　　　　□都市小说　　　　□官场反腐小说
　　□历史小说　　　　□军事小说　　　　□同人小说　　　　□家庭伦理小说
　　□日系轻小说　　　□耽美小说　　　　□其他，类型是＿＿＿＿＿＿＿＿＿

15. 你认为下列哪些作品属于武侠类作品？［多选题］
　　□《水浒传》　　　　　　　　　□《花千骨》
　　□《特工皇妃楚乔传》　　　　　□《战狼》
　　□《羞羞的铁拳》　　　　　　　□《投名状》
　　□《集结号》　　　　　　　　　□《星辰变》
　　□《西游记之天蓬元帅》　　　　□《寻秦记》
　　□《琅琊榜》　　　　　　　　　□《妖猫传》
　　□《十月围城》　　　　　　　　□《带着系统玩转武侠》
　　□《重生之武道无双》　　　　　□《择天记》
　　□《一世之尊》　　　　　　　　□《剑王朝》
　　□《追龙》　　　　　　　　　　□《三生三世十里桃花》
　　□《昆仑》　　　　　　　　　　□《赘婿》
　　□《十洲风云志》　　　　　　　□《三体》
　　□《剑侠情缘（三）》　　　　　□《诛仙》
　　□部分作品没看过

16. 你认为如下哪些作品具有武侠元素？［多选题］
　　□《水浒传》　　　　　　　　　□《花千骨》

☐《特工皇妃楚乔传》　☐《战狼》
☐《羞羞的铁拳》　　☐《投名状》
☐《集结号》　　　　☐《星辰变》
☐《西游记之天蓬元帅》☐《寻秦记》
☐《琅琊榜》　　　　☐《妖猫传》
☐《十月围城》　　　☐《带着系统玩转武侠》
☐《重生之武道无双》　☐《择天记》
☐《一世之尊》　　　☐《剑王朝》
☐《追龙》　　　　　☐《三生三世十里桃花》
☐《昆仑》　　　　　☐《赘婿》
☐《十洲风云志》　　☐《三体》
☐《剑侠情缘（三）》☐《诛仙》
☐部分作品没看过

17. 你最喜欢的武侠电影是［填空题］

_____

18. 你最喜欢的武侠小说是［填空题］

_____

19. 你最喜欢的武侠网游是［填空题］

_____

20. 你最喜欢的武侠电视剧是［填空题］

_____

附录四 "对香港大专/大学生阅读香港网络小说情况的调查"问卷

1. 年龄(限选1项)

   □17岁或以下　　□18—24岁　　□25岁或以上

2. 性别(限选1项)

   □男　　　　　　　　　　□女

3. 就读院校(限选1项)

   □大学　　　　　　　　　□大专(高级文凭/副学士)

4. 所属专业(限选1项)

   □语文　　□新闻传播　　□理科　　□商科

   □社会科学

5. 有否阅读过网络小说?(限选1项)

   □有　　　　　　　　　　□没有(请往第17题)

6. 有否阅读过香港的网络小说(限选1项)

   □有　　　　　　　　　　□没有(请往第11题)

7. 你通过哪个网站或手机应用程序阅读香港网络小说?(选择可多于1项)

   □高登(网站)　　　　　　□高登(手机应用程序)

   □纸言(手机应用程序)　　□Facebook

   □其他网站:＿＿＿＿＿＿＿

   □其他手机应用程序:＿＿＿＿＿＿＿

8. 曾否阅读过以下香港网络小说作家的作品?(选择可多于1项)

   □孤泣　　　　　例子:《杀手世界》01—04、《Apper人性游戏》

   □有心无默　　　例子:《西营盘》《成为外星少女的导游》

   □百无禁忌　　　例子:《全校困咗喺学校入面出唔返嚟》

☐小姓奴/于日晨　　　例子:《小甜回忆录》《壹狱壹世界》
☐薛可正　　　　　　例子:《男人唔可以穷》
☐向西村上春树　　　例子:《东莞的森林》
☐沙士被压　　　　　例子:《天黑莫回头》
☐鸟不起/张晨　　　　例子:《十八岁的野比大雄》
☐恐惧鸟　　　　　　例子:《Deep Web♯网络奇谈》
☐柏原太贺　　　　　例子:《后香港小男人网上日记》
☐孔明　　　　　　　例子:《我将一位宅女变成女神,然后再将自己变
　　　　　　　　　　　　　成佢只兵》
☐Mr Pizza　　　　　例子:《那夜凌晨,我坐上旺角开往大埔的红 Van》
☐其他:_____

9. 喜欢阅读香港网络小说的原因(选择可多于1项)

☐题材多元化　　☐情节吸引人　　☐免费　　　　☐更新速度快
☐方便,可随时随地阅读
☐情节、场景与香港有关,易产生共鸣
☐用广东话/潮语书写,倍感亲切
☐按读者反应设定情节,增加读者参与度
☐其他:_____

10. 喜欢以下哪类香港网络小说?(选择可多于1项)

☐爱情　　　　☐穿越　　　　☐科幻　　　　☐冒险
☐玄幻　　　　☐恐怖　　　　☐推理　　　　☐武侠
☐同人　　　　☐其他:_____

11. 有否阅读过内地的网络小说?(限选1项)

☐有　　　　　　　　　　☐没有(请往第15题)

12. 你认为香港网络小说与内地网络小说,何者较为优秀?

☐香港网络小说较优　　　　☐内地网络小说较优(请往第14题)
☐两者不相上下

13. 香港网络小说较内地网络小说优秀的原因?(选择可多于1项)(请往第15题)

☐题材较多元化　☐情节较吸引人　☐更新速度较快　☐容易产生共鸣
☐用广东话/潮语书写,倍感亲切

☐其他：＿＿＿＿＿＿＿

14. 内地网络小说较香港网络小说优秀的原因？（选择可多于 1 项）

☐题材较多元化 ☐情节较吸引人 ☐更新速度较快 ☐容易产生共鸣

☐用现代汉语写作，较易明白

☐其他：＿＿＿＿＿＿＿

15. 有否购买过实体出版的香港网络小说？（限选 1 项）

☐有　　　　　　　　　　☐没有（请往第 17 题）

16. 购买实体出版网络小说的原因？（选择可多于 1 项）

☐值得收藏　　　　　　　☐增添网上未有连载的内容

☐被宣传手法吸引　　　　☐支持网络作家

☐其他：＿＿＿＿＿＿＿

（问卷已完成，谢谢）

17. 没有阅读或购买过网络小说的原因？（选择可多于 1 项）

☐不喜欢阅读小说　　　　☐不知道有网络小说

☐只喜欢阅读实体小说　　☐网络小说内容欠吸引

☐网络小说文句欠通顺　　☐网络小说欠宣传

（问卷已完成，谢谢）

附录五　徐斯年先生与七位顾问关于《三体》的通信

引　言

　　科幻文学是中国近现代文学史上一块最短的短板,过去本人对我国科幻文学几乎未曾关注。最近听说十年来大陆科幻创作获得突飞猛进的发展,刘慈欣及其代表作《三体》更已受到国际科幻界的瞩目和高度评价,于是我购得该书一套,开始认真阅读。

　　纵观人类文明史,"思想爆炸"促成技术爆炸,每一次爆炸都开启一个文明阶段——既是物质的,也是精神的,其间贯穿着思想方法或思维形式的递进。我的科学知识储备停留于粗浅的牛顿力学和欧几里德几何学,而当代科学则早已进入爱因斯坦、霍金阶段了,所以阅读中遇到不少知识障碍。好在我们有个朋友圈——"畅思斋",其中颇有几位理工专家,于是我便一边阅读一边向他们发函请教,其他斋友或亦参与讨论,这103封函件,也就构成一本别样的"读书笔记"。

　　通信者中,耀文是高级工程师,毕业于清华大学工程物理系;平宇是李政道选拔的首批赴美深造青年物理学家之一,现为美国科学家;一半及其夫人淑蓉都是导弹—火箭专家;裕群毕业于中国科技大学,曾任教于该校研究生院和自动控制系;肇明为俄语教授;裕康为英语专家。他们都没读过《三体》,所以这些函件又是一个读者与几位顾问的对话。

　　由于我是边读边写的,他们也是随机答复、随机"插话"的,所以函件中难免存在一些误读和误判,为了保存原真状态,基本不作订正。

徐斯年 2015 年 6 月 17 日

一

诸位斋友：

刚浏览完耀文发来的PPT。因为是"浏览"，所以许多内容（特别是涉及物理学和数学的"天书内容"）有待消化。初步感觉是：这里包含着对裕群"四问"①的答复——至少是部分答复或"答案指向"。

由于自己基本属于"数盲"和"科盲"，说得好听一点，我也只能从认识论角度或哲学角度来看看这些问题。

昨天开始读一部科幻小说——刘慈欣的《三体》。刚读到第一部的第三章，其中提及 SF 假说即"射手—农场主假说"，前者假设有一神射手，每隔 10 厘米在靶子上打出一个洞；再假设靶子平面上生活着一种二维生物，它们中的科学家对自己的宇宙进行观察之后得出一个结论："宇宙每隔 10 厘米有一个洞。"后者假设火鸡里也有科学家，而农场主每天 11 点来给火鸡喂食，于是火鸡科学家也发现了自己的宇宙定律："每天 11 点会有食物降临。"

读到这里时，我马上产生一个想法：相对于平宇、一半、耀文、裕群等科学家来说，我这样的人真是有点像那"二维生物"或"火鸡"。然而，再读下去，发现小说里的这位科学家自己也是"火鸡"；耀文所发PPT传达的，也是同样的信息！

小的时候看蚂蚁搬家、小鸡打架，心里想过：我们是不是上帝眼里的蚂蚁或小鸡呢？现在知道，这个问题一点也不幼稚！

斯年 1.11

二

说得好！"人类一思考，上帝就发笑。"阅历越多，就越明白自己的无知。不是谦虚，是真的无知。

耀文 1.11

三

昨天写信时，《三体》第一部才读到第三章；发信后继续读，已到第十八

---

① 按：指数学与逻辑、灵感、哲学的关系以及数学是否"唯心"这四个问题。

章。看来这部科幻小说里的科学家最终还是突破了"火鸡视野"的,它没宣扬不可知论。就目前预感到的后续内容推测,它写的是地球文明和地外文明的对话或冲突。其幻想始于16世纪以来备受关注的一个物理学经典问题:三个质量相同或相近的物体在相互吸引力的作用之下如何运动?至今,特别是计算机普遍应用之后,已有不少科学家找出包括微分方程领域在内的特解。所以,在小说里最终似乎还是科学和数学获得了胜利。与此相应,书中一位刑警的警句也得到了证明——"凡是出现邪乎事象,一定背后有鬼"。

以上还是瞎掰。科幻文学一直是中国的短板,现在发展得相当迅速而且质量不错,这部《三体》已在翻译英文版了。

另外,《易经》对二进位的应用,似乎不可小看。这涉及"象数之学"以及占筮,我弄不懂。

斯年 1.12

四

一半、平宇兄:

科幻小说《三体》第一部已经读毕,因为眼睛吃不消,后两部只能"浏览"了。下面是第一部里写到的几个情节(即幻想),请你们抽空评论一下:它们是否具有科学依据?目前不能化为现实的主要原因何在?

1. 把太阳作为一个(增益反射的)超级天线,向宇宙发射电波,这样发射的功率将比地球能够使用的全部发射功率大过上亿倍,从而实现与地外Ⅱ级文明的通信。这是幻想吧?有无可行性?不可行的障碍在哪里(除了烧毁发射器原件乃至发射者外)?现在包括我国也在做这件(向地外文明发送信息)非科幻的事,除用航天器搭载碟片、发送信息外,也用射电技术吗?关键是在天线够不够"超级"吗?

2. 关于11维结构的理论,是否已经得到证实?这种结构是否仅仅存在于微观世界?

3. 小说里写"半人马座三体世界"里的科学家已经能够控制11维结构中的9维。他们把一个质子从9维展开为2维,使之成为一块极其广阔的宏观平面(实际是球形的膜),然后在上面刻制集成电路,再使之恢复原状,成为一颗拥有人工智慧的"智子"。这种幻想的科学根据是否充分?阻碍幻想实现的东西是什么？（小说里的半人马座三体文明尚未达到以光速进行星际航行的程度，所以他们把这样的两颗"智子"，用已掌握的质子增速技术，以光速，花了四个地球年的时间发到地球，让它们侵入地球文明的高能加速器，从而干扰人类科学家的思维，切断地球科学文明的发展进程。）

4. 小说里又写道：万一目标质子被从零维展开，那就万分危险了，因为零维就是奇点，就是黑洞。这个质子的全部质量将包含在奇点之中，密度将无限增大，并在运动中吸收一切遇到的物质的质量，直至毁灭他们的整个世界。最近有报道称：东南大学研制成功类似"人造黑洞"的制品，体积不大而功能极其巨大。这会不会就是以上幻想的"现实版"？

斯年 1.14

五

谢谢斯年对我们的信任。实际上你是我的知己，因为我发现很多时候你对许多问题的看法与我有惊人的相似之处。我只是不擅于恭维捧场，放在心里没有说。

对你的四个问题，老实说，没人能给出终极答案。我只说说我的想法。

1. 在可预见的未来，地球文明无法控制太阳，更谈不上把太阳当天线来用。

2. 11 维结构的理论是理论物理学界在追求微观粒子大一统理论这个漫长艰苦而又浪漫的过程中的一个产物，离实验证实还很远很远，虽然被一批老物理学家称之为"根本不是物理"，但是吸引了不少年轻天才的追逐。

3. 把高维展开成低维，纯粹是美丽的幻象。我认为是无法实现的事情。唯一可以想象出的"展开"是在三维。举例来说，把一立方公分（厘米）体积的塑料，切成无穷多的小薄片，这就是三维展成二维的意思。再把这些小薄片做成无穷薄的集成电路，数目多到具有人工智能的程度，再把它们叠起来回归一立方公分（厘米），变成所谓的"智子"。我们显然做不到两个"无穷薄"和一个"数目多"。

4. 现在世界上没有一个实验室造出了人工黑洞。

上述看法并不构成任何对科幻书的指责。相反，我经常对朋友说："能写科幻的作者是真天才。"我是写检查交代出身，根本写不了科幻。

平宇瞎掰 1.15

六

谢谢平宇十分到位、非常专业的答复!

科幻作品吸引人的地方在其不"瞎幻","幻"得有科学上的依据("科学上的依据"与"科学依据"有别)而又必须具有超前性。新科幻作家所寻找的"科学上的依据"都很前沿,所以俺这样的读者必须找真正的科学家作咨询。

这部《三体》应该属于国内新科幻的佳作,论科学观念,比儒勒·凡尔纳先进得多,论"写人"则似又不及凡尔纳,包括"幻"中有"实"的人生图景和生活场景。这可能与作者的修养有关(他是一位很有文学修养的工程师)。

斯年 1.15

七

平宇的回答定了个调,也打下基础,这样我的文章就好做一些。

上次提到"三体"用计算机来求解,那说明三体问题还是没有经典的解。计算机是可以迭代 N 次求解而得到所要求精度的近似解,这当然也是解。其他四个问题,(将以平宇答复为基础)做些补充。可能写得比较长,用文档来写更好。大概要几天时间,陆续用附件发给老兄。

一半 1.15

八

科幻的启示(一) 对问题 1 的答复

把太阳作为一个(增益反射的)超级天线,向宇宙发射电波,这样发射的功率将比地球能够使用的全部发射功率大上亿倍,从而实现与地外Ⅱ级文明的通信。这是幻想吧?有无可行性?不可行的障碍在哪里(除了烧毁发射器原件乃至发射者外)?现在包括我国也在做这件(向地外文明发送信息)非科幻的事,除用航天器搭载碟片、发送信息外,也用射电技术吗?关键是在天线够不够"超级"吗?

这一段如果改写成下面的样子,就会既给人们以科幻的魅力,又传播了知识。

在太上老君火炉中练就一身功夫的悟空,生性喜爱火,他喜欢到最高最高温度的地方去降服妖魔。唐僧从西天取经回来以后,经历了九九八十一难的洗礼,又萌生了造访外星球的想法。他的悟性很高,人类现代的高科技、核技术、洲际通信、星际航行，一看就会，于是他就安排了一个给外星人送去人类文明的千年太空游计划。

这个计划的第一步，是进行太空通信。地球上，进行这样的通信能量太小，于是他就想到了由佛祖所管辖的小太阳。太阳尽管在西天佛国里不算大，但它看起来的大小还是比地球大了 10 000 倍，它射出的能量比地球上可以发射出的能量大了亿亿倍。于是唐僧决定，任命猴子悟空为太阳宇宙通信接力站站长兼总工程师，指派统领全宇宙水师的白龙马为其助阵。

一天，唐僧将大师兄悟空和小白龙马招来，八戒和沙僧也在一旁。唐僧口中念念有词，看热闹的凡夫俗子没有一个听懂的，徒弟们却都听明白了。师父说：

第一，你们切记，悟空钻进了太阳以后，要利用全宇宙的水，要把太阳的核反应变成由你和白龙马所控制的"受控核反应"，还要把能量集中起来，定向使用。

第二，你们要专注于接收地球发给你们的信号。太阳所发出的各种射线，能量很大，背景噪音很强，你们要能接收到，区分出来，还得重新编码，利用太阳的强大能量，加上白龙的引导定向发射。

第三，你们得等候回波信号，24 小时全天候值班。

第四，有了消息，立即汇报，特别是消息反馈的方位、距离。距离信息对你们来讲可能很难。我可以找 NASA 和中国航天局商议，让他们提供数据。

悟空，你一个筋斗十万八千里，太阳距地球一亿五千万公里，你得翻 1 400 个筋斗才能到达太阳，太辛苦了。这样吧，听说 NASA 和中国航天局正在合作研究离子火箭，他们正在发愁，没有人敢去闯太阳，正好悟空走一趟。悟空骑上我的小白龙，小白龙踏上 4 枚离子火箭，8 分钟就到太阳啦。

你们准备吧，八戒和沙僧也得学习学习星图和星际导航的知识。我去看看各大国的宇宙探索有什么进展，也考验一下他们的技术水平。

佛祖又让我们走在前面啦！给宇宙送去人类的文明和佛的经文。

一半 1.15

九

  谢谢、谢谢！老兄"以科幻解科幻"解得甚好！吾兄此篇答复里属于"科"的("超前性"的)东西，这部小说里其实大多已经写到了(我把它概括成问题时省略了许多捏入情节的内容)。"幻"的东西即故事和人物，说实在话，他写得比您好。不过别"泄气"，请依旧用这样的方式解答另外三个问题。

斯年 1.15

十

一半、平宇兄：

  在一半答复我关于《三体》的问题2、3之前，再提三个问题。

  1. 许多解释11维的资料里，都举蚂蚁在一张纸上爬的例子来说明它只晓得二维世界，有的材料还把这蚂蚁称为"二维生物"。我觉得这例子不妥，举例者有"欺人"即欺不懂"微观概念"和"生物常识"者之嫌。我学到的生物知识告诉我：蚂蚁是用触角认知事物的，而且有自己的"蚂蚁度量标准"。因此，当它在纸面上往前爬，爬到纸边后再回头爬时，是因为它发现那纸边(用"蚂蚁度量标准"来衡量)是个"近似悬崖"之处，也就是说它发现的是厚度，而不是(至少不仅仅是)"宽度之尽头"。厚度不就是第三维吗！从另一个角度说，蚂蚁绝对不是"二维动物"，它自己的身体便是三维乃至四维的。假设纸上还有一只蚂蚁，二者相遇，它难道知觉不到对方的"身高"吗？所以，作为蚂蚁，那张纸对它来说并不是一个二维的平面，而是一块极其平坦、广阔的"高地"。请问，我的上述质疑对不对？

  2. 用"彻底微观"的"眼睛"去"看"，可不可以说"二维世界"的"厚度"为一个量子？而"奇点"也就是一个量子？或者是二者皆不可量，即二者皆等于"无"？

  3. 我是由于涉猎舞台美术理论而稍微了解一点"四维世界"的。在"舞台美术视野"里，幕布(包括"太上板"、"守旧"即舞台后壁的画图板或绣像幕)以及投影屏幕景、绘画景，都属于"二维景"。而舞台美术与绘画艺术的最大区别，即在后者只处理二维形象，前者则必须处理三维(实为四维)形象，所以，舞台美术工作者考虑的必须是"空间问题"(包括"时间问题")。从这个角度去"理解"把三维"展开"为二维的问题是很"容易"的：面团被擀成薄饼就是；把三维景用透视法画成可以乱真的平面景也是(可是一旦有演员的"三维"身体作参照——加上行动,第四维也显示出来了——这平面景的立体性就会穿帮);推而广之,摄影也可视为一种"展开"或"擀平"。然而,上述理解都局限于"凡人视野",连"蚂蚁视野"都不如,因为在蚂蚁的知觉里,薄饼和绘画景的画布再薄,也是有厚度即第三维的(我理解平宇说的"做不到"的"无穷薄"和"无穷多",就是从另一方面讲了这个问题)。而这"凡人视野"和"蚂蚁视野"又都不是"理论物理视野"或"粒子理论视野"或"相对论—量子论视野",因为在这种视野里,高维"展"为"低维",乃是物质结构的一种(理论上的?)"质变",用语言学和文学评论的词汇说,乃是(理论上的即尚无法实际操作的)"解构—重构"。这种理解对不对?

斯年 1.16

十一

斯年兄:

真的很佩服你的思考和逻辑性。历史上伟大的文学家、哲学家、艺术家……都不逊于物理学家和数学家,或者神学家。

1. 在研读现代,特别是当代"理论物理学的前沿科学时",需要常常用"哥德尔不完备定理"去联想,就可以释去自己的疑问。该定理的第一定理是这么说的:"任何一个允许定义自然数的体系必定是不完全的:它包含了既不能证明为真也不能证明为假的命题。就是在形式上说无法证明'A=非A'为真但也不能证明'A=非A'为假。"

第二条是:"任何相容的形式体系不能用于证明它本身的相容性。"弦论好像就有这样的问题,还有宇宙大爆炸等等。

2. 生物的世界都是三维的空间世界,加上一维的时间世界。昆虫都是有眼睛的,或单眼、或复眼,蚂蚁也是,蚂蚁也生活在三维空间里,嗅觉的气味是分子的结构,分子本身是在空间扩散的。人天生带有前庭器官的三维定位测量器件和处理系统,蚂蚁有一套比人简易得多的感知体系,它也有脑,有神经元,有神经元的网络计算系统,好像蚂蚁有50万个神经元(数字记不清了),它是处理各种信息,包括空间信息的。

3. 对于点的定义,数学上定为"0",零维,零大小,零质量,而线段又是由点组成的——这本身就是悖论。无穷多个0,结果应该还是0,故有老兄把它想象成了"二维的厚度是量子的厚度"——这是文学家的"迂":没有厚度

（的二维体）是不可思议的。但这是抽象的数学设定，包括奇点。0之所以被人们接受，因为我们的视网膜上的成像，如果小于2.5微米，就什么也看不到了——这就是我们所感知的0。事实上，一张纸如果放得很远，我们看不到它的厚度，而且也不影响我们的观察，这时它的厚度就是0。

这种视觉上的局限性是必然的，你如果用望远镜看到了纸张的厚度，那此时你的视野就会是很小的。

（同样，镜子里的像把大科学家都给骗了，这个案子什么时间能翻过来，也不是一件容易的事情，我们有另一种经验。）

4. 高维的结构展开成低维的例子，其实我们每个人都有。当我们的基因以染色体的形状存在于细胞中的时候，它被压缩了8 400倍。事实上，每一次压缩就增加了一维，究竟增加了几维，我得查一查。当基因表现为染色体形状的时候，你根本看不到基因会是一个双螺旋的长链（本想用一个物理学家讲弦论和一个生物学家侃基因的科幻形式来对比两者的相关性，也会是挺有启迪的，但写起来比这样的实话实说要难得多）。染色体（在显微镜下）最终展开为一个长链（也是在显微镜下），而基因链本身对人又是有大约2万—2.5万个基因（每一个基因，可以认为是一维，确实也是如此）。每一个基因又有上千、上万个碱基对……如此说来，弦论的11维根本不在话下。真实的世界远比人类所认知的要复杂得多，所以我感到有些纯理论的科学人员，更需要从一些实用科学中汲取营养，接上地气。

小时候，只知道学问有三类："天、地、生"，这样的分类可能比现在的分类更接近真实的世界，而所有的学科都是探知的手段；人类的天才表现，包括科学、文化、艺术等等，只是"天、地、生"凝聚在一个实体上的综合体现。这个实体在不断地输入，又在加工后不断地输出——人们将此称为"天、地、生"的灵气——这里遵循着一条基本的原理："宇称守恒"。我是将"宇称不守恒"回归于"宇称守恒"，我觉得只有这样，人类的认知哲学才会上升一步。

（写到此口出妄言，此件只发斯年兄。）

一半 1.17

十二

谢谢！关于零维"厚度"的问题，前信发出之后自己再反思，也认识到此说局限于"蚂蚁视野"，会贻笑于理论物理学家、数理学家等大方之家的。

读了吾兄的答复之后更加觉得,西方的抽象数学思维,至少在把 0 和奇点"抽象"为"无"这一点上,确实和中国的道家、印度(及"汉化"后)的释家是有交集的——这是思想方法上的交集,而不是互可替代。由此又认为,上次转发的王令隽《朱清时院士的佛教物理学》一文对"互相取代倾向"的批评是中肯的,但是绝不可以忽略现代科学与包括宗教哲学在内的古典哲学在思想方法上的继承性和交集性,我之所以曾发引有鲁迅《科学史教篇》相关论述的信,用意即在此也。

斯年 1.17

附:转引《科学史教篇》的信

非常感谢裕群转发的这位数学家①的长信!他讲到哲学、逻辑学和数学的关系,尤其发人深思。

我曾为注释《鲁迅全集》花过不少工夫,鲁迅 1908 年所写的《科学史教篇》可能是中国最早的科学哲学论文,其中有这样一段评论希腊—罗马科学的文字:

> ……而思想之伟妙,亦至足以烁今。盖尔时智者,实不止启上举诸学②之端而已,且运其思理,至于精微,冀直解宇宙之原质……其说无当,固不俟言。华惠尔尝言其故曰,探自然必赖夫玄念,③而希腊学者无有是,即有亦极微,盖缘定此念之意义,非名学④之助不为功也。(中略)而尔时诸士,直欲以今日吾曹滥用之文字,解宇宙之玄纽⑤而去之。然其精神,则毅然起扣古人所未知,研索天然,不肯止于肤廓,方诸近世,直无优劣之可言。

这段话讲的正是哲学、逻辑学与真正意义(近代意义)上的科学之关系。希腊罗马时代,"科学""哲学"不分,当时的不少"科学见解"(例如认为宇宙

---

① 此数学家是裕群的好朋友。
② 上举诸学,指 Pythagoras 之生理音阶等。
③ 玄念,即概念。
④ 名学,即逻辑学。
⑤ 玄纽,指眩乱难解之点。

源于水,或气,或火等)已被后起的近代科学"证伪"了,这主要是因为希—罗智士无逻辑之助(应该还包括实验设备与手段之缺)而导致的。尽管如此,华惠尔(和鲁迅)依然认为作为哲学,希—罗文明精神丝毫不比近世差。记得恩格斯在《自然辩证法》里几乎用同样的文字赞赏过希腊哲学(评价好像还要高)。这是很有意思的。

斯年 1.15

十三

我一直觉得老兄代表了一部分有哲学思想的文学界人士的思维方法,特别是讲到:而这"凡人视野"和"蚂蚁视野"又都不是"理论物理视野"或"粒子理论视野"或"相对论—量子论视野",因为在这种视野里,高维"展"为"低维",乃是物质结构的一种(理论上的?)"质变",用语言学和文学评论的词汇说,乃是(理论上的,即尚无法实际操作的)"解构—重构"。其实,所有的视野,都有共同性的、特别是"解构—重构"这个词组所代表的过程,我理解它描绘了人类文化的整个发展过程。动物是有限度的"解构—重构"的迭代,人类是不封顶的迭代过程。所以,兄所言"绝不可以忽略现代科学与包括宗教哲学在内的古典哲学在思想方法上的继承性和交集性,我之所以转发鲁迅《科学史教篇》相关论述,用意即在此也",是讲得很到位的。

在论述思维过程时,一直想找一个合适的词汇来说明思维的要点。实际上,神经元网络时时刻刻都处于"解构—重构"的状态。怎样证明呢?我那本有关脑科学的英文书上,在给一个实验对象看不同的照片时,跟踪左边海马中的一个神经元,87张照片中有30张有反应,其中有7张反应强烈。单个神经元也存在"解构—重构"的状态,当然,这个神经元也是在神经网络之中的。眼底视网膜的成像,也是这个过程,神经生物学称之为光致异构化效应……

想到哪里就聊一聊,妥否?

一半 1.17

十四

一半兄并诸位斋友:

昨天和几个亲戚去泡咖啡馆,开始读《三体》的第二部。作者在这一部的序言里,借一只往墓碑上爬动的褐蚁的"视角"(包括"听觉"——它听到的是超出它的理解力的两个"巨大存在"发出的语声),来描述两位扫墓者的对话。

从文学的(叙述学的)角度看,这写法很有特色——采用了双视角的叙述法,即以叙述者的视角"统率"被(叙述者)"消化"过的褐蚁视角(这种视角也被称为"人物眼睛"——这里的"人物"是只蚂蚁),因此也就屏蔽了叙述者视角的全知性(从而突显了"叙述者"与"作者"的差别)。

从科幻角度看,其中蕴涵的科学成分肯定能从你们那里得到共鸣乃至赞赏,特举三个要点如下:

1. 讲褐蚁往墓碑上爬时,叙述者说:这是"没有什么目的"的,"只是那小小的简陋神经网络中的一次随机扰动所致。这扰动随处可见,在地面的每一株小草和草面上的每一粒露珠中,在天空中的每一片云和云后的每一颗星辰上……扰动都是无目的的,但巨量的无目的扰动汇集在一起,目的就出现了"。

2. 写褐蚁在墓碑所镌墓主生卒年数字("1979"的第二个"9")凹槽里的爬动及其认知时,叙述者说:"它觉得'9'这个形状比'7'和'1'好,好在哪里当然说不清,这是美的单细胞态;刚才爬过'9'时的那种模糊的愉悦感再次加强了,这是幸福的单细胞态。"但"这两种精神的单细胞没有进化的机会,现在同一亿年前一样,同一亿年后也一样"。

3. 写褐蚁爬到墓主名字的字形凹槽时,叙述者说:"褐蚁对形状是敏感的,它自信能够搞清这个形状,但为此要把前面爬过的那些形状都忘掉,因为它那小小的神经网络存储量是有限的。它忘掉'9'时并没有遗憾,不断地忘却是它生活的一部分,必须终身记住的东西不多,都被基因刻在被称作本能的那部分存贮区了。"

希望听到大家对以上"书证"的评论,其中包括"蚂蚁认知"和"蚂蚁审美"里是否掺入了人类知性和人类美感。

斯年 1.18

十五

斯年兄并各位:

读完"书证"以后,发现有三位主角:蚂蚁、叙述者、咖啡"三体"品尝者,三者一个比一个用心。蚂蚁是精神单细胞,叙述者是精神双细胞,品尝者是最高境界的精神三细胞。这好像也构成了一个三体。三体问题,只有近似的解,先发言的"评论"也只是第一次的近似而已,肯定不到位,请各位逐级作更高次的近似。

文学上的这种写法,经斯年兄解说,确有独到之处。

1. "蚂蚁认知"和"蚂蚁审美"不只是"掺入了人类知性和人类美感",而且从根本上说和人类是一致的。一个蚂蚁大概有50万个神经元(不是很准确),但它们是群居的一个整体。如果一窝有一万只,那就等于有50亿个神经元。所以一窝蚂蚁,可以看成是一个大脑,它们的大脑以50万神经元进行分区,分成10 000个小区。我们人类大脑的布罗德曼分区为52个(以脑细胞的形态来分类),更小的分区大概也不会少于10 000个(我的科幻)。

2. "扰动都是无目的的,但巨量的无目的的扰动汇集在一起,目的就出现了。"这一句写得非常符合哲理,特别是对于"死磕"的、幼稚的人们是一个启迪。现时代精明的政治家,大概都明白一个道理:"巨量的低层次自私的战争行为的扰动,汇集在一起可能成为一场毁灭性的战争。"

从另一方面说,宇宙里有一套规则在起作用。气体的分子运动没有目的,但它有潜规则,这就是占领更大的空间。大家都是如此,于是统计物理学就把气体的分子运动都概括进去了。

从我们诞生时开始,神经元的无目的的扰动,最终给我们带来了智慧。

3. "9"的"愉悦感"有天然的因素,它和"6"等同于太极图中的阴阳鱼,人们看了都有一种特殊的感觉,写起来手有特殊的美觉。

4. "美的单细胞态……幸福的单细胞态。精神的单细胞没有进化的机会",这一段似乎写得没有科幻的力量。单细胞生物之所以没有进化,是因为它们的细胞结构过于保护自己,而缺少了扰动、变异的活力和共生、共荣的亲和力。单细胞除去自己的细胞信息,构不成新的进化信息——自然它自己就把握不到机会,而不能归结于没有机会。精神所代表的就是神经细胞的合作和共生,它不能为单细胞所接受和理解。

一半 1.18

十六

昆虫中的蜜蜂、苍蝇都有复眼,很多小眼睛合成一只大眼。一半兄把一窝蚂蚁看成一个"复脑",这个科幻猜想很有意思。只是这个复脑是如何形成统一意志的?

上海的踩踏伤亡悲剧就是起于一个个随机的扰动,也可说是一次蝴蝶效应。如果当时能统一步伐,一二一,齐步走,就没事了。

我从厦门、上海走了一圈回来。上海这次给退休人员加退休金很快,很干脆,还有短信通知到个人,也许是减少扰动的措施?不管怎样,是"正能量"。

耀文 1.18

十七

1. 一半兄忽略了另一个"者",即躲在叙述者和蚂蚁(第二叙述者)背后的"作者",喝咖啡的只是一个读者罢了。所以细分起来,这是一个"四体结构",也是文学阅读、艺术鉴赏这种精神活动的常态结构(一半把它归结为三体是对的,因为作者和叙述者可以视为一体)。

2. 一窝蚂蚁的"这个复脑是如何形成统一意志的?"耀文的问题极有深度和启发性。对于"蚂蚁社会",好像有许多生物学家和社会学家做过研究,可惜我没读过他们的论著。我只能提一个"浅层猜想"——这窝蚂蚁是通过信息交换来使"单脑"组合成"复脑"的。这样便出现一个"深层问题":指控性的"初始信息"是由哪个蚂蚁发出的?信息交换有没有一个总操控者和总操控台?从社会结构上看,蚁后自然居于中心地位,但从信息论或控制论的角度考察,蚁后可能并不居中心地位,因为生物老师告诉我们:除了吸取优等营养保证大生其孩子外,她老人家是不管其他事务的。那么,蚂蚁们(生物老师又告诉我们:干正经事的,主要分为兵蚁和工蚁两大群)玩的是不是"自主性"的"群操控"呢?这里是否又会涉及高等物理—数学的理论(例如混沌理论、控制论之类)呢?看来没有数学,生物学(还应加上社会学)真的不能成其为科学了。

3.《三体》作者(我在这里用"作者"一词,以强调下面的观点属于他本人)说褐蚁对"9"字形态的第一感知属于"美的单细胞态",其叠加感知属于"幸福的单细胞态",请问:这里是不是指褐蚁的这种美感和幸福感仅仅存在于它的单个神经元里,是一种"封闭性"的感知(或者存在于其 50 余万个神经元的某些神经元里,这些神经元的感知也是封闭性的)?而这能够感知美与幸福的"褐蚁神经元",也就是作者说的"精神的单细胞"。他要说的是:作为褐蚁的神经细胞及其功能,是"没有进化的机会的"。这与一半兄所说"单细胞生物"的进化,恐怕不完全是一回事。我理解,作者是讲褐蚁的美感和幸福感固然与咱们有相同之处,但是又有不同之处。"开放性"之有无,就是一大不同。请问这样理解是否科学?

4. 和我们一起喝咖啡的就有上海来的亲戚,他们也证实了耀文关于这回退休金加得很干脆的信息。这"正能量"的爆发,确乎隐含着对于"大扰动"的恐惧。我看,某种形式的"大扰动"还是会来的,这种"正能量"与它的关系本身就是一个值得社会学重视的研究课题(肇明兄转发国务院关于公务员、事业单位及其离退休人员调整工资的文件证明,以"正能量"防"大扰动"乃是全国部署),或许也和蚂蚁社会存在某种联系(包括物理—数学联系)。愿听诸位高见。

斯年 1.19

十八

斯年兄在(3)中所说,应该是作者的原意。"单细胞态"如何解释,不太明白。

至于"一窝蚂蚁的'这个复脑是如何形成统一意志的?'耀文的问题极有深度和启发性"。确实如此,我感到,蚂蚁社会是我们大脑社会的一个很低级的雏形。对它的解释,应和回答我们自己的大脑是如何形成统一的意志,性质上差不多。斯年兄就好像已经说到位了,小弟也只能是泛泛地说说,似乎和数学上的群论、集合等高深的数学理论相关——脑细胞之间有通信,蚂蚁之间也有通信,这大概不会错。人对蚂蚁的研究证明,它们有三种通信方式:气味,报告觅食的路线;清脆的声音,表示食物好;粗放的声音,表示危险和求救(声音提供振动信号)。神经元之间,有化学引导物质与生长锥相向而行,以形成突触的连接。至于每一次活动的目的性和是否有什么类似于管理体系存在,就不知道了。像神经元这样高维度的世界、脑中有着多分区的网络世界,数学要怎样才能介入呢?实在猜不出来,最多我也只能在初等数学的圈子里转转而已。

就"书证"的几个问题看,《三体》应该是写得很有意思的一部科幻著作。

一半 1.19

十九

一半、平宇、耀文兄并诸位：

再提几个在你们看来也许十分幼稚的问题——《三体》里面写道：那个距离地球若干光年的半人马座三星世界，向地球派出他们的一支太空舰队，由于他们的技术尚不能使航速达到光速，所以要 400 多个地球年后才能到达咱们这里；而中国军方马上（即于 21 世纪初）便开始建立一支将于 400 年后投入使用的太空舰队了。请问：

1. 这里的时空概念是否体现着广义相对论的时空概念？像我这种看不懂高等数学公式的人，对它的理解是：咱们的"现在"和他们（半人马座世界）的"现在"，其实相隔 4 光年或 400 多地球年的时间，而这时间也是空间（首先体现为距离）。如果以地球为一个点，以半人马座为另一个点，以两点之间的连线作为弦，则相对应的弧度是否就是地球与半人马座之间的时空弧度？

2. 如此说来，地球上存在的时差，是否亦即这种时空弧度的"微观形态"？

3. 11 维也好，N 维也好，所谓"维"是否仅仅是一种度量标准，它们与"奇点"一样，是否只是一种"理论存在"？我们用几何概念去解释它们，是否属于一种"通俗"而并不"完整"、准确的解释？我在前面的信里提出"量子厚度"的问题，好像就是上了"几何解释"的"当"，对不对？

斯年 1.20

二十

这几个问题同样也是我的问题。平宇、耀文都是物理科班出身，可否回答一下？宇宙的时间，我一直未搞明白。还有宇宙的边缘在哪里？既然 140 亿光年是宇宙起源的边缘，那我们这里相对于那个边缘不也是边缘吗？要不我们就处在宇宙的中心，是吗？宇宙存在同时性吗？——这算在斯年兄之后追加的一个问题。

一半 1.20

二十一

关于"维数"，是指确定空间位置所需的坐标数，这是最初的概念，到"分形理论"问世，用拓扑方法定义维数发展到以自相似性来度量维数，有了新的定义(当然是能兼容旧定义的)。比如正立方体可分成8个相似(相同)小立方体,尺寸(边长)是小立方体的2倍,其维数就是8的对数除以2的对数,等于3。这样定义后就会有分数维和N维。维数是与自相似性相关的,反映一定的空间性质,一般非专业人士能明白这点就够了。

时间的概念与运动或变化相关,一个静止不变的世界是没有时间的。也可说时间是熵变的方向,而熵实质是无序性的指标。

在一个以接近光速飞行的飞船里,时间变慢,在里面的人过一天,地面上的人已过一年,但两个系统的人对自己生命的时间感觉没有不同,不能说飞船里的人更"长寿"。好比蚁巢里的蚂蚁不会觉得比三房四房里的人住得差。

没看过《三体》小说。物理上"二体问题"(如月亮和地球)可用牛顿力学精确算出其运动的轨道,一切是确定的,一旦到三体问题,就极其复杂而不确定,到N体更是如此。人类关心太阳系的稳定性、确定性,遗憾的是复杂的宇宙没有绝对的确定性。

分形的发现使我们理解,虽然世界很复杂,可"上帝"只要用很少的信息和规则就能创造出这千变万化的复杂世界。能明白这点就够了。

我还是相信宇宙是无限大的,无限就没有中心。

耀文 1.20

二十二

耀文的解释很好。

"我还是相信宇宙是无限大的,无限就没有中心。"——这表明科学最终也会导致信仰。

一半 1.22

二十三

各位:又一篇关于数学和科学的论文(见附件)。

作者是我的同学和同事。结合他工作中遇到的问题来阐述,读起来饶有兴味。

没有一个论断可以成为结论,事物和认识的多样性在我们的讨论中呈现出来。

大家从各个不同的视点发表观点,似乎越来越趋于全面、完整。

我觉得这样的讨论是非常有意义,也是非常有趣的。

也许,还有高明的见解没有表达出来。盼望新视点为大家开阔眼界!

裕群 1.26

附件:

关于数学和科学

马克思的一句名言:科学只有成功地应用了数学的时候,才算达到了完善的地步。一部科学史表明,任何科学都在演化过程中产生自己的专门进行定量描述的分支学科。

但是现实世界非定量描述的事物和数学不能解决的问题远大于科学能表达的事物。

从我经历过的实践中想说一下数学的能与不能:我既搞过"反应堆控制",也搞过"天气预报",邓稼先能计算任何几何形状边界条件的原子弹核材料的临界体积,可是天气预报的数值计算准确率还是很低,虽然他们的数学表达方程是一样的,都是4维(xyzt)微分方程。

有趣的是凡是和军工有关的项目都近似于理想的线性假设,如导弹、卫星、原子弹等。而民用系统如天气预报、气体的可压缩性不仅使线性假设不存在,系数还是时变的和随机的,化工厂的催化剂使化学反应附加了不可控、不可测的内能源,数学上叫奇异点。

现实问题中有些非线性是可以用线性近似的方法解决的,如对卫星轨道计算,用100多个高阶近似系数,轨道精度可达10 cm以内。可是我所遇到的自动控制系统,传递函数都是用低阶线性近似的,只能大体上确定实验方向,精调和细调时,由于各种非线性的出现,数学是无能为力的,有用的是工程师的经验和仿真实验技巧。

由于数学和科学的结合,使数学成为我们认识世界的最强有力的工具,也由于现实世界中理想的线性假设大多不存在,使我们在改变世界时,必须使用更多的工具,如风洞、仿真技术等。我们科技大学自动化系就教给我们理论和实验两套方法。

经过几十年的发展,数学上非常美的矩阵方法在工厂仍敌不过PID调节器,例如:在镇江蓄电池厂,我们做了铅粉机的自适应控制,其一是用模式识别加自适应完成的,有非常美的矩阵计算,结果是它可以工作但不能达到性能要求,如何改进则失去了方向,原因是矩阵计算经过行列的互乘再叠加后没有了任何物理意义,工程师找不到任何调整的方向,要用计算机仿真则是实验次数要∞次,任何拉丁方块实验法也无法完成。数学上完美并不能保证现实中有用。这个问题我在多次会议上请教过很多高人都无法解决。

我对科学与数学的思考源于我校的名人——方舟子,他把科学的要素归纳为有数学描述,有定量数据,可以重复验证三项,没有就是不科学,中医一个都没有当然是不科学的。可是我觉得能用数学解决的问题少之又少,模糊的表达有时远比精确的表达更精确,当系统的子系统有无限多的时候,对子系统刺激的反应是不可重复的。方舟子太年轻了,没有进入"智能"领域,他坚守的科学要求是阻碍科学发展的。

离开科技大前,我的研究方向是"智能控制",说到底就是用数学不能完成的控制,摆脱理想的线性假设的控制。

定量的控制在智能控制的层次中是最低级的,越高级的智能越抽象,越简洁,越模糊。例如下围棋最低级的办法是将$19\times19=361$个点位,每位有三种状态(黑、白、无)计算穷尽后选一个最好的点,计算量大约为3^{361},是无法完成的。而人的智慧叫大局观,是一个非常模糊的概念,也是无法定量的,有了大局观计算量就可以极大地减少。

人是怎么识别图像和声音的至今还是个谜,早在1983年中科大生物物理系的陈霖(现在是院士)在《科学》(Science)杂志上用科学的方法否定了MIT计算机视觉方法,他说人看东西是由上而下的,先整体再细节,计算机是由下而上的,这种从像素到特征的方法是不对的,也就是低智能的,30多年过去了还没有进化到高智能,人可以认识漫画,机器还是不行。同样在语音识别中,中科大的讯飞公司有全世界最好的语音识别系统,合肥的电话查号台早就用计算机完成了,但是人是怎么识别语言的还是不清楚的。显然数学描述不了智能的问题。

人的语言多是模糊的,为了使人的语言适应计算机控制的规则,才有了"模糊控制",关键是用语言建立知识库和由模糊到定量的转换。为此创造了新的"模糊数学"。

还有一个微观和宏观的问题,或者说细节和整体的问题。"文化大革命"中我到地质仪器厂帮忙解决"氦光泵式磁场仪"的控制问题,这是一种拖在飞机外面找潜艇的仪器,原理是测量氦原子自旋磁矩在磁场中的变化测量磁场,单个的氦原子自旋磁矩受外界磁场变化的反应,应该是很快的,可是谁也没想到非常多的氦原子自旋磁矩受外界磁场变化的反应非常的慢,(用频率法做输入输出分析)达到秒的量级。就是这个宏观的黑箱分析方法的结果使我们把磁场测量精度提高了一千倍。1976年我被借调到原子能所搞电子加速器,又产生了同样的问题,电子质量很小,受力后很容易计算,但是极多的电子组成的电子束受力后如何运动?没有人能回答,显然和一个电子的运动是不同的。微观是可以用数学计算的,而宏观(电子束)是不可以的,因为电子之间有相互作用。用控制系统的传递函数倒是可以,加速器的情况又是无法测量的,也不是数学描述。

中医和西医就是微观和宏观的关系、定量和模糊的关系。从宏观的角度,模糊的语言能更快地找到人的病根,而微观都测到了,是什么病可能还不明白。微观上抗生素绝对可以消灭细菌,宏观上抗药性的产生证明抗生素治病不科学,中国人主张人和细菌和平共处,阴阳平衡更科学。我在评审海洋局的科研成果时,惊奇地发现有人用DDT(滴滴涕)作为示踪元素研究海洋,利用的是DDT的稳定性,据说DDT的发明是得了诺贝尔奖的,但是仅仅由于它不分解就从杀虫剂变成了物种的杀手,这也是宏观上不科学的例证,那么怎么评价DDT这个诺贝尔奖?科学本来就是有条件的和随时间在进化的。

科学是有圈子的,钱学森在科大大礼堂讲过如何写论文,其中有一条是"不能有形容词",不能说非常快要说 xx cm/s,把科学用到日常交流会变得很无趣,不能把非常漂亮的大眼睛美女,说成眼睛有 3.1 cm 大……我和搞数学的有过很多交流,我们的思维方式也不同,他们的问题是"明明是九阶微分方程,你为什么只用两阶,太不严格了",而他们不知道方程的物理意义,所以才有数学所的科学家给军方讲卡尔曼滤波器,需要我在中间做"翻译"。

我不是哲学家,仅从工程师务实的角度看待"数学与科学",不要神化,也不要绝对化。随手写来,觉得并不达意,也没时间做到科学、定量、有根有据,本来也不是论文,闲谈而已。

二十四

谢谢裕群又发来这样一篇专家撰写的关于数学与科学的好文章!作为"数盲"和"科盲",许多专业问题我都不懂,但是也有许多见解对我很有启发,例如文中说的"越高级的智能越抽象,越简洁,越模糊""人的智慧叫大局观,是一个非常模糊的概念,也是无法定量的,有了大局观计算量就可以极大地减少"。还有对方舟子的评价和对中医的评价等。方舟子、司马南等斥中医及阴阳说为"伪科学",似乎暴露了某种无知和逻辑上的悖谬——阴阳说和中医本来就不是"科学"嘛,因为它们产生时根本还没"科学"这东西嘛,怎么"伪"得起来!

斯年 1.26

二十五

斯年兄关于中医西医的分析很对。中国式思维往往是综合性的,看整体,看关联,西方式思维往往是解析性的,解剖入微,这在医学上非常明显。中西医结合,中医应当学西医的检验方法,但不可丢失自己的"辩证施治"。外科学西医,内科学中医似会更好。

中式思维更重感觉,西式思维更重证据、逻辑。

某地闹瘟疫,说是"神谴",要祈神佑民,这是巫术;说是风水问题,要调整环境,这是玄学;说是某病毒造成,要抗病毒,是科学。中医似乎介于玄学与科学之间,因为是以经验为本的,所以是能治病的,有时比西医更有效,"综合治理"。

中国画多为"写意",西洋画重"素描",讲"比例""透视"。自然界的事物都是互相影响关联的,常常是"模糊"的,在物理、数学领域,必须把研究对象"理想化""定态化""线性化""简单化"(往往更能揭示"本质"),这是西式方法。中国人做事"差不多""过得去"就行,和严谨的西式风格不同……造成文化、科学、品性诸多差异。

耀文 1.27

二十六

谢谢耀文的深度阐释!我在上一封信里谈到中医和阴阳说时,有一句话没有讲——"玄学本来就不是科学,何'伪'之有?"这里毫无崇玄学贬科学之意,相反,我(我想也包括所有"文明人")是十分尊崇科学和科学家的,而且确实觉得与他们相比,我们这些凡人真的犹如"蚂蚁";但是,不能因此便否定传统文化里的精华,实际上它们与科学存在互补性,特别是从哲学范畴来看。伪科学是有的,就是骗术,也包括以科学名义兜售的非科学、反科学的东西(包括认识错误)。不过,反伪科学需要谨慎,别把好东西也反掉了(例如气功,我认为不应不加辨别地一棍子全扫倒)。

斯年 1.27

二十七

我很认同斯年和耀文关于中西医的评论。

我一向偏爱和推崇中医的理念和观点。它是典型的中国文化符号,它是中国认知、理念和文化的最佳体现。但是,我不认为它"模糊",它是很缜密、精确、辩证的;只不过它的认知是从整体出发,是有机、综合性地将自然、宇宙、气候、外在事物(气候、时辰、植物、动物的各种特征等)和人体的相互联系、相互作用非常全面地加以考察和分析,然后才给出一个比较确定的判断,而且继续不断调整和修改治疗方案的;更加巧妙的是,它几乎完全不破坏人体原始的状态,不动刀剪(除了少数外伤),非常尊重病者的尊严。

西方的认知是从细到大,比如写信封,先写姓名、地址,再到城市、省份、国家;说话也是"倒装句",先说具体事情,再说主体、地点、时间,和我们的思维方式相反;我们则是从宏观出发,首先确定时间地点,给出大环境。

裕群 1.27

二十八

耀文并诸位:

收到耀文的答复后,我马上用手机发了一封复函,表示要"消化"一番。接着有央视纪录片频道的几位导演,来向我咨询拍摄涉及武侠小说史的一组专题片的问题,谈了一天,接着又为他们收集、发送相关资料,所以这消化过程就延长了。现在报告一下消化的结果,请你们诊断一下,看看"积食"是否严重。

对我来说,不仅"拓扑""分形"这些知识近乎天书,就连"对数""函数"和"熵"的含义,也都还给老师了(我家大、小"政府"倒还记得一点,因而招来她们的嘲笑,说:"对数,不就是 Log 吗?连这都不晓得!")。为此,稍许补了一下课。首先明白了耀文介绍的关于维度的知识,"分形"维度似乎主要涉及"豪斯多夫维",而我原来对"维度"的理解局限于线性思维。从阅读文学作品特别是科幻作品的需要出发,我把耀文的解释浓缩成四个字——"空间性质"。估计这四个字将会发挥出许多"正能量"。

关于时空的相对性,我自以为是基本理解的——地球上的"现在"与"三体世界"上的"现在"绝对属于两码事。即便同在地球,此处的"现在"也不等于彼处的"现在"——子在川上曰"逝者如斯夫",讲的就是这个道理。文学作品和文艺理论里讲的"共时性",其实都是忽略空间差别的,例如,说剧场里的舞台演出活动与观众的欣赏活动是"共时"的,这首先是把剧场视为一个空间。其实,舞台为一空间,观众席为一空间,二者存在距离,因而"演"和"观察"到演(接收到舞台信号),其实是有一个时间过程的,所谓"共时",乃是忽略微观差别的说法。

耀文没有正面回答一半所提"宇宙存在同时性吗"的问题,"侧面"的答案需要我们也通过"消化"来寻求。不过,"宇宙同时"这个概念,似乎先要辨别它的含义:是指宇宙间同用一个计时标准(那就有"地球中心论"之嫌了)呢?还是指宇宙以及其间的所有天体都有"时间"(即都处于运动之中)呢?如指前者,答案当然是否定的;如指后者,答案应该是肯定的吧?这个"同有"的时和空,就是那个弯曲而无限的时空吧?

此信先汇报以上两大问题,不当之处望即指正。下封信专门汇报作为文学专业的"分形"联想。

斯年 1.26

二十九

在狭义相对论的坐标转换公式中,长度转换中是含有时间因子的,这意味着在"宇宙"的时空一体中,时间与空间是"你中有我,我中有你"的。在现实生活中,当年抗战"以空间换时间",是一次应用。一群 4 光年外的外星人,要奔袭地球,地球人有 400 年的准备时间,长度轴上的距离,化成 400 年的时间。当然这是种比喻性的说法。

关于同时性,我想:一件事只发生一次是无疑的,某年某月某日张三诞生了,在任何坐标系看都是这一次,这是"同时"的。至于是公元几年几月,农历几年几月,民国几年几月,不同坐标系有各自的说法。在一百光年外的星球上,看到张三出世是百光年后了,不能说张三出生了两次。

耀文 1.28

三十

插一句:宇即空间,宙是时间,宇宙应作时空体解,何来宇宙同时?

肇明 1.27

三十一

谢谢肇明兄终于发言了!立"斋"以来,你发表的意见都很深刻,因而很受欢迎,可惜的是太"惜墨如金"。这次虽然仅仅插了一句话,分量却极重。我在昨天的信里觉得"宇宙同时"这个说法的所指,需要先辨析;吾兄则指出"宇宙同时"这个说法首先犯有语义学和逻辑学上的错误(当然也是认知上存在问题),因为它等于说"空间和时间共有时间"。不犯逻辑错误的说法(也是正确的认知),是否可以改为"时空同体"或"时空一体"呢?但这可能已非一半本意。

需要说明的是:一半兄在1月20日函中提的问题为"宇宙存在同时性吗?",我把它概括成"宇宙同时",这一概括本身可能就掺有误解,因为"同时性"不等于"同时"("同时性"倘若="共时性",则还有心理学的解释)。还请一半也拨冗加以阐释和辨正。

斯年 1.27

三十二

斯年、肇明兄并各位斋友:

各位的讨论很热闹,特别是肇明兄一语道破了天机,这样,我对自己提出的问题,也就有了自问自答之勇气。

"时空同体"或"时空一体"\\"宇宙应作时空体解",应该都是成立的。按照爱因斯坦的广义相对论的方程和论述,宇宙本身是不均匀的,因此宇宙内部的时空曲率也是变化的。黑洞(尚未证明的存在)里是一片死寂,没有光,也没有时间。

我之提出"宇宙存在同时性吗?"这一问题,出自两个科学家的相关实验和论述：

一是，天文学家所观察到的140亿光年以前宇宙起源的辐射，是说明这个辐射和现在的宇宙是同时存在的，还是不同时存在的？按照霍金"宇宙是有限而无界"的解释，我们这里也应该是宇宙的边缘，因此我们这里接收到的辐射也走了140亿光年的旅程了。按照耀文的解释，宇宙为无穷大，那么140亿光年也是一个可以忽略的时光和历程，也就无所谓时间。它没有起点，也没有终点，只有一个人们感同和理性化认知的时间和空间，也就是牛顿《自然哲学之数学原理》立论一开始的那句话："我没有定义时间和空间……因为它们是人所共知的。唯一必须说明的是，一般人除去通过可感知客体外无法想象这些量，并会由此产生误解。"

牛顿的伟大在于，他只是说"一般人"，即只有一般人认为"宇宙里的时间是同一的，是绝对的"。爱因斯坦的相对论颠覆了这一观念：时间不只是随着观察者的运动状态的不同而改变（狭义相对论），而且也随着观察者的动力学状态的变化而改变（广义相对论）。后者正是肇明和斯年兄的"时空一体"说，亦即：我们每个人都生存在这地球上的时空舞台上，同时我们也为这个时空舞台的搭建作出了自己的贡献。我们每个人离开这个世界的不同方式，也会像一缕炊烟一样，让身边的时空引起有着细微差别的弯曲变化。

二是宇宙起源于"奇点"的大爆炸说，和霍金的"宇宙是有限而无界"的论述是一致的。霍金将可视宇宙比为一个三维的宇宙球，有如地球的表面一样，你在地面走，永远也离开不了这二维地球的表面，因此它是无界的。宇宙是四维时空的存在，他按照拓扑原理推论，四维的界面则是三维的球——这就是我们现在的可视宇宙，永远在其中，而走不出去。

我之所以提出"宇宙存在同时性吗？"这一问题，实际上是对霍金这一论述的质疑：也就是说，当爱因斯坦用四维时空来描述宇宙的时候，就已经不再沿用牛顿的绝对时空观念。而时间这一维和空间的三维中的一维是等价的吗？我不知道。起源于空间特性的拓扑原理，是不是可以将时间这一维变成和空间相等价的一维来处理呢？这是值得深思的大问题！！

在所有现在流行的"若干维的创世理论"中，高深的数学、物理推演，往往使人们的普通的直觉难以介入这些超常的思维，所以提出了"宇宙同时性"的问题。上述分析是否成立，仍请各位给予指教。

一半 1.27

三十三

斯年兄：

接着上次的讨论写这封邮件，继续谈自己的想法。

对于"思维"，传统地认为有"形象思维"和"理性思维"（或曰"逻辑思维"），实际上这是指神经元网络的运动所遵循的法则：

形象思维所遵循的是客观世界的"形的法则"——如"水往低处流""水有源，树有根""麻雀虽小，五脏俱全"，动物的"左右对称"——形象思维法则的核心是"宇称守恒原理"，这也是动物思维的法则。

逻辑思维所遵循的法则，也是客观世界的形（广义的形）的一些可比较的规则，如形的大小序列、数的排列序列、时间的先后序列、音调的升降序列，全等、等同和相似的程度差别，盛酒和水的工具都是圆桶、圆瓶等等——逻辑思维的核心是"公理法则"，这也是动物所能感觉到的，但不能用语言表达出来。

理性思维应该包含两部分：

一是逻辑思维，人类构成了一套用语言表达的逻辑关系，它很自然地引导和主宰思维活动，但它不构成人类理性思维的全部，故有其二。

二是以语言为代表的"文化思维"，钱学森曾经将其称为"社会思维"，但他后来又取消了，改成了"创造思维"或曰"顿感思维"。创造和顿感都是思维的结果，不是思维本身，故我倾向于前者，但觉得称"文化思维"为宜。

"文化思维"可以解释成"广义的语言思维"——实际上也是如此。所谓不同的宗教信仰，不同的民族习惯，理工、文史、艺术等等之隔行如隔山，皆起源于文化的差异，而文化的差异又具体表现在语言和文字所表达的思想、意识形态和外在的"形和象的差异上"。

所以，人们思维产生差别就在于思维积淀起来的文化差异——具体的体现就是语言。这就是民族的语言、宗教的语言、古代的语言、现代的语言、音乐的语言、美术的语言、数学的语言、物理学的语言、生物学的语言、细胞学的语言、计算机的语言、工程绘图、施工的语言等等。这就表明语言不只是"逻辑思维"，它是人类对信息进行加工、集聚、压缩和多维化的产物。"抽象"一词对语言的概括，需要进一步的解释，语言是人类思维的外显的成果，语言的结构多少是神经元网络结构的外部映射。

为了能较为深入地论及思维与语言的关系，小弟必须补充学习"语言和

语言学"的知识。请兄给予指点:

一、如何补习?

二、可否推荐一本适用而能买到的教材或苏大的讲义?(我们这里的书店没有此类基础书籍。)

又令兄费心,谢谢。

一半 1.28

三十四

耀文并诸位:

现在汇报我的"分形联想"。

我的阅读进度,目前仍止于《三体》第二部的开头。至此已经发现,作者展示了一个可以称之为"文明叠加"的科幻世界——这里的"文明"一词,或亦可以改成"时空""空间""维度"(即"空间性质")等。为了简化,我把它们分为两类:"实境"和"幻境"。需要加以说明的是:文学作品都有虚构成分,在此意义上,文学作品中绝无纯粹的"实境";这里说的"实",指的是:1.故事时间为确定的、实在的,而且读者是"共处于其中"的;2.故事空间也是确定的,与读者是"同地"的。

小说里的这个"实境",就是从"文革"到 21 世纪初(即时间)的中国(即空间)。它又分为两层:"实境 1"为普通中国人生活的环境和状态,大概以电脑之普及为其"文明标志";"实境 2"为同一时期中国的高科技领域(大概相当于一半、美康、妞妞他们①曾经生活、工作的环境),这领域普通人不能置身其中,但它是确实存在的,此"境"的"文明标志"包括配备射电天文雷达的二炮基地、纳米技术的产业化等。

前信报告过,小说第二部序言曾以褐蚁视角描写扫墓人的对话。这属于"叙事策略",但是为了建立"参照体系",我把这个"褐蚁世界"也列为"文明叠加"的一个层次,即"幻境 1"。

"幻境 2"很特殊:就时空而言它并不"幻",而是与"实境 1、2"相同的;其"幻"幻在"文明标志"上,包括实现与外星文明的对话,小美女可以托着一个 1 500 吨当量的"核弹钢球"往来自如,拉起多条纳米丝可将 70 000 吨的大

---

① 美康、妞妞均系作者中学同学,后皆从事军工事业。

海轮切成若干片,等等。

"幻境3"则是那个半人马座的"三体世界",其文明标志包括能将11维的质子"展开"9维,从而将它"改制"成"智子"等等。

下面以表格展示上述"叠加"层次:

时、空	相应之"境"	文明标志
半人马座三体时空	幻境3	"智子"等
"文革"时期至21世纪初的中国(兼及同时期地球上的其他空间)	幻境2	幻想的高科技(实现与外星文明对话,可手持的1 500吨当量的核弹钢球等)
	实境2	真实的高科技(如射电天文雷达等)
	实境1(中国普通人的生活环境)	电脑之普及等
相当于21世纪初的中国	幻境1(即"蚂蚁境")	无文明

说明:空格待填、待增,因为没读到的内容包含若干其他"幻境",时间则已进入未来世。

对于作者来说,要在如此复杂的时空里展开故事,是个极其巨大的挑战,我认为最困难的是如何处理不同级次文明的"相遇"。其中最难的又是如何处理"幻境2"与"实境1"的"相遇",因为相遇的时、空乃是确实的,乃是读者身处其中的"当代中国";也因为对于这种"相遇故事",读者拥有一个特别"坚实"的"挑剔参数",即自己生活其间的实境。正是这种"叙事困境",促使我于阅读时经常在脑海中跳出"分形"一词——此前裕群转发的凯芬教授谈及分形的书信和耀文发送的分形画图以及他对分形的解释,促使我去接触了一点这方面的常识。

上述"文明相遇"的"困境"首先在于"度量尺度"的差别,我知道这正是分形被发现的导因之一。"自相似"和"迭代生成"是分形的两大原则,而"相似"有别于"相同",所以"自相似"又意味着某种"自不同"。《三体》展示的是一个非常庞大、复杂的"非线性无规分形结构",以上所列的每一个"境",都可视为一个"单位区间",而每个"单位区间"又包含许多"子区间"(这里借用的是"三分康托集"分形概念,这个"集"是线性的有规分形;"区间"或许也可称为"模块"?)。要把这些"区间"建造成一个美丽的分形结构,关键在于求出它的豪斯多夫维。我当然不会傻到建议作家去做什么复变函数运算,而是觉得:如果处理不好不同"区间"的"尺度差异",必定会影响这部科幻作品的质量。

在已阅读的篇幅内,我觉得"幻境1"与"实境1"的"相遇",也就是褐蚁世界与(中国)人的现实世界之"相遇"处理得最好。相对于褐蚁世界,咱们的世界在文明度上要高出多多;所以,"人间尺度"衡量下的极其平常的事物,用"褐蚁尺度"却是无从衡量的。也就是说,这两个世界或两种文明,简直是无法实现交流和对话的。作家却让它们相遇并在实质上实现了某种"对话":褐蚁知觉到两个"巨大存在"即扫墓者的出现,"听"到了他们发出的语声。此时,第一叙述者又承担起"翻译者"的角色,把褐蚁"听到"而无法理解的声音,"翻译""转换"成人的语言[在这部作品的语境里,人的语言是"实境1"以上各层文明都能读懂的(三体人拥有地球语言的转换手段)]。我认为这个例子所体现的叙述艺术或叙事策略,殆可视为一种准确的"豪斯多夫维"。

作者的叙事也有不够成功的例子,我认为那段小美女手持"钢球核弹"闹会场的情节就写得比较勉强。读者会问:小美女一伙怎么会有这么大的神通?既然当代中国高科技水平已达如此程度,为什么在场军警(还不是一般军警哦)的装备却这样平常?用这样平常的手枪,却可击碎核弹钢球而不造成核爆,可能吗?……这是因为,当"幻境2"闯入"实境1"时,作者没有处理好(甚至忽略了)"尺度换算"或"尺度综合"问题,亦即没有找到"豪斯多夫维"。所以,这样的叙事很难达致"融洽"的阅读效果。

据读完全书的朋友说,第二、三部比第一部写得更好,对此我已产生同感。我想:"更好"的主要原因,大概就在上面所说的"分形困境",在后两部里解决得更加融洽了,"豪斯多夫维"找得更准了。

其实,早在所谓神魔小说里,就已出现过这种"分形命题"了。从《西游记》、《绿野仙踪》(也是明朝人的作品)、《封神演义》,到20世纪还珠楼主的《蜀山剑侠传》,都存在如何把"实境"与"幻境"整合为"分形"的问题。这些小说与科幻小说的差别之一在于有"幻"而无"科",差别之二在于作者并无科学—数学素养,他们应对"异境反差"的策略往往是消极的,即尽量让幻境封闭化或相对封闭化,从而避免与实境相遇的尴尬。也有不消极的,如《封神》,但是尴尬越来越严重,读者会问:既然有了神通广大的元始天尊,干嘛还要那些人间兵将呢?作者的回答是:天命如此。这种回答依然归于"消极"。

上述作品之中,《蜀山》当属特例。它所展示的"文明叠加",可能比(我目前所见的)《三体》还要丰富、复杂。例如,《蜀山》里的"幻境",既有"动物世界",又有"动植精灵世界"(此境已经拥有自己的"文明");既有鬼的世界(阴司鬼国),还有"鬼之鬼"的世界;"实境"之上的第一层"幻境"是"地仙世界",再往上为"金仙世界"(这是见诸情节的,根据作者的说法,天外还有多层天)。《蜀山》已含科幻因素,即所谓"物理与玄理的结合",但这结合基本限于对各种"法宝"的描述,其他方面仍是玄理("天的层次"即来自佛典)。作者的策略是以"地仙世界"和"地仙活动"为主要舞台及主要情节。金仙只在"需要"时才从天界降临,对"下层世界"的处理大致亦然。所以,尽管全书写得鱼龙曼衍、光怪陆离,而用"分形理论"考察,作者的叙事策略仍含"保守"特征,其效果却是积极的。

裕群转发的那位数学家朋友的长文,曾经生动描写过数学家的想象力以及数学想象的神妙、精彩。这种数学想象,是否冥冥之中早已和文学、艺术想象"交汇"过了呢?!这也是一种想象。

以上瞎掰是否得当?特别是对分形理论有无误解?希望大家——尤其是诸位科学家不吝指正!

以后还将继续汇报"分形联想"。

斯年 1.30

三十五

写得很好,有分析联想的高度,得细读,长知识。一个问题:真实的实境好懂,为什么科幻也能读懂,能沟通,能交流,能欣赏,能分析?斯年兄的那么多维,其实都是脑子里的维度,思维有多少个维度?

一半 2.1

三十六

一半兄:

以后正想专门谈谈"真实观"——分形理论引入文艺理论,必将颠覆社会主义现实主义的真实观。等想好再汇报。

还有一件有意思的事：《三体》里的地外文明，是没有语言、文字而直接借由思维建立起来的，因而就与地球文明产生了社会学、伦理学意义上的反差和冲突（或为冲突的主要原因之一吧）。这个问题老兄肯定特感兴趣。

我已开始续看第二、三部，读完之后再做详细汇报。

此外，从第二部的后续情节和第三部的目录可知，下面展开的时空更加辽阔。第三部前面有份《纪年对照表》，按地球纪年，第二、三部写的时间是从公元201×年开始，直到18906416年。

斯年 2.2

三十七

平宇、勃兄①：

对于fMRI（核磁共振功能成像），平宇是发明者，很值得我们骄傲。有两个问题，可否解答一下：

1. 脑电图、fMRI和PET（正电子发射型计算机断层显像）三者有什么共同点，有什么区别？

2. 这三者最最基本的工作原理，在对人脑进行检查时，是不是都是基于神经元和神经递质的电子活动？这种电子活动是属于弱相互作用的性质吗？还是电子受激发引起的量子跃迁的机制？

人脑的电信号之所以能被测量，是因为构成了一个可以在脑外检测到的宏观效应，这种宏观效应与吴健雄实验的结果，即弱相互作用中β衰变的手征性有无关系？手征性是否表明在电子跃迁时，也会遵循手征性的方向选择，即电子跃迁有两个指数：方向（原子核的左旋抑或右旋一侧）和能级。这对吗？

因为在1968年时，物理学界实现了电磁与弱相互作用的统一，它们是同一种力的两个方面，现在叫电弱力，所以我才将它和电子的受激发跃迁的效应相关联。可不可以？请指教。

一半 2.2

---

① 按："勃兄"是位高分子化学专家，因为两眼近乎失明，所以未参与讨论，但可借助听读软件"看"。

三十八

　　一半提的问题我虽不懂,但从直觉上感到它也具有"科幻能量"——"三体人"既然靠"透明思维"进行交流(包括把他们的透明思维转化成地球人的语言,从而实现与咱们当中的科学精英的交流——所以要在"智子"上刻集成电路,即为此也),这就涉及他们的思维器官是个啥东西(哪怕长在脚后跟,也应有这么个东西吧——是为脑科学之"幻")? "透明思维"的交流,是否依然属于一种生物电流的交感? 除此之外再去"幻",是否一定会背离"科"? ……诸位可不可以于"科学答复"之外,也就上述问题来一把"科幻答复",以让我与《三体》的后续内容对照一下? 如能满足我的好奇心,应该是件很有意思,可能还功德无量的事。

斯年 2.2

三十九

斯年:

　　我刚刚发信给裕康,说他写"年终总结"具有严肃的生活态度。其实你也是一位无比认真的学者!

　　而你,对每位朋友的信函从来不厌其烦、不厌其详地给予回复,对不论文理、古今之问都有问必复,表明你旺盛的精力和敏锐的思绪,也表明你对每个朋友的极大尊重,这使我非常钦佩!

　　加之你读书的认真态度更令我钦佩。一本《三体》,你读得如此投入,如此认真,而且这么富于联想。我由此看到你学问的广博就是这样积累起来的!

　　我真庆幸咱们有这么一个难得的朋友圈,我从各位身上得益匪浅! 感谢各位!

　　但愿我们"千里共婵娟",而不要"相忘于江湖"。

裕群 2.3

四十

裕群:

　　我也刚给你回过信,说更喜欢"随化"二字。

　　因为眼睛不好提前退休,所以我已多年没通读纸质文本了(去年几乎读完莫言的全部作品,主要看的是电子文本,因为字可放大)。这次对《三体》读得有兴趣,主要原因之一是碰到不少拦路虎,又恰好有你们这批理科朋友随时可备咨询。这种阅读过程所体验到的文学与科学—数学的融汇,是过去体验不到的——包括凯芬和那位数学家以及那位也是自动控制的专家,他们说的许多内容我虽仍旧不懂,然而绝对有助于我们这些搞文学的人拓宽思路,打开另一个观察文艺的窗口。当然,该感谢的还有《三体》的作者,他以创作实践实现了上述交融。

斯年 2.3

四十一

妄问:

1. 我译过苏联科幻之父的一部小说《世界主宰》,讲的就是通过控制脑电波从而控制别人的思想和行为。小说的基础是人发现或发明的脑科学,所以叫科幻,姓科的科幻。但属于人之"科",实验加推理之"科"。其实在有科学和语言之前,人照样在交流,靠的是象和形,动物的交流也许靠感觉。其间必定有电波、电路在起作用,这是人说的。万一不是呢?

2. 我还译过一部写外星人的小说,提到外星人一见地球人就知道对方心里在想什么,不需要通过语言,他们自己也没有语言。人类常说"一眼就能看穿对方心思"。需要通过电波、电路吗?

3. 也许象和形可以转化为理念,理念也可转化为象和形。前者有老子的《道德经》,后者有社会主义现实主义的小说呢。一定需要用电波、电路"翻译"吗?

肇明 2.3

四十二

描述外星人"透明思维"的文字,还常出现在关于 UFO 的"相遇文献"。

咱们老祖宗的著作里,最早表现这种幻想的,大概是明朝李汝珍《镜花缘》里的"君子国"。不过,该国人是通过对方胸前的镜子而看到其"思维"的。他们"保留"着语言,故可对照心镜来判断你是否口是心非;心怀鬼胎者则经常把那面镜子掩盖起来。

肇明兄所提问题我答不出,一半肯定会有他的答案,应该很"科",希望还能"幻"起来（不过,地球人无论怎么"幻",自觉不自觉地必定摆脱不掉"地球尺度",区别仅在多少而已——此亦"分形理论"也）。《三体》作者可能也有答案——他所"选择"的对抗三体人入侵的方案之一,就是发展脑科学,让地球人的聪明度实现"光速式"（这是我杜撰的说法）的飞跃。

斯年 2.3

四十三

斯年兄好像是在写"科幻文学论",说实话,我认为是很值得写的。科幻与思维相关,它是不结果的精神之花。奉上一段有关思维的感悟,不知是否能搭上一点斯年兄的船边。

思维的左撇子进行曲

人类的创造性思维来自输出信息较之输入信息间的一个增量,这个增量又只能是来自思维时脑中能量的有序的转换。神经生物学对视网膜成像机制的研究表明,能量的转换机制就是量子跃迁。1968年,物理学界实现了电磁与弱相互作用的统一,称之为电弱力。这样,吴健雄的实验结果或许会给我们一个启示：在我们大脑内的世界里,精神活动是和电子的量子跃迁相关的,吴健雄实验所证明的弱相互作用中衰变的手征性象征着能量转换,也就是量子跃迁的优先方向的选择,它们谱写了思维的左撇子进行曲。

这,成了人脑有序思维的创造性源泉。

一半 2.3

四十四

一半兄点名,不得不说一下。本人不算内行,但曾经有所涉猎。

据我所知,脑电图是指神经的电脉冲记录,fMRI 主要是测量脑部的含氧量和血流信息,而 PET 则是测量特定的代谢功能。

因此只有脑电图与神经活动有直接关系。

其他则不敢多说。

祝大家身体健康,春节快乐！

平宇 2.3

四十五

谢谢。回答用词很严谨,很到位。

讲了直接,留下一个间接——后者,可以科幻,可以猜想,可以论述,可以实验——

上次勃兄介绍的旋光异构一直铭记在心,蛋白质的多种异构体是生物进化和生命多样性的基础;左撇子的优先选择,则好像是规定了生物进化的方向性。——一点感悟。

祝好!

一半 2.3

四十六

肇明兄在 2 月 3 日函中说:"我还译过一部写外星人的小说,提到外星人一见地球人就知道对方心里在想什么,不需要通过语言,他们自己也没有语言。人类常说'一眼就能看穿对方心思'。需要通过电波、电路吗?"我读到"三体人"往"智子"上面刻集成电路的情节时,也曾闪过这样的念头。再读下去,发现刘慈欣写的"三体人",其"透明思维"的透明性,用在与地球人作(间接)交流时,似乎具有"单向特征":

1. 他们拥有把自己的透明思维(通过集成电路等"落后的"地球手段)"翻译"成地球语言的技术。也就是说,他们的思维不仅互相透明,对地球人也是透明的。

2. 但是,由于他们自己没有语言、文字这种媒介,所以尽管获得把自己的思维翻译成地球语言的技术,却不懂得地球上的语言具有既可表达思想,也可掩饰、掩盖思想的功能。这样,在接受地球人的反馈信息时,他们无法进入地球人"语言背后的思维"。因此他们发射到地球周围的那些"智子"可以收集到地球上一切用语言文字传达的信息,却收集不到不用语言文字表达的谋算、诡计。看来,这些三体人比肇明兄所译那部作品里的外星人要技低一等,或者要笨一点或"天真"一些——他们虽然会弄集成电路,却不知道地球上已经有了测谎仪。

3. 到我读到的地方为止,狡猾的地球人正是利用对方的这个弱点来制造假信息,掩盖真意图,试图借此转弱为强,克敌制胜。高技术、高文明并非没有局限,低技术、低文明并非没有自己的"掎角之势";聪明人会有发傻的时候,傻子会有傻聪明和傻福气,这就是到我读到的地方为止的作者意涵。这倒正是我党革命斗争的历史经验,也合《孙子兵法》。至此为止,刘先生倒是贴近"主旋律"的,他写的我国军委在建设"天军"时首先注重政治工作,也是很有道理的。

4. 就上述科幻情节考察,《三体》的构思和描写都已合乎"自洽标准"了。窃以为这个标准很重要,容以后再作专门讨论。

阅读中间遇到三匹拦路虎:"工质""浮点运算""宏原子"。本想直接点平宇的名,请他予以辅导;后来一想,读中学时碰到这种情况,总是要先由自己寻求答案的,于是上"百度"去查。第一、二匹都排除了,第三匹"百度"上也有,说是出自刘慈欣的幻想,而且还查到一个据此开发出来的网上游戏。这个现象非常值得注意:一是说明此书影响之大、之广,二是说明它的科普作用之大、之广,三是说明文学的扩展作用、移植潜力之深厚,四是说明文学与商业之互补作用之大和广。此类现象,似乎在通俗文学领域尤为显著。

以上想法有无瑕疵,仍请大家批评指正。

斯年 2.4

四十七

"工质"——做功的介质,比如冰箱压缩机里的氟利昂即工质。它在里面循环,不改变本身性质。

"浮点运算"——计算机用语,计算机运算中数字位数是固定的,16 位,32 位……遇到小数点怎么办?开始是有固定小数点位置,但数据各异,有的数没小数点,有的数小数点后有很多位,"定点"浪费运算能力,就有"浮点运算",点位是浮动变化的,提高运算能力。

——这是我所知的,不一定对。"宏原子"就不知为何物了。

耀文 2.4

四十八

谢谢耀文的辅导!

《三体》中写到,为对付外星人,中国"天军"的军官设想开发一种"无工质"(即直接用辐射能量推动飞船)的核聚变发动机。这在当前属于幻想——科学的幻想。

"浮点运算"则是在写及一个核武模拟中心时提到的,说这里的计算机"每秒可以进行五百万亿次浮点运算"。不知咱们的"银河""天河"是否已经达到这个速度。

关于"宏原子","百度"上的介绍如下:

> 宏原子是著名科幻作家刘慈欣在其作品《球状闪电》中虚构出的对球状闪电的一种解释。
>
> 宏原子具有原子的一般特征,在没有观察者的情况下呈量子状态,其位置只能用概率来描述,是一团概率云。
>
> 同时,宏原子在宏观上是可见的,它以"空泡"形式存在,肉眼可见,被雷电等激发为激发态后成为球状闪电。宏原子核以二维弦的形式存在。宏原子之间可以发生宏核反应,其威力与常规核反应有所不同,其能量释放有目标选择性。
>
> 被激发的几率很小。
>
> 宏世界的原子运行很慢,500 m/s 的速度已达到临界速度,所以宏原子核可以发生宏聚变。

百度上可查到的那个电玩说明里则说:"宏原子是一种以一维弦状态展开的原子,单个原子即能达到肉眼可视的尺寸,在高能电磁环境或激光照射下可激发为球状闪电。"

以上当然亦属科学幻想,但是耀文肯定会有独到的评论,因为这是你的本行。

《三体》中的美军将领设想开发宏原子核聚变武器来对付外星人。不过,这些设想都是借由语言发表出来的,所以很可能都是用以对付外星人"透明思维"的"疑兵"——借《孙子兵法》的说法,就是示形而藏意。咱们地球人,狡猾狡猾的。

上封信里已经谈到宏原子的电子游戏,不知刘慈欣是否参与了此类电游的设计、开发。这会形成一条科幻文学—科幻电游的产业链,用商业眼光考察,是极有吸引力的。不过,刘先生如果参与了,我希望他别投入过多精力,最好只限于版权交易。因为,文学创作固然离不开文化市场,但是作家不宜投入太深。

斯年 2.5

四十九

原子是某元素存在的最小形式,"宏原子"的概念有些不可思议。从描述看更像"等离子体"。

耀文 2.6

五十

诸位:

汇报一下最近的阅读心得。

1. 关于"宏原子",作为核物理学家,耀文的点评非常简短,但可能对《三体》作者具有参考价值——此价值殆即在于如何使"幻"与"科"结合得更好。从"语义—逻辑学"考察,"宏"与"原子"这两个词素的结合也是存在悖论的。《三体》作者用这个偏正结构的复合词为之命名,是否有意凸显那个幻想出来的东西所具有的"悖论性"呢?因为它出现于《球形闪电》一书,而此书我未读过,所以答案不明,只好存疑。

2. 上一封信谈到《三体》小说与电玩的关系,我表达了希望作者别在市场里投入太深的想法。回头再想,觉得这一意见不适用于大刘(圈子里都用这称呼,咱们也用吧),因为他在 20 世纪 90 年代就"编过一个宇宙点状文明体系总体状况的模拟软件",运作结果非常"诡异",以至使他相信"零道德的宇宙文明完全可能存在"(见《三体》第一部"后记")。可见,他的科幻思维和如今称为"电玩"的东西关系极其密切,后者甚至是其创作思维和创作过程的一个部分;这一部分也完全应该,也完全可以化为推动文化市场的"正能量"。

3. 我在 1 月 30 日的信中列过一张《三体》的"文明叠加表",现在想到:在"幻境 2"和"幻境 3"之间,应该插入一个"虚拟幻境",这就是作品里反复出现于地球互联网上的关于三体世界的电子游戏,它可能与作者那个"宇宙点状文明体系总体状况的模拟软件"不无联系,其时空殆可上溯到宇宙起源,其人物包括中西古代—近代历史上的著名"风流人物"。这个"电游"在全书里的作用似乎尚未完全揭示出来(因为我正读到第二部的中部,对此有所推测,是否准确,有待"下回分解")。

斯年 2.8

五十一①

平宇：

谢谢你(对2月6日江苏卫视《强力大脑》②节目)的"强力推荐"，我和淑蓉都看了，和你有同感："不可思议！非常感动！我哭了三次。"但是我们还是"擦干了眼泪，化悲痛为力量"，对此不可思议的事，做了如下可思议的探讨。

第一位认孩子和他(她)的父母。

1. 这首先是一个概率事件。如从孩子认双亲，不加权的认对概率为 1/900；如从双亲认孩子，这概率可提高 7％。

2. 父母的基因，就是加权。据何思慧讲，她两岁时就开始在幼儿园从好奇心出发练习这种认识能力，她的识别根据是总体性的"神态"，而且已经存储了很多模式；她又表示，那位戴眼镜的父亲不好认。所以，她构成"神"的主要判据是眼睛的"虹膜"，"虹膜"有如指纹，应该和遗传相关。不敢肯定的是：虹膜的继承，是不是父母的基因会各占一半？第二，"态"的判据，是脸上五官的布局，围绕着某一个中心点的分布关系，父母亲的中心点可能不一样，人一生的过程就是一个开放系统的带有拓扑意义的变换过程。因此，何思慧的辨认几率大大提高。

谁能做到这一点，自然与天赋能力有关，但也与开发的早晚有关。

第二位是一位画家。画家对于外形、细节、动态和颜色有着独特的观察和记忆能力。从挑战者王昱珩巡视水杯子速度之快，即可猜测他也是看的一种杯子中水的总体效应，用他的话说就是他把它看成了一幅具有特色的画、一幅不重复的画作，他还告诉我们水转了 15 度。

由此，我们可以猜想：他所把握的特征是一杯水的"微动力"效应，即水在移动中的动力效应的遗迹。这种水面的些微波纹，会在灯光下形成不同的反射，在画家眼里观察一段时间以后，就可以构思出一幅画来，而且会有一个随时间变化的周期，由于水的阻尼系数很小，"微动力"效应的衰减也需要一定的时间。在科学助理将杯子送回原位时，因为步伐节奏相同，只能是加强这一微动力效应，所以王昱珩必须巡视得很快，否则过多地衰减以后就

---

① 按：此信和以下部分书信与《三体》讨论并无直接关系，但因所述内容既涉及"科"，似又涉及广义的"幻"，故亦编入。

② 实为"最强大脑"。

很难辨识出来。

这对于画家来讲不应该很难,当然也是功夫,特别是他视力受损,但他特别强调了光线的问题。

第三位孙亦廷,首先是天赋,但这天赋也与父母亲的音乐素质和自小的熏陶有关,甚或胎教。水气球的实验,在高度和音素的关系上,大概也会经过事先的预训练,否则无法和高度信息相关联。前两位都是靠视觉来识别的,而孙亦廷则是靠听觉。听觉在进化中比较晚,但对于人类的文化和语言影响极大。人耳蜗内的纤毛可以产生比一个原子直径还要小的摇动位移,高灵敏度的有音乐天赋的耳朵可以在钢琴的两个相邻的琴键之间辨出20—30个音素来。

孙有天赋,也与开发相关。

从原理上讲,最难的是第一位;从天赋上讲,最神的是第三位;从智慧上讲,最有想象力的是第二位。人类就是在施展天赋上,在发现原理上,在发挥智慧上走在其他动物的前面。

平宇三哭,哭出了三个第一。

一笑。

一半 2.9

五十二

平宇:

(前略)据我观察,老化有两种:正常老化和非正常老化。前者只要坚持"身心勤快,幽默喜乐"就可以推迟;后者,由于超负荷使用过量引发的老化,则很难推迟,因为器质性的活力已经衰竭——如里根、撒切尔。

根据就是周围的事例。

薛定谔写的《生命是什么》小册子很值得一读,他大概是把物理学的原理引进到生物学中来的、站得最高的一个人。如果我现在说"思维的规律"要遵循物理学定律准确性期望值的根号 n 律,人们几乎都会笑话我是瞎掰,但这恰恰是他最先引进到生命现象中来的,我只是套用了一下而已。20 世纪四五十年代,薛定谔和科学界一样,更多关心的是基因与遗传,我则是在探讨思维——"思维的机制"是什么?"思维的规律"是什么?"思维的法则"是什么?

思维的一个重要的规律就是"解构与重构"——这是从斯年兄的现代文

学理论中引用过来的。

对于《最强大脑》的超人表演,我的解释也只是个人的思路而已——因为思维本身是神经元网络的"一种自由游戏"(爱因斯坦的原话是:我们的一切思维都是概念的一种自由游戏)。

谢谢你的"强力推荐"所带来的启迪。

一半 2.10

五十三

诸位:

一半、平宇关于江苏卫视那档节目的讨论与《三体》固然无关,但是《三体》中有一部分科幻情节与你们这番讨论极其有关。我把其中的要点分条介绍一下,希望听到大家的点评。

这些情节出现于地球人对抗外星人入侵方案之一的实施——加速地球人大脑进化过程,以使他们在外星人到达之前(约 400 地球年后),思想能力和智力达到足以对抗或制胜的水平。该方案执行者所设想和业已"实现"的技术是:

1. 研制一种"解析摄像机",它以 CT 断层扫描和核磁共振技术为基础,可对检测对象(人脑)的所有断层进行动态的共时扫描。每个断面之间的间隔精度达到脑细胞和神经元内部结构的尺度,因而可以同时以每秒 24 帧的速度扫描大脑的数百万个断层,呈现一个大脑的动态合成模型。这相当于把活动中的大脑,以神经元的分辨率,整体拍摄到计算机中,从而得以在计算机中整体地重放思维过程中所有神经元的活动情况。

2. 实现以上设想的最大技术障碍在于数据处理,因为目前的计算机技术不具备对人脑大小的物体进行神经元精度扫描并建模的能力。

3. 作者设想:大概到了公元 201×年的八年之后,他们已经证明量子计算机、生物分子计算机和"非冯结构计算机"(模拟人类大脑的计算机)都无法完成上述数据处理的任务。于是他们想出一个"疯狂主意":利用传统结构计算机,把软件模拟转化为硬件,用一个微处理器模拟一个神经元,把所有微处理器加以互联,并可以动态地变更互联模式,从而为人脑进行建模。这一设想实现的障碍在于微处理器的生产,因为人脑至少有一千亿个神经元。要生产出这个数量的芯片,任务虽然极其艰巨,但是由于此时传统结构计算机的运算能力已有高度增长，方案执行者又可调动大量的地球资源进行投入，所以初步实现了"解析摄像机"工程，能以全息摄像技术展示大脑的全视图，包括突触联结的拓扑结构。他们发现，判断思维并非产生于大脑神经元网络的特定位置，却拥有特定的神经冲动传输模式。由于这是动态的，只能借助超级计算机，从其数学特征上加以识别和"定位"。

4. 执行者们从而初步掌握了一种借助"思想钢印"提升、固化受试者某一信念的技术：当某个信息进入大脑时，通过对神经元网络的某一部分施加影响，使大脑不经思维就作出判断，相信这个信息为真。

5. 在讨论上述技术时，他们谈到以下理论问题：A.人类大脑的（自然）进化需要两万至二十万年才能实现明显改变；B."思想能力"这个概念的内涵，比"智力"这个概念要大得多，信念即属前者；C.思维在本质上不是在分子层面，而是在量子层面进行的。

从以上介绍可以看出，小说里的这帮科学家发展脑科学，动的却是"控制思想"的歪脑筋。这一"方案"的实行结果我还没有读到，按照已经读到的情节推测（读者圈子里有句行话叫"剧透"），应该归结于"悲剧"。

特别恳请一半、平宇、裕群、耀文就"科"谈"科"，对上述情节及其构思发表点评！

斯年 2.10

五十四

斯年点名，就说几句。

首先我向作者表示极大的崇敬，科幻对我是可望而不可即，我只懂一点"科"，而不会"幻"。

CT断层扫描和核磁共振是我的本行。按这两门技术的原理，要做神经元内部结构细度的扫描是不可能的，一帧都不行，更别说每秒24帧。

没有了1，下面就不用再谈了。

也许我的技术背景局限了我的视野，但是目前我只能谈这些。对思维的本质，我的知识还是零。

我还是要大家看背"派"①的老人：

---

① "派"即圆周率。

http://v.youku.com/v_show/id_XODg3NTg1Njc2.html

平宇 2.10

五十五

谢谢！你们的点评对我这样的读者是很有帮助的——有助于了解作者的幻想"靠"多少"谱"和"离"多少"谱"（这个问题，在其他发挥想象的文学作品——特别是童话和神魔小说里，是无关紧要的）。这位作者的知识面非常广阔，想象力也非常丰富，在我读过的中国科幻作家、作品（很少）里，这是非常罕见的。所以，我和平宇一样，对他"表示极大的崇敬"。思维是什么，这个问题深究起来真的非常神秘，且看一半怎么说。

斯年 2.10

五十六

斯年兄并诸位：

很佩服徐教席的读书精神和研究方法，看看所列出的条目，可能比我自己看还能领会要领。

1.《三体》的作者具有丰富的科技知识，在"幻"字上也很独到和领先，斯年兄所列出的内容看了两遍，和自己的思想对照，颇有收益。

2. 作者的立题，使得作者"幻"得过头了。我们无法"加速地球人大脑进化过程"，大脑已经进化到极致的程度，基因100万年才能改变一个，即人的1/3.5万，但是人类大脑还有可以加速开发的很大余地，途径有两条：一是补充激发量子活力的"仙丹"，提高思维的能级；二是通过计算机技术进行大脑的加强训练，增加大脑的突触连接数量。

3. 人脑建模，似乎可以，1 000亿个芯片也能做出来，但每个芯片都应该具有1万到10万个突触连接的能力，而对这样的连接起主导作用的是神经递质的量子活力以及神经元生长锥和靶细胞之间的化学作用的亲和力——这就是生命体和无生命体之间的鸿沟。因此部分地实现对脑功能的模拟是可能的，但等同地加速大脑的进化，那是上帝的事。

4. "解析摄像机"的目的，是要了解对方在想什么。这个题目等同于，是否可以用现代的最新技术和投入，准确地了解对方（你的朋友、一个政治家、一个演员、一个小偷……）现在在想什么？这对于地球人彼此之间能否做到？人和人思维的差别，不在于神经元的活动，因为思维的机制、思维的规律、思维的法则都是一样的，所不同的是"思维的密码"，一个人一个样，因此即令解析摄像机在所有技术水平上都能满足要求，但是神经元网络是如何编码来表达信息的这一密码无法知道，因为地球上的人自己也不知道——这是从诞生开始一生中编成的认知和思维的密码，一旦编成，它和我们的形象思维和抽象思维是自动对应的——这就是我们知道我们现在想什么，但不知道是怎样来想的道理——因此用解析摄像机来判断别人在想什么更是不可能的。

5. 他们的发现："判断思维并非产生于大脑神经元网络的特定位置，却拥有特定的神经冲动传输模式。"这个思路应该稍作改变地继续创作下去。我们自己所感知的思维都是在思想的层次上，亦即思维的宏观层次上，我们可以说我现在想的是什么，但没有人知道神经元网络在当下是如何活动的。思维是在神经元网络层次上的自发演绎，我自己的看法是：思维是以信息密码的方式（即神经元网络）按照形象思维和抽象思维法则所进行的神经元的网络运动（解构与重构），思想是这一网络运动的信息包络，因此思想是在这个包络中相关信息的综合和升华。要想通过解析摄像机去盗取外星人——当然也会包括地球人在内——的对方的思维信息运作过程，上帝大概不会允许，因此"加速地球人大脑进化过程"可能会有方向性的障碍，因为它会带来极大的不公平。

6. 如果把宇宙中外星人造访地球作为科幻的方向，可能更容易展开论述，因为可以相互探讨不同星球上生命的共性和个性，乃至社会的共性与个性——其间所包含的科学成分大概会大于作者现在锁定的"外星人入侵地球"这一选题。

恭敬不如从命，汇报一下自己的想法——思维就是一种自然的流淌，我为什么会这样想，我也不知道。

一半 2.10

五十七

谢谢！就我已经读过的内容看，作者在《三体》里所要探讨的正是"宇宙社会学"，并且已经预设了两条"宇宙公理"，似与一半兄的建议有不谋而合之处。故事的继续发展以及我的感想、问题，等读完第三部再汇报。

斯年 2.10

五十八

今推荐两篇短文,一篇是校友所写《三维看世界》(见附录),简洁精辟,非常好的寓言。不知与斯年兄读的《三体》有无相通处?

另一篇①也是校友网上登的,发人深省!

耀文

附录:

三维看世界:几何比拟

徐耀寰

这里说的"三维看世界"不是长宽高三维的物质世界,在下面的讨论中大家会看到这个通常的三维世界对我下面所说的理论框架而言却是"二维"的。然而我们还是要从通常的长宽高三维入手来谈,因为这样比较形象,也容易懂,于是就有了我下面说的"几何比拟"。

先从几何学开始,我们初中就学平面几何,到了高中才学立体几何。平面几何是处理二维问题,而立体几何是处理三维问题。很显然,一个立体几何问题用平面几何的原理定理是不可能正确解决的。如果一个人看到一个三维几何体在二维平面的投影,就误以为是二维问题,而把这个本质上是三维的几何问题企图在二维平面内解决,穷毕生之力没有解决,是可悲而又可叹的。这个道理自不难明白,然而,在现实生活中有多少人把三维问题当成问题来看待呢?

《扁平国》(Flatland)是英国中世纪的一部政治讽刺小说,说的是有一个二维国家,里面的成员都是二维多边形,普通的老百姓比较质朴,心里没有那么多弯弯绕,所以都是三角形,那是最简单的多边形了。随着文化程度和社会地位的提高,人的思想行为渐趋复杂,多边形的边数开始增多;比如中学生可以是四边形,大学生可以是五边形,专家教授政客律师,心思越来越复杂,边数也越来越多。国家的统治者最复杂,因为他不愿意老百姓知道他是怎么想的,一肚子的阴谋诡计,因此边数无穷多而成为一个圆。

但有一点是共同的,那就是在这个国家里不管边数多少人们只有

---

① 此篇谈金字塔的建造,未附文。

二维平面概念,不知三维立体为何物。他们生活得很满足安逸。生活在二维世界的人们彼此人心隔肚皮,然而从三维空间俯视就可以把一个个三角形、四边形、五边形直到圆形的统治者的五脏六腑看得清清楚楚。二维人对此懵然不知,直到有一天,一个三角形被一个生活在三维空间的人抓到了三维空间,有了三维空间的概念,也看到了自己和所有二维同胞的局限。当被三维人放回了二维空间之后,这个三角形开始告诉自己的多边形同胞们"有三维空间!景象美丽得无法形容!"的时候,迎接他的是同胞们的猜疑、嘲笑和愤怒。有人认为是奇谈怪论,也有人认为这是对二维民族主义的侵犯……事情沸沸扬扬终于惊动了圆形的统治者,该国"圆"首认为这会影响到这个二维扁平特色国家的和谐与稳定,于是以"为境外敌对势力宣传三维空间普世价值"和"企图颠覆二维扁平国"为名,把那个告诉别人有三维空间的三角形关进了监狱。

这个故事里,只有二维概念的扁平国国民对那位从三维世界回来的三角形很不理解甚至很反感当然是小说的虚构情节,然而类似的事件却在人类历史上多次重复出现。仅举几例供大家鉴赏。一是当有些科学工作者提出我们居住的大地其实是个大球时,受到相当多的反对和质疑,质疑者中不乏有地位的有学识的,一个反对意见理直气壮:"如果地是一个球,另一侧的人岂不是每天头朝下过日子?"听起来好像也有道理,是不是?另一个例子是英国刚开始制造火车时,也有一批人反对,理由是"这会把牛吓坏了",当然后来反对的人们也坐上火车去旅行了。

长期处于不同环境造成的认识差异很难一下子消除,每一方都信心十足地认为自己当然是对的,但只可能一个是对的,甚至双方都不对,但不会双方都对。我遇到过一个天津工学院的学生,是个农村青年。他说,他进大学后读了一年书,眼睛近视了,就配了一副眼镜戴。假期回家探亲,乡亲们对他戴眼镜很不理解,认为一定是为了好看"臭美",他怎么解释都没有用,乡亲们无论如何都无法理解,为什么非要戴上那玩意才行,咱们一辈子没戴不是看什么都挺好?他告诉我,他哭笑不得,十分无奈。对于一心认定别人是因为比他傻才信基督教的朋友,我也很无奈。我并不在乎别人说我傻不傻,我们房九同学聪明的很多,我很一般,要说不同只是比较用功而已,知道自己没有多少聪明可以依恃。

五十九

耀文：

《三维看世界》果然与《三体》颇有相通之处——《三体》写到的也是不同文明之间沟通的困境。我读《三维看世界》更有亲切感，因为在下本是一个只会以平面几何"尺度"理解、想象多维空间的人。从这篇文章，我又想到"尺度"与"真实"的关系，这也是分形理论给我的启发，大可引入文艺理论，容以后详谈。

《三体》第二部已经读完，其中的第三部分题为"黑暗森林"，写得特别好，令人拿起书就放不下，这样的阅读体验，很久没有出现过了（不是因为没有好作品，而是因为视力受损之后我读书太少）。现正开始读第三部，其中好像写到"二维"的太阳乃至整个太阳系，具体内容，等读到那里后再汇报。

关于异质文明的沟通问题，《三体》作者刘慈欣想得更加广而幻。他把这个问题提到建立"宇宙社会学"的高度进行思考，这就把"硬科幻"与"软科幻"结合起来了。他认为，宇宙社会学基于两条公理：一、生存是文明的第一需要；二、文明不断增长、扩张，但宇宙中的物质总量保持不变。这两条公理又与两个概念密切相关：1.技术爆炸；2.猜疑链。后者即指不同文明间沟通之难。作者设想，宇宙之间不仅存在"碳基生命"，而且存在"硅基生命""恒星生命"乃至"电磁生命"，它们的区别，用地球人的生物学概念衡量，属于"界"的差异（远远大于"种"的差异）。在文明（技术）不断爆炸而物质总量不变的情况下，不同的文明早晚会发生"生存竞争"，而沟通之难则使得猜疑链越拉越长，越拉越危险。于是，宇宙社会也将陷入咱们地球人所说的"丛林法则"。所以，不与外星文明联络，对地球人来说倒是最安全的（这好像也是霍金的主张）。所以，至少在《三体》第二部里，作者描绘的图景是残酷而且黯淡的。不过，他也给了读者一点亮色——"三体人"发现了地球人中存在的"爱"这情感之可贵，三体世界不是没有这东西，而是长期处于被压抑的状态，现在这东西似乎也在他们那里萌芽、滋长了。当然，这状况仅仅发生在两种同为碳质的文明之间，但是它也未尝不是一种"宇宙社会学"的模型。"猜疑"毕竟不是"敌对"，从另一方向去考察，"链"中向"善"的因素依然是存在的。反顾那两条公理，生存既意味着竞争，同时也应埋藏着对生命的看重和珍惜，这里同样存在向"善"的可能。

以上算是对该书第二部的读后感之一吧，也许感得不准。

斯年 2.15

六十

裕康并各位：

看了你们几位的讨论、斯年兄的《三体》书证、裕康的(某公所作《西江月》词)译文，都很有收获，原来还可以这么去想事情！

只是，《三体》的作者刘慈欣，是一位还是一个组合？

另外，有一次看美国人介绍制作科幻电影时，提到所设计的动作都是符合现有的科学认知的。《三维看世界》也比较容易接受。但《三体》里有些不容易想明白，如设想"恒星生命"乃至"电磁生命"。恒星本身远比地球简单得多，是不可能有生命的，科学家也在幻想、在猜想：在类地行星上会有什么样的生命形式？

小弟以为写"科幻小说"是最难的差事：它比一般的科学研究和实验要难，因为后者题目单一；它比科普著作要难，因为科普所写内容已有定论，只是要用另一种语言来写；科幻小说则要具有三种能力：一是"科"学知识的深度和广度、历史的认知过程和前瞻性的发展方向；二是要能施展"幻"想的自由和把握住这个"度"的边界；三是要具有小说家的想象力和文学气质，引人入胜。所以，《三体》的作者是不简单的。

我也曾设想过，把人的大脑用"神经元宝宝漫游记"的题材写出来，但是掂量了一下：上面的三个条件都不具备。如果我另选题《从神经元到意识》可能需要写三年，如果写《神经元宝宝漫游记》得写十年，如果写得好，那效果一定会比前者要好，科学的信息量一定会很大，而且不离谱——因为他和每个人切身相关。后者已经是力不从心的事了，前者则争取作为家庭作业来做，能达到五十几分就行。总有做不完的事，留给后来人去推敲和鉴别。

谢谢裕康最新邮件中的鼓励，近来牙痛，有些不适。对你和斯年、耀文几位的活跃表现十分赞许，因为支撑了畅思斋这样一个平台。

一半 2.15

六十一

刘慈欣不是一个组合，而是一个人——高级工程师，"世界华语星云奖"①与"中国科幻银河奖"得主。就我已经读到的《三体》内容而言，足以看

---

① 实为"全球华语科幻星云奖"。

出他的知识面非常宽广,不仅涵盖自然科学各个领域,而且扩及中外文史;文字亦极清通、流畅,语言颇具质感,行文又较欧化,这很有利于将作品译为外文(该书英译第一部已在美国出版)。

据说与他水平相近的科幻作家还有好几位,所以最近十年成为中国科幻创作的"大爆炸期",由"不入流"而一跃居于可与欧美并肩的地位。这种大跳跃式的发展现象在中国文学史上极其罕见,值得史家认真研究。

"恒星生命""电磁生命"二词见于《三体》第二部的一条注文,内涵未见阐释,不知是否出于大刘杜撰。等我读完之后,当设法请他为咱们直接答疑。

我已读到一段由"太阳帆"引出的奇幻故事,其科技内涵与一半兄的专业密切相关,其幻想精构极为匪夷所思,容以后详细介绍。

斯年 2.16

六十二

1. 一半夫妇文①内"第一信号系统指自然物和人工物"句中之"第一信号系统",似宜改为"第一信号系统的信号载体与内涵",因为"自然物和人工物"+神经系统才等于"信号系统"。巴甫洛夫实验里的灯光、铃声都是信号"载体",食物则是信号内涵,信号载体与其内涵,经由神经的"连接",形成条件反射,信号系统才算形成。

2. 文后附件是我据所知符号学理论之一点皮毛而绘制的一份"表意过程图",所示部分内容与一半夫妇之文重合;也有不重合处,可供参考。

3. 图中的"能指"即符号,可以是图像、数字、语音、声响、文字及其他人工物(例如特定"语境"下的红绿灯、箭头等);"所指"即符号所表达的内涵(广义上的"对应物");"意指过程"即表达、理解过程——当能指与所指构成"狭义对应"关系时,这一过程是直接的,即由三角形的左角经底边直接指向右角就可完成的,而当二者关系并非如此时,就要经历一个"解码"过程,即三角形另外两边箭头所示的"思维路径"。

4. 包括语言文字、数字、图像、音乐、音响等人工智能符号,其信息载荷或其载荷能力往往是很大、很复杂的;也就是说,"所指"的内涵往往是极其丰富甚至非常隐秘的(后者包括各类密码)。例如,花的图像符号,其"直接

---

① 按:此文及有关函件从略。

所指"是"花"这一实物,而其"间接所指"可以是"美女""赞赏""奖励"等等。所谓间接所指,涉及语言学所谓直喻、隐喻、象征等,此类信息的传输和解读一般需有一定的"语境"("上下文"——包括"对话")才能保证不失真。

5. 符号的分类,我以为大致可作如下区分:(1)象形符号,即直接与所指对应的、以形象呈现的能指符号,"直接对应"乃其"要件"。必须指出的是,其间实际上已经含有抽象了。例如,在我的图里,左角的花的图像已经舍弃了色彩、品种等内涵,乃是对各种花的概括(语言里的"概念"亦具此特征——"狗"这个词,是概括黄狗、白狗、花狗、黑狗、公狗、母狗……的"抽象狗")。当然,右角的花其实也是符号,为了表示与左角符号之区别而敷上了色彩,其实还应加画一些其他品种、色彩的花朵,这样(真花之)示意才更准确。(2)指示符号。它们的所指一般不是具体的事物,而是某种"指令",如红绿灯等。(3)象征符号。其特点是多义性(因而往往伴随某种程度的模糊性),例如舞台美术里经过变形处理的景片、装饰性的布景以及不同色彩、明度的灯光(不表示特定空间、时间,而象征特定情绪、氛围)。(4)功能符号。它们可以是具象的(如中国戏曲舞台上的"一桌二椅"),也可以是抽象的(例如现代派—后现代派戏剧中的立体单元装置),但是只有在使用中才能显示其所指。仍以戏剧为例,"一桌二椅"和那些立体单元作为能指,是随着演员的利用(表演)而随机展示出"床铺""山坡""城头""房门"等所指内涵的。(5)情绪符号。其特点是不表达"语义",因而无法用语言进行翻译,就此而言它们是最抽象的;它们用特定的能指直接表达情感性的所指,不借助语言而直接"拨动心弦",其意指过程变成"共鸣过程",就此而言又是最"具象"的。音乐、绘画、雕塑和建筑艺术的能指系统均属此类,它们都有特殊的"编码规则"。(6)纯抽象符号,包括文字以及数字、点阵等等。易学里的"河图"就是点阵。《三体》中地球人与外星文明开始联络用的也是点阵:外星文明接收到后,也用点阵回复。"复文"中先重复地球人"发函"里用以表示自己身份的那组点阵,表示"读懂"了这组符号的所指;地球人然后发过去一份"词典",对方经过"学习",首先发回地球人用的阿拉伯数字,说明他们懂得了"点"与"数"的关系,然后很快学会了地球人的文字,从而实现了交流(小说里与地球人交流的,是外星高级文明遗弃的一个巨型"魔戒",具有高速的"自学功能")。可见,在抽象符号系统中,数学的作用非常重要(在音乐符号系统里也是如此,所以说它是最形象又是最抽象的系统)。

斯年 2.24

附件

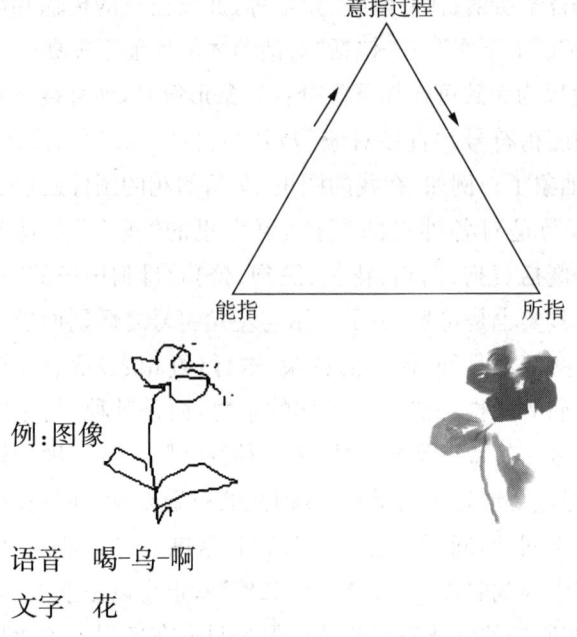

例：图像

语音　喝-乌-啊
文字　花

六十三

1. 思维的三分法在理论上可以成立，但在实践中多半是混合思维。在语言出现之前简单，出现之后就复杂了。正如斯年兄所言："狗"这个词，是概括黄狗、白狗、花狗、黑狗、公狗、母狗……的"抽象狗"。但"白马非马"只是复杂性之一，表示事物之间关系，还有关系之关系的词呢？那就更复杂了。

2. 看到长方形窗户就有"窗户"二字介入，看到圆形、三角形、奇形的，怎么也会有"窗户"二字介入呢？可见单用具象解释还不够。

3. 颅脑内神经元网络运行时，真的各尽所能、各司其职？没有混合交叉？

肇明 2.24

六十四

诸位：

有个问题向大家请教——"原理"和"理论"这两个词儿，谁的外延更大？

这涉及一半兄所说科幻文学里"科"与"幻"关系的"尺度"。我觉得前者外延更大，只要原理上说得通，便可大胆地去"幻"了。但是，原理和理论的关系又有点像鸡和蛋的关系，有些原理好像是由于理论的创新而被发现的，对不对？

《三体》第三部里写及两个"维度故事"，简介如下：

1. 正如前一封信提及的，地球人的太空舰队遇到一枚被文明程度高于三体人的"第三地外文明"遗弃的"魔戒"。这个文明属于四维世界。三维世界的地球人进入这个世界之后，就像二维世界的"扁平人"进入三维世界一样，顿觉眼界大开，危机四伏。在三维世界航行只需三个坐标，在四维世界则需四个坐标，而不知第四坐标的航行是充满危险的。对于三维世界的人来说，四维世界的第一个特征是"无限细节"：不存在"阻挡""封闭"，一切都在所有层次上被展开，无论什么都可看见，同一事物，人们接收到的（视觉）信息量为三维世界的亿万倍。第二个特征是"高维空间感"：三维世界中被认为广阔缥缈的东西，在第四维度又被无限重复，相对而言，前者仅是后者的一个"断面"。这种纵深包含在空间的每一个点里，"方寸之间，深不见底"。

2. "第 N 地外文明"（看来它并不是"魔戒"建造者，故称"第 N"）先用"粒子"摧毁了三体世界里的恒星及其伴属行星（仅有航行到其他星体背面的部分三体舰队才得以幸免），接着又向太阳系发起"维度攻击"。这一攻击的特点是把整个太阳系都变成二维存在。逃避变成"扁平尸"的唯一方法，是在"攻击波"到达之前，以光速飞离太阳系（我正读到这里，后续情节有待下回分解）。

以上两个故事应该都是有"原理"或"理论"根据的，合乎"科"—"幻"之"度"，但是我有两点"阅读困惑"，希望诸位——特别是平宇、一半、耀文帮助解惑：

1. 按我过去的"知识储备"理解，四维空间的第四维指的是"时间"。上述第一个故事里的第四个维度是时间吗？如果是，为什么会具有"无限细节"和"高维空间感"的特性呢（我牢记着耀文说的"维度就是空间性质"这句话）？军事家们常说：当代战争将在五个维度里进行——第五维度似乎指的是电磁维度。他们说的维度概念与《三体》里说的一致吗？

2.《三体》里的宇宙高级文明攻击其他文明，都以摧毁对方星系——特别是其中的恒星为终极目标。我学到的"宇宙物理常识"大概仅止于万有引力论,老师好像说:宇宙里一切星体的运行,都与互相的引力作用有关,由此而有轨道、秩序。如果动辄摧毁恒星乃至星系,宇宙秩序(物理意义上的)岂不大乱?会乱到什么程度?(作为文学想象,那个高级文明应该晓得这种结果并能加以操控。作者以隐晦的笔法写道:"宇宙的熵在升高,有序度在降低",仿佛呈示着一种"造物主视角"。这里涉及"宇宙社会学"的公理——"生存"与"物质总量不变"的严酷关系。"生存竞争"将会导致"物理无序",物质总量固然不变,"结构"却可能发生毁灭性的改变。这又好像进而涉及"宇宙社会学"与"宇宙物理学"的关系了,是这样吗?)

期望得到你们的辅导!预致谢忱!

斯年 2.25

六十五

斯年兄的问题,还能明白是个问题,也同意斯年兄的看法,亦即"原理"是对物质的本质属性和运动规律的认知,是放之四海而皆准的真理。像第一推动力,就属于科幻的问题,宇宙大爆炸就属于科幻的猜想。这里没有神,也没有魔,是一种对"原理"所进行的理论推演,这种猜想和科幻带来了科学的探知,也带来了开阔的思路和进步。至于斯年兄所列出的《三体》"科幻"的内容,小弟实在是无法想象。

我现在所想的问题是:我能理解为什么人们会信仰上帝,为什么人们会感到有一个"灵魂"的存在?对于这一现象,我自己能找到科学的解释;但我对《三体》作者能"幻"到如此"科"和"魔"的程度,在我自己所探讨的思维体系中被看成是另类中的另类,这种"科""幻""魔"属于哪一种思维体系呢?如果说,属于创造性的自由的"想象思维"(像爱因斯坦),它也必须服从"形象思维的法则",这就是为什么美国科幻电影的动作都经过科学设计的缘故,因为就我自己的认知而言,"形象思维的准则"是衡量一切自由的"想象思维"是否具有价值的试金石。人类至今的历史,不知设计了多少款交通工具,但没有一款是轮子朝天的,即使神话中脚踏风火轮的哪吒也是如此,这就是"形象思维"的老大地位,它主宰着自由的"想象思维"是否合乎宇宙的情理。用抽象思维和自由的"想象思维"构思的作品,要经得起读者"科普知识"和"形象思维"的检验,这才是优秀的作品。

还有,"世界"和"空间"应该是两个概念。时空一起构成了四维的世界和宇宙。二维的"面"是几何的定义,二维的世界是不存在的。三维的空间是人类的抽象化的认知,三维的世界也是不存在的——斯年兄所引述的"三体"内容,已经不是"科幻",而是"幻科"了。

据斯年兄的介绍,《三体》一书的作者取得了很大的成功。敢想、敢写,畅想又具有小说的文笔和既好奇又能吸引人的特色,体现了作者的才干。既是小说,就不是现实。其中的内容,是否都属于科幻,也就只能是见仁见智而已。

个人的浅见,不当之处,请予指正。

一半 2.25

六十六

《三体》只是听了斯年兄的吹风,知道一点点皮毛;《好大一个家》则断断续续地看了大部分,因为我有点迂腐地在写自己的作业。在斯年兄和陈佩斯的启发下,有所感悟:一个真正的喜剧演员,是多么的伟大。

两者都是自由的想象,故事的情节都是抽象的构思——都是别出心裁,别人想象不出来的,或至少是不能完全想象出来的,但是有着一些重大的差别:

两者都是在人所共知的四维时空平台上演绎着他们抽象构思的故事,前者以改变这个时空平台为核心来演绎着"自由想象"的神奇;后者则以严格的抽象构思,保持时空平台的一致性、多变性和延续性。

前者的功夫用在比科学家更为抽象的"幻想"上,因此像苏大这样的文学教授和科学的鉴赏者,对《三体》也得下功夫去拜读,凭着独立思考而有所犹疑;后者的功夫则用在和大多数人能引起共鸣的形象认知上,尽管观众知道所有这一切都出自陈佩斯团队的抽象构思,但由于所有的表演都是下了功夫的形象思维的信息输出,则获得了强烈的反响——人们都知道是在演戏,是假的,但还是把它当做真的,迸发出发自内心的笑。

前者为了"科""幻"情节的展开,在宇宙中设计了"随意构思"的时空平台,目的是为了"文明之战",将地球上的政治思考延展到宇宙和地外文明,而且是更为毁灭性的战争——不过,科学家们对宇宙的研究和发现,最为感叹的是它的和谐;《好大一个家》没有取笑任何人,一切都在矛盾的情节中,一切都在笑的和谐中。

宇宙真正的、永恒的美是时空变幻的连续性、多样性中的一致性——和谐就是美。

《三体》作者与陈佩斯都是奇才，但是思维的侧重点和思维的取向不一样，就带来了不一样的受众——至于谁能得奖，那不是第一位的。

（我在）文学、文艺（方面）更是一窍不通，在斯年兄和各位面前多言几句，只是一点感慨，也是对我们所做的家庭作业做一些实际的对照。

我不知道，写小说是不是更应该和人们经验过的形象思维更加接近？还请斯年兄教正。

不当之处，敬请指教。

一半 2.26

六十七

科幻的东西我不敢说，因为实在不懂，也说不清。但是关于战争，我还是知道一点，因为这是人类真实历史的一部分，学过；而且近代战争与科技紧密相关，更引起我的兴趣。

从人类有历史起，好像就有战争，它是解决利益冲突的最高手段。最初的战争行为是地面战，只有陆军。成吉思汗横扫欧亚的业绩成了陆战的辉煌。不久就加入了大规模水上作战，于是有了海军。英国的海军上将纳尔逊的海战成就了大英帝国的"日不落"称号。20世纪初，人类发明了飞机，于是战争成了三维的：海陆空。"立体战"成了"二战"后军界的一个时髦的名称。50年代苏联发明了洲际弹道导弹和人造卫星，将战争开拓到大气层外的空间，此乃战争的第四维。网路（络）盛行后，于是有了通过网路（络）破坏对方的技术，这就是所谓的第五维：网路（络）战争。

供参考。对思维我实在是连最简单的东西也不敢说。问个简单问题：当我说"我是刘平宇"时，有哪些必要条件？什么时候我说不出"我是刘平宇"这句话？

平宇 2.25

六十八

谢谢！平宇的"战争论"极其简明扼要，看来人们对"维度"的解释也是要看"语境"的。

至于"什么时候我说不出'我是刘平宇'这句话?"谨答曰:1.你哑巴的时候(这里的"话"仅指语音,不包含"心语");2.你不存在的时候。是为"我思,故我在"之佐证吧。

如果仅指"'我是刘平宇'这句话",而不纠缠于谁说,那么即使你不存在,依然可能会有人说的——当刘平宇成为小说、诗歌、戏剧作品里的人物时,这就涉及文学创作的"视角"或"人称"问题了。这些纠葛,一半兄应该特别感兴趣。

斯年 2.26

六十九

原理,客观存在,上帝造,人认识。理论,人编的,上帝见了常皱眉头。

裕康 2.26

七十

平宇兄讲得好。

关于原理和理论,我体会:理论是一幢建筑,原理是地下的桩,桩断了楼就塌了。比如光速不变是原理,相对论就是建筑。私有权、平等交换是原理,市场经济是建筑。阶级斗争是原理,无产阶级专政是建筑……

耀文 2.26

七十一

原理是天理,非人为之。理论是为探索原理,诠释原理而做的人为努力,是人为之。原理无人能证错,理论却常被证伪。这应该是原理和理论最根本的差别。无产阶级专政的理论被证明为不正确,那么把阶级斗争作为原理也就大大地值得考虑了。原理和理论的关系绝非房子和桩的关系,桩也是人为打的,你的桩打在泥沼里、火山层里,房子照样倒!(联系平宇、一半关于"我"的讨论)将来如若我们瘫痪了,如脑子还能思考,还有记忆,活着还有意义。如若成了植物人,虽心脏还在跳动,人已没了自我,"我"已不在,符号的我、形体的我的存在都无意义。

裕康 2.26

七十二

各位：

这篇文章应运而来，①恰恰契合于"三体"诸类问题的讨论，这大概就是文中所言的"量子纠缠"效应吧！

我长久以来相信"思维是电磁波""灵感""心灵感应"以及"灵魂存在"之说，并无需科学的验证和宗教的训导，也无需与人言说与争论，只是来自自我感知。

如果当今学者能够将高深的科学与神学进一步沟通，未尝不是好消息。请不要错过此文！

裕群 2.26

七十三

非常感谢裕群发来这组材料！又回到朱清时的那个讲话上来了。讨论科学与宗教的关系非我之所能，我感兴趣的是此类材料的"文学价值"即拓展想象阈、诱导想象力的价值。

斯年 2.26

七十四

对"维度"的解释也是要看"语境"，说得太好了！

由于我们在讨论，我说了什么之后，你们就知道是刘平宇说了什么。前提是你们知道我是刘平宇。可是我自己怎么知道我是刘平宇呢？这个最基本的认知是从哪里来的？

这才是我的问题。

平宇 2.26

七十五

平宇：

首先，你能否回答你是在什么时候会说"我是刘平宇"的？

大概比你回答"他是谁？""他是爸爸"要晚。缘何？因为比"爸爸"多了

---

① 这是一篇近乎论述弦论与佛教关系的文章（包括跟帖），因篇幅较大，从略。

一个身份——主体。

所以"我"既是主体,又是客体。他在哪里?你应该能为他定位了。

当中枢神经系统的功能形式——中枢神经网络正常工作的时候,这就是"我是刘平宇"的意识,否则可能是残缺的,抑或无此意识的大脑。这里潜藏着的人的第六感官系统——中枢神经网络系统,一个动态的精神系统。

如"幻"得不太离谱,那么这个网络的模型只能请数学家平宇来帮助建立和求解了。

一半 2.26

七十六

谢谢一半兄和裕康的开导。我总觉得"我"是代表我脑子里的全部记忆。我告诉我太太,如果我得了失忆症,不知道我是谁,那就让医生了断了比较好,因为那样的生命是 meaningless。

一个善意的警告:不要在"我"字上钻牛角尖,还是让我们忘我地拥抱生活,探讨真理。是不是有点"鸵鸟政策"?

平宇 2.26

七十七

1. 谢谢平宇 2 月 26 日函里的夸奖!其实我说"对'维度'的解释要看'语境'",仅仅出于看到了诸家解释存在差异。"感性认识"而已,不知在理论上"好"在哪里,平宇能否赐以解释?附带再说一个"感性认识"——读了一点"分形理论"之后,注意到其中谈及"维度"不仅是整数的,而且可以(也应该)是分数即小数点后的。这样,"高维空间"的维度,就不止 11 维,而是多达 N 维了。如此理解对不对?如果对,是仅仅限于"逻辑",还是也包括"事实"?

2. "我自己怎么知道我是刘平宇呢?这个最基本的认知是从哪里来的?"一半复函说来自第六感官系统,这是一个理论性很强的答案。我只能给一个非常俗的答案:"从你爸妈给你起名字来的。"不知这个答案与一半的答案是否一致?是否也包括在可建的"网络的模型"之中?

3. 读了裕群发的那份材料,结合此前关于朱清时讲话的讨论,我觉得不应得出"佛教也是科学"(或"更科学")的认知,而应得出"弦论与佛学在哲上'相会'了"的认知;推论起来,科学与宗教在哲学层面也是有或可能具有"重合"性的,二者是可以进行"对话"的;再推论下去,宗教法庭烧死科学家,从宗教角度讲也是愚蠢的、"反宗教"的,而无神论者排斥宗教,同样是愚蠢的、"反科学"的。这样瞎掰是否站得住脚?是不是诡辩?请诸位指教!

斯年 2.26

七十八

一半的论述(已是"论文"了)科学性很强,对我来说,有些地方(例如神经元网络等)依然类乎天书。不过,经验告诉我:婴儿确实是没有自我意识的,当他(她)第一次看到镜子里的自我形象时,总会到镜子后面去找那个"他(她)"的,和小猫一样。法国哲学家拉康由此而建立了他的"镜像说"。我女儿啃过拉康著作的英文版并在论文中加以引用,但是她的"心里话"是:"看不懂,神经病!"裕康转发的参考文章虽然侧重于讲(作为社会关系总和的)"人",但是"我"也就在其中了。所以,我又赞成平宇的"鸵鸟政策"——当然,也坚决支持一半把他们的"天书"继续写下去,因为认知无限本来就是"人"的天性。既是"人"的天性,也就是"我"的天性咯,为什么又"鸵鸟"起来呢? 因为同是天性,能否得以充分展开,又是因"人"而异。为什么会"而异"呢? 大概还得从"社会关系"和"天性"之"个别性"去寻找根本原因罢。

斯年 2.27

七十九

最可悲的是当我失忆之后,周围的家人朋友都知道我还是那个刘平宇,而只有我刘平宇不知道我是刘平宇。怎么解释这种现象?

我之所以会这么想是因为在读爱因斯坦生平的资料中,曾读到一段令我心酸的文字:"那时普林斯顿大学校园里,经常能碰到一位白发老人,他总在向路人问同一个问题:'请告诉我哪里是我的家。'这个老人就是爱因斯坦。"20世纪最聪明的人也失去了自我! 为什么?

平宇 2.27

八十

爱因斯坦一辈子在思考宇宙的奥妙,最后还在寻找宇宙的那个奇点——那个家。

以上是我做的一个解释,是为一半兄提供一个什么叫想象的例子。

人失去了记忆,便剩下一堆物质。便可退出灵界,去和低等的有机物质为伍。

裕康 2.27

八十一

平宇终于还是一只不肯钻沙子的鸵鸟!不过,老年爱因斯坦之问里还没忘记"我"以及"我"有个"家",所以他还不是一堆物质。这或者也还差可"告慰"吧!

有趣的是,平宇的"悲观主义"和《三体》颇有相通之处:刘慈欣在书中担心并已加以展示的,是宇宙的"失忆"——大坍缩,宇宙末日。不过又要来个"不过",他又通过"智子"(她已成为一个和人完全一样,并比许多科学家还有学问的、永远年轻的大美人)和两位地球科学家之口告诉人们,"宇宙在质量上的设计是极其精巧的",这充分体现着"宇宙数学之美"。宇宙坍缩为奇点,既意味着它的死亡,又意味着新的创世大爆炸的开始——新宇宙及其"田园时代"的到来。这个新宇宙在宏观上一定是高于四维,甚至很可能高于十维的。"在新宇宙中,旧宇宙的移民几乎属于同一种族了,应该可以共建一个世界。"新宇宙的多维性,意味着"可能有多于一个的维度是属于时间的",因而一定会"使生存的几率大大增加"。这个新宇宙"一定体现着最高的和谐与美"。同时,在面临旧宇宙的末日时,"智子"被地球人伦理中的"爱"和"为责任活着"的意志深深感动,从而也体现出作者对"地球伦理"中的"善"之充分肯定。

一半在 26 日来函中说,《三体》作者的想象达到了"魔"的程度,这一评价在美学上是站得住脚而且很高的。一般而言,西方的浪漫主义作家里颇多"天使诗人",而现代主义作家里颇多"恶魔诗人"(这里"诗人"一词是广义的)。多数科幻作家写外星文明,都倾向于"性善说",倾向于展示宇宙的和谐美,他们属于"天使派"的科幻诗人;刘慈欣则反之,就此而言,他确实是位"恶魔派"的科幻诗人。然而,上面介绍的情节(还有更多,来不及介绍)证明,他又是位具有"天使情结"的"恶魔诗人",这就使他所写的宇宙悲剧既有惊心动魄的震撼力和冲击力,又有柔情似海、理想不灭的浪漫精神。非常了不起!

平宇的"悲观主义"同样也是与乐观主义共存的。平宇26日的信中说得多好——"不要在我字上钻牛角尖,还是让我们忘我地拥抱生活,探讨真理"吧!以"忘我"二字回报"'自我'天问",这不就是"为责任而活着"的崇高地球伦理吗!

斯年 2.28

八十二

诸位斋友:

一半夫妇在一封信里让我谈谈从"形象思维"出发的对相对论的认识,下面是我的回信,也算读书笔记。是否靠谱,敬请指正——

我对广义相对论和狭义相对论的理解,大概不如你们外孙读中学时的水平。例如后者,我以为时差便是也;前者,那个常被引用的公式倒是看得懂的,而且曾经胆大包天地在课堂上给学生展示过,想借以说明科学之美和简约之美,不过我的学生听了个个呆若木头,毫无反应。

对广义相对论的"形象思维认识",读《三体》时,倒有两次"识"得刻骨铭心:

1. 地球人里一位年轻漂亮的女航天科学家程心,曾从理论上探讨如何将火箭速度提高到光速,从而实现真正的"外太空"(银河系外)旅行的问题。他们考虑过"折叠时空"方案,即把目标(银河系外上千百光年的星座)"拉"到出发点的"面前"来。这个方案在技术上实现的难度太大了,于是她退而求其次,寻求"曲率驱动"——由于时空弯曲,所以飞船在太空里的航迹也是有曲率的,既然无法把目标"拉"过来,那就考虑把尾迹"抹平",从而找到比工质发动机强大得多的推力。程心提出这一方案后,便奉命进入"冬眠",上百年后奉命醒来,发现她属下的科技公司已经制造出了曲率驱动飞船。

2. 程心和她的助理艾AA乘坐曲率驱动光速飞船,来到银河系外某星系一颗名为"蓝星"的类地行星,并在那里遇见随地球太空舰队出征的宇宙科学家关一帆。他们又发现,在曲率驱动飞船的"尾迹空域"里,光的速度却会消减,直至达到每秒16.76千米,如再受到扰动,将会形成"黑域"(又名"光墓")。程心随关一帆乘坐曲率驱动飞船,到同一星系的另一颗行星"灰星"进行考察,返回时二人进入短暂"冬眠"。醒后将向蓝星降落时,突然遭遇其他光速飞船尾迹形成的"黑域",飞船剧烈失速,里面的光速计算机、量子计算机全都失灵,幸而还有一部备用的神经元计算机,使飞船恢复了自动控制状态。窗外可以看到蓝星、灰星由于多普勒效应而产生的红移、蓝移壮观。等到他俩在蓝星着陆时,就像从烂柯山里回来的樵夫——"山中方一日,世上已千年"!

以上"形象思维"是否符合贤伉俪的设想?请鉴定。

由此想到我的那些学生,要让他们真正读懂《三体》,恐怕比我更加难。这倒恰又反证出一个值得深思的文学现象:优秀的科幻文学,真的属于"'不通俗'的'通俗文学'","'小众'的'大众文学'"!辩证法好无情!

斯年 3.3

八十三

斯年兄:

所说两点科幻情节,是属于没有领会爱因斯坦相对论实质的自己的想象,严格来讲不能属于形象思维——形象思维的特点,就是要符合宇宙的规则,因此他的作品应属于"想象思维"。我所画的跳水运动员和他的教练是形象思维。形象思维是第一性的思维,当你输出到客观世界的时候,能行得通。即使做不出来,但在原理上应该成立。相对论的实质是不变性原理,所以跳水的最终结果是运动员入水——这一结果是不会变的。

就兄所介绍的内容中新的术语而言,(许多)都是作者杜撰的,没有先验的理论、先验的形象,别人不知所指,不是人们所共同认可的符号系统,所以只能是作者的想象思维。

我不太倾向于让你的弟子们去读这部书,读不懂是正常的,因为他的想象过于超人,特别是:时空是一个平台,像"曲率驱动""折叠时空"只是将人们视为最为严肃的时空概念变成了玩弄于股掌之间的玩物,这对于青年人是不利的。

作者是工程师,不知他从事什么工程,和取得过什么样的工程上的成功——对此,小弟有点儿存疑。

　　我正在论证的"形象思维"之所以是经典的人和动物所共有的思维模式,因为它严格地遵循宇宙的一些基本的法则。《三体》似乎不在乎这些,那就是他自己的想象思维——强调的是一个"幻"字,小说有小说的标准,对此实在不在行。

一半 3.4

八十四

一半兄:

　　1.《三体》作者好像毕业于华北水利电力学院,原是电力方面的高级计算机工程师,现在是山西作协的副主席,专职作家。

　　2."曲率驱动"大概是从"时空对折"引申出来的,后者我似乎在某篇谈相对论的文章里看到过(当然不是理科正规论文,但也绝非文科作者写的)。《三体》里属于作者杜撰的"科技术语"颇多,作为文学创作,这是允许的,但是多了便会导致晦涩,影响读者的接受。

　　3.看来你说的形象思维和我们文艺理论里说的形象思维内涵有别,后者不讲你们那种"科学性"。对于科幻小说来说,想象应该有起码的科学根据,但不必要求经得起证伪。按你的理论体系和术语,文艺创作大概用的就是"想象思维"?

　　4.我的学生早非"青年"了,他们都是从事文学研究、教学的,什么文学作品都得看。

斯年 3.4

八十五

斯年兄:

　　就作者来说,写部小说,取名《三体》,无可非议。小说,就要想象、畅想才能过瘾。但是定位在"科幻"就有点值得推敲:你是用科学的原理来幻想,来想象,来写时空平台上有关人和神、鬼、魔、外星人的小说;还是用小说的想象来写科学本身,包括时空平台及一切登台演员演绎的故事。我的领会,前者是"科幻",后者是"幻科"。

　　如评论家对作者有争议,绝非是小的认同上的差异,而是"两条路线的斗争"。——所以,问题是:谁将小说定位在"科幻"这个层次上的呢?

"幻"="想象",所以无禁区,可以幻神、幻鬼、幻天堂、幻"宇称不守恒"(李政道、杨振宁、诺贝尔奖)与幻"宇称守恒"(凌克斯①夫妇)。有一条,"科幻",你不能任意杜撰科学的词汇;"幻科",则是自由的创造,可以。我们的幻"宇称守恒"实际上是科幻,我们的论文没有杜撰一个科学词汇,所以是可以证实也可以证伪的。(下略)

一半 3.4

八十六

一半兄:

(前略)

关于"科幻"和你之所谓"幻科",我的基本看法是:科幻文学首先是"文学",所以想象空间要大得多,也自由得多;科幻文学有狭义、广义的区别,作为文学,应该允许你所说的"幻科"想象。你说你的(关于"宇称守恒"的)论文"实际上是科幻",所以不杜撰科学名词,这是把文学概念用到科学领域来了。这种引用本身就不科学,因为你们的论文是科学论文而非文学作品。

文学里"科幻"与"非科幻"的根本区别是:前者之想象基于"物理"(不是学科概念,而指"物"之"理"),即自然规律(包括"人—机功能"等);后者之想象基于"玄理",说白了,就是把一切奇迹、神功都归诸(这个"诸"字="之乎",有位编辑曾经硬在后面加上一个"位"字,闹了笑话)生命主体的"特异功能"——法术、神功、法宝,都是仙、佛、魔、鬼"修出来"的"生命层次"及其表现(因为谈的是文学理论,所以我敢用"生命层次"这样也许会被视为"杜撰科学名词"的名词)。

斯年 3.6

八十七

诸位:

附件为《三体》作者刘慈欣最近发表的一篇科幻文章《文明的反向扩

---

① "凌克斯"为"一半"的另一笔名。

张》①,窃以为值得一读。

《纽约客》曾刊载乔舒亚·罗斯曼的文章,称刘慈欣的科幻小说是"对极限问题的哲学思考"。不知原文中"极限"一词用的是哪个英语单词,我觉得如用汉语,更适宜的单词该是"终极"。这篇谈"反向扩张"的文章,也是一种"终极思考"吧。

或许这里包含作者下一部长篇科幻小说的构思。如果是,他又将面临更加巨大的挑战——就"科"字而言,首先横在面前的是如何处理当前的转基因争论,其次包括生物学、生命科学等领域的尖端问题;当然,还有一个宏观意义上的"科学"与"社会学""史学"的关系问题,等等。如果应战成功,将可读到又一部石破天惊的长篇科幻小说。倘若作者确有此愿,希望他能避开"市场引诱",潜心创作,尽量少留遗憾。

从大刘此文可知,美国科幻小说《引力深井》是"描写遥远未来的一个呈力场和辐射状态的人类文明"。所谓"呈力场和辐射状态的人类文明",不知是否与咱们弄不清楚的"硅基生命""恒星生命""电磁生命"有关——《三体》作者在类似语境下有时又用"智慧"一词;也不知这种语境下的"智慧"与"生命"是否等同。我觉得作为"科学想象"或"想象中的科学"(即一半之所谓"幻科"),这些都是值得讨论和探究的。

斯年 3.14

八十八

这("反向扩张")是个哲学问题,也是个数学问题,我辈老人正在体验着:把欲求缩得小而又小,工资就变得大而又大,可以与亿万富翁试比高。文明反向扩张的条件是:有本事不被踩死。

肇明戏言

八十九

精辟!肇明兄的"戏言"点到科幻文学往往存在的一处软肋——"社会科幻""历史科幻""人文科幻"范畴有点苍白,而这在描写"理工科幻"故事时又是不可回避的。

斯年 3.15

---

① 此文可在互联网上查到。

九十

（前略）

（来信说）美国科幻小说《引力深井》是"描写遥远未来的一个呈力场和辐射状态的人类文明"。所谓"呈力场和辐射状态的人类文明"……

这部（美国）科幻小说的题目非常好，而且后面对内容的描述，可以吸引很多喜好物理学和地球文明的人自觉地参与其中——因为它是在"引力"与"人类文明"这样两个基点上做文章。地球的引力场本身就是向外辐射扩散的，引力场本身既是时空平台，又是平台上的演员，某种意义上：引力场＝人类文明。供参考。

我们做的功课，与此间接相关。

一半 3.14

九十一

一半兄：

你在 14 日的回信里说"引力场＝人类文明"，能否加以稍微详细一点的解释？是不是指引力场与生命形式相关？

斯年 3.16

九十二

斯年兄：

我只能谈谈我对这个问题的感知。

引力的认识起源于牛顿，而且在引力的基础上，牛顿建立了一个完整的经典力学体系。也就是说，除了第一推动力不知道外，一切都是因果相随的关系。

爱因斯坦的贡献，是把牛顿的发现变了个样子。这个新的描述的核心是：

1. 引力场＝时空

而时间，在宇宙中只有人类才能把它抽象出来。只有当人类从时空中，也就是说从引力场中觉醒到时间的时候，人类才有了不同于动物思想的抽象思维,或者说让思维(包括形象思维和抽象思维)有了历史的地位。这才有了人类的文化、物质文明和精神文明。

所有人类的进化,或者说生物的进化,都是起源于量子的起伏脉动,但是有一个永恒的制约条件在进行自然选择,这就是"引力场"。我在《时空与灵性》(一书)中有一个由衷的表述,"人体美——地球引力场的写真"。

2. 引力场＝人体美

人类的所有文明创生都以时空为伴侣,也都要经得起时间的检验。很多被淘汰的文明,实际上是现代文明的前奏、雏形、低级阶段——表面上看是时间在起作用,实际上是引力场在主宰着这个世界。即令是亚原子粒子世界的实验,由于引力场的效应很微弱,常常被忽略不计,但所有这一套实验装置依然是在引力场中运行,所有实验者都要在时空的坐标上来总结和描述实验的结果。人类的卵子在进入输卵管时就不是你想的那个方向,而是被纤毛汲取进输卵管的,等等,这是生物学。人类的各种学科,包括文艺创作,都得尊重引力场,谁都同意这样一句话:"人往高处走,水往低处流。"反之则是在违逆自然法则。也就是说,人类的文化进化也同样受着一个永恒条件的导引:引力场。

引力场的实质是什么?近几年没有看相关的书。原来的印象是,有一个希格斯粒子,是产生引力的,弦论的多少维似乎也可以表达引力场,反正没有定论。我们的认知暂时就到引力场为止是合适的,有这么大的科幻空间已经是足够大的了(这就是裕群所说的"知止")。那么,其他星球上如果有生命,有和生命相关的精神出现(这一点,就我们现在所做的工作而言,自己认为是会有的),那么他们的文明也会在宇宙最基本的共同条件——引力场——的制约和导引下发生、进化和创造,只是他们的文明会带有各个星球自己的特色而已,如果我们地球的文明比他们的要早、要好,那么也可以辐射到那里去。所以我们说,某种意义上:

3. (地球)引力场＝地球文明＝(近似)宇宙文明

这在某种意义上应该是一个定理,因为文明的产生,首先是一种因果关系——这一点恩格斯讲得非常好:

"物质在它的一切变化中永远是同一的,它的任何一个属性都永远不会丧失,因此,它虽然在某个时候一定以铁的必然性毁灭自己在地球上的最美的花朵——思维着的精神,而在另外的某个地方和某个时候一定又以同样的铁的必然性把它重新产生出来。"

《三体》的最大遗憾,就在于作者没有意识到:为什么爱因斯坦是和马克思并列的千年第一伟人。

实际上,也是老兄说对了:"是不是指引力场与生命形式相关?"(对,)引力场是和生命形式第一相关(的)。

这只是我们的学习心得,不当之处,请指教。

一半 3.16

九十三

一半兄并诸位斋友:

一半 16 日函阐述引力场与生命、文明的关系,我觉得非常精彩——这是一个"科普读者"对一位科学家的理论认知之深切感受。

信中谈到,爱因斯坦的"新描述"之第一个核心乃是"引力场＝时空"。这使我回想起耀文 1 月 14 日(此处为写信者笔误,实际上下文引自耀文 1 月 20 日的来函)来函中的一句话:"时间是熵变的方向,而熵实质是无序性的指标。"当时我在回信中说:"对数"和"熵变"的概念早都还给中学老师了,其实,对后者的理解模模糊糊地还是有的。现在所以回想起耀文的话,是因为发现自己过去对"时间"的认识太"非爱因斯坦"了——在我们这一领域的许多论著里,往往都把"时间"阐释为线性的、有序的、矢量的东西;所谓空间乃"共时性"的、时间乃"继时性"的之类说法即然。此类说法显然忽略了"时"与"空"的一体性,而耀文说的"时间是熵变的方向"则意味着空间也是一种"熵变"的存在,如把空间的方向仅仅"定位"为东、南、西、北和上、下,也是一种很"非爱因斯坦"的观念。从这个角度去回顾《三体》里对"四维空间"的"景象"等描述,我倒觉得作者并无"非爱因斯坦倾向"。

一半兄对《三体》的了解来自我对该书片段情节的介绍,其中或带"误读",更未反映全貌,所以对于此书的"最大遗憾"究竟是啥,似乎尚待仔细探讨。

前几天读到一位网名"奥德赛暗流"的读者所写评论以及许多网友的跟帖。他们多数属于"非'刘粉'",而且看来多为年轻人和理工背景者。"奥德赛暗流"批评的最尖刻处,亦即攻击的靶心,集中在书中渲染的"失败主义"。

"奥德赛暗流"的第一篇评论题为《信卢瑟,永世不得超生》。(按:"卢瑟"为 Loser 之音译),据说这个中文词汇最初出现于耀文他们那个校友网

（不知是否专门针对《三体》而创）。这位批评者说：《三体》里没一个人物不是"卢瑟"，所以它是一部"最糟的科幻"。我觉得这一批评有说得对的地方，那就是看到了刘慈欣此书的要害在于"宇宙悲观论"。日前遇见范伯群教授（他是通俗文学研究领域的权威），他说也已读完《三体》，我对他谈起这篇评论，他说："当然全是失败者啦！宇宙都毁灭了，怎么会有胜利者呢！"不过，我认为"奥德赛暗流"因此而否定全书的科幻成就是很片面的。反过来说：书中没有出现一个好莱坞式的拯救地球（往往也是"拯救"非美国文明）的英雄，正是《三体》的一个优点。作者笔下的"卢瑟"并非千人一面，颇有不少性格鲜明或比较鲜明的角色，特别是那些执着于"善""爱"和"责任"的人物，其性格的这些方面，绝不是硬添上去的一笔"亮色"。

不过，又要"反过来说"一下："奥德赛暗流"及其某些跟帖倒也道出了《三体》在"写人"方面存在的不足。这种不足反映着刘慈欣的科幻文学观：他认为科幻文学的"灵魂"在于"科学"，而"首先不是其中的文学人物"（见《混沌中的科幻》一文）。他说"大部分科幻名著并不是由于其人物而流传下来的"，这是科幻文学与"纯文学"的区别之一。这固然不错，但是作为"文学"，科幻小说又是完全可以（而且应该）通过写人来写科学的（不写人的科幻作品除外）。《三体》里的人物，有的性格很有特色但未得以展开，有的写得有始无终，当与作者上述观念分不开。如能更好地围绕人物来构思故事，从而展示科学之美，作品的"灵魂"肯定可以更加丰满。当然，科幻小说里写人，性格往往趋于"扁平"，极少见有写得像纯文学名著那样"浑圆"的，这也是事实，即使凡尔纳也是如此，读者也不期望科幻小说会把人物性格写得"浑圆"。就此而言，《三体》里的一些人物又是写得相当不错的，不可因其"卢瑟"而否定之。

从我读过的那些帖子还可看出，许多年轻读者读《三体》，其注意点倒是集中于社会问题的。这很令人欣慰，但是对于"硬科幻"来说，这方面的要求不宜过高，因为作者实在对付不过来。

以上想法是否妥当，请大家指正。

斯年 3.17

九十四

我与科幻有过一段缘。20世纪80年代初，我结识了肖建亨，当时他是中国科幻"四大天王"之一(还有叶永烈)。肖与我策划了一套科幻译丛,我第一次出版了三本科幻译作,从此对科幻及其理论产生了兴趣。后来在中央编译局工作的二十多天里,我从他们图书馆借到一套《世界科幻作品集》(二十多卷,俄文版),阿西莫夫、克拉克等就是在里边读到的。大刘说科幻的灵魂是"科学",没错,以前的说法是:科幻姓"科"。所以苏联作协是不接受科幻作家入会的,唯一例外的是接纳了一对兄弟(姓氏记不起来了),他俩破天荒另辟蹊径,写的是人文科幻,"走向了世界"。我费大力气找到一本来读,啃了一半啃不下去了,只好作罢。但即使半本,也未见圆形人物,不姓科,却改姓哲了。可见科幻还姓"科"。斯年兄说的对:科幻中的人物均呈扁平。但希望浑圆,恐不实际:浑圆要靠社会和关系支撑,科幻中的世界只是科幻世界,除非是另一类型的浑圆。金庸的武林世界归根结蒂还属于人的世界。

肇明①

九十五

诸位:

一半兄曾说我似乎要写"科幻文学论",这是万万不可能的,因为科幻小说读得太少。国外的,此前除儒勒·凡尔纳诸作之外,只读过苏联伊林的几篇和一本忘记作者姓名的《加林的双曲线体》(还有一本忘记作者国籍的关于隐身衣的小说);国内的,除了高士奇的几篇(那不是"科幻"而是"科普")外,只读过一篇叶永烈的《珊瑚岛上的死光》;至于科幻文学理论,除鲁迅的《"月界旅行"辨言》外更是一点也没涉猎过。如此贫乏的知识储备,怎敢写什么"论"!现在只能汇报一点阅读《三体》过程中产生的、对于"真实性"或"艺术真实性"的思考。也不是什么"论",仍旧属于"瞎掰"。

"五四"以来,特别是"30年代"以来,咱们的主流文艺理论和文艺批评,在衡量作品写得是否"真实"时,所取首要或第一标准(亦即"尺度")总是"生活"(或称"现实")。这是一种"西化理论",考其渊源:近的,有俄国的别、车、杜(别林斯基、车尔尼雪夫斯基、杜勃罗留波夫),到了30年代中后期进而变为"社会主义现实主义";远的,当可上溯到欧洲的实证主义和自然主义。茅盾由自然主义到写实主义再到社会主义现实主义的历程颇具代表性——他

---

① 此信原未标注日期,当为3月17日回信。

是中国最早介绍"新浪漫主义"（即西方现代主义）的中国作家,可是新中国成立后写的《夜读偶记》,居然把一部中国文学史概括成了现实主义与反现实主义的斗争史;郭沫若也具典型性,他是"五四"时期最有名的浪漫主义作家,可是新中国成立后居然不敢自认浪漫主义诗人。

当然,我学过的文艺理论并没把"生活真实"和"艺术真实"混为一谈,毛泽东讲的那几个"更",便是衡量艺术真实的"经典尺度"。但是,这几个"更"的基础,依然是"生活"或"现实生活"。是为"反映论"或"再现说"的真实观。

正是出于这样的文艺观,许多非写实主义的作品在上世纪50年代都被列为禁书。1956年1月13日文化部发出《关于续发处理反动、淫秽、荒诞图书参考目录的通知(56)(文陈出密字第9号)》,要求"肃清"21位作家的作品,其中就包括写"神怪、荒诞"小说的还珠楼主。80年代初,我们到上海图书馆查阅通俗文学资料时,这些作品还都锁在一个特别书库里,由两位工作人员分掌两把不同的钥匙,一个人是打不开这"特藏库"的。同时得知,当年收缴的此类图书全被送往造纸厂"回炉";仅留三套（或四套？记不清了）,分别由上海图书馆、上海作协资料室和中宣部资料室（或社科院资料室？也记不清了）"存档"。想到这里,仿佛悟出了从新中国成立后至"四人帮"倒台这几十年来科幻小说为何始终发不出芽的重要缘由。

其实,中国传统的文艺观是并不"求真"的。至迟在唐朝,作家们就已"作意好奇""尽设幻语"（明胡应麟语）,也就是不"求真",而"自觉"地"造假"了,所以唐之小说即名"传奇"。宋时苏东坡与友人说笑话、讲故事,称"姑妄言之";清代渔洋老人给《聊斋志异》题写的"献词",是"姑妄言之姑听之,豆棚瓜架雨如丝。料应厌作人间语,爱听秋坟鬼唱诗"。这些故实,都反映着一个"设幻"传统——渔洋先生更把它"痛言"为"厌作人间语"的传统。这一传统至今仍为民间所认同,1960年我去辽东的海岛上采风,农民、渔民都不用"故事"这个词儿,而称"瞎话"——讲故事是"说瞎话",写小说当然也等于"写瞎话"了。而在中国戏曲里,从案头文本到舞台艺术,处处都要明示假定性,并且形成了一整套严密的、昭示假定性的"程式",同样遵循的是这一传统。书画艺术亦然。

"假作真时真亦假,无为有处有还无"（这个"还"字,我认为应该读huán,回归也）。我觉得曹雪芹为太虚幻境设计的这副对联,又胜过许多古代小说论。这里的"真",指的就是"生活真实"。上联说的是不能用生活真实作为衡量艺术作品的尺度,下联则把此一道理上升到老庄—释迦哲学的高度。

反观西方,也并非都是"求真派""写实派",也有明确宣告"生活和伟大的作品之间,总存在某种古老的敌意"的作家,而且存在一个(似乎越来越趋向)非写实的传统。

既然如此,那么衡量"艺术真实"的尺度应是什么呢?从裕群转发的凯芬教授文章开始,我接触到了"分形"这一数学概念;后来又得到耀文的辅导,并从网上稍微涉猎了一些相关常识,引起三点很大的兴趣:1.分形原理告诉我们,度量结果之"真实"与否,是因所用"尺度"而异的;2.耀文发来的以及网上刊载的许多分形艺术图片,让我们看到一种根本不"反映现实"的艺术作品;3."衡量"这些分形图的"尺度",乃是一种变量即函数。

用上述三点对照文艺问题,又产生了如下联想:

1. 可把文艺作品也都视为"分形成果",衡量它们的尺度也是由其"自相似性"而导出的一个像函数那样的变数,这个变数殆可称为"自洽性"。

2. 所谓自洽性,通俗地讲便是"能自圆其说",这在非现实主义的文学作品里表现得特别鲜明。民国时期有位最善于谈妖说鬼的作家平江不肖生(向恺然),他最大的本事便是能把假的说得像真的一样——这里的"真"并不是"现实生活"之"真",而是特定"语境"里的因果关系,这一因果关系可以是非现实的,但在(作者—叙述者的)叙事和(读者的)接受过程中,得到读者的认可;这种认可带有"忘我性",即暂时忘记身处其中的"现实",而"跟着"作者进入那个虚拟的世界。所以,艺术的真实性就是它的自洽性;这一定义可以涵盖一切文艺作品,包括"现实主义"或"写实主义"的。

3. 我用"因果关系"这个说法,而不用"逻辑关系"这个说法,是因为许多文艺作品里的因果关系不仅是非现实的、非科学的,而且是"非逻辑"乃至"反逻辑"的(例如在非理性主义的荒诞小说里);在此类作品里,事物的因果关系也往往是不清晰的、潜隐的。凡此均不影响文艺作品的"自洽性"。所以,从科学的角度考察,如一半兄所言:水只能向低处流;而从文学的角度说,在特定"语境"下,水却完全可以"向高处流"。所以,这里说的"自洽性"属于文学艺术意义上的"自洽",而不是科学意义上的"自洽"。科幻文学的"自洽性"要受"科学"的限制,但是科幻文学的"真实感",又主要取决于文学意义上的"自洽性"够不够强。所以,科学性固然是科幻小说的"灵魂",而文学性恐怕也是——甚至更是科幻小说的"灵魂"。否则大众读者只要看科普著作就可以了。

4. 与函数一样,文艺作品的"自洽性"也是一种变量。它主要取决于三个"参数":作者(叙述者)、读者、现实(或称"客观世界")。这三个参数又是充满变化的,因而决定了文艺创作和文艺作品具有无限广阔的空间和无限丰富的形式。三个参数里包括"现实",这是因为再玄幻、再荒诞的作品,在广义上也离不开现实(作者、读者之存在便是"现实")。但是,我们没把"现实"限定为衡量艺术真实的唯一尺度,也没把作品与它的关系定义为"对应""再现"的关系。在以"蚂蚁设问"为开始的与各位科学家的讨论中,我更加深切地体会到"蚂蚁"与"人",凡人与科学家,他(它)们眼里和认知中的"现实"是大有区别的,而这些区别也正反映着客观世界的"本相"(它也具有"无限性")。日前读到梁文道的一篇书评,其中说:"如果有所谓现实的话,就是把现实割开一道又一道裂缝,流一些东西出来,使我们看到它原来有那么多的皱褶在里面,有那么多复杂的一层一层的面貌在里面。"又说,(在优秀的小说中,)每个字词,都是一个故事的"量子模型"。这使我想起咱们讨论过的维度世界和粒子世界,证明"现实"的确也是一个丰富、复杂的变量,而"自洽性"则如一个非常高级的复杂函数。

5. 小说的"自洽性"还体现于两个极其重要的因素:一是细节——在科幻作品里包括技术细节和功能细节;二是人间性,包括个性、人情、世故等。哪怕写的是妖,是鬼,是动物,是植物,只要上述两方面写得好,加上宏观语境之因果网络令人认可,读者就不会嫌假。

当否,请指正。

斯年 3.18

九十六

"小说的'自洽性'还体现于两个极其重要的因素:一是细节——在科幻作品里包括技术细节和功能细节;二是人间性,包括个性、人情、世故等。"说得精当极了!

肇明 3.19

九十七

平宇:请教一个问题(或许很幼稚)——宇宙如果无限的话,宇宙中物质的总量是否也是无限的?

斯年 3.24①

九十八

可别说"请教"。从每个人有限的知识来推断无限宇宙的性质,大家都是在猜。我猜宇宙的物质总量也是无限的。

平宇 3.24

九十九

斯年兄:

你的问题与其说是物理问题,不如说是哲学问题,一涉及无限,就"玄"了。

能量守恒定律是说:一个孤立系统的总能量是保持不变的,也即在一个封闭系统内总能量是守恒的,能量只能转换形式,不能创造或消失。

无限的宇宙不是封闭系统,能量守恒只在封闭系统成立,无论这系统有多大,总是成立的,而一个无限大的宇宙就难说了,如果说守恒,那怎么"无限大"? 如果不守恒,那增减的能量从哪来? 往哪去? "无限大"即至大无外,这就落入悖论陷阱。

所以物理学只说"一个孤立系统的总能量是保持不变的"。只在有限范围,这"有限"可以要多大有多大。

这问题有点类似几何学的平行线公理,在直线外的一点,只可以有一条平行线,是欧氏几何,在直线外一点可作无限多条平行线,是非欧几何。都能成立。

这是我的理解,不一定对。

写完了才发现你问的是物质,按爱因斯坦质能公式,质量与能量是对应的,所以道理是一样的,把能量换成质量即是。

耀文 3.24

一〇〇

耀文:

谢谢你的回答。我也问过平宇,他的答复很简明:此事只能"猜",他猜

---

① 按:此函同时另发耀文。

也应无限大。你的答复更详细,也更开我的眼界:我也觉得这里有悖论,但怎么个悖法弄不大清楚,你帮我弄清楚了。

这问题还是由《三体》引出来的:1.书中写宇宙及其末日和新的生机,是立足于宇宙有限论(包括"大爆炸"和"奇点"说),由此我立即想起你与一半都是认同宇宙无限说的,这与《三体》的前提有别。那么从逻辑上说,结果也就可能有别。2.书中的"宇宙社会学"公理之一是:宇宙之内物质总量不变,而宇宙间各种文明生存的需要与之存在矛盾,该矛盾又因技术大爆炸而以指数级膨胀、尖锐化,从而导致星际战争,直至导致"宇宙悲剧";读到这些地方,我又想起你和一半说的宇宙无限,所以提出了这个"物质总量"问题。

你说得很对:这是一个哲学问题而非物理学问题。《三体》作者既然要写那么一个大悲剧,来揭示人之为人的二律背反,那么采用"宇宙达尔文主义"作为发挥想象的"框架",当然是很"自洽"的。作品的意义还在给读者留出了"悲剧之外"的想象,我的问题和你们的答复就是这样的"反想象",它也是哲学问题而非物理问题。

浏览过几篇肯定或批评《三体》的网文及跟帖,作者似乎都是理工科出身的年轻人,都很有见解[例如他们早就提到了"自洽""达尔文(主义)"]。但是,批评者里颇有指责大刘作品缺乏"哲学内涵"的论调,令我相当不解。我倒觉得这位科幻作家很具哲学思辨,以上所说就是。

斯年 3.25

— 〇 —

诸位好!

奉上一篇真正的中国科幻文学史论——哈佛教授王德威在北大的讲演:《乌托邦,恶托邦,异托邦——从鲁迅到刘慈欣》①。最近我才晓得,这篇讲稿后来也在苏大讲过。王属夏志清学派,该派在国际汉学界影响甚大,其特点之一殆在学者群里华人居多。

他提到的许多作品我都没读过,也有一些读过的,如《新中国未来记》《猫城记》《鬼土日记》等,当时都是作为政治小说、讽刺小说读的,总体感觉是"不好看""太刻露"。现在反思,一是没把它们视为科幻文学,放到"史"的

---

① 按:此讲演的记录稿可在网上查到。

格局里去考察。二是如果视为科幻,则它们属于"软科幻",即肇明兄所说的"人文科幻";又如肇明兄所说,此类作品多"看不下去"。究其原因,殆在人文之"科"比数理之"科"难以确证,例如,乌托邦,科学吗?又如,你说中国特色社会主义"科学",那么法、美的资产阶级民主,北欧的民主社会主义,就"不科学"吗?凡此都难作出非常"科学"的定论。既然科学是科幻的灵魂,则在灵魂尚未"成形"的情况之下,"幻"也就没法"幻"得自信了。就我所见,像儒勒·凡尔纳《格兰特船长的儿女》那样写地理、写文化人类学的"软科幻"比较可读,而写乌托邦的小说,理想再崇高也不太"可读",原因是否与"社会—人文科学"之上述特情有关?另一方面,用"自洽性"中的"细节"和"人间性"标准来衡量,《新中国未来记》式的作品也是不尽人意的。

王德威说:科幻文学属于"异托邦",但是他所列举的许多"中国科幻"显然更属"乌托邦"和"恶托邦",从形式逻辑上讲有点问题。问题似乎也就出在那些作品的"人文性""软科幻性"。不过,他已指出"异托邦"是个"非常疏阔"的定义。按照我的理解,它与"乌托邦""恶托邦"的关系不是并列的,而是涵括后二者的——按照王德威引申的福柯"镜子空间"说,不仅科幻文学,一切文学作品不也都是"异托邦"吗!

王对刘慈欣及其《三体》的评价非常高。他的着眼点在人文精神,这无疑是对的,因为科幻文学的"灵魂"固在科学,然而它又必须成为"文学",一般读者读它,能否被吸引,也取决于它的文学性。

不过,《三体》有它的"个性",除了其想象的宏阔、瑰丽之外,我觉得值得注意的还有与文学性融为一体的社会学—哲学内涵。这里倒显示着"软科幻"式的"科"与"幻",其价值则是属于正面的。

王德威说,《三体》"是用一个未来完成式的说法来投射已经发生的事情",因为它讲的是约一千九百万年之后宇宙毁灭的故事。用鲁迅《"月界旅行"辨言》的说法,当"地球之大同可期"之际,"而星球大战又起。呜呼!琼孙之福地,弥尔之乐园,①遍觅尘球,竟成幻想"矣!我们从鲁迅的话里嗅得到赫胥黎、达尔文的气息;而在刘慈欣的《三体》中,更是充溢着尤为浓厚的、同样的气息。

用一个并不十分恰当的比喻:《三体》写的,是个"螳螂捕蝉,黄雀在后"

---

① "琼孙之福地,弥尔之乐园",指约翰逊小说《拉塞勒斯》和弥尔顿《失乐园》等诗中的乌托邦式想象。

的故事——三体人想占领地球,没想到后面有个更加先进的"银河系猎户旋臂"文明,先把三体星系给摧毁了(王德威记错了这一情节,这对他的"报告内容"恐怕并非"并无影响"①)。

之所以说螳螂捕蝉的比喻"并不十分恰当",是因为那只"蝉"也不简单:地球人里的精英在比自己强大得多的三体人面前没有退缩,他们用向全宇宙广播三体坐标的手段吓阻三体人,促成了三体世界被毁;而那只"黄雀",则不但叼走了"螳螂"和"蝉",而且还对自己来了个"自我阉割"——"猎户旋臂文明"不仅用"二维箔"摧毁太阳系,还让自己倒退入"低维世界",进而导致宇宙的大坍缩。这里既体现着"黄雀"对地球文明这只"蝉"的"看重",又暴露出"社会达尔文主义"式的残忍和冷酷。

这个故事,其实是对地球人所建立的"宇宙社会学"的"验证"。我在前面的信件里介绍过,该"宇宙社会学"的理论基础是两条公理和两个重要概念——公理1.生存是文明的第一需要;公理2.文明不断增长和扩张,但宇宙中的物质总量保持不变。//概念1.猜疑链;概念2.技术爆炸。《三体》中的一个重要人物名叫"罗辑",他又根据上述公理、概念,推导出一个"黑暗森林原则"——宇宙是座黑暗森林,每个文明都是身处其中的带枪猎人。如果发现别的生命,他唯有立即开枪,才能保证自己的生存。该原则又被表述为"他人就是地狱"。

考察《三体》整个故事,直接导致宇宙毁灭的不是"生存需要"与"物质有限"矛盾之总爆发(故事里这一矛盾远未发展到不可调和的程度),而是那条"猜疑链"!

"罗辑"者"逻辑"也,上述因果链是残酷的,也是严密的、得到了"验证"的。正如王德威所说:刘慈欣创造这样一部惊天动地的大悲剧,是对"'人之所以为人'的一种二律背反的深刻的沉思"。

但是,我们在承认《三体》故事内在因果关系"可信"的同时,又会发现作者"此一想象"内部,还存在着"彼一想象"的种子或可能性。他的想象可以引发"反想象"。

罗辑的老师(准确地说是他同学的母亲),就是王德威在讲话里提到的那个叶文洁,"宇宙社会学"的两大公理、两大概念都是她在201×年②传授

---

① 该记录稿的整理者纠正了王的误记,但说:这对王教授的论述"并无影响"。
② 最近看到《三体》电影拍摄的宣传片,在电影剧本里,这一年代被确认为2020年。

给罗辑的。此时的叶文洁已是反人类的地球秘密三体组织的"统帅",她在会见罗辑之后就被捕了。

叶文洁与三体世界建立联系始于"文革"时期,她与罗辑谈话时,已与三体世界交流、沟通了数十年。但是,当罗辑向她提出建立宇宙社会学缺乏实际资料,也难以进行调查和实验时,她却隐瞒了已经掌握有关三体世界丰富资料并已与之建立联系的事实,而让罗辑去做"纯理论"的推导和纯数学的建模。读者会问:叶文洁为什么选中罗辑?为什么对他隐瞒重要信息(也是重要事实)?她的启发、诱导是不是包含着"三体人"的观念或意图?……这里蕴藏很大的想象余地,好像既有大刘刻意所为的"蜷缩叙事",也有他的无意疏漏,总之,都是挺有意思的。

在这部作品里,"宇宙社会"的结构、形态几乎尚未展现,宇宙就因"猜忌"而崩溃了。就故事本身而言,大悲剧的结局固然不可避免,然而读者还是会问:"偶然性"与"必然性"究竟是种什么关系呢?"必然性"又等于"唯一性"吗?宇宙里的高级文明难道都仅仅属于物质文明吗?难道只有处于低级阶段的地球文明才有精神文明,才懂得尊重生命吗?作者在书里不是说过:三体人并非没有"爱",只不过长期遭受压抑,近乎枯萎而已,既然如此,积极沟通的可能性不是依然存在吗?"猜忌"转化为"交流"的可能性不是依然存在吗?……

最后还有一个非常重大的问题:宇宙究竟是有限的还是无限的?《三体》显然立足于"有限论",但用"科学性"来衡量,这和"无限论"一样,均属尚难证实或证伪的假设。既然如此,若以"无限论"去观照,"叶—罗宇宙社会学"的基础岂不就会发生崩塌吗?……正如耀文在3月24日函里指出的:这是一个哲学问题而非物理学问题。我看重这个问题,其"立意"不在指摘《三体》作者,反倒是着眼于某位诗人讲过的一句话:诗歌只有与哲学相遇,才会崇高(大意)。《三体》的崇高性恰恰也在于此罢?!

需要指出的是,刘慈欣并不是一个社会达尔文主义者。正如我在前面的信中介绍的:《三体》第三部的结尾,通过"智子"(这是一个三体文明创造出来的机器人,可以视为三体文明所蕴涵之"善"的代表)和两位地球科学家之口告诉人们,"宇宙在质量上的设计是极其精巧的",这充分体现着"宇宙数学之美"。宇宙坍缩为奇点,既意味着它的死亡,又意味着新的创世大爆炸的开始,意味着新宇宙及其"田园时代"的即将到来。这个新宇宙"一定体现着最高的和谐与美"。同时,在面临旧宇宙的末日时,"智子"被地球人伦理中的"爱"和"为责任活着"的意志深深感动,义无反顾地和他们一起踏上了拯救宇宙的征途。这正体现出作者对"地球伦理"中的"善"之充分肯定和对社会达尔文主义的否定。

所以,整部《三体》,写的倒是"宇宙恶托邦"向"宇宙乌托邦"的转化。这里也应包含着对于"文明之所以为文明""宇宙之所以为宇宙"的一种二律背反的深刻的沉思吧!

王德威在述介叶文洁和三体人时用了"犬儒""阴险"这样的词汇(那个"猎户旋臂文明"何尝不是"犬儒"),我在分析"叶—罗宇宙法则"时也用了"残忍""冷酷"这样的词汇,我们说的都是"地球人的话"。倘若宇宙社会真是一个"零道德"的社会,那么那些外星高级文明,是听不懂这些"虫子词汇"的。这里也有值得"深刻沉思"的"'人之所以为人'的一种二律背反"罢!

斯年 3.26

一〇二

谢谢转来王的大文及兄之读后感。我对理想与乌托邦之别的理解是:前者有可能在现实世界中实践,后者则无可能。我读过《1984》和《我们》,与其说是反乌托邦,还不如说是反理想造成的恶果,因为该理想后来大部分是实现了的。《镜花缘》里的君子国才是乌托邦呢。

肇明 3.26

一〇三

粗读一下王文,很有意思。两篇文章都好,都有新意,一下子觉得世界好像大了许多。

"科幻"是属于哪一类思维?想象。科幻想象的事情是纯属子虚乌有,还是总会有一点启示、有一个影子的模式?

刘慈欣也算是科幻巨匠了,有着出色的想象力。王德威好像在哪里看见过,他之所言已经将《三体》上升到国宝级的程度了。

我俩的工作只是在自己的层次上做一点力所能及的事情,与科幻相比最大的不同是在做"过去完成时的文章",今天就完成了这样的一幅图,而已而已,请见附件(从略)。

一半 3.26

后 记

自入苏州大学求学,脑中便一直盘桓着一个问题:在文本叙事和文学史写作之外,通俗文学研究,还有多少种可能? 就文学研究范畴而言,我们还有多少角落未曾光顾? 胡适评价李伯元的《官场现形记》"是一部史料",鲁迅称赞吴语小说《海上花列传》"平淡而近自然",张恨水称《广陵潮》"还有地方性存在了"……这些小说"与政体民志息息相通",它们"开学智,祛弊俗""记实历,洽旧闻",在旧的秩序已经瓦解,新的体系尚未形成之际,它们可以"新道德""新宗教",乃至"新人心""新人格"……事实上,除消遣之外,通俗小说本身还蕴含着丰富多元的社会、历史、文化信息,真实保留了彼时的社会风物和世态人情,在反映社会心态和世俗生活方面,某些时候它们比精英文学能够更深入地透视社会民生的深层肌理。这一切,其实都在提醒我们注意:在通俗文学这片沃土上,实在大有可为。

通俗文学的"社会性""大众化"及其运行机制的复杂机理,使其早已跳出文学研究者的苑囿,进入众多学科争相关注的视野。在史学领域,通俗文学早已成为"以文证史"的"研究素材",频繁现身于思想史、文化史、地域史等领域的大部头著作之中,摇曳生姿;在传播学、语言学、民俗学等领域,通俗文学也频频现身,异彩纷呈。随着研究条件的不断改善、研究方法的日益多元、学者知识结构的改变以及既有研究的不断推进,通俗文学研究亟待突破学科现有格局、探索跨学科研究范式。在这一背景下,"通俗文学研究该往何处去""新的学科研究生长点"等相关思考,成为汤哲声教授申请国家社科基金重大项目"百年中国通俗文学价值评估、阅读调查与资料库建设"的理论出发点,这个项目既是对百年中国通俗文学的阶段性总结,又努力为当下的通俗文学研究开拓新的视野。2013年项目立项,迄今已有七年,其间范伯群先生主编《中国现代通俗文学与通俗文化互文研究(上、下)》(以下简称《互文研究》,2017)、徐斯年先生著《从通俗文学到大众文化——旧文选编

(上、下)》(2017)、汤哲声教授著《中国现代通俗小说再思录》(2017)、陈建华先生著《紫罗兰的魅影：周瘦鹃与上海文学文化,1911—1949》(2019)的陆续出版,均在各自的研究视域内展现了通俗文学研究的无限可能,不同程度地回应了上述诉求,著述立论均堪称一时之选。而范伯群先生在《互文研究》"绪言"中特别强调的"通俗文学本是通俗文化的一个重要组成部分,通俗文化哺育了通俗文学的成长与壮大,通俗文化生活是通俗文学作品的重要生活源泉;但是通俗文学也能反哺通俗文化,通过通俗文学作品凝固了通俗文化的某一历史形态,而这些历史形态也能反映我们某一时段的国情与民情",事实上,已经开启了通俗文学将在文本研究之外获得新动能的按钮。

也是在汤哲声教授研究思想体系的框架内,子项目"百年中国通俗文学的市场策略与阅读调查"得以成行。申报课题的最初目的是期待能够以跨学科的视野和方法,立足通俗文学本体,"别求新声于异邦",实现"布以尺度,米以斗量"——利用史学、传播学、社会学等多学科方法,考察百年中国通俗文学的生产与消费机制,在文化生产与消费的历史整理和书写中,生成新的问题意识,服务于通俗文学价值评估体系的建设,重新评估文学价值。七年后的今天,本书即将付梓,欣慰之余,却也不无遗憾与伤感。令人欣慰的是,我们在通俗文学研究未来之可能性方面,的确迈出了"别求新声于异邦"的步子。然而,短短七年间,科技的发展一日千里,文献的查阅从人工检阅胶卷变成了大数据搜索,人与人的联系从邮件、QQ变成了微信,阅读终端从电脑变成了手机,劳时费力的纸质问卷调查变成了今天的人工智能和数字人文,我们在研究中使用的技术手段和方法于猝不及防间变成了"前浪",尽管如此,经过课题组成员的共同努力,我们终于以今天看来已经过时的笨拙的方式,交出了答卷,并且,在技术手段七年间的日新月异中,我们与它们一同走过,记录了历程,并见证了历史。遗憾的是,受当下学术研究机制、时间的制约以及个人能力的限制,本书体例、方法乃至论述尚欠成熟,未能以最饱满完美的样貌贡献学界,这些遗憾,只能留待日后时机成熟时,进一步弥补。令人伤感的是,2014年开题时精神矍铄、干劲十足的范先生,已于2017年12月10日永远离开了我们,没能等到课题结题,亲眼看到他自己的"富矿论"出版,我们也再没有机会将这份不成熟的努力敬献于他的面前,向他报喜,看他笑呵呵地一边翻书,一边善意地说出那句再熟悉不过的"不错、不错"……

忝列主编,要说的感谢太多。这部书稿得以如期完成,首先要感谢课题组成员的大力支持、不懈努力和通力合作。在项目开始之初,阅读调查部分,除了网络调查之外,为尽可能减少"幸存者偏差",开展了定向研究,需要在内地/大陆及港澳台等多地发放纸质问卷,有了孔庆东、叶雅玲、韩颖琦、郑保纯、陈乐汶、杨雷力等诸多师友帮助,调查得以如期完成。而项目后期纸质问卷庞大的数据统计,则有赖于苏州大学金韫之、朱琰两位同学大半年的通力合作。网络数据与纸质问卷调查数据至此得以合而为一。他们前期的辛苦工作,为本课题后续的研究和分析提供了珍贵的一手数据,对课题的如期完成给予了有力的保障。谨将各位课题参与者所做工作呈现如下:

何以流行,如何经典(代序)
——百年中国通俗文学的生产与消费机制及其价值评估
(上海大学 石娟)

上编 百年中国通俗文学的市场运作

第一章 《晶报》:生存境遇·经营对策·读者定位·话语空间
(河南大学 李国平)

第二章 《江湖奇侠传》:民国武侠小说的副文本建构与阅读市场的生成
(上海大学 石娟)

第三章 《啼笑因缘》:缘何轰动 (上海大学 石娟)

第四章 平鑫涛与《皇冠》:文化商人与"缪斯神殿"一甲子的建构
(台湾岭东科技大学 叶雅玲)

第五章 《啼笑因缘弹词》与《秋海棠弹词》:通俗文学的弹词改编及市场运作 (苏州市职业大学 童李君)

第六章 金庸小说:"自力轮回"与"他力转生"的经典化建构
(香港文化博物馆 邱健恩)

第七章 《故事会》:有智又趁势
(武汉市东西湖职业技术学校 马圆圆)

第八章 "倪匡现象":香港流行文学的多元、多类、多途
(香港中文大学 陈乐汶)

第九章 《今古传奇·武侠版》:21世纪大陆武侠文化工业的兴起
(华中师范大学 郑保纯)

第十章　"郭敬明现象"：寄身畅销书模式的经典个案

（苏州大学　胡萱）

下编　百年中国通俗文学阅读调查（2014—2018年）

调查情况说明　　　　　　　　　　　　　　　（上海大学　石娟）

第一章　趣味休闲·雅俗共赏·集体记忆：读者视域下百年中国通俗文学的三个价值维度
　　　　——以2014—2018年读者阅读调查为中心

（上海大学　石娟）

第二章　金庸·网络武侠·泛武侠：当下武侠小说阅读关键词
　　　　——以2014—2018年武侠小说阅读调查为中心

（上海大学　石娟）

第三章　科VS幻·阅读动力·奇点：2014—2018年科幻小说阅读关键词

（上海大学　石娟）

第四章　草稿·媒介话语·出版改编：网络文学的文本特征及经典化路径
　　　　——以2014—2016年网络小说阅读调查为中心

（上海大学　石娟）

第五章　2016年香港大学生网络小说阅读调查及理论分析

（香港中文大学　陈乐汶）

结语　　　　　　　　　　　　　　　　　　　（上海大学　石娟）

附录一　"当代通俗小说阅读调查"问卷
　　　　〔石娟、韩颖琦（广西大学）、叶雅玲、陈乐汶、郑保纯等〕

附录二　"关于科幻小说和影视剧改编作品的阅读调查"问卷

（上海大学　石娟）

附录三　"关于与武侠文学相关问题的阅读调查"问卷

（上海大学　石娟）

附录四　"香港大专/大学生阅读香港网络小说情况的调查"问卷

（香港中文大学　陈乐汶）

附录五　徐斯年先生与七位顾问关于《三体》的通信

（苏州大学　徐斯年）

后记　　　　　　　　　　　　　　　　　　　（上海大学　石娟）

需要说明的是,参与完成本项目的各位课题组成员在通俗文学研究领域各有擅长:李国平先生的《晶报》研究、叶雅玲女士的《皇冠》杂志及皇冠出版社研究、童李君女士的弹词研究、邱健恩先生的金庸研究、陈乐汶女士的倪匡研究、胡萱女士的当代通俗小说与市场运作行为研究、马圆圆女士的《故事会》研究,或是他们的学位论文,或是他们多年的研究主业,且在各自的研究领域中,均已经取得了"不可绕过"的研究成绩。郑保纯先生更是曾多年担任《今古传奇·武侠版》的主编,亲历并见证了大陆新武侠自诞生至今所走过的道路,现已成为国内有一定影响力的武侠小说研究者和知名作家。可以说,他们均以最成熟的研究成果倾力加盟本书,为本书平添光彩,而论从史出的研究特色,也令本书益显厚重。

特别值得一提的,是本书中一份十分珍贵的文献——徐斯年先生与七位顾问就《三体》而展开的 103 封通信。在项目进展过程中,得知徐先生正在与七位顾问讨论《三体》,便与徐先生相商,能否供本课题研究使用,徐先生欣然应允。成书之前,徐先生又将这 103 封信依时间、体例做了系统、全面、严谨的修订和整理。通信期间,徐先生与顾问们均已年近耄耋,但他们对问题的敏感、视野的开阔、思想的无拘、思辨的缜密以及理性直言的科学品格,令人不由感叹先生们求真、思辨的"生命之树常青"。在此,谨向徐斯年先生和七位顾问致以一个晚辈深深的敬意和由衷的感谢。

此书虽非专著,却是我以责任者的身份在大陆出版的第一本书,愿它没有辜负导师当初"委以重任"的期待。在我的生命中,它还另有着不同寻常的意义——它是我学术人生的纪念:既是结束,也是开始。自 2007 年入苏州大学跟随汤哲声教授攻读博士学位,不知不觉,14 年光阴匆匆逝去。比许多同门幸运的是,毕业后,我仍留在苏州,常聆恩师教诲的同时,也得以经常到范伯群先生、徐斯年先生的家里,在茶香四溢的时光中,听他们"论道",得到他们温暖的关爱与鼓励。两位先生和汤师、师母在学业、工作及生活上对我的帮助和点拨,同门多年的关心与友爱,让我成了一个虽然毕业很多年、心理上却始终没有毕业的"老学生"。由于自己的怠惰,14 年中学术成绩寥寥,对恩师深感惭愧。如今第一部书稿付梓,我却即将离开苏州,开启生命中一段全新的旅途。临别之际,对先生、导师、师母、同门、友人乃至熟悉的苏州自有万般不舍,惟愿未来能够走出一条属于自己的学术之路,始终不失为学之初心,不负先生们的期待。

感谢江苏凤凰教育出版社章俊弟先生为本书的如期出版所做的大量工作,更感谢本书的责任编辑王岚女士认真、严谨、辛勤的付出,以及对我这个"新手"的理解与包涵。

石　娟
2020 年 6 月 20 日于苏州吴江